女人的落差

不同的角度、不同的时代背景、不同的文化描写了
一家三代三位女性的情感故事

杨瑞芝 ◎ 著

中国文联出版社
http://www.clapnet.cn

图书在版编目（CIP）数据

女人的落差 ／ 杨瑞芝著 . -- 北京：中国文联出版社，
2018.6

ISBN 978－7－5190－3726－0

Ⅰ.①女… Ⅱ.①杨… Ⅲ.①长篇小说—中国—当代
Ⅳ.①I247.5

中国版本图书馆 CIP 数据核字（2018）第 130567 号

女人的落差 （NVRENDELUOCHA）

作　　者：杨瑞芝	
出 版 人：朱　庆	
终 审 人：奚耀华	复 审 人：蒋爱民
责任编辑：胡　笋　贺　希	责任校对：傅泉泽
封面设计：中联华文	责任印制：陈　晨

出版发行：中国文联出版社

地　　址：北京市朝阳区农展馆南里 10 号，100125

电　　话：010－85923039（咨询）85923000（编务）85923020（邮购）

传　　真：010－85923000（总编室），010－85923020（发行部）

网　　址：http：//www. clapnet. cn　　http：//www. claplus. cn

E － mail：clap@ clapnet. cn　　hus@ clapnet. cn

印　　刷：三河市华东印刷有限公司

装　　订：三河市华东印刷有限公司

法律顾问：北京市德鸿律师事务所王振勇律师

本书如有破损、缺页、装订错误，请与本社联系调换

开　　本：710×1000		1/16	
字　　数：413 千字		印　张：26	
版　　次：2018 年 6 月第 1 版		印　次：2018 年 6 月第 1 次印刷	
书　　号：ISBN 978－7－5190－3726－0			
定　　价：78.00 元			

代　序
我的妈妈

妈妈今年 68 岁。和大多数这个年龄的老太太一样,每天买菜、做饭、遛狗、做家务、为儿女操心;最爱看相声、小品和各种法制电视节目;去电影院不看说洋文配字幕的,一定要有爆米花;爱吃冰淇淋和麻辣火锅,从不点菜,吃什么都是"你喜欢就行"……但是她干了一桩我们大多数人都没干过的事儿——写了一部近 30 万字的长篇小说。

最初妈妈告诉我她要写长篇小说时,我挺惊讶的。她最多算个文字爱好者,《楚天都市报》上确实刊载过她的"豆腐块儿"。但人物众多、情节跌宕、线索复杂的长篇小说,一个小学文凭老太太岂能驾驭?

但她竟然完成了。

妈妈问我要不要帮小说写个序。我应了,却迟迟没有动笔。关于作品本身,每个人有自己的判断标准。想来想去,不如说说我眼里的她。

小时候,我认为妈妈就是个仙女,拿现在的表达方式叫"女神"。我喜欢她穿一条月白色的印花连衣裙,从夏日清晨的微风里逆着光影走过来,天生泛黄的卷发像镶了金边,和颜悦色,说话都带着香樟树的气息。

但这个"仙女"不走寻常路。

我一岁多的时候，别家娃还被抱在怀里比画"虫虫飞"，她却不用"乖宝宝吃饭饭"的模式跟我对话，而是写了几百张卡片，教我识字。

上幼儿园的时候我比较瘦弱，她却鼓励我参加"健康儿童"评选，说人生可以多点经历，而且谁规定了"健康"只比身体素质？

小学三年级暑假，她不动声色地递给我四五年级的数学课本。看我轻松读完，便同我商量跨级参加五年级下学期的期末考试，然后跳级。

小升初我考上了区重点，她却建议我去读寄宿学校，体验独立生活。虽然我的 13 岁听上去有点"惨"：清晨就要起床跑操，还得自己铺床叠被打水洗衣……但我在这所学校收获了好几个一辈子的好朋友，并感激这样的安排。

然而不知从什么时候起，她变得像个总也说不到一起去的唠叨鬼，常常念叨：多吃点、多穿点、早点睡、快点起、别看电视、路上小心、谁打来的电话、跟谁出去玩、几点回来……翻来覆去没完没了。还常在我跟爸爸聊得正 high 的时候出来打岔。

忽然之间，她又变成了姐姐。无论我高中文理分班、高考时选校挑专业，还是毕业后只身来北京工作，甚至连她和爸爸都极不看好的异地恋情，都只是给我建议和帮助，却不再主动插手。

2010 年，爸爸突发重疾入院。

确诊的那天，接到她从武汉打来的电话。她说：我头脑一片空白，不知道要做什么，也不知道该怎么办。那一刻，我觉得她像是我的孩子。

照顾爸爸的时候，她又变得像他的妈妈——无微不至，不厌

其烦，没日没夜，寸步不离。

最后爸爸还是匆匆走了。她悲伤无助得像个婴儿。

后来我去南方工作了一年，带上了她。我俩的日常，一会儿是姐妹，一会儿是朋友，一会儿是母女，偶尔是一言不合就冷战的冤家。

最近几年，她的角色又变了。

她有时是好学生。去老年大学上完课，回来会认认真真画画、拍照、弹琴、做功课，还被武汉连续评为优秀学员、优秀班干部。

她有时像个少女。会给我秀她做的视频等我夸赞、会暗示我该（带她）去做美甲了、会跟我说想要"猪肝色"的口红。

她有时像我闺密，听我聊聊工作生活中的人、事、物，也跟我"八卦"她的各种际遇。

有时候，她像患上"清高症"，遇到人一句话都不说，只可能因为那人说话带了脏字或随地吐痰；有时候，她又像个 social queen，独自旅行也能认识好朋友，在老年大学还能交几个真心朋友……

她有时挺像90后。对，因为她和90后一样爱玩QQ空间。

呃，她有时还挺像我姥姥——小时候看电视，我姥姥看不明白剧情就会一直提各种问题："这谁家孩子啊？……他们为啥打他啊？……他偷人钱啦？……"（捂嘴.gif）没有没有，我妈还没这么严重……

最近两个月，当她重拾这部小说进入最后修改阶段，她又变得像我所见过的最严谨敬业的自由职业者——饮食起居有条不紊，每天固定埋头工作几小时，周末还能安排休息、吃饭、看朋友。比我们这等"加班狗"的时间管理能力实在强太多了。

谈到作品,妈妈很用心,也根据作家协会老师的意见努力做了修改调整,但终究受限于各种条件,包括她的体力,我不忍也不能让她花费更多精力在创作修改上。作为一个一生错过许多学习机会的老人家,全凭一己之力完成一部近30万字的小说,她已是我心中的传奇。

　　也许您愿意欣赏她的执着和勇气,也许您还是觉得不怎么样。没关系,我相信她也不会介意。按她自己的说法,完成这部小说,她已经超越自己,离自己想要的人生体验又近了一步。

　　说回主题,在我生命中的绝大多数时候,她还是更像个真正的妈妈,没到周末就问你什么时候回家、忙进忙出给你投喂好吃的、冷不丁问句你什么时候才嫁……但是你知道,她永远是最不舍你吃苦、最乐见你开心、永远会以你为第一、永远不会离弃你的那个人。

　　我爱这样的妈妈。而且,如果有来世,我还想要她做我的妈妈。

星星

二〇一七年九月八日

目录

一、痛失爱女

　　戚和卿以前出差一般都只三五天,可这次一去就是半个月。在这半个月里,戚和卿一直都很忙,好不容易把事情办圆满了,便急急忙忙往家里赶。半个月来,戚和卿尽管劳累,但心里却忘不了母亲、再婚妻子和两个孩子。

　　在火车站下得车来,戚和卿急忙叫了一辆人力车,坐在车上,他在设想着家里人见到自己时的高兴情景。

　　父亲是一个官宦子弟,家里不缺银子,但父亲偏偏命薄,二十年前就抱病身亡。办完后事,母亲怕坐吃山空,打小十指不沾阳春水的她辞去用人,省吃俭用守寡把自己拉扯大。自己都三十好几的人了,还被母亲当作孩子一般,巴不得自己一刻也不离她左右。现在母亲一定备好了自己打小爱吃的糖醋小排,只等着自己回来享用。

　　妻子是两年前进门的续弦,平时总是小鸟依人地跟自己黏糊,现在她一定穿着那身团花锦缎旗袍倚在门口,盼着自己归来。

　　还有佩文、佩英这对小宝贝。佩文生得极像她亲娘,杏眼樱唇,性格腼腆内向。四年前她亲娘因病走后她更是不爱言语,自己真担心她也会像她娘一样憋出什么病来。小姑娘佩英特别活泼,她能说会道、伶牙俐齿。半个月没见,她一定会抱着自己的脖子不撒手,叽叽喳喳地说个不停……

　　坐在人力车上,半个月的劳碌,加上火车上一天一夜叮当哐啷的噪音,戚和卿确实疲惫不堪。戚和卿强忍着困意给人力车夫指路,他只想快点赶回家去,好踏踏实实地睡它一觉。

终于到了家门口，大门却紧闭着。戚和卿来不及多想，他赶紧付了车费，提起行李就进了门。但让戚和卿颇感意外的是，家中竟然空无一人。自己早在一周前就给家里发了信，说好了今天回来的，但是人呢？戚和卿放下行李："文文、英子，还在睡懒觉吗？还不快来看爹给你们买了什么好东西！"

"爹！"戚佩文从房里跑了出来，扑到戚和卿的怀里"哇"地一下哭出了声"太……太出去了……让我一个人在家等您……呜……我等了一晚上，我……我怕！"戚佩文毕竟还不到九岁，显然是吓坏了。

"太去哪儿了？怎么就你一个人在家？你姆妈呢？英子呢？"戚和卿抱紧佩文，又是心疼，又是疑惑。

"姆妈把小英子带走了，几天都没有回来。"

戚和卿抱着佩文坐到堂屋椅子上，他定了定神："你姆妈有没有说去哪里？她哪天走的？"

被戚和卿安抚后，戚佩文说话有条理多了。她说："姆妈是上上前天带小英子走的，太不让小英子去，姆妈说去亲戚家，说住一晚上就回来的，可是都已经三天了，她们还没有回来，太蛮着急，她昨天出去找她们，要我在家里等您……"

"太……"

正说着，戚佩文看到了站在大门口的老人家。

戚和卿抬头一看，他首先看到的是老人家的满头白发，他赶紧起身放下佩文，扶老人坐下说："姆妈，半个月没见，您……您的头发怎么……怎么一下子就白了这么多？"

"儿呀，是我对不住你，我不该让她把小英子带走的呀！"老人家的嗓子已经完全嘶哑了，她吃力地说，"她带小英子走的时候，她说跟你说了的，她说你晓得她要带小英子去走亲戚……"

戚和卿到底是经过事的人，他知道情况不妙，反而冷静了下来。他说："姆妈，不着急，我们慢慢说。"

那个女人从来都没有跟戚和卿说过要带小英子走什么亲戚，而且她说她只有一个哥哥在金牛做家具生意。当年就是她哥嫂合谋把她卖给了一个比她大二十岁的老男人，那男人还总是虐待她，她是受不了虐待才逃出来的,所以她和她哥嫂已经断绝了来往。戚和卿还看过她身上的伤,确实伤得不轻。

"她……她还说你晓得她亲戚的家在哪里。"老人家打断了戚和卿的思路,说,"我是不肯让她带小英子走的呀! 我也是看她最近对两个伢蛮好,还给英子买了新衣裳……我哪里晓得她原来都是扯谎的呀! 我……我的小英子呀!"老人家说到伤心处,竟忍不住号啕起来。

戚和卿叹了口气,他走到母亲身边说:"姆妈,您家莫想多了,或许她真是带小英子玩去了,也许过两天就回来了。您家这几天辛苦了,昨晚在哪里过的夜呀? 快去补个觉。文文,来,去陪太睡一会儿。"

多天的劳累,戚和卿此时却没了一丝倦意。他想:这个女人,如果真心带小英子去玩,事先肯定会跟我打招呼,现在扯这么大的谎,搞不好就是不打算回来了。我也不晓得到底到哪里才能找到她们,她自从嫁给我,就没见她与任何人有过来往。

顾不得想太多,戚和卿赶紧去单位汇报完工作,请了几天假就回家了。一回到家戚和卿就冲进自己的房间,老人家不知道发生了什么事,也赶紧跟了进去。

戚和卿一进房就打开衣柜,女人的衣服一件都不剩,而且她的常用物品也不翼而飞。

"她们走的时候什么都没有拿走,她……她到底是什么时候拿走的哇!"老人家有些崩溃了。

"姆妈,不急,我现在就到金牛去,看能不能找到她哥哥。"戚和卿一边说着一边大步走到了家门口。他回过头说,"姆妈,您家照顾好自己,照顾好文文,我会把小英子找回来的。"

二、匆忙再婚

　　武汉是一个四季分明的城市，这里的冬天寒气逼人。再加上连续几天的大雪，房上、地上到处都是耀眼的白，树上和房檐上还悬挂着许多亮晶晶的冰柱。

　　俗话说雪天易晴。桃香进门的这天，红红的太阳一大早就穿过冰冷的云层，冉冉地升了起来。这一天戚和卿起得特别早，他把自己着实地收拾了一番，还没等到地上的冰雪有融化的意思就出了门。戚和卿出去了大约两个小时就回来了，他回来的时候身旁多了一个披着鲜红色狐狸毛领呢绒长大衣，脚边露出一截翠绿色的印花丝缎旗袍，脚上穿着防滑皮靴的女人，这个女人就是戚和卿今天要娶回来的新媳妇桃香。

　　戚和卿和桃香途经汉正街，来到了万和里。还隔老远他就指着一栋两层楼的楼房对桃香说："你看，前面那个房子就是我的家。"

　　顺着戚和卿指的方位，桃香挑起眉毛放眼望去，她暗暗把这栋楼和周围的房屋做了一个对比，只见这栋楼比隔壁左右的房子都要整洁美观。桃香转过头看了戚和卿一眼，她眉眼开朗地笑着，满意地点了点头。就在桃香转头点头的一瞬间，她脚下不自觉地一滑，身子立即向戚和卿身边倾斜过来，差一点摔了下去。戚和卿见桃香没有站稳，赶紧伸出双手接住了她，桃香顺势娇嗲地倚靠在了戚和卿的身上。

　　戚和卿到底是三十几岁血气方刚的男人，桃香这样娇嗲，他自然是喜欢。但他毕竟是个正经人，街里街坊的看着，他还是不好意思跟她过于亲密。戚和卿扶着桃香站稳了后立刻抽出手来，只任桃香拉着自己的胳膊一步一滑地走到自己家里。

堂屋中间摆着一个生着了火的煤炭炉子，不到四岁的戚佩英梳着两只羊角小辫坐在炉子旁的小板凳上，正低着头不知在玩什么东西。

"爹！"小英子一看见戚和卿连忙站了起来，她用奇异的眼神打量了这个女人一番，也没管她到底是谁，就猛地一下向戚和卿的身上扑了过去。戚和卿抱起小英子亲了亲她红扑扑的小脸蛋，点着她的鼻子问："英子，你在干什么呢，你太和你姐呢？"

唔，这就是他们家小姑娘？桃香想。看眉眼，长得倒还水灵。

小英子一手抱住戚和卿的脖子，一手往后面指："姐姐在厨房，太到哪里去了我也不晓得。"接着，小英子把脸贴在戚和卿的脸上，视线却转向他们身旁的这个穿红戴绿的娘娘。小英子从来没见过这样好看的女人，感觉她像是从天上掉下来的。

戚和卿心知老人家是买菜去了，因为他昨天就跟她说了桃香今天要来。戚和卿转过脸跟桃香介绍说："这是我小姑娘，叫佩英，快四岁了。"然后他对戚佩英说："英子，快叫嬢嬢。"

"嬢嬢！"戚佩英听话地叫了一声嬢嬢，然后羞涩地把头埋进了戚和卿的脖子里。

桃香伸手摸了摸英子的脸，笑着说："哟，你就是小英子呀，怎么长得这么漂亮呢！嬢嬢好喜欢你哟！"

听漂亮的嬢嬢夸自己漂亮，小英子心里好喜欢，她歪着脑袋笑了笑，立即又把脸埋进了戚和卿的脖子里。

"你玩去吧！"戚和卿亲了女儿一下把她放在地上，然后指着右边的房间对桃香说，"这是我的房间，左边的那间是我姆妈和两个姑娘的。"

桃香向两边扫了一眼，然后一步跨进了戚和卿的房里。她一进房便拿眼睛向四周扫射，房里的家具和床都是古香古色的，雕龙画凤的图案不仅仅是精细，而且显得活灵活现。一张老式的满铺床在房门的左边，房里的一个大书柜里摆满了书，整房家具看上去都暗暗发着红光。桃香不知道这都是什么木料，但心知肯定都是上等货色。桃香看着戚和卿笑了笑，称赞道："看得出来，你是一个非常有条理的人。"

"那当然。"听桃香夸奖自己，戚和卿的笑意从心里窜到了脸上。

穿过座山墙，他们来到厨房。只见戚佩文正低着头在择菜。"这是我大姑娘，叫佩文。这个姑娘蛮懂事，她看她自己长大了，有什么事都抢着干。"

戚佩文听见她爹的声音，抬头看见爹领了个不认识的嬢嬢进来了，她来不及放下手里的菜立刻站了起来，说："爹，您回来了，太买菜去了，她说一下子就要回来的。爹，您们喝茶吗？我去给您们倒茶。"

"佩文，这是桃香嬢嬢。"

"桃香嬢嬢。"佩文轻轻地叫了一声，立即低下了头，眼睛只盯着桃香脚上穿的防滑皮靴。

"佩文乖！哎哟，好文静的姑娘啊！两个姑娘都蛮可爱。"

"我们再到后面看看吧！"戚和卿说。

桃香飞眼瞄了瞄戚和卿，挽起他的胳膊问："还有哪里可以参观吗？"

戚和卿带着桃香走到一扇紧关着的门前说："这里有个天井。"说罢顺手推开了天井的门。随着门的打开，一道白光一闪，一股寒气向他们迎面扑来。迎着寒风，桃香不自觉地打了个寒战，她伸手竖了竖狐狸毛的领子说："好冷。"

戚和卿赶紧关上天井的门，说："楼上暖和一些，我带你上去坐坐。"

"今天？"饭桌上，听儿子说今天就要娶这个女人进门，老人家目瞪口呆。以前儿子是说过跟伢们找了个娘，但她没有想到是这样一个女人。

"姆妈，我晓得这事是急了些……不过您不是常说让我再给伢们找一个娘吗？您老人家一个人拖着两个伢也蛮累，家里有个帮手总会好些……所以我，我想尽快把这事定下来。"

老人家抬起头仔细地看了桃香一眼，又低下头，慢慢地往口里扒着饭，心想：儿子不晓得是着了什么魔，看上这么个水蛇腰的女人，一看就不是个能做家的。帮手？只怕是自己以后还要腾出手来伺候这个小姑奶奶呢……

"姆妈！"看到老人家的神情，桃香猜出她并不看好自己，她开口说，"我晓得您家第一次见我，对我还不放心，我其实……其实也是苦人家的姑娘，我爹和姆妈去世早，一个哥哥又……又不把我当人，我……我也是……"桃香说到这里，从荷包里掏出一条丝绸手帕擦了擦眼睛。"也是亏卿哥可怜我,不嫌弃我,我也是真心地喜欢卿哥……"

老太太一向慈善,哪里听得这些,心一下就软了大半。她抬眼看到儿子那心疼女人的眼神,心里暗暗叹了一口气。毕竟是儿子喜欢的,只要她能对儿子好,就随他们去吧。也不指望她以后能帮忙照顾两个小的,如果能帮戚家再添个孙子,也就算她功德圆满了。

老人家想到这里,对桃香说:"姑娘,吃菜,莫客气。"说罢回过头又给两个孙女夹了菜,说:"和卿看上的,我没有意见。只是这两个孙姑娘可怜,亲妈走得早,都是我一口一口喂起来的……"老人家说到这里,眼睛都红了。"你,你以后能不能对她们好点?"

桃香笑了,说:"能,当然能,这么漂亮懂事的姑娘,我一定会对她们好的。"

戚和卿看母亲点了头,松了一口气,他给老人家夹了菜说:"姆妈放心,桃香心善,再说她要是对文文和英子不好,我也不得依。"

"卿哥,你放心,我晓得的。"桃香连忙表了个态。

三、蛇蝎继母

要说起来,桃香的长相还真不差,她有一张桃花般的脸庞,一双迷人的眼睛,一个如竹筒般端正的鼻梁,一副娇弱的形象。桃香身材苗条,她总喜欢穿各种不同花色的旗袍,走起路来一扭一扭的,十分引人注目。

桃香人是长得漂亮,但她的为人却让老人家感到心寒。桃香在戚和卿和老人面前总装出一副对两个孩子十分疼爱的样子,背着他们却从不给两个孩子好脸色看,还想方设法地折磨她们。

纸永远是包不住火的。当戚和卿得知桃香这样对待自己的女儿后,对她的行为十分恼恨。

“你走吧!我们这个家庭不适合你。”戚和卿说。

“卿哥,你怎么这么狠心呢?居然要我走,你晓得我的情况,你说我能走到哪里去呢?离开了你我只能是去死!呜呜呜……”桃香说着便伤心地哭了起来。

看到桃香那个伤心的样子戚和卿心软了。可事后,桃香仍然是“外孙打灯笼照舅(旧)”。最后终于忍无可忍,两个月前戚和卿大动干戈地打了桃香,之后桃香减少了对两个孩子打骂的次数。戚和卿和老人家见桃香转变了对两个孩子的态度,都以为她真的变好了,所以家里也基本上恢复了往日的平静。

进入深秋,一阵奇怪的风不期而至,紧接着是黑压压的一片,大街上的落叶刹那间就铺天盖地。这一天,桃香突然破天荒地给戚佩英买了一套新衣裳,并让戚佩英穿上试试。

还真别说,戚佩英一穿上这套衣裳就像变了一个人似的,她原本就漂亮的小脸蛋更增添了几分光彩。桃香拽着小英子上看下看、左看右看,她苦着个脸满意地说:"嗯,还行。"

第二天早上,趁婆婆不在家,桃香把自己细细地打扮了一番,穿上了平日里自己最喜欢穿的那件紫花旗袍,并给戚佩英穿上了那套新衣裳,还帮她精细地梳了两个小辫,然后拉着她就往外走。让桃香没有想到的是正在她们准备出门的时候,老人家突然从天而降,她恰巧是东西落在了家里,准备回来拿东西的。

"你们这是要去哪里?"对于媳妇的一反常态老人家很是意外,她忙拦住她们俩问。

婆婆的突然到来着实让桃香吃惊不小,她想不明白说了出去有事的人为什么还会突然降临在自己的面前。面对婆婆的突然出现,桃香显然有一点不知所措,但精明的她马上就镇定了下来。见婆婆在问自己要去哪里,她摸着戚佩英的头无比爱怜地说:"小英子从来都没有去过哪里,也怪可怜的,我今天想带她出去走一走,到我们亲戚家去玩玩。"

"亲戚? 怎么从来都没有听说过你有什么亲戚?"老人家毕竟是喝了点墨水的人,她对媳妇的这一突然转变心存戒意。

"姆妈,您这是么意思呀? 平常您总说我对她们不好,要我对她们好一点。现在我晓得以前是我错了,我想再对她们好一点,可不仅是她们不领情,就连您都对我这么不放心,您到底是要我这个做后娘的怎么做您才满意呀?"桃香假装出一副极端委屈的样子,叹了口气说,"唉! 这个后娘可真不是好当的。"

其实,在世上最好哄的就是老人和孩子。桃香已经来了两年多了,以前自己总为她对孩子们不好怄气,现在她转变了态度,而且还主动给小英子买了新衣裳,又听媳妇说到了这个份上,老人家心想:是呀,她能给小孙女买新衣裳,又愿意带她去玩,这也许就是因为她以前对她们不好,现在以此表示歉意。既然媳妇真正地转变了对孙姑娘的态度,我为什么还要阻拦呢? 于是她对桃香说:"也难得你有这一份心,不过你们早去早回。"

"嗯。"桃香应付着婆婆,牵着戚佩英的手就准备走。

"不忙,你能告诉我你家亲戚在哪里吗? 小英子她爹晓得你们今天要去亲戚家吗?"老人家还是有点不放心。

"姆妈,我看您还是不相信我不是？您看小英子都这么大了,难道我还会把她吃了不成?"接着她又摸了摸戚佩英的头,还握着她的手笑眯眯地看着她说,"姆妈,您看我们家小英子一打扮起来就更加的漂亮了,我们家亲戚见了一定也会喜欢她的。"她说:"我带她出去您老就放心好了,我们尽量争取明天就回来,再后天她们的爹也回来了,我们还要赶回来见她爹呢!"

媳妇都已经说到了这个份上,老人家也不好再说什么了,她只好改变语气试探着问:"那你亲戚住在?"

"我家亲戚住在金牛,小英子她爹是晓得的。"说完,她牵着小英子的手就往外走。

戚佩英很不情愿地跟着继母走了,但自打那以后,她就再也没有回来了,桃香也随之消失得无影无踪。

随后,戚和卿找遍了金牛的每一个角落,也找到了金牛的每一个家具作坊,但始终没有找到桃香所谓的哥哥,当然也没有找到小英子,因此他伤心不已。

从此后戚佩文就跟随祖母一同生活,戚和卿一面谋生,一面继续四处寻找戚佩英的下落。丧妻失女的打击,使得戚和卿精神逐渐崩溃,体质日益衰弱,致使他大病了一场,并落下了一个肺痨的病根。

戚佩文在私塾和父亲的传教下学到了不少的文化知识,她随着年龄的增长,也变成了一个俊美秀丽、聪慧过人的大姑娘。戚和卿见自己的身体日渐衰弱,而且母亲又在不久前离开了人世,他担心自己万一有个三长两短,怕扔下女儿无人照应,因此想趁自己健在的时候为女儿找一个好一点的人家,以托付终身。

四、戚父择婿

在 20 世纪 30 年代，给 15 岁的姑娘找女婿，这压根儿就不是什么稀罕事，对门乌太婆家的三哈子娶的个媳妇才只有 13 岁多，人家还不是过得有滋有味！那姑娘不到一年还给三哈子生了个胖小子，一家人高兴得不亦乐乎。

知道戚和卿在给姑娘找婆家，那上门来说亲的"络绎不绝"。这个时候的光棍也实在是太多了，但戚和卿怎么可能轻易地把女儿交给那些不了解的人呢？戚和卿为女儿找女婿可是要对女儿负责的，他认为这是女儿的终身大事，如果选择一旦有误，将会延误女儿的终身。经过戚和卿精心的筛选，最后，他终于同意了在报馆工作的艾文宗。

艾文宗出生在武汉市的市郊，离戚和卿家只有半个时辰的路程。艾文宗的母亲死得早，他父亲是一个扁担倒下来连一字都不识的农民，家里就只有他一个儿子，他们父子俩相依为命。农忙的时候艾父就在农村耕田种地，农闲的时候他就挑个担子在弯子的周边给人剃头。艾文宗的大伯死得早，没有留下后人，他三叔因家境贫寒，连媳妇都没有进过门，因此，艾文宗就成了艾家祖上传下来的一根"独苗"。

艾父虽然不识字，但他在弯子里可还算得上是一个响当当的"人物"，他说一句话就等于是在板凳上钉了钉，摔在地上是可以成八瓣的。再加上艾父为人正直，爱打抱不平，所以弯子里的人都要敬他三分。

艾文宗虽然出生于农村，但他皮肤白润，文文静静，而且聪慧过人。艾父因为没有文化在这个年代没少吃亏，所以他发誓要把自己的独生儿子培养成才。

农村的私塾收费微乎其微,没钱的人家给一点米、给点鸡蛋,或是给点农作物什么的就可以读书。为了把艾文宗培养成才,艾父节衣缩食,历尽艰辛,硬是让艾文宗学有所成。

艾文宗是个十分懂事的孩子,他看到又当爹、又当妈的父亲那么辛劳,他常常于心不忍。艾文宗十岁那年,他突然病得不轻,但一连病了好几天他都没让父亲知道。因为他知道如果让父亲知道了也只能是让父亲为难。

艾文宗明显地消瘦了,但粗心的艾父只知道努力干活,只知道拼命挣钱,只想多积攒一点儿钱好让儿子多读一些书,因此他每天天黑了才能见到艾文宗,艾文宗病成这样他居然没有发现。

这一天中午,艾文宗从私塾回来,见家里又是冷火炊烟,年仅十岁的他还是和往常一样,在缸里打水洗把脸,背起书包就准备去上学。

中午回家没饭吃这已经不是一回两回了,因为艾父在外面剃头的时间没有个准,所以艾文宗放学回来常常没有饭吃。艾文宗年龄虽小,但他很爱面子,为了不让别人看出自己没有吃饭,他总会像今天这样,洗个脸接着去上学。

刚走到大门口,艾文宗突感头昏眼花,他努力地扶住门框还是站立不稳,身子不由自主地慢慢滑了下去。不知过了多久,艾文宗醒来的时候发现自己躺在了床上,头上还盖有一条湿毛巾。艾文宗努力地睁开眼睛,把脸转向一边,只见父亲在一旁老泪纵横。

"爹,我怎么睡着了,我还要去上学呢!"艾文宗说着就想坐起来,可他挣扎了一会儿,还是感到力不从心。

"躺着吧,孩子,你还在发烧呢!"艾父揭开盖在艾文宗头上的毛巾,心疼地摸了摸他的头,然后把毛巾在凉水里沾了沾,捏了一把水,又覆盖在艾文宗的头上。艾父起身去倒了一杯水,用口吹了吹,拿一颗药递给艾文宗说,"把这药吃了吧,是退热的,刚才喂给你吃的时候你没有吃进去,还浪费了一颗。"

"爹,我下午还要上学。"艾文宗扭过头边吃药边说。

"已经放学了,孩子,你看天都黑了,你就安心躺着吧,我去给你做点吃的。"

见父亲做饭去了,艾文宗试着又想爬起来,可他脑袋沉沉的,像有千斤重,怎么都抬不起来。不一会儿,他又昏昏地睡了过去。

艾文宗再次醒来的时候已经是伸手不见五指了,桌子上一个小盘子里的灯草发出微弱的光。见父亲仍然坐在自己的身旁,艾文宗终于流泪了。

艾父见艾文宗醒了,立即把盘子里的灯草拔了拔,让它的亮度稍微加大了一些。艾父放下盘子就出去了,不一会儿端来了一碗稀饭说:"我煮了点稀饭,里面有一点榨菜,榨菜是开胃的,你先吃一点吧!"

艾文宗偷偷地擦了一把泪,挣扎着想坐起来,可他一抬起头就觉得天旋地转。

"你还是躺着吧。"艾父心疼地说。

艾父起身去拿了一把勺子,他把一个干毛巾隔在艾文宗的胸前,用勺子一口一口地喂着艾文宗。

艾文宗勉强吃了几口就不想吃了,艾父用毛巾给他擦了擦嘴,略带埋怨地对他说:"看你这孩子,病成这样怎么就不吱一声呢?"

在昏暗的灯光中,艾文宗却清楚地看到了父亲眼里闪烁的泪光。

就这样日复一日、年复一年,艾文宗历经了十余年的寒窗苦读,年仅22岁的他早已是文章满腹,才智超群。

艾文宗身材不高,但十分匀称。他五官清秀端正,模样儿也周正,人也很斯文,一看就知道他是个读书的人。

艾文宗工作的地方离戚和卿家不远,早就对艾文宗有所了解的戚和卿十分看好艾文宗的文才,也很欣赏他的人品。

戚和卿是一个有着渊博学识的人,而且家庭条件也不差。他知道艾文宗出生在一个贫寒的农民家庭里,他们两家根本就无法谈上什么门当户对,但精明的戚和卿并没有把家庭出身看得有多么的重要,而最让他看重的则是艾文宗本人。

艾文宗有很好的文学修养。他英俊清秀、谈吐文雅、举手投足间总有一种高雅的学者风度。戚和卿太看好艾文宗了,他认为像他这样的青年将来一定前途无量。因此,艾文宗满腹的文章和他忠厚的为人便成为了戚和卿为女儿择偶的重要标准。在父母之命、媒妁之言的年代,戚和卿将年仅16岁的女儿许配给了比她大六岁的艾文宗。

艾文宗是艾家传下来的一根"独苗",他当然不可以做上门女婿。按照艾家当地的风俗,艾文宗和戚佩文的婚礼只能在艾家举行。

两亲家见面的时候就说好了,为了方便工作,婚后,他们小夫妻就住在戚佩文家里,并说好小夫妻俩只要有时间就回去看望艾父,同时,艾父也可以常来他们家住。并且说好艾文宗住在戚佩文家并不意味着倒插门,将来如果有了孩子,他们的孩子还是跟着艾家姓。

艾父虽然没有文化,但也是个通情达理之人,他是舍不得自己的独生儿子,但考虑到他们的实际情况也就同意了。他知道自己的儿子很孝顺,知道他不会丢下自己不管。至于自己到戚家去住,那的确是个笑话,自己说什么也不可能在他戚家过夜。

女儿三天回门后又去了艾文宗家,按当地风俗,结婚后必须要在婆家住满一个月才能搬到其他的地方去住。

这一段时间,戚和卿把自己的正房腾了出来,把家里彻底地收拾了一番。他用石灰把家里的墙粉刷得雪白,给姑娘、女婿买了一张上等木料的床,木床前面还放了一个木踏板。戚和卿知道艾文宗有许多书,他除了帮他们买了柜子、箱子等一房新家具以外,还特地给艾文宗买了一个书柜。

"爹,这房还是您自己住吧,我们就住在那边也是一样的,让您老人家搬出来我们怎么好意思?"艾文宗真诚地对戚和卿说。

"这孩子,这有什么不好意思的,这个房稍微大一点,你们两个人住正好,将来你们如果有了孩子,那就更用得着了,我一个人住在哪里都一样。再说,那边也整理得挺好的,只不过是房稍微小一点,我一个人住正合适。"

见戚和卿对自己这么好,艾文宗心中十分感动。

戚佩文虽然只有 16 岁,却已出落得青春靓丽,曲线分明。她有一双黑得发亮,而且会说话的大眼睛,还有一张像她娘一样的樱桃小嘴、薄薄的嘴唇。她脸上有两个不大不小的酒窝,笑起来十分动人。戚佩文平时言语不多,她总是表现出一副腼腆害羞的样子,显得十分文雅,她的举手投足含有一种漂亮女孩所特有的风韵和气质。

刚结婚,16 岁的戚佩文还不懂什么是爱情,她只知道艾文宗对自己很好,自己也很喜欢艾文宗。

也许是因为艾文宗比戚佩文大六岁的原因,他们之间似乎有一种代沟,虽然他们俩睡在一张床上,但艾文宗却没有多少话要对戚佩文说。艾文宗言语不多戚佩文也喜欢,因为她能在他的寡言和矜持中使自己闻到他身上那种特有的书香气息,戚佩文由此而敬畏他。

随着时间的推移,艾文宗的形象在戚佩文的心目中逐渐高大,日益生辉。他的那种涵养,那种魅力,让她无法抵挡。戚佩文越来越喜欢艾文宗、越来越离不开艾文宗了,她也逐渐地懂得了什么叫爱。在戚佩文的心里,艾文宗就是她这一辈子唯一的选择,她认为除了艾文宗,她再也不可能遇到比他更合适的人。

结婚后,戚佩文向艾文宗讲述了自己妹妹失踪的前前后后,艾文宗听了十分生气。他向戚和卿了解了详细情况后,向各有关部门都发了寻人启事,想方设法地寻找戚佩英的下落。

为了寻找小女儿,戚和卿又何尝没有求助有关部门,但发出去的求助信大多如泥流入海,小女儿的失踪早已是戚和卿的一种心病。现在见艾文宗也这么关心这件事,他非常欣慰,他欣慰自己为大女儿找了个好女婿。

五、盼子心切

戚佩文自打 16 岁嫁给艾文宗,都已经八个年头了,可她的肚子却从来都没有挺起来过。艾文宗越好,戚佩文就越觉得过意不去。寒冷的冬天,戚佩文的泪水沾湿了枕巾,她怎么也想不明白,自己怎么就没能为艾家生个一男半女。没有生育,戚佩文没有细想这到底是谁的原因,她只知道生孩子是女人的事,她只怨自己的肚子不争气。

三更时分,艾文宗在睡梦中隐隐约约听见了妻子的抽泣声,他忙探起身子将煤油灯点亮,然后揽过戚佩文的肩膀,轻轻地将戚佩文搂进自己的怀里,轻声地问:"佩文,你怎么啦,是有哪里不舒服吗?"

"没,没什么。"戚佩文停止了抽泣。

"你看,都哭了还说没什么,有什么事你就说出来,别憋在心里一个人难受。"

听艾文宗这么一说,戚佩文的眼泪更不听使唤了。

艾文宗心疼地用手擦着戚佩文的眼泪,说:"你是不是有哪里不舒服,不舒服我们就去看医生好不好,可千万别拖坏了身子。"

"不是的,文宗……"戚佩文说到这里就噎住了,眼泪继续往下滴。

"不急,有什么话慢慢说。"艾文宗心疼地说。

"文宗,你不怪我吗?"戚佩文突然问。

"怪你?这是哪里的话?你又没有做什么对不起我的事,我为什么要怪你?"艾文宗有些不解。

"文宗,我们结婚都八年了,我至今还没有给你生个一男半女,我真的觉得对不起你。"说到这里,戚佩文又哭出了声。

艾文宗终于明白了妻子是在为什么难过,他又何尝不想要一个孩子?父亲在自己的面前不知道说过多少次,自己是怕戚佩文想不明白,所以从来都没有对她说。艾文宗知道这种事并不是以自己的意志为转移的,他觉得什么事都只能顺其自然。艾文宗是爱妻子的,见妻子为此事如此地伤心,他心里除了感动之外,也不是滋味。艾文宗是一个文化人,他知道没有生育不一定都是女方的事,他大伯婚后就没有留下一个子女,而当他大伯娘改嫁后,在别人家里也有了孩子。

艾文宗再次用手轻轻地拭去戚佩文脸上的泪水,轻抚着她的面颊说:"佩文,你也不必老是埋怨自己,总跟自己过不去,我听说汉正街刘天保药店有一名老中医,他看这方面的病还是挺不错的,我们俩不妨去找他看看,是谁的问题就吃点药。"

听艾文宗说要找刘天保的那个男医生看这方面的病,封建的戚佩文白润的脸上刹那间就渗出一片红云。戚佩文虽然也知道如果想治好自己的病找医生是当前唯一的渠道,但她还是说:"羞死了,那多不好意思。"

"这有什么不好意思的。"艾文宗用手托起妻子的头,一手抚摸着她的脸说,"瞧你,还这么害臊,看你的脸烫得都能煮一锅粥了。"

戚佩文轻轻地扒开艾文宗的手,她抿着嘴,用鼻音发出轻微的一笑,又一次将已经红到耳根的脸埋进了丈夫的怀里。

冬季似乎还没有过完,春天就匆匆来临,天气的忽冷忽热常常让人措手不及。仰望着稀疏的寒星,艾文宗不禁愁肠百结。父亲都已是花甲之人了,至今还没有抱上孙子,他嘴里虽然没有埋怨自己,但他心里是怎么想的,艾文宗是再清楚不过了。前不久,艾文宗曾背着戚佩文偷偷地去过医院,医生说他一切正常,这么一说,问题就出在戚佩文身上了。可戚佩文又怕羞,每次让她去检查她总是羞答答的不敢去,这就难为了既孝顺、又爱妻子的艾文宗了。

这一天,艾文宗终于说通了戚佩文,他把刘天保药店的医生请到了家里。把完脉后,医生给戚佩文开了几副中药,说这几副药吃了以后再换处方。

戚佩文最怕吃中药了，小时候只要是吃中药，她就会想方设法地把药偷偷倒掉，但这次为了给艾家传宗接代，为了能让自己怀上孩子，她也就豁出去了。

戚佩文一连艰难地吃了六十副中药，可几个月下来，自己的肚子还是没有一点儿动静。戚佩文似乎不再相信自己会有生育了，未能给艾家生个一男半女，这一直是戚佩文的一个心病。

自从看了医生以后，戚佩文更加清楚地知道了没有孩子是自己的原因，于是，她决心用自己的实际行动来弥补自己给艾家造成的损失。从此后，戚佩文对公公更加的孝顺，对丈夫也更加的关怀备至。

春去夏来，一轮明月高高地挂在天上，漫天的星星闪着银光。

戚佩文坐在自家的窗前，她仰望着天空，暗暗地在做一个决定，她决定自己离开艾文宗，让他再找一个女人，好为他们艾家生儿育女。

其实，戚佩文是多么地希望自己能与艾文宗白头到老，共同携手走完人生。但为了自己心爱的人，她认为自己不能这么自私。

戚佩文与艾文宗相守已经八年多了，在这八年多里，艾文宗已经给了戚佩文许多的爱，并使她留下了许多难以忘怀的记忆。戚佩文认为：只要自己心中有爱，有美好的回忆，生活就是美好的，所以她觉得自己也该知足了。

坐在星空下，从来不信佛的戚佩文突然双手合十，暗暗地祈祷着上天的保佑，保佑艾文宗将来的妻子能为他多生几个儿子。

渐渐地，天上的星星相互连接了起来，形成了一个大大的圆，朦朦胧胧的。紧接着，戚佩文的脸上滚落下来两行滚烫滚烫的泪水。

洗罢头脸，戚佩文轻轻地走到了正在看书的艾文宗身旁，她面带愧疚地对艾文宗说："文宗，我想跟你说说话，你能把书放一下吗？"

"当然可以，有什么要紧的事吗？"艾文宗把书放到写字桌上，要戚佩文也坐下来。

戚佩文仍然站在那里原地未动，她低着头，羞怯怯地小声说："文宗，我想离开你，希望你再找一个女人，好让她给你生下个一男半女。"

"你……你……你胡说什么？"艾文宗一下子从椅子上弹了起来，他表现出一副十分生气的样子对戚佩文说，"今后，我不准你再说这样的胡话。"

见艾文宗为此而生气，一种莫名的感动顷刻间涌上了戚佩文的心头，一丝发自内心的兴奋浮上了她的双颊,她把头低得更低了,红着脸半天都不言语,幸福得泪如泉涌。

　　见戚佩文流泪了,艾文宗以为是自己的语言过激刺伤了她,他连忙贴近戚佩文的身旁,放低音量对她说:"佩文,是不是我刚才的行为刺伤了你,让你这么伤心? 不过,我还是得告诉你,这一辈子,我就只要你一个女人,除了你,我绝不可能再去沾惹别的任何人。"接着艾文宗托起戚佩文的脸,注视着她的泪眼,用带有警告的语气轻声说:"你记住,今天你说的这句话是第一次,也是最后一次,今后我如果再听到你说这样的话,我可就真要生气了。"一番话说得戚佩文好生的感动,她两眼多情地望着艾文宗,泪水止不住地往下滴。

六、心系爱妻

　　眨眼间又过了半年。这一天，艾文宗心神不宁地走在上班的路上。天忽然暗了下来，艾文宗抬头一看，只见被风席卷着的乌云在半空中堆积，转眼间就变成了黑压压的一片。就要下雨了，艾文宗告诉自己。艾文宗一边走，一边伸手到包里拿雨伞，说时迟，那时快，还没等艾文宗从包里把伞拿出来，豆大的雨点就劈头盖脸地抽打下来。艾文宗连忙撑开雨伞，雨点敲打在伞上发出嘣嘣的响声。眼看这伞都要散架了，艾文宗朝四周看看，他希望能够找到一个避雨的地方。商店的门都还没有开，房檐下也不可能避这么大的雨，眼看上班的时间也要到了，艾文宗顾不了许多，他只好顶着雨前行。

　　大雨稀里哗啦地下个不停，在这一天，艾文宗的心里就像"十五个吊桶打水"，一直都没有安宁。主编让他写的一篇稿子，如果在往常那稿子早就该水到渠成了，可今天他趴在桌子上写了一整天都没有写完。因为这篇稿子是急等着要的，他回家去还得继续写。在煤油灯下写东西是艾文宗常有的事，但他们家里的那盏煤油灯他确实不敢恭维，不要三个小时就足以让他头昏眼花。

　　昨天晚上，结婚八年多来从来都没有害过大病的戚佩文，不知是什么原因突然高烧不退，口里还胡言乱语。她说什么我一定要给你生个儿子，我一定要为艾家传宗接代。说什么都怪我，是我自己有病才害得艾家没有后代，我一定要为艾家生个一男半女……

　　艾文宗太爱戚佩文了，他可真怕戚佩文有点什么事。这小半辈子，艾文宗觉得最值得自己庆幸的就是娶了戚佩文这样一个好媳妇,他认为戚佩文是一个不可多得的东方女性,是一个难得的贤妻良母。戚和卿出差好几天了还没有回来,戚佩文又病成这样,今天家里就只有佩文一个人,艾文宗哪里放心得下。要不是报馆这一篇重要的稿子急着要写,要不是主编千叮咛,万嘱咐,说这篇稿子是多么多么的重要,要不是佩文今天早上已经退了烧,说她已经没事了,艾文宗说什么今天都不能到报馆去。可话又得说回来了,艾文宗如果今天不去报馆能行吗? 就这样他还被主编骂了一通,说什么这么急的稿子他居然一天都没有写完,说什么明天早上如果不能交稿子就让他别来上班。在这个兵荒马乱的日子里,艾文宗虽然有高深的文化,但要想找到一份理想的事做也并不是一件容易的事,所以现在这份难得的工作他怎么能够说丢就丢呢? 艾文宗深深地知道,他现在如果失去了这份工作,尽管岳父家还有一定的底子,尽管岳父还有一定的收入,尽管家里暂时还不缺钱花,但自尊心极强的艾文宗说什么也不能靠岳父生存。因此,他还是不得不在主编面前低三下四。

雨还在淅淅沥沥地下个不停,从报馆到万和里的一条小道泥水交融,行走起来极不方便。艾文宗一手打着伞,一手提着为戚佩文刚买来的药和营养品,踏着泥泞的小路,深一脚浅一脚地行走在回家的路上。好不容易走到了汉正街,天也渐渐地暗了下来,汉正街的大小商铺都挂起了马灯,或点燃了煤油灯或蜡烛,路上来来往往的行人穿蓑衣、戴斗笠、打伞的应有尽有,一个个步履匆匆。

"是文宗回来了吗?"正躺在床上的戚佩文听见了开门声,连忙从床上爬了起来。

由于雨大路滑,艾文宗虽然打了伞,但身上的衣服还是被雨水沁透了。艾文宗一见到戚佩文就迫不及待地问:"你好些了吗? 怎么不躺着休息? 怎么就起来了?"艾文宗边问边收起雨伞在门外甩了甩,然后关上门对戚佩文说:"看你的脸色这么不好,还不快去躺下? 我今天实在是稿子要得急,要不然我应该在家里照顾你的。"

看到艾文宗这么关心自己,戚佩文欣慰地笑了。她说:"我正躺着呢! 听见开门声我才起来的。"

戚佩文接过艾文宗手上的雨伞说:"我本来就好多了,现在又有了你的这句话,我的病就真的全没了,只是你,下这么大的雨也不躲躲,看你的衣服都湿透了,还不赶快到房里去换了? 今天天气这么冷,如果淋病了看怎么办?"

艾文宗看着戚佩文笑了,他说:"我这不是着急吗? 你昨天晚上病得那么厉害我都没有留在家里照顾你,下了班还不赶紧回来?"

"你呀,心里总是惦记着别人,从来都不注意自己的身体,看你的嘴唇都冻得发紫了,还不赶紧换了鞋子到房里去?"戚佩文拿来一双亲手给艾文宗做的布底棉鞋对艾文宗说,"快进去吧,我去给你打盆热水暖一暖,也好把湿衣服给换了。"

艾文宗接过戚佩文递给自己的鞋子,他坐在木靠椅上,用毛巾擦了擦脚,边换鞋边说:"瞧你担心的,我哪有那么娇气? 只是你自己,病得这么厉害也不好好休息,今天你就什么事都别管了,快去床上躺下,这么多年来一直都是你在照顾我,今天也让我学着照顾你一次。"

戚佩文听艾文宗这么说,她轻轻地一笑,说:"我成天待在家里风不吹雨不打,这不就是休息呀? 可你是我们这个家里的顶梁柱,你才不能有点什么事,这个家还靠你撑着呢!"她边说边拿着雨伞往厨房走。

在艾文宗眼里,戚佩文虽然不善言语,却也是个乖巧伶俐之人,现在看她也能说出这么多温暖自己的话,艾文宗打心眼里笑了。

平日里,戚佩文从不让艾文宗做家务,也不让艾文宗过多地为自己和这个家操心,而且她对艾文宗的衣食住行总是照顾得周周到到。每天吃饭的时候都是戚佩文把饭添好了端到桌上,晚上睡觉前就连艾文宗的洗脚水都是戚佩文给他打好。

戚佩文把雨伞放好,顺便从厨房端来一盆热水,艾文宗穿好鞋连忙赶过去,他接过戚佩文手中的盆说:"我来我来,你都病成这样了,该我照顾你,哪能还让你辛苦?"

戚佩文笑盈盈地跟着艾文宗进了房,她知道艾文宗连自己的衣服放在哪里都不会知道,她打开抽屉把艾文宗的衣服拿了出来,说了句小心别着凉了,便帮他关上了房门,自己到厨房里烧火做饭去了。

艾文宗换好衣服赶紧到厨房来,他让戚佩文去休息,说自己来做饭。戚佩文笑着说:"你能帮帮忙就不错了,饭还是我来做吧。"

艾文宗可是从来都没有做过厨房里的事,现在就连帮忙他都盲从得不知道该从哪里下手。戚佩文看到艾文宗那摸头不知脑的样子感到好笑，她说："你只帮我往灶里添柴火就行了。"

"好咧，我来添柴火。"艾文宗说着就动起手来。

艾文宗连往灶里添柴火的样子都是笨手笨脚的，戚佩文看了不觉偷偷地抿着嘴笑。她说："别看你写起文章来轻车熟路，可这做家务也是要有学问的。"

"要不怎么还有家庭大学呢？在这里你就是我的老师了。"艾文宗咧着嘴笑了笑，眼睛被烟呛得连眼泪都流出来了。

戚佩文刚扒了一口饭就突然咳嗽起来，艾文宗赶紧放下碗筷走到戚佩文跟前问："佩文，你怎么样？"艾文宗摸了摸戚佩文的额头，感觉她还有点发烧，便自责说："你看看我，拿回了药都忘了给你吃，你都病成这样了我还让你做事，我也真是。"艾文宗说着就往房里走，不一会儿就把药拿出来了，他倒了一杯水对戚佩文说："你赶紧把这药吃了到床上去躺下，其他的事我来做。"

戚佩文无力地抬起了头，她看了看艾文宗轻声说："我没事，一会儿就好了。"

看见戚佩文惨白的脸色，见仅一个晚上戚佩文就明显地瘦了许多，艾文宗顿时觉得自己似乎被什么抽了一下，他的心痛得如刀绞一般。

"你呀，总说没事，瞧你的面色这么难看，你先把这药吃了试试，不行我们还是赶紧去看医生。"

"不用，真的，我一会儿就没事了。"见艾文宗对自己这么关心，戚佩文的幸福感就像花儿一样，在自己心里生根，发芽，开出了绚丽的花。

艾文宗见戚佩文还这么说，以为戚佩文是舍不得花钱，他急忙从荷包里掏出一块大洋说："这是我刚拿的稿费，足够你今天看病的了。"

"不是钱的问题，我真的没有什么，真的，我一会儿就没事了。"戚佩文强打起精神望着艾文宗，递过去一个拼出来的笑，并说，"我自己的事我晓得，我只是着了点凉，没有什么大病。"

"着凉也得吃药呀！"艾文宗指着药说，"这是专门治感冒和退烧的，你快吃了去躺下休息。"看到戚佩文那无可奈何的笑容，艾文宗责怪她说："有病不愿意吃药，讳疾忌医。"

戚佩文感觉自己不像是感冒，她认为这种药对自己不会有用，但见艾文宗对自己这么关爱，她还是按照说明把药给吃了。

吃完药，戚佩文打起精神又坐了起来，她用手复拿起筷子，装着很认真地吃饭的样子，将饭菜一口一口地硬往口里塞。

艾文宗看得出来戚佩文那吃饭的样子是装出来的，他说："你还是去躺躺吧，今天家里的事就交给我好了，等一会儿我再弄点汤汤水水的东西给你吃。"

戚佩文心想：你从来都没有做过家务活，哪里还会晓得家里的事该怎么做？便无力地笑了笑说："算了吧！还是我来。"

"今天你就当给我一次学习的机会行吗？你去安心躺下，我负责做到你满意。"艾文宗没让戚佩文继续干活，硬把她扶到房里，让她躺下了。

可别说，艾文宗做事还真有条理，他收拾完桌子，洗好碗，又烧水给戚佩文洗了脸和脚，然后还给戚佩文做了一碗鸡蛋汤。

看到艾文宗做的鸡蛋汤戚佩文笑了，她接过碗端在手中，看一眼碗里的汤又看一眼艾文宗，心里好生感动。戚佩文用勺子舀了一勺汤放在口里尝了尝，别说，味道还真不错，她高兴地说："到底是有文化的人，无师自通。"

"看你，病了还这么不乖，还要取笑人。"艾文宗笑道。

艾文宗安置戚佩文睡了后，这才又去继续写他的那篇稿子去了。

七、佩文怀孕

　　自从那次大病一场后，戚佩文一见到油腻的东西心中就着涌，有时候看人家吃什么她也想吃，可是等到有了这些东西却又难以咽下。戚佩文曾经在书中看到过怀孕的人就有这样一些反应，但自己是大病一场后才有这些反应的，她害怕自己是真病了，害怕如果不是怀孕说出来会惹人笑话，所以戚佩文一直都不敢朝怀孕这方面想，她更不好意思向任何人吐露自己的心思。戚佩文闷闷的，心事重重的，她无法知道自己到底是病了，还是真的怀了孕。

　　戚佩文常常会感到很不舒服，但她在父亲和丈夫面前却尽量地强忍着，在非常难受的时候，她还要装出一副没事人的样子。一段时间下来，戚佩文明显地瘦了，但她却瘦得更加的精细，更加的美丽，更加地惹人喜爱。

　　"佩文，这段时间你到底怎么了？每餐吃饭的时候都只吃那么一点点，而且人也瘦了，你是不是有哪里不舒服？"吃晚饭的时候，艾文宗看到戚佩文那瘦弱的样子，无不心痛地一连发出了好几个问题。

　　"是啊，佩文，你最近到底是怎么了？看你瘦得这么厉害。"戚和卿看到女儿这个样子也十分心痛。

　　"我？没什么。"戚佩文抬头望了他们一眼，脸上立即增添了一层红云。

　　"你呀，每次问你你总说没有什么，看你吃饭吃得这么少，而且人也明显地瘦了，你还在说没有什么，有什么事你就赶快说出来，别老让我们猜来猜去。"艾文宗担心地说。

　　"我，我……"

"你怎么了？你到底怎么了？"见戚佩文说话吞吞吐吐，艾文宗心急如焚。

"我……"戚佩文抬头看了父亲一眼，见父亲的两眼也在紧紧地盯着自己，还是没好意思说出口。

"你说呀！你看你看，真急死人了。"艾文宗目不转睛地看着戚佩文。

突然，戚佩文心里一阵翻滚，她急忙放下筷子一阵小跑，急急地进了房，对着痰盂她就一个劲地呕了起来。艾文宗见状也连忙放下了碗筷，紧紧地跟进了房里。

见艾文宗也来了，戚佩文忙将痰盂的盖子盖上，用手绢擦了擦嘴，装出个没事人的样子，微微一笑问："你怎么也来了？"

艾文宗还是不明白戚佩文到底是怎么了，她的这些反常表现确实让艾文宗放心不下。艾文宗走过去扶住戚佩文，让她在床边坐下，急切地问："佩文，你病了是吗？你病了为什么不让我们晓得呢？你这样会把自己的身子拖垮的你晓不晓得？你看看你现在这个样子，你晓得我们有多么担心吗？"

"看你急的，我真的没有什么。"戚佩文抬头看着艾文宗，欣慰地笑着。

艾文宗紧挨着戚佩文坐了下来，他侧过身子对戚佩文说："你也不要再哄我们了，我看你还是去找医生看一下，就是没有什么病也好让我们放心。"

戚佩文见丈夫对自己这么体贴入微，她的心中别提有多么的愉悦，她侧过身多情地看着艾文宗，还没开口脸就像泼了血似的红。见艾文宗双眼紧盯着自己，戚佩文不好意思地低下了头，她双手拨弄着自己的手指尖说："我，我两个月都没有来那个了。"说到这里，戚佩文情不自禁地用手摸了摸自己似乎有点异样的肚子，羞答答地、偷偷地瞟了艾文宗一眼。

"你是说你两个月都没有？你看看，你怎么不早说呢？那还不赶快找医生看看？"艾文宗似乎还不明白妻子到底是怎么了，他以为她真得了什么大病，便急切地说，"那我们得赶快去找医生呀！"

"别，这是女人的事，哪里好意思去看医生呢？你放心吧，我不会有事的。"说这话时，戚佩文仍旧羞涩地低着头。

"哦！我晓得了，你一定是？"

艾文宗恍然大悟。戚佩文不好意思地扭过头羞答答地说："哪个晓得是不是真的。你可千万不要告诉爹，如果万一不是，那多难为情。"

几天后，戚佩文的饭量越来越差，而且总显得懒洋洋的，总想睡觉。看到戚佩文这种精神状态，艾文宗在心里直犯嘀咕：佩文是一个十分坚强的女人，她自从嫁到这个家来，就是生病了她都会装成个没病的样子，现在就算是怀上了孩子，她也不至于这样啊？莫非她真的是生病了，她是怕我们着急，或是连她自己也不晓得是怎么回事？不行！还是得让她去看看医生，可不能把她的身体给耽误了。于是，艾文宗下定了决心，这一次，不管戚佩文怎么反对，他一定要请医生。

终于，艾文宗不顾戚佩文的再三阻拦，到汉正街刘天保药店把坐堂的胡医生请到了家里。

胡医生认真地给戚佩文把了把脉，然后，知道艾文宗夫妇盼子心切的他，笑盈盈地摸着自己下巴上的一小撮花白胡子，文绉绉地向艾文宗夫妇道起喜来。"恭喜啊，艾先生，你妻子并没有什么病，而且是好事啊！"

"好事？"听胡医生说妻子没有病，艾文宗心里的一块石头终于落了地。他已经猜想到是怎么回事了，便满脸兴奋地问胡医生说，"您是说她没有病？而是？"

见艾文宗喜于言表，胡医生知道他一定是懂了，他端起茶杯轻轻地呷了一口茶，然后慢条斯理地说："艾先生啊，你妻子不仅没有病，而且是有喜了啊！"

"哦！"艾文宗从胡医生口里确切地听到了这个信息，他显然惊喜不已。艾文宗亲切地看了一眼红着脸低着头的妻子，然后急步靠近胡医生，迫不及待地想进一步证实，便明知故问："你是说我妻子真的没病？你是说她果真怀上了孩子吗？"

"是啊，如果我判断无误的话，你妻子怀上的应该是一个千金。"

听说是千斤，戚佩文的头低得更低了，她的心里开始矛盾起来。自己终于能怀上孩子了，而且自己也很喜欢女孩，这对自己来说确实是值得庆幸的一件事。但艾家的期盼戚佩文也是知道的，他们要的是传宗接代，而女孩子又怎么能为艾家传宗接代呢？现在，胡医生说自己怀的是一个千金，当事实摆在自己的面前时，戚佩文还是感到了几分的失落。

"千金？"听胡医生说妻子怀的是千金，艾文宗心里也咯噔了一下，他知道父亲最最期盼的可是孙子。接着，艾文宗转头看了妻子一眼，当他看到妻子这种愧疚的神情时,艾文宗立刻意识到了妻子此时此刻的心情。"千金好,千金好,我就是喜欢千金。"艾文宗做出一副十分高兴的样子,说出了这样一句言不由衷的话。

此时此刻,艾文宗的这一番言谈举止是戚佩文没有料想到的。她知道艾文宗期盼的也是男孩,但不管他的真实思想是怎样的,此时的戚佩文还是十分感激丈夫对自己的理解及宽容。一直期盼着生儿育女,但又羞于启齿的戚佩文,见自己真的怀上了孩子,她的确发自内心地高兴。戚佩文想:既然自己没有病,既然能够生孩子了,以后一定要为艾家多生几个儿子,好让艾家有传宗接代的人。戚佩文抬头看了看艾文宗,又看了看胡医生,见他们的眼睛都在齐刷刷地看着自己,她不好意思地露出了一个微笑,那眼神是一种无比可爱的、童稚的清纯。

八、博雅降生

戚佩文怀孕不久,戚和卿的肺痨病突然复发了。为了给戚和卿治病,艾文宗夫妇花光了家里所有的积蓄不说,还欠下了一笔债务。但戚和卿还是因久治不愈,离开了人世。

戚和卿临死前还在不停地叫着小英子的名字,这么多年来戚和卿一直都没有忘记小英子,小英子的离去一直是他心中的痛。其实艾文宗也在想方设法地寻找,但戚佩英始终下落不明。

戚佩文何尝又不想自己的妹妹? 小英子小时候是那么地惹人喜爱,两姐妹在一起是那么的亲密,可叹小英子还只六岁就被继母拐走了,戚佩文想小英子如果还活着的话,现在也该是二十出头的人了,也不知道她现在处境如何? 现在爹又要离自己而去,戚佩文更是伤心不已。

"爹终究没有找到小英子。"戚佩文哭着说,"眼看我女儿就要出生了,爹却匆匆忙忙地走了,想起今年初他听说我们有了孩子的时候是那么的高兴,可他怎么就不等着我们的孩子出世呢?"

"是啊! 他老人家多么想抱外孙啊! 可偏偏在这个时候发了病,而且还走得这么急。"艾文宗对戚和卿也是十分孝顺的,戚和卿就这么离开了人世,艾文宗也非常难过。

戚和卿去世后,戚佩文由于过度的伤心,又病了一场。

钱是越来越不值钱了,好多人的生活都是靠以物易物。可艾文宗是个"爬格子"的,他只能靠自己那几个微薄的收入来还欠下的债务和维持整个家庭的生活,因此经济显得十分拮据。生活压力虽然大,但日子还是要过的。他们夫妻俩除了尽量的节俭外,就是在精神上相互慰藉。

1949 年 9 月 23 日,经过了一天一夜的大雨洗刷,大地显得比往日清洁而美丽。

艾文宗到外地出差已经好几天了,今天早上坐火车刚回到武汉,见武汉的天气这么好,他的心情也特别的好,因为他马上就要见到自己的爱妻戚佩文了。戚佩文怀孕已经八个多月了,几天没见,也不晓得她现在怎么样?于是,艾文宗急急地往家里赶。

"佩文,我回来了。"一推开大门艾文宗就激动地叫了起来,"我走了好几天,你一个人在家里还好吧?"

听到艾文宗的声音戚佩文挺着个大肚子从房里走了出来,一见到艾文宗,她兴奋的心情溢于言表。"文宗,你终于回来了?"戚佩文伸手去接艾文宗的提包,说,"你在外面一定很累吧?还没有吃早饭吧?快歇歇,我去给你做点吃的。"

艾文宗没让戚佩文接自己手中的包,他顺手把包放在大桌子上,说:"别忙,你先坐下来让我看看,我看看我们的女儿长大了没有?"艾文宗摸了摸戚佩文的肚子,笑着说:"嗯,长大了。"

"瞧你,都这份年纪了,还没个正经。"说这话时,戚佩文的脸都红了。她说:"你才走了这几天,我就感觉像过了几年一样,觉得时间好长好长,每天,我总在家里扳着指头数,看你什么时候才能回来。"

"你晓得这说明了什么吗?"艾文宗打开旅行包,将里面的东西一件一件地往桌上拿,边说,"这就是很多人不好意思说出口的一个字。"

戚佩文知道艾文宗说的这一个字是什么,她的脸更加的红了。

"其实我在外面也觉得时间好长,在外面也好担心你。"艾文宗看到戚佩文那不好意思的样子,扯开话题指着桌子上的一堆东西说,"这都是有营养的食品,你吃了对我们的女儿也会有好处的。"

戚佩文给艾文宗泡了一杯茶,她把茶递到艾文宗的手上说:"忙什么嘛?看你,回来了也不先歇一下,来,快坐下喝点茶。"

艾文宗接过戚佩文手中的茶放到桌上,牵着戚佩文的手走到一把椅子旁说:"你也坐坐,歇一会儿再去做吃的。"艾文宗在戚佩文旁边的一个长条凳上坐了下来。两个人叙述着这几天离别的情景。

吃完早点,艾文宗因坐了一夜的火车,躺在床上就睡着了。戚佩文一个人没事干,也想在床上躺一下,便也上了床。正当戚佩文睡得迷迷糊糊的时候,突然听见有人在叫艾文宗,戚佩文见艾文宗睡得正香,便没有叫醒他,她掀开盖在自己身上的毛巾被,一个翻身下了床,打开大门,见是隔壁的陶嫂子,便问:"陶嫂子,你有什么事吗?"

"哦,佩文,你先生在家吗?"陶嫂子伸头往屋里瞅。

"在。他昨晚坐了一夜的火车,正睡觉呢!你有什么急事吗?"

"哎!我屋里那个老鬼回他们老家去了,说好一个星期就回来的,可现在都半个月了,他人不回不说,连信也不见一封,你看,我这不是担心吗?我想请你先生帮我写几个字去问问,既然他睡了那我就等会儿再来吧。"

"也好,等他醒了我来叫你。"戚佩文不忍心现在就叫醒丈夫。

戚佩文正准备关门,腹部突然痛了起来,而且有一种下坠的感觉,戚佩文去拉下马桶前的布帘子,坐在马桶上用纸擦了擦小便,一看,纸巾上竟然有了淡淡的红色。

戚佩文害怕了,她听人说过,小便里见了红就表示动了胎,她惊恐地喊道:"文宗,文宗,我,我这是怎么了?"一时间,戚佩文面部的脸色都变了,额头上也沁出了汗珠,从未有过生育经历的戚佩文,她显然有些不知所措。

艾文宗坐了一夜的火车才到武汉,他也实在是太辛苦了,戚佩文轻声的呼唤并没让他醒过来。惊恐中的戚佩文只知道自己情况不妙,但不知道该如何是好,她勉强从马桶上站了起来,弓着腰侧躺在床上,用手想扒醒熟睡中的丈夫,但又于心不忍。

突然,戚佩文的肚子剧烈地痛了起来,顿时大汗淋漓,嘴里不由自主地发出了尖锐的叫声。艾文宗在梦中被叫声惊醒,他惊恐地坐了起来,见戚佩文面色苍白,满头是汗,他似乎意识到了什么,忙问:"佩文,你,你这是怎么啦?"

"我,我肚子,肚子疼。"怀孕才八个多月,从来都没有经历过生育的戚佩文,她哪里知道她的这种症状就是要早产。

艾文宗终于彻底地清醒了,他看到在痛苦中挣扎的妻子,也有些不知所措。

"我是不是动了胎？快,快去请隔壁的王婆婆来,怎么才,才八个多月就……"说话间,戚佩文又感觉到自己的腹部一阵难忍的痛。

王婆婆见戚佩文已经动了红,她连忙麻利地准备好了一切来为戚佩文接生。下午未时,经过母体孕育了八个多月的婴儿再也不愿意忍受在母体内的孤独和约束,不顾一切地从娘怀里"奔"了出来。

"嘿！这胡医生说得还真准,果然是一个丫头,丫头好,会生伢的头胎就是要生丫头。"

王婆婆不愧是个老接生的,她很会说话。在王婆婆兴高采烈的说笑中,戚佩文的脸上也显现出了欣慰的笑容。

俗话说儿奔生,娘奔死,这话一点不假。出娘怀,小丫头哇哇哇地诉说着奔出娘怀的喜悦,戚佩文却因大出血而昏死了过去。见此情景,接生婆顿时乱了方寸,她连忙一边给戚佩文裹上衣服,一边喊艾文宗快来。

看到妻子已经昏死过去,艾文宗一下子不知如何是好？他来不及细想,为了保住妻儿的性命,果断地做出了决定:去医院。

艾文宗拿起出门穿的衣裳,他边穿边走边对王婆婆说:"麻烦您老人家照顾一下,我去叫黄包车。"

艾文宗叫黄包车去了,王婆婆坐在戚佩文的身旁,她又是掐人中,又是掐虎口,终于让戚佩文醒了过来。见戚佩文慢慢地睁开了双眼,王婆婆忙将准备好的红糖水小心翼翼地送进她的口里。戚佩文两眼无神地搜索着王婆婆身边的人,见没有艾文宗,她嘴巴动了动没说出话来。王婆婆似乎看懂了戚佩文的心事,她忙说:"艾先生叫黄包车去了,准备送你上医院。"

戚佩文眼里沁出了泪花,她张了张嘴,发出细小的语音,断断续续地说:"上什么……医院？家里本来就……就没钱,哪里还有钱……上……上医院？"

"你现在就莫想那么多了,还是身体要紧,你看你姑娘刚出世,你没有一个好的身子怎么照顾她呀？还有你先生,他也需要你啊!"王婆婆到底是过来人,她很会安慰人。

"快,黄包车来了。"艾文宗急切地往房里走。

戚佩文见艾文宗回来了,她张开嘴想说点什么,但没有说出来。

不容分说,艾文宗和王婆婆把戚佩文搀扶着上了黄包车。艾文宗紧贴着戚佩文坐了下来,将一只手搂住戚佩文的腰,让她的头靠在自己的肩上,另一只手紧紧地握住戚佩文的手。见王婆婆还站在旁边,艾文宗突然想起了家里的女儿,他侧过头对王婆婆说:"家里就麻烦您老人家了,回头我……"

"快走吧,快走吧,救人要紧。"王婆婆推了车子一把,催车夫快点走。

车夫在艾文宗的催促下快马加鞭地赶到了医院,戚佩文很快就被送进了产房。

产房外一片沉寂。戚佩文进产房都两个小时了,艾文宗还没有听到医生的丝毫回音。在产房外,艾文宗就像热锅上的蚂蚁,他一会儿来回不停地走动,一会儿坐下去又站起来,一会儿扒着产房的门想往里面看,可他什么也看不见。正在艾文宗十分焦急的时候,一个穿白大褂的小胖护士从产房里走了出来,见到小护士,艾文宗就像见到了救命的稻草一样,急切地问:"护士小姐,我妻子她怎么样了?"

"哎呀,我的天,生孩子怎么不把她送到医院里来,你看多危险呀? 如果她再晚来一会儿恐怕连性命都保不住了。"小胖护士边说边走。

"那她现在?"艾文宗紧追上去继续问。

"等着吧,她现在身体很虚弱,还没脱离危险呢!"说完,小胖护士就急急地走了。

刹那间,艾文宗就像一只泄了气的皮球,他耷拉着脑袋无可奈何地瘫坐在靠墙的椅子上。

"医生,医生,我妻子她怎么样了?"见接诊的医生开门出来,艾文宗就像又一次看到了救星。

"情况很不好。"接诊医生说,"病人的身体太虚弱了,再加上难产,她现在正在进行胎盘剥离,弄不好会有生命危险。"

"什么? 您说什么? 您是说我妻子有生命危险? 那……医生……医生,您一定要救救她呀,您一定要想办法救救她,我求求您了。"艾文宗心急火燎地跟在医生的身旁,他边走边说,"医生医生,我求求您,求您尽力抢救我的妻子,花再多的钱都没有关系,我们这个家可不能没有她啊!"

　　"你就不要跟着我了。"接诊医生用理解的目光看了艾文宗一眼说,"医生对病人有割股之心,当病人有危险的时候,抢救病人是我们的天职,你就放心好了,我们会尽全力抢救她的,现在我们妇产科主任和外科医生都来了,大家都在尽力呢!"

　　"谢谢!谢谢!"艾文宗连声说着。

九、晴天霹雳

四个小时了,戚佩文终于被推出了产房。只见她脸色煞白,双目紧闭,艾文宗心痛不已。艾文宗一手扶着推车,一手轻轻地捏住戚佩文的手,他一句话都说不出来,只是跟着车子往病房里走。

"你妻子幸亏来医院还算及时,否则的话……"接诊医生给戚佩文量了血压后继续说,"否则的话,后果不堪设想。"

艾文宗听说后用感激的目光看着医生,心中暗暗庆幸自己做出的果断决定。

戚佩文终于转危为安了,可在护士办公室,小胖护士告诉了艾文宗一个对艾家来说极端不幸的消息。她说:"你妻子不可能再有生育了。"

此话从小胖护士的口里轻飘飘地说出来,可艾文宗的头上却像炸响了一个重磅炸雷。一刹那,艾文宗顿感一阵头昏眼花,全身的血液变得冰冷,心也随之失去了平衡,四肢变得僵硬。艾文宗稍稍定了定神,他皱起眉头,语无伦次地对小护士说:"我们艾家……我一个……这怎么会?这……不会是真的……这一定不是真的。"紧接着,艾文宗几乎失态地在那里大声喊道:"不……不……这一定是你们搞错了,我妻子她不是好好的么,她不是已经生了一个孩子了么,怎么又会没有生育了呢?我去问医生……我要去问医生……这……这一定是你们搞错了。"

小胖护士见到艾文宗的失态,知道是自己失了口,顿时吓得魂不附体。小胖护士紧紧地捂住自己的嘴巴,两眼惊慌失措地看着护士长。

"都怪你多嘴,这话该你说吗?"护士长责怪了小胖护士一句,走到艾文宗身旁轻声说，"艾先生，你的心情我们能够理解，但你一定要冷静。"

"我冷静，我怎么冷静？我们艾家就我一个后人，你让我怎么冷静？"艾文宗眼泪都快出来了。

"艾先生，这件事我们迟早也会告诉你的，但没想到小护士的嘴这么快，让你一时难以接受。现在，你妻子的现状已经成为了事实，这也是不可改变的，但现在你还是应该感到欣慰，因为你妻子及时来到了医院，如果她再晚来一会儿，这后果连我们都不敢想。你这样想，你妻子现在能够安安静静地躺在病床上，这已经是很不错了。现在她的身体非常虚弱，不能够承受任何打击，这件事你暂时还不能让她知道。"见艾文宗似乎安静了许多，护士长接着说，"你看你现在这么激动，如果让你妻子听见了怎么办？"

听护士长这样说，艾文宗就像一个泻了气的皮球，垂头丧气地一屁股跌坐在了护士长的椅子上。此时的艾文宗想起了父亲对自己的期盼，想到了妻子盼子心切的执着，他眼睛里布满了泪水。

"是啊，艾先生，你可千万不能激动。"接诊的医生听到了艾文宗的叫声，她也来到了护士办公室。她走到艾文宗的身旁小声对他说，"你现在一定要保持冷静，这件事如果现在让你妻子知道了，这后果我就是不说你都应该想象得到……"

听到医生说的一半话艾文宗就傻了，他的脑子已经是空荡荡的一片空白。艾文宗呆痴痴地傻坐在那里，他只看见医生的嘴巴在不停地动，至于她后来又说了些什么，艾文宗一点也没有听进去。

接诊医生知道现在说再多艾文宗都听不进去，她向护士长使了个眼色，护士长给艾文宗倒了一杯水，艾文宗喝了水后头脑似乎清醒了许多。

经过医护人员的耐心劝慰，也是为了不让父亲失望，不让妻子悲伤，艾文宗决定在他们面前保守这个秘密。

来到病房，看到戚佩文失血的面容，艾文宗好一阵心痛。他帮戚佩文拉了拉被单，轻轻地坐在她的床前，怀着沉重的心情，自言自语说："是啊，我们幸亏来到了医院，否则，后果不堪设想。"

"文宗，你在说什么呀？"听到艾文宗的喃喃自语，戚佩文努力地睁开了双眼。

"哦，你睡吧，我没说什么。"艾文宗又帮戚佩文把颈部的被子扎了扎。

王婆婆把小丫头包裹得好好的送到医院来了，一进病房她就问："佩文还好吧？"

"王婆婆！"戚佩文见王婆婆来了，她努力睁开双眼，支撑着想坐起来。王婆婆忙挥挥手说："别别别，快躺下。"

见王婆婆抱着女儿来了，艾文宗也连忙站了起来，他从王婆婆手中接过女儿，感激地说："太谢谢您老人家了，要不是您帮忙，我还真不晓得该怎么办。"

"你看看，你看看，我们两家还有什么好说的，还用得着你这么客气？再说，我那次一场大病，要不是你们夫妻俩，我恐怕早就见阎王爷了，我还得好好地感谢你们呢！"

"您老对我们太好了。"戚佩文无神的眼里闪出了感激的泪花。

"好了，好了，我们就别再说客气话了，好好看看你们的姑娘吧，她在家里一个劲儿地哭，瞧瞧，到了你们的身边她就不哭了，别说，这孩子还真有灵气。"

直到这时艾文宗夫妇才想起来，自己只顾说话，还没有好好地看女儿一眼。艾文宗把女儿送到戚佩文的身边，给她裹好被子，用手轻轻地点了点她的脸说："你个小丫头片子，瞧你把你姆妈害的？"说完，三个人都呵呵呵地笑了起来。

现在，戚佩文的身体虽然很虚弱，但她心情特别的好。结婚九年来，她连做梦都没有想到自己还能有生育，现在自己亲生的女儿乖巧地躺在了自己的身旁，她感到无比的兴奋。戚佩文转过头看了看细心照料着自己、对自己关怀无微不至的丈夫，又看了看心爱的女儿，还看了看王婆婆，她欣慰地笑了。

"好了，我也不多待了，家里还得收拾收拾，你们就安心地在这里，不用牵挂家里，等身体好了再出院，晚饭我一会儿就给你们送来。"王婆婆边说边走。

"真麻烦您老了。"艾文宗连说了几声谢谢，送走了王婆婆。

傍晚，红艳艳的晚霞穿过玻璃窗，洒在戚佩文的病床上，戚佩文和孩子的脸上都映出了一道道美丽的红光。

"嗨,我们的姑娘抱出来了?"艾文宗提着饭篮走到戚佩文的病床前,他用手舔了舔女儿的脸,笑着问戚佩文,"你还好吧?"

"护士刚把她抱来。"躺在病床上给孩子喂奶的戚佩文,看到丈夫那疲惫的样子,有些过意不去,她说,"我还好,就是苦了你了,为了我们娘儿俩看把你累的。"

"嗨,我不累,我不累,你看我这不是好好的吗?"艾文宗伸直了身子,装出一副很精神的样子说,"再说了,我这不也是为了我们的姑娘吗? 我就是累一点也是应该的呀!"

艾文宗放下饭篮,趴下身子要看女儿,说:"快,快别吃了,让我仔细地看看你。"

戚佩文用左手撑起自己的头,留出一个空间让艾文宗看女儿,她说:"她刚出来,还真饿了,你看她一张小嘴呼哧呼哧的,吃得可带劲呢!"

"是,是饿了,你看,长个小嘴这么会吃。"艾文宗说着摸了摸女儿的头,他突然惊奇地说,"佩文,你注意到了没有? 这丫头的头发是竖着长的,你晓得这叫什么吗? 这叫怒发冲冠,就是说当官的在发怒的时候,连官帽都冲起来了,我看这个丫头将来脾气不会小。"

艾文宗边说边拿出碗,揭开饭篮的盖子,在里面盛了一碗鸡汤,说:"这是王婆婆帮我们煨的汤,你赶紧吃,一会儿汤就凉了。"

"你也吃点吧,我一个人吃不完这些。"戚佩文把孩子放平,自己慢慢地坐了起来。

"我在屋里已经吃过了,你快吃吧!"艾文宗把鸡汤递给戚佩文,把板凳向床前挪了挪,紧挨着床边坐了下来,两只眼睛目不转睛地看着女儿。

喝完鸡汤,戚佩文把碗递给艾文宗,她佝偻着腰,低下头看看孩子,又抬起头看看艾文宗,十分高兴地对艾文宗说:"你看这丫头长得多么像你呀! 五官端正,眉目清秀,尤其是她那双眼睛,跟你就像是一个模子刻出来的。"

艾文宗听戚佩文这么说,便认真地看了看小丫头,他笑着说:"嗯,是有点像我,但是我更希望她长得像你,因为像你她就更漂亮了。"

"瞧你说的,像我有什么好?"说这话时,戚佩文的脸上又增添了一层红晕。

坐了一会儿,戚佩文有些乏了,她把自己的衣服拉了拉,慢慢地躺了下去,侧过身子面对着眼睛睁得大大的女儿,用手点着她的小脸逗她说:"哦,我们的小丫丫,你就是像你爹是不是,你将来也要像你爹一样博学多才,聪明能干,你说是不是呀?"

"唉!像我有什么好呀?"艾文宗突然感叹起来,"我虽然读了那么多书,可没能让你们过上幸福的日子,你说像我有什么好?"

"文宗,我们给丫头取个什么名字好呢?我想了好久都想不出一个好的名字来。"

"是啊,是该给她取名了。"艾文宗对躺在床上的妻子说。

"你是个文化人,你就给她琢磨一个好听的名字吧。"

"嗯,没想到她这么快就跑出来了,所以我还没来得及给她想名字呢,昨天晚上我是好好地想了一下,就觉得博雅这个名字还比较不错,就不晓得你喜不喜欢?"

"好啊好啊,我怎么就想不出这么好的名字来呢?"戚佩文连声说,"等我们的丫头长大以后,我们就把她培养成为一名博学多才,温文尔雅的人,让她像你一样,德才兼备。"

戚佩文自从来到艾家后,已经九年了,终于有了这个小宝宝,她的心情非常好,而且最值得她欣慰的是她还有生育。戚佩文在自己的心里暗暗地打着一个盘算,她盘算着今后一定要为艾家多生几个男孩,以了却公公和丈夫的心愿,她自己也期盼着能多生几个儿子,以报答艾文宗和公公对自己的厚爱和宽容。想到这里,一份喜悦的红晕再次飘到了戚佩文的脸上。

此时此刻,艾文宗的想法可就不一样了。当他看到妻子那无比兴奋的神情时,艾文宗的心情是极其的复杂。妻子终于有生育了,一家人都高兴得不得了,可刚有了一个女儿却又偏偏是早产,最使他难以接受的是妻子因胎盘剥离而引起子宫严重受损,导致她再也不能生育。妻子再也不可能有生育了,这是医生亲口对艾文宗说的,这件事艾文宗谁也不能说,可搁在他心里就像一块大石磨子一样,时刻都压在他的心头。

其实,艾文宗并不是不喜欢女孩,但他也希望家里能有几个男孩,因为他常常面对的仍然是父亲的期盼。医生说戚佩文再不能生育的这件事,艾文宗没敢对任何人说,因为他不能。艾文宗知道,父亲一直都在期盼着他们给艾家多生几个男孩,希望有人继承艾家的香火。父亲说他喜欢孙女,但他还是希望多有几个孙子。父亲的年纪大了,如果把妻子再不可能有生育的这件事告诉他,他是绝对不能接受的。还有妻子,她现在正在月子里,医生说的这件事也是绝对不能让她晓得的,至少现在不能让她晓得。因此,艾文宗只能把这个秘密深深地埋藏在自己的心底。正因为如此,所以艾文宗心中的这个无法倾诉的苦是苦不堪言。妻子想多生几个儿子,她对艾家的这个衷心确实让艾文宗深深感动,可越是这样,艾文宗的压力也就越大,他的心中也就越发地难受。

艾文宗终于认命了,他认为人世间的一切都是上天的安排,人为的力争和祈求都是无济于事的,他只好服从命运的安排。好在艾文宗有一个贤淑善良、温柔明理的妻子,这对他来说也算是一个极大的慰藉。

艾文宗向报馆请了十天假,可戚佩文第三天就要出院,艾文宗知道她主要是在考虑钱的问题,便安慰她说:"钱我已经想了办法,你就别担心这个了,现在唯一重要的是你的身体,现在有个丫头要吃奶,你没有一个好的身体怎么能行?"

到了第七天,戚佩文说什么也不肯再住下去了,艾文宗只好给她办了出院手续。

又是一个秋高气爽的日子,金灿灿的阳光普照着大地,遍地的落叶闪烁着金灿灿的光芒。

"我们总算有个女儿了!"出院这一天,在妻子喝汤的时候,艾文宗口里突然冒出了这样一句话。这句话一出口,连艾文宗自己都感到震惊,他不知道自己为什么会突然情不自禁地说出这样一句话来。

"是啊,听人说先生女孩后生男孩才是大人的福气呢!"戚佩文抱起女儿说,"因为女孩先长大可以给大人做一个帮手,她还可以帮着大人带一带小弟弟、小妹妹什么的。再说,女孩子的心又比男孩要细一些,我看先生女孩还是一件好事呢!"戚佩文边说边摸着女儿的小脸说:"我的小博雅,你说对不对呀?"说完,她抬起头看着艾文宗高兴地笑了。艾文宗看到妻子那高兴的样子,他也很随和地笑了起来。

因为大出血,戚佩文的身体极度的虚弱,再加上艾博雅刚出院就感冒发烧,艾文宗是又顾大人,又顾孩子,整天忙得不亦乐乎。幸亏还有个王婆婆帮把手,否则,艾文宗真不知道该如何是好。

艾博雅的感冒刚刚治好,可不知是什么原因,她又整天的哭闹不休,特别是晚上,她常常是通宵不停地哭。医生找了,药也给她吃了,可她还是整晚上地闹,艾文宗可是每天都要上班的人,也被艾博雅吵得神魂颠倒。王婆婆建议烧点纸,叫叫魂,戚佩文都按照王婆婆说的做了,可还是无济于事。王婆婆说好多小伢都这样,说过了一百天就会好的。可一百天是三个多月呀,那上班的人怎么受得了?戚佩文真的是拿艾博雅没有办法了,她为了能让艾文宗得到好的休息,便决定每天晚上带着艾博雅到另一个房间里去睡。

戚佩文的这一决定让艾文宗也不忍心,他说:"你还在月子里呢,这样下去你的身体也受不了的。"

"我不是白天还可以睡觉吗?可你是要上班的人,你休息不好第二天怎么做事?"

"唉!真是个小吵星。"艾文宗无可奈何地说。

十、失望至极

自己再也不会有生育了,这是在艾博雅满周岁后戚佩文才知道的。艾博雅周岁那一天,戚佩文为她准备了一些小东西让她抓阄,里面有毛笔、钢笔、本子、书、算盘、尺子、印章、钱、勺子、筷子,还有吃的、玩的。可艾博雅却偏偏抓了一把离她最远的玩具刀,而且她拿起刀就在桌子上胡乱地挥舞起来。看到小博雅抓这个玩具,戚佩文好像有点纠结,她望着艾文宗笑了笑说:"这丫头离她近的这么多东西她都不抓,却抓最远的这把刀,也不晓得这里面有什么讲义?"

艾文宗看出了戚佩文的心事,他笑着说:"不错啊!刀是武官用的,如果是男孩子抓到这个东西就应该是当官的象征,至于小雅抓到这个嘛?希望她也能够有所作为。"

"这丫头出世就像男伢的性格,整天吵闹,所以她喜欢这样的东西。"戚佩文是希望艾博雅文静一些的,希望她长大了能够好好学习,能够像她爹一样有文化,所以她在摆放东西的时候,尽量把学习以内的东西都放在离艾博雅最近的地方,可让她没有想到的是,艾博雅却偏偏舍近求远。

艾文宗看到戚佩文还在纠结,便安慰她说:"抓阄原本就是一种游戏,没有什么讲究的,可能她就是喜欢这样的玩具。"

一天晚上,戚佩文对艾文宗说:"小雅周岁那天,爹摸着小雅的头说,'你的性格像个男伢,竟然抓了一把刀,如果你真是个男伢就好了'。我看得出来,他老人家好想有个孙子。"

"爹是怎么想的我当然清楚,可是……"艾文宗说到这里突然停了下来。

"可是什么呀?"见艾文宗说到这里突然不说了,戚佩文有些不解。

艾文宗沉思了一会对戚佩文说:"有一件事我也该告诉你了,这件事在我心里憋了一年多,那时候因为你的身体很虚弱,我怕你一时接受不了,所以没有告诉你,但这件事迟早也是要让你晓得的。"

见艾文宗说话有些吞吞吐吐,戚佩文更加地想知道到底是什么事。她说:"什么事让你在心里憋一年多都不告诉我? 是很严重的事吗? 你快说呀!"

"我们……我们……"

"我们什么呀?"戚佩文有些迫不及待了。

"我们不会再有儿子了。"

"你说什么? 为什么呀?"戚佩文显然有些晕乎了,她着急地说,"我们不是已经有了小雅了吗? 我们是还可以要儿子的呀!"

"佩文,你冷静一些好吗? 你听我把话说完。"

"嗯,你说吧!"

艾文宗把戚佩文生艾博雅后子宫剥离所产生的后果对戚佩文说了,戚佩文大惊失色。她说:"怎么可能? 我们好不容易有了小雅,怎么可能又没有生育了呢?"自从生了小雅以后,戚佩文整日都在做着生儿子的梦,她一直都希望生几个儿子来报答艾家,当她听到自己再也不可能生育的事实时,她的眼泪猝不及防地冲出了眼眶,成串成串地顺着面颊掉了下去。戚佩文的期盼被残酷的现实给粉碎了,她的嘴唇发抖,双脚发软,身子不由自主地倒在了床上。事后,在好长的一段日子里,戚佩文都是以泪洗面。

"这件事你是必须要晓得的,可千万不能告诉爹,爹这么大年纪了,我们再不能让他经受这样的刺激。"艾文宗反反复复地嘱咐戚佩文。

"我晓得。"戚佩文一次又一次地答应着艾文宗。

戚佩文真的再也不会有生育了,艾博雅这个女儿真正地成为了他们家人的掌上明珠,他们是更加精心地呵护着这个小宝贝。

俗话说养七不养八。艾博雅,这个艾文宗夫妇久盼而来的女儿,因为是八个月的早产儿,她个子小巧不说,还弱不禁风。尽管艾文宗夫妇悉心地照料,但她还是动不动就喷嚏连天,发烧腹泻。为了能让女儿健康成长,这个深得艾文宗夫妇喜爱的小博雅,他们把她含在口里怕化了,捧在手上怕飞了,小小的艾博雅哪怕是一不小心打了个喷嚏,艾文宗夫妇都要求医问药忙活好几天。

艾文宗夫妇时时处处都依着艾博雅,护着艾博雅。无论是吃的、穿的、玩的、用的,只要是艾博雅想要的,他们哪怕再没有钱也会想方设法地满足她。艾博雅被宠坏了。

随着父母溺爱的升级,艾博雅也逐渐养成了一些不良的习性,她的性格也变得越来越怪僻。后来发展到无论是什么事情,只要是她想要做的便一定要做,只要是她想要得到的便一定要得到,否则,她将会歇斯底里地吵闹个不停。

艾博雅一天天长大了,她也逐渐变成了一个很会强词夺理的人。论起理来,她是得理不饶人,无理争三分。因此,隔壁左右街坊邻居的一些孩子对她都是"敬而远之"。

在艾博雅四岁那年,艾文宗工作的单位被国家收编了。由于艾文宗博学多才,文字功底深厚,对工作又认真负责,再加上他出身于三代贫农家庭,因此很快就得到了上级领导的赏识,不久就被提升为该报社有关部门的主任,收入也比以前多了。家庭经济条件好了,但戚佩文一直都没有停止在长江手套厂接活干。因此在艾博雅五岁那年,他们终于还清了一切债务。

随着家庭经济条件的逐渐好转,艾博雅在这个家里的地位也越来越高,什么事情只要她一开口,那准是说一不二。

十一、溺爱无果

"我不想上学了。"艾博雅放学的时候,一见到来接她回家的戚佩文便将书包往她身上一甩,大吵大叫着说,"我再也不到那个狗屁学校去上学了。"

听女儿发脾气说不想上学了,再看看她眼睛红红的,戚佩文知道她一定又是在学校跟谁吵架了。以前有好多次老师把戚佩文请到学校,说艾博雅脾气很坏,说她常常和同学们吵架,有时候还动手打人。戚佩文总是给老师赔礼道歉。但她还从来都没有听艾博雅说过不想上学。今天艾博雅不仅发这么大的脾气,还说不去上学,戚佩文心里不觉打了个寒战。

"为什么呀,小雅?"戚佩文捡起艾博雅甩在地上的书包,抱起女儿,亲着她的小脸温柔地说,"我的小雅最听话,有什么问题我们就找老师,学还是要上的,你说是吧?"

"不上学不上学,就是不上学,不用你管。"艾博雅双手推开戚佩文亲过来的脸,并从她的身上奔了下来,大声说,"我就是不上学。"

看到女儿这么不讲理,戚佩文真的很生气,她想责备女儿几句,但又怕伤害了自己心疼肉疼的女儿。

艾文宗是一个文化人,他自然也希望自己这唯一的女儿能多读一点书,将来好成为一个有文化的人。因此他对她寄予无限的希望。可艾博雅却偏偏不爱学习。

去年九月份艾博雅才上小学一年级,到学校后,在家里就霸王成性的她,将自己在家里高高在上的一套全部搬到了学校里,在同学面前她也想称王称霸。由于她不太讲理,班上好多女同学都不敢惹她,并远离她。但小男生就不同了,他们常常骂她"小老虎",有时候还打她,因此艾博雅在学校里显得特别的孤立。

见艾博雅满脸的不高兴,戚佩文知道现在跟她说什么都不会有用,她走到艾博雅的跟前,蹲下来,牵着她的小手对她说:"小雅,我们先回去,有什么话等回去了后你再慢慢地对我说好吗?"说完,戚佩文起身拉着艾博雅的手就往前走。

艾博雅不情不愿地跟着戚佩文走,走了好一会儿才走到了他们家隔壁的三毛杂货店,戚佩文见艾博雅还噘着个小嘴,便停下来指着杂货店的食品对她说:"小雅,听话,你想要什么我都给你买。"

"我不要,我不要,我就不要,我不上学,我不上学,我就不上学。"艾博雅摆脱戚佩文的手,含着眼泪,站在那里一动不动地看着戚佩文。

戚佩文自己到店里买了一些艾博雅平日里喜欢吃的东西,转身来抱起艾博雅,亲着她的小脸,哄着她回了家。

第二天,艾博雅说什么也不肯到学校去了,戚佩文好说歹说又哄又劝,她还是哭着闹着不肯去上学。戚佩文不知道艾博雅在学校里到底发生了什么事,她只好让艾博雅一个人在家里,自己到学校去了。

见艾博雅的家长来了,老师很无奈地说:"这个艾博雅,她人虽小,但性格太过于倔强,跟班上的同学都搞不好团结,有时候她还动手打人。昨天,她又打了她的同桌一巴掌,还把她的头发扯掉了一些,班上有个男同学很生气,据说也打了她,她气得当时就把男同学的语文书给撕了。"老师说:"我昨天是批评了她几句,要她写检讨,要她把检讨写好了再来上学,不晓得她写了没有?"

"原来是这样啊?我昨天没有看到她写什么,难怪她不肯到学校来。"听老师这样讲,戚佩文心里非常难受,她想到全班的同学都不喜欢自己的女儿,老师也这么不喜欢自己的女儿,她为女儿的处境感到担忧。

回家后,戚佩文没有责怪女儿,也没有催她去上学。晚上,她把艾博雅在学校的情况跟艾文宗说了,艾文宗好像也有些心疼,但他还是批评了艾博雅。他说:"你怎么能这样呢?学校是一个大家庭,同学们在一起就像兄弟姐妹一样,你应该和同学们搞好团结才是,你怎么能够动不动就和同学们吵嘴打架呢?"

艾博雅对戚佩文她是一点都不怕，可对艾文宗她还是畏惧几分，尽管艾文宗对她从来都没有动过粗，她还是不敢还言。

艾博雅哭了，她哭得很伤心，哭得惊天动地。

艾文宗心软了，他让戚佩文把艾博雅带到她房里去哄哄她，他自己低着头冥思苦想。孩子还小，就受这么大的刺激，这会对她的身心健康都很不利。于是，他做出了一个决定，决定让她摆脱这个对她不利的环境，唯一的办法就是转学。

艾博雅由板厂街小学转到了永宁巷小学。一开始，艾博雅还是高高兴兴的，但到了三年级的时候，她又说不想上学了。这一次，戚佩文说什么都不同意。

一天，戚佩文给艾博雅梳好了小辫就到长江手套厂接活去了。长江手套厂是每周一、三、五收活发活，所以每到这些天人就特别多。有的人为了早点接活，一早六点钟就去排队。可戚佩文要在家里给他们父女俩做饭吃，还要给艾博雅梳小辫，所以她只能把他们都安置好了才能到长江手套厂去。戚佩文排了好几个小时的队才把活接回来，她进门一看，只见家里被翻得乱七八糟，艾博雅噘着个小嘴一个人在那里生气。

“小雅，你不是上学去了吗？怎么把屋里翻得乱七八糟的呀？”

“不是我不上学，是马大哈坏。”艾博雅一看见戚佩文，眼泪就止不住地直往外涌。

“你怎么了这是？哪个是马大哈呀？”戚佩文看到艾博雅哭了，她心疼地连忙放下手套，拿出手绢给她擦眼泪。

“就是那个教语文的。”艾博雅哭着说。

“那不是你们的马老师吗，你怎么叫她马大哈呢？”戚佩文指责艾博雅说，“以后可不准这样骂老师。”

“就是马大哈，就是马大哈，就是马大哈……”艾博雅大哭起来。

“你呀，都已经是三年级的学生了，怎么还这么不听话呢？”戚佩文爱怜地责怪着。接着她问：“那你说说到底是怎么回事吧！”

艾博雅用手擦了把眼泪，哭着说：“她说大办钢铁，要我们把家里的废铁拿到学校去，我在家里找了半天都没有找到废铁，我跟她说等我妈妈回来了我再交，可是她打破碟子摔碗说：‘你最会强词夺理，学习成绩不好，上课又不听讲，写字也像鬼画桃符’嗯……她还说‘你回去好好地写检讨，检讨不写好就莫来上学'，呜呜呜，这个马老师就是个马大哈，呜呜呜……"

戚佩文听艾博雅这么说，她心里也有些不舒服。戚佩文捧起艾博雅的脸哄着她说："小雅乖，不哭，我去帮你找废铁，下午我到老师那里去一下，和老师谈谈。"

"你不去，我不准你去，我也不去上学了。"艾博雅又哭了起来，她说，"我见不得那个马大哈，我再也不想看到那个马大哈了。"

"这就是你的不对了。"戚佩文蹲了下来，她虽然心疼女儿，但她还是要指出女儿的问题，她说，"你看看，哪里有学生给老师起诨名的？再说，你也该想想你自己，如果你上课认真听讲，如果你的学习成绩好，如果你的字写得不错，你想，老师还会这么说你吗？"

"呜呜呜……我不听，我不听，我不听……"艾博雅用手将两只耳朵堵了起来，大声哭着道，"我就不听你们这些狗屁话，呜呜呜……"

"你？"见艾博雅这么不讲理，还出言骂自己，戚佩文气得将手高高地举了起来，做出随时都会打下去的样子，但她哪里舍得摸一下自己心疼肉疼的女儿。

艾博雅一连几天都没有上学了，戚佩文也到学校去找了老师。马老师气愤地说："这个学生我真的不想要了，她不好好学习不说，还在课堂上公开地骂我，骂我马……唉！我不想说了。"马老师的嘴唇都气得发紫了。

艾博雅还是跟上次一样，死活都不肯到学校去。她说她见不得那个马老师，说她看到那个马老师就想吐。这一次艾文宗没有依着艾博雅的性子来，她和戚佩文一起强行地把艾博雅送到学校去了。

艾博雅人是到学校去了，可到期末考试的时候，她的语文成绩却只有两分。戚佩文到学校去一打听才知道，原来艾博雅只要是上语文课就趴在桌子上睡觉，她根本就不听马老师讲课，而且马老师也不想管她了。

艾文宗和戚佩文几乎是黔驴技穷了，为了能让艾博雅继续学习，他们只好又一次给艾博雅办了转学，由永宁巷小学转到了宝庆街小学。

艾博雅好不容易熬到了小学毕业，可她再也不肯读书了。艾文宗反反复复地做她的工作，反反复复地对她讲读书的好处，可艾博雅说："我一看到书就头晕。"

"也难怪，屋里就这么一点主粮，天天都是杂粮野菜，连我们大人都受不了,何况一个孩子。"戚佩文表示理解。

"我说呀,这几年自然灾害最苦的是你,有一点主粮你不是让给小雅吃就是硬逼着我吃,你自己专门吃些杂粮、莲子壳、野菜和豆饼,你这个人总是怕委屈了别人,却唯独不怕委屈了你自己。"艾文宗好不心疼。

"这样说起来我们家幸亏只有一个孩子,你看对门的许嫂子,一口气生了五个姑娘、一个儿子,他们一家连杂粮野菜都吃不饱。"

"是啊!这是国家有难啊,大家都应该克服。"艾文宗由衷地说。

1965年夏季,艾博雅好不容易读完了初中,她再也不肯继续读书了。当时,政府提倡"我们也有两只手,不在城市里吃闲饭"。要求"知识青年到农村去,接受贫下中农的再教育"。艾博雅这年九月份满十六岁,正符合下放农村的年龄。因此,居委会反复做她的思想工作,要她响应党的号召,到祖国最需要的地方去。可是在家里享受惯了的艾博雅,她不敢想象自己到农村去了以后会是怎样的情景,因此她成天躲着街道和居委会,说什么也不肯报名。

当年11月8日,武汉市一大批青年都去了"祖国最需要的地方",而艾博雅却坚持留了下来。然而,让艾博雅感到庆幸的是,就在下放青年离开武汉的第二天,武汉市的大街小巷都贴出了招工告示,不过,绝大多数都是街办工厂招工。刚刚符合当时上班年龄的艾博雅,选择了一个相对来说好一点的单位,而且是国营的,月工资也比街办厂要高出两元钱。

十二、斧头姻缘

戚佩文买菜回来,正准备劈柴生炉子,斧头又脱了把,眼看艾博雅中午要回来吃饭,戚佩文只好找隔壁汪太婆借了一把斧头,她赶紧劈柴生炉子,竟忘了还汪太婆家的斧头。第二天是星期天,戚佩文生炉子的时候才想起来借的斧头还没有还,便让艾博雅赶紧把斧头还给隔壁。但让人意想不到的是,就是这一把斧头,却牵起了艾博雅的一段姻缘。

俗话说:十八岁的姑娘一朵花,这话一点不假。艾博雅已经 18 岁了,上帝赐给了她一副花一般的容貌,再加上她出生在这个经济条件十分宽裕的文人家庭里,所以上门来说亲的连绵不断。这些来说亲的或追求者,有的是冲着如花似玉的艾博雅来的,也有的是冲着他们这个家庭来的。来了许多,艾博雅也选择性地见了几个,但自命不凡的她却谁都瞧不上眼。

艾博雅拿起斧头就往汪太婆家走,她进门没有看见汪太婆,却见一个穿着一套发了白的军装的帅小伙正在同建强哥哥说话。艾博雅很随意地看了他们一眼,在心里好笑,这些参过军的,退伍多少年都舍不得脱下那套军装,虽然军装穿在身上是很威武,但毕竟已经离开了部队,总不能还穿一辈子吧?她就想不明白他们为什么不换一套衣服试试。

"建强哥,这是我妈借的你家的斧头,谢谢你!"艾博雅边说边把斧头靠墙放下。

"嗯,好的。"建强见艾博雅已经把斧头放下了,也就没有起身,继续和那个白军装说话。

就在艾博雅抬起头说我回去了的那一瞬间,她突然看见帅小伙正带着一抹微笑在看着自己,就是这无意间的一抹微笑,竟然是那么根深蒂固地摄入了艾博雅的魂魄。顷刻间,艾博雅的心头忽添了一种莫名的感觉,她的心跳也随之加速。艾博雅的脸立马就红了,她转过头飞也似的逃离了汪太婆家。

其实,人与人之间的感情就是这么微妙,喜欢一个人常常没有理由。来求亲的人艾博雅一个都瞧不上,可她却偏偏看上了这位白军装。

十八岁的天空是无比的湛蓝,单纯得就像天山的雪莲花一样没有杂质。就在这充满了生命的季节,艾博雅突然不知所以然地爱上了这个男人。这是一种纯纯的、洁白的、开在心上的爱情,没有利欲熏心的引诱,没有金钱的奴役,这种爱情就像烟花般美丽地绽放在艾博雅的心中。其实艾博雅并不明白,这"爱"一旦发了芽,也会像癌细胞一样地扩散。

艾博雅回到家后,她把自己一个人关在房里,她要精心地留住刚才的那一抹微妙的记忆。艾博雅反反复复地回忆着刚才的一幕:这小伙子不仅仅是长得帅,他还有一种与众不同的气质,特别是他那让人难以忘怀的一抹微笑,简直就把她带入了仙山琼阁,让她感觉到自己身处云雾之中。艾博雅和白军装只有一瞬间的目光对视,尽管白军装面带着微笑,但艾博雅还是发现了他眉宇间闪烁的一种难以察觉的忧郁。然而,就是白军装这种微笑着的丝丝忧郁,艾博雅却感觉是那么的美不胜收。

自从与白军装见了那一面,白军装的那一抹微笑再也无法从艾博雅的心底抹去,仅仅不足三秒钟的目光碰撞,艾博雅居然发现了自己苦苦寻觅的奇特感觉,而这种感觉与自己默念的影子却是那么的贴近,那么的相似,简直就是自己一直都在期盼着的一个活生生的白马王子。

白军装叫陆旺达,他比艾博雅大六岁,而且家里经济条件也不好。此时的艾博雅并不太清楚自己这少有的心动的缘由,她是被她父母的钱堆起来长大的,而且她自己也有一份工资还算可观的工作,艾博雅根本就没有尝到过没钱的滋味,所以她也并不在乎陆旺达有钱没钱。也许是因为陆旺达的帅气和他的成熟稳重让她心动,总之,艾博雅就是这样死心塌地地、毫无顾忌地喜欢上了他。

艾博雅陷入了一种刻骨铭心的单相思之中,她常常一个人暗暗地回忆着那一瞬间的印象,她一想起白军装那儒雅英俊的样子,她的心里就感到愉悦、甜蜜,就会脸红心跳。白军装的影子怎么会天天都在我的眼前晃动呢?他就是我想要找的人吗?难道我真正地爱上了他?艾博雅一次又一次地在心里默默地问着自己。我们仅仅才只是一面之交啊,我怎么就会?但不管怎么说,艾博雅已经认定了白军装就是自己要寻找的人。

从此后,凭谁给艾博雅介绍对象艾博雅都不见,她的视线却常常关注着隔壁。她多么希望那个白军装能再次在自己的视线中出现,但她却再也没有看见过那个白军装了。

没过多久,艾博雅心中的这个秘密被细心的戚佩文察觉到了,艾博雅正愁自己有话不好意思说出口,见母亲问自己,她立马竹筒倒豆子一般,把自己的心思全倒了出来。

"你们才一面之交,你怎么就?"戚佩文有些不解。

"姆妈,我真的有点喜欢他,既然您已经晓得了,您就帮帮我嘛!"艾博雅虽然平时跟戚佩文说话比较随意,但今天还是有点不好意思,于是把非常喜欢改成了有点喜欢。

戚佩文极不好意思地找了隔壁的建强,向他详细地了解了这个小伙子的情况。建强已经是结过婚而且有了孩子的人,他一听戚佩文的问话就懂了。建强连忙热情地向戚佩文介绍了小伙子的全部情况,他说了陆旺达的许多优点,而且也说清楚了他的家庭状况。

晚上,戚佩文躺在床上怎么都难以入眠,她为难地对艾文宗说:"你看这个小雅,那么多条件不错的男孩她都看不上,可她却偏偏看上了隔壁建强的战友、一个叫陆旺达的男孩。不过,据建强介绍,这个陆旺达出身是三代贫农,工作表现也不错,还是个共产党员,他是因为他的家庭条件不怎么好,所以到现在都还没有个对象,但人家毕竟没有主动找我们,你说我们怎么好意思向别人开这个口?"

"唉!"艾文宗深深地叹了一口气,他说,"这个小雅的性格真是让人难以琢磨。"

"是呀,自古以来都是一家养女百家求,都是男方向女方求亲,可我们家倒好,人家求上门来的她瞧不上,别人没有这个意思的她反倒喜欢上了,我也不晓得这个小雅到底是怎么想的。"戚佩文说,"你看,小雅自从那天见了这个陆旺达,无论谁给她介绍对象她都不肯见面,她就死心塌地地喜欢上了这个男孩。"

艾文宗又叹了口气说:"这小雅天生就这怪脾气,处理什么事情都不经过周密的思考,总是随心所欲,她自己想怎么样就怎么样,大人说的话她一点都听不进去。"

"就是,我看小雅完全是被我们给宠坏了,什么事都得由着她的性子来,你要是不依她还不行,真拿她没有办法。"戚佩文显然有些无奈。

艾文宗说:"不过,这个陆旺达家庭出身不错,这一点也很重要。现在家庭出身的好坏关系到他们将来的成长,何况他还参过军,又是个党员,工作表现也不错,应该说他的本质还是好的。既然他各方面条件都还不错,再加上小雅又这么坚决地认定了他,我想也不妨让她试试,至于他的家庭环境和经济条件,我认为这都不是主要的,关键是这个男孩的人品,依我说,就让他们接触一段时间,说不定他们还真有这个缘分。"

"你说的也是,建强是说这个伢蛮优秀,但毕竟我们是女方,人家男方都没有这个意思,你说我们怎么好开这个口? 我是考虑,我们去找人家,这样做将来会不会给别人留下话柄,以后小雅在他们家好不好做人?"

"如果这个男孩的人品真的很好,他就不会因此藐视对方。"艾文宗贴近戚佩文的耳朵说,"当初还不是你爹先看上我,你说我对你怎么样?"

"你看看,你到现在还在要面子,就是有你这个前车之鉴,我就不去找建强。"戚佩文笑着说。

"看你小气的,我这不就是打个比方吗? 你嫁给我以来,我对你怎样你还不清楚? 我压根就没有觉得你爹先看上我对你有什么不好。"

戚佩文看着艾文宗那个认真的样子偷偷地笑了,她高兴地说:"不过,我爹还真没看错人,但哪个晓得小雅有没有我爹那个眼光呢?"

"既然小雅这么喜欢这个男孩,我们就相信她的选择吧,看他们是不是真有这个缘分。"

"唉! 这个小雅!"戚佩文长长地叹了一口气。

陆旺达也是一个独生子,他是他父亲直到 35 岁时才盼来的一个儿子,为了儿子能健康成长,陆旺达的父母倾其所有地关爱着他。陆旺达高中毕业那年农村征兵,当时的政策是独生子女可以不当兵,可陆旺达却坚持要去。三年兵役结束后，陆旺达因在部队表现突出，被破例分配到武汉工作。陆旺达刚参加工作不久，在农村时孝顺就出了名的他，立马将农村的父母接到了武汉，一家三口住在一间四家人共厨房，只能到外面去上公共厕所的一个"团结户"里。他们的房间面积还不足十二平方米，拉一个布帘便成了陆旺达和他父母晚上睡觉时的隔离间。

陆旺达的父母在农村时没有丝毫的积蓄，每月仅三十几元工资的陆旺达还要赡养他那年老体弱的父母。收入虽然微薄，但在那人均生活费不足十元的年代里，这一家三口还算过得去。

陆旺达的父母很满足这样的现状，在这种清淡的生活中，两老竟然感觉自己已经到了天堂，他们愉悦地同儿子一块享受着人间的天伦之乐。

陆旺达虽然出身于农民家庭，但长得十分帅气，由于他高中毕业就参了军，三年后又由部队直接来到了武汉，所以在他的身上看不到丝毫的乡土气息。

陆旺达脸庞清秀、身形挺拔，而且各方面都很优秀。但尽管这样，已经年近25岁的他，还是迟迟没有找到自己理想的伴侣，而唯独这一点也就成为了他父母的心病。陆旺达父母都已年近花甲了，他们多么希望陆旺达能够早一点娶一个媳妇，他们也想早一点抱孙孙。

见戚佩文又一次向自己了解陆旺达的情况，建强立马心知肚明。他没有等到戚佩文向自己开口，便主动找到陆旺达，以他出面，给他们做了这个介绍。回头，他又让他媳妇找到戚佩文，说成是他们想给陆旺达和艾博雅俩人牵一根红线，以此给女方一个台阶。

戚佩文深知建强的心意，她非常感激建强这么善解人意，让自己的女儿不至于在陆旺达面前丢面子。

听建强说有一个姑娘愿意做陆旺达的媳妇，陆父陆母高兴得不知所以，他们极力地支持陆旺达，要他答应这门婚事，可陆旺达却有些犹豫。

"旺旺，你也老大不小的了，你看你的一些战友个个都已经结了婚，有的还有了孩子，可是你到现在却连个对象都没有，我看建强说的那个叫艾什么的姑娘就不错，难得人家也不嫌弃我们家里没钱，依我看你就同意了，到时候等你有了个家，也算了却了我们两老的一个心愿，你如果老是这么飘着，你晓得我们有多么着急吗？"陆母用手揉了揉自己老花的眼睛，看着陆旺达说，"孩子，你就答应跟人家姑娘见一面吧，说不定你们还有这个缘分，我和你爹都已经上了年纪，你还不找个媳妇，我们做父母的心里也不踏实，这一次就算你听我们的话还不行吗？"

"娘，不是我不愿意，人家是高级知识分子的姑娘，又是城里人，长得又漂亮，她哪里会看得上我一个乡下人呀？我看建强也只不过是说笑而已，您老就别挂在心上了。再说，我晚一点结婚，多伺候您二老几年不好吗？再说……"

"再说什么？再说你一直都不结婚，还可以好好地孝敬我们是吧？"不等陆旺达说完，陆母抢着说，"儿子，你对我们两老很孝顺，这我们都晓得，可是你晓得我们父母的心吗？我们可是想抱孙孙啊！你要是老不成家，我们两老到死也不会瞑目的。"说到这里，老太婆的眼睛湿润了，她从荷包里掏出一条碎花手巾擦了擦眼睛说："旺儿，老娘就你这么一个儿子，我们陆家可不能没有后呀！"说到这里，老人家的眼泪都快流出来了。

"娘，您看您，这有什么值得伤心的？"陆旺达走到陆母的身边，挨着陆母坐了下来，他说，"你老千万别为我伤心，这件事我听您老人家的就是。"

20世纪60年代是一个早婚的年代，很多年轻人，特别是农村青年，有的18或者20岁就结了婚，已经快25岁的陆旺达，他想想自己年龄也已经大了，再想想两位老人一直都在盼着自己早一点成家，为了满足两位老人的心愿，也是迫于父母爱子心切的压力，尽管陆旺达对艾博雅并无太多心动的感觉，他还是答应了这门不计较他经济基础，而且是来之不易的婚姻。

他们约会的地点安排在汪太婆家，建强下班的时候带回了半斤水果糖和几个苹果，他媳妇还泡了一壶茶准备着。晚上七点整，陆旺达准时来到了汪太婆家。招呼陆旺达坐下后，建强才让她媳妇去叫艾博雅。

艾博雅早就准备好了。她白色衬衫外穿一件枣红暗花的卡其春装，下穿一条蓝色的卡其布长裤，脚穿一双半高跟黑色皮鞋。艾博雅的脸庞是瓜子形的，她皮肤白漂细润，眼睛大而清澈明亮，她身材苗条，曲线分明，两条长长的辫子的尾部用红毛线扎着，搭在屁股后面紧贴着屁股摆来摆去。她的刘海刚用火剪夹过，一排略微发黄的细发搭在额头的前面，美得就像一朵雾中的花。

艾博雅跟在建强媳妇的身后来到建强家,陆旺达连忙笑着站了起来,两只眼睛极不自然地看着艾博雅。

艾博雅已经约见过几个男人了,所以她比陆旺达显得略微大方。艾博雅看到陆旺达那副极不自然的神情,知道他是不好意思,便把头一低,偷偷地笑了。

"小雅妹快坐。"建强给艾博雅倒了一杯茶,抓一把糖放在她的面前说,"你们俩既然认识我就不多介绍了,我还有点事,你们俩先坐坐。"说完他对着陆旺达眨了一下眼睛就出去了。

艾博雅羞答答地坐了下来,平时大大咧咧的她,今天却显得十分的温柔可人。

艾博雅坐下来后,她拿眼睛把陆旺达仔细地打量了一番。看得出来,陆旺达今天是把自己着实地收拾了一下的。他上身穿一件嫩黄色的衬衫、外套一件崭新的深蓝色的中山装,下穿一条烫得笔挺的卡其布黑裤,脚穿一双擦得亮亮的黑色皮鞋,一双纯白的袜子在皮鞋和裤脚之间露出一条白印。他的头发看得出来是刚洗过的,一边倒疏着,好像还擦了一点美发胶。

艾博雅再次看到了那张让她魂牵梦绕、英俊的脸,加上他举手投足之间流露出来的帅气,艾博雅又一次心花怒放。她没有想到陆旺达只是这么简单的一收拾,竟是如此地让她失魂落魄。

他们俩聊了一会儿,陆旺达考虑到建强一家人需要休息,便提出到外面去走走,艾博雅连忙顺从地点了点头。

没走多远就到了小河边,他们在河堤上找一个地方面对着河水坐了下来。也不知过了多久,天上的星星赶走了一疙瘩一疙瘩的乌云,月亮也发出了银色的光芒,把他们俩包裹了起来,把河水照得通透明亮。在那皎洁的月光下,在那丝丝儿吹着的微风中,艾博雅听着陆旺达讲着部队的故事,看到他那举手投足间丰富的表情,尤其是看到他那随时都挂在脸上的那种好看的微笑,简直没法让人不喜欢。艾博雅美丽的双眸紧紧地盯着陆旺达,他冲着她笑,是那么的温馨。艾博雅陶醉得脸都有些发烫了,她希望自己永远沐浴在陆旺达的目光之中,感受着一种心跳的激动。

"不早了,我送你回家吧?"陆旺达温和地说。

"嗯!"艾博雅轻轻地答应了一声,很勉强地站了起来,依依不舍地看着陆旺达,随着陆旺达往回家的路上走。

不一会儿就到家了,陆旺达说早点休息吧,明天还要上班,跟艾博雅做了个再见的手势转身就走了。看着陆旺达的背影,艾博雅有一种心醉的感觉,她站在那里,只等到看不见陆旺达的影子了才转身进了屋。

接下来,陆旺达说他时间很紧,坚持一个星期只见一次面,而艾博雅却觉得等的时间太长,她恨不得每天都能看到他。

艾博雅每个星期都在等待着见面的那一天到来。她感觉,只要跟陆旺达在一起自己就会觉得很舒服,只要跟他在一起,所有的烦恼就会通通抛到九霄云外。艾博雅真的觉得自己越来越离不开陆旺达了。

几个月的接触,两个人的感情有了飞跃的发展,但到谈婚论嫁的时候,陆旺达却为房子发了愁。

"我爹妈要回乡下去住,说要把房子让给我们结婚。他们两老都到了这个年龄,身体又不太好,特别是我爹,前不久还住了一次医院,好在他的劳保在我这里,没有花多少钱。他们如果回去,连看病都不方便,我又没有兄弟姐妹,让他们回去,我真的有些于心不忍。前段时间我到房管所去找了负责人,希望他们能分给我们一套较大一点的房子,或者另外给我们加一间房子,他们说现在房子太紧张了,连三代六口只住十四平米房子的人都有,说我的房子近段时间绝对不可能解决,这样看我只好让我爹娘回去了。"陆旺达说。

其实,艾博雅才不愿意住陆旺达家的那间房,又小又黑不说,一个黑咕隆咚的房子里分别住了八家,要说句话连隔壁三家都能听见。艾博雅说:"我早就和我爹妈商量好了,我们结婚就住在我们家里,正好前不久我爹单位给他分了一套房子,他们很快就会搬过去,到时候我们把房子粉刷一下,就作为我们的新房。"

"那怎么好意思,住在女方家里说出去都不好听。"

"那怎么办?你们家那个黑咕隆咚的房子我才不去,自己没有房子还臭要面子。"艾博雅拿眼睛温柔地瞪了陆旺达一眼,她就喜欢陆旺达的这种不卑不亢。

"那就只好听天由命了。"陆旺达脸上挂着微笑看着艾博雅,说,"只是有些不好意思。"

"看你,脸都红了,这有什么不好意思的,是我不愿意住在你那里,这怎么能怪你呢!"艾博雅温柔得像一只小鸟。

十三、无理取闹

　　1968年5月1日,还不满十九岁的艾博雅在与陆旺达接触了不到八个月的时间后就结了婚。

　　艾博雅和陆旺达结婚后,她那得理不饶人、无理争三分的性格就慢慢暴露了出来,以前对陆旺达的温柔也慢慢地减少了。陆旺达也许是为了感激艾博雅不嫌弃他贫穷之恩,也许这就是陆旺达为人的本性,尽管他对艾博雅的性格和为人有一些不满,但他对她还是百依百顺。家里的大事小事,里里外外,陆旺达都是一应担承。每到节假日,特别是冬天,陆旺达为了让艾博雅好好休息,他常常将漱口水、洗脸水打到艾博雅的床边,让艾博雅趴在床边洗漱,然后做好了早点端到床上给艾博雅吃,只是他的话越来越少了。

　　艾博雅享受着她自认为应该享受的一切,她把陆旺达对自己的顺从全都看成是陆旺达对自己的爱,她静心地品尝着这一份被爱的滋味。可结婚一段日子后艾博雅才发现,其实陆旺达并不是自己理想中的那种男人。陆旺达性格内向,寡言少语,成天喜欢叽叽喳喳的艾博雅,她无论跟陆旺达说什么,陆旺达都只是问一句答一句,再也不多说一句话,与艾博雅几乎就没有语言上的交流与沟通。这可是艾博雅最不能接受的,她认为恩爱夫妻应该是无话不谈,他陆旺达对自己寡言少语也不晓得到底是什么原因?"难道他并不爱我?"艾博雅想:凭自己的家庭条件、凭自己的长相、凭自己的一切,他陆旺达没有理由不爱自己?难道在外面他还有更喜欢的女人?艾博雅开始胡思乱想起来,因此她开始对陆旺达产生了怨恨。

　　寒冬腊月,艾博雅早早就上了床。陆旺达用玻璃瓶灌了一瓶热水放进棉被里,让艾博雅暖脚。艾博雅把脚捂在里面,脚蹬着热水瓶上下滚动,以此来暖着自己的身子。她靠在床头娇滴滴地喊:"旺达,我要吃苹果。"

"好的。"陆旺达连忙答应着,削好了苹果递给她。

"给我切成一小块一小块的。"艾博雅推开陆旺达送来的苹果说,"这样不好咬。"

"好吧!"陆旺达顺从地应承着。

"你真好。"艾博雅接过陆旺达递过来的一盘苹果,高兴地拿起一块往陆旺达嘴里塞,可陆旺达却不领情地让开了。

"你怎么这样啊?真不识好歹。"娇蛮的艾博雅生气了,她一气之下将一盘苹果全都倒在了地上。

"你怎么倒了?"陆旺达不解地问。

"问你呀,人家好心喂给你吃你不吃。"艾博雅生气地说。

"我不想吃嘛,那你也不可以倒在地上啊!"陆旺达边说边趴下身子,将苹果一片一片地捡了起来,准备拿去洗一洗。

"你给我倒掉!"艾博雅用命令的口吻说。

"这不可惜吗?洗一洗还可以吃的。"

"我说倒掉就倒掉,还不快去呀?"艾博雅有些蛮横无理。

"你不吃我吃总该可以了吧?"陆旺达还是准备去洗苹果。

"你不是说不吃吗?不行!"艾博雅得理不让人。

"你这个人呀!"陆旺达端着苹果迟疑了一会儿,看到艾博雅那不容置疑的神情,只好将苹果倒进了撮箕里。

见陆旺达坐下了,艾博雅推他一把说:"我还要吃苹果。"

"你不是要倒掉吗?怎么还要吃呢?"陆旺达也生气了。

"我不是还没有吃吗?我就要吃。"

"好好好,我再帮你削。"

陆旺达又削了一个苹果,切成一片一片的,装在盘子里递给艾博雅。

艾博雅接过苹果笑了。她就像一个任性的孩子,想利用胡搅蛮缠的方式来索取陆旺达的爱。

"你也吃一点吧!"艾博雅拿起一块苹果递给陆旺达。

陆旺达看着艾博雅又好气又好笑,为了不再惹艾博雅生气,他接过苹果就扔到了嘴里。

　　看到陆旺达把苹果吃了，艾博雅也高兴地吃了起来。

　　结婚以来，浑身透着帅气的陆旺达却很少再穿那件中山装，艾博雅给他买的那套西服他连试都不想试。陆旺达不想把自己搞得那么笔挺、那么正式，他觉得那样在同事朋友面前会很尴尬。陆旺达还是像以前一样，常常穿着那一身洗得发白了的旧军装，肩背一个军用书包，脚蹬一双军用鞋，配上他那清秀的脸庞、挺拔的身形、细白的肌肤，就像一个文弱的书生上战场。

　　艾博雅是非常爱陆旺达才跟他结婚的，她常常要陆旺达陪她去玩。她总是要陆旺达穿上自己给他买的那套西装，陆旺达曾在艾博雅的强压下试了试，但说什么也不肯穿出去在外面走。

　　"真是老土，总脱不了乡下人的习性。"在这一点上艾博雅对陆旺达太不满意了，她总拿老土这样的话刺激他。她多么希望能够将陆旺达彻底地改变成一个武汉人。可陆旺达听这样的刺激话太多了，他觉得自己的自尊心受到了严重的创伤，他开始意识到自己的"高攀"是一个错误，他开始对艾博雅产生了反感。因而，他以前常常挂在脸上的笑容也越来越少了。

　　艾博雅成天叽叽喳喳，总像有说不完的话，可陆旺达的话却越来越少，这让艾博雅怎么都想不通。她想：夫妻关系好的总会有说不完的话，他陆旺达整天只晓得埋头做事，多说一句话就好像要了他的命。艾博雅开始对陆旺达是否爱自己产生了质疑。

　　"哎！你怎么老是问一句答一句呀？你就不能也谈谈你的所见所闻？"艾博雅不高兴地说。

　　"都不是这些事？有什么好谈的？"陆旺达回答。

　　艾博雅有些忍无可忍了，她说："旺达，你这人怎么这样呀？一天到晚一句话都不想多说，你就不觉得憋得慌吗？"

　　"这不是在说话吗？"陆旺达还是冷冷的。

　　"哎，旺达，你到底是个什么样的人呀？人家夫妻之间无话不谈，可你在我面前却连一句话都不想多说。"艾博雅真的不耐烦了，她生气地说，"你住我家的房子，我爹妈都对你这么好，跟我在一起你还有什么不满足的吗？你怎么一天到晚连屁都不愿意多放一个呢？"

　　"你怎么骂人呢？"听艾博雅一而再、再而三地说这样的一些话，陆旺达感觉自尊心一次又一次地受到了伤害，他非常不高兴地说，"是啊，是你拯救了我,是你委曲求全嫁给了我,我应该非常非常地感激你。可我这个人天生就不爱讲话,你以前怎么就没有看出来呢?再说,夫妻之间一天二十四小时都在一起,哪有那么多的话谈呢?"

"陆旺达,你这是什么逻辑呀?夫妻之间在一起应该是无话不谈,你的逻辑却是无话可谈,你怎么越来越阴阳怪气的了?"艾博雅气得眼泪都出来了。

经过不间断的舌战,陆旺达与艾博雅的关系越来越紧张。"看到你就讨厌""看到你就心烦",这些话几乎成了艾博雅见到陆旺达时的口头禅。

十四、除夕风波

结婚大半年了，艾博雅到婆家只去过几次，而且每次去都只是看望一下老人，给老人送一点吃的，然后就和陆旺达匆匆离开了。艾博雅知道陆旺达对他父母很孝顺，但她完全不了解陆旺达到底是怎样孝敬他父母的。

结婚后的第一个春节，艾博雅理所当然地要在婆家吃顿年夜饭。她主动买了好多好吃的东西去婆婆家，对两位老人说："平常我们工作都忙，很少来看望您二老，这些东西是我和旺达孝敬您二老的。祝您二老福如东海，寿比南山。"

见媳妇第一次来家里吃饭，还买了这么多东西，而且还这么会说话，公公婆婆都非常高兴，他们认为儿子找到这个媳妇没有找错。

在欢乐的气氛中，陆旺达讲了好多逸闻趣事，而且很会说一些安抚老人的贴己话。陆旺达肚子里竟然装着这么多的故事？竟然这么能说会道？这可是艾博雅从来都没有体会到的。结婚这么长时间，陆旺达除了任劳任怨地做家务、无微不至地照顾自己外，在家里从不多说一句话。艾博雅有时想找他聊聊，但他却总是问一句，答一句。今天艾博雅看到的陆旺达跟他平常在家里简直判若两人。

吃完年夜饭，正当陆旺达在安抚他父母，与他们促膝谈心的时候，艾博雅突然站了起来，历来说话都不讲场合的她，这一次在两老面前也不例外。她走到陆旺达面前，拍了拍他的肩膀冷笑着说："哟，陆旺达，我可没看出来呀，你还是一个双面人呢！在我们那个屋里，你整天不哼不哈，就像个木头疙瘩似的，怎么到这里来了你就变成另外一个人呢？直到今天我才看出来，你居然这么能说会道?"

陆旺达知道艾博雅要来神了,他怕在这里闹起来让父母担心,便望着艾博雅笑道:"这不是大家都在一块吗? 来,你也坐下聊聊。"

"你是说也和我聊聊吗? 我可是受宠若惊呀! 在屋里你什么时候也想过和我聊聊?"艾博雅没好气地一屁股坐在陆旺达的身旁,她显得十分委屈地对两位老人说,"您二老给我评评,他平常在屋里一句话都不多说,每次我找他说话他总是哼哼哈哈的,以前我还以为他是真的不爱说话,我也就认了,直到今天我才算真正看明白了,您儿子不是不会说话,原来他就是不想和我多说话。"

在两位老人面前,陆旺达是不愿意和艾博雅发生争执的。他屁股没有离开板凳,转过身对艾博雅和颜悦色地说:"小雅,你莫这样呀,有么话我们回去说,你看这大过年的,就为这一点儿小事,你说有必要……"

"哦,搞个半天你会说话呀!"

艾博雅最在乎的就是得到自己所爱的人的爱,她认为两个真正相爱的人就应该无话不谈。陆旺达在家里寡言少语艾博雅非常失望,现在看陆旺达不是不爱说话,而只是不想跟自己说话,这让她真正地体会到了陆旺达其实并不爱自己。她说:"以前我还真以为你性格内向,压根就没有想到你原来是故意冷落我。"

陆旺达尽量压住自己心中的不快,他小声对艾博雅说:"小雅,不是这么回事,有话我们回去说,回去了我跟你好好解释好吧? 今天我们就高高兴兴地过个年。"

听陆旺达这样说,艾博雅转过脸哼了一声。她表情悲哀地看着陆旺达说:"回家去说,回家去解释? 我们结婚都大半年了,你什么时候跟我解释过? 以前我还以为你是真喜欢我才娶我的,可我万万没有想到原来并不是这么一回事。"说到这里艾博雅的眼泪都快出来了。

两位老人莫名其妙地瞪着四只大眼睛看着艾博雅,他们想不明白今天大过年的,艾博雅为什么会平白无故地生出这一大堆话来。此时此刻,两位老人也不知道该说什么好,只是用奇异的眼神看着她。

"你……你怎么?"陆旺达看了父母一眼,表现出一种尴尬的神情。

"我怎么啦? 我说错了吗? 我哪一点说错了你说呀,你今天就当着你爹娘的面说,让他们也听听,看我是哪一点对不起你,再看你为什么要这么对我?"艾博雅说着就将陆旺达一扒,陆旺达差一点从板凳上摔了下去。艾博雅收回手接着说,"原来我一直都想找一个真正喜欢我的人,但没有想到我倒找了像你这样的一个木头疙瘩,石头磨子。"

看到艾博雅对自己的儿子这么厉害,婆婆实在心疼,她想艾博雅当着我们的面都这样对待旺达,不敢想象在家里艾博雅是怎样整治自己儿子的,婆婆实在是忍不住了,她说了一句:"大过年的,又不为什么大事,你们怎么会这样呢?"

见婆婆说出这样一句话,艾博雅的气更是不打一处来,她转过头瞟了婆婆一眼,然后一把扯住陆旺达的肩膀说:"你们都以为这是小事是不是?你们都以为我是无理取闹是不是?找一个男人在家里,一天二十四小时都不说一句话这意味着什么?是哑巴?哑巴还会用手势交流呢,可你在家里就连哑巴都不如,你说这样的日子我好受吗?"

平常艾博雅在家里常常为陆旺达不说话吵吵闹闹,陆旺达早已习以为常。为了不让父母为自己操心,陆旺达在父母面前从来都没有说艾博雅一个不字。今天,艾博雅丝毫都不顾及二老的感受,在他们的面前也这样对待自己,这使陆旺达十分难堪。陆旺达掉过头看了父母一眼,他边拉艾博雅的手边息事宁人地说:"小雅,你清醒一点好不好,在父母面前你怎么能这样呢?"

"我这样怎么啦?我这样怎么啦?你说在你爹娘面前我该怎么样?"艾博雅从来都是得理不饶人,无理争三分的,此时的她照样毫不礼让,她说,"你害怕伤害了你的爹娘是不是?你害怕他们看到他们心爱的儿子被媳妇诉说感到难堪是不是?可是你怎么就没有为我想过呢?你怎么就不怕伤害了你的老婆我呢?"说到这里,艾博雅双手抱胸,自认清高地用眼睛向房屋的四周扫了一遍,接着说:"当初那么多条件比你家好的来追求我,我全都没有答应,我选择了你,原来我还以为我嫁给像你这样的家庭,你这样的经济条件,满以为你会对我好的,可你却反而冷落我,你真是太让我失望了。"说到伤心之处,艾博雅竟嘤嘤地哭了起来。

"我们出去谈好不好?"陆旺达感觉自己的自尊心受到了伤害,但在父母面前又不好说什么,他不知所措地看了父母一眼,站起来想把艾博雅拉到外面去。

"我就是要在这里说。"艾博雅摆脱了陆旺达的手,她紧皱着眉头说,"按道理夫妻之间应该是无话不谈的,可你一天到晚却连屁都不愿意多放一个,我不晓得你到底是哪一点对我不满意?"

陆旺达看见母亲在一旁偷偷地擦眼泪,他的心就像被蜂蜇了一样痛。陆旺达对着艾博雅没好气地、压低嗓音说:"你这个人是不是太无聊了?每天在屋里闹还不够,大过年的还要到这儿来找事。"

"过年又怎么样,到这里来又怎么样?我就是要在这里找事,我就是要让你爹娘都晓得我跟了你后到底是过的什么日子。"艾博雅把辫子往身后一甩,她仰起头,双手抓住陆旺达的双肩摇晃着说,"当初我不顾一切地跟了你,我还以为我找到了一个真正适合我的人,直到现在我才明白,其实是我错了,我以前的期待只是我的奢望,是根本就无法实现的奢望。"紧接着,艾博雅连珠炮似的接着说:"陆旺达,我今天要你对我说清楚,你说我艾博雅到底是哪一点配不上你?我家庭出身配不上你?我经济条件配不上你?我的长相配不上你?陆旺达你既然对我没有好感,当初你为什么又要娶我呢?你既然不喜欢我你就别害我呀!你娶了我又这么对待我,你这不是害我吗?"

陆旺达瞪着两眼怒气冲冲地看着艾博雅,这使艾博雅的怒火越烧越旺。她撕扯着陆旺达的衣领几乎嚎叫着说:"当着他们的面你说呀!你今天一定要跟我把话说清楚,你到底是为的什么?"

"真是越说越无聊了。"陆旺达实在忍无可忍了,他用力扳开艾博雅的手说,"早晓得你这么不讲道理,哪怕你是个金镶玉我都不⋯⋯"陆旺达说到这里突然打住了。

听到陆旺达说出这样的话,一种莫名的悲哀刹时间就包裹住了艾博雅的心,她感到一阵阵绝望的痛。"你不怎么样?你不会娶我是吧?倒过来反而是我委屈了你是吧?想不到你现在竟然说出了这样的话,嗯嗯嗯!"话到这里,艾博雅大哭了起来,"现在我算看清楚了,跟你结婚我是犯了一个大错。"

陆旺达太了解艾博雅了,他深深地知道,艾博雅的火气一旦上来了,那是用石板都挡不住的。为了让艾博雅少说几句,也是为了不让自己的父母过于难堪,陆旺达压住火气小声说:"不就是这一点点事情吗?你怎么就只攻一点不计其余呢?"他回过头看了父母一眼,尽量轻声地说:"平常在屋里,我什么事都做,生怕你累着,这不就是对你的好吗?再说,两个人天天在一起,又哪来的那么多话可说呢?"陆旺达好言对艾博雅说:"我这个人有时候忙了累了是不太爱说话,既然你对我有这方面的要求,我以后再注意一点不就行了吗!回去后我再细细地跟你说好不好?"

"就在这儿说,今天我就是要你当着你爹娘的面说。"艾博雅说,"你说你在屋里什么事都做,你怕我累着,那我问你陆旺达,夫妻之间难道只有这就行了吗?再说了,我与你结婚,难道仅仅就是为了要你做事吗?你说两个人天天在一块,哪来那么多话说?那么我们夫妻一场,少一点话有没有?你每天在屋里除了哼哈应付我外,你多说过一句话吗?"艾博雅看了陆旺达的父母一眼接着说:"你要是不会说话也就罢了,但你在你爹娘面前那么细腻,那么温柔,你能跟他们谈笑风生,而面对我却连屁都不愿意多放一个,夫妻之间难道都是我们这样的吗?"说到这里,艾博雅将陆旺达向前一推,歇斯底里地吼道:"你既然不喜欢我,又为什么要和我结婚呢?"

陆旺达冷不防被艾博雅这么一推,后脑勺一下子撞到了墙上,发出砰的一声脆响。

艾博雅在家里骂骂咧咧吵吵闹闹是常有的事,陆旺达早就烦透了。陆旺达是个极要面子的人,为了求得家庭的平静,他也知道艾博雅一旦闹起来,你越与她对着干她便会越闹越凶,所以他总是一让再让,一忍再忍。但今天当着父母的面,她还这么肆无忌惮,这让陆旺达十分恼火。陆旺达用手摸了摸自己的后脑勺,他尽力压抑住自己的怒火,小声吼道:"无聊,真无聊!你不是要我说为什么吗?今天我就老实告诉你艾博雅,就是因为你这个人太无聊,太不可理喻。"

"你……你……你……"第一次听到陆旺达对自己说出这样的话,艾博雅气得一时不知说什么好。

陆旺达看着艾博雅,带着鄙视的目光继续说:"你动不动就说你家有钱,你爹是高级知识分子,你是城里人。你有钱怎么啦?你爹是高级知识分子怎么啦?你是城里人又怎么啦?你有钱,你爹是高级知识分子,你是城里人你就别找我呀!你当初明明晓得我是乡下人,晓得我没有钱,你为什么还要和我结婚呢?艾博雅我告诉你,每个人都是有自尊的,你不要以为你的条件好你就可以称王称霸,你就可以为所欲为,你就可以无理取闹!"见艾博雅又凶上来了,陆旺达一把将她推开接着说:"你成天把自己看得高高在上,自以为了不起,从来都不顾及别人的感受,你以为跟你这样的人在一起别人会有幸福?我跟你说实话,艾博雅,当初我要是晓得你是这样的一个人,我宁可找一个穷叫花子的姑娘做媳妇我都不会要你。"

平常陆旺达总是让着艾博雅,艾博雅早已习以为常。可今天让她万万没有想到的是,陆旺达居然当着他父母的面一反常态,这让艾博雅很难接受。艾博雅又一次上前抓住陆旺达的衣领,气急败坏地说:"陆旺达,你这样说? 你今天当着你爹娘的面你居然这样说?"艾博雅近乎歇斯底里地嚎叫道:"陆旺达,我现在才算真正明白了,你原来是这么看待我的,你原来是故意冷落我的,我跟着你这样的石头磨子、木头疙瘩、没有一点血性、没有一点人情味、没有一点男人阳刚之气的冷血动物在一块,我已经受够了。你刚才不是说我无聊吗? 你刚才不是说我不可理喻吗? 今天你就看我无聊,你就看我不可理喻。"接着,她边将头往陆旺达身上撞边说:"你说我无聊是不是? 你骂我无聊是不是? 你说我无聊我就无聊,今天我就是要当着你爹娘的面无聊给他们看看。"

"你这个伢也真是,不为什么就闹成这样,平常真不晓得你们是怎样在过日子的?"陆旺达的娘实在是看不下去了,于是说出了这样一句话。老太婆的这句话是轻言细语说出来的,但艾博雅听了却似如雷贯耳。她放开陆旺达转过身来对老太婆说:"你看不明白是不是? 你看不明白就去问你那个宝贝儿子啊,你问他平常是怎样对待我的?"说到这里,艾博雅斜着眼睛瞅了公公一眼,口无遮拦地说:"今天我倒要问问你,如果你也找了一个一天二十四小时连屁都不放一个的人,你说你的日子好过不好过?"

"你,你真是越说越不像话了。"陆旺达的父亲再也忍不住了,他看到窗外已经站了一堆人,十分生气地说,"有什么事你们回家去闹,莫在我这里丢人现眼。"

"嘿! 嘿! 你们全家都对着我来了是不是?"艾博雅冷笑着说,"你们两个老的还蛮团结呢,你们怎么就不去教训教训你们那个宝贝儿子而对着我来呢? 这里就我一个人是外人是不是? 你们都合起伙来对付我是不是?"艾博雅不屑一顾地分别扫了三个人一眼,用手一个一个地指着他们说:"我怎么就瞎了眼,怎么就选择了像你们这样的一个家庭呢? 我也真是……"

"啪!"不等艾博雅说完,突然陆旺达一记响亮的耳光重重地落在了她的脸上。平常艾博雅是从来都不顾及陆旺达自尊的,在很多场合她让陆旺达感到尴尬、难堪,陆旺达都忍了。但陆旺达万万没有想到的是,今天大过年的,又是当着自己父母和众多邻居的面,艾博雅不仅只跟自己无理取闹,而且还公然如此地侮辱自己的父母。艾博雅这一过火的言行,对于在父母面前从来都不说一个不字的陆旺达来说,简直是大逆不道。见艾博雅号啕大哭,陆旺达就像吃了豹子胆似的昏了头,他一把抓住正向自己凶过来的艾博雅,噼里啪啦又是几个响亮的耳光。

一时间,艾博雅的耳朵嗡嗡作响,她的整个脸火烧火燎地放着红光,但此时的她并没有多少疼痛的感觉,只是觉得自己受了极大的委屈。不一会儿,艾博雅左边的脸渐渐地肿了起来,鲜红的血顺着嘴角向下滑落。陆旺达这一反常态的举动是艾博雅无论如何都不曾想到的,就是他这一反常态的举动,就相当于在烈焰上浇了一盆油,使整个火焰熊熊地燃烧了起来,艾博雅暴跳如雷。艾博雅先是将家里的桌子掀翻,然后见东西就砸,不一会儿,地上便一片狼藉。

陆旺达气急了,他猛地将艾博雅一推,把她推倒在父母的床上,然后骑在她的身上,就像一头失去了理智的狮子,紧握着拳头,在她的屁股上狠狠地揍了起来。陆旺达边揍边说:"你不是说我不像个男人吗?你不是说我没有一点男人的阳刚之气吗?我今天要让你看看,看看当一个男子汉有了阳刚之气之后到底会是一个什么样子,也让你尝尝男子汉有了阳刚之气之后的滋味。"陆旺达越打越来气,越来气就越打,只打得他自己筋疲力尽。

陆旺达的父母在一旁急得直跺脚,他们想去拉开陆旺达,却怎么也拢不了身。

艾博雅无论如何也没有想到,平常对她无限歉疚、善良憨厚的陆旺达会对自己动这么大的手,而且是这么的凶狠。此时的艾博雅只能是不断地翻滚着上身,用手拦挡着雨点般的拳头,尽量躲避着陆旺达疯狂的袭击。

陆旺达筋疲力尽地一屁股坐在长条凳上,整个身子都靠在墙上,显示出一种痛苦不堪的表情。

艾博雅已经是鼻青脸肿了,她慢慢地翻动了一下身子,趴在床上泣不成声。

"你们这些伢,怎么,怎么会这样呢?"老太婆流着泪,收拾着地上的残局。

老头子走到窗口对正在叽叽喳喳围观的邻居说:"大家都回吧,啊!大家都回吧!"

十五、父母之痛

大年初一，戚佩文做了一大桌菜，等待着女儿、女婿前来拜年。说好了大年三十去婆婆家吃年夜饭，初一上午十点钟以前回娘家的，可现在都中午十二点了，他们怎么还没有来？

女儿长这么大，每年都是在家里过的年，特别是年三十，女儿总是兴奋得不得了。点蜡烛、拜祖先、放鞭炮，她一玩一个通宵。大年初一人家都起来接年，给亲人和街坊邻居拜年，她却总是赖在床上不肯起来。今天女儿这个时候还没有回，难道她还像以前没有做大人一样？晚上玩通宵，早上又赖床？唉！这个小雅就是这么任性，也不晓得旺达能不能够适应她、宽容她？戚佩文心里直惦记女儿。

提起旺达，戚佩文夫妇真是喜欢得不得了。这是一个非常优秀的孩子，他不仅是长相好、工作好、人品好、对小雅好，而且对他们两老也非常孝顺。上次戚佩文有点不舒服，他一连几天，天天下了班都来了，他说爹不会做饭，姆妈又生病了，他来做个帮手。那一次，他还买了好多开胃好吃的东西，说给两位老人调养身子。天底下到哪里去找这么好的女婿？能有这么好的女婿，这一定是小雅和我们哪辈子修来的福分！

戚佩文和艾文宗谈论着对女婿的好感，但心里还是记挂着他们为什么到这个时候还没有来？小雅的性格一贯都好强，从来都是得理不饶人，他们很担心小雅去婆婆家会不会惹公婆生气。

不行，还是得去公用电话亭打个电话问问。戚佩文走了五分钟才走到公用电话亭，可人家也回家过年去了。电话没有打成，戚佩文和艾文宗心神不宁地吃了一点饭,急忙赶到了女儿家。

陆旺达打开门见两老来了,不好意思地迎接着他们,说:"我们本来是要去给您二老拜年的,可屋里有点事,电话亭又关了门,还烦劳您二老跑一趟,真不好意思。"

"大过年的,家里能有什么事呢? 小雅呢?"戚佩文探头朝里面望去,可还是没有看到小雅。

"爹、姆妈,小雅在房间呢,她刚刚睡着了,您二老先坐一下,一会儿我去叫醒她。"

陆旺达招呼艾文宗和戚佩文坐下后,就去给二老倒茶去了。大过年的在家睡觉? 她莫不是生病了? 来到女儿家都见不到女儿,戚佩文哪里坐得住? 她轻手轻脚地朝女儿房间走去。

房间黑乎乎的,窗帘也闭得紧紧的,戚佩文隐隐约约地看见女儿侧身躺在床上,不时地发出轻微的呻吟。戚佩文摸索着走过去,她摸了摸艾博雅的头,轻轻地问:"小雅,你怎么啦? 你病了吗?"

艾博雅隐隐约约听到了戚佩文在叫自己,她睁开眼睛,叫了一声姆妈便大哭起来。"小雅,你这是怎么啦? 宝贝,不哭,你告诉姆妈你这是怎么了? 你是哪里不舒服吗? 我们上医院好不好?"

艾博雅的哭声惊动了在外面坐立不安的艾文宗,也震撼了正端着两杯滚烫茶水的陆旺达,陆旺达两手颤抖着把茶水放在桌子上,手还是被烫红了一大块。陆旺达顾不上自己被烫的手,忙扶着艾文宗走进房里。

"爹,姆妈,对不起! 是我昨天一时冲动,做了我不应该做的事,我打了小雅,我对不起小雅,对不起您们!"

"你……你怎么可以动手打人呢? 这……小雅长这么大,我们两老都舍不得动她一个手指头,你……你怎么可以……"戚佩文一时接受不了这样一个事实,她变得语无伦次起来。

"姆妈,是我不好,我不该一时冲动,都怪我,对不起!"陆旺达眼泪都快出来了,他强忍着泪水说,"您二老打我骂我我都接受,是我对不起小雅,对不起您二老。"

"你……你……"戚佩文激动得话都说不出来了,她问艾博雅,"宝贝,他打你哪里了? 你很疼吗?"

"姆妈，不完全怪他，也是我不好，我不该……呜呜呜……"艾博雅说到这里又呜呜呜地哭了起来。

其实艾博雅就是不说艾文宗夫妇也想象得到，凭陆旺达的为人，不是艾博雅让他实在忍无可忍了，他是绝对不会动手打人的。但女儿毕竟是自己的亲生骨肉，自己这一辈子也就这么一个女儿，女儿再糊涂自己都舍不得碰她一下，现在女儿被打成这样，做父母的哪有不心疼的？

"旺达，我们希望你们这样的开端是第一次，也是最后一次，今后无论遇到什么情况都不允许动手打人。"艾文宗说。

这时候陆旺达正拿着毛巾在给艾博雅擦眼睛，艾博雅也在深情地与他对视，因此陆旺达没来得及回答艾文宗的问题。

"听到了没有！"见陆旺达没有回答自己，一贯文弱的艾文宗，这几个字几乎是吼出来的。

"听……听到了。"艾文宗的这一声吼彻底地震撼了陆旺达，这一次他的眼泪真的流出来了。看到陆旺达流泪，艾博雅又一次哭了。

"爹，姆妈，您二老放心吧，今后我绝不会再动手打小雅了。"陆旺达边擦着眼泪边说。

陆旺达把年前就准备好的过年菜该蒸的就蒸，该热的就热，弄了一大桌子留艾文宗夫妇在这里吃晚饭，他把煨的排骨藕汤添一碗在桌子上，然后添一碗端到房里去让艾博雅吃。

过完年艾博雅接着休了十天的病假，陆旺达也十天没有上班。经过这一次大战之后，陆旺达反省了自己，他理解到：爱需要行动，但绝不仅仅是行动，爱还需要详尽的表达和传递，因此语言和温情的流露也是行动不可或缺的一部分。陆旺达深有感触地对艾博雅说："以前，我满以为努力地适应你就是对你的爱，我以为你一定会理解，直到现在我才明白，两个相爱的人决不可以少了语言的交流和沟通。"

艾博雅听陆旺达这么说，她也反省了自己，说："我也有错，我不该在你父母面前口无遮拦，哪壶不开提哪壶。"

经过这一场的风波，艾博雅和陆旺达的感情不仅没有受到影响，反而还向前迈进了一步。婚后的第十个月，艾博雅终于怀上了陆旺达的孩子。

十六、叶子问世

陆旺达的父母盼星星盼月亮，就盼着陆旺达早一点为他们添一个孙子。为了了却父母的心愿，陆旺达也期盼着这一天尽早到来。见艾博雅已经怀上了自己的孩子，陆旺达非常高兴，在艾博雅怀孕期间，他对她更加地好言安慰，百般细心地照料，生怕她因为心情和身体的不适，影响到腹中的胎儿。

1969 年 11 月 29 日，陆旺达做好了早点送给艾博雅吃，艾博雅刚从床上坐了起来，还没有吃一口就喊肚子痛。陆旺达想到她可能是要生孩子了，立即到巷子口叫来了三轮车，径直把艾博雅送到了医院。

艾博雅在医院顺利地生下了一个女儿，小两口喜不自禁。陆旺达为了这个小宝贝女儿，他忙里忙外忙出忙进忙得不亦乐乎。

陆旺达的母亲来看过艾博雅，她听说是个女儿，还是做出很高兴的样子，要陆旺达好好照顾月母子。

陆旺达高兴地送走了母亲，他回到病房的时候，艾博雅对他说："旺达，看到我们生的是个姑娘，你娘好像有些失望，她肯定希望我们生儿子。"

"老人嘛，他们的想法跟我们不一样，不过，她也挺喜欢我们女儿的。"陆旺达从艾博雅手中接过包裹得严严实实的女儿说，"有个女儿多好，你看我们家，如果我多有一个姐姐或者是妹妹，那我爹娘该多幸福啊！"

"你这个儿子也不错呀，他们有你这么一个孝顺的儿子，我看有没有女儿都一样。"艾博雅酸溜溜地说。

见艾博雅又来了，陆旺达忙转移话题，他说："好了，我们不说这个了，还是先给我们的女儿取个名字吧？"

"你不是早就想好了吗？你不是说如果是个女儿就叫陆玉叶吗？"

陆旺达亲了亲女儿的前额笑着说："是啊，我们就是要把我们的小宝贝女儿当成金枝玉叶，如果你也同意的话，那她就叫这个名字好了。"

戚佩文每天做好了吃的就送到医院去，他们老两口也特别喜欢这个女婿，常常把好吃的东西多做一些，让陆旺达也吃。可陆旺达总是不肯吃，他不好意思地说："您老为了我们已经够辛苦了，您就别管我了。"

"这孩子，这有什么，我只不过是多放一点原材料，多做一点少做一点都一样，你就别讲究那么多了。"

"我做月母子你就做月公子呗！"艾博雅笑着说。

艾博雅出院这一天艾文宗也来了，他抱着这个小外孙女左看右看，爱不释手。

"爹，如果她是个儿子您是不是会更喜欢一些呢？"艾博雅试探着问。

"都一样，都一样。"艾文宗说，"我历来对女儿都没有偏见，那时候你姆妈生你的时候，我还不是高兴得不得了。"

"姆妈，我爹是这样的吗？"艾博雅撒娇地问。

"这孩子，你出生以来你爹对你怎样你还看不出来呀，就愁没把你搁在荷包里，天天带你去上班。"

"嘻嘻！"艾博雅高兴地笑了，她回过头对陆旺达说，"你也和我爹一样喜欢我们的叶子吗？"

"当然啊！是我自己的骨肉我怎么会不喜欢呢？"陆旺达发自内心地说。

又是一个凉风习习的晚上，弯弯的月儿老高老高地挂在树枝上，人们都早已进入了梦乡。然而，艾博雅家里却突然传来了惊天动地的、凄惨的哭声。

"叶子，叶子，你这是怎么啦？你可还没有满月呀我的小宝贝，你现在连大门都还没有出过，你还没有看到这个世界呢，你怎么就想丢下爸爸妈妈呀我的叶子！哎呀，我的叶子，你得挺住，你可千万要挺住啊，爸爸妈妈这就送你去医院，我的小叶子，你可一定要挺住啊！"

以往艾博雅在家里哭哭闹闹也是常有的事，邻居们早已司空见惯。可今天不同，今天艾博雅一直都哭着喊着叫着叶子的名字。不好，一定是孩子出了什么问题。寒冷的冬天，大家都还没有起床，隔壁热心的邻居郝玉英不顾寒冷，呼地一下就从床上爬了起来。她用手拢了拢自己散乱的头发，边扣衣服边往叶子家跑。等她来到陆旺达家门口的时候，只见陆旺达夫妇抱着未满月的孩子已经坐上了三轮车。这时，郝玉英只见陆旺达抱着叶子，艾博雅侧身坐在车上，弯着腰，手抚着叶子的脸，眼泪一个劲儿地往下流。

看到脸色发青的叶子，郝玉英趁三轮车师傅还没有上车的一小会儿功夫迫不及待地问："旺达，这孩子怎么啦？"

"孩子她……"不等陆旺达回答，三轮车师傅就已经上了车，为了抢救孩子，他急急地踩着三轮车走了。

郝玉英不知道他们去了哪家医院，也不知道孩子的情况到底怎么样。晚上下班回来，她连自己的家门都没有进就直奔陆旺达家。可到陆旺达家门口一看，他家的大门仍然被一把锁紧紧地锁着。

第二天早上，鹅毛般的大雪漫天飞舞，房上、地上白皑皑一片。郝玉英在上班的途中，忽然听到了一个孩子微弱的哭声，她回头一看，只见一个未开门的商店门口有一个大纸箱，孩子的哭声就是从这个纸箱里发出来的。郝玉英走近一看，看见纸箱的上面有一张大红纸，大红纸上写着"请你收养"四个大字。郝玉英犹豫了，她想把这个孩子抱回家，但又想到自己已经有了三个孩子。郝玉英挪脚想走，但又放心不下这个可怜的孩子。正在这时，郝玉英看见远远地走来了一个人，她想：总会有善良的人来管管这个孩子的。想起自己上班不能迟到，便急匆匆地走了。

郝玉英踏着雪一步一滑地走得特别慢，好不容易走到了一个巷道的拐弯口，她再次回过头一看，只见走来的这个人正从那个大纸箱里抱出了孩子。郝玉英停住了脚步，她想看看这个人究竟会不会抱走这个孩子。不一会儿，她又见这个人将孩子放进了纸箱，"难道他……"因为上班的时间快要到了，郝玉英来不及多看多想，便急匆匆地拐弯向上班的路上走去。

走了不到一百米，郝玉英还是忍不住再次回头。这时，她看见这个人抱着孩子，把头埋得低低的，好像在给孩子挡住飘下来的雪花。"这人好像陆旺达？怎么会是他？"郝玉英有些不解，她想，"难道是他的孩子，他想丢掉，又舍不得？那么他为什么想要丢掉孩子呢？是因为孩子的病无法救治了吗？"一会儿，郝玉英又转念一想："也许他看到别人丢的孩子想捡回去，又想到自己家已经有了一个孩子，所以犹豫。"眼看上班的时间就要到了，郝玉英来不及转头去问。她心想：只要孩子有救就行，至于是什么原因，等到下班后再去问个究竟。

晚上下班回来，郝玉英来到陆旺达家，只见陆旺达坐在堂屋里择菜，她把头伸进他们的房里一看，艾博雅坐在床上正流着泪在给孩子喂奶。郝玉英走到陆旺达身边，她小声问："旺达，孩子她没事吧？"

"没事，孩子只是昨天吃奶的时候噎着了，到医院后就没事了。"陆旺达抬起头面带感激地说，"谢谢你的关心。"

郝玉英听说孩子没事，她才敢去看艾博雅。她边走边说："那就好，那就好。"便向艾博雅坐着的床边走去。

郝玉英挨着艾博雅坐了下来，她正准备去看孩子的时候，陆旺达突然对她说："郝大姐，明天是叶子的满月，你也来坐坐吧。"

"那一定，那一定。"郝玉英似乎感觉到了他们有什么难言之隐，便立即走了出来。也就没有再问什么了。

第二天，艾文宗和戚佩文很早就来到了艾博雅家里，他们给孩子买了摇窝，还拿来了一大堆衣服。不一会儿，陆旺达的父母也来了，他们也带来了许多婴儿的吃穿用品。快到中午的时候，邻居朋友们都来了，大家一起热热闹闹地给叶子做了个满月。但郝玉英分明观察到了艾博雅强打着的笑容。

十七、错失姻缘

　　陆旺达夫妇过了一年较为平静的日子,这一年,戚佩文几乎天天来帮他们带孩子,做家务。每天早上戚佩文和艾文宗一块出门,艾文宗上班,戚佩文就去女儿家。下午戚佩文帮女儿一家做好饭,等他们下班了她才回家去给艾文宗做饭。

　　一个星期天的晚上,陆旺达家里又传出了吵闹声。只听艾博雅说:"你的心成天就在你爹娘身上,我看这一世界都找不出像你这样孝顺的儿子。"

　　"他们两老不就是我这一个儿子吗?他们现在已经是风烛残年的人了,我爹又有病,你说我一个当儿子的能不管吗?再说,自从有了叶子后,我到他们那里去的时间明显减少了,你还要我怎么样呢?我总不能说完全丢下他们不管吧?我去那里家里的事我又没有少做,这不就是累我自己吗?又没有给你增加什么负担。"

　　陆旺达由每个星期必定去看望一次他的父母改为每两周去看望一次。但每次回来艾博雅总会找碴跟他不高兴。这一次,陆旺达的父亲病重了,陆旺达带他去看病回来晚了一点,艾博雅又不依不饶。陆旺达开导艾博雅说:"小雅,我们也已经是做父母的人了,如果将来我们的伢能对我们好一点,这不也是很好的一件事吗?难道你不希望你的子女对你好一点……"

　　"狗屁。"不等陆旺达把话说完,艾博雅便极不耐烦地说:"我们有我们的工作,有我们的收入,我们退休了还有退休工资,才不会像你爹娘那样,一点积蓄都没有,一心只想靠儿子来养活他们。我们现在有叶子了,他们不仅不帮我们,还动不动就把你叫去,这个家里要不是我姆妈来帮点忙,我看连屎都要吃到肚子里去。"

见艾博雅大喊大叫,陆旺达生怕被邻居听见,他压低嗓音对她说:"小雅,已经很晚了,你小声一点好不好?我爹娘不是从农村来的吗?你晓得农村一年做到头都难以糊口,何况他们两老身体又不好,哪会有什么积蓄呢?再说,其实他们都还是很勤劳的,以前他们是为了我,钱都花在了我的身上,现在他们老了,他们又只有我这一个儿子,他们有点病什么的你说我能不管吗?你说我们有叶子了他们不帮忙,说句良心话,是你不要他们帮忙还是他们不肯帮忙?你连我爹娘要抱一下叶子都不放心,你说他们该怎么帮我们呢?"

艾博雅用眼睛瞟了瞟陆旺达,并用带着讽刺的语气说:"是啊,你爹娘生了你这么孝顺的一个儿子真是有福,你时时处处都偏向他们说话,我不管说什么都是错的,现在我只怪我自己,怎么就偏偏找了一个天下少有的孝子。"

艾博雅阴阳怪气的一段话让陆旺达极度愤懑,他说了一句:"简直不可理喻。"便摔门而去。

陆旺达的父亲去世了。安葬好父亲后,陆旺达跟艾博雅商量:"我娘一个人住在那里怪孤独的,我想把她接过来和我们住在一起,现在你姆妈还要照顾你爹,她老人家也挺累的,我娘来了你姆妈就可以不这么忙了,我娘还可以帮我们带带叶子,做做家务,你说这不是两全其美的事吗?"

艾博雅出生在艾文宗家庭,接受他们夫妇的教育,应该通情达理才是,可她却偏偏反其道而行之。听陆旺达说要把他娘接到这里来住,艾博雅无论如何都不接受。但这一次她没有像往常一样大吵大嚷,而只是睁着两只大眼睛温和地看着陆旺达。

陆旺达原以为艾博雅又会大吵大闹的,她这样的平静显然出乎陆旺达意料,陆旺达似乎还有点不太适应。艾博雅要的就是这样的效果,她暗自得意,并不断地暗自告诫自己,这次要用软钉子让他难堪。

"你同意了?"陆旺达看着艾博雅,半信半疑地小声问。

"唉!我看你也太不了解我了,我真没想到你是怎么好意思向我开这个口的。"艾博雅不冷不热地说,"我们住的这个房子原本就是我娘家的,你如果好意思你就去问问你的那个娘,看她好不好意思来住我娘家的这个屋子。"见陆旺达阴沉着脸看着她，艾博雅故意压低声音说："是我说错了吗？你不服气是不是？"

"算了，只当我没说行了吧！"陆旺达生气地扭过头，站起身向一边走去。

每当不高兴的时候，艾博雅总希望陆旺达能多说几句好话来哄哄自己，如果他话说得好兴许自己也会动了这个心，就让婆婆来住。可陆旺达却偏偏就是那种死不开瓢的葫芦，从不愿意对自己多说一句好话，艾博雅为此十分伤心。

看到陆旺达那生气样子，艾博雅心里颇不是滋味，她索性气陆旺达说："你不就是离不开你的那个娘吗？我晓得你的心中根本就没有我的位置，既然是这样你就搬过去住呀，你同你娘住在一块儿，不是也好尽尽你这个当儿子的孝心嘛！"

听艾博雅说出这种话，陆旺达不禁心灰意冷，他本想跟她大闹一场，但还是忍了下去。为了避免争吵，陆旺达主动向组织上提出申请，要求驻守外地。

陆旺达为了逃避自己，竟然主动要求驻守外地，这让艾博雅十分生气。在陆旺达走了一个多月的时候，艾博雅突然发现自己又怀孕了。她去找当地颇有名望的中医师把脉，想知道自己怀的到底是男孩还是女孩。当医生告诉她说她怀的是男孩时，本应该高兴的艾博雅却不怀好意地想：我决不为他陆家传宗接代。

艾博雅向老医师打听怎样才能拿掉这个孩子，老中医十分不解。他说："男孩不是很好吗！你怎么想到要拿掉呢？"面对老医师的疑问，艾博雅不好直说，她只是低头不语。

老医师见艾博雅这种神情，知道自己再没有必要问下去了，他对艾博雅说："要拿掉孩子当然可以，不过用中药打胎大人是很吃亏的，弄不好还会危及生命，你如果一定要拿掉孩子的话，我建议你到大一点的医院去，这样会有保障一些。"

听老医师这么一说艾博雅也有些害怕了，于是她找了一家大一点的医院，在那里毫不犹豫地把孩子拿掉了。

在产房里，艾博雅问医生拿掉的是男孩还是女孩，医师说："你这孩子还不到两个月，不太看得出来，不过根据我的经验来看，他倒像是个男孩子。"

听医师说果真是一个男孩，这时的艾博雅不知道是因为欣慰还是惋惜，她的眼泪禁不住潸然而下。

艾博雅本想把这次拿掉孩子的事隐瞒下来，不想让陆旺达知道。但在一次吵闹中，艾博雅竟破釜沉舟地想：我为什么不让他晓得，难道我还怕他气坏了身子不成。

当艾博雅声嘶力竭地道出了她自作主张拿掉了腹中胎儿的事以后，陆旺达简直无法接受。生儿生女对陆旺达来说，虽然他家只有他一个儿子，但他并不在意，他觉得儿子、姑娘都一样。不过，为了满足老人家的愿望，如果能生一个男孩当然更好。艾博雅也是知道陆旺达的想法的，但她却恶狠狠地想：我就是不给他们家生男孩，我就是要让他陆家绝根断苗。

当陆旺达知道艾博雅是因为想让他陆家绝后而拿掉了自己的儿子时，这让他感到恐怖。"她的确是个怪人！她的确是个极度不正常的怪人。"

陆旺达觉得他再也无法跟这样的怪人生活下去了，这时候，叶子还不到三岁，他们通过法院办理了离婚手续。

在法庭上，陆旺达几乎是乞求地对艾博雅说。"把叶子给我吧，我会好好地抚养她的。"艾博雅竟反唇相讥说："我看你是醉翁之意不在酒吧，你有什么想法就明说，何必要遮遮掩掩呢？"

陆旺达知道艾博雅所指的是什么，他说："你把叶子交给我，我只要叶子，她的生活费也不要你负担，这还不行吗？"

"不行！"艾博雅转过头对法官说，"他一个月才三十七元的工资，还要养活他那六十多岁多病的老娘，他哪有能力负担这个女儿？再说，一个女孩跟着父亲在一起是多么的不方便，我希望法院能把女儿判给我。"

法官觉得艾博雅说的话有道理，因此将叶子判给了她，让陆旺达每月付给叶子八元钱的生活费。

陆旺达再也不想说什么了，他拿上了自己的衣服，留下了原本就属于艾博雅的房子，含着泪，抱着叶子亲了又亲。毫不晓事的叶子不知道爸爸到底为什么要流泪，她用自己的小手摸着陆旺达的眼泪，也不知所以然地哭了起来。

陆旺达怀着对叶子的依依之情,一步一回头地走了,叶子以为陆旺达是去上班,她哭着喊着说:"爸爸,爸爸,你早点回来!"

艾博雅走过去抱起叶子,两眼却直直地盯着陆旺达的背影。她默默地注视着他渐渐地离去,心里有种说不出的悲哀。突然,艾博雅脑袋一片空白,身子慢慢地软了下去。

"妈妈,妈妈!"叶子从艾博雅的身上滑了下去,她惊恐得大声地呼喊着妈妈。

艾博雅在呼喊声中慢慢地清醒了过来,她看着叶子,只觉得有好多画面拨开了她心中的闸门,涌进了她的心头,堵塞了她的喉咙。艾博雅什么话也说不出来了,只有眼泪在止不住地往下流。

十八、随心所欲

"叶子,爸爸来看你了。"离婚后的第三天,也正好是星期天,陆旺达突然不期而至。

"爸爸!"看到陆旺达来了,叶子高兴得飞奔过去,"爸爸,你到哪里去了呀,怎么才回来呀?"叶子在陆旺达身上,紧紧地搂着他的脖子,对着他的脸说:"爸爸,你天天回来好不好。"

"叶子下来!"艾博雅走过去拉叶子,瞪着眼睛对陆旺达说,"你来干什么?"

"对不起,我没有事先告诉你我要来,我想看看叶子。"陆旺达谨慎地说。

"哼,说得好听,她又不是……"艾博雅把叶子从陆旺达手上接了过来,"你可以不用看她,我也不要你那八元的生活费,今后你就只当没有这个叶子,希望你不要再来打扰我们。"

"爸爸!"叶子从艾博雅手中挣脱出来,跑到陆旺达身边说,"爸爸,我要爸爸。"

陆旺达的眼睛湿润了,他知道艾博雅说话的话外音,他又抱起叶子,摸着她的头说:"你怎么可以这样说话呢? 人非草木,孰能无情,何况我是这么地喜欢叶子。"

"她不需要你喜欢,也不需要你来看,请你自重,我再也不想见到你了。"艾博雅把门打开,指着外面说,"你可以走了。"

"你也太绝情了吧? 我只是来看看叶子,为什么就不可以呢?"陆旺达说，"我看看女儿的权利还是有的，这一点谁也阻拦不了。"

"你少肉麻一点好不好，女儿女儿的，有本事你去找个女人给你生一个。"艾博雅含着眼泪说，"你说我绝情，我不同意离婚你居然还起诉到法院去，现在反倒说我绝情。"说到这里，艾博雅把叶子一拉说："叶子下来，再不下来看我打你。"双手把叶子接了过来。

陆旺达走了，他眼睛湿湿的，一步一回头，走得是那么的凄凉。

"爸爸，爸爸……"叶子趴在门口拼命地喊。

离婚后，艾博雅整日烦躁不安，她不知道自己到底是厌恶男人还是离不开男人，总之，她是又根男人但又觉得家里少不得男人。家里没有个男人，就等于一栋房子缺少了栋梁；家里没有个男人，自己做什么事情都只能是自个儿心问口、口问心。这时候的艾博雅才想起了有男人时的许多好处来，这时候的她才深深地感觉到现在的自己真的是好孤单、好可怜。

艾博雅每天上班前把叶子送到单位的幼儿园里，一下班就得去接她，回到家里还要买菜做饭浆衣洗裳照顾叶子，整天忙得晕头转向。艾博雅真正地感觉到心力交瘁了，她开始后悔没有让陆旺达把叶子带走。她认为有了叶子在自己的身边不仅仅是忙，而且还会影响自己的生活质量。

以前艾博雅常听别人说谁谁谁是一个带拖油瓶的，她对这样的人总是嗤之以鼻，想不到现在自己倒真正成了这样的一个人。艾博雅知道有很多男人找离异女子时都不愿意找一个带拖油瓶的，就跟女的找男的不愿意对方有小孩一样。艾博雅想到自己各方面的条件都这么好，就是因为有了这个小叶子无形就降低了自己的身价。

艾博雅不是不想要男人，她是想要一个自己喜欢而又真正喜欢自己的男人。陆旺达是艾博雅所爱的，但艾博雅深深体会到得不到自己所爱的人的爱也是一件极其痛苦的事。艾博雅与陆旺达分手她肯定是要找男人的，她不仅仅要找一个深爱着自己的男人，而且要找一个比陆旺达强十倍、百倍、千倍的男人。

"妈妈，帮我把项链戴在脖子上。"正在艾博雅浮想联翩的时候，小叶子却偏偏不识趣地拿着一串项链来找她。一看到小叶子艾博雅突然如梦初醒，她意识到挂着一个拖油瓶子的名义要想找一个好男人完全是黄粱美梦。

"滚滚滚,你这个小害人精。"艾博雅突然大声吼了起来,她说,"要不是你这个小东西……"

这突如其来的一声吼把小叶子给吓蒙了,她两手一颤抖,拿在手上的项链霎时间就变成了珠子,并且洒落了一地。正感到失落的艾博雅看到眼前的这种情景火冒三丈,她抓起小叶子对着她的屁股就是一阵揍。

小叶子不知道自己到底做错了什么艾博雅要这么打她,她手捂着屁股眼看着艾博雅哭得惊天动地。

离婚都两个月了,没有一个人来给艾博雅介绍对象,也没有一个人来追求艾博雅。艾博雅把这一切都归结在叶子的身上,她想就是因为自己有了这个"油瓶子",所以别人才对自己敬而远之。艾博雅冥思苦想,最后终于想出了一个办法,她要把叶子送到娘家去,她想趁老妈现在还能动,让她帮忙带带叶子。

1973 年 3 月的一个星期天,武汉的天气还出奇的冷。艾博雅一手牵着叶子,一手提着个大布包回了娘家。一进门,她见戚佩文戴着一副老花眼镜正在看报纸,便一把抓过戚佩文手上的报纸,没头没脑地说:"姆妈,看你这么悠闲,你晓不晓得我现在忙得晕头转向?"

艾博雅在戚佩文面前放肆是常有的事,戚佩文早习以为常。就用艾文宗的一句话来说,这叫作把"颜色"给她,她就"开染坊"。

戚佩文知道艾博雅家里的什么事都是陆旺达在做,她认为艾博雅说忙得晕头转向是在夸大其词。戚佩文毫不在意艾博雅对自己的语气,她看见小叶子也来了,便高兴地站了起来说:"哎哟,我的小叶子来了,这么长时间都不来看家家,你晓不晓得家家有多么想你呀?快来让家家抱抱。"说着她就一把抱起了小叶子说:"我的小宝贝,你有没有想家家呢?"

"想。"小叶子摸着家家的脸说。

"是吗?"戚佩文指指小叶子的嘴,又指指她的前胸说,"是这里想呢还是这里想呢?"

"是这里想。"小叶子指着自己的前胸说。

"嘿嘿,我的小叶子真乖,还晓得在心里想家家。"戚佩文坐了下来,把叶子放在自己的腿上,一会儿摸摸她的头,一会儿摸摸她的脸,在小叶子的脸上亲了又亲。

"小雅,旺达呢？今天星期天你们怎么不一起来?"戚佩文问。

"我们离婚了。"艾博雅一屁股坐在靠椅上,苦着个脸说。

"什么! 你说什么?"听艾博雅说离婚了,戚佩文感到十分意外。她认为陆旺达是一个非常不错、非常知情知礼的人,艾博雅跟了陆旺达他们两老都很放心。不过,戚佩文也知道艾博雅的脾气,她倒是担心艾博雅会委屈陆旺达,但戚佩文无论如何都不会想到他们两个人会走到离婚这一步。看着艾博雅的眼睛,戚佩文半信半疑地问:"小雅,你不是开玩笑吧? 你怎么可以和陆旺达离婚呢?"

"哎呀,开什么玩笑呀,我们都离了两个月了。"艾博雅不耐烦地说。

"这么说,你们是真离了?"戚佩文怎么也想不明白艾博雅为什么要和陆旺达离婚,而且离婚这么大的事她也没有和他们两老商量一下。戚佩文想责备艾博雅几句,但又怕艾博雅不高兴,于是她看着艾博雅的眼睛谨慎地说,"你们不是好好的吗,怎么说离就离了呢?"见艾博雅苦着个脸不吱声,戚佩文接着说:"小雅呀,不是我说你,旺达是多么好的一个孩子,你却跟他搞不好,现在你们闹到离婚这一步,这么大的事也不跟我们二老商量一下,你看你,你再到哪里能遇到像旺达这么好的人?"

"好什么好? 早就不想跟他过了。"艾博雅嘴巴一噘,气呼呼地说。

"你呀! 让我怎么说你好呢? 叫我看呀,你的脾气也真得改改。"

"哎呀,好了好了好了,我们离都离了,你还说这些有什么用呀?"艾博雅见戚佩文啰里啰唆很不耐烦,"姆妈,你别再啰唆好不好,我今天来不是听你教训的,是要你帮我解决一点实际问题。"见戚佩文用异样的眼神看着自己,艾博雅非常生气,她把头一侧,小声嘀咕着说:"我都这样了你还没完没了的。"

艾博雅是被戚佩文夫妇惯坏的,从小她就霸气,长大了更是肆无忌惮。戚佩文每次与她说话都相当谨慎,生怕惹恼了她,尽管这样,她还是经常没头没脑地顶撞戚佩文,而每次戚佩文都是一个字——忍。现在见艾博雅又不高兴了,戚佩文忙转过话头说:"好好好,我不说了,你需要我帮你什么事? 你说说看。"

"这还用说吗? 你看我现在一个人带着叶子,每天早上要跟她闹半天,送她上幼儿园,下了班要去幼儿园接她,回到家里还要买菜、做饭、洗衣服,实在是忙不过来,我想把叶子放在你这里,你帮我带带。"

"你看看,遇到实际问题了吧?旺达在的时候你不觉得,现在少个帮手你当然忙不过来。"戚佩文怎么也想不明白艾博雅为什么要与陆旺达离婚,但她知道艾博雅的脾气,什么话都得顺着她来,如果一句话不对她的胃口她都有可能暴跳如雷。不过戚佩文还是忍不住,她压低嗓门对艾博雅说,"你这脾气不改呀,我看你将来……"

"好了好了!是他要离婚,又不是我提出来的,我不想再听这些话了。"艾博雅真不耐烦了,她单刀直入地说,"你是不是不想带叶子呀?还扯这些乱七八糟的事情,你要是不想带叶子就明说,何必东拉西扯呢,让人听了就心烦,你要是不想带我们就走。"说着,她牵起叶子的手就要往外走。

看着被自己娇惯成性的女儿,戚佩文觉得非常失败,她知道在这个时候再说什么她也听不进去了,只好改变话题说:"好了好了,我再不提那件事了好不好?"戚佩文走过来抱起叶子,亲着她的脸说:"叶子就搁我这儿吧,你每天要上班,一个人带着她确实也挺难的,现在我这个娘还能动,我不帮你谁帮你?"戚佩文抱着叶子又坐了下来说:"这带孩子的经验我还是有的,你就放心地去做你该做的事情吧。"

艾博雅知道戚佩文的为人,她也知道戚佩文不会就这么让她们走,她假装生气是故意做给戚佩文看的。见戚佩文松口答应给她带叶子,她便收回了不高兴的眼神。艾博雅走到戚佩文的身边,她摸着叶子的头对戚佩文说:"姆妈,我晓得您身体不好,还要照顾爹,带叶子会有一定的困难,可我也是没有办法呀,以后等我把一切都安顿好了,我会尽早地来把她接回去的。"

戚佩文理解艾博雅指的安顿好是什么意思,她说:"那倒不忙,我现在还不算太老,带带叶子还是没有什么问题的。再说,叶子还蛮乖,又惹人喜爱,我要是几天不见她还怪想她的呢!只是你在考虑问题时要谨慎一些才好。"

"哎呀,我都这么大了,你别再为我操心了好不好,我会安排好我自己的。"艾博雅打断戚佩文的话,双手捧起叶子的脸对叶子说,"乖叶子,在这儿好好地听家家的话,妈妈有时间就来看你。"

"妈妈,你天天来看我好不好?"说这话的时候,叶子的眼泪在眼眶里直打转。

叶子一天都没有离开过艾博雅,显然有些难舍,但要留在外婆家这是在家里就说好了的。艾博雅在家里说:"你要是不肯留在家家那里我就把你送到孤儿院去,如果到了孤儿院,妈妈就再也不会去看你了,那么你从今以后就再也见不到妈妈了。"叶子害怕去孤儿院,叶子更害怕再也见不到妈妈,所以她不得已答应了。

艾博雅见叶子一副可怜相,自己的心里也不好受。她眨了眨眼睛对叶子说:"叶子乖,妈妈一有时间就来看你好不好?"

戚佩文见艾博雅的气已经全消了,便又将旧话提了起来。她无不担心地说:"小雅呀,你也是二十好几的人了,以后做什么事情都要想好了再去做,千万不要做了再来想。"见艾博雅在认真地听,戚佩文接着说:"对人也是这样,不管对什么人都要宽容一些才好,你只要是真心地去对待别人,别人都会以真诚来回报你的。"

"好了好了好了!这句话您都说过一百遍了,您瞧!"她用手指着自己的耳朵说,"我的耳朵都已经起茧了。"

"哎!这孩子。"戚佩文无可奈何地叹了口气。

十九、追求浪漫

　　人生一世,好比草木一春。艾博雅常常听父亲这样说。父亲说这句话的意思是说人生是短暂的,好不容易投胎于人生,就应该珍惜这仅有的时光。可艾博雅却理解成:既然人生这么短暂,投生到这个世上就该潇洒地走一回。

　　艾博雅总算是把无爱的婚姻彻底地看穿了,特别是与陆旺达离婚以后,艾博雅更加领悟到了光是自己爱别人是远远不够的,还必须要找一个不仅仅是自己所爱,而且还要真心实意地爱着自己的人。艾博雅深深地体会到了人生最难得的就是被自己所爱的人也爱着。

　　艾博雅把叶子安顿好了以后,每天除了上班以外,就游历于男男女女之间。现在的艾博雅只有一个心愿,那就是尽量地找到一个自己所爱而又深深地爱着自己的人。

　　由于艾博雅相貌出众,又颇讲究穿戴,再加上她花钱也大方,很快就引起了爱财如命的情场高手赵洪涛的注意。

　　赵洪涛比艾博雅大五岁,但他早已在河南老家与比自己大三岁的屠秀丽结了婚,现在他们的儿子都已经七岁了。

　　在农村,人人都说赵洪涛生错了地方,说他长得一表人才,再加上一点都不想干农活,压根就该是一个大城市里的人。赵洪涛听了这些话,也觉得自己委屈,农村的活他就更不想伸手了,连做梦他也会梦见自己去了大城市。

　　赵洪涛长得有模有样,也不乏有姑娘家喜欢,家里也时有媒人光临,但了解赵洪涛的大人并不愿意把自己的姑娘嫁给他。赵洪涛都21岁了,眼看村里的小伙子都已经结了婚,他父亲就有点急了。正在这个时候,媒人向他父亲提到了邻村的屠秀丽。

听说屠秀丽的父亲有希望把自己弄到大城市去赵洪涛什么也没想就答应了,直到订婚的这一天,赵洪涛才第一次见到了屠秀丽的真容。赵洪涛有点想打退堂鼓了,但一心向往大城市,一心想跳出农门的他,最终还是选择了这个不仅仅只是比自己大三岁,而且相貌近乎丑陋的屠秀丽。

屠秀丽的父亲是人民公社的会计,她舅舅在县里担当着要职。赵洪涛和屠秀丽拿了结婚证以后,他像变戏法似的,突然一下子就由一个农民变成了一个堂堂正正的、武汉大城市的工人。

屠秀丽和赵洪涛结婚的时候,她爸爸在她舅舅的支持下,为他们举办了一个隆重的婚礼,光酒席就办了二十几桌。按当时的物价来计算,他们收的礼金足够他们花上好几年的了。但酒席是屠秀丽家张罗举办的,收的礼金全都控制在了屠秀丽和她父亲的手中,当然也有她舅舅的份。

赵洪涛从来都不愿意和屠秀丽一块出门,屠秀丽想到武汉去,想到赵洪涛工作的地方去看看,赵洪涛说什么都不肯。

面对这么显老而又丑陋的妻子,赵洪涛始终兴奋不起来。但碍着屠秀丽家的钱财和权势,又迫于双方老人的压力,再加上他们已经有了一个儿子,还有就是屠秀丽对他的再三宽容,他们的婚姻才维持到了今天。

赵洪涛不满足于现有的婚姻状况,但他又不能离婚,因此这个一表人才且能说会道的赵洪涛,到武汉后,逐渐养成了一个毛病,那就是拈花惹草玩女人。

赵洪涛原本就不像一个农村出生的人,他读了几年书,一口的普通话,大家都以为他是东北一个大城市的人。赵洪涛来武汉后,他的变化特别快,不到五年,他就变成了一个玩弄女人的情场高手。为了玩弄女人,他还总结出了一套一套的经验。

为了增加自己的资本和魅力,赵洪涛花钱请老师学会了跳交谊舞,而且进步特别快。不久,他那娴熟的舞步就让许多初学交谊舞的女性为之倾倒。举手投足之间,也迎得了不少女人的芳心。

人是感情动物一点没错。赵洪涛原只是想在外面闹着玩玩,没想到他在和一些女子的接触中,却真心实意地喜欢上了一个女子。就凭他的三寸不烂之舌,这个女子也心甘情愿地成为了他的情妇。

玩女人,金屋藏娇,是需要钱的。赵洪涛每月的工资才三十一元,哪怕是一分钱都不给家里,这些钱也不够他玩女人。因此,他需要支助。见艾博雅对自己很有兴趣,加上她经济条件也不错,赵洪涛很快就决定,把她作为猎物,想用她的钱来养情妇。

1973 年 6 月的一个星期天,受赵洪涛的邀请,艾博雅回家洗了个澡,将自己刻意地打扮了一番。她换了一套她自认为最漂亮的衣服——崭新红色的的确良衬衫,下穿一条浅蓝色暗花长裙,脚穿一双黑色牛皮半高跟凉鞋,一条半圆形的发卡将前额和两耳边的头发卡住,留出一排刚到理发店电烫过的刘海,两条长辫在屁股上擦来擦去。说起这一对长辫子,艾博雅结婚的时候就该剪的,那时候结婚的人不是剪短发就是电烫头发,可艾博雅是一个例。她一定要把这对辫子留下来。因为她的这对辫子又黑又粗又长,大家都说她的这一对辫子是她的招牌,说谁要是看上了她,那不仅仅是看上了她的外貌,而更会看上她那一对好看的辫子。

在中山公园的门口,赵洪涛老远就看到了甩着一对长辫子,姗姗走来的艾博雅。不等她走到跟前,赵洪涛就笑嘻嘻地迎了上去,很有礼貌地向她打了个招呼。

艾博雅高兴地笑了笑,她扬起眉头,看到了赵洪涛那一张白皙而又英俊的脸,刚洗过的头发擦了美发胶后显得更加的有光泽。赵洪涛上穿一件很阳光的白色的确良衬衫,下穿一条烫得笔挺的裤子,脚上的一双黑色皮鞋闪着银光,戴着一副墨镜,显得十分洋气。

来到赵洪涛身边,艾博雅在他的身上仿佛闻到了一股淡淡的奶油香味,和这样的人在一起,才是艾博雅梦寐以求的。

太阳出来了,云开雾散,公园里许多花都开了,五颜六色的花朵在眼前跳跃。

赵洪涛租了一条小船,两人肩并肩地坐在船头,一人手里拿着一把浆,在水上慢慢地游荡。整整一个下午,赵洪涛一直滔滔不绝,一番花言巧语,很快就赢得了艾博雅的欢心,几句情话,把艾博雅撩拨得心智迷乱。见到艾博雅那动情的笑,赵洪涛的双眸泛起了火花,他面带微笑,温柔地将她拥进自己的怀里,目光如灼地注视着她。这才是自己最最理想的男人,艾博雅暗暗地庆幸着自己第二次的选择。

喜欢浪漫也许是每一个女人的天性，艾博雅就更胜一筹。她认为一个人如果能够浪漫地过一辈子，也不枉投人胎一次。以前，当她看到别人双双对对恩恩爱爱时羡慕不已，她后悔自己曾经嫁给了那个木头疙瘩般的丈夫，耽误了自己美好的青春。离婚后，她多么希望能找到一个疼她、爱她、会潇洒、会浪漫的人欢度年华呀！是赵洪涛的出现让她又看到了希望，让她又找回了自己的青春。对于赵洪涛，艾博雅真有一种相见恨晚的感觉。

在赵洪涛的诱导下，从来都没有学过交谊舞的艾博雅，竟也像着了魔似的学了起来。由于艾博雅聪明，接受能力强，又加上身轻如燕，她很快就掌握了交谊舞的许多要领，并能很协调地与赵洪涛在各个舞池翩翩起舞。

艾博雅喜欢浪漫，她更喜欢赵洪涛这种能让自己内心翻江倒海的感觉。赵洪涛太优秀了，他与自己的前夫相比，那简直就是天壤之别。艾博雅想：以前的陆旺达，就是拿石滚都压不出一个屁来，丝毫都不懂得夫妻之间的浪漫及对女人的温存。可赵洪涛就不同了，赵洪涛不仅说话幽默风趣，而且待人也特别心细，就连艾博雅的每一个细小的心思和需求，他都可以做到"明察秋毫"。赵洪涛装出个对艾博雅爱得不能自拔的样子，他常常会为艾博雅摘掉落在她身上的一片树叶；用手轻轻地拍一拍她身上的灰尘；给她拉一拉衣服、扎一扎围巾；为她整理一下刘海、拨弄一下耳边的碎发；而且无微不至地关怀她、爱护她、呵护她、满足她。赵洪涛的每一个动作、每一种神态、每一句言辞都能深深地打动艾博雅的心，他的细心常常使艾博雅深深地感动。

艾博雅真的陷进去了，她常常为赵洪涛的情意所动，她认为唯有赵洪涛才是自己梦寐以求的男人。至于赵洪涛为什么要追自己，尽管赵洪涛说他爱自己爱得不能自拔，但这一点艾博雅还是比较清楚的，她知道赵洪涛也是大城市的人，而且还没有结过婚，想着自己已经结过婚，而且已经有了孩子，自身并没有过多的地方吸引这个未婚的优秀男人，艾博雅知道赵洪涛说是爱上了自己，其实主要是看上了自己的钱，但她无所谓。艾博雅想：人活着不就是图个幸福快乐吗？只要能和赵洪涛在一起，只要赵洪涛能给自己带来快乐，贴钱养汉也不是不可以的。

艾博雅与赵洪涛在一起，她觉得自己感受到了前所未有的快乐，艾博雅庆幸自己能在离开陆旺达之后与赵洪涛邂逅，让自己终于拥有了一辈子的幸福。

赵洪涛口若悬河,说起话来滔滔不绝。他在与艾博雅的交往中,向艾博雅道出了一番连世界毁灭了也消失不了的誓言。艾博雅悄悄地领略着赵洪涛誓言中给自己带来的宽慰,她的心被疯狂的喜悦和爱恋膨胀了起来,她的脑袋都要被幸福撞晕了。艾博雅把赵洪涛当作心中的偶像一样崇拜,她把他比作一轮明媚的太阳,是他把自己的全身心照得通透明亮。艾博雅为自己至今还能拥有这样美满的爱情而庆幸,她要把自己的一切都无私地奉献给赵洪涛,包含自己最真挚的爱。她在用金钱和生命同爱情赌博。

春节的前半个月,赵洪涛突然说单位有事要出差,而且需要半个多月的时间。

"都快过年了,你还要出差? 你们单位怎么偏偏在这个时候安排员工出差呢?"艾博雅脸色倏地一红,双眼顿时充满了疑问。她无法理解赵洪涛的单位为什么会在这个时候安排赵洪涛出差。

"唉! 我哪里情愿?"赵洪涛用他那燃烧着欲火的双眸烧灼着艾博雅,这是他征服女人的拿手好戏。赵洪涛表现出一副很无奈的神情看着艾博雅说,"正因为是过年,别人都有家有室,所以单位才安排我这个单身汉去。你也是知道的,我们科室不就我一个人是单身汉吗? 毕竟我还没有结婚,既然组织上已经安排了,你说我怎么好推脱呢?"

艾博雅用审视的眼神看着赵洪涛,她清楚地看到了赵洪涛眼里的不情愿和对自己的怜意,就一下子扑到他的怀里,眼里透露出了一股浓浓的眷恋、缠绵、不舍和矛盾之情。

"你走了我怎么办?"躺在赵洪涛的怀里,艾博雅眼含秋波,娇滴滴地说,"过年我一个人在家好孤单哦!"

见艾博雅这样说,赵洪涛挑起眉毛不动声色地斜睨着艾博雅,用他那一副关切的表情覆盖住眸中肉欲的火焰,然后将怀里的艾博雅紧紧地搂着,手无边际地抚摩着艾博雅的前胸。接着,他长长地叹了口气说:"其实我哪里舍得你,将你一个人留在家里我也心疼啊! 可领导已经安排了,我又有什么办法呢? 前一段时间你都没有去看看你爹妈和你女儿,我走了以后,你就去好好地陪陪他们,不要一个人孤独地住在这里,我办完事会尽快赶回来,到时候我再好好地陪陪你。"说到这里,赵洪涛在艾博雅前胸的最高点猛地捏了一把,艾博雅的身子一阵抽搐,心里好一阵心花怒放。

　　艾博雅慢慢地闭起了双眼，积攒在她体内的激情、生理上的饥渴，都要在此刻得到释放和补偿。艾博雅被赵洪涛全部收买了，她将自己的灵与肉毫无保留地全部奉献给了他，这是她自己心甘情愿的。

　　艾博雅双手紧紧地搂住赵洪涛的腰，任凭赵洪涛的手在自己的胸前摩挲。赵洪涛见到艾博雅的这种神情，知道她已经到了云里雾里，他狂热的眸子使羞涩、渴望、紧张的艾博雅将胸脯身不由己地挺了挺。赵洪涛边揉捏着艾博雅的肌肤边接着说："其实领导也知道我不想出差，但他们实在是派不出人来，我也没有办法。"边说，边将手伸进艾博雅的内裤。

　　艾博雅浑身像触电一般，她幸福地紧闭着双眼，双手揽住了赵洪涛的脖子，尽情地享受着他给予自己的一切，享受着这种激烈地心跳的感觉，她全身的热血随着一份被爱的感动、一份渴遇甘泉的兴奋，紧张地、喘喘地波动着。

　　赵洪涛知道艾博雅已经醉了，他的脸笑成了爆米花。赵洪涛一把将艾博雅抱到床上，努力让自己的双眸喷放出爱的烈焰，这种烈焰犹如喷不完的泉水，径直流向艾博雅。幸福来得像洪水一样猛烈，艾博雅瞬间就觉得地转天旋，她太激动、太高兴了，毅然、决然地将自己的身心交付于他。

　　赵洪涛侧躺下身子，仔细地端详着艾博雅这张好看而又红润的面容。"你真美。"赵洪涛发自肺腑地赞美了一句，然后就开始寻找她的唇。紧接着，赵洪涛用自己的唇轻轻地撩开艾博雅那神秘的、透着香气的内衣，他的呼吸立刻就急促起来，他那一触即发的欲火在一瞬间就被点燃了。赵洪涛开始吻艾博雅那雪白的肌肤，他的手也开始不自觉地拉下艾博雅的内裤。艾博雅那迷人的，充满诱惑的肢体让赵洪涛彻底地失去了理智。赵洪涛疯狂地、不顾一切地吻着，在狂烈的激动中，赵洪涛几乎忘记了一切，甚至于忘记了自己。

　　艾博雅在激情之后，她的脸庞有一种说不出的柔媚，嫩白里透着微微的红，这是在陆旺达时代从来都没有过的感觉。此时此刻，艾博雅的心里就像是灌了蜜一样的甜，她断定，这才是一个真正地深爱着自己而又被自己爱着的男人。

　　如水的夜色润着稀疏的烟雨婆裟着，多情的晚风吹拂着艾博雅的秀发。把赵洪涛送到火车上，艾博雅目送着列车开走，自己依依地站在那里许久、许久。

二十、梦醒时分

  一日不见如隔三秋，艾博雅现在才深深地体会到了这句话的含义。她觉得相思的滋味是那么地折磨人，但却又是那么的甜蜜。艾博雅努力地回忆着她同赵洪涛在一起时的每一个细节。

  对于赵洪涛，艾博雅将所有连自己都解释不了的一切全部都归结为爱，在爱里，艾博雅全凭直觉，用自己所有的心和大量的金钱来维系着这份难得的感情。可是，她未曾意识到，幸福也是易碎的。

  大年三十，艾博雅回娘家吃了年夜饭，戚佩文看到消瘦了许多的艾博雅心疼不已，可她哪里知道如今的女儿已经到了云里雾里。在娘家过了一夜，大年初一的晚上艾博雅高高兴兴地将女儿接回了家，她要带女儿去逛公园，要同女儿一块等待着赵洪涛的到来。

  "小艾，你到底了解赵洪涛多少？你知不知道赵洪涛是有妻室，还有儿子的？"见艾博雅一个人带着孩子在家里孤孤单单地过春节，一个从来都没有和艾博雅打过交道的街坊实在是看不下去了，"我爱人跟赵洪涛一个单位，赵洪涛在乡下结婚，而且还有一个七岁的儿子。赵洪涛这个人人品很不好，他除了你以外，在外面还有一个情人。"

  "怎么会？怎么会？"街坊的一句话似乎在艾博雅头上炸响了一个惊雷，艾博雅的脑袋顿时一片空白。

  赵洪涛对自己是这么的细心、这么的爱，艾博雅无论如何也不敢相信他会骗自己。面对街坊的说法，艾博雅喃喃地说："他说他家在东北的一个大城市里，他说他还没有结过婚，他还说过完年要带我到他们单位去看看，说如果不是现在要出差,他还准备带我到他家去的。"

"唉!你怎么就这么痴情呢?他这种人说的话你也信?"街坊惋惜地说。

艾博雅不知道这个街坊对自己说这样的话是出于什么目的,她用疑惑的眼神看着这位街坊,说:"你是不是搞错了,他叫赵洪涛,在武汉铜材厂机关工作,他一直都对我很好,我感觉他是真心对我的,他怎么会骗我呢?"

"唉!女人真可怜。"街坊用同情的目光看着艾博雅说,"他烧成灰我都认识,他一切都是在骗你。他的名字叫赵洪涛是不假,但他的单位并不是武汉铜材厂,而是武汉鸿兴印刷厂,而且他只不过是一个普通的工人。如果你不相信,我可以把他的单位地址告诉你,你觉得有必要的话,就去了解一下,不过,你可千万不要跟人说是我告诉你的。"

街坊在一个小商店借了一支笔,她把赵洪涛的单位地址写了下来,对艾博雅说:"其实我和你也没有过什么交往,我完全可以不管你们的事,我是听我们隔壁的华华说你已经陷进去了,我们都是女人,我是怕你受伤害太深,所以才告诉你,让你早点醒悟。如果你不相信我说的话,也听不进我的劝告,那就算我没说。"

街坊把地址交给艾博雅,丢下这些话准备走,但见艾博雅站在那里发愣,而且泪水也在吧嗒吧嗒地往下滴,她又回过头来劝艾博雅说:"人生不如意事十之八九,你要想什么事都称心如意,天下哪有这样的好事?一个人的福分是有限的,老天爷决不会把各种好事都让你占全,如果一个人好处占得太多了他的命是压不住的,他必然会遇到一些意想不到的坏事来让他的人生出现缺陷,以达到他的命运的总体平衡。"听到街坊说这些话,艾博雅的心情开始有了前所未有的迷茫、困惑和烦躁不安,她的心如火烧火燎地痛。

因这一场仓促的风花雪月,让艾博雅惊慌失措得无处藏身。艾博雅躺在床上左思右想,她越想越觉得街坊说的话有些道理。艾博雅想:是啊,他早不出差晚不出差,怎么偏偏到了要过年的时候却要出差呢?而且一去就是这么长的时间,连过年都没有回来。她想:他说他是搞生产管理的,那么他的工作范围应该是在厂里呀,又有什么事情需要他过年的时候出去办呢?现在眼看年都已经过完了,可他至今还没有回来,而且连一点消息都没有,难道他真的是在骗我？艾博雅想到街坊说他另有情人，她回忆起来也觉得像。因为他平常总说他要加班、值班，说他很忙，每周与艾博雅最多见两次面，而且见面的时间很少安排在星期天。

艾博雅是一个有一点心事就很难入眠的人，整个夜里，她几乎完全没有闭一下眼睛。看见外面黑黑的天空，星星和月亮在她眼里交替闪现。街坊不跟她说这件事之前，她从来都没有怀疑过赵洪涛对自己的真诚，经街坊这么一说，她倒真起了疑心。天亮的时候，趁赵洪涛还没有回来，已经深深堕入情网的艾博雅，为了探个究竟，一起床她就迫不及待地到赵洪涛的单位去了，她想打探一下实情。一夜失眠使艾博雅疲乏无力，四肢酸痛，她好不容易才按街坊写的地址找到了赵洪涛的单位。

赵洪涛果然是个骗子。从赵洪涛的单位出来，艾博雅眼睛红红的，一脸凄然。想起刚才那一伙人说的话，艾博雅突然觉得整个天都黑了，她脑袋一片空白，全身僵硬。艾博雅拼命地控制着自己的情绪，努力地控制着自己软得打飘的脚，她是硬撑着才没有让自己晕倒。艾博雅头脑里什么都没有了，她只知道赵洪涛果然有妻子，还有儿子；他果然不是什么干部，而只是一个普普通通的工人；他这一次离走果然不是什么出差，而只是回家探亲，而且他的老家原本就在东北的一个农村。

北风不停地、一阵阵地刮，天空又迷蒙、又低沉，一片苍茫。站在风头上，艾博雅只觉得寒冷的风在一股股地直往自己脖子里钻，好像不把她凉透决不罢休似的。艾博雅不禁一阵阵地打着寒战。

一场爱刹那间就变得千疮百孔，艾博雅的心里也堆积满了坚固的寒冰，她瞬间就变成了一个残缺不全的人。艾博雅手足无措地站在街头，所有的准备一刹那释放殆尽，她的泪水如同喷薄的飞瀑，一泻千里。艾博雅在爱情的迷梦中终于清醒了过来，但她却是醒得那么的让人不可思议，那么的残酷无情。

在回家的路上，艾博雅就这么痴痴地走着，赵洪涛的欺骗使她平生第一次产生了一种挫败感，而且这种挫败感是那么的强烈，那么的根深蒂固。艾博雅不知道自己到底是怎样走回家的，她一回到家里就把自己一个人关在房间里，在床上放声大哭，直哭得天昏地暗，日月无光。哭过之后，她眼望着窗外，就这么傻傻地躺着。这时候，艾博雅想了许多许多，她越想越伤心，越想越想哭，而且很想大声地哭。

　　有人说,恋爱中的女人都是弱智,其实艾博雅也不例外。当初,艾博雅与赵洪涛相处在水深火热的恋情之中时,她所看到的全都是赵洪涛的长处和优点。艾博雅一直都以为赵洪涛是在真心实意地爱着自己,就像自己的父亲爱着自己的母亲一样,她从来都没有怀疑过他的真诚。

　　眼下,铁的事实摆在了这里,直到现在,艾博雅才真正地体会到了当一个人知道了自己被骗时的那种无奈,那种心理感受,是那么的刻骨铭心。历来都自以为自己聪明过人的艾博雅,她无论如何都想不通自己这么聪明的人为何也被人骗了,而且是骗得那么的深。艾博雅几乎绝望了,她开始真正地意识到这个世界上所有的男人都不可信,她意识到所有的爱情都只是一个不可告人的谎言。

二十一、心灰意懒

好不容易艰难地度过了大年初五，赵洪涛也"出差"回来了。在艾博雅家中，赵洪涛情意绵绵地说："亲爱的，我想死你了。"说着就一把将艾博雅揽入怀里。

如果在以前，赵洪涛这种亲昵的举动会使艾博雅激动不已，她会毫无顾忌地拥入他的怀抱。可今天却不，今天赵洪涛的话刚一出口，艾博雅就感觉胃里一阵翻江倒海，这些甜兮兮的话让她感到既恶心又反胃，差一点呕了出来。

自从跟赵洪涛打交道，艾博雅就没有把钱当钱。她知道赵洪涛每月只有三十一元的工资，还要负担家中的两位老人，他自己再抽点烟喝点酒，日子过得并不宽裕。所以他们俩无论走到哪里，无论干什么事，所有的费用全都是艾博雅掏腰包。有一次，赵洪涛说他欠别人两千元的外债，艾博雅连二话都没有说，从银行里取出两千元钱就给了他。平常她还不断地给他零花钱。艾博雅哪里知道，赵洪涛与她的事情，连赵洪涛的情人都知道，而且艾博雅给他的两千元钱，赵洪涛都用在了他的情人身上。

面对虚伪的赵洪涛，艾博雅强压住心中的怒火，她轻轻地从赵洪涛的怀里挣扎出来，不动声色地轻声问："洪涛，你出差这么长的时间，连过年都不回来，外面一定很好玩吧？"

"小雅，你这是怎么啦，你今天说话怎么这么阴阳怪气的？"赵洪涛一见到艾博雅就已经看出了她有些不对劲，他还以为她是因为自己过年没有陪她所以生气,因此他用略带责怪的语气说,"我知道我过年不在家你很寂寞,但我不是跟你说过我是出差了吗? 你知道我家还有两个老父母,出差完了我顺道去看了看我的父母难道有什么不对吗? 你怎么就这么不理解人呢?"

听到赵洪涛还在欺骗自己,艾博雅两眼火辣辣地放出红光,她的脸都气得发紫了,但她没有发作。艾博雅悄悄地抹了一把眼泪,她竭力地克制住自己,鼓起大大的眼睛看着赵洪涛,那眼神带着几分愤怒、几分凄厉、几分遗憾还含有几分痴意。

赵洪涛懂得这样的眼神,他还是认为艾博雅是在为他出差的事生他的气。为了安慰艾博雅,赵洪涛再次走到艾博雅的身旁,他装出一副十分委屈的样子说:"小雅,我真的是出差去了,我不是跟你说过我的情况吗? 你怎么到现在还不理解我呢?"见艾博雅还是看着自己不吭声,赵洪涛继续说:"小雅,我实在是没有办法,我们俩好了这么长的时间,我是怎么待你的难道你还不明白? 今后我再尽量多陪陪你就是。"

"你别岔开话题!"看到赵洪涛继续装模作样,艾博雅火冒三丈,她突然提高了嗓门说,"我把你当成了好人,我以为你一直是真心地待我,我把我的心都交给你了,可你却一直都在骗我,直到现在,你还在演戏。"

"我这不是在跟你解释吗? 我怎么就演戏了?"赵洪涛假装生气地狡辩说,"我才出差了十几天你就这样,那今后我如果再有事出差,你说我还去不去?"

艾博雅使劲地把眼睛睁得大大的瞪着赵洪涛,说:"赵洪涛,我老实告诉你,我已经到你单位去过,你不就是回家探亲的吗? 你不是已经有了妻子和儿子吗? 你不就是一个普普通通的工人吗? 今天你也不需要再狡辩、再演戏了,现在你就老老实实地跟我说清楚,你到底是为什么要骗我?"

听到艾博雅提及自己的妻子和儿子,赵洪涛立刻就意识到艾博雅已经知道了一切。他知道自己有家有室的事再也隐瞒不下去了,便讨好地冲着艾博雅笑笑说:"小雅,我这不是爱你吗? 我这不是因为怕失去了你才不敢对你说实话吗? 你怎么就这么不理解我呢?"为了感动艾博雅,赵洪涛使劲地挤出了几滴"鳄鱼泪",他说:"小雅,我不知道你是否真的爱我? 但我对你的爱却是真诚的。"稍停了一会儿,赵洪涛继续亲切地说:"亲爱的,你知道我心中这种爱的感受吗? 这种爱是水深火热的,是翻天覆地的,是翻江倒海的。"

见艾博雅还是那副无动于衷的样子,赵洪涛把艾博雅挽到床边坐下,拿出打火机点燃了一支烟,深深地吸了一口,然后低下头,在房间里踱着方步。他不知道艾博雅是从哪一个渠道了解到了自己的情况,也不知道她对自己的事到底知之多少。赵洪涛沉默着,什么话都不说,只是拿出香烟,一根接一根地抽,仿佛在发泄着他的无奈。

"你心虚了是吧?"艾博雅的脑子里一片汪洋,她仿佛觉得自己上了一条贼船。看到赵洪涛还在表白说爱自己,艾博雅的内心更加地烦躁不安。不过,艾博雅还是没有大动肝火,"我太相信你了,我一直都以为你对我的感情是真挚的,我从来都没有怀疑过你会骗我,想不到你果然……"说到这里,艾博雅的眼泪吧嗒吧嗒地掉了下来,不一会儿两个膝盖上的裤子就湿了一片。

看到艾博雅这么伤心,赵洪涛两眼温柔地看着她。他看到了艾博雅内心的愤怒、痴意和辛酸。艾博雅还在乎自己,这一点赵洪涛看得一清二楚,赵洪涛再次给艾博雅的痴情下了结论。赵洪涛坐在艾博雅的身旁,拿手巾给她擦着脸上的泪水,然后一把将她搂进自己的怀里,心疼地说:"快别哭,看到你这么伤心的样子,我好心痛。"

艾博雅又一次感受到了赵洪涛的温暖,尽管她心中还有恨,但她还是喜欢赵洪涛的这种温存。艾博雅这次没有挣扎,她抬起两眼死死地盯着赵洪涛,哽咽着说:"你有妻子和儿子为什么不告诉我?"

赵洪涛见艾博雅还在痴恋着自己,一贯能言善辩的他故作一副气愤的样子,一把推开艾博雅站了起来,他反守为攻说:"我不是跟你说了多次我这是因为爱你吗?你为什么还这么不相信我呢?你为什么还要到我单位去?你都听谁胡说了些什么?我们才离开了十几天你的变化就这么大?你还到处打听我的情况,你这样做你说我该怎么想?你知不知道爱情的双方首先需要的就是相互信任、相互尊重?你不经过我的允许就擅自跑到我的单位去,你要我今后在单位怎么面对一切?现在你知道了我有妻子、儿子,是的,我是有妻子、儿子,但这件事我为什么没有事先告诉你,你难道不知道这是为什么吗?这不就是因为我太爱你了吗?我是害怕失去了你,我是怕你知道了这件事会与我分手,我真的是不愿意离开你,所以我只能选择隐瞒。你要知道,男人不离婚,并不一定是他还爱着他的老婆,或许他必须要对他的老婆或者孩子担负道义上的责任！就如一个人在任何情况下都必须要关心和赡养自己的父母一样。至今连这一点你都不能理解我，那你说我们的这一辈子将来该怎么过？"

赵洪涛没有反思自己，反倒还责备艾博雅，如果是明智人遇到了这件事，也许会做出准确的判断。但艾博雅还沉浸于痴恋之中，痴恋中的女人对爱情的判断很容易产生误区。赵洪涛这么用心良苦地对自己说这些话，艾博雅真的以为他是在真心地爱着自己，因此，她对他不仅没有增加恨意，反倒还为他感到委屈。艾博雅抬起头，看着赵洪涛那刀子般刺人的目光，不由得感到自己矮了几分，她不敢再看他了，竟然低下头泣不成声。

赵洪涛太懂了，他要利用这个机会进一步打一个攻心战术。赵洪涛没有去劝慰艾博雅，也没有挨着艾博雅坐，而是一屁股坐到了她对面的一条长条凳上。赵洪涛假装出一副垂头丧气的样子，心情沉重地说："看来我对你的一片真情都算是白费了，我对你那么好，你居然不知听信了谁的胡言乱语，竟然胡乱地猜忌起来。"紧接着，他猛地抽了一口烟，装出一副生气的样子说："唉！想想真是没有意思。"

听赵洪涛这样说，艾博雅止住了哭泣，她抬起头偷偷地看了赵洪涛一眼，只见赵洪涛用手捂住自己低着的头，一副很难受的样子。看到赵洪涛那难受的神情，艾博雅真的好心痛，她不知道自己该怎么做才能让赵洪涛好受一些。

艾博雅颤巍巍地站了起来，脸上浮现出几丝凄凉。她轻轻地走到赵洪涛的身旁，用手拨开他捂着头的手，用手巾去替他擦眼泪，可她自己却泪雨滂沱。艾博雅带着哭腔轻声说："洪涛，你既然是真心地喜欢我，你就该把一切都告诉我，为什么还要继续骗我呢？既然我喜欢你，至于你的出身，你是不是干部，我都无所谓，你就不该一直都隐瞒着，而且至今都不告诉我。"

"你还在我头上用这个骗字，简直让人接受不了！"赵洪涛装出一副非常生气的样子，近乎吼道，"我这不就是个善意的谎言吗？不就是因为怕失去你吗？你还要我说多少遍？和你在一起我很自卑你知道吗？你的家庭出身那么好，我却是个农民子弟，我只好假说我出生在大城市，只好说我是干部，我是想利用我这善意的谎言来弥补你心中的不平衡，我这一切不都是为了你吗？"

"那，除了我以外，你在外面不是还有相好的吗？"见赵洪涛真的是为了对自己的爱才说谎,艾博雅反倒感到内疚。她干脆把自己心中的疑问都说出来,想通过赵洪涛的解释来满足自己。

"你还知道些什么,干脆都说出来,既然我这么坏,何去何从,你自己选择吧!我也不想再解释那么多了,反正你永远也不会相信我。"赵洪涛的目光紧紧盯着艾博雅,直逼着她,让她透不过气来。

赵洪涛连解释都不愿意解释了,艾博雅深深地理解了他心中的痛。她低下头,紧挨着赵洪涛坐了下来,搂着赵洪涛,伤心地哭了起来。

看到艾博雅有歉疚的表现,赵洪涛内心一阵窃喜。他知道再不用多说什么了,他知道艾博雅现在最需要的是自己对她的温柔。赵洪涛转过身子把艾博雅抱在自己的怀里,为她擦干了眼泪,轻轻地拍着她的肩说:"小雅,你再别猜忌我好不好?以前我也有些不对,我不该把我的出身和职业隐瞒你,让你产生那么多的疑问。至于我的家庭,你知道吗?我妻子比我大三岁,而且长相远不如你,我们是父母之命,媒妁之言组成的家庭,我与她之间根本就谈不上有什么感情。是你,是因为有了你我才感觉到了春天的温暖,是因为有了你我才看到了我前途的光明。"说到这里,赵洪涛情意绵绵地看着艾博雅说:"雅,你给我一点时间好不好,我是一定要和我妻子离婚的,等我和她离婚了,以后我们再堂堂正正地走到一起。"说完,他把艾博雅紧紧地搂在怀里,并给了她深深的一个吻,说:"雅,请相信我,我爱你!"

其实女人最喜欢听到的就是自己所爱的人说的这样一句打不着边际的话,然而就这么简单的三个字,艾博雅的前夫陆旺达却是无论如何都说不出口的。有一个自己所爱的人这么真诚地爱着自己,这是每一个人,特别是女人梦寐以求的事。反正自己也是离过婚的人了,何必一定要要求别人是童子婚呢?如果赵洪涛真的能跟他妻子离婚,再与自己走到一起,这不是也很好吗?艾博雅这时已经想明白了,她觉得如果现在失去了赵洪涛,也许再也找不到像他这样能让自己心动的人。躺在赵洪涛的怀里,艾博雅小鸟依人似地看着他,眼泪哗哗地流着,但眼神中却充溢着幸福的笑容。

赵洪涛用手在艾博雅的脸上划了几下,笑着说:"羞,羞,又哭又笑,狗子撒尿。"

"讨厌!"艾博雅终于破涕为笑了,她扒开赵洪涛的手,将脸一下子埋进了赵洪涛的怀里,嗔怪着说,"今后不准你再……"艾博雅将'骗我'两个字没敢再说出来,而是将它吞进了肚里,她的语气也已经温柔了许多。

其实,赵洪涛早在年前就和他的那个情人分手了,他觉得她有些贪得无厌,在她面前总感觉自己在求着她,她不像艾博雅,实心实意地对自己好。见艾博雅没有再追究自己情人的事,赵洪涛反倒想向她说个明白。因此他主动说:"其实你的担心很多余。我知道你指的那个人是小惠,但我们早就分手了,而且我们根本就不存在什么情人关系。"

"真的吗? 你再怎么让我相信你呢?"看着赵洪涛,艾博雅的眼睛放出了光芒。

"这样吧! 我以后不管有什么事都跟你说一声,你同意了我再去,或者是你和我一块去,你说这样总可以了吧?"赵洪涛说。

"你说的是真话?"艾博雅目不转睛地看着赵洪涛,心生窃喜。

"当然。我和她认识是在你之前,自从认识你以后,我觉得她远不如你。"赵洪涛抚摸着艾博雅的脸深情地说,"有你这么好的老婆我谁都不想要。"

"那你今后再碰到一个比我好的你又会怎么样呢?"艾博雅无不担心地问。

"看看你吧,又来了,你再对我这么不放心我就真的不理你了。"赵洪涛假装要推开躺在自己怀里的艾博雅。

艾博雅双手紧紧地搂住赵洪涛的腰,把脸埋在他的怀里,撒娇说:"我相信你还不行吗? 干吗又不想理我? 我偏不!"

赵洪涛把艾博雅的脸扳过来朝着自己,艾博雅默默地看着他,一句话也没有说,她的脸比晚霞还红。

赵洪涛知道现在什么都不用说了,他看着艾博雅的眼睛,享受着她那脉脉深情的注视,然后默默地牵起她的双手,温柔地将她抱到床上,他骑在她的身上,双手扳住她的双颊,紧紧地盯住她的眼睛,故意使自己呼吸急促,让对方感应到自己狂热难抑的爱恋,进而将自己温暖的唇轻轻地吻在她的唇上。

再次享受到赵洪涛的吻,艾博雅不知道自己到底是激动还是幸福,她闭着眼睛,眼泪止不住地流了下来。

爱情真的可以让人撕心裂肺,尤其是一份明知道没有结果的爱情。艾博雅又一次扑进了赵洪涛的怀抱,她就像一只嗜火的飞蛾,而她的前面正燃烧着一团最美丽、最辉煌的火焰,她又一次毫无顾忌地扑了上去。现在的艾博雅明知道自己这一次的选择最终不会有什么好的结果,但她不死心,她还是要努力地去争取自己的这份选择。

接下来的一段日子,两个人都小心翼翼地回避着那些不愉快的话题,专拣高兴的话说,他们又开始过上了晴空万里、灿烂如花的日子。

赵洪涛话虽说得好听,但他压根就没有与他妻子离婚的意思。又经过几个月的接触,他深深地了解了艾博雅的秉性,他认为她这个人既霸道又像个嚼不烂的牛肉筋子。他想:如果找到了像她这样的女人,那才算自己倒了八百辈子的大霉。

渐渐地,艾博雅感觉到了他们之间的爱已经没有了当初的激烈,而像沸水进入了冰箱,很快就有可能冷却成冰。面对赵洪涛,艾博雅又产生了一种空荡荡的失意和继续被欺骗的感觉,她因此而激愤。

赵洪涛真的是小看艾博雅了,他以为像艾博雅这样的女人,哄她几个钱就可以不了了之,但他没有想到艾博雅也有她的一套办法。艾博雅首先用软钉子想软化赵洪涛,她说:"你说了你是真心喜欢我的,我一直都在期待着我们能够走到一起,可是你现在却这样对待我,你知道我的心有多么痛吗? 为了能够和你在一起,我付出了那么多,连我的心都交给你了,可你却一直在伤害我。"她说:"你知道我有一套那么大的房子,只要你愿意和我结婚,你就可以直接到我这儿来住;钱的问题你不用担心,只要我们两个人走到了一起,我的钱也就是咱俩的;你和我结了婚,你还可以把你儿子带来,我会像对待自己亲生儿子一样地待他,如果万一你妻子舍不得,该给他的生活费全由我来承担。"艾博雅故作深情地看着赵洪涛说:"再说,你妻子比我大八岁,你跟我在一起的感觉难道就不如她?"艾博雅边说边装出一副娇痴的样子。

总之,艾博雅对赵洪涛百般的体贴,百般的温存,想以此来打动他的心。但赵洪涛不吃这一套,他与艾博雅经过这么长时间的接触,他太了解她了。艾博雅无论在什么时候,她的霸王本性都会随时暴露出来,仅这一点她就远远不如赵洪涛的妻子。赵洪涛知道了艾博雅的厉害,他开始想尽快地摆脱艾博雅,可艾博雅却不是他想怎么样就能够怎么样的。赵洪涛直到现在才真正地体会到了蚂蟥搭了鹭鸶脚和骑虎难下是什么滋味。

看来软的是不行了,艾博雅开始停止了对赵洪涛的一切费用,并逼着赵洪涛还她在他们相处的那一段时间所花费的所有的钱。

其实艾博雅还是很有心计的,她和赵洪涛每次的接触,她都以日记的形式记了一本账,既然赵洪涛现在翻脸不认人了,艾博雅也就没有什么客气可讲了。艾博雅拿出了他们在一起时所记的日记,他们花的所有的钱全部都清清楚楚地记在了日记上边,加起来一共是三千八百二十六元三角四分。

面对伤害了自己的赵洪涛,艾博雅表情淡漠、心灰意懒。她说:"我是真心喜欢你才在你身上无止境地花钱的,可你却一直都在欺骗我。"艾博雅用她利刃般的双眸毫无顾忌地瞪着赵洪涛,说:"你可知道当一个人的情感被别人欺骗的时候,她会是一种什么样的心情吗?到了这个时候,被伤害的人连杀人的心都有,你信不信?"见赵洪涛用那种奇异的眼神看着自己,艾博雅悲伤不已。她说:"要么你就先把我给杀了,否则我必定会闹得你身败名裂。"

"小雅,你怎么可以这样呢?你看,就凭我们这么长时间的接触,我们应该还是有感情的不是吗?我们就算是分手,也不至于闹到那种地步吧?"赵洪涛是通过屠秀丽的舅舅的关系,好不容易才到城里来上班的,他可不愿意失去这一份难得的工作。

"感情?你是说我们还有感情?"艾博雅悲哀无比地说,"从一开始你就在骗我,到现在你还想继续骗下去?"艾博雅咬牙切齿地说:"赵洪涛我告诉你,你不要以为我艾博雅是个弱女子,是好欺负的,逼急了我可是什么事情都做得出来的!"艾博雅边说边流下了悲愤的眼泪。

"你,你不会这么无情无义吧?"赵洪涛真的有些害怕了。

"情义?你还知道情义二字?"艾博雅说,"如果你还懂得情义这两个字的含意,你就不会这么无情,这么残忍。首先你骗我说你是单身,我是看你是单身我才和你接近的,等我把感情投入进去了,却发现你还有妻子、儿子。在这种时候,你还在继续骗我,说你和你妻子是死亡婚姻,说不为我你们也会离婚。我相信了你的鬼话,想到没有爱情的婚姻也是不幸的,所以一直等待着你和你妻子离婚,等待着我们尽快地走到一起。可谁料你彻头彻尾就是个骗子,你不仅一直在骗你妻子,而且也一直在骗我,你这样做的结果是既伤害了我,又伤害了你的妻子。"

"那你说怎么办吧?"赵洪涛准备破釜沉舟了,他脸上曾有的一丝笑意,此刻已经完全凝固。赵洪涛灭掉了烟头,起身走到窗跟前,眼睛看也不看艾博雅,无情地说,"现在我一切都听你的,你说我们该怎样了结?"

"是啊!我这个人太傻,其实我们的一开始就意味着结束,只是我一直都蒙在鼓里,总以为一切都是那么的美好,总以为我真情的付出会有真情的回报,可我没有想到我的下场却是这么的悲哀,这么的凄凉。"艾博雅皱着眉头满面痛苦地看着赵洪涛的背影,直到这时她还希望赵洪涛能够回头看自己一眼,可赵洪涛却好像没有艾博雅的存在似的,眼睛一直朝着窗户外面。看到赵洪涛这么的绝情,艾博雅的心都碎了,她突然无声地抽噎起来,两个肩膀不停地抽动着,哭得好伤心。

赵洪涛分明感受到了背后的动态,但他仍然没有回头,而是从荷包里拿出香烟,又点燃了一支。

艾博雅从指甲缝里看着赵洪涛,见他这么冷酷无情,她终于忍不住了,她把头埋进自己的膝盖里,放声地哭了起来。

艾博雅哭了半天,也不见赵洪涛吭一声。艾博雅绝望了,她擦干眼泪,走到赵洪涛跟前,狠狠地说:"赵洪涛你听着,你现在想就这么了结?你以为我会就这样算了?做梦去吧你!"

"那你的意思?"

艾博雅抹了一把眼泪,她发狠地说:"很简单,要么,你把我杀了,否则……"

赵洪涛不肖地看了艾博雅一眼,他满不在乎地说:"你想怎么样就怎么样。"

"那好。"艾博雅唰唰唰地掉着眼泪说,"自从你探亲回来以后,我每次与你谈话都录了音,而且我自己也录了音,我说我如果被人害了没有别人,那肯定就是赵洪涛。现在,我的资料已经分放在了几个朋友那里,我告诉她们,如果我失踪了,就让她们交到公安局去。"

赵洪涛直到现在才真正地知道了艾博雅的厉害,他对自己在情场上的挫败感到万分焦虑。赵洪涛以前玩了那么多的女人,他都能够说散就散,他没有想到自己这么老谋深算,今天居然栽倒在这个看起来不起眼的小女子手里。听到艾博雅这么一说,赵洪涛真的害怕了,他哭丧着脸说:"你既然是真心喜欢我,又何必要把事情做得这么绝呢?你知道现在离婚也不是一件容易的事,何况我还有个扯不断的儿子。"

艾博雅再也不想听赵洪涛说什么了,她哭着说:"何去何从你自己选择吧。"说完她掉头就走。

回到家里,艾博雅再也撑不住了,一股悲哀立马涌上心头,她趴在床上"呜呜呜"地痛哭了一场。

1974 年 5 月,赵洪涛也算是自作自受吧,他扯债拉债还清了艾博雅所有的钱。

接到钱,艾博雅悲痛地说:"你欠我的钱可以还给我,可我精神上的损失你能还得清吗?"

就在不久前,他们俩还生死起誓,辗转于甜蜜的过程,一瞬间却疏离于情海之外,成为永久的陌生人?那些甜言蜜语还不时清晰地回响在艾博雅的耳边,然而,所有的欢声笑语都已经消失,剩下的只是一片愁云迷雾。

二十二、闪电再婚

　　艾博雅似乎想开了，她不再像以往那样游历于男男女女之间，而且她发誓再也不去舞厅跳舞。同样她也没有心思去看望自己的父母和叶子，倒是戚佩文常常带着叶子来看她。

　　这么大的一个屋子，艾博雅一个人住着，连个说话的人都没有，整个屋子里显得空荡荡的，艾博雅的心也同这个屋子一样，是空荡荡的。

　　很长的一段时间艾博雅总是失眠，她的身体里似乎有无数粒细小的尘埃，争先恐后地在她的五脏六腑翻腾，刺激着她，牵引着她，令她无法安宁。

　　望着窗外的黑暗，艾博雅仿佛自己也被融化其中，跌进了黑暗的无底深渊。每到最黑暗的时候，也就是恶魔苏醒的时候，也是伤疤最痛的时候。一个人最怕的就是这种孤独的黑夜，可艾博雅却独自一人承受着。艾博雅常常把头转向墙壁，她不敢看窗外，她在心里想逃避现实，但她却始终承受着心魔的摧残。

　　艾博雅的心情实在是悲惨到了无以复加的地步，她再也不相信人与人之间有什么真挚的爱情，她对那些所谓的浪漫也有了新的定论。

　　每天下班回来，艾博雅除了吃饭、睡觉外，其余的时间全都打发在那台十四寸的黑白电视机上。这台电视机是她父亲单位按级别发的一张电视机票买的，艾文宗买好电视机直接就拿到了艾博雅这里，他说艾博雅一个人在家很寂寞，让她看看电视解解闷。

　　艾博雅没事的时候就看电视，她每次看电视，眼睛好像是盯在电视的屏幕上，但她的心却不知道飞到了哪里？电视里面的故事情节一幕一幕地过去了,但她脑子里闪现出的一幕一幕却是对过去的回忆。至于电视里面到底播放了一些什么内容,她却一点也记不清。

像这样枯燥的日子就这么一天天地滑过去,艾博雅的情绪也变得反复无常。在单位,只有初中文化的艾博雅,做的却是一般工人都望尘莫及的工会工作,虽然只是收发一下报纸,管理一下资料,可艾博雅在工作的时候却明显地显得心不在焉,而且经常把事情办砸。

工会主席是艾文宗的一个好友,他的文才不错,经常在艾文宗的报社发表一些文章。也许就是这样的裙带关系吧,他对艾博雅显得格外关心。近段时间,他见艾博雅的情绪如此的反常,而且动不动就与同事发生争吵,便反复地找艾博雅谈心,苦口婆心地劝她。可艾博雅的思绪太乱了,她无论如何都无法使自己的心态平静下来。

跟艾博雅相好的同事见艾博雅的情绪如此低落,也常常好言相劝,但艾博雅不仅不领情,反而还认为别人是在看她的笑话。

星期天,艾文宗和戚佩文买了一些菜,带着叶子来到艾博雅住的地方,见艾博雅躺在床上看电视,他们笑了笑,什么话都没有说。

艾博雅见他们来了,叫了一声爹、姆妈,连忙起来穿好鞋子。叶子看见艾博雅,她立刻脱开戚佩文的手,一下子扑到了艾博雅的身上,高兴地说:"妈妈,妈妈,你怎么这么长时间都不去看我呀?"

看到古灵精怪的叶子,艾博雅的眼睛都红了,她怕自己的失态被父母看见,便眨了眨眼睛,一把抱起叶子亲着她的脸说:"想妈妈了是吧?其实妈妈也想你,只是妈妈每天都要上班,没有时间去看你。"

"妈妈、妈妈,家家和爹爹买了好多的菜,还买了你最喜欢吃的牛肉,还有……"叶子看了戚佩文一眼,说,"算了,我说不清楚了,要家家跟你说。"

戚佩文看她们娘俩这么亲热,就笑着到厨房去了。艾文宗在堂屋的大桌子旁坐了下来,看着她们。

"爹,我去给您泡茶。"艾博雅放下叶子,让叶子去看电视,便拿了杯子到厨房去了。

艾博雅把茶端来放到艾文宗身旁的大桌子上,说:"爹,您和我姆妈的身体都还好吧?"

"我们倒没有什么,我看你的脸色不太好,你是不是有哪里不舒服,或是碰到了什么不顺心的事？能不能跟我们说说？看我们能不能帮帮你。"

艾博雅和赵洪涛交往了将近一年,从接触到分手,她从来都没有在父母面前吭过一声。现在父母突然来了,而且听父亲的语气,显然是工会主席向他反映了自己的情况。艾博雅平常对戚佩文有些放肆,可她对艾文宗还是敬畏几分的,见父亲在问自己,艾博雅没有马上答话,她把头低得低低的,在考虑怎样回答父亲的问题。

艾文宗知道艾博雅在思考问题,他没有急着让艾博雅回答,端起茶杯,吹了吹浮在上面的茶叶,慢慢地品着茶叶的香味。

"妈妈、妈妈,你看这个电视里是什么呀?"叶子不知道看到了什么难以理解的问题,她拉着艾博雅的手就往房里走。

艾博雅正愁着不知道怎样向父亲说,见叶子来找自己,她在内心里感激叶子给自己解了围,便跟着叶子到房里去了。

工会主席只知道艾博雅近段时间情绪不太好,至于在艾博雅身上到底发生了什么事,他并不知道。因此他对艾文宗也只说了一些艾博雅的表面情况。

吃完中午饭,戚佩文去哄着叶子睡午觉,艾文宗和艾博雅在另一间房里,爷两个在促膝谈心。艾博雅终于向艾文宗讲述了自己与赵洪涛接触的一些事,听到艾博雅的讲述,尽管她是简单扼要、有选择性的,艾文宗的心还是战栗了一下,但他马上又极力地使自己恢复平静。

艾文宗有针对性地、严厉地批评了艾博雅,指责她对个人问题的处理过于轻率,说她与陆旺达不经思索地离婚就是大错特错。

听到艾文宗严厉的批评,艾博雅再也控制不住自己的情绪,不由得悲悲戚戚地哭了起来。

艾文宗见艾博雅哭得如此的伤心,知道自己的话对她有太大的触动,他爱怜地看着她,无限的痛惜都包含在自己深深的眼神之中。但艾文宗并没有阻止艾博雅的哭泣,他认为她的悲痛应该释放出来,他知道只有通过彻底地释放才能换一种心情。

孤独地生活在自己的一个小空间里,艾博雅度日如年。在艾博雅与赵洪涛分手四个月后,也就是 1974 年 9 月,经人介绍,艾博雅与一个名叫明小全的男人结了婚。

明小全比艾博雅大八岁,他那洁白宽松的 T 恤,深蓝色的牛仔裤,很阳光的样子。他的眼睛有一抹淡淡的忧伤,可嘴角却带着痞痞的笑容。他自然,恬淡,一副自得其乐、与世无争的样子。

明小全工资不高,却嗜酒如命。不知是由于他没有丝毫的积蓄还是另有原因,直到 33 岁他还是孤身一人。总结上次经验,艾博雅对明小全进行了详细的了解,她知道他上无父母,下无子女,又无兄弟姐妹,真正是一个没有结过婚,而且没有任何牵挂的男人。自己已经历经过两次婚变,而且又有了孩子,现在能够找到一个没有结过婚的男人,这对艾博雅来说也算是一件比较幸运的事。

明小全身材不高,相貌平平,但还算能说会道,也很懂得迎合女人的心。艾博雅已经是过来的人了,前面的两段感情早已伤透了她的心。现在无论明小全怎样花言巧语,怎样潇洒浪漫,怎样讨好她,但经历过两次失败婚姻的艾博雅,对明小全却怎么也激动不起来。不过明小全在家里还是蛮勤劳的,他烧火做饭,浆衣洗掌,收拾屋子,什么事都干,而且对艾博雅甜言蜜语,百般殷勤。这让艾博雅稍稍地感受到了一点点欣慰。

1975 年 6 月 24 日,艾博雅为明小全生了一个儿子,取名明智。有了儿子后,再加上明小全很会讨艾博雅的欢心,他们的夫妻感情才渐渐地有了一点起色,家里也总算有了点生气。

二十三、乐不思蜀

　　小叶子是一个非常乖巧听话的孩子,她不爱哭不爱闹,两个甜甜的小酒窝总是灿烂地挂在她的脸上。小叶子喜欢接受新生事物,喜欢外公给她讲故事,喜欢跟爱云姐姐学习写字。外公的故事也太多了,但小叶子却总也听不够。外公每天下班回来,只要有一点时间叶子就会缠着他。外公讲的好多都是古典故事,什么孔融让梨呀,什么刻舟求剑呀,什么卧薪尝胆呀……在这些故事中,外公会告诉小叶子许多做人的道理。外婆对叶子的关爱也像当初疼爱艾博雅一样,无微不至。但她总结教育艾博雅的经验,并不溺爱叶子。

　　小叶子到外公外婆家的时候,隔壁的爱云姐姐就已经读小学二年级了。爱云姐姐每天放学回来,叶子总要她教自己认字写字。爱云姐姐很喜欢叶子,但自己的作业又要完成,她只好在自己做作业的时候就让叶子坐在自己的身旁,让她照着字帖写字,等自己的作业做完了后再检查叶子写的字,并告诉她这些字该怎么认。叶子很聪明,记忆力也特别好,有好多字,爱云姐姐只告诉她一遍她就记住了,所以爱云姐姐也很乐意当她的小老师。小叶子在外公外婆家的生活太充实,她几乎没有时间去想她的爸爸妈妈。住在外公外婆家,叶子真的有些乐不思蜀了。

　　见艾博雅好长时间都没来看叶子了,戚佩文非常惦记,她带着叶子去过艾博雅家好几次。可艾博雅家总是门上一把锁。

　　这孩子到底怎么啦? 下了班不在家,也不来看叶子,不会是有什么事吧? 戚佩文很担心艾博雅的安危,她让艾文宗在报社给艾博雅单位的工会主席打个电话问问。艾文宗说："应该是不会有什么问题的,如果有事,她们工会主席肯定会联系我。"

"那她也不能总不在家呀,星期天和晚上我都去过,连她的邻居都说最近很少见到她。"到底是做母亲的,对孩子会特别敏感一些。

"艾博雅每天到点上班,到点下班,而且最近情绪也不错。"听到工会主席的这些话,戚佩文终于放下心来。

叶子学到的知识越来越多了,她五岁的时候,便想学爱云姐姐一样当个小老师。叶子把隔壁左右的春玲、芳芳、平平、咪咪等几个人叫到一起。她们的"教室"一般都是在叶子家的堂屋里,有时候也在芳芳家的堂屋里。四个方凳子、各自带一个小板凳,便是她们的课"桌椅"。一块洗衣板的反面竖起来搁在椅子上,就是她们的"黑板"。她们的教具就是一支筷子,粉笔是戚佩文专门给他们买的。

"起立!"班长春玲一声口令,平平、咪咪、芳芳都站了起来。

"同学们好!"

"老师好!"

"坐下。"

她们一板一眼地模仿着正规学校上课的样子。叶子当老师特别认真,她把自己学会的字从头到尾一笔一画地教给她们,她们几个也认认真真地学了起来。

好长一段时间她们都坚持"上课",周围的邻居都夸她们是好孩子,并鼓励自己的孩子也加入到她们的队伍中来。因此,叶子的队伍也就慢慢地扩大了起来。

有一次咪咪上课"打野",叶子忽然想起了自己在永宁巷小学教室外看到的一幕。一个小学生不专心听讲,老师拿起教鞭就把他的手臂打了一下,那个小学生眼泪都快出来了,但他没有哭,马上就认真地听起讲来。叶子觉得这是一个好办法,便拿起筷子照着咪咪的手臂敲了一下。可让叶子没有想到的是,咪咪并不像她看见的那个小学生那样,她竟然毫不留情地大哭了起来。咪咪的妈妈在这条街上是最厉害的,她吵起架来是连喊带骂一蹦三尺高,街坊邻居没有不躲着她的。见咪咪哭声这么大,叶子生怕被她妈妈听到了。她连忙走过去跟咪咪说:"你干吗要哭呢,别哭呀!"她自己急得眼泪都要出来了。

"我要哭,我要告诉我妈妈。呜呜呜……"咪咪根本就不睬叶子这一套,她说完这句话,音量又提高了好几倍。

咪咪的妈妈终于听到了咪咪的哭声,不一会儿便闻声跑了进来。

"你这是怎么啦? 玩得好好的,怎么就哭起来了呢?"咪咪的妈妈眼睛朝叶子瞅去。叶子吓得眼泪都流出来了。

"她打我。"咪咪用手抹了一把眼泪,指着叶子哭着说,"她拿筷子打我。"

"阿姨,不是……"叶子只说了几个字就委屈得呜咽起来。

其实咪咪的妈妈也不是那么不讲道理的人。当她知道前因后果后,她不仅没有责怪叶子,反倒说起咪咪的不是。

戚佩文买菜回来后知道了这件事,她把叶子狠狠地批评了一顿。叶子觉得自己委屈,便伤心地哭了起来。她说:"她上课不听讲,我是学着学校老师的样子,轻轻地打了她一下,她就哭起来了。"

"叶子,我跟你说了半天你还觉得你有理呀? 学校的老师也应该跟学生讲道理,不应该打学生,何况你们是好朋友,你就更不应该动手打人了。"戚佩文总结了太过于娇惯艾博雅的经验,她要让叶子多懂一些道理。"你必须向咪咪赔礼道歉。"戚佩文严厉地说。

自从那次打人事件发生以后,叶子再也不动手打人了。她每天同她们上完课后就办小九九,大家都玩得特别开心。

叶子在外公外婆家几年的时间里,外公外婆给她讲的许多故事里面都包含了许多做人的哲理。通过他们讲的这些故事,叶子朦胧中懂得了一些做人的道理,就是这些故事,在叶子幼小的心灵里埋下了远大的理想和抱负。她常常对外公外婆说:"我以后一定要好好学习,我要争取上大学,长大了以后做一个好人。"

时间转瞬间一逝即去,明智都已经一岁多了,叶子也到了该上学的年龄。因为小学生只能在户口所在地就近上学,所以艾博雅必须要把叶子接回家来。

星期天,明小全做好了饭菜,艾博雅把明智放在自己对着的椅子上。她边喂明智吃饭边对明小全说："小全，叶子已经六岁半了，她也到了该上学的年龄了，我想把她接回家来。"

"什么？你是说要让叶子回家来住？"听艾博雅说要把叶子接回来住，明小全正在夹菜的筷子突然停在了半空中，他显然没有丝毫的思想准备。

明小全对艾博雅提出把叶子接回来表示不解，他说："你认为这样合适吗？我们两个人都上班，就一个明智都把我们忙得不亦乐乎，再加上一个叶子？你说我们能忙得过来吗？"

"那你的意思是？我们不要叶子了？"见明小全这种表情，这种语气，艾博雅显然有些不高兴。她停住喂明智的手，看了看明智再看看明小全说，"难怪别人说隔根纱，有点差，叶子如果是你的亲生闺女，我看你的话就不会是这样说了。"

见艾博雅红着脸看着自己，并说出了这样的话，明小全知道她是生气了，便放下筷子向艾博雅解释说："小雅，你也别误会了，我并不是不欢迎叶子回来，只是目前实际情况摆在这里，我是怕到时候我们照顾不过来，反倒还委屈了叶子。再说，叶子现在已经适应了她外公那里的生活，你突然让她回来，只怕是她反而还不习惯了，你说，我这不也是为大家着想吗？"

"你说的比唱的还要好听。"艾博雅知道明小全是在诡辩，她一针见血地说，"说好听一点是在为大家着想，但实际上就是因为她不是你的亲闺女，假设她是你的亲闺女，我看你的想法可就截然不同了。"

"妈妈，我吃。"见艾博雅半天都不给自己喂饭，明智用手扒着艾博雅的碗要吃的。

艾博雅喂了明智一口饭接着说："其实叶子在外公那里过得好好的，你以为我愿意把她接回来啊，她不是到了上学的年龄了吗？你也晓得，现在小孩上学只能在户口所在地就近上学，你说她不回来能行吗？"

明小全看明智还在扒艾博雅的饭碗，而艾博雅只顾说话不理他，他从艾博雅的手里接过饭碗说："我来喂明智，你吃饭吧！"并笑眯眯地逗着他自己的儿子。

艾博雅没有立即去盛饭，她看到明小全对他儿子的眼神颇有感慨，她说："我看呀，真的就是真的，假的就是假的，在叶子的身上我就从来都没有看到过你的这种眼神。"

"你看看你看看，又说外了吧！"明小全辩白说，"你明明晓得我也是很喜欢叶子,每次去你妈家,我不是也给叶子买一些好吃的吗?对叶子回来的问题,我只是比你想得要周全一些,现在你既然不怕累,那我们把她接回来就是,也免得你对我多心。"

"什么呀?这根本就不是累不累的问题,这是因为她必须要回来上学,这是政策问题,她必须要在户口所在地上学。"

"好好好,我现在明白了,你还是吃饭吧,你看菜都凉了,吃完饭我们一块儿去接叶子。"

见明小全松了口,艾博雅的语气也缓和了一些,她说:"叶子到我姆妈家已经有三四年的时间了,我也晓得她已经习惯了那里的生活,但这次接她回来也是没有办法的事啊,我们总不能不让她读书吧?"

"是的是的,这也是个实际问题。"明小全放下喂明智的碗,抱起明智说,"家家也有这份年龄了,她老人家也该歇歇了,再说,我们把叶子接回来,说不定还是一件好事呢!叶子这么大了,在我们实在忙不过来的时候,她还可以帮我们带一带明智。"

"这么说你是真想通了?"艾博雅问。

"那还用说,我这个人本来就很开通,既然我们组成了一个家,就没有彼此可分。叶子是你的女儿,也就是我的女儿,这一点你放心,我一定会像对待明智一样地待叶子的。"

明小全的通情达理让艾博雅颇为感动,自己是经历过两段感情而且已经有了孩子的人,现在能碰到这样一个丈夫,艾博雅也算知足了。

叶子在外婆家养得白白胖胖的,两只大大的眼睛清澈透明,而且显得更加的水灵。艾博雅和明小全一进门叶子就高兴得一下子扑了过去,她抱住艾博雅的腿一个劲地喊妈妈。

"妈妈妈妈,你说过一有时间就来看我的,可是你说话不算数,家家说了的,大人小孩都不能说谎,妈妈你可是说谎了。"叶子撒娇地对艾博雅说。

听到小外孙说的话,戚佩文在一旁笑得合不拢嘴。艾博雅也笑着把明智交给明小全,然后牵着叶子的手走到沙发前坐下。她说:"我的个傻丫头,妈妈不是也经常来看你吗?你看今天妈妈不是又来了?"

"妈妈妈妈,你今天不走好不好,晚上你就在这里睡觉好不好。"叶子摸着艾博雅的脸,依依地说。

艾博雅笑了,她将叶子抱到自己的腿上,用脸贴着她的脸说:"我的乖女儿,妈妈这一次来呀,不仅仅是来看你,而且还要接你回去呢!以后你就可以天天和妈妈在一起了。"

明智看到叶子坐在了妈妈的身上,他在明小全身上挣扎着要下来。戚佩文知道明智要干什么,她忙走过来从明小全手中接过明智说:"明智,来,让家家抱抱你。"戚佩文抱起明智就到另一间房里去了。

明小全挨着艾博雅坐了下来,他接过艾博雅的话题对叶子讨好地说:"是啊,我们今天来就是接你回去的,你回去后就可以天天和妈妈在一起了。"

叶子从三岁到现在六岁半,她在戚佩文家也待了好几年了,她跟外公外婆已经建立了极其深厚的感情。刚来戚佩文家时叶子总想回家,还不知哭了多少回呢?到后来她渐渐地习惯了外婆家的生活,再加上陆旺达也经常来看她,因此她还真的有些乐不思蜀了。现在,叶子只是想经常见见妈妈,但她并没有想回去的愿望。当她听说他们要把自己接回去时,叶子反倒有些不愿意了。叶子摇着艾博雅的胳膊求着艾博雅说:"妈妈,我就在家家这里嘛!你经常来看我就行了,我不回去好不好?"

叶子居然不想回去了,艾博雅的内心突然为之一颤,心里有了一种说不出来的滋味,她的鼻子也酸了起来。但是在小叶子的面前她还是装出了一副笑脸。见戚佩文把明智抱了出来,艾博雅放下叶子从戚佩文手中接过明智。她指着明智对叶子说:"你看,我们家又多了一个小弟弟,今后有小弟弟陪着你玩,难道你还不愿意回去吗?"

明智已经一岁多了,但叶子和他见面却很少。前几次见到明智的时候他都只有一点点小,总是被大人抱在手里,她只能像个小姐姐一样逗逗他。明智过周岁的时候家里人很多,叶子根本就没有机会去接近他。后来艾博雅带明智来过外婆家,但明智还不会走路呢,他也就不可能和叶子玩了。叶子虽然也喜欢小孩,但毕竟跟明智还谈不上什么感情。此时,叶子竟像个小大人一样摸了摸明智的小脸对艾博雅说:"妈妈,我喜欢弟弟,你常带他来玩好不好?我就不回去了好吧?"

见叶子这么坚决地要留在这里,艾博雅表现出了几分凄凉。她问叶子说:"叶子,我问你,你是不是不想要妈妈了?"

"妈妈,我要你,可我也要家家呀!"叶子边说,边跑到戚佩文身边拉着她的手说,"可我也舍不得家家、爹爹呢!"边说,她边一个劲地摇着戚佩文的手说:“家家,你跟妈妈说说嘛,我不回去,我就要在这里。”

“傻孩子。”戚佩文摸了摸叶子的小脸蛋说,“你都快七岁了,该上学了,妈妈接你回去是让你上学呢!你不是常常对我说你想读书吗?怎么?现在又不想了?”

见家家也这么说,叶子好像十分难过,她噘着个小嘴带着哭腔说,“我也可以在你这里上学嘛!家家,你是不想要我了吗?”

“你这么乖,家家怎么会不想要你呢,我的傻宝贝!是你到了上学的年龄应该去上学了。”戚佩文弯下腰坐在一旁的板凳上抚摸着叶子的头说,“你上学后,星期天也可以来家家这里呀!到时候,你每个星期天都来,家家就给你做好吃的,家家还陪着你玩好不好?”

“不嘛,我就要在这里上学嘛!”见家家也同意自己走,叶子很不乐意。她回头走到艾博雅跟前,近乎乞求地对艾博雅说,“妈妈,我就在家家这边上学好不好?”

艾博雅见叶子坚持要留在这里,心里很不是滋味。她将明智搂了搂,腾出一条腿来,把叶子也搂进自己的怀里,她看着叶子的眼睛说:“叶子,难道你真的不想要妈妈了?”

“妈妈,不是的,我要妈妈。”叶子低下头好像在寻思什么,一会儿,她抬起头说,“妈妈,我想你的时候就要家家带我去看你好不好?”

看到叶子这么坚决,艾博雅似乎有些心灰意懒。她想:就是因为自己几次失败的婚恋感情波折,搞得现在连孩子都和自己疏远了。艾博雅把明智放到地上,将叶子紧紧地抱在怀里说:“叶子,你现在不是看不看妈妈的问题,是因为你的户口在妈妈那边,是你只能在有户口的地方上学。”

“那你就把户口拿到家家这边来嘛!”听艾博雅说自己必须要到有户口的地方去上学,叶子灵机一动,便想出了这样一个主意,她固执地说,“你把户口拿到这里来,我不是就可以在这里上学了吗?”

听到叶子说出这样的话,艾博雅哭笑不得。她说:“傻孩子,你现在还不懂,户口不是想拿到哪里就能拿到哪里的,是你的户口必须和妈妈在一起,这是公安局规定的,你晓不晓得?”随即,艾博雅抬起头看了戚佩文一眼,接着对叶子说:“再说,你看家家的年龄都这么大了,你就不怕把家家累坏呀?”

对艾博雅说的户口问题叶子似懂非懂,但说到家家的身体叶子倒像是听明白了。她不好意思地看着戚佩文笑了笑说:“那我就回去呗。”

二十四、悲情生日

　　叶子已经适应了外婆家里的生活，猛然回到这个家，家里多了个弟弟不说，还多了个爸爸，而且她与艾博雅之间也似乎有了许多陌生感。好在明小全对叶子还算不错，但叶子说什么也不肯叫他一声爸爸，为这事艾博雅还打过叶子，在艾博雅的压力下，叶子才慢慢地叫了起来。

　　叶子毕竟不是明小全亲生的，时间一长，明小全的心就无形地偏向了自己的亲生儿子。为此艾博雅还跟明小全怄过气。

　　看到明小全把弟弟当心肝宝贝似的，而对自己恶言冷语，叶子很是伤心。每当这种时候，她就会想起常常到外婆家去看望自己的爸爸和外公外婆，有时候，她甚至连做梦都梦见自己回到了外公外婆的身边。

　　又是一个 9 月 23 日，这天是艾博雅 28 岁的生日。昨天晚上明小全就说好了，他今天早点起床，去买菜、买礼品，要给艾博雅好好地过一个生日。

　　艾博雅对明小全的这种表现很是满意，她非常高兴明小全能这么精心地安排给自己过生日。艾博雅觉得自己以前对明小全那么冷落是自己的不是，她想：婚姻本来就是一种磨合，何况我们这份没有爱情基础的婚姻。

　　不知道是高兴还是激动，艾博雅天还不亮就醒了，透过窗玻璃看着外面的天空，稀稀疏疏的星星绕在月亮周围，边眨巴着眼睛边翩翩起舞，艾博雅的心也随着这些星星飘了起来。不一会儿，下起了雨，月亮和星星都躲了起来，天也变得朦胧起来。

　　在艾博雅结婚之前，戚佩文和艾文宗非常重视她的生日，他们总是在艾博雅生日的前两个月就开始念叨，艾博雅也迫切地盼望着这一天尽早到来。

可自从结婚以后,这么多年来不是这事就是那事,总不太顺心,所以艾博雅一直都没有正正经经地给自己过一个生日。今年的 9 月 23 日正好是星期天,又难得明小全有这一份心情,张罗着要好好地为自己庆贺一番,趁一家人都在家里,能给自己过一个生日,艾博雅心里也十分激动。

天已经慢慢地亮了起来,明小全和两个孩子都还睡得正香。艾博雅想让他们多睡一会儿,没有惊动他们,自己轻手轻脚地起了床。今天,艾博雅刻意地把自己打扮了一番,拎起菜篮子便自个儿出了门。

这是一个很清爽的早晨,雨似乎已经停了,不过空中还有一些细小的水滴,蒙蒙的雾气飘荡在空气中,不一会儿就散开了。

一大早清洁工就把大街清扫了一遍,但落叶还是在无休止地往地上飘。艾博雅踩踏着刚刚飘下来的落叶往菜市场走,心情特别的好。

走到卖肉的摊子跟前,艾博雅讨价还价,花两元钱买了三斤排骨,这是因为两个孩子都喜欢吃糖醋排骨,今天她要让他们吃个够。花八角钱买了两斤黄鳝鱼,这是明小全喝酒时最爱吃的,他喝着酒,吧叽吧叽地吃着黄鳝鱼,那神态艾博雅想起来就好笑。她还花一块多钱买了两斤牛肉,她要给点糖,给点辣椒,再给点五香八角葵什么的,将牛肉卤一卤,吃起来香香甜甜的,她自己也特别喜欢。艾博雅在面铺还买了一斤水切面,武汉人过生日最喜欢吃面,长长的面条表示长寿,谁这天和寿星一块吃了这个面条,谁也会跟着长寿。

艾博雅提着自己买的菜高高兴兴地往家里走。昨天晚上明小全就说了,他今天要给艾博雅一个惊喜。明小全是说今天他去买菜的,艾博雅看他们都睡得那么香,再加上自己醒得早,躺在床上眼睁睁地躺着也是躺着,还不如干脆自己去买菜,让明小全也高兴高兴。反正下厨的事都是明小全的,这是明小全自己说的。

回到家里天已经大亮了,家里的门还严严实实地关着。"这几个懒鬼。"艾博雅口里轻轻地叨叨着,她轻手轻脚地打开门,先把菜放到后面厨房里,回过头再往房里走,她要去看看这几个懒鬼为什么还不起床。

艾博雅走进孩子的房里一看,两个孩子还香香甜甜地睡在床上,她再回到自己的房里,床上却没有了明小全的踪影。艾博雅以为明小全在天井里洗漱,便返回厨房到天井去。可是,天井里也没有明小全的影子。他说不定是给自己买礼物去了,艾博雅这样自己安慰着自己。

男人似乎都有这样的坏毛病,把一个女人搞到手后就不知道要珍惜。中午十二点钟了,艾博雅将饭菜也都做好了,可明小全还没有回来。艾博雅要等明小全回来以后再煮面条,因为面条煮早了就不好吃了。

出去一个上午了,明小全他会去哪里呢? 就是买东西也该回来了啊? 艾博雅在心里埋怨着:这人就是这样,去什么地方也不留一个条子。

艾博雅将做好的菜端到桌上,用纱罩子把菜罩好,心里只等着明小全回来。她想:自己将饭菜都做好了,今天这个面条一定得让明小全去煮。

"妈妈,我要吃糖醋排骨。"闻着香香的糖醋排骨,小明智可等不及了,他爬上板凳,揭开纱罩子,光着手就准备去抓。

"下去,糖醋排骨哪有用手抓的。"艾博雅用手轻轻地打了一下明智的小手,把纱罩子复又盖上,想把明智抱下来。

"妈妈,我饿了,我要吃嘛!"明智收回小手,他踩在板凳上就是不肯下去。

"那你坐好,妈妈去拿碗来夹给你吃。"艾博雅让明智坐在板凳上,自己到厨房去了。

"姐姐,你也来坐。"明智坐在板凳上要叶子也来。

"妈妈会骂我的,我不来。"叶子低声说。

"姐姐,你来嘛! 我们一块吃嘛!"明智坚持要叶子也坐下来。

艾博雅拿来了两个碗和两双筷子,她走到桌旁揭开纱罩,给叶子和明智各夹了一块排骨。她自己也坐了下来,眼睛都不眨地看着他们吃,满面笑容。

十二点半钟了,明小全还没有回来,艾博雅心里开始产生了怨恨。"这人他妈的就是这么不通情理。"艾博雅情不自禁地骂了起来。

"妈妈,你骂哪个呀?"明智莫名其妙地看了艾博雅一眼,又接着吃东西去了。

艾博雅没有回答明智,她起身走到门口朝外面看了看,说:"不等他了,我们吃饭。"

艾博雅嘴里吃着饭心里却在想着明小全,她想自己好不容易有心情过一个生日,明小全却这样对待自己,她越想越气。

这一顿饭就这样收场了,艾博雅也懒得收拾桌子也懒得洗碗,她把大门一关,把烦恼、叹息、希望和所有的一切全都关在了门外,然后对两个孩子说:"你们都给我睡觉去。"边说边拉着明智和叶子,把他们带到房里,然后把房门一关,强迫他们两个人睡下了,她自己也躺到了床上,这时的艾博雅只感到有两行热乎乎的东西顺着眼角流了下去。

天已经大黑了,明小全还没有回来,明智和叶子见艾博雅没有起床,他们也不敢下床,两个人睡在一头叽里咕噜地在说着什么。

"开、开门,关着门干、干什么?"明小全喝得醉醺醺地回来了。

明小全没有回来,艾博雅还抱着一线希望,她猜想着,说不定明小全会给自己一个惊喜。可一听到明小全喊门的语气,艾博雅就知道他又灌猫尿了,此时的艾博雅,她的双眸完全失去了光辉,沸腾的血液瞬间变得冰凉,气得浑身发抖。艾博雅怒不可遏地自言自语说:"真他妈的不是个东西。"

"你、你们在、在干什么? 为、为什么不、不开门?"明小全把门拍得砰砰砰地响。

艾博雅躺在床上一声不吭,她也没有起来给明小全开门。

"我们去给爸爸开门。"明智对叶子说。

"你们敢!"艾博雅说,"哪个敢开门我就打死他。"说得明智和叶子都不敢下床。

"明……明智,叶……叶子,你们给老……老子开……开门呀! 你们……你们不开……开门,看老子进……进来,不……不打死你……你们。"

"你进来!"艾博雅猛然一下将门打开,明小全靠在门上的身子突然一个趔趄,差一点摔了进来。明小全努力站稳了身子,他夹着舌头说:"你……你……你搞……搞什么啊?"

看到明小全那一副醉醺醺的样子,闻到他那一股刺鼻的酒气,艾博雅的气不打一处出。

艾博雅转身把门关上,她准备回头来找明小全算账。可等艾博雅关好门回过头来时,却不见了明小全的影子。艾博雅气急败坏地走进房里,只见明小全已经躺到了床上,她走到床边抠住明小全的衣领说:"你这个猪狗不如的畜生,你还晓得回来? 你还晓得这是你的家吗? 你这个没有人性的畜生!"

艾博雅疯狂地撕扯着明小全,声嘶力竭地叫嚷着,两个孩子吓得将被单蒙住头,连看都不敢看。

"莫吵莫吵,让……让我睡觉。"明小全闭着眼睛说,"我……我……我要睡觉,莫吵。"

"我怎么这么命苦呀?怎么碰到的你们个个都是这种猪狗不如的畜生呢?我的妈呀!你说我怎么会这么命苦呀,我的妈呀!"艾博雅一屁股瘫坐在床上,她拍打着自己的大腿,拼命地哭了起来。

艾博雅哭了半天,明小全却呼噜呼噜地打着鼾,他一点也没有听见。艾博雅擦干了眼泪,她看到两个孩子都用被子将头紧紧地捂着,知道是自己把两个孩子吓坏了。艾博雅一看钟,时间已经到了晚上十点。艾博雅想起两个孩子都还没有吃晚饭,她要他们都起来,自己将饭菜在锅里热了热,让两个孩子吃,她自己却一点也吃不进去。

二十五、家贼难防

生日那天的事艾博雅问了明小全 N 次,明小全始终没有一个交代,可自打那以后,明小全再也不按时归家了,深更半夜回来成了他的家常便饭。

"明小全,你每天都不按时回来,回来吃了喝了还要发酒疯,你到底想怎么样? 你是不是不想过了?"

"想过怎么样? 不想过又怎么样? 你是不是离婚离出瘾来了?"明小全态度非常强硬。

"你……你……你气死我了。"艾博雅气得连话都说不出来了。

艾博雅已经黔驴技穷了,她无可奈何地耐着性子对明小全说:"小全,你原来不是好好的吗,现在为什么要这样呢? 屋里有两个伢,我也在上班,你就不能早点回来搭个手吗?"

"哎呀,单位里有事嘛,以后我尽量早点回来就是,别老是这么婆婆妈妈的,真烦人。"每到这个时候,明小全总会很不耐烦,而且他每次都是嘴上这么应付着艾博雅,却不付出行动,此后的日子,明小全依然故我。

"你听说了没有啊,艾博雅的这个丈夫又在外面玩女人咧,他总是大把大把地在那个女人身上花钱,听说这个女的长得还蛮漂亮呢!"

星期天,明小全说要加班,一早就走了。艾博雅买菜的时候,突然听见有人在议论她们家的事。艾博雅听声音有些耳熟,她回过头一看,原来是离她们家不远的邻居。

艾博雅没有惊动邻居的谈话,她背对着她们,慢慢地向她们靠了过去,她想听清楚她们到底在说些什么。这时,只听另一个邻居说:"他哪里来的钱呀,还不都是艾博雅的钱。"

"艾博雅也不晓得是怎么搞的,她总是找一些吃软饭的东西。"这个邻居说完咧了咧嘴。

听到邻居们的谈话,艾博雅的脑子里轰地一下像着了火,半天才回过神来。艾博雅想:家里的钱都放在抽屉里,也没见少多少呀?明小全哪会有大把大把的钱在外面花呢?艾博雅寻思了一会儿,她突然想起了家里的一个存折,那上面还有三千元钱,存折在两个月前就到期了,艾博雅原想找时间再去转存的,可这段时间心里特别烦,她竟然把这件事给忘了。

回到家里,艾博雅四处寻找那个到期的存折,她记得清清楚楚存折是放在柜子上边的那个箱子里的,而且箱子一直都上着锁。现在锁还是好好地锁在箱子上,但箱子里面的存折却怎么也找不到。肯定是那个畜生拿了,艾博雅的心唰地一下蒙上了一层寒霜。

这个存折没有找到,艾博雅又急忙到楼上去找那个两万元的,和一个六万六千元的定期存折。这几年定期存款的利息特别高,那个两万元的存折是在一万五千元的基础上,存在银行里利滚利滚起来的,还有那个六万六千元的存折,那是自从存在银行里一直都在自动转存的。如果那两个存折也不见了,那艾博雅可真要傻眼了。但值得庆幸的是,这两个存折还原封不动地搁在箱子里。幸好没让那个畜生晓得,艾博雅自我安慰地喃喃自语。

艾博雅心烦意乱地做着饭,她想难怪他今天休息都不在屋里,说什么加班,我看他是加个狗屁的班,保准又是和那个女人鬼混去了。想起自己碰到的几个男人一个比一个不是东西,艾博雅越想越生气。

深夜十二点钟,明小全终于醉醺醺地回来了,艾博雅因为等他,一直都没有睡觉。看到明小全那个熊样,艾博雅的气不打一处来,她恼怒地瞥了明小全一眼,怒气冲冲地问他:"那个存折哪里去了?"

"什么……什么存折?"听到艾博雅问存折,明小全的酒吓醒了一半。他先是一愣,接着眉头隐隐地一动,心里一虚,脸就红了。稍停了一会儿,明小全佯装不知,嬉皮笑脸地说,"你糊里糊涂地在说些什么呀?"

"存折,就是我那个到了期的存折,你拿到哪里去了?赶紧把它交出来。"艾博雅吼着说。

"哪个存折?不见了找啊!"明小全说着,他也在箱子、柜子里胡乱地翻了起来。

艾博雅冷冷地看着明小全表演，她想好好地看看明小全今天的演技到底会有多高。艾博雅移动了一下身子，靠在房门口，她没有与明小全答话，但脸却憋得通红。

明小全翻了起码有半个小时，他假装无可奈何地摆摆手说："没有。"

"装得倒像。"艾博雅忍无可忍，她扬起手就给了明小全一个巴掌，"你这个不知廉耻的东西，你居然敢偷我的钱去养女人。"

"你……你怎么动手打人呢?"艾博雅的这一巴掌把明小全完全打醒了，他知道自己的事情败露了，也没有还手，只是用左手摸了摸自己的脸说，"真像个母老虎。"

听到明小全这样骂自己，艾博雅更是怒不可遏，她近乎疯狂地跑了过去，双手抓住明小全的衣领撕扯着说："我是母老虎，我是母老虎，你拿我的钱去养女人，还骂我是母老虎，我打你，我打你，我要杀了你，你这个死不要脸的东西!"

明小全知道是自己理亏，他站在那里一动也不动，任凭艾博雅拼命地撕扯，嘴里还说："你闹，你闹，今天就让你闹个够。"

艾博雅已经筋疲力尽了，她将明小全用力一推，大哭着说："你们男人就没有一个好东西，算我瞎了眼，找到你们一个个都是没有人性的畜生。"说完，她转身跑进房，关上门，趴在床上痛哭了起来。

明小全几天都没有回来了，艾博雅闹到他单位去把他臭骂了一通。她说："你这个禽兽不如的东西，你白披了一张人皮。"

因为艾博雅已经有了叶子，法院的意思是将明智判给明小全。艾博雅对法官说："就他那三十几块钱连他自己灌猫尿都不够，他哪还能养儿子?"

其实明小全也并不想要明智，他想：反正自己是孤身一人，还谈什么传宗接代？他顺水推舟地对法官说："她想要就让明智跟着她吧，反正，再怎么说他明智也是我的儿子。"

这一次的婚姻给了艾博雅更大的刺激，她的性格比以前变得更加地疯狂。她认为男人就是没有一个好东西，她发誓今后再也不找男人。

听说艾博雅又离婚了，戚佩文心里很不是滋味。她知道艾博雅性格不好,知道艾博雅心中容不下人,但她不知道艾博雅究竟又是为了什么离婚。

　　艾文宗和戚佩文来到艾博雅家,艾博雅见到两位老人大哭了一场。问她为什么离婚,她只说他偷家里的钱,说和他性格合不来,其他的事艾博雅一字未提。

二十六、揪心的痛

秋天已过，冬季来临，漫天的烟雾笼罩在大地上，处处都是一片朦胧。

初二上学期期末考试，叶子在全年级拿了第一。从小学到现在，在全年级拿第一已经不是第一次了，但叶子还是抑制不住内心的兴奋。叶子拿着成绩单喜滋滋地回了家，她没有跟艾博雅说，也没有给艾博雅看，因为她知道，艾博雅这一段时间的心情特别不好，也特别容易发脾气，她不知道她拿成绩单给她看她会是一个什么样的反应。以前艾博雅心情不好的时候，叶子想让她高兴，也向她汇报过自己的好成绩，但她并没有讨到艾博雅的好，所以，从那以后，叶子在学校的事都不讲给艾博雅听了。

吃完午饭，叶子主动去洗碗，她边洗碗嘴里还边哼着歌。叶子正哼得高兴的时候，突然听见艾博雅大喊一声"叶子"。

"哎！"见妈妈在喊自己，叶子连忙答应着，她一转身准备去问艾博雅有什么事，可谁知她的手一不小心一下子碰到了刚洗完的一摞碗上。刹那间，案板上刚洗好的四只碗一个不剩地全部摔在了地上。

艾博雅与明小全离婚以后，她不知道从什么时候开始学会了吸烟。吃完饭，艾博雅坐在堂屋里抽着烟，想着自己婚姻上的那些不幸经历。正当她烦躁不安的时候，叶子居然还唱起歌来了。听到叶子的歌声，艾博雅把一切怨气都转移到了叶子的身上，她忍受不了叶子在自己十分痛苦的时候的快乐，于是她情不自禁地喊了一声"叶子"。

听到厨房里哗啦一声响，艾博雅似乎从梦中惊醒，她知道叶子一定是把碗给摔破了。艾博雅气鼓鼓地跑到厨房一看，厨房里地下一片狼藉，而且明智也在帮着叶子捡碗片。

艾博雅气冲冲地跑过去一把把明智拉了起来,问:"是谁摔的?"明智看着艾博雅拦在叶子的前面不吭声,叶子瞅着艾博雅低声说:"妈妈,是……是我。"

"你……你要气死我了!"艾博雅不分青红皂白,抓住叶子的头发就往外拖,叶子随着艾博雅的拖力来到了房间,艾博雅将叶子一把推倒在床上,然后走出房去把堂屋的大门关上。转身回到房里恶狠狠地说,"把衣服脱了。"

碗一摔到地上叶子就预料到自己会挨一顿狠揍,大冷的天,见艾博雅要自己脱衣服,叶子吓得魂不附体。

"你不脱是吧? 你不脱我来帮你脱。"艾博雅边说边走到叶子的身边,示意要脱她的衣裳。

叶子双手紧紧地抱在胸前,她苦苦地哀求着艾博雅说:"妈妈,我再也不敢了。"

"过来!"艾博雅将叶子一把拉到自己的身边,边强行地要脱叶子的衣服边说,"不给你一点厉害看看你不晓得马王爷有几只眼。"

叶子死死地抱住自己,坚持不让艾博雅脱自己的衣服。她哭着说:"妈妈,我真的再也不敢了。"

艾博雅放开叶子,她拿来一把专门打人的竹条。艾博雅留下这个竹条是认为这个竹条打人既能让挨打的人钻心地痛,又不至于伤及骨肉。艾博雅把竹条举起来扬了扬,大声说:"你不让我脱是不是,自己脱!"

看到艾博雅又拿来了这把打起人来钻心痛的竹子,叶子吓得魂飞魄散。她退到床角,乞求着艾博雅说:"妈妈,你饶了我吧,我真的再也不敢了。"

"脱。"艾博雅拿着竹条照着叶子的手刷了一下,说,"你如果要我来脱那我就不是轻轻地打了,快脱!"说着又刷了叶子一下,说:"自己脱。"

叶子深知艾博雅的性格,她打起人来是毫不讲情面的。叶子怕如果自己不脱她也许会打得更厉害,便眼睛惊恐地看着艾博雅,战战兢兢地脱下了自己的棉衣、棉裤。

"把毛衣、毛裤也脱了。"艾博雅又把竹条举了起来。

"妈妈,我冷。"叶子颤抖着。

"等一下你就不冷了,脱!"艾博雅命令着,接着又刷了叶子一下。

叶子流着泪脱下了毛衣、毛裤,寒冷的冬天,她冻得直打战。

艾博雅拿来一根绳子,将叶子的双手一捆,一把把她推倒在床上,把她的鞋子脱了下来,就去拿打人的工具。

叶子躺在床上,她顺势往床里边滚,背靠着墙,她想这样挨打的面可能会小一点。

明智看妈妈又要打姐姐了,他拉住艾博雅手上的竹条求她说:"妈妈,你不打姐姐好不好? 妈妈,我求你了。"

"走开。"艾博雅剥下明智手中的竹条,说,"滚出去! 你再过来我连你一齐打。"边说着她也脱了鞋子,上床去像扒萝卜一样,把叶子往床中间扒,然后照着叶子的身子不分部位地抽了起来。

叶子痛得拼命地哭喊,艾博雅却越打越来气。

她边打边说:"我叫你摔碗……我叫你摔碗……"

叶子的哭声越来越小了,可艾博雅似乎一点都没有察觉。艾博雅已经失去了理智,她口里不断地念叨着,手里不停地抽打着,就好像自己在做一件永远也做不完的事情。

"妈妈,姐姐昏过去了。"

明智的一句话让艾博雅突然惊醒过来。她一看叶子,她果然奄拉着脑袋,一动也没有动。艾博雅再朝叶子的身上一看,叶子的秋衣、秋裤都已经破了,而且血也在涓涓地向外渗出。

艾博雅惊呆了,她一时竟然不知道该怎么办。

"妈妈,快把姐姐手上的绳子解了。"

明智的一句话提醒了艾博雅,她忙放下竹条,去解捆在叶子手上的绳子。明智爬上床看着叶子,他哭着喊着"姐姐你醒醒,姐姐你醒醒"!

艾博雅看到昏死过去的叶子才如梦初醒。她同明智一块将叶子扶到床中央,然后帮叶子盖上被子。艾博雅坐在叶子的身旁,她拍了拍自己的脑袋说:"明智,我这是怎么了? 你看我这是怎么了? 我怎么,怎么会这样?"说着就大哭起来。

在艾博雅打叶子的时候,明智就打开门出去过。郝阿姨上班去了不在家,对门也没有一个人。明智接着在外面找了一大圈,她想找一个人来解劝,可恰恰只碰到了跟妈妈吵过架的刘阿姨。明智想要刘阿姨来劝一下妈妈,说妈妈在打姐姐,可刘阿姨却说:"你们家里打人跟我有什么相干? 我吃了饭没得事做？去管你们家的那些屁事。"

明智没有办法了，他只好一个人回来，当他走进房里的时候，却看见妈妈还在打姐姐，而姐姐已经没有声音了。

在打叶子的时候，艾博雅当时确实失去了理智，明智出去进来她一点都不知道。现在艾博雅清醒过来了，当她看到叶子已经成了这副模样时，竟然心疼得痛哭流涕。

艾博雅见叶子还没有醒过来，她用右手的拇指掐住叶子的人中哭着说："叶子，你可别吓妈妈啊，是妈妈不好，都是妈妈不好，是妈妈对不住你。"

叶子的眼睛轻轻地眨了眨，她突然打起哈欠来。

"叶子，你千万别打哈欠啊！你一定要忍住，千万别打哈欠。"艾博雅听戚佩文说过，人在危急的时候，打哈欠容易送人的命。她一手掐着叶子的虎口，一手在叶子的胸前从上到下顺着往下摸。艾博雅不知道这种方法到底对不对，她还是反复地这样做着。

见叶子好像有一点苏醒的意思了，艾博雅忙倒来了一杯开水，她舀一勺在嘴边吹了吹，试试不烫了，然后轻轻地送到了叶子的嘴边，说："叶子，把水喝了啊！是妈妈不好，是妈妈昏了头，今后妈妈再也不打你了。"

叶子不自觉地把水咽了下去，渐渐地醒了过来。她睁开眼睛一看，见是艾博雅坐在自己的身旁，吓得赶紧把头转过去，身子直往被子里缩。

艾博雅见叶子终于醒了，她到厨房去打来了一盆热水，绞了一条热毛巾，轻轻地替叶子擦了擦脸。然后摸着叶子的头哭着说："叶子，莫怕，是妈妈不好，是妈妈该死。我的乖叶子，你这么乖，这么懂事，我还要打你，我简直是昏了头，你不要怕，从今以后我再也不打你了。"

听到妈妈说出这么贴心的话，叶子没有了一点恨意，她转过头含着泪轻轻地叫了一声妈，两行热泪从两个眼角滑落下去。

叶子整整躺了一个星期没有起床，艾博雅也一个星期没有上班。她每天用热水细心地为叶子清理伤口，买来好吃的东西精心地调理叶子的口味，还跟叶子讲一些叶子从来都没有听到过的故事。她说话的语气也比以前温和了许多。

二十七、严父慈母

　　星期天,艾文宗和戚佩文来到艾博雅家,他们是看艾博雅两个星期都没有去他们那里,心里惦记着。

　　"爹爹、家家!"明智看到爹爹、家家来了,连忙招呼他们坐,"妈妈买菜去了,快回来了。"

　　"叶子呢? 怎么没有看到叶子?"戚佩文问。

　　"家家,我在房里。"

　　"在房里做什么呀? 怎么爹爹、家家来了都不出来?"戚佩文边说边往叶子房里走。

　　"家家!"叶子喊了一声家家眼泪就出来了。

　　"这么晚了你怎么还没有起来? 是生病了吗?"戚佩文连忙走到床边摸了摸叶子的头。

　　"没有,家家,我只是有点不舒服。我好想你们呀!"

　　"我的乖叶子,我们也想你呀! 你怎么不舒服了? 吃药了没有?"

　　"是妈妈打姐姐了,妈妈晓得错了,现在对姐姐很好。"明智说。

　　"怎么把我的叶子打成这样? 她怎么打你了,叶子? 你还疼吗?"戚佩文说着眼泪都出来了。

　　"家家,我不疼了。是我不好,是我把碗摔破了。现在妈妈对我很好,您不要怪妈妈啊!"叶子说。

　　"姆妈,是我不好,是我当时昏了头,我不该打叶子的。打了过后我好心疼。"艾博雅买菜回来听到了她们婆孙的对话,她流着泪说。

"你怎么会把叶子打成这样啊，小雅？你从小到大我们连手指头都没有动过你一下，叶子也是你的亲骨肉，你是怎么下得了手的？"戚佩文从来都没有这么严厉地批评过艾博雅，她实在是太心疼叶子了。

如果在往常，艾博雅早就跟戚佩文不高兴了，但今天没有，今天她确实知道是自己错了。她说："姆妈，我错了，我不该打叶子的，其实叶子蛮乖，我蛮喜欢她，我真的是一时昏了头，打了她以后您不晓得我有多么后悔。"

她们婆孙和母女的对话艾文宗一直站在旁边在听，但他没有插言。艾文宗教育子女是有方法的，他说出一句话必须要起作用。吃完饭后，艾文宗把艾博雅叫到楼上，没过一会儿就听到艾博雅哭起来了，而且越哭越伤心。一个多小时后，艾文宗下来了，艾博雅还在上面哭。

"让她反思一下自己，从小到大都这么任性，什么事情都自作主张，浑浑噩噩地过日子。"艾文宗说。

戚佩文还是心疼女儿的，她想上去安抚一下女儿，被艾文宗阻止了。"都是被我们惯坏了，现在都这么大的人了，还这么糊里糊涂的。"

一个星期后，叶子稍微可以活动一下了，艾博雅也不想再请假了。因为一年中请假超过八天就没有年终奖。艾博雅不愿意放弃那每年二十至三十元的奖金。

艾博雅让叶子在家里好好养伤，她说她每天下班回来再照顾叶子。叶子很顺从地点着头，她说"妈妈你放心地去上班吧，我没事的"。

艾博雅上班的地方离家里有好几里地，她每天晚上做好饭菜，第二天中午利用两个小时的休息时间跑月票往家里赶，回来后将饭菜热一热，安排叶子和明智吃。并把十八寸彩色电视机搬到叶子房里，让叶子躺在床上看电视。艾博雅嘱咐明智别到处乱跑，要他就在家里陪着姐姐，要他学会照顾姐姐。每天晚上艾博雅将一切都安排妥当后，还总要坐在叶子的床边跟叶子说说话。

看到妈妈这么疼自己，叶子非常感动。她说："妈妈，是我不好，我以后会听你的话，再也不惹你生气了。"艾博雅说："乖叶子，是妈妈不好，妈妈不该这么下狠心地打你。你是个好孩子，妈妈晓得，你放心，妈妈再也不会打你了。"

　　叶子挨打的事只有春玲知道,因为这时候正好是学校放假,春铃经常来叶子家里玩,看到叶子被她妈妈打成这样躺在床上一动也不能动,春玲也大哭了一场。春玲哭的时候正好艾博雅买菜去了,叶子流着泪说:"春玲,你别哭,我妈妈一会儿就要回来了,她现在对我很好,我已经不恨她了。"

二十八、失之交臂

从小学到高中,叶子的学习成绩一直名列前茅,并多次被评为市级三好学生、十佳少年及全国好儿童。

结束了小学、初中、高中的学习生活,叶子以优异的学习成绩考取了第一志愿学校,武汉大学。在等待录取通知书的那一段时间,叶子觉得日子过得特别慢,短短的二十来天,她就像等了半年、十个月、一年似的。在学校公榜的那些日子里,叶子差不多每天都要和春玲往学校里跑,看学校的高考录取光荣榜上有没有她们的名字。在录取通知书下来之前,叶子期待的心情如大海的波涛总也不能平静。

"陆玉叶!叶子!快来看,这上面有你的名字,你看,你已经被武汉大学录取了,啊!叶子好幸运呀!"春玲见到了陆玉叶的名字,而且是被武汉大学录取了,尽管这一切都在她预料之中,她还是高兴得几乎跳了起来。

"春玲,也有你,你快来看,你的名字在这里呢!你也被华工录取了。"在同一时间,叶子也看到了春玲的名字。

这两所大学都属于全国第一类重点大学,两个人都被名牌大学录取,她们激动不已。叶子和春玲高兴得抱成一团,她们含着幸福的泪花,蹦蹦跳跳地到校办公室去拿到了录取通知书。

手捧着红色的录取通知书,叶子心潮澎湃。这是她多年来的梦想,也是她刻苦努力的硕果,她庆幸自己终于实现了幼年时对外公外婆许下的诺言。

叶子紧紧地握着红色的录取通知书,兴高采烈地回家去。她要把这个好消息告诉妈妈,她希望能看到妈妈脸上灿烂的笑容。

家里的大门是敞开的,艾博雅正坐在靠椅上边织毛衣边看电视。

"妈妈今天怎么没上班?"叶子有些诧异。"她一定是在等我的好消息。"叶子高兴地想。

一进门叶子就将手里的录取通知书往空中一扬,她激动地说:"妈,你猜这是什么? 我考取大学了,而且还是武汉大学呢!"叶子喜悦的心情溢于言表,她激动得把录取通知书在空中扬了又扬,然后又将它紧紧地贴在剧烈跳动的胸口。"妈,我和春玲都被第一志愿学校录取了,您知道我们有多么高兴吗?"说着,她就将录取通知书塞到艾博雅的手上,希望艾博雅能与她同时分享这份难得的快乐。叶子扬扬自得地说:"妈,您看我能被这个学校录取该是多么幸运啊! 如果成绩差一点恐怕还不行呢!"

叶子一个劲地表达着,兴奋着,但奇怪的是半天都听不到艾博雅的回应。叶子边说边转过头来一看,只见艾博雅为难地坐在那里。叶子愣住了,她有些疑惑不解。

"叶子,我晓得这是录取通知书,妈妈也替你高兴。可是……"艾博雅说到这里停住了。

"可是什么呀? 妈妈! 难道您不高兴吗?"

"妈妈当然高兴,可是……"

"妈妈,您有什么为难的事您就说,我不会怪您的。"叶子懂事地说。

是武汉人都知道,一个高中生要想考上武汉大学那可真不是件容易的事,叶子现在考上了,这也是她平常刻苦努力的结果。自己能考取这么好的学校,叶子满以为艾博雅也会十分高兴的,但让她没有想到的是,艾博雅却是这种表情。此时此刻,叶子的心一下子由高温降到了零下。她眼中闪现出了难以抑制的泪花。

看到叶子流泪了,艾博雅意识到了她心中的痛。她放下手中的毛衣说:"叶子,不是我不支持你上学,可是我现在真的很为难。我们单位裁员,百分之六十的人员要回家休息,我本来一个月的工资都只有五十几元,再减掉百分之四十,就只剩三十几元了,现在你和明智都要读书,就我这几个钱真的负担不起,我还希望你能够找份工作帮帮我呢?"艾博雅帮叶子擦了擦眼泪接着说:"你已经读了十二年书,在这十二年中,其中七年都是我一个人支撑这个家,你晓得我是多么不容易吗? 现在你又要上大学,大学又是四年,四年啊,叶子! 你说这四年该是多么的漫长?"

听到艾博雅说了这些,叶子也知道艾博雅很为难,她皱着眉头拿着录取通知书,双手不可抑制地、激烈地颤抖起来,忍不住两行热泪夺眶而出。此时的叶子只感觉自己体内的液体在不断地流失,整个身体轻飘飘的,就像是秋天的叶子。

"叶子,我真的很为难,我晓得这样对不住你,但是我也没有办法。再说,你已经是十八岁的大姑娘了,也到了该谈婚论嫁的年龄了,姑娘伢长大了总是要嫁人的,你自身条件这么好,将来如果能够找到一个条件好一点的女婿,一辈子吃不完用不尽,哪里还用得着你自己拿文化去换钱呢?"

艾博雅有困难叶子理解,但她说这一番话叶子就不赞成了。她说:"妈,都什么年代了,您还有这种想法?您知道现在是一个文化普及的年代,男女都一样,只有有了文化才能够自强自立,你说我将来怎么能依靠别人去生存呢?你……"

"叶子,真的对不起,希望你能够体谅妈妈。"说着,艾博雅的眼泪也出来了。

早也盼,晚也盼,可盼来的希望眼看就要成为泡影,叶子无论如何也不甘心。叶子是多么地热爱学习呀!她说什么也不愿意失去这次难得的学习机会。叶子想到了去找陆旺达,但奶奶如今身体也不好,如果现在去找爸爸,不是也让爸爸为难?对了,去找爹爹,家家的话妈妈听不进去,爹爹说话还是管用的。于是,叶子一口气跑到了外公外婆家。

二十九、外公病重

"叶子,你外公病了,刚才邻居们帮忙送到医院去了。"外公外婆隔壁的一位奶奶对叶子说。

"我爹爹病了? 他去医院了?"叶子一听说外公去了医院,一下子蒙了,她傻呆呆地站在那里,眼泪情不自禁地涌了出来。

"孩子,别着急啊! 去医院就会没事的。"老奶奶说。

听奶奶这样说,叶子猛地一下醒了过来,她流着泪看着这位奶奶急切地问:"奶奶,您知道他们去了哪家医院吗?"

"他们应该是去市一医院吧,市一医院不错,而且最近,你快去看看。"

叶子听奶奶这样说,飞也似的跑到了市一医院。她直接跑去抢救室,只见外婆瘫坐在抢救室门口的长条凳上,老泪纵横。几个邻居正在那里安慰着外婆。

"家家,爹爹他怎么了?"叶子蹲在外婆的膝盖前,用手擦着外婆的眼泪,哭着说,"家家,您别哭,我爹爹他怎么啦?"

"你爹爹他……"戚佩文哽咽着说不下去了。

几个邻居上前扶起叶子,对她说:"孩子,你爹爹突然倒地,人事不省,现在医生正在抢救,他是好人,不会有事的,你别着急,啊!"

"叶子……"家家喊了一声叶子眼泪喷涌而出。

听邻居这样说,叶子趴在外婆的大腿上不可抑制地哭了起来,这一凄厉的哭泣刺破了医院的寂静。戚佩文双手搂着叶子,也哭出了声。

"孩子,别哭了啊? 医院里是需要安静的,千万别哭了。"邻居说。

叶子强忍着不让自己发出声音，但她抽泣得浑身都抖动起来。

爹爹已经这样了，叶子关于上大学的事一个字都不敢提，等到爹爹被抢救过来了，叶子帮着办了住院手续，然后回家哭着告诉了艾博雅。

听说父亲住院了，艾博雅也伤心地哭了。她说："爹今年71岁了，他从来都没有得过大病，这一次怎么会病得这么厉害呢？"

艾博雅带着叶子和明智，到银行去取了一千块钱，一起到医院去了。

叶子失学了，她带着一种难以舍弃的期盼失学了。叶子以优异的学习成绩告别了十二年的学习生活，同学们都说她幸运，因为她们学校只有她一个人考取了武汉大学。然而，她好不容易考取了这么好的学校，却又不能去上学，她却又是多么的不幸。

叶子的失学深深地触动了她高中的老师和同学，他们为了能让叶子继续读书，多次找艾博雅，想做她的思想工作。可艾博雅一直都在医院照顾她的父亲，连叶子和明智都住在了外公外婆家里。

叶子本想求外公外婆劝劝艾博雅，但外公这么重的病叶子实在是难以启齿。叶子说自己放假了，坚持留在医院照顾艾文宗。戚佩文每天在家做好饭送到医院里，艾博雅也经常送一些汤汤水水来。每天晚上戚佩文都让叶子回家休息，自己留在医院陪伴艾文宗。

住了一个月的医院，医生说艾文宗可以出院了，但回家还得卧床休息。

眼看自己朝思暮想的大学梦既成事实地破灭了，叶子心如刀绞。在相当长的一段时间里，叶子茶不思，饭不想，夜不成眠，并且整日以泪洗面。

郝玉英是一个热心快肠、爱打抱不平的人，她对艾博雅不让叶子上大学感到气愤。一天，郝玉英把叶子叫到自己的家中，对她讲了一件自己亲眼所见，并且一直都在怀疑的事情。

听郝玉英讲自己的身世，叶子早已泪流满面。郝玉英摸着叶子的手含着泪说："为了你们一家的安宁，我默默地保守了这个秘密。这件事我原本是不想告诉你的，那次艾博雅那样打你我都忍住了，但这一次她做得太过分了，竟然连这么好的大学都不让你去读。我是想，如果艾博雅是你的亲妈，她是绝对不会这样对待你的。"

郝玉英跟叶子说了以后似乎又有点后悔，她嘱咐叶子说："好孩子，我是路见不平、十分生气才告诉你的，你自己明白就行了，可千万别让你妈知道是我说的。"

听到郝阿姨说的一切，尽管叶子曾经怀疑过自己的身世，但毕竟只是怀疑，这一次当郝阿姨的话真正地证实了这一切后，叶子还是难以承受。此时的她，顿时觉得天旋地转，五雷轰顶。

叶子擦了擦眼泪，她忍住内心巨大的痛苦站了起来，对郝玉英说了一句"阿姨我走了"，便跑出了郝玉英的家。出门后，叶子没有直接回去，而是径直来到了离她们家不远的小河旁。

郝玉英吓傻了，她一路跟着叶子撵到小河边，她劝叶子不要太难过，要叶子与她一同回家。

此时的叶子情绪极其冷静。她说："郝阿姨，我没事，我只是想单独坐坐，一个人好好地想想，我不会有事的。"见郝玉英还是不放心，叶子十分感激地对她说："郝阿姨，谢谢您告诉了我这一切，您回去吧，我真的不会有事的。"

叶子一个人在河边坐了好长时间，不知道什么时候下起了毛毛细雨，可叶子居然没有察觉。

天已经大黑了，叶子还坐在河边沉思，郝玉英见叶子还没有回来，她怕叶子真的想不开出了事，便和她爱人一块到河边去，好说歹说劝回了叶子。

三十、寻找工作

大学没有读成,叶子再也不愿意待在家里吃闲饭了,她要找一份适合自己的工作,希望能够自食其力。可是,在这样的年代里,大多数就业状况都是子女顶替父母的职业,或是某部门指定到某个学校,或地区定点招工,因此自己想找一份工作是一件极其艰难的事。叶子四处寻找,四处碰壁,最终还是没有找到工作。

春玲见叶子像一只无头的苍蝇四处碰壁,她也为她着急。春玲把叶子的遭遇告诉了她爸爸,她爸爸感慨地说:"这人跟人就是不一样,听说她妈妈自己没有读什么书,她就不晓得这读书的好处,你看叶子是多么好的一个姑娘,每次到我们家来玩总是文文静静的,她这么爱学习,她妈妈怎么会不让她读大学呢?唉!这么聪明的孩子不读大学真的是很可惜。"

春玲说:"是啊!爸爸您还不知道,她小的时候她妈妈还打她,对她一点都不好,就像个后来娘一样。"

见爸爸拿眼睛看着自己不吭声,春玲低下头想了一下接着说:"可叶子的确是她妈亲生的呀!我就想不通她为什么要这么对待自己的亲生女儿?哼!都什么年代了?还重男轻女!"春玲只能这么理解。

"你是说她妈妈喜欢儿子不喜欢姑娘?她不就一儿一女吗?又没有多的孩子,我要是还有一个儿子呀,我一样的会喜欢你。"春玲的爸爸笑眯眯地看着春玲说。

"哼!你要是真的有了儿子谁知道你又是怎么想的?说不定也是两样心。"春玲对她爸爸做了一个怪相。

"原来你是这么看你爸爸的呀？唉！算爸爸白疼你了。"春玲的爸爸爱抚地拍了春玲一下。

春玲回拍了她爸爸一下，对她爸爸说："爸爸，叶子现在到处找工作，但现在找工作特别难，你能不能帮帮她呀？"

"啊？你刚才说叶子在找工作？现在正规一点的单位都不对外招工，只有私人商店或者是私人餐厅才随便招人，所以要想找一份好一点的工作是不太容易。"春玲爸爸说。

"爸爸，你不是有很多朋友吗？你能不能帮帮叶子嘛？"春玲摇着她爸爸的肩膀，撒娇地说。

春玲的爸爸略微想了一下，突然高兴地说："嗨，你不说我还没朝这个方面想，还真巧，我印刷厂的一个朋友说他们单位正需要一名会计，他前天还跟我提过这件事，你看我怎么就忘了？我看叶子这姑娘不错，要不，就让她去试试？你赶紧去问问叶子，看她喜不喜欢这份工作。"

"爸爸，你说的是真的吗？当会计叶子一定能行的，她可聪明呢！"春玲高兴得拍起巴掌来。

叶子在春玲爸爸的帮助下，找到了一份印刷厂的会计工作。第一次拿到工资，叶子首先想到的就是外公外婆，叶子买了一些外公外婆喜欢吃的东西，和艾博雅、明智一块去外公外婆家。

三十一、病态博雅

艾文宗自从上次突发疾病到医院抢救后，回到家里后一直卧床养病，身体仍然在恢复之中。戚佩文为了让艾文宗的身体早日康复，她精心地调理他、照顾他，她自己却瘦了一大圈。

艾文宗见艾博雅一家三口来了，他高兴得不得了，硬要下地来"接见"他们。叶子看到外公那病弱的身子，她强忍着泪水，搀扶着外公到床边，扶着他躺下。

"爹!"艾博雅喊了一声爹眼泪就情不自禁地流了下来。她转头看着戚佩文说："看你是怎样照顾我爹的，让我爹生这么大的病，出院后也不好好调养他，看他到现在都还不能起床。"

"我……"戚佩文正要接话，艾文宗抢着说："这孩子，你姆妈对我的照顾已经非常好了，你看你姆妈，她为了我，她自己都瘦了，我还担心你姆妈呢!"艾文宗指着床旁边的凳子说："快，先坐下，我现在比原先好多了，有时候你姆妈也扶着我在地下走走。"

"我先去做饭吧，你们陪着聊聊。"戚佩文没有再说什么就到厨房去了。

叶子和明智都围坐在床边安抚着艾文宗，讲些笑话逗老人家开心，艾博雅却跑到厨房去和戚佩文扯皮，说她没有把艾文宗照顾好。

在艾文宗发病的那天，戚佩文拿着医生下的病危通知单，跌跌撞撞地走到医生办公室，她跪着求大夫一定要救活艾文宗，她说只要能够救活他，哪怕是倾家荡产也在所不惜。当时，戚佩文泉水般涌出的泪水感动了在场的所有人。

戚佩文对艾文宗的好是有目共睹的,她平常把艾文宗照顾得无微不至,这次艾文宗病了,她更是尽心尽力地照顾他、调养他,生怕有哪一点没有安排好,阻碍艾文宗的康复进程。

一直以来,艾博雅都是只喜欢艾文宗,而不喜欢戚佩文,她跟戚佩文讲话也丝毫不注意分寸。戚佩文就这么一个女儿,也是被自己惯坏了的,所以不管艾博雅对她怎样无理,她都是好言以对。

在厨房里,见女儿又在指责自己,戚佩文边做饭边说:"我和你爹在一起已经四十八年了,我们俩相濡以沫、相敬如宾,我哪里舍得让他生病?你爹这次发病很突然,当时情况很紧急,要不是邻居们帮忙,我还真的有些措手不及。好在当天你们就晓得了,来帮忙照顾你爹一段时间。你爹出院后,我一直在精心地照顾他、调养他,生怕他有一点意外,你看他现在不是好多了吗?"

其实艾博雅也知道戚佩文对艾文宗好,但她总觉得好得不够。她昧着良心说:"你若照顾得好,他怎么会生病?你若照顾得好,他怎么到现在还没有恢复健康?你若照顾得好,他怎么会瘦成这样?"艾博雅说:"他口渴了你总是不给他水喝,病人就是要多喝水你晓不晓得?你难道连这一点都不懂?"艾博雅稍停了一会儿接着说:"哦,我晓得了,你就是怕他喝多了水会经常尿尿,会给你添麻烦,所以你不给他水喝。"

"唉!我的这个小雅,我怎么会连水都不给你爹喝呢?为你爹,我什么时候怕过麻烦?你怎么总是这么冤枉人呢?"

"你就是,你就是,你就是!你就是没有把我爹照顾好。"艾博雅加大了嗓门对戚佩文说,"你把我爹照顾好了他怎么会生病?你把我爹照顾好了他怎么到现在还没有康复?你把我爹照顾好了他怎么会瘦成这样……"

艾博雅的超大嗓门惊动了在房里的艾文宗,他说这个小雅又怎么了?她经常跟你们的家家无理取闹,真是拿她没有办法。艾文宗说着就要起来,叶子连忙劝外公说:"爹爹,你就躺着吧,我妈妈就是这样,过一会儿她就没事了的。"叶子边说边站了起来,她说:"明智,你陪爹爹说说话,我去厨房看一下。"

叶子来到厨房,见妈妈还在数落着家家,只见家家眼里分明含着泪水,却还在看着妈妈笑。见叶子进来,戚佩文偷偷地擦了一把泪水,笑着对叶子说:"我的叶子越来越俊了,真是一个大姑娘了。"艾博雅看了叶子一眼,却对叶子说:"你不去陪爹爹,来这里做什么?"

艾博雅和戚佩文的矛盾,叶子早就看在眼里,她知道外婆对妈妈特别好,她不明白妈妈对外婆为什么会这样?这时,叶子的脑海里忽然闪现出一个念头:难道妈妈也不是外婆亲生的?不、不、不,不可能,外公外婆只有妈妈这一个女儿,而外婆对妈妈的疼爱也是有目共睹的。叶子马上就打消了这个念头。

叶子知道自己进来并不会起多大的作用,但她很心疼外婆,她希望自己的到来能够对外婆有所安慰。

叶子对艾博雅说:"妈,你去看看爹爹吧!我在这里帮家家做饭。"边说边走到戚佩文的跟前。

艾博雅生气地瞪了叶子一眼,气鼓鼓地出去了。叶子和戚佩文两个人在厨房里忙了起来。叶子说:"家家,你莫生妈妈的气,我妈就是这样,她有口无心,一会儿她就没了。"

"唉!我哪会生你妈妈的气,她的脾气从小就这样,都是被我惯坏了的,我不晓得她的性格怎么一点都不像我和你爹爹?倒是你,脾气这么温和,还真接了我和你爹爹的代。"

"是啊,我挺敬佩您和爹爹的,像您二老真好。"叶子笑着跟外婆亲了一个。戚佩文开心地笑了。

艾博雅来到艾文宗跟前,她给艾文宗盖好了毛巾被,心疼地问:"爹,你要不要喝水?"边说边去给艾文宗倒了一杯水来,要喂艾文宗喝。艾文宗张开嘴巴接过艾博雅递过来的一勺子水,对艾博雅说:"别喂了,我不渴。"

艾文宗指着凳子要艾博雅坐下,说:"你姆妈的为人你应该晓得,她对我真的很好,照顾得也非常周到,你就不要为我操心了。"他看到艾博雅还是气鼓鼓的样子,接着说:"你姆妈对你也不错呀,她整天的心都挂在我和你的身上,看到你这么辛苦她也很心疼,如果不是我生病,她早就要去看看你了,她对你这么好,我就不明白你对她为什么总是这个态度?小雅啊,如今你的伢也都这么大了,你怎么就还不懂得一个做娘的心呢?"

艾博雅历来都很敬畏艾文宗,见艾文宗这么说她,委屈得眼泪都快掉下来了。她说:"爹,我是看您病成这样我心疼啊,她如果把您照顾好了您怎么会这样呢?"

"唉,你这个伢啊,我都快72岁了,有点大病小病不都很正常吗?要不是有你姆妈的照顾,我如今还不晓得是什么状况呢?你怎么就这么不理解你姆妈呢?"

三十二、涉世初恋

　　天上的白云就像一个温柔的少女,她时而愁云密布,时而眉开眼笑,时而又被风吹成一朵一朵的碎片。

　　女大十八变,越变越好看,这话一点不假。叶子长成个大姑娘后,真的是越来越秀丽可人了。她那一对清澈如水的眸子明亮得沁人心脾,简直让人不敢对视。叶子不仅仅有一双会说话的眼睛,她的声音也清脆而响亮,一笑起来就跟银铃一般。而且,她还有着超过这个年龄的成熟与稳重。

　　叶子已经长大了,也到了该谈婚论嫁的年龄了。艾博雅认为,作为一个女人,姿色就是财富、就是资本。既然叶子有了一副天姿国色的容貌,就不愁找不到一个理想的婚姻。艾博雅看到外面那些有钱有势的人,都是一人得道鸡犬升天,所以她也想让叶子找一个有钱有势的人。其实叶子考大学的时候艾博雅也想了很多,她认为一个姑娘家读再多的书都没有用,到时候也只不过是为别人生孩子、养孩子,为别人传宗接代。她想女孩子只要找到了一个好人家,一辈子吃不完用不尽,哪里还需要自己为了生活而拼命?因此这也是她没有让叶子去读大学的真实意思。

　　随着时间日复一日地推移,眉目娟秀的叶子变成了一个亭亭玉立的大姑娘,随之上门说亲的人也络绎不绝。所来之人绝大多数都被艾博雅回绝了,经过精挑细选,艾博雅终于看上了一个男孩。据说这个男孩的爸爸是一个大干部,男孩自己也在经商,家中还有不少的积蓄。

　　艾博雅要叶子去与这个男孩见见面,可叶子说什么都不肯。叶子觉得两个完全陌生的青年男女,在一个媒人的撮合下,坐在一起相互打量,再问对方一些可笑的问题,时刻都准备着被别人用一根红线紧紧地连在一起,她认为那种感觉就相当于一个稀世商品摆在大街上,随时让人品头论足,想起来浑身就起鸡皮疙瘩。叶子始终认为爱情就应该是一种缘分,应该顺其自然。所以,她不喜欢那种被人领着去见面的方式。

艾博雅整天在家里喋喋不休,给叶子施加压力。受不了艾博雅的唠叨,叶子只好硬着头皮去"相亲"。在相亲的过程中,叶子始终低着头,她的眼神一直处于迷离状态,完全不好意思去看对方。整个的一场相亲,完全就是对方问一句叶子答一句,叶子尴尬得恨不得在地下找一个地洞。

相亲的过程整整地拖了三十分钟才结束。分手后,叶子就像放下了一个千斤重担一样,如释重负。真正回想起来,叶子连对方长什么样子都没有看清。

"你这个死丫头真是气死我了。"艾博雅见叶子没有成功十分生气,她说,"这个伢是我从多少个男孩中挑选出来的,我是看他各方面条件都不错才让你去见面,我所做的一切都是为了你好,你怎么就这么不知好歹呢?"

艾博雅给叶子施加的压力让叶子颇感不爽,她说:"妈,我知道您是一片好心,可是您也该考虑一下我的感受,这种事情是要顺其自然的,您让我在那种场合和一个陌生人见面,我真的是很不自在。再说我现在还不到十九岁,您也没有必要急着把我嫁出去呀!"

听叶子这样说艾博雅是更加地生气了,她说:"19岁你还觉得小呀?我像你这么大婚都结了。你说这种事情顺其自然,可是你们那个单位那么小,接触的人就那么多,在那种环境里,你能有多大的选择余地呢?我好心好意地在四下给你张罗,你不仅不领情,反而还埋怨我,你说你让我怎么想?"

叶子跟艾博雅说话总有一种秀才遇到兵的感觉。她和别人说话能够把道理讲得清清楚楚,可对艾博雅说话却怎么也无法让她理解。叶子只好无可奈何地说:"妈,您那个年代和我这个年代是有距离的,现在的法定结婚年龄女的是20岁,何况政府还在提倡晚婚。再说现在的时代也不同了,哪里还有……"

"好好好,不说了,一说你就是大道理一大套,今后我尽量少管你的闲事,你自己好自为之。"艾博雅窝着一肚子气进到她自己的房里去了。

好长一段时间,艾博雅真的没有向叶子提及婚姻的事,叶子还是一如既往地对她好。每次开了工资,叶子除了给艾博雅一定的生活费以外,总还要买一些艾博雅喜欢吃的东西给她吃,有时候也给明智一点零花钱,有多余的,她还买一点东西到陆旺达那里,去看看陆旺达和奶奶,有时候也去看看外公外婆。除此之外,她把整个的精力都放在了工作上。

一天下午,叶子正低着头做账,突然听见有人问:"请问,你是陆会计吗?"

见有人在找自己,叶子的视线立即离开了账本。她把头抬起来一看,只见一位穿戴整洁、打扮得体的青年男子站在自己的面前。"我就是,请问你是找我吗?"叶子看着那名男子问。

就在叶子抬头的那一瞬间,这名男子突然惊呆了。他没有想到在这样的小单位里也会有如此漂亮的女孩,竟然如天仙一般。这名男子拿眼睛放纵地打量着眼前的这位美人,她的美顷刻间就牵动了这个男子的整个神经,使他进入到了一个玄妙的幻景之中。男子痴痴地站在那里注视着叶子,他居然忘记了自己是来做什么的。

叶子看到他这种奇怪的眼神心中老大的不快,她重复地问了一句:"请问你找我有什么事吗?"

"哦!对、对不起。"又一次听到叶子的问话,这名男子才傻呆呆地醒了过来,他忙不迭地自我介绍说,"我姓胡,叫胡晓刚,是欣欣文化有限公司的业务员,你们厂长让我来找你结账。"胡晓刚边说边拿出一张纸条说:"这是你们厂长签的条子,是他让我找你的。"

叶子接过纸条看了看,她对胡晓刚说:"真抱歉,我们的现金已经用完了,如果方便的话,请你明天早点来。"

"行行行,我明天早点来,我明天早点来。"听叶子说要自己第二天早点来,胡晓刚连连点着头,一副言听计从的样子。他心想:能见到这么漂亮的女孩,我天天来都行。

看到胡晓刚那连连点头的滑稽相,叶子竟暗自好笑。她在寻思,眼前站着的分明是一个小帅哥,年纪轻轻的,点起头来怎么就跟个小老头一样。

第二天上午,胡晓刚临近吃午饭的时候才来,叶子跟他算清账,将现金递给了他。叶子对他说:"请仔细数数。"说完,就开始收拾东西,准备下班。

除了魏红外,其他的同事都已经吃饭去了,可胡晓刚还坐在那里一个劲地数着钱,他好像怎么数也数不清似的。

"数清楚了吗?"叶子见胡晓刚那专注的神情,她想才几千元钱怎么会数这么长的时间呢?因此她开始怀疑这个男孩的智商。见男孩还在慢慢地数钱,似乎丝毫没有离开的意思,叶子带着疑惑不解的心情看着他问,"有什么问题吗?"

"哦,没没没,我只是想仔细看看。"胡晓刚敷衍着叶子,眼睛却瞅着那个还没有离开办公室的魏红。

"对不起,如果没有什么问题的话,我该下班了。"叶子下了逐客令。

"是是是,我知道,我知道。"胡晓刚又做出了昨天那个连连点头的滑稽相,"对不起,我耽搁你了。"

又一次看到胡晓刚的这种神情,叶子忍不住扑哧一下,差一点笑出了声。她强忍住笑对胡晓刚说:"你真有意思。"

"是吗?"见叶子这么和自己说话,胡晓刚高兴得恨不得想跳起来,他扬起嘴角露出了一个好看的笑,"对不起,我耽搁你了。"

"没事。"叶子说,"经济上的事情马虎不得。"

魏红终于走了,胡晓刚也随之站了起来。他和叶子四目相对,相视一笑,然后两人又不约而同地低下了头。同龄人之间的眼神很容易泄露心中的秘密,他们双方似乎都感觉到了什么,但谁也没有点破。

叶子拿起背包准备出办公室,胡晓刚忙将手伸进自己的西服里,他拿出一束玫瑰花递给叶子,讨好地冲她笑笑说:"请原谅我的冒昧,希望你能喜欢。"说完,他紧紧地盯着叶子的眼睛,自己的眼里闪现出沉醉的光。

直到这时候叶子才算真正地明白了,胡晓刚为什么迟迟不肯离去,是因为他在盼着魏红快点走,叶子想想就觉得好笑,但她却装出一副一本正经的样子说:"你这是做什么?请你收回去。"

见叶子让自己把花收回去,胡晓刚唰地一下面红耳赤。他声音略带颤抖地说:"对,对不起,我没有别的意思,只是,只是想与你交个朋友,如果你不愿意的话,我下不为例就是。"说完,胡晓刚极其尴尬地把花放在叶子的桌上,他近乎恳求地说:"这一束花希望你能卖个面子,千万别让我收回去。"

叶子突然沉默了,这个沉默虽然只有短暂的几秒钟,但对胡晓刚来说却好像过了几百年似的。此时的胡晓刚站在叶子的面前就像一个在挨训的小学生一样,把头低得低低的。

其实叶子对胡晓刚并无反感,而且有一种怦然心动的感觉。见胡晓刚那尴尬的表情,心地善良的叶子却反倒不安起来。叶子的脸上突然闪现过一抹红晕,她向他送去一个轻微的笑,轻声说:"行,这束花我收下吧,希望你再不要这样了,让同事们看见了影响不好。"

"谢谢你,谢谢你!"胡晓刚又一次连连地点了点头。

接下来的一段日子,胡晓刚经常来结账。见叶子对他有所好感后,他又开始送玫瑰,而且玫瑰的外包装也越来越精美。

胡晓刚送的玫瑰叶子不再拒绝了,但胡晓刚曾经多次邀请叶子外出,或吃饭,叶子却一次都没有答应。

叶子明明知道自己是什么意思,却始终无动于衷,这让胡晓刚有些泄气。但叶子实在是太漂亮了,胡晓刚无论如何都不会轻易放弃对叶子的追求。

胡晓刚似乎很懂得女孩子的心,他知道像陆玉叶这样纯洁可爱的女孩,如果她一旦下了决心,那一定是"死不悔改"的。至于叶子至今都不愿意跟自己出去,那只能说明是自己的功夫还没有到,他相信功到自然成这句话是有一定道理的。因此,胡晓刚还是一如既往地给叶子送玫瑰。

青年人谈恋爱追求的就是一个爱字,他们常常把精神恋爱放在恋爱的主导地位。叶子从来就没有谈过恋爱,见胡晓刚对自己如此的好,她真不知道该如何面对。叶子对自己的个人问题没有太多的奢求,她只想有一个真心爱着自己的男人陪伴自己一生。像胡晓刚这样一个长得标致,为人又精细的男孩,怎么能不打动她这个还没有谈过恋爱的叶子的心呢?是接受他还是放弃他?叶子一直都在进行思想斗争,当胡晓刚送到了第九十九朵玫瑰的时候,叶子终于接受了他的邀请。

胡晓刚点了许多的菜,但不知是什么原因,全都是叶子喜欢吃的。胡晓刚说:"我知道你喜欢,所以就点了。"

"你怎么会知道我喜欢吃什么?"叶子感到十分惊奇。从这一点看,叶子就更加论证了胡晓刚的细心。

"这个嘛!无可奉告。"胡晓刚神秘地说。

这一天,他们一顿饭吃了很长的时间,而且话也谈得十分投机。直到天很晚了胡晓刚才将叶子送回了家。然而,让叶子更不可思议的是,胡晓刚竟然知道叶子的家住在哪里。

胡晓刚虽然年轻,但在情场上他并不含糊。于是,在他的一番精心巧妙的用心之下,他们的接触便很自然地密切了起来。

与叶子在一起胡晓刚显得很开心,他常常像个孩子似的在叶子面前挤眉弄眼,逗得叶子笑得肚子疼,天长日久,四目相撞,竟然擦出了火花。

听到胡晓刚话语里的温柔,叶子心里充满甜蜜,他们之间满是关怀的情感时刻敲打着两颗孤男寡女的心,叶子无时无刻不在憧憬着他们将来美好的生活。

叶子是乖巧的、柔弱的、细腻的,尤其对她心爱的男人,她实在是很容易满足。

初次恋爱就遇上了这么细心,而且能让自己心动的人,这让叶子欣喜不已。她认为胡晓刚既然这么细心,既然这么爱自己,他将来一定会给自己带来幸福。

一天下午,胡晓刚邀请叶子到中山公园去玩,在中山公园的一个周围都是水的亭子里,胡晓刚手捧着99朵玫瑰正式向叶子求婚。

虽然他们接触已经有一年多的时间了,虽然叶子也知道胡晓刚住在哪里,知道他在哪个单位上班,但胡晓刚还一次都没有带叶子到他家去过,也没有带叶子到他单位去过,要说真正对胡晓刚的了解,那只是他们相互之间的接触。现在胡晓刚真正提出来要向叶子求婚了,叶子似乎还有一些顾虑。

胡晓刚是对自己不错,他说的话也句句都能打动自己的心,而且对自己体贴入微。但不管怎么说,叶子总还是有一种不踏实的感觉。叶子低着头疑虑重重地思前想后,最后她慎重地、略带几分歉意地对胡晓刚说:"晓刚,对不起,我现在还不能回答你的这个问题。"

"为什么?叶子,你说这是为什么?我们已经接触一年多了啊,难道你还觉得我对你不够好吗?难道你还不了解我吗?"胡晓刚满面愁容,急不可待地追问着叶子。

见胡晓刚这么急切地追问自己,叶子一时也不知该说什么好,她想了想说:"第一是我还没有考虑成熟,这第二嘛!是因为我妈至今还不知道我俩的事。"说这话时,叶子的声音是甜甜的,但也带着一丝冷峻。

胡晓刚是带着满腔热忱来的,叶子的冷峻使他感到了丝丝寒意。胡晓刚拉着叶子的手对叶子说:"叶子,我们是真心相爱的是吧?只要我们是真心相爱的,还会有什么东西能够延缓我们爱的进程呢?"

见叶子还是低着头不吭声,胡晓刚真的急了。他近乎乞求地对叶子说:"叶子,请你相信我,将来我一定会给你幸福,我会让你感受到一个靓丽的人生。"

叶子抬起头,两只眼睛傻傻地看着胡晓刚。胡晓刚不知道叶子的内心里到底在想什么,为了表示自己的诚意,他双手捧起玫瑰站到叶子的面前,然后双腿一软,唰地一下跪了下去。胡晓刚将玫瑰举得高高的对叶子说:"天地良心,上天作证,如果我胡晓刚对叶子有半点假心,如果我胡晓刚今天说了半句假话,天打雷劈。"

刹那间,一道美丽的彩虹从叶子心头倏地滑过,她的脸好似被火烧一样通红。叶子的眼里带着一份涉世未深的少女的羞涩,急忙用手堵住了胡晓刚的嘴。叶子一句话都说不出来了,她被胡晓刚的誓言深深地打动,她幸福得泪如泉涌。

胡晓刚静静地看着叶子流泪,因为她流泪的样子也无比的美。经过冗长的沉默,胡晓刚突然拉住叶子的手说:"叶子,请不要离开我,我不能没有你。你一天不答应我就继续追求你,直到你答应嫁给我为止。"

叶子的脸开始热了,她感觉有什么东西在抚熨着自己的心,温暖就像火焰一般在自己的全身蔓延。看着胡晓刚,叶子清丽的双眸像明星一样闪着光芒,眼中充满了对美好未来的憧憬,她的脸上绽放着幸福的笑容。

阳光穿过云层均匀地照射在他们的身上,此时的阳光是那么的绚丽夺目,就如同他们的爱情。

不需要用语言回答,叶子的羞涩让胡晓刚深深地感受到了自己在她心目中的位置,胡晓刚在心里笑了。

叶子揉了揉眼睛,她默默地接过胡晓刚手中的玫瑰,轻轻地将他扶了起来,俩人相互默默地注视着对方,此时无声胜有声。

两人对视了好长一段时间,胡晓刚突然一下子蹦了起来,他一把抱住叶子,绕着亭子里的石头圆桌转了好几个圈。

包裹得再严密的女人也抵不住爱情的攻击,伤感的女人更重情,更容易被攻破心理防线。叶子充斥在无比的兴奋之中,似乎忘记了一切。

叶子从胡晓刚的怀抱中滑下来以后,一屁股瘫坐在亭子旁的长条凳上,等待着胡晓刚的进一步亲昵。

　　胡晓刚紧挨着叶子坐了下来,他将叶子紧紧地搂在自己的怀里,用他那温暖的手抚摸着叶子血红的脸庞。

　　第一次躺在一个男人的怀里,叶子全身热血沸腾,此时此刻,她认为自己是世界上最最幸福的人。叶子的心里暖暖的,面对胡晓刚开怀的笑容,她露出了一个好看的笑,两眼目不转睛地、痴痴地看着胡晓刚。叶子的眼神是那种童稚般的清纯,她那嫣然一笑就好比是世界上最美丽的花朵,而且比最美丽的花朵还要艳丽。

　　胡晓刚傻了,他目不转睛地看着叶子,他庆幸自己找到了一个天仙般的美女。面对着这么心仪的爱情,叶子也心旷神怡。

三十三、苦口婆心

叶子正准备去睡觉，艾博雅突然把她叫到自己的面前。她说："叶子，你都快22岁了，也该找个男朋友了，以前妈让你去见了两个人，你都认为不合适，妈也不怪你了，今天我想让你再去见一个人，这个人我保准你会满意。"

"妈，你，我……"听到艾博雅又要让自己去与陌生人相亲，这让叶子想起了前两次与人见面的尴尬场景，她一下子噎得不知道说什么好。逆来顺受的叶子暗自责怪自己不该对艾博雅隐瞒与胡晓刚谈恋爱的实情。

叶子知道艾博雅是一个非常固执己见的人，与她沟通是相当困难的一件事，但事已至此，也到了必须要跟她把话说清楚的时候了，可是到底怎样跟她说才能让她接受呢？叶子太了解艾博雅了，她实在是想不出一个能让艾博雅愉快地接受胡晓刚的好办法来，看来，现在只能是破釜沉舟了。想到这里，叶子几乎是语无伦次地说："妈，你，我，我已经……"

"叶子，你先听我说。"艾博雅似乎知道叶子要说什么，但她没有让叶子说下去。艾博雅打断叶子的话，平静地说，"我要跟你说的这个男孩叫陈涛，比你大三岁，在武汉市公安局工作，他的身材长相都不错，而且知情知理。"

"妈，我已经……"

叶子怕艾博雅继续说下去，她急于想打断艾博雅的话，可艾博雅根本就不听叶子的。艾博雅对叶子做了个暂停的手势，她接着说："陈涛的爸爸是一个局级干部，他妈妈是武汉市一家市立医院的院长，陈涛是他们俩唯一的一个儿子。他们家有一个保姆，这个保姆在他们家已经干了五年了，而且跟他们就像一家人一样，相处得特别好。一个人的为人好不好，并不是单纯地看他对自己怎么样，而是要看他对别人怎么样。一个保姆能够在这个家庭里做这么长的时间，而且相处得这么和谐，这可以说明这一家人待人是不错的。我想，人家对一个保姆尚能如此，那么谁在他们家当儿媳一定也不会太差。"

"妈，你听我说，我……"

"你别我我我的，听我把话说完。"艾博雅正说到关键的时候叶子要打断她的话，艾博雅显然很不愿意，但在这种时候，艾博雅又不希望惹恼了叶子。

见叶子有一点不高兴了，艾博雅忙转成笑脸，拉着叶子的手说："叶子，我是你的妈，我当然要对你负责任，为了给你找一个好一点的男孩，你不知道我费了多少心血。对于这个陈涛，我也不是轻易就接受了的，我从各个方面都详细地了解过，我是确认了这个男孩和他的家庭都不错才同意的。人家也不是一个马虎的家庭，他父母对陈涛的个人问题也十分慎重。为了陈涛的婚事，陈涛的父母都了解了你的情况，而且他们也看到过你，他们是对你非常满意才同意这门婚事的。"

说到这里，艾博雅端起茶杯喝了一口水，看看叶子是什么反应。见叶子还是低着头像无动于衷的样子，艾博雅显然有些泄气。她把屁股在沙发上挪了挪，放下茶杯接着说："听说陈涛是在一次什么表彰会上见到过你，他对你十分有好感。介绍人说陈涛对自己的婚事也不马虎，好多人追他他都没有同意，但当介绍人提到你的时候，他倒是满口答应了。"艾博雅见叶子还是低着头，又向叶子靠近了一点说："婚姻问题是人生中的一件大事，如果处理得好将是一辈子的幸福，如果处理不好就会痛苦一辈子。"她说："介绍人说的这个陈涛，我认为对你来说是一个机会，好多事情都是机不可失，时不再来，我希望你还是去跟他见见面，好好交流一下，兴许你们还有这个缘分。"

叶子抬头看了看用心良苦的艾博雅，她后悔自己与胡晓刚接触了这么长的时间都没有告诉她，叶子愧疚不安地想：如果自己早把这件事情跟她说了，她也就不会为自己这么费心了。其实艾博雅说的这个陈涛，叶子在去年的武汉市积极分子表彰会上见过，陈涛是第一个发言，叶子是第四个发言。

叶子知道陈涛确实不错,但看到陈涛的时候她和胡晓刚的事基本上就定下来了,所以对于陈涛她连想都没有从这个方面想。现在艾博雅提起这个人是陈涛,叶子是没有想到的,但叶子已经和胡晓刚好了,现在再说到陈涛,她无论如何都不能答应。因为她和胡晓刚已经有了相当的感情,何况胡晓刚已经向自己正式求了婚,而且自己也已经答应他了。叶子想到胡晓刚对自己是那么的痴情,他曾经多次发誓,说他这一辈子非自己不娶,还说什么如果自己变了心他就会以死抗争。叶子想:既然自己已经答应了胡晓刚,就应该信守承诺。她认为婚姻的事是绝对不能见异思迁的,她想如果现在答应去与陈涛见面,那是对胡晓刚的不忠,这样做对胡晓刚也太不公平了。

想到这里,叶子慢慢地站了起来。她摸着自己的头走了几步,在想怎样回答艾博雅才不至于让她生气。走到窗边,叶子朝窗外看了看,见外面一片茫然,她自己的大脑也和外面一样,是一片茫然。叶子知道,凭艾博雅的脾气,她是不会久等自己思考的,便立即走了回来,又坐了下去。

艾博雅的眼睛随着叶子转,她在等待着叶子思考的结果,这个等待的过程对艾博雅来说似乎太长了一点。艾博雅有点不高兴了,她问有什么大不了的原因让你这么难回答我?

看来是没有时间再继续思考下去了,现在唯一要做的只能是尽快地对艾博雅把话说穿。叶子看着艾博雅歉疚地笑了笑,她说:“妈,实在是对不起,我不该等到现在,我早就该告诉您的,害得您为我操这么多的心。”

叶子将屁股往艾博雅身旁挪了挪,贴到艾博雅的身边,摸着艾博雅的手说:“妈,其实我,我已经有男朋友了。妈,对不起,我应该早告诉你的。”

“你看看,不是到这种情况下你还不会说的,你什么时候把我真正地当了一个娘?”艾博雅生气地瞥了叶子一眼,她不以为然地说:“不就是那个胡晓刚吗?我早就晓得了。”

“妈,您早就知道了?”听艾博雅说早就知道了自己与胡晓刚的事,这使叶子大吃一惊。此时的叶子有些不快地想:你既然已经知道我有男朋友了,那为什么又要给我介绍对象呢?

但艾博雅可没有认为自己的这种做法有什么不好,她对叶子迟迟不告诉自己真相感到气愤。她说:“你真是人大性大,什么事情都自作主张,你对那个胡晓刚你到底了解多少?你了解他的家庭吗?你了解他的品行吗?如果我现在不给你介绍对象,我看你还不会把实情告诉我。”说着,艾博雅往沙发背上一靠,眼睛一闭,颇感凄凉地说:"我把你养这么大,可你从来就没有真正地把我当个妈,在你的身上,我的心血都算是白费了。"

叶子原本对艾博雅有一点歉意,但当她得知艾博雅明知自己有了男朋友却还要给自己介绍对象时,便将自己原有的一点歉意一扫而尽。叶子没有听清艾博雅说了些什么,也顾不得艾博雅在思考什么,她反过来责怪艾博雅说:"您既然已经知道了这件事,那您为什么还要给我介绍对象呢?"

听叶子这样质问自己,艾博雅更加地生气了。她一下子从沙发上蹦了起来,说:"我这不全都是为你好吗?我还不是想让你将来有一个幸福美满的家庭?我刚才说的这个陈涛是哪一点不比你说的那个胡晓刚强?我看你接触的那个胡晓刚没有哪一点地方能够比得上人家陈涛。"

此时,艾博雅突然想起了自己三次失败的婚恋感情,她心如火焚。艾博雅一屁股跌坐在沙发上,垂头丧气地说:"我这一辈子在婚姻上有过惨痛的教训,我只希望我的下辈人不要覆我旧辙。你说的那个胡晓刚我也调查过,如果他真正的不错我决不会阻拦你,可他并不像你想象的那么好,而且他连一般的人都不如。"艾博雅说:"叶子,你也太不了解胡晓刚的家庭了,他爸爸是一个玩弄女人的高手,上梁不正下梁歪,中梁不正倒下来,他老子是那个德行,你说他的子女能好到哪里去?"艾博雅看着叶子说:"你认识的那个胡晓刚人品很成问题,他小小的年纪,抽烟、喝酒、麻牌、赌博样样都来,而且还学着他的爸爸在外面拈花惹草玩女人。他小时候就爱跟别人打架,就因为打架他还被派出所找去过,据说他现在还经常惹事。叶子我劝你趁早跟这样的人断了,免得将来后悔莫及。以前我为什么没有早把胡晓刚这件事跟你说穿,我是怕你将来找不到合适的怨我,这个陈涛真的是不错,我这个做娘的绝不会害你。"

叶子与胡晓刚接触都快两年了,很难说叶子就不是恋爱中的那种弱智。在这两年里,叶子所看到的胡晓刚处处都是优点,她从来都没有发现胡晓刚有什么不良的行为。在这两年的接触中,叶子体会最深的就是胡晓刚的心特别细,他不仅知道叶子有些什么爱好,还知道叶子什么时候需要什么。差不多只要是叶子想到了的事情胡晓刚都能想到,甚至于连叶子自己都没想到的事情胡晓刚也想到了。在他们的交往中,只要是叶子需要的,胡晓刚总是想方设法地去满足她,如果叶子稍有不适,他更会贴心贴肝地去关心她,给了她许多的温馨。

胡晓刚对自己的无微不至,使叶子真正地感觉到自己找到了一个真心实意地爱着自己的人。叶子认为从小到大艾博雅对自己都不怎么好,特别是自己考上了那么好的大学,她居然不让自己去读,这使得叶子更加地看穿了她。叶子想不管郝阿姨对自己说的那件事是真是假,反正她对艾博雅的所谓一切都是为了自己的好表示怀疑。叶子暗自决定,这一次的婚姻大事一定要自己做主,决不能再答应艾博雅为自己提的这门婚事。尽管她也知道陈涛是一个非常优秀的青年,但自己与胡晓刚已经有了极其深厚的感情了,她现在真的无论如何都不能离开他。

想到这里,叶子稍微缓和了一下语气,她对艾博雅说:"妈,我与胡晓刚接触都已经两年了,我真的很了解他,他对我也的确很好,您说的那个陈涛我就不见面了。再说,我现在正在与胡晓刚交往,又去与别人见面,我觉得这样对胡晓刚太不公平了。"叶子劝慰艾博雅说:"我现在已经长大了,我知道什么事情该怎么处理,有些事情您就让我自己做主,您好好地保重好您自己的身体,就别再为我的事操心了。"

见叶子这么固执己见,艾博雅十分生气。她说:"叶子你真的是不听话,我这个当妈的还能害了你?胡晓刚的情况我打听得清清楚楚,他的确不是个什么好东西。你们现在是在谈恋爱,他一切都听你的,依着你,但事实上他完全是在伪装,是在欺骗你的感情。像他这样的人,他一旦把你骗到了手,他的那些嘴脸就会暴露出来,只怕到那时你再醒悟都来不及了。"

稍停了一会儿,艾博雅苦口婆心地说:"叶子啊!你要我怎样说你才能相信我说的话呢?我劝你认真地了解一下胡晓刚,不要只看他的表面现象,等你真正晓得他是一个什么样的人了,你也好早一点死了这个心。叶子,我很为你担心,总觉得你们迟分手不如早分手,如果你现在不听我的话,只怕等到你们生米煮成了熟饭,到那时后悔都来不及了。"

艾博雅说到这里突然低下了头,她双手抚摸着自己的大腿,好半天都不说话。此时的艾博雅眼睛里似乎写满了哀伤与无助,她的眸中盈满了泪水。

"妈,您怎么啦?"叶子见艾博雅这种神态吃了一惊,她后悔自己刚才的言行太重冒犯了艾博雅。叶子靠近艾博雅摸着她的手说,"妈,对不起,我不是故意的。如果我刚才说错了什么,您千万不要放在心里,您就只当是我没有说行吗?"

"叶子,不是,不是因为你。"见叶子对自己说道歉,艾博雅颇感欣慰,她感激地看了叶子一眼,然后悲哀地说,"妈是想起了妈自己年轻时候的事。我年轻的时候也和你一样,只看到了别人的表面现象就相信了别人,所以曾经被骗。正因为我自己受了那么多的挫折,所以我才想早一点提醒你,免得你也走妈的这一条路。"

艾博雅对叶子内心蕴含着一股浓烈的爱,她推心置腹地说:"叶子,你要相信妈是真心地为你好,是希望你在婚姻上一帆风顺,希望你将来美满幸福,你可千万不能覆我旧辙。你妈我在婚姻上就是吃了这个亏,所以我才这么重视你的婚事。"

听艾博雅说得这么真诚,叶子十分感动。她说:"妈,我知道您是为了我好,可是……"

"可是你真的不了解胡晓刚。"没等叶子把话说完,艾博雅又接了过来,"很多事情都是当局者迷,旁观者清。你现在是被爱情冲昏了头脑,所以你看到的一切都是光环,而忽视了阴暗的一面。如果你再从侧面去仔细地了解一下你就会晓得,他胡晓刚的确有很多地方都是在伪装。我说的这个陈涛我是经过了多方面的了解的,人家为人正正派派,办事有规有款,对人知情知理,的确是一个规规矩矩做正事的人。叶子你这一次就相信你妈一回,无论如何去和那个陈涛见上一面,你自己去见见他你就会晓得,他的确是一个好人。"

艾博雅见叶子还是默不作声,她近乎乞求地对叶子说:"孩子,这一次就算是你卖你妈一个面子,你们见面的时间我都跟他约好了,你如果不去让我这个老脸往哪里搁?"

艾博雅软的硬的都用上了,叶子真的不知道该怎么办,话都说到了这个份上,叶子不得不按时去与陈涛见了面。

三十四、受命相亲

也是中山公园,也是那个周围都是水的亭子,也是亭子中间那一个圆形的石头桌子,叶子与陈涛面对面地坐在圆桌旁的圆石凳上。介绍人姜阿姨说了几句圆场的话,然后大致地介绍了一下双方的情况,扯一个由头就走了。送走姜阿姨,陈涛和叶子复又坐了下来。

今天,叶子并没有刻意打扮自己,她上穿一件淡红色短袖衬衫,下穿一条黑色短裙,脚穿一双普通的塑料凉鞋,头上毫无修饰地扎着一条马尾辫。坐在那里,叶子一直显得心事重重,她低着头,一个劲地摆弄着自己的衣角。

叶子的清纯秀丽,文雅端庄,早已让在市先进个人表彰会上见过她的陈涛倾情。今天,陈涛见叶子那羞羞答答、文文静静的样子,更增添了一种相见恨晚的感觉。陈涛是第一次谈恋爱,他对怎样和女性交往毫无经验。见叶子这么腼腆,他也不知道自己该用什么样的语言开口最为合适。叶子一直低着头不看自己,陈涛认为这是女孩子羞涩的表现,他意识到主动找话说就应该是男方的事。为了打破这个僵局,陈涛抬头看了看天,无话找话说:"今天天真蓝。"

听到陈涛的话,叶子还是没有吱声。她淡淡地一笑,也将头抬起来看了看天,然后又低了下去,继续摆弄着她的衣角。

就在叶子抬头的那一瞬间,让陈涛看到的是一张挂着微笑、俊秀的脸。她那清丽的双眸就像天上的星星一样闪着光芒。面对这样的女人,陈涛似乎听见了自己怦然心动的声音,眼睛里闪现出沉醉的光。

见叶子还是低着头不吭声,陈涛认为女孩子就应该这样。他最不喜欢的就是那种叽叽喳喳像麻雀一样的女孩子,毫无城府。其实在这种场合,特别是在自己喜欢的女孩子面前,陈涛也不知道该怎样说话才能让对方喜欢,但总不能都这样坐着吧? 为了打破眼前的沉默,陈涛随便找了一句话说:"你们单位效益还不错吧? 听说你们厂长挺能干的。"

"嗯。"叶子答应了一声,还是没有抬头。

陈涛不知道叶子为什么不抬头和沉默不语,他坐在那里也显得十分尴尬,便提议说:"小陆,我们去随便转转好吗?"

见陈涛说要去转转,叶子意识到自己也太冷落了对方。她想,如果再不把话说清楚,恐怕会引起对方的误解。于是叶子抬头看了陈涛一眼,开口说了一句对不起。

陈涛没有想到叶子会突然说出这样一句话,她的这第一句话着实让陈涛大吃一惊。陈涛睁大眼睛木讷地看着叶子,他不知道叶子说出的这三个字到底有什么含意。

叶子羞涩地抬起头又看了陈涛一眼,她脸上闪过一抹红晕。叶子说:"小陈,对不起,我今天是本不该来的,因为我,我已经有男朋友了,真的是对不起。"

"什么,你说什么?"猛然听到叶子说出这样一番话,陈涛感到十分意外,心中不免有一种被愚弄的感觉。陈涛强压住心中的不平,他看了看脸泼血般红、仍然低着头的叶子,尽管心中有些不快,但还是微笑着、十分平静地问,"那你今天……"

"对不起。"叶子把头埋得更低了,脸上刚刚要退下去的红潮一下子又涨了起来,双手下意识地抚弄着衣角。

稍停了一小会儿,叶子羞涩地躲开陈涛的视线,勉强露出一个微笑,仍然低着头说:"对不起,是我妈,是我妈一定要我来,我真的是身不由己。"

陈涛感到有些不可思议,他心想,都什么年代了,还把妈扯出来? 他认为叶子一定是有自己的想法不便说出来,而将这一切都推在她妈的身上。陈涛想:都这么大的人了,有什么想法完全可以直截了当地说出来,有什么必要还把妈扯出来呢? 百思不得其解的陈涛两眼直盯盯地看着叶子,略带讥诮地说:"你妈? 你可真听你妈的话呀,你一定是个孝顺女儿。"

"不是的。"叶子明显地听出了陈涛的话中带刺,她急得眼泪都快出来了。叶子的脸愈发地红了,红得就像刚喝了过量的葡萄酒"小陈,我真的没有骗你,我是真的有了男朋友,而且我们已经相识两年了,我只是一直都没有对我妈说,没想到我妈竟然已经与你约好了时间,我今天来是想向你解释一下,希望你能够谅解。"说这话时,叶子的语气里带有女性特有的温柔。不知是阳光的刺激还是另有隐痛,叶子眼里唰地一下涌出了泪水。

看到叶子那童稚、清纯、无比可爱的神情,陈涛不由地生出一种恻隐与感动,他使劲地提了提嘴角挤出一丝笑容,爱怜地看着叶子。一时间,他的眼神中包含了无限的、深深的痛惜。他对叶子温柔地说:"既然是这样我无话可说,你也没有必要有什么歉意。"陈涛把手放在石桌上,拨弄了一下手指说:"你是一个特别优秀的女孩,去年在市里的表彰会上我就见到过你,对你我可以说是仰慕已久。"

叶子抬头看了看陈涛,她说:"我也认识你,你就是第一个上台发言的。"

"是啊,我发言完了接着是刘俊明,你是第四个上台的。"陈涛记忆犹新。

"你的事迹真的很感动人。"叶子用敬佩的目光看着陈涛。

"我也很佩服你,一个女孩子能够做到这一步真的很不简单。"

陈涛似乎忘记了刚才发生的一切,他略显激动地说:"我真的很仰慕你,没想到我们今天还能以这种形式见上一面。"说到这里陈涛略微停顿了一下,然后用惋惜的口气说:"只可惜我们没有缘分走到一起。"

"小陈,对不起,那个时候我就已经认识我男朋友了,他一直都对我很好,我觉得我不应该背叛他,真的对不起。"叶子歉疚地说。

"没,没什么,我只是随便说说,我们今天能见上一面,我已经感到欣慰了,其实,见面也是一种缘分。"陈涛想了一想接着说,"我们应该还是有缘分的,你看,开表彰会的时候我们在一起,今天我们又走到了一起。我想,如果你愿意的话,我希望我们还能成为朋友。"

见陈涛知情知理,叶子颇为感动,她不好意思地抬眼看了看陈涛,闪动着清澈如水的双眸说:"小陈,我知道你是个好人,我真的很感谢你对我的谅解与宽容。既然你愿意与我成为朋友,那么我还想求你帮我一件事。"

"我帮你?"陈涛不知道叶子需要他帮什么,竟然有些莫名的感觉。他说,"你说说看,只要是我能够做到的。"

叶子略微停顿了一下说:"我妈的性情很急躁,她决定的事情如果我不听她就会生气。"见陈涛用很温和的眼神看着自己,叶子把头低得低低的,她的眼睛湿润了,她说:"不过,这件事也怪我,如果我早对我妈说了我有男朋友她也许就不会……"说到这里,叶子的眼泪真的流出来了。

陈涛见叶子哭了,他从荷包里掏出餐巾纸递给叶子,安慰她说:"这些就不用想了,既然我们已经成为了朋友,你的事也就是我的事,现在我只想听听我能帮你什么?"

叶子难为情地低着头,她不好意思地说:"我俩的事,我不能对我妈说是我不同意,她如果知道是我的原因她会拼命地跟我闹的。我想……"

"我明白了。"见叶子话没说完就停了下来,陈涛知道她是不好意思说出口,他也知道她后面要说的会是什么。

陈涛是喜欢叶子的,这是他在去年第一眼看到叶子的时候就有的感觉。经过今天的交谈,陈涛再不仅仅是喜欢叶子的外貌和她的纯朴、善良,他更喜欢她的忠贞和诚挚。陈涛认为:追求爱情也属于一种正当的竞争,他希望能用自己的心来融化叶子,能用自己的语言来打动叶子。

望着叶子低着的头,陈涛轻轻地摇了摇头,又微微地笑了笑。他略加思索后对叶子说:"你的意思我全明白,但我对你也非常有好感,而且不想放弃。小陆,你与你的男朋友不就是在谈恋爱吗? 既然你们还没有履行下一步的行程,我就认为我还有竞争的机会,并希望你能把这个机会留给我。请相信我,我会做得很好的。"

听到陈涛的这一番话,叶子真的好感动,瞬间,一道美丽的彩虹从她心头倏地滑过,她的脸像火烧似的红了起来。叶子慢慢地抬起头,她用手将搭在前额的刘海向后捋了捋,然后睁着一双困乏的大眼睛看着陈涛,直到这时叶子才清楚地看到,陈涛穿着一件白色的衬衫,洁白的衬衫外面系着一条米色细花领带,他脚上穿的是一双黑色皮鞋,擦得透亮的皮鞋在阳光的照射下银光闪闪。陈涛略微有点黑,他浓浓的眉毛,大大的眼睛,加上他那虎背熊腰,一个堂堂正正的男子汉形象展现在叶子的眼前。

经过交流后,叶子对陈涛也颇有好感。但叶子想既然已经和一个人相爱了就应该一心一意,即使遇到再好的人也不能见异思迁。她认为爱情就应该是两个人的坚持,绝不可轻易动摇。因此,她还是决定拒绝这份迟来的缘。

叶子想委婉地拒绝陈涛,但又不想伤害他。但怎样说才能够既把自己的意思表达清楚,而又不至于伤害对方呢? 叶子犹豫了,她再次低下了头,继续摆弄着手中的衣角。

见叶子迟迟不开口,陈涛认为自己还有戏,他决定给她一点时间考虑,他觉得只要她愿意考虑就说明自己还是有希望的。陈涛眼睛一眨不眨地看着叶子,等待着,等待着……

沉默了许久,叶子终于抬起了头,见陈涛的眼睛正盯着自己看,她知道他是在等待自己的回答。叶子歉意地笑了笑,她对陈涛说:"说实话,我真的觉得你很好,如果我早认识你,或许会毫不犹豫地答应你,但遗憾的是我现在已经有了男朋友。"稍停顿了一会儿叶子接着说:"我觉得在个人问题上绝对不能见异思迁,因为,因为我已经答应他了,所以我不能,实在是对不起。"

见叶子说到了这个份上,陈涛也颇为感动。他说:"你真是个好姑娘,可惜我来迟了。此时此刻我完全理解你,同时我也羡慕你的那位男朋友,羡慕他能够得到你这么真挚的爱。"陈涛看着叶子那清澈纯洁的眼睛,感叹地说:"你给我的感觉太好了,我真的不忍心对介绍人说是我不同意,可惜我没有这个福气。"看到叶子又低下了头,陈涛知道她在想什么,他说:"不过,如果我这样做真能为你解围的话,那我就恭敬不如从命了。"

"对不起。"叶子不敢再看陈涛的眼睛了,照样没有抬头,她双手摆弄着自己的衣角,十分感激地说,"真的谢谢你!"说这话时,叶子的声音是甜甜的,可陈涛却感觉到了一丝丝寒冷。

为了不让两人陷于尴尬,陈涛找了好多话题。话说开了,叶子也不那么拘谨了,这时陈涛发现,自己与叶子的谈话竟是如此的投机。陈涛说:"你就像栀子花一样雪白纯净,可我却没有福分拥有这芬芳。"

分手的时候,陈涛看着叶子的背影,在那里痴痴地站了许久,许久……

三十五、扭曲的爱

近几个月来，胡晓刚每天下了班都要去接叶子，他们两人在外面转一转，吃点东西就各自回家。叶子是五点半下班，胡晓刚也是五点半下班，等到胡晓刚从他的单位到叶子的单位就已经是 5 点 45 分了。叶子每天下班后清点一下东西，5 点 45 分准时出厂门，胡晓刚就站在离厂不远的一棵大树底下等她。

和往常一样，胡晓刚准时来到了大树下，见叶子还没有出来，他点燃了一支烟慢慢地抽着，眼睛一个劲地向出厂的人群中扫射。一支烟抽完了，厂里下班的人也几乎走完了，可胡晓刚还是没有见到叶子的踪影。胡晓刚有些纳闷了，平常叶子如果有什么事需要耽搁一下，她总要准时出来向胡晓刚打个招呼，可今天时间已经过了十分钟了，他还是没有见到叶子的影子。

胡晓刚不知道到底会是什么事让叶子脱不开身？他想进去看看，又怕叶子怪他，因为叶子曾经嘱咐过他，不是公事就不要到厂里去，以免影响不好。没有办法，胡晓刚只好继续等待。胡晓刚一连抽了三支烟，眼看半个小时都过去了，他还是没有看见叶子出来。胡晓刚再也不想等了，他灭掉手上的香烟，忍住心中的怨气，径直向厂里走去。

胡晓刚来到叶子的办公室，可办公室的门已紧紧地关着，胡晓刚敲了半天也没有人吭声。

"同志，请问你找谁?"一位年近 60 的瘦老头从对面走了过来，他客气地问胡晓刚。

胡晓刚见是一个老头，知道他一定是个看门的，便不屑地看了他一眼，说："我找陆玉叶,你认识吗?"

"哦,你说的是陆会计吧? 她一下班就走了。"

"什么,她走了?"胡晓刚在外面等了半个小时都没有看见叶子,本来心里就窝着火,听老头说叶子居然已经走了,这时一股无名火直往头上窜。"妈的,她走了,她妈的她居然已经走了。"胡晓刚边说边怒气冲冲地往外走。

"哎! 这位小同志,你这是怎么说话呢?"瘦老头对胡晓刚的不文明语言表示反感。

"去去去,关你屁事。"胡晓刚边说边冲出了厂门。

第二天,胡晓刚借结账之故,一大早就来到了叶子的办公室,他佯装成无事人一样笑着对叶子说："我昨天在厂门口等了好长时间也没等到你,你昨天该不是到哪里开会去了吧?"

叶子听胡晓刚说昨天等自己等了很长的时间,心中颇为不安。她深表歉意地小声对他说："真是对不起,让你等那么长的时间。"

胡晓刚笑了笑说："我等多长的时间都没有关系,我只是担心你有什么事,只要你没事我也就放心了。"稍停了一会儿,他直视着叶子的眼睛说："我想你一定又是有什么特殊情况是吧?"

"是的。"叶子轻声说,"我妈昨天来了,她一定要接我回去,我真的无法通知你,实在是对不起。"

"你妈接你?"听说是叶子的妈来接叶子,胡晓刚感到十分意外,他非常诧异地问,"你妈怎么会想到要来接你呢?"

"小声点。"叶子扫了周围同事一眼,她压低嗓门说,"等我下班了再告诉你。"

胡晓刚会意地点了点头,拿出单位的结账单递给了叶子。

原来,艾博雅听说叶子和陈涛没有成,心里老大的不高兴。她的确知道胡晓刚的品行不好,但怎么跟叶子说叶子都不相信。真是当局者迷,艾博雅想。为了阻止叶子与胡晓刚继续往来,艾博雅采取了一个绝无仅有的极端方式。刚刚从单位"病退"的她,为了阻止叶子和胡晓刚继续往来,她决定每天送叶子上班,接叶子回家,其余的时间她要将叶子严严实实地控制在自已的周围。

中午吃饭的时候,叶子向胡晓刚讲述了艾博雅不同意他们俩婚事的事。她说:"我妈要我和一个叫陈涛的男孩搞对象,被我拒绝了,她很生气,因此她要每天来接我回家,不让我和你见面。"

胡晓刚对叶子一直是穷追不舍,现在见艾博雅百般地阻拦,他开始对艾博雅产生了切齿之恨。为了得到叶子,也是为了报复艾博雅,胡晓刚决定不惜一切代价,一定要把叶子弄到手。

叶子是一个极其纯洁、善良的姑娘,胡晓刚的执着追求被她看成是一种真挚的爱,而且她也很爱胡晓刚。在叶子的心目中,胡晓刚就是她理想中的白马王子。

在艾博雅的控制下,叶子和胡晓刚一个星期都没有见面了。一天不见胡晓刚就像缺少一些什么的叶子,在这一周里简直是度日如年,几天下来她已经瘦了一大圈。

艾博雅成天在家里唠唠叨叨,叶子心中感到非常郁闷。她想:小时候我什么都听你的,你想怎么样就怎么样,现在我都20多岁了,生活也能自理了,你还这么管着我?这时候的叶子常常会想起郝阿姨对她说的话。她想:不管郝阿姨说的是不是事实,她反正对我不好,她如果是我的亲妈,我小的时候她就不会那么对待我;她如果是我的亲妈,我考取了大学她就不会不让我去读。现在我个人的婚事她又这么横加干涉,谁知道她到底是怎么想的?叶子想:也许郝阿姨说的就是真的,也许她真的就不是我的亲妈?但让叶子想不通的是,她爸爸陆旺达为什么对自己又是这么的好呢?直到现在,陆旺达还经常到单位来看自己,还不时地带些好吃的东西给自己吃。

叶子真的有些糊涂了,她的这些想法她不敢对任何人说,她怕她爸爸知道了她的想法会伤心难过。叶子想着想着,眼睛又红了。

"叶子,我这都是为了你好,你怎么就想不明白呢?"艾博雅见叶子在家里总是闷闷不乐,她也想不出一个什么好的办法来安慰她,只是反反复复地对她说,"叶子,妈已经是过来的人了,当初妈就是因为没有听你家家的话,所以吃了不少的亏,现在妈想起来就后悔。叶子,我是你妈我是不会害你的,你说我是你妈,我明明知道胡晓刚不好,我能不跟你说吗?我现在如果不跟你说,等你们木已成舟了,你将来不幸福你不会怪你妈我吗?叶子,你要知道上人都是为了下人好,我当初如果听了你家家的话,我如今也不会落

得现在这样的下场。叶子,你别不信你的妈,我真的去了解过胡晓刚,他的确不是个好人。我知道你现在完全是被他的伪装给迷住了,你要知道他现在所表现在你面前的一切都只是表象,我只怕等到你将来醒悟的时候,等到你知道该怎么去剥开他的画皮的时候,那就太晚了。叶子,你自身的条件这么好,外面的好青年也不少,我就不明白你怎么就偏偏地喜欢上了这个胡晓刚?"

见叶子低着头没有一点反应,艾博雅知道她还没有想通,因此感到十分的痛心。艾博雅用略带生气的口气对叶子说:"我知道你现在是鬼迷心窍了,我说什么你也听不进去,可是将来你们一旦木已成舟,我看到那时候你哭都没有眼泪。"

叶子的确是被胡晓刚给迷住了,她认为这世上谁都没有她自己了解胡晓刚。对于艾博雅说的胡晓刚怎么怎么的,叶子已经产生了一种逆反心理,艾博雅越是唠叨说胡晓刚的坏话,叶子就越是要跟胡晓刚好。春玲因为住的地方离胡晓刚家比较近,所以她也听到了不少关于胡晓刚和他那个家庭的是是非非,她也曾经劝说过叶子,但叶子始终执迷不悟。

星期一下午5点30分,艾博雅按时到叶子的单位去接叶子。她和叶子走出印刷厂约五十米,忽然一个人影飞奔而来,而且一把扯住叶子就往西狂奔。"哎!你这是……"艾博雅被这突如其来的场景吓了一跳,等她回过神来的时候,那人拉着叶子已经上了一辆的士绝尘而去。见叶子并没有反抗的举动,艾博雅马上就明白了,这个抢叶子的人不会是别人,他一定是胡晓刚。

随同胡晓刚来到武圣路姚家巷24号的一栋三层楼的住宅楼里,叶子随胡晓刚上到三楼。这是一套一室一厅的房子,除了厨房、厕所外,房间约有十六平方米,外加一个阳台。房间里的摆设很简单,一张一米二宽的中铺床和一条半新的长沙发,沙发前摆着一个小茶几。靠墙还有一个穿衣柜和一张写字桌,一个旧木柜上摆着一台18寸的彩色电视机。

"这就是我一个人的临时住房。"胡晓刚说。

"不错嘛,收拾得还挺干净的。"叶子夸奖说。

过了一会儿,叶子似乎想到了一点什么,她突然问:"那就是说你还有长期住房,那么你的长期住房又在哪里呢?"

“这长期住房嘛，那得等你确定嫁给我后再告诉你。”胡晓刚灿笑着说。

“你真坏。”叶子羞涩地看了胡晓刚一眼，双颊飞起了两朵红云。

胡晓刚给叶子倒了一杯早已准备好的可口可乐，他说：“来，喝一杯，凉快凉快，看你脸上的汗。”边说着边拿起纸巾去给叶子擦她脸上的汗。

叶子不好意思地躲过了胡晓刚的手，她接过纸巾说：“不劳你大驾，我自己来。”

“我们恋爱都两年了，你还这么羞羞答答的，我看你的思想什么时候才能解放。”胡晓刚假装成不高兴的样子，一屁股瘫坐在沙发上。

“哎，别生气嘛！”叶子的眼神带着淡淡的柔情，她冲着胡晓刚轻轻地笑了笑，然后突然噘起嘴巴说，“你今天把我抢来我妈会气死，你不帮我想想我该怎么办还来气我。”说完，她把头一扭，假装不看胡晓刚。

“哎呀，我的小宝贝，你要我不生气你自己怎么倒生起气来了呢？”胡晓刚做出一副对叶子爱意无限，爱得不能自拔的表情，默默地牵起她的双手，紧紧地盯住她的眼睛，柔情蜜意地对她说，“我们俩是自由恋爱的，无论是谁都不可能拆散我们，你说是不是？至于你妈她现在想不通，那只是暂时的，将来我们慢慢地做她的工作，她总有一天会同意我们的，你说是不是？”说到这里，胡晓刚对叶子痴痴地一笑，面带着诱惑地将脸凑到了叶子的面前，在她的嘴上深深地吻了一下。

叶子是第一次到胡晓刚家里来，也是第一次与胡晓刚在最隐蔽的地方接触，而且是第一次与人接吻，她感到紧张而刺激。但她害怕胡晓刚在这种时候会做出什么过激的事来，因此用手轻轻地推开了胡晓刚紧贴在自己唇上的嘴。叶子用她那秀气的眼睛看着胡晓刚说：“快别，别这样！”

胡晓刚今天把叶子抢来他就是想好了的，他要让他们两人的事变成既成事实，他要和叶子木已成舟后，好让叶子和她的妈都死心。看到叶子还在拒绝自己，胡晓刚假装生气，他推开叶子的手往床上一坐说：“你也太小气了，我们都接触两年了，你至今还不让我碰你，看起来你对我就不是真心的。难怪这些天你都不见我，还要把你妈扯出来，原来我这一片痴情换来的却是假意。”

“你怎么会这样想呢？”叶子接过话解释说，“我们还没有到时候嘛！怎么能够……”

“叶子，我们从认识到现在都两年多了啊！你说要到什么时候才算是

到时候呢？以前我们一直都是在外面接触,你不让我碰你,我还能理解,可现在是在我家里啊！但你还是这样对待我,难道我们一定要等到结婚的那一天我才能碰你吗？"

"那当然。"看到胡晓刚连生气的样子都是那么的可爱,叶子故意气他说,"不到结婚的那一天千万不能！"

"好啊,我现在总算明白了,原来是你自己对我不是真心你不明说,故意把你妈扯出来做挡箭牌。"胡晓刚斜身倒在床上,头靠着墙,把脸朝着里面,故意不看叶子。

"哎呀,还男子汉大丈夫呢！把我抢来却要气我,我干脆走算了。"叶子抬脚就往房门口走,装出个真要走的样子。

胡晓刚偷偷地转过脸来看,见叶子真的要开房门,他一个翻身就跳了起来。胡晓刚箭一般地飞到叶子的身旁,他抢先把房门反锁住,一把抱住叶子,看着叶子的眼睛说:"我的小宝贝,我好不容易才见上你一面,你怎么能够说走就走呢？难道你还看不出来我是逗着你玩的？现在我爱你都还来不及呢,怎么还会气你呢？"

其实叶子要走也不是真的,她看到胡晓刚那傻乎乎的样子禁不住扑哧一下笑出了声。

胡晓刚把叶子抱到床上,他自己也贴着叶子坐了下来。胡晓刚面对着叶子挤眉弄眼地说:"我们俩是一见钟情的,你说是不是？现在我们俩已经是一往情深了,你说是不是？"

叶子望着胡晓刚那痴痴的样子觉得好笑,她面带羞涩地忍住笑说:"你看,又自作多情了吧？"说完就咯咯咯地笑出了声。

"好你个叶子。"胡晓刚用中指将叶子的鼻子刮了一下,得意地说:"搞了半天原来是我自作多情啊？可是你呢,我们俩一星期没有见面你就瘦了一圈,假若我们再一个星期不见面,我看你恐怕连活都活不成了,还说我自作多情呢！也不知道到底是哪个自作多情？"

"臭美。"叶子咯咯一笑,她指着胡晓刚的鼻子说,"看你还在自作多情不是？"

"好啊,叶子,看我来修理你。"胡晓刚说着就一把将叶子抱在怀里,他用手挠着叶子的胳肢窝嬉笑着问,"还说不说,还说不说……"

叶子笑得连眼泪都出来了,她躺在胡晓刚的怀里不停地扭动着腰身。

胡晓刚见叶子还不求饶,他无意中带出了他的黄陂腔:"求饶不?"

"啊!黄陂人,你是黄陂人?"叶子笑着说。

"快,求饶。"胡晓刚继续挠着叶子的胳肢窝说,"再不求饶我就要……"

"哈哈哈,坚决不……"叶子笑得连话都说不出来了。

"好啊,我看你不,我看你不。"胡晓刚边说,边将手抄进了叶子的内衣里,很快就触摸到了她的乳房,"好,你说我自作多情我就自作多情。"胡晓刚用含着火花的眼神注视着叶子,不由地咧开嘴笑着说:"今天就算我自作多情,我就要多情地拥抱我的小宝贝。"胡晓刚紧紧地搂着叶子的腰,双眸燃放着火辣辣的兴奋。

叶子惶然地逃避着胡晓刚的注视,双手用力拉出胡晓刚的手,说:"晓刚,不能!"

"有什么能不能的? 只要我们是真心相爱的,还有什么能延缓我们爱的进程呢?"胡晓刚用不容置疑的眼神直视着叶子说,"叶子,你永远是我的,谁也阻拦不了。"说着,便将叶子搂得更紧了。胡晓刚的嘴角高高地扬起着,一副胜利在握的样子。紧接着,两个人的嘴唇紧紧地贴在了一起。

叶子全身像闪电似的痉挛了起来,她的脸像泼了血似的红到了耳根,她的心在剧烈地跳动。

叶子屈服了,胡晓刚的这一深情的拥抱就似一剂最厉害的毒药,让叶子欲罢不能。一瞬间,叶子突然觉得自己拥有了世间最深最真的爱,她的内心产生了一种从来都没有过的冲动,她的心情兴奋得就像加了温的水,温暖在一瞬间就在她的全身蔓延开来,她的心被一种欲望燃烧着。

叶子的羞涩、叶子的兴奋让胡晓刚看到了自己在她心目中的位置,她真情的付出使他满面通红,胡晓刚兴奋得连心都要跳出来了,他加大了进攻的力度,他们俩在疯狂中幸福着、喜悦着、惶恐着。

胡晓刚的疯狂,胡晓刚的亲秘接触促使叶子春意萌动,她的身子一阵阵痉挛,她忽然感觉到自己已经停止了呼吸。叶子幸福地紧闭着双眼,她一动不动地静静地享受着胡晓刚这一刻给自己带来的疯狂,她愉悦地享受着胡晓刚对自己的这份真挚的爱。

这是人生转折的第一次,这是与人亲密无间的第一次,叶子将自己的这一次亲密接触直接上升到了爱情。她认为他们已经到了不可分割的地步,认为他们可以因此而走到最后,把握着彼此,能让对方感到温暖,等到白头的时候,还可以细细地品味这一切。

接下来,差不多每隔一个星期就会发生一次抢人事件,当然也有叶子的紧密配合。再后来,还不等到下班叶子就已经被胡晓刚接走了,有时候甚至整个晚上都不见叶子回来。

艾博雅气昏了,有一天,她终于逮住了叶子和胡晓刚,将他们两人痛骂了一通。

叶子自从晓事以来,除了在外婆家以外,她很少有快乐的时候。她认为只有跟胡晓刚在一起的时候她才真正地品尝到了快乐的滋味。叶子不愿意失去这份难得的快乐,她决定将这份快乐长久地维持下去。为了尽快让艾博雅死心,叶子将家里的户口偷了出来,在单位打了个证明,与胡晓刚偷偷地领了结婚证。

"这是我特意为你选的,等到那一天你穿上它,做我最美丽的新娘。"胡晓刚指着一套衣服动情地说。

"你真会挑花色。"叶子发自肺腑地赞赏了一句。看着这一套漂亮的衣裳,叶子的内心无比激动,"我就要做新娘了。"叶子陷入了前所未有的快乐,此时此刻,她感觉自己已经成为了世上最幸福的女子。

艾博雅知道叶子偷偷地拿了结婚证她十分生气,终于,她在一阵暴跳如雷之后,也不再反对他们了。艾博雅感到很委屈,自己明明是为了叶子好,可她完全不领情,还故意来气自己。既然已经木已成舟,艾博雅也无话可说了。艾博雅以迁就的心态对叶子说:"我是真心地为了你好,你完全不理解我的一片心,我也真诚地希望胡晓刚不是我想象的那样,希望你们将来能够有真正的幸福。"

"妈,谢谢您!我知道您是为了我好,可是您真的不了解胡晓刚,他真的对我很好,他说了他会对我好一辈子的,您就放心好了。"叶子劝慰艾博雅说,"将来我走了以后,您要好好保重身体,我会经常回来看您的。"

"也好,只要你能够真正地获得幸福,当妈的当然高兴。"艾博雅无可奈何地说。

叶子和胡晓刚结婚的那一天,胡晓刚为了顺利地接回叶子,他对艾博雅左一个妈,右一个妈甜甜地叫。临走的时候,艾博雅还是无不担心地对胡晓刚说:"晓刚啊,叶子是个好姑娘,我希望你今后一定要善待她,千万别让她受什么委屈。"说到这里,艾博雅流着泪递给叶子和胡晓刚每人一个红包,红包里面都是装的八百元钱,叶子的红包里除了八百元现金以外,艾博雅还给了她一个两千元的存折。

接过红包,胡晓刚感动地说了声谢谢,他向艾博雅发誓说:"妈,你放心,我一定会对叶子好的,而且会好一辈子。叶子走了以后,您老也要好好地保重身体。"

"有你这样说我就放心了。"艾博雅边说边擦着眼泪。

看见艾博雅这样动情,一直控制着自己,不想让眼泪流出来的叶子再也控制不住了。春玲见状,赶紧提醒叶子说:"快别难过,小心眼泪把脸弄脏了。"

临走时,叶子叫了一声妈,眼泪还是情不自禁地流了下来。

三十六、公婆掠影

叶子和胡晓刚的新房被安排在小商店后面的两间房里,结婚的第四天老太婆就要他们回去开一个家庭会。

这是一个星期天,叶子与胡晓刚手牵手地来到了公婆家,胡晓刚的大哥胡亦得和大嫂许雪茄比他们来得早,一进门他大哥就对胡晓刚说:"爸说你也已经结婚了,他有事要向我们交代。"

这是一套三室一厅的房子,公婆一个房,保姆一个房,还有一个房放有不少的书和杂物。

开始吃饭了,叶子见保姆一个人忙了半天,在她上完最后一道菜后,叶子热情地对她说:"阿姨,你也来吃吧!"保姆微笑着咧了咧嘴到厨房去了,婆婆恶狠狠地瞪了叶子一眼,她嘴里说了一句"多事"。

看到婆婆瞪着眼睛这样说自己,叶子的脸唰地一下红了。叶子记得自己还在和胡晓刚谈恋爱的时候,第一次来见公婆,就感觉到婆婆并不喜欢自己。而且听婆婆在房里对公公:"你们爷三个都一个德行,一见到美女就不要命。"她说:"俗话说丑妻破袄是无价之宝,美貌的妻子是惹祸的根苗,这个晓刚又找个这样妖精似的姑娘,指不定哪一天又和那个小妖婆一样,背弃自己的丈夫跟着别人跑。"当时公公听她这样说小声地吼了她一句,说她胡说。

后来叶子每次见到婆婆时婆婆总是对她爱理不理,结婚后的这几天里,婆婆也没有给她一个好脸色看。想到这里,满桌的佳肴叶子都毫无胃口,已经送到了口里的饭菜她却怎么也咽不下去。

胡晓刚见叶子的眼泪都快出来了,他知道是他妈刚才的言行伤害了她,忙夹了一块鱼放进叶子的碗里,对着她的耳朵小声说:"保姆来我们家已经十多年了,我妈从来都不让她上桌子吃饭,她总是等我们全家人吃完饭以后一个人在厨房里吃。"叶子眨了眨眼睛将泪水收了回去,她强装笑颜对胡晓刚说:"你吃吧,我没事。"

看到胡晓刚对叶子那么温存,老太婆的眼睛都要出血了。她认为两个儿子都像他那个老头子,一见到漂亮女人就不知所以。老太婆是吃过老爷子亏的人,这一辈子她最恨的就是那些漂亮的女人。

保姆叫刘慧,天生一副国色天香的容貌。她大学毕业分配到老爷子服装厂时,老爷子正当如狼似虎的年龄,见到刘慧容貌非凡,当厂长的老爷子馋涎欲滴。在情场上,老爷子是一个沉着稳健的老猎手,凭着他的三寸不烂之舌,涉世不深的刘慧便服服帖帖地从了他。在保姆给老爷子当了一年的秘书后,她便推掉了她在大学已经谈了三年恋爱的男朋友,与老爷子过起了金屋藏娇的生活。现在刘慧已经是快40的人了,但她依然风韵犹存。

"保姆"这个词是老太婆强加给刘慧的,当老爷子与老太婆商量,说要把刘慧接到家里来的时候,老太婆坚决不允。见老太婆态度这么强硬,老爷子当时就火了,他下意识地对老太婆说:"我们离婚吧,我要正式把刘慧接进门。"

老太婆是实心实意地爱着老爷子的,她无论如何都不愿意离开老爷子。为了能够与老头子长期在一起,老太婆退了一步,她委曲求全地说:"她来可以,在子孙和外人的面前,我们只能承认她是我们家的保姆,她得同意乖乖地侍奉我们。"

刘慧死心塌地地爱上了她的老板,对老太婆的宽容她感激涕零。白天她还是老爷子的秘书,同老爷子一块上班下班,回家后她就全心全意地服侍他们。刘慧对老爷子说:"我只要能够天天与你在一起,再苦再累再委屈我也愿意。"

从此后老太婆只能眼睁睁地看着他们情深似海,眉来眼去,但她有一个条件,那就是吃饭的时候坚决不同意刘慧上桌子。她不愿意看到他们两人情深意切的样子坏了她的胃口。

吃完饭，刘慧给每个人上了一杯茶便到厨房去了，当她在给老爷子上茶的时候，叶子分明看到了刘慧眉宇间显现出的那种情意绵绵的神情。

老爷子不知道从什么时候开始得了一种怪病，晚上如果刘慧不在身边，他无论如何都不能入眠。一开始老爷子要老太婆在保姆房里睡，老太婆说什么都不肯，而且还和老爷子大吵大闹。后来老太爷的身体真垮下来了，而且体质越来越差，老太婆只好做了让步。

在家庭会上，两个儿子和媳妇分别坐在桌子的两旁，两位老人坐在桌子的上方。老爷子端起茶慢慢地品了品，他侧过头看了老婆子一眼，然后将眼睛扫向两旁的儿媳。老头子慢慢地放下茶杯，慢条斯理地说："这一辈子我也没有做出什么大的事业，我们两老辛辛苦苦地干了一辈子，就落下这个设备厂和一个小商店。现在我们两老都已经是年过花甲的人了，身体也不太好，可以说是风前之烛，瓦上之霜。再说句悲观的话，今天脱了鞋和袜，还不晓得明天穿不穿。"话说到这里，老爷子的眼神中透出了一种难以言状的悲凉。

老爷子眼瞅着茶杯沉思了一小会儿，他接着说："当然，百年归世，这是上天安排的，也是不可抗拒的。俗话说人生一世、草木一春嘛！一个人从出生的那一刻起就注定了总有一天会离开人世。是的，人的生命是很短暂的，但问题是在这短暂的时光里每个人都要有目标，要有理想，要创造出一番事业来，要活得有质量。现在你们正是风华正茂的时候，千万不要碌碌无为地生活，平庸地过一辈子。"

"你这是上政治课呀？"老太婆见老爷子像演讲似的说了这么多，她拍了拍老爷子的大腿说，"正经话还没有说呢！"

老爷子看着老太婆笑了笑，说："扯远了一点是吧？我这是担心啊！"然后他面对着儿媳们说："我和你们的妈商量了一下，现在晓刚也成家了，也到了该立业的时候了，我们想把厂和店都交给你们经营，我们两老干了一辈子，也该歇下来养养老了。"

老爷子拿起茶杯喝了一口茶对胡亦得说："我四十三岁那年离开了国营单位，自己开办了这个厂，也经历了不少风风雨雨，现在这个厂子已经有了一定的规模，我也老了，你原来在大学就是学企业管理的，在我这个厂也干了好几年,大致的情况你基本上都掌握了,我想这个厂就交给你,今后如果遇到什么困难,你可以随时来找我这个老顾问。"

"爸,您放心吧,我会把这个厂打理得好好的,您老就好好保重身体,我尽量不劳您老操心。"胡亦得自信地说。

"唉,要真能让我放心就好了。"老爷子忧心忡忡地说,"行吧,你毕竟是学这一行的,我希望你能有这个能力。"

老爷子说完转过头来,面对胡晓刚说:"那个小商店我们就交给你了,里面还有几十万元的货,我再给你五十万元的流动资金,你合计一下,看怎么去经营它,你有什么不明白的地方就问你妈,她在经营商店这方面还是有一定的经验的。"

对老爷子这样的分配,胡晓刚显然表现出了不高兴。他想:设备厂固定资产就有好几百万,跟小商店比,差别也太大了。他觉得两老太过偏心。

胡晓刚的不满已经写在了脸上,他的不满也完全在老爷子的意料之中。老爷子唬着个脸对胡晓刚说:"我现在还没有说分家呢! 先只不过是让你们经营着试试,就这样还不晓得你们能不能把它经营好,你也就不要太贪心了。"

说到这里老爷子转头看了老太婆一眼,然后对胡晓刚说:"你也别小看这个商店,如果经营得好,一年赚个几十万没有一点问题。说实话,我对你就是不放心,依你那性格,搞得不好恐怕连本都保不住。"

见胡晓刚低着头没有吭声,老爷子看了叶子一眼接着说:"你现在已经是大人了,要把事当事做,千万不要像以前……"

不等老爷子说完,老太婆忙用脚拌了老爷子一下,老爷子会意,立即打住了。老爷子将茶杯在桌子上挪动了一下,看了看两个媳妇,说:"这两份产业虽然不算太大,但也是我们两老辛苦了一辈子的一点积蓄,能有今天这样,来得也不容易,希望你们能够珍惜。我要说的就是这些,你妈对你们还有话说。"

老太婆看了老爷子一眼,她也学着老爷子的样子,端起茶杯润了润嗓子,然后极其严肃地看着两个媳妇说:"你们到胡家来了就是胡家的人,做媳妇的首先要守妇道,不要成天在男人面前卖弄你们的那一张脸,把他们搞得晕晕乎乎的。"听到这里,两个媳妇的脸都唰地一下红了。老头子将茶杯重重地往桌子上一放说:"你这是什么话? 成天讲些无油盐的事情。"

老太婆的脸立马就放了下来，她撇了老头子一眼，用手轻轻地拍着桌子说："我就晓得这话你不爱听，我警告你的两个儿媳妇关你的屁事？"

老爷子呼地一下站了起来，他说了一声"不可理喻"便到房里去了。

老太婆坐在那里没有动，因此儿子媳妇也没有动。老太婆说："我的话还没有说完。"她停了一下，向老爷子去的房间扫了一眼，说："他胡家虽然不是代代单传，但是到你们这一代也就只剩下你们两个男的，我现在对你们没有别的要求，老话说：不孝有三，无后为大。我只希望你们能多生几个儿子，好为胡家传宗接代，也算你们为我们两老尽了一点孝心。"接着，她拿眼睛直瞅着大媳妇说："你来了快三年了吧？也不到医院去检查一下，至今连屁都不放一个。"说完起身就到房里去了。

听到老太婆这么说，许雪茄的脸愈发地红了，她羞涩地抬眼看了一下叶子，眼睛里布满了泪水。

"你他妈的就知道哭，废物一个。"胡亦得口里骂着，他一把抓住许雪茄就往外扯。

"哥，你还玩一会儿呀。"胡晓刚说。

"不了，我们回去还有事。"胡亦得边说边拉着许雪茄下了楼。

三十七、精心安排

店面有四十八平方米,里面大多都是摆的高档服装,店里只有两个营业员,一个是胡晓刚乡下的表妹,一个是她们黄陂老家的同乡。以前这个店是老太婆掌管,为了避免漏洞,营业的时间老太婆基本上都在店里,而且生意做得一直都不错。

胡晓刚和叶子对照清单查了一下货,货源成本就有三十七万,老太爷另外还给了胡晓刚五十万,让他作为资金周转。

"叶子,我妈让我们俩都辞职,你负责店里的经营,我负责到外面去进货。"胡晓刚说。

"那怎么行? 我进这个单位不容易,现在我工龄都快五年了,怎么能说辞职就辞职呢? 再说,我们两个人都辞职多不好,我认为我们应该有一个人保留一份稳定的工作,这样对我们的将来也有好处。"叶子把店里的服装扫了一眼,说,"再说,这个商店又不大,有一个人管理就应该可以了,何必要把两个人都扯进去呢?"

"以前都是我妈在这里坐镇,现在我妈不来了,如果我出去进货店里怎么办?"

"店里不是有你的表妹吗?"叶子说。

其实叶子不愿意辞职还有另外一个原因,她认为女人要自立,否则将被人歧视,她还想如果自己辞了职,万一将来两个人的感情发生了变化,自己连一点退路都没有。她娘家的一个街坊莉莉就是一个鲜明的例子。叶子说:"你如果实在觉得人手不够,我们就再请一个营业员,我每天下了班回来还可以帮忙清理一下账务,这样也免得两个人都辞职。"

叶子说她不想辞职,胡晓刚很不高兴。他说:"你既然进了这个家门,就应该多为这个家着想。以前我妈一刻也不离开店里,她就是怕出漏洞,现在她把店交给了我们,我们也该负起责任。你想想看,如果我进货去了,店里就剩她们两个人,你说你能放心得下吗?"

叶子见胡晓刚以这为理由要她辞职,她认为这并不是理由。她认为疑人不用,用人不疑,既然用了她们,就应该相信她们,何况她们还是他的亲表妹和同乡。叶子说:"我觉得没有什么不放心的,她们又不是什么外人,我看你表妹还是很能干的,她完全可以照顾好这个店。"

"你这个人有个最大的优点,但也可以说是最大的缺点,那就是过于地相信一切,把一切都想得那么的美好,那么的简单。其实好多事情都不是因为你想象得好而就好的。你看我妈就跟你不一样,她是只相信她自己,对谁都不放心,所以她就能够赚钱。我现在并不希望你也像我妈那样机械,但也不希望你什么都往好处想,这样你是会吃亏的。"胡晓刚好说歹说,最后终于说服了叶子。

由于财务上需要交接,叶子一个月以后才离开了工作岗位,胡晓刚和叶子是同时提出辞职的,可他比叶子早回来了半个月。

"我妈要在店门口增加一个柜台,摆一些烟酒、打火机及儿童玩具、食品。"

叶子刚辞职回来,老太婆就要增加柜台,摆一些与服装完全风马牛不相及的东西,这让叶子有些不可思议。叶子对胡晓刚说:"既然卖服装就应该一心一意地卖服装,你看哪有一个服装店里摆一些其他物品的? 这不是显得太杂乱了吗?"

胡晓刚说:"我妈也说了她的想法,她说这里的老住户很多,他们买烟酒一般都愿意就近买。她说他们来买烟酒的时候一看哪件衣服适合他们,他们也就一块儿买了。再说他们来买衣服的时候一看这里还有烟酒,也就顺便带回去了。"胡晓刚说:"我觉得我妈提的这个建议也是有一定道理的,我认为这没有什么不好。我妈她干经营干了这么多年,这经验也是她总结出来的,增加了柜台只不过是人多受点累,到时候我多在家里帮帮你就是。"

稍停了一会儿,胡晓刚手捧着叶子的脸亲热地说:"亲爱的,你就放心吧,我不会把我的小美人累坏的,如果真把你累成个什么样子,那我不心疼死了才怪呢!"

"讨厌。"叶子扒开胡晓刚的手笑着说,"说不了几句正经的你就又来邪的了。"

"嗯?你不是我的老婆吗?我的老婆不就是给我受用的吗?是我的老婆我想怎么样就怎么样,这个谁也干涉不了,你也得服服帖帖地听我的摆布。"说着,他一把抱住叶子就在她的脸上啃了起来。

咚、咚、咚,胡晓刚和叶子俩正在兴高采烈的时候,忽然听到了敲门声。

"晓刚,是我。"原来是叶子的婆婆来了。

一听到是老太婆的声音,胡晓刚立马就站起来去打开了门,叶子用手理了理头发,也往房门口走去。

老太婆站在房门外一动不动,她不等他们俩开口就说:"大白天里都这样没个正经,外面那个大摊子交给外人,你们两个关在房里疯疯癫癫,真不成体统。"

见叶子喊了一声妈把头低得低低的,老太婆停了一会儿又接着说:"我就晓得你们不把事当事做,我是不放心才特地来看看的,哪个晓得你们果然就是这样。"

老太婆边说边往大厅走,叶子和胡晓刚也跟了出来。他们出来后,老太婆对胡晓刚的表妹说:"不晓得你坐在那里在想什么,我进来半天了你都不晓得,做生意哪里能这样呢?像你们这样搞呀,我看这个店迟早要丢在你们手里。"说完她转过头恶狠狠地瞪了叶子一眼。

看到婆婆这么厉害,叶子的脸顿时红一阵白一阵。她上次在婆婆家就听到婆婆在房里对老太爷说什么丑妻破袄是无价之宝,说晓刚成天都迷着这些长得漂亮的姑娘,说他总有一天要吃亏的。想想那天看看今天,叶子感觉到婆婆一点都不喜欢自己,而且今天分明就是冲着自己来的。叶子认为自己自从嫁过来以后并没有做错什么事,她不知道婆婆为什么要这样对她,她越想就越觉得自己委屈,想着想着,两行眼泪不觉地落了下来。

"哎哟!哪来的这么娇气?我这还只是说他们又没敢说你,你的泪珠子就这么快掉下来了,你这不是在打我的老脸吗?你的意思是不是说我这个老婆子不该来打扰你们,坏了你们的好事?那我以后少来就是,免得你看到我不舒服,将来害得我儿子也恨我。"

老太婆喋喋不休地说着,胡晓刚见他妈不依不饶地说个没完,便阻止她说:"妈,你就少说一句好不好,叶子又没有说什么。"

见胡晓刚这样袒护叶子,老太婆更加生气了,她说:"你看是不是,你看是不是,你现在结婚了我就不能开口说话了,我看你就是被这个小妖精给迷住了,才结婚几天,你就开始指责老娘,那以后日子长了,我这个老娘不是连口都不能开了? 难怪人家说接个媳妇就等于卖个儿,我辛辛苦苦地为了你我不晓得怄了多少气,现在好不容易盼到你长大了,结婚了,可你才结了几天婚就有了媳妇不要娘,你说我把你抚养起来有什么意义?"说到这里老太婆竟伤心了起来。

胡晓刚回过头给老太婆说好话,送走了老太婆。回来的时候见叶子还在流泪,他把叶子拉进房里关上门说:"你也别难过,我妈就是这个脾气,其实她并没有什么坏心。我嫂嫂刚进门的时候,她对她比对你还要厉害,她就是这种心态,好像她把儿子养这么大,一下就被别人抢去了,她心里有一种失落感,等过一段时间,她真正地把你当成这个家里的人看了,她的心态就会好的。"

胡晓刚边说边用手抹着叶子的眼泪说:"乖,听话,你要再哭的话,我也要哭了。"说完他用手捂着自己的眼睛,也嗯嗯嗯地假装哭起来。叶子看到胡晓刚那个滑稽相,又想起他第一次去结账的情景,忍不住扑哧地笑了起来。

"好了好了,我的乖叶子笑了。"胡晓刚边说边将叶子抱了起来。

一天,老太婆突然带话要胡晓刚回去一趟,她说:"你这个媳妇长得太漂亮了,搞不好她会惹是生非的,你要想锁住她就哪里都不能让她去,我看你现在就要那两个丫头都走,店里没有其他的人了,她也就无法到哪里去了。"

对叶子,胡晓刚不是没有戒心,叶子长得漂亮,待人又和气,她如果跟男人打交道,哪有猫子不爱鱼的? 为了把叶子关在店里不给她出去的机会,胡晓刚对他妈说的话言听计从。

晚上躺在床上,胡晓刚搂着叶子亲着她的脸说:"今天我回去妈对我说了一件事,她说表妹有偷钱的习惯,有几次都被我妈发现了,她对我说最好是让她们走,免得以后经济上受损失。"

胡晓刚突然说表妹偷钱,叶子感到有些意外。她说:"我来了这么长的时间,钱放在哪里都没有人动,怎么会说她们偷钱呢?我觉得她们都蛮精明,做起生意来一套一套的,现在如果让她们走了,那不是一个损失吗?再说你经常要到外面去进货,假如她们都走了,我一个人在店里怎么行?到时候连上个厕所都不方便。"叶子想了一下连连摇头说:"不行不行,你说的这件事绝对不行。"

胡晓刚见叶子一个劲地摇头,他轻轻地拍了两下叶子的脸说:"唉!我说你是个乖宝宝其实你一点也不乖,别人说什么事都是夫唱妇随,可你怎么一点都不听我的呢?你认真地想一下,我妈提的这个建议不也是为了我们这个家吗?这个店又不大,再加上我也常常在家里,你这是操的哪门子心嘛!"接着,胡晓刚嬉皮笑脸地给了叶子一个吻说:"再说她们在这里我们也不方便是不是?"说完就给叶子扮了个鬼脸。

叶子含着笑羞答答地看着胡晓刚,脸上微微泛起了一层红晕。她甜甜地笑了一下说:"就你贫嘴。"

叶子的这一笑不打紧,她脸上荡漾的两个酒窝足以让胡晓刚失魂落魄。胡晓刚紧紧地把叶子抱在怀里,他闭上眼睛对叶子立了一个不成文的规定。说:"我的小宝贝,除了我以外,从今以后不准你对任何男人笑。"

三十八、醉酒孽缘

结婚八个月了,胡晓刚除了必须外出进货以外,其他的时间他基本上都待在店里。每天,胡晓刚买菜,叶子做饭,小两口的日子过得其乐融融。

叶子心里总是甜滋滋的,她对自己婚姻的选择十分满意,生意也做得红红火火。仅仅八个月的时间,他们一结账,纯利润就达到了二十多万。

4月28日是叶子和胡晓刚相识的纪念日,两个人高兴得早早就关了门,他们选择了一个酒店,准备在那里好好地庆贺一番。

两人点了好几个菜,要了一瓶红葡萄酒,高高兴兴吃了一顿饭。结完账,他们刚起身准备走的时候,胡晓刚突然指着靠里边的一张桌子说:"叶子,你看,那不是你们的同学瑶瑶吗?"

叶子定睛一看,果然是瑶瑶,只见她一个人坐在那里,一会儿说,一会儿唱,一会儿软骨伶仃地趴在桌子上,桌上摆了好几个空啤酒瓶。

"瑶瑶不是刚结婚不久吗?她怎么会一个人在这里喝酒呢?看这个状况,她好像有什么心事。"胡晓刚有些不解。

"是啊!她不是3月8号结的婚吗?才一个多月,她能有什么事呢?"叶子也觉得有些蹊跷。

"那我们一块过去劝劝她?"胡晓刚提议。

"好吧,我也这么想。"尽管瑶瑶以前做了很多对不起叶子的事,叶子还是一点都不记恨。

叶子和胡晓刚一块走了过去,这时瑶瑶已经醉得趴下了,她趴在桌子上,斜着眼睛,一手抓着酒瓶,一手指着叶子说:"你……你是来看我的笑话的是……是不是？你笑鲍毅把我不……不当回事。你有那么好的胡……胡晓刚，可我……我没有，其实我……我也喜欢胡……胡晓刚，可是他被你……你抢去了。叶子你……你总是和我斗，可我总……总斗不过你，你……你厉害……"瑶瑶边说边拿着一个空酒瓶往口里倒。

"你都说些什么呀？"叶子走过去夺瑶瑶手中的酒瓶，说，"瑶瑶，你快回去吧，看你都醉成什么样了？"

"不……不，我没有醉，我……我还要……要喝……"瑶瑶把酒瓶抓得紧紧的，叶子怎么夺也夺不下来。

"你再不能喝了，瑶瑶。"叶子走到瑶瑶的身边，想把她扶起来，可瑶瑶一把将叶子推开了。

胡晓刚也过来了，他夺过瑶瑶手中的酒瓶说："你怎么醉成这样？"

"笑话，我瑶瑶什么时候喝……喝醉过，我……我没醉，我瑶瑶什么时候都醉不了。"瑶瑶醉容满面地说。

叶子见瑶瑶已经醉得不行了，她对胡晓刚说："我们还是把她送回去吧？"

胡晓刚说："最好给鲍毅打个电话，让他来接她。"便问瑶瑶说，"鲍毅现在在哪里，给他打电话方便吗？"

"他有呼……呼机，可我呼……呼他，他不回我。"瑶瑶脸上显现出痛苦的表情。

"那我们送你回去。"胡晓刚说。

"我……我不回……回去，我还要……要喝酒。"瑶瑶已经醉得不行了。

"我们把她架回去。"胡晓刚对叶子说。

"好！"

然后，他们俩一人架一边，正准备走的时候，餐厅服务员来了："她还没结账呢？"

"多少钱？"

"一百四十九。"

"给，拿去吧！"叶子给了一百五十块钱。

他们俩强行把瑶瑶拖到了的士上，上的士不久，瑶瑶就呼呼呼地睡着了。胡晓刚和叶子好不容易把瑶瑶背上了楼，叶子从瑶瑶的荷包里掏出了开门的钥匙，把门打开后，和胡晓刚一块把瑶瑶扶到了床上。

瑶瑶一上床就什么也不知道了,胡晓刚累得一屁股坐在了沙发上。

叶子打来一盆水,她帮瑶瑶擦了擦脸,擦了擦手,然后又帮她脱掉鞋子,把她的一双脚搬到床上,再给她盖上了被子。

这是一套两室一厅的房子,房子里面装饰得富丽堂皇,一切家具都是新的。瑶瑶和鲍毅二十四寸的大幅结婚照挂在床头的上方,墙上、门上、玻璃上的喜字还看不到一点灰尘。

鲍毅说尊重妇女,结婚是选的三月八号的日子,当时叶子还送了两百块钱,因为店里走不开,所以她连喜酒都没有去吃。

"刚结婚不久瑶瑶怎么就会这样呢?鲍毅又到哪里去了呢?"叶子满心的疑问。她怕瑶瑶一个人在家里有什么意外,便想留下来陪瑶瑶。她对胡晓刚说:"你先回去吧,她醉成这样,一个人在家里我不放心,我就在这里陪陪她。"

胡晓刚说:"你就放心地回去吧,她喝醉了一时半会是不会醒的,明天我们再抽个时间来看看她。再说,如果你在这里,万一鲍毅晚上回来了你怎么办?"

听胡晓刚这么一说,叶子也觉得有道理,万一鲍毅半夜三更的回来了,自己真的还不好安排,于是就和胡晓刚一块回了家。

第二天,因为店里离不开人,叶子只好让胡晓刚一个人去看瑶瑶。

胡晓刚敲开瑶瑶家的门,只见瑶瑶身穿睡衣,一副软绵绵的样子,却是那么的妖娆,那么的美丽。

见是胡晓刚,瑶瑶反锁上客厅的门,伏在胡晓刚的肩上,什么话也说不出来,只哭得一片愁云惨雾。看到瑶瑶如此的悲伤,胡晓刚不忍心将她扒开,他双手揽住瑶瑶的腰,就这样让她伏在自己的肩上,双眼目不转睛地看着她,他见她哭的样子也是无比的美丽。

瑶瑶哭累了,她双手紧紧地抱住胡晓刚的脖子,双目无力地与胡晓刚对视着。瑶瑶就这样偎在胡晓刚的怀里,尽管她知道这里也没有足够的安全感,但在悲伤中的女子,最最渴盼的就是一份难得的温馨,而在此时此刻,这份温馨是胡晓刚给她的。

一直到晚上九点钟胡晓刚还没有回来，叶子不知道瑶瑶那里到底发生了什么事，她关上店门便来到了瑶瑶家。

瑶瑶家里的灯没有亮，叶子敲了半天的门也没人应声。叶子不知道瑶瑶是不是在家里，也不知道瑶瑶到底出了什么事。她到楼下来，在门口等了好一会儿，也没有见到瑶瑶回来，叶子心想，她该不是病了去了医院吧？但她会去哪个医院呢？叶子无法知道她到底去了哪里，只好回了家。

胡晓刚晚上十二点钟才回来，他一到家叶子就着急地问："瑶瑶她怎么啦？我九点钟到她家去，你们都不在，她现在怎么样了？"

"我去的时候瑶瑶刚睡醒，她一直在哭，我也不好走，后来她一定要我陪她去吃饭，我看她情绪那么不好，只好陪她去了，吃饭的时候我才知道她是怎么一回事。她说他们结婚还不到一个月她就发现鲍毅在外面有情人，为这事她和鲍毅大闹了一场，鲍毅还动手打了她。她说鲍毅有好几天都没有回来了，她打他呼机他也不回，她到单位去找他，他躲着不见她，她打电话到他们单位找他，她分明听到别人喊鲍师傅接电话，可过了半天那边人说鲍师傅出差了。她说她好没有意思，现在连死的心都有。"

"瑶瑶也太可怜了，鲍毅怎么会这样呢？"听胡晓刚说了这些，叶子为瑶瑶感到不平，同时庆幸自己，为自己能找到这么一个疼自己、爱自己的丈夫而感到欣慰。

"是啊！看我们的叶子遇到了我是多么的幸福，连瑶瑶都说，早晓得鲍毅这样她就跟了我了。"胡晓刚边说，边跟叶子做着怪相。

"自己说自己好，不怕害臊。"叶子笑着，羞着胡晓刚的脸说。

是啊，叶子太相信胡晓刚了，她从来都没有怀疑过自己与胡晓刚的感情，她认为夫妻双方本来就应该彼此信任，她认为只要彼此都深爱着对方，对方就绝对不会背叛自己。

晚上，叶子想起瑶瑶那悲伤的样子，想起鲍毅如此的无情，她感到愤愤不平。她觉得在这种情况下，瑶瑶应该学会放弃。放弃那些沁入灵魂的奢望，放弃那已经死亡的婚姻。她回过头又想：也许人都心存期盼，那是因为有美妙的愿望、有心底的矜持，那是在期盼幸福，所以放弃比追求更需要勇气。

三十九、爱的失落

有一句俗话叫饱暖思淫欲,肌寒起盗心。有大把的钱花了,胡晓刚的旧病也渐渐地复发了,特别是他与瑶瑶接触了以后,几乎就像换了一个人。

瑶瑶的爸爸是一个商人,她还有一个比她小两岁的弟弟。因为瑶瑶长得机灵、漂亮,她父母把她视为掌上明珠。瑶瑶从小就被娇生惯养,养成了一种目中无人的性格,碰到谁她都不屑一顾。瑶瑶有那种骄奢放纵、随心所欲的习惯,对于那些出生于平民家庭的人她常常嗤之以鼻。

瑶瑶的性格比较放荡,她不知道从什么时候起学会了勾引男人。在男人面前,瑶瑶很善于伪装,她可以根据不同男人的性格投其所好,把男人所需要的、最能打动他们心的一面展示在不同的男人面前。

从小学到高中,瑶瑶和叶子一直都是同班同学。瑶瑶的忌妒心极强,特别是对叶子,这个很普通家庭出生的人,学习成绩却那么的好,而且有那么多的男同学都喜欢她,所以瑶瑶早就把叶子视为眼中钉。瑶瑶认为:叶子出生在一个工人家庭,就凭她长得漂亮就能够找到像胡晓刚这样有钱、这样不错的白马王子。她认为自己出生于商人家庭,长相也并不比叶子差,却找了这样一个鲍毅,还把自己不当一回事。最不能让瑶瑶容忍的是,鲍毅居然还在外面泡妞,跟那个大学刚毕业分配来的小妞混在一起,还常常撒谎说是出差,夜不归宿。瑶瑶忌恨之余,她想到了报复,她要从心理上攻破胡晓刚,她要通过胡晓刚来报复鲍毅,报复叶子。

胡晓刚家里条件一直都很好,他是一个名副其实的花花公子。但他与别人不同的是,他除了喜欢女人的美貌之外,还特别喜欢女人撒娇。在胡晓刚面前撒娇,叶子很难做到,可这一点却偏巧是瑶瑶的拿手好戏。

在胡晓刚面前,瑶瑶经常炫耀自己的家庭,频繁地更换自己的服饰,把自己装扮成一个世间少有的美女、娇女。可叶子却是一个质朴的姑娘,她从来都不会有意识地装点自己。

跟瑶瑶打了一段时间的交道之后,胡晓刚渐渐地发现叶子太一般、太平凡了。他觉得她一天到晚只知道做事,吃饭,睡觉,完全不懂得怎样去调节男人的情趣,去赢取男人的欢心,因此使自己也少了许多的浪漫。特别是叶子的那个家庭,实在是太不值一提,她的那个娘结过几次婚都和男人搞不好,而且脾气又坏,说话粗声大气,简直就像一个拖板车卖菜的。胡晓刚越想越觉得叶子不怎么样,越想越觉得瑶瑶更适合自己。

决心与瑶瑶交往后,胡晓刚开始延长进货的时间,有时候他连进的货都让别人帮着送回家,他自己常常到转钟以后才归家。

从此以后,从早到晚的经营就全落在了叶子一个人的身上,叶子连吃饭都成了问题。没有办法,她只有在隔壁小熟食店里买碗热干面或馒头什么的混日子。

叶子感冒了,可胡晓刚却不闻不问。胡晓刚每天很晚才回来,让叶子身上的温度因此降下去了许多。叶子说我感冒了。胡晓刚说你穿少了。其实叶子穿了很多,是因为胡晓刚太冷太冷,使叶子没有了足够的抵抗力。叶子发烧了,但不需要温度计,是因为她感觉她身上的温度并不温暖。

看,好安静的夜,一片漆黑。一会儿,飘起了雪花,夜空里黑里透出了白。冰冷的空气灼红了叶子的脸,叶子陶醉地凝视着从夜空深处飘落下来的雪花,在黑色的夜里静静缤纷。叶子深深地呼吸着雪夜的清冷与孤寂。

"我这是在哪里?是在屋顶吧?对,我坐上了屋顶,有红色瓦片的屋顶。在屋顶上,我看到下面恩爱夫妻成双成对,我意识到,那只是在演戏。"

穿过黑夜,穿过雪飘,叶子感觉到星星在很远的地方孤单地闪烁。然而,离她很近的地方也在闪烁着什么,晶莹而明亮。哦!那是泪光,叶子的眼睛里闪烁的泪光,有着冰冷的温度。

深夜一点钟,叶子睡了一觉醒来胡晓刚才回来。他头脸不洗,轻手轻脚地上了床。胡晓刚刚一躺到床上,叶子就生气地说:"胡晓刚,现在店里的生意越来越好,我整天忙得晕头转向,你能不能少出去一点,就在店里帮帮我。"说这话时叶子显得完全没有气力。

"行,我的小姑奶奶。"胡晓刚说,"你只知道我一天到晚都在外面,可你知不知道我在外面是出于不得已。你说谁这么犯贱,不想在家里待着?整天风不吹雨不洒,来了客人说几句话,收收钱,多舒服。可外面就不一样了,在外面我每天除了进货以外,还有一些必不可少的应酬,你整天在家里不觉得,还以为我们现在开这个小商店容易?你在家里做生意,外面的什么事都不用你操心,可你知道为什么没有人来找我们的麻烦吗?那就是因为有我在外面应酬啊!你知不知道打点他们的时候,还要看脸色行事,还要学会看时间、看场合,还要学会像孙子一样地点头哈腰赔笑脸。人家高兴的时候就算你的运气来了,如果人家一不高兴,还会给你一鼻子的灰。"说这些话时,胡晓刚的语气中明显地带着怨气。

对于胡晓刚说的这些,叶子表示理解。她知道如今那些该打点的地方,你只要一处打点不到就会有麻烦。但她还是认为这只是胡晓刚的一个托词,哪有应酬这些人需要每天都去?而且每天都搞到半夜三更?这时叶子想起了艾博雅说的话,莫非他真的在外面抹牌、赌博、玩女人?

叶子说:"我知道你在外面会有一些应酬,但是你也不可能天天都要应酬吧?你每天都到晚上转钟才回来,难道你每天都在应酬?"

叶子的这一问点到了胡晓刚的筋上,胡晓刚听得毛椒火辣,他极不耐烦地对叶子说:"你怎么变得跟你妈一样,成天唠唠叨叨的?我是个男人,我总不能一天到晚只守着你吧?整个的一个小市民。"

听胡晓刚这么说自己,叶子心里很不是滋味,她真的感觉到胡晓刚变了,而且变得越来越不可理喻。以前,叶子一直都以为胡晓刚是真心地爱着自己的,但她不明白爱自己爱得这么深沉的胡晓刚,为什么会一下子说变就变。直到现在叶子才明白,原来爱情是没有完美的,也是易碎的。

看到胡晓刚那疲惫的样子,叶子又不相信胡晓刚真的会变得这么快。叶子转过头来一想:他或许真的在外面遇到了什么麻烦,或者是内心里有什么苦衷,说出来又怕我着急,所以就闷在他自己的心里,他一个人承担。

为了让胡晓刚把心里的话都告诉自己,自己好来帮他分担,叶子语气和缓地说:"晓刚,你原来不是这样的,你是不是遇到了什么麻烦,或者是内心里有什么难言的苦衷?如果是这样的话,你就说出来,你说出来心里一定会好受一些的。我们以前不是都说好了的吗,我们要有福同享,有难同当,你说出来我也可以为你分担一些呀!"叶子心痛地、温情地看着胡晓刚。

叶子太善良了,她根本就不了解胡晓刚,她不知道胡晓刚不仅没有什么苦衷,而且还在外面麻牌、赌博、花天酒地,跟瑶瑶混在一起,不知道有多么快活。要说苦衷胡晓刚也是有的,那就是他已经厌倦了叶子。但这话他能对叶子说吗?他现在不是还需要叶子大量地给他赚钱吗?只有叶子赚了钱他才能在外面花天酒地呀!胡晓刚见叶子还这么痴痴地、傻乎乎地爱着自己,他从内心里感到好笑。他说:"哎呀!你每天不给我施加压力就算是帮我大忙了,我也不可能事事都让你分担。"

叶子见胡晓刚完全不领自己的情,还用这种态度对待自己,她一阵伤心,眼泪就出来了。叶子伤心地说:"晓刚,你原来不是这样的,你是不是后悔了?"

胡晓刚还需要叶子给他干活,见叶子说出这样的话,他转变了态度说:"对不起!这段时间我实在是太忙了,没能多陪你,等我把这阵忙完了一定好好地陪陪你。"他边说边为叶子揩着眼泪,假装爱怜地说:"你尽说傻话,我怎么会后悔呢?不管时间多长,不管空间多远,我们的爱一定是恒久不变的。这段时间我真的是因为忙,今后我不准你再胡思乱想了!"

"真的?"叶子天真地问。

"当然,我什么时候骗过你?"

叶子最单纯,也最好哄,胡晓刚的一句话就说得她心花怒放、疑虑全消。

叶子看天都快亮了,她想到胡晓刚的睡眠这么少,便没有再说什么。

每隔一个星期胡晓刚就跟叶子清一次账,除了留一点备用金外,其他的钱他全拿走。胡晓刚说这些钱一部分进货,一部分存起来。并拿出一个存折在叶子的面前晃了一下说:"你相信我吧,多余的钱我都存在这里,你在家里辛辛苦苦地干,我不会乱花的,要不我怎么对得起我的乖宝宝你呢?"

四十、公婆一幕

　　一连好几天叶子都不想吃东西,心里老觉得不舒服,有时候还干呕。叶子不知道这是怀孕的征象,还以为自己得了什么病。在这个时候女人都很脆弱,她真希望胡晓刚能关心关心自己。可胡晓刚却还是每天都到转钟才回来,一倒在床上就呼呼地睡着了。见胡晓刚这么辛苦,叶子也不忍心打扰他,有什么事她只好自个儿承受着。

　　星期天春玲到叶子店里来玩,她发现叶子明显地瘦了,而且还不时地干呕,已经经历过生育的春玲似乎明白了叶子是怎么回事,便问她有哪些不舒服。

　　叶子说:"我也不知道是怎么回事,这段时间总不想吃东西,而且总是想吐,晓刚每天在外面忙,回家又晚,家里也没有其他的人,我想去看看病店里又走不开,我也不知道我到底是病了还是……"其实叶子也意识到了一点什么,但她不好意思说出来。

　　春玲听叶子这么说,忙问她例假是否正常?

　　"这个月一号就应该来的,可今天都十八号了还没有来。"叶子说。

　　看到叶子那一本正经的样子,春玲忍不住笑了。她说:"结婚都一年了,还连这一点都搞不懂,我看你是赚钱赚糊涂了。"

　　其实春玲不说叶子也在往这方面想,她只是不好意思说出口,听春玲这么一说,叶子装出一副恍然大悟的样子,她的脸顿时像泼了血一样的红。

　　"还不快到医院去做个尿检?"

　　"我哪有时间啊,胡晓刚成天都不在家,店里又只有我一个人。"叶子紧

191

锁着眉头说。过了一会儿，叶子似乎突然想起了什么，她看着春玲淡然一笑，说，"能不能麻烦你在我这里坐一会儿，我去检查一下，立即就回来。"

"我坐一会儿倒没关系，就不知道你是否放心。"春玲开玩笑说。

"你这是什么话？我们都什么关系呀，我对你还有什么不放心的？"叶子一本正经地说。

春玲笑得更开心了，她说："真是个傻大姐，还不快去。"

尿检的结果果然是阳性，叶子毫无疑问是怀孕了。当叶子知道了这个结果后，她高兴得恨不得要跳起来。老太婆前不久还在说雪茄来了几年都不"下个蛋"，叶子也快一年了也没见一点影子，这胡家还不知道是哪一辈子得罪了祖先，尽碰到一些不下蛋的鸡。现在叶子真的怀孕了，她设想着胡家人知道这件事后的情景。她想：胡晓刚知道了一定会高兴得蹦起来，婆婆知道了很有可能会转变对自己的态度。于是叶子迫不及待地想把这个喜讯告诉胡晓刚，她也想让婆婆知道她并不是一个不"下蛋"的鸡。

晚上，叶子略微吃了一点东西就疲惫地躺在了床上，她在等待胡晓刚，她要把这个天大的喜讯告诉他，要以此来牵住胡晓刚的心。

人世间有些事往往就是这样，你越急，它就越跟你开玩笑。这一晚叶子没有关灯，她等来等去，左等右等，可整整地等了一整晚上都没有见到胡晓刚的人影。

彻夜不归，这对胡晓刚来说，自从结婚以来还是从来都没有过的事。叶子急了，她担心胡晓刚会不会是出了什么事？她想如果不是出了什么事，胡晓刚是绝对不会整晚上都不回来的。

整整一个晚上叶子都没有合眼，她爬起来又躺下去，躺下去又爬起来，坐卧不宁。不到天亮叶子就起了床，她不知道该到哪里去找胡晓刚，她也不知道胡晓刚到底有哪些朋友，他们都住在哪里？实在没有办法，叶子叫了一辆的士，赶到了婆婆家。

听见有人敲门，婆婆梦里梦醒地就把门打开了。一见是叶子，她明显地表现出了烦躁不安。

叶子来到客厅，只见婆婆的房门关得好好的，而保姆的房门却敞开着。叶子好像察觉到了一些异常，她站在桌子旁边瞅了一眼保姆的房，床上的被子是掀开的,上边却没有睡人。叶子似乎明白了什么,这个房一定是婆婆睡的地方,那么保姆呢?叶子装作什么也没有注意,什么也没有看见,她急不可待地向婆婆说了胡晓刚彻夜未归的事。

婆婆听说胡晓刚一晚上都没有回家,她首先想到的就是:是不是小两口吵了架,她忙着急地问:"他为什么不回家呢?你们俩是不是吵架了?"

"没有啊!他昨天早上还好好的,走的时候还跟我……"叶子不好意思说下去了。

"不要脸!"婆婆小声嘀咕了一句,她转过脸看也不看叶子说,"那找啊!你晓得他会到哪里去吗?"

"我也不知道他有哪些朋友,也不知道他的朋友都住在哪里?"叶子见婆婆这样骂自己,她的眼泪都快出来了。

"晦气。"婆婆没有看见叶子流泪,她只是心里很烦乱。

老太婆到胡家来是填房的,只有胡晓刚才是她的亲生儿子。老太婆见自己的亲生儿子一晚上都没有归家,真害怕他在外面出了什么事。老太婆焦急万分地走到老头子的房门口,咚咚咚地把房门敲得脆响。她近乎吼着说:"快起来,快起来,出事了。"

不一会儿保姆眨巴着眼睛开了房门,一看见老太婆就问:"什么事啊?"

老太婆突然意识到叶子在自己的身旁,意识到自己不该这么急于敲这个门。此时的她猛然感觉到自己无地自容。啪!啪!她走上前就给了保姆两计响亮的耳光,口里说:"你这个不要脸的东西。"

保姆捂着脸跑进了她自己的房间,关上门在里边伤心地哭了起来。

老爷子起来了,他唬着个脸问:"什么事呀,半夜三更的。"

老太婆流着泪说:"晓刚他,晓刚他一晚上都没有回家,不晓得出了什么事?"

老爷子心想:一个大男人整晚上不回来不是常有的事吗?他想起他年轻的时候还不是经常彻夜不归,要不然他大老婆怎么会死得那么早?于是他不耐烦地说:"大惊小怪的,他整晚上不回来又不是一次两次,这有什么值得你们这么恐慌?"

"他现在不是已经有家了吗?有家了他怎么还会整晚上不归家呢?你这么若无其事的,难道晓刚不是你亲生的儿子?我看你是被那个臭不要脸的给迷昏头了,连自己的亲生儿子都不放在眼里了。"说着说着,老太婆竟抽抽搭搭地哭了起来。

"你再这样跟我说话小心我抽你,你个老不息事的东西。"

"你抽呀!反正这一辈子也没少挨你的抽,今天当着儿媳妇的面你也这样说,那你就抽吧!来,我今天就送给你抽。"老太婆把脸凑了上去,她想到老头子不会在这种场合抽自己。

啪!"你居然敢激我,看儿媳妇在这里我不敢抽你是不是?我看你是越来越上旺了。"老爷子看老太婆打了自己心爱的人本来心中就有气,见她还在儿媳妇面前这样跟自己说话,觉得自己很没面子,便边说边连续地抽了她几个耳光。

老太婆啪的一下坐在地上嚎啕大哭起来,她说:"你儿子不见了你都不着急,你还当着儿媳妇的面打我,我不活了,嗯嗯嗯!"

"你不活了河里又没有盖盖子,你只管去,看我拉不拉你。"

"那我就去死,叶子你莫拉我,我这就去死。"老太婆哭着站了起来。

"妈,你别……"叶子赶紧把门反锁上,"妈,您别哭了,不是还要找晓刚吗?您快告诉我晓刚的朋友家都在哪里。"叶子想转开话题。

"是呀,晓刚现在还不晓得出了什么事,他不急着找晓刚,还来打我,嗯嗯嗯!"

"爸,您先消消气,还是找晓刚要紧。"叶子故意把找晓刚的事重提起来,转移他们的纠纷。

老爷子似乎醒悟了过来,他说:"那赶紧打电话呀!他有些朋友的电话不是在家里吗?你们赶紧打呀!"

老太婆没有再哭了,她赶紧擦干了眼泪,心烦意乱地在四处翻了起来。"原来好像就在这个抽屉里的,怎么就没有了呢?"她带着哭腔说。

老爷子凑了过去,一眼就看到了电话本,他瞥了老太婆一眼说:"这不是的吗?你整天心不在焉,魂不守舍的。"

"现在打电话不太合适吧?这不吵闹了别人休息吗?"叶子尽管也很急着找胡晓刚,但她还是比两个老人想得要多一些。

"晓刚一晚上都没回来你不急呀?你个没心没肺的东西。"老太婆瞪着眼睛骂了叶子一句。

叶子本来就一晚上都没有睡觉,见婆婆还这样骂自己,心里很不好受。

但生来就性情柔弱的叶子,在这样的情况下她只能是流泪。

老头子见叶子哭了,似乎动了恻隐之心,他生气地骂老太婆说:"我看你就会骂人,除了会骂人你狗屁不通。"

"我就晓得你们爷三个都是这样的东西,一见到……"老太婆话说到这里突然停住了,她一会儿接着说,"她是我的媳妇我骂了她又怎么啦?你成天心疼这个心疼那个,就是不心疼我。"老太婆说到这里眼泪又出来了。

叶子听到这里赶快止住了眼泪,她突然觉得婆婆也很可怜。自从叶子到胡家来,她的确没有看到过老太爷给老太婆一个好脸色,而是和那个"保姆"总是轻言细语。

老太婆含着泪,顺着电话本打了一溜的电话,当电话打到猴子家的时候,老太婆心中的一块石头终于落了地。"什么姚?"听猴子说在什么瑶瑶家,老太婆回头看了叶子一眼,她说,"哦,我晓得了。"老太婆放下电话她小声地骂了一句,你个死砍头的。

见婆婆安静了下来,叶子的心也静了许多。她已经察觉到了婆婆的表情,她意识到了胡晓刚应该不会有什么事。

"他昨天喝酒喝多了,在一个朋友家里睡觉。"婆婆说。

"唉!扯淡。"老爷子叹了口气,他看了看叶子,进房去了。

突然,婆婆用一种异样的眼神看着叶子,这种眼神中似乎包含了同情、怜悯、责怪、怨愤。她同情的是叶子和她一样,进入了一个女人最难以承受的怪圈,她怨愤的是叶子发现了他们夫妻之间不可告人的秘密。胡晓刚是没事了,老太婆又想到了自己,在叶子的面前,她显得十分的尴尬。

当知道了胡晓刚平安无事后,叶子放心地走了。回到家后她倒床就睡,直睡到中午十二点钟才起来开商店的门。

四十一、秉性初露

晚上十二点钟胡晓刚才回来,叶子从胡晓刚的身上明显地闻到了女人的香水味。其实叶子一点都不傻,今天早上她从婆婆的眼神中早已看出破绽,她清楚胡晓刚一定是在外面干了什么见不得人的勾当。

"你昨天到哪里去了,整个晚上都没有回来。"叶子吞了一口清水,不快地说,"家里这么大一个门面,货又这么多、这么杂,就我一个人在店里你也放心?"

"你怎么又来了呀!"胡晓刚摸着叶子的脸说,"昨天朋友劝我的酒,我没有办法推,所以就醉了,实在是对不起。"

"那你是在哪里过的夜呢?"叶子分明听到婆婆说了一个姚字就住了嘴,但她还是装着不知道的样子,就看胡晓刚说不说实话。

"哎,叶子!"胡晓刚就怕叶子问这个问题,他故意做出不耐烦的样子,想让叶子不再追问下去,"你怎么又没完没了的啊? 我跟你说我喝醉了,他们把我抬到哪里我怎么知道呢?"

"那你醒来的时候是在哪里呢? 你醒来以后总该知道了吧?"叶子还是不动声色地问。

胡晓刚见叶子穷追不舍,他两眼直直地看着叶子,他越看越觉得瑶瑶说得对,越看越觉得叶子就像个小市民。胡晓刚原来还以为叶子很单纯,他没想到她如今也变得阴阳怪气的。胡晓刚不高兴地推开了叶子的脸,他厉声说:"你怎么会变成这样? 你完全不是我刚认识时的那个叶子。"

"你才变了。"叶子突然提高了音量,"你当初对天发誓,海誓山盟,你说了要对我好一辈子,你说了要给我终身的幸福,可你说的这个好字却原来就是这样的好呀?你说的给我终身幸福原来就是这样的幸福呀?家里这么大的一个店交给我一个人,你成天不归家,连我的死活你都不闻不问,你每天在外面麻牌、赌博、花天酒地的玩……"她准备说婊子的,后来又觉得这两个字出自于自己的口实在不雅,便改为了"女人"。叶子说:"这就是你对天发誓、海誓山盟的结果?你原来所谓的对我好就是这样的好法?你昨天晚上在哪里过的夜你不说你就以为我不会知道?"叶子说到这里禁不住又哭出了声。

胡晓刚与瑶瑶的亲密接触已经有好几个月了,他只知道叶子成天关在店里哪里也不能去,她不可能知道,他以为自己对这件事做得天衣无缝,没想到叶子还是知道了。胡晓刚想起自己曾经对叶子的海誓山盟,似乎也感觉到了自己无缘无故地冷落她有些对不起她,因此不由地对叶子产生了爱怜的情愫。见叶子这么伤心地哭,胡晓刚知道她很委屈,也知道自己理屈词穷。他转过脸笑着对叶子说:"哎呀,我的小姑奶奶,你不要哭了好不好?你这一哭我心里也很难受。"

如果在以前,叶子可能会被胡晓刚的这种行为逗得发笑,但今天她想起胡晓刚在瑶瑶家里过夜,她无论如何也无法开心。叶子睁着一双涩滞失神的眼睛望着胡晓刚,她说:"我现在什么都不想听,我只想让你真实地告诉我,你昨天晚上到底在哪里?"

胡晓刚猜测到叶子已经知道了他昨天晚上的事,但他猜不透叶子是从哪里得到的这个消息。看来瞒是瞒不过了,他只想把话说圆满一点,免得叶子胡搅蛮缠。胡晓刚嬉皮笑脸地看着叶子,他说:"唉,你真是个小心眼,昨天我同税务局的几个人在一起喝酒,我说我不能喝了,他们却硬拉着我喝,最后我醉了。因为他们都是瑶瑶的同事,也知道我认识瑶瑶,所以直接把我送到了瑶瑶的家里。其实他们送我去的时候我一点也不知道,等我醒来的时候已经就是今天下午的五点钟了,瑶瑶邀了几个人又一块去吃了一餐饭,现在不就回来了吗?"说到这里,胡晓刚俯下身子摸着叶子的眼泪说:"哎呀,我的小宝贝,我真是拿你没有办法。"他边说边想去搂叶子。

"就这么简单?"叶子用力扒开了胡晓刚的手"就你说的这么简单?"

胡晓刚知道叶子还没有转过弯来,他双眼盯着叶子,先发制人说:"哎!我说叶子,我总觉得你对我很好,但你原来却是这么对我好的?你怎么会一点都不信任我了呢？你说我们这还算是夫妻吗？你知不知道夫妻之间最最起码的一点就是要相互信任，就像我百分之百地信任你一样。"

"那当然。"叶子说，"你成天把我关在这个店里，我哪里也不能去，你当然会信任我。如果我也像你一样，整天整夜的不归家，又交代不出一个所以然来，你胡晓刚还会信任我吗？"

"你这样说就不好了。"胡晓刚讨好地说，"如果我不信任你我就会整天守着你，现在我是对你放心我才经常出去呀！再说，我要是不信任你，我可以怀疑你在店里跟别人好呀，你说我一天到晚都不在家，如果有人来和你好不是很容易的事吗？但是我相信你，我想我的叶子绝不是那样的人。"

"胡晓刚，如果是这样，我看你还是不信任我好，我劝你再别信任我了好不好？我求你再不要信任我了，我希望你一天到晚在我身边看着我，我希望你不相信我而整天守着我。我太累了，真的，我真的希望你能够守着我，就像我们俩以前一样，我觉得那段日子我才是真正的幸福。"

现在想要胡晓刚守着叶子那简直是不可能的事，胡晓刚现在的心早就已经不在叶子的身上了，他现在是一天也离不开瑶瑶。对于叶子的唠叨，胡晓刚非常反感，但他还是装出心平气和的样子对叶子说："叶子，我可是个男人哪！男人有男人要做的事，我怎么可能一天到晚陪着你呢？你现在这样认为我，你是不是觉得嫁给我不幸福？你知不知道有多少人还在羡慕你呢？一个人总是要知足才好。"

听胡晓刚强词夺理，叶子心里越发来气。她说："你认为我嫁给你很幸福吗？其实我嫁给你就等于是给你当保姆，当用人，当奴隶，当你发泄的工具。你这么大的一个店就交给我一个人，你知不知道我每天吃的是什么，喝的是什么，你知不知道我有多么难？我每天连买菜做饭的时间都没有，天天都是吃隔壁的馒头、饼子、热干面，再这样继续过下去，我担心我都要变成热干面了！"说到这里叶子突然一阵干呕，差一点把胃呕了出来。

叶子干呕了半天，胡晓刚视而不见。叶子想起胡晓刚以前对自己那么细心，连自己打个喷嚏胡晓刚都要心疼肝疼疼半天。她不知道胡晓刚现在到底是怎么了，她想起自己当初死心塌地地跟着他，想不到他给自己的幸福日子却是那么的短暂。叶子越想越伤心，禁不住呜呜地哭了起来。

胡晓刚对叶子的好感早已经烟消云散，他现在哄哄叶子，只是想让她老老实实地在家里做生意。见叶子一直唠叨个没完没了，胡晓刚早就烦了，但他还是忍着自己的脾气,想尽量说服叶子。见叶子越说越来劲,而且还得寸进尺,居然还大哭了起来,都快深夜两点了,还不让人睡觉,胡晓刚火冒三丈。他想难怪瑶瑶说叶子像个小市民,他也觉得她真的很贱。见叶子越哭越来劲,胡晓刚非常愤怒。他把叶子往旁边一扒,说:"你哭什么,哭什么,哭什么?我看你真像个打不湿绞不干的扭筋子,你是不是觉得嫁给我委屈了你,你天姿国色,你如花似玉,我配不上你是不是?你是说你是鲜花我是牛粪是不是?你现在醒悟了?你怎么不早醒悟呢?你早醒悟你就嫁给那个局长的儿子该有多好?你现在是不是后悔了,你后悔了你就再去找他呀,你觉得我不好,你认为你吃了亏,你就走呀,你走好不好,你滚好不好,你跟老子滚蛋好不好?"

胡晓刚是脾气特别暴躁的一个人,以前他确实是喜欢叶子,后来他是特别需要叶子,加上他整天都不在家,所以很少发脾气。今天他见叶子那得理不饶人的样子他越想越气,他将拳手捏得嘣嘣直响,惊天动地地吼了一声"滚!"

听到胡晓刚的一声"滚",叶子的心里突然咯噔一下,不禁不寒而栗。就这一个滚字,留给了叶子无尽的凄凉与心酸。

这就是胡晓刚吗?这就是当初追我追得死去活来,寻死觅活,求全下跪,如果我不嫁给他,他就要与世长辞的胡晓刚吗?他当初好话说尽,不达目的誓不罢休。说什么今后如果对我不好就路倒沙埋,天打雷劈。现在两个人结婚还只刚刚一年,他居然要自己滚。

叶子越想越心酸,越想越生气,她就像素昧平生似的两眼直瞅着胡晓刚说:"你,你居然要我滚?我嫁给你这一年多,我拼死拼活地为你做,你居然要我滚?"

叶子满目凄凉地看着胡晓刚,哭着说:"既然你这么无情,既然连这种话都说出来了,那我也没有什么值得留念的了,那我就滚。"叶子边说边走近衣柜,准备拿自己的衣服。

见叶子真的来了劲,胡晓刚呼地一下跑了过来,他一把抓住叶子的头发,噼里啪啦就是几个巴掌。胡晓刚抓住叶子的头发不断地摇晃着,叶子的脑袋也跟着他的手左右摆动。胡晓刚恶狠狠地说:"你还真想走啦你。"他边打边说:"我看你走不走,我看你还敢不敢走?"

"你打我,你居然打我。"叶子双手扒开胡晓刚抓自己头发的手,她捂着自己被打的脸,想起她公公打婆婆的样子,伤心地哭了起来。

"我打了你怎么样,啊?我打了你你又能怎么样?现在我老实告诉你,今天我打你是给你提个醒,你今后要是再不听话,看我怎么收拾你。"

结婚以来,胡晓刚还是第一次对叶子发这么大的火,动手打人更是从来没有过的事。看到胡晓刚那狰狞的面目,叶子简直不敢相信这就是自己爱了几年的胡晓刚,她突然感到了几分恐惧。叶子不明白当初那么细心,那么体贴自己的胡晓刚为什么竟然还有如此凶狠的一面,她想到今天也许是自己唠唠叨叨的太过分了,是不是胡晓刚内心也有难言的苦衷?叶子流着泪神情惨淡地看着胡晓刚,她说:"我好几天都没有吃东西了,你也不闻不问,平常你总是半夜三更才回来,唯独今天你稍微回来早一点你就打人,嗯嗯嗯!"说着说着,她又伤心地哭了起来。

胡晓刚没有再说什么,他恶狠狠地瞪了叶子一眼,仿佛在说:看我以后怎么收拾你。

胡晓刚的这一眼让叶子背脊发凉,直刺心脏。叶子轻轻地闭上了眼睛,她凄美得犹如一只折了翅膀的蝴蝶,动弹不得。

四十二、温馨再现

　　胡晓刚人也打了,气也出了,听叶子说几天都没有吃饭,想起她刚才呕吐的样子,似乎意识到了什么,他不禁动了恻隐之心。胡晓刚典型是个半边人脸半边狗脸的人,他在兴高采烈的时候,可以为一点点小事翻脸不认人,但在他怒发冲冠的时候,他又可以来个180度的大转弯。

　　胡晓刚见叶子说得可怜,望着她那双饱含幽怨,盛满秋水的大眼睛,感到一阵惭愧,不由地一把将叶子揽进怀里。胡晓刚的怀抱依然温暖,但此刻却让叶子感觉陌生。叶子在想,为什么同一个人抱着,在不同的心态下,被抱的感觉会有这么大的差异。

　　胡晓刚主动到厨房打来了一盆热水要帮叶子洗脸。他说:"你既然不舒服就好好地对我说嘛,为什么要发火呢?你看看,我也不希望我们闹到这个地步,快来洗洗脸,早点上床休息。"

　　叶子没有搭理胡晓刚,她坐在那里只管呜呜呜地哭,而且越哭越伤心。

　　胡晓刚见叶子还在一个劲地哭,他绞了一个热毛巾,准备帮叶子擦脸。他说:"你这个人呀,就是这样,有一点事就没完没了。我的脾气不好你也知道,一激动起来就什么也顾不得了,以后你只要见我的脾气来了你就别吭声,让着我一点,等我的火气消下去了你再说也不迟,可千万别跟我对着干。"

　　叶子没有让胡晓刚帮她洗脸,她接过毛巾自己洗了脸、洗了脚便上了床。胡晓刚趴在床上帮叶子盖好被子,他说:"你先休息一会,我出去一会儿就来。"说完,他拿起一个盖碗就出了门。

不一会儿胡晓刚就端回了一碗热气腾腾的鸡汤面。他要叶子起来吃，叶子却躺在床上一动也不动。胡晓刚坐到床边，他一手端着碗一手抹着叶子的眼泪说："好了好了，我的小祖宗，快起来吃一点，别真的饿坏了身子，你是存心让我心疼你不是？"

见叶子还是不动，胡晓刚把碗放到床头柜上，将叶子连哄带呵地拉了起来，然后将面递给她。

见胡晓刚真的转了脸，叶子似乎有些感动，她接过碗放在床头柜上，流着泪摸着自己的腹部说："你打我是小事，可别伤着了我们的孩子。"

"什么？ 你说什么？"胡晓刚惊喜地看着叶子，"我们的孩子？ 你是说我们已经有了我们的孩子？"

胡晓刚的哥哥胡亦得结婚都好几年了，就是因为他哥哥有病，所以他的嫂嫂至今都没有怀上孩子。现在叶子跟自己也已经有一年了，胡晓刚见她没有动静，他生怕自己也像哥哥一样，所以一直不敢吭声。今天见叶子果真有了自己的孩子，胡晓刚欣喜万分。胡晓刚一屁股坐到叶子的身旁，他不顾一切地搂着叶子说："我的乖宝宝，我的好叶子，你果真有了我们的孩子？"

"我去医院检查了，是真的。"叶子说。

"去医院？ 你什么时候去过医院，我怎么不知道呢？"

"你天天在外面不归家，我连去医院的时间都没有，昨天要不是春玲来，我还不知道自己是得了什么病，还是春玲要我去检查一下，我才知道了是这么回事。"叶子摸着自己的肚子说，"你竟然还打我。"说着说着眼泪又流出来了。

"对不起对不起对不起！"胡晓刚连说了几个对不起，他擦着叶子的眼泪说，"我有罪，我该死，我怎么就控制不了自己呢？ 还打我的乖宝贝？ 我真的该死。"接着，他把自己的头打了两下。

"扑哧！"叶子看到胡晓刚那个滑稽相，又想起了他们初次见面的那个情景，她不由自主地笑出了声。

"快快快，多吃一点，可别饿坏了我们的孩子。"胡晓刚再次从床头柜上端起碗对叶子说，"俗话说天上下雨地上流，小两口吵架不记仇。刚才都是我不好，你就别放在心里了，今后，我一定改掉我的一些臭毛病，每天都在家里陪着你，再也不让我的宝贝叶子受委屈了。来，为了我们的宝宝，你尽量多吃一点，别饿坏了我们的小宝贝。"

　　既然胡晓刚真正地转变了态度,叶子的气也就消了一大半。她轻轻地推开胡晓刚端面的手说:"晓刚,不是我不吃,是我真的不想吃。"

　　"那怎么行?"胡晓刚说,"现在吃不吃不是你一个人的问题,现在还关系到我们的孩子,你已经几天都没有好好吃饭了,如果再不吃,饿坏了我们的孩子怎么办?"说着,他又一次把碗递给叶子,说:"来,为了我们的孩子,哪怕这是一碗药,你也尽量地把它吃下去。"

　　叶子接过碗勉强地吃了几口,又把碗递给胡晓刚。胡晓刚再没有劝叶子了,他接过碗,轻轻地给了叶子一个吻,说:"嗨,你不顾我们的儿子,看我来为我们的儿子吃。"他边吃边说:"儿子,爸爸来帮你把面吃了,嗯,真好吃。"

　　放下碗,胡晓刚拧了一个热毛巾,亲自给叶子擦了擦脸,擦了擦手,自己也擦了擦,便上了床。上床后,胡晓刚搂着叶子,想起她怀了自己的孩子自己都不知道,心里一阵愧疚,便把叶子搂得更紧了。胡晓刚轻轻地用手摸了摸叶子的腹部,连声说:"叶子,对不起……"这一夜,他们两个人一个心怀愧疚,一个渴盼已久,经过双方温暖的传递,夫妻俩的关系便一下子融洽了起来。

　　事后,胡晓刚带着激情后的愉悦,带着因背叛而来的内疚,精心地安抚着叶子。

　　第二天,胡晓刚要叶子多睡一会儿,自己一清早就出去了。一会儿,他给叶子买来了早点,打盆水到床边,帮叶子洗了脸,说:"你勉强吃一点吧,我今天真的还得出去办一点正事,一会儿就回来了。"

　　不到中午,一个容貌俊秀的小姑娘同胡晓刚一块回来了,小姑娘手上提了满满的两塑料袋菜。胡晓刚说:"叶子,我到中介所请了个小保姆,她叫余丽萍,今后就让她烧火做饭,好好照顾你。"

　　没过几天,胡晓刚又申请了一部电话,自己也配了一个 BB 机,他对叶子说:"今后我尽量在家陪你,如果我有事出去,你可以随时呼我。"

　　叶子已经怀有五个多月的身孕了,她的肚子也渐渐地隆了起来。叶子感受到这个小东西在自己的身体里一点点地长大,跟着自己一起吃饭,一起呼吸,一起分享着自己的快乐;感受到这个小东西不停地在自己的肚子里踢毽,跳绳,练武术。

　　原来,孕育一个小生命竟是如此的神奇,叶子摸着自己高高隆起的肚子,想起自己就要做妈妈了,高兴不已。她下意识地轻轻抚摩着自己隆起的小腹,用温暖的手安抚着自己腹中的小宝贝。

　　看到叶子那副楚楚动人的样子,看到叶子那已经高高凸起来的肚子,胡晓刚心里愧疚万分。现在胡晓刚很少外出,他竭尽所能地在家里陪伴着叶子。胡晓刚天天哄着叶子,尽量地让她开心,他对叶子万分的体贴,关怀备至。胡晓刚什么事都不让叶子做,他给她买补品,跟她讲笑话,陪她逛街、看电影。他还讨好叶子说:"你是全世界最可爱的女人,只要你开心,我做什么都心甘情愿。我对天发誓,这一辈子我绝不会抛弃你,我要和你相濡以沫,不离不弃。"

　　在怀孕的这几个月里,叶子被宠坏了,她完全忘记了过去胡晓刚给自己的种种委屈和不快,她再次感觉到胡晓刚是这个世界上最好最好的男人,她同时也觉得自己是世界上最最幸福的女人。

　　叶子的脸上每天都洋溢着从内心深处发出来的笑容,他们夫妻之间的融洽和恩爱,打破了所有人对他们婚后生活的预测。

　　这一段时间,叶子和胡晓刚又过起了和风细雨的日子。

四十三、瑶瑶施计

一连几个月胡晓刚都躲着不见瑶瑶,瑶瑶的心里十分郁闷。她先是恨胡晓刚,她恨不得把胡晓刚宰了生的吃。她又忘不掉胡晓刚,忘不了他那嬉皮笑脸地拥抱自己、与自己亲热的情景。"我一定要见他,我一定要见见这个没心没肝、薄情寡义的男人,我要狠狠地骂他一通。"瑶瑶在心里说。

下了班,瑶瑶换了一双朱红的高跟皮鞋,一条紫色长裙外套着一件勾花坎肩,一头的卷发慵懒地垂在肩头。

"瑶瑶?你怎么来了?"正当叶子和胡晓刚在开心地谈笑时,家里突然来了一个不速之客。叶子转过头一看,心里突然一咯噔,不禁惊呆了!这么大热的天气,她居然风尘仆仆地出现在了他们的面前。

以前,瑶瑶和胡晓刚好的时候,满世界人都知道,唯有叶子不知道。自从那一晚叶子知道了胡晓刚在瑶瑶家里过夜以后,她便开始注意胡晓刚的行踪,开始打听胡晓刚与瑶瑶的事情。

人上一百,性格各异,有些人是息事宁人,生怕别人家里闹矛盾、闹纠纷,紧锁其口。但有的人却是唯恐天下不乱。叶子不知道胡晓刚和瑶瑶的关系的时候,有些人是想说不敢说,现在见叶子亲自过问起这些事情来了,那些好事的人便惟妙惟肖、加油添醋地把他俩的事情说成是用水点着的灯。

听到这些闲言碎语,叶子心里颇不是滋味,但她在没有把情况彻底搞清楚之前,她一声也没有吭。何况这一段时间胡晓刚除了买菜或进货以外,很少外出。胡晓刚每天都在家里任劳任怨地帮叶子做事,精心地调理叶子,对叶子无限的温存,让叶子又尝到了人间的温馨。既然他已经意识到了,改过来了就好。叶子并不是那种得理不饶人的人,她对任何人都存着一颗宽容的心。

见瑶瑶已经进店来了,叶子马上转为笑脸望着瑶瑶一笑,说:"你真是稀客。"

瑶瑶的眼睛直瞅着胡晓刚,见叶子跟自己说话,她转过脸瞥了叶子一眼,毫无表情地说:"什么东客西客的,只怕是有的人巴不得永远都不见我。"然后,眼睛又回到了胡晓刚的身上。瑶瑶不敢多看叶子一眼,她担心哪一天她会抓住自己的头发,撕破自己这张漂亮的脸。

胡晓刚知道瑶瑶是因为自己这一段时间没有与她联系,但想不到瑶瑶居然会找上门来,这让胡晓刚显得有些手足无措。面对眼前尴尬的局面,胡晓刚明显坐立不安。叶子知道这是一个僵局,她也不知道该说些什么,但她还是客气地端来了板凳让瑶瑶坐,还倒了一杯冰冻的可口可乐递给瑶瑶。然而,瑶瑶却倒像是一副无所谓的样子。

瑶瑶没有坐,也没有接叶子递过来的可口可乐。她不等胡晓刚开口说话就先发制人说:"嗨!我看你们小两口还蛮亲热呢!整天在家形影不离,竟然连税钱都忘了交了,还问我怎么来了,真是笑话。"

叶子见瑶瑶不理自己,尴尬地把可口可乐放在旁边的食品柜上,又去整理服装的挂面。

"不是已经说好了吗?怎么又……"见瑶瑶来者不善,胡晓刚一头的雾水。

"不是说好了什么?"瑶瑶不等胡晓刚继续说下去就抢着说,"胡晓刚,我告诉你,我今天是代表组织来的,现在通知你,明天上午八点钟准时到税务局去接受处罚。"

叶子听瑶瑶说是代表税务局来催税的,她一点都不相信。但叶子想,她既然已经来了,自己还是应该以主人的身份把她当作客人。她连忙说:"瑶瑶,你先坐一下,有什么事慢慢谈。"

瑶瑶眯着眼睛看了叶子一眼,突然发出一阵银铃般的笑声,然后转过头对胡晓刚说:"说好了,明天上午八点,我走了。"

"瑶瑶,你何必呢?有话我们可以好好说嘛!"胡晓刚意识到是自己这些天冷落了瑶瑶,所以她要在纳税上报复自己。胡晓刚从叶子身旁拿起凳子对瑶瑶说,"来来来,先坐一下,有话好好说。"

"没有什么好说的,明天见。"瑶瑶见他们夫妻一唱一和,心里很不是滋味,边说着边气冲冲地走了。

往往,事情的真相比虚假的谎言来得更加的残酷无情。第二天早上,胡晓刚按时往税务局走来,可在离税务局两百米以外的地方,瑶瑶就把胡晓刚给拦住了。瑶瑶笑着说:"你还真去呀,真是个傻帽。"她拉着胡晓刚的手就往东走。

瑶瑶这天打扮得格外的漂亮,她上穿一件红色紧身服,下穿一条黑色小喇叭裤,脸上恰到好处地化了一点淡妆,一头乌黑的卷发整齐地垂在肩上。

看到瑶瑶拉着自己往回走,胡晓刚顿时就明白了,这又是瑶瑶施的一条诡计。瑶瑶把胡晓刚拉上一辆的士,朝着东边的方向开去。

瑶瑶说要胡晓刚去交税,叶子心里明镜似的。这一次叶子多了一个心眼,胡晓刚一出门她就跟了出来。胡晓刚和瑶瑶在税务局不远处演绎的一幕,让躲在暗处的叶子看得清清楚楚。虽然她没有听清楚他们到底说了些什么,但是她真真切切地看到了他们俩相拥而去。

刹那间,叶子浑身的血液直往上涌,脚软得如踩地毯一般,几乎站立不稳。爱情是私有的,不是苹果、蛋糕,可以切开来让人分享;爱情也只能是一对一的,它纯洁得不能进一点沙子。看着自己心爱的人被别人牵着手与自己擦肩而过,叶子的泪在自己心里流。她无论如何都不甘心将自己辛苦栽培的爱情分享给别人。

就在擦肩的那一瞬间,叶子真想冲过去与他们理论,可她的脚却怎么也不听使唤。叶子想破口大骂他们这对狗男女,可她喉咙却像被什么堵住似的,怎么也发不出音。叶子不知道自己是怎样走回家的,她一进屋眼泪就像断了线的珠子,"吧嗒吧嗒"地直往地上滴。叶子无论如何也想不明白,当初对自己那么穷追不舍,海誓山盟,下跪求婚的男人,现在结婚才一年多就开始背叛自己。叶子开始想到和他离婚!但她知道自己还深深地爱着这个男人,除此之外,她还想顾及一下自己的名声。

至于瑶瑶为什么一定要这样做,叶子也无法想通。她是有钱人家的女儿,是正规大学的本科生,是国家税务局的干部,是已经有了丈夫的人。而且她丈夫凭学历、凭外貌、凭家庭、凭职业,处处都要比胡晓刚强,她就不明白瑶瑶为什么会死拽着自己的胡晓刚不放?叶子还有想不通的地方是,瑶瑶还是自己的同学,连兔子都不吃窝边草,她瑶瑶为什么就没有一点品德,硬要不知羞耻地跟自己抢丈夫？回到家里，叶子的心是无比的惆怅。

的士把瑶瑶和胡晓刚送到瑶瑶的家门口，瑶瑶一进屋就把门反锁上，转头从胡晓刚的背后一把紧紧地抱住了胡晓刚，然后伏在他的肩上伤心地哭了起来。胡晓刚站在那里没动，她的眼泪打湿了他的半边衣裳。

"他又和那个女人走了，这一次去了西班牙。"瑶瑶泣不成声地说。

"他们单位了解他们的情况吗？怎么会安排他们俩一块出差呢？"胡晓刚扳开了瑶瑶的手，转过身来拥抱着她。

"她是他的助手，于公于私他们都必须在一起。"瑶瑶拥着胡晓刚慢慢地移到床边坐下。

"你怎么这么老实，怎么不去戳穿他们？"胡晓刚看着瑶瑶问。

"我不能，他说过，如果我做出了让他难堪的事，他一定饶不了我。"瑶瑶说到这里又哭了起来。

"大不了不就是离婚吗？你怕什么？"胡晓刚显然有些生气。

"我和他离了怎么办？你也会和你老婆离婚吗？"瑶瑶抹了一把眼泪。

"我……"

"你怎么样？舍不得了吧？"瑶瑶的眼泪又出来了。

"你知道吗？她已经怀上了我的孩子。"胡晓刚说。

"那又怎么样？将来我也可以给你生孩子呀！说一千道一万，你还是离不开你的老婆。"瑶瑶的醋意油然而生。

"我跟你说过了，我们俩都离不了婚，就不要想那么多了，我们现在这样不是挺好的吗？再说，这段时间叶子怀上了孩子，我们就暂时少接触一些，等她把我们的儿子生下来了，到那时我们再……"

瑶瑶不再说什么了，她勾起腰抱住胡晓刚的脖子，猛地一下将嘴唇贴了上去。于是，两个人就昏天黑地地狂吻了起来。他们吻得是那么的热烈！那么的疯狂！那么的肆无忌惮！那么的如醉如痴！

"叶子还以为你在税务局呢？"瑶瑶突然咯咯咯地笑了起来。

胡晓刚说了一句是，也开心地笑了。笑着笑着，两个人又拥抱在了一起。最后，两个人终于憋不住，前仰后合地大笑了起来。

胡晓刚本来是决定在叶子怀孕期间不与瑶瑶见面、不和她亲热的。但他一碰上瑶瑶那双勾魂摄魄的眼睛就忍不住又心旌摇荡起来。瑶瑶那无与伦比的美貌,狐媚善变的眼神,充满弹性的皮肤,令人难以琢磨的心理,使得胡晓刚无法不爱。

瑶瑶躺在胡晓刚怀里,两眼火辣辣地盯着胡晓刚看,她想起与胡晓刚在一起的多少个欢乐的日日夜夜,多少个缠绵的美好时光,想起胡晓刚就因为老婆怀了孩子,就几个月都不理睬自己,想起鲍毅现在跟别人在一起不知道是多么的快乐,她的眼泪不由得喷薄而出,脸上却挂着辛酸的笑容。

"你怎么啦?刚才还好好的怎么突然又这样?"胡晓刚看着瑶瑶,心中着实不解。

"胡晓刚,你爱我吗?"

"当然,你这么美妙的女子,叫人无法不爱。"

鲍毅当初也是这么说的,可鲍毅婚后不到一个月就跟别人鬼混去了,胡晓刚现在也这么说,可胡晓刚就因为叶子怀了他的孩子,几个月都不理自己。瑶瑶一想起他们男人没有一个好东西,心里就像火烧一样的痛。

想到这里,瑶瑶突然推开了胡晓刚,提手就给了他一个耳光。

"瑶瑶,你怎么打我?"猛地挨了这一巴掌,胡晓刚一下子回不过神来,他捂住自己的脸问,"你是不是疯了,你为什么要打我?"

见胡晓刚的眼里现出莫名其妙的神情,瑶瑶立马意识到了自己的失态,为了挽回自己刚才的错举,瑶瑶一下子扑到了胡晓刚的怀里,放声大哭起来,她说:"你为什么几个月都不理我,你可知道这几个月里我是怎么过来的吗?这几个月鲍毅只回来了一次,在家里住了一个晚上,拿着他换洗的衣服就走了,可在这么长的时间里,我一个人在家里心问口,口问心,就没有一个人来安慰我,你说你们男人怎么就没有一个好东西呢?你知不知道我常常在午夜突然醒来,望着窗外的夜色掉泪?"

胡晓刚一直都以为瑶瑶是一个大大咧咧,很开朗的人,想不到她的心中也有这么多解不开的谜,他突然觉得瑶瑶也很可怜。但是叶子现在已经怀上了自己的孩子,连父母亲都高兴得不得了,而且叶子也对自己一往情深。自己原来和瑶瑶在一起,只是想和她玩玩,他也知道瑶瑶也只不过是拿自己解闷,他没想到瑶瑶却动了真格的。看到瑶瑶这个样子,胡晓刚一句话都没有说,只是用眼睛默默地注视着她。

"胡晓刚,你一定要给我一个答案,你说你到底爱不爱我?我知道我现在向你提出这个问题很自私,但在爱情这个问题上,每一个人都是自私的,我不要你看我被人抛弃了,觉得我很可怜,但同情并不等于爱情。在我和叶子之间,你必须要选择一个,如果你选择的并不是我,我会尊重你的选择,从今以后我不会再打扰你;假如你选择了我,我会马上与鲍毅离婚。我和鲍毅的感情确实已经破裂了,就算他回心转意,我也不会原谅他,这样的日子我再也无法过下去了。"说到这里,瑶瑶又伤心地哭了起来。

如果说以前瑶瑶说这样的话,胡晓刚可能还会考虑考虑,但现在叶子已经怀上了自己的孩子,而且大多数人都说她怀的像是一个儿子。胡晓刚想起父母期盼了这么多年,现在叶子好不容易怀上了,自己无论如何也不能说放弃就放弃。再说,瑶瑶的性格远远不如叶子,像刚才,瑶瑶无缘无故就打了自己一个耳光,这种行为在叶子身上是绝不可能发生的。要不是看在瑶瑶刚才的那个可怜劲上,胡晓刚早就几个耳光刮过去了,但是,胡晓刚忍住了,他对瑶瑶说:"你知道,叶子现在已经怀上了我的孩子,在婚姻法上,女方在孕期期间是不判离婚的,因此我的确无法回答你。"

"我并没有要求你马上离婚,我只是问你到底爱不爱我,只要你说你是真心爱着我的,我会等你,哪怕一万年。如果你说出一个不字,那你可以马上回去和你的老婆亲热。"

看瑶瑶说得这么恳切,胡晓刚设在心底的那道防线瞬间就被冲垮了。他一把抱住瑶瑶,在心底说了句对不起。

"晓刚,谢谢你这样说,但我现在要的并不是这三个字,而是要你真诚的表态。你口中说着对不起,但你还不照样是别人的丈夫?"瑶瑶说着说着,忍不住又流出了眼泪。

瑶瑶也是这么的楚楚可怜,胡晓刚暗暗摄住自己的心神,看着瑶瑶,想起自己以前只不过是想玩玩她,禁不住又有些脸红。胡晓刚又一次被瑶瑶吸引得魂不守舍,他紧紧地抱住瑶瑶,温柔地说:"我也曾想过要和她离婚,和你名正言顺地结合在一起,然而,每当我看到她那乖巧而楚楚可怜的样子,我就怎么也无法把这个话说出口。"

"那好,那你还是回去陪你的老婆吧!你再也不用到我这里来了。"瑶瑶使劲地推开了胡晓刚。

看到瑶瑶这么激动,胡晓刚感受到了瑶瑶的真情,他再次抱紧了瑶瑶,两人一同滚在了床上。他们两人就如同饥饿的人见到了食物,干渴的人碰到了水一样,如火如荼地难舍难分。

四十四、叶子临产

这一天,胡晓刚又是晚上十二点钟才回来,他进门竟然没有惊醒床上睡着的叶子,黑灯瞎火中,胡晓刚轻轻地上了床。他的手无意中触摸到了叶子那凸起的肚子,心中不由得内疚起来。

叶子突然从睡梦中惊醒,见胡晓刚睡在自己的身旁,猛然心生疼痛,眼泪也不由自主地涌了出来。叶子偷偷地用手抹了一把眼泪,她装作什么事也不知道地问他税务局是怎么回事?胡晓刚撒谎说:"税务局一定要罚款,为了交结他们,我只好请他们吃了一顿饭。"

见胡晓刚对自己还是这么的不诚实,叶子心灰意懒。她两眼直直地瞪着看不见面目的胡晓刚,一句话都没有说。此时的叶子不是不想拆穿胡晓刚的伎俩,而是因为她突然说不出话来了。这一晚,叶子再也没有吭声,躺在床上,她捂着被子暗暗地流泪。

知道叶子怀孕后,婆婆对叶子的态度也转变了许多,她经常买一些鸡、排骨什么的来给叶子吃,并反复地叮嘱胡晓刚要给叶子加强营养,还要胡晓刚哪里都不要去,要他在家里好好地陪陪叶子,并让胡晓刚再次请来了他的表妹。

胡晓刚还真听他妈的话,自从那一天税务局的假象后,胡晓刚就再也没有去找瑶瑶了。尽管瑶瑶经常打呼机、打电话,胡晓刚有时候甚至连接都不接。就在瑶瑶骗他出去的那一天晚上,他们激情之后,胡晓刚还是跟瑶瑶把话讲明白了。他说叶子现在已经怀孕了,他暂时不能答应瑶瑶,他说瑶瑶你如果还有耐心,你就等叶子把孩子生了以后再说。

　　瑶瑶表面上是服从了,可她的服从掩饰着她更加深刻的嫉妒与仇恨;瑶瑶表面上是退让了,可她的退让埋藏着一触即发的杀机。瑶瑶在等待,她要等待着时机成熟的时候报复叶子。

　　正吃午饭的时候,叶子突然腹痛难忍,已经足月的她立刻意识到自己是临产了,她赶紧喊胡晓刚。胡晓刚见叶子是要生了,马上给他妈打了个电话。他妈高兴地说:"你赶快送叶子到医院去吧,我马上就来。"

　　尽管妇产科医院离胡晓刚家不远,但胡晓刚还是叫来了的士,他把叶子送到了对面的妇产科医院。在病房里,叶子实在是疼得受不了,她含着眼泪对胡晓刚说:"你跟医生说说要他们快点吧,实在不行就剖腹,我真的受不了了。"

　　胡晓刚见叶子这么痛苦,他也急得像热锅上的蚂蚁。他对小护士说:"赶紧叫医生来吧,你看人都疼成这样了,怎么还没有人管呢?"

　　小护士说:"现在病人的宫颈还没有全开呢!这可不是着急的事,到时候医生自会安排。再说产房里现在正在抢救一个病人。"

　　胡晓刚听小护士这样说就有些不舒服了,他说:"抢救别人也不能对我们不闻不问呀?你看她都疼成这样了。"

　　"谁说不闻不问了? 现在我不是来了吗?"小护士也有点生气了。

　　"晓刚,别……"叶子连忙阻止胡晓刚继续说下去。

　　"好好好,谢谢你们多关照一点。"胡晓刚只好退了一步。

　　老太婆来了,她一来就安排胡晓刚赶紧去准备鸡蛋,她说生了孩子是要吃鸡蛋接气的。胡晓刚到菜市场买鸡蛋去了,婆婆一直守在叶子的身旁。胡晓刚买好鸡蛋交给了保姆,接着又来到了医院,可一直到天黑了叶子都还没有进产房。

　　胡晓刚看天色已经很晚了,便催促已经在医院待了大半天的妈妈回去休息。他说:"妈,您先回去吧,这里有我呢!"

　　"那好,那我就先走了!"婆婆站在叶子的身旁,帮叶子扎紧了被子说,"忍着点啊! 等我孙子出来了就好了。"

　　叶子忍着痛向婆婆现出了一个甜甜的笑,她说:"您老回去吧! 都累了一天了,回去好好休息,这里您就放心好了,有晓刚在这里,还有这么多医生,我不会有事的。"

　　胡晓刚送走了他妈回来对叶子说:"你看我妈多高兴,她就等着抱她的孙子呢!"

叶子这一次怀孕胡晓刚和老太婆都坚信她怀的是个儿子。因为无论是算命、看相,还是叶子怀孩子的迹象,以及大家的猜测,和叶子孕期的反应,都像是儿子。因此婆婆给婴儿准备的也都是男孩子穿的衣服,甚至连玩具都是些小刀、小枪什么的。

"如果万一是女儿呢?"叶子显然信心不足。

"不准你瞎想,要有信心,我们的孩子一定是个男孩。"胡晓刚说。

叶子表面上以微笑应对着胡晓刚,但她内心里还是有些隐隐的不安。叶子看着胡晓刚那痴迷的样子,心情非常沉重,她知道希望越大失望也就越大,她担心如果万一生的是个女儿,她不敢想象他们会不会承受得起。

叶子从怀孕至今,她的上腹部一直隐隐作痛,医生说是孩子在里面压迫了哪一根神经,说孩子出生了就好了,因此,叶子一直在耐心地等待着。

生产的时候,由于孩子的头比一般的孩子大,所以怎么也出不来。眼看胎音微弱了,医生不得不用剪刀把叶子的阴道剪开,用拉吸器好不容易才把孩子拉了出来。叶子终于生了孩子,但却是一个女婴,叶子的担忧果然成为了现实。

"女孩,六斤四两。"小护士举着小女孩给叶子看了一眼,就把孩子放在了叶子旁边的一块木板床上。

"快,大出血了。"一个护士惊恐地喊了起来。

抱孩子的护士听说叶子大出血,她连东西都来不及给孩子盖,就集中精力抢救叶子,好在产房里还有暖气。

从阴道里出来的血就像水龙头放水一样,稀里哗啦地流个不停。不一会儿,一个大白盘子装满了,护士又拿来了一个塑料桶。这时候,有一个小胖护士捂着眼睛说:"太可怕了,我从来都没有看到过像这样出血的。"

"谁让你当着病人这样说话的?"妇产科主任给孩子裹上了一个小棉被,轻声地批评了这个护士。

"快,病人的高压降到了四十,低压已经为零了。"量血压的医生说。

"赶快通知有关人员,准备输氧、输血。"妇产科主任用命令的口吻说。

不一会儿,内外科医生、护士,加上化验室的医务人员共来了十几个人,他们都站在叶子的周围,不停地给叶子打针、输氧、量血压、揉肚子。

看到来了这么多医护人员,叶子很明白自己现时的状况,但她看见女儿好端端地躺在自己的身旁,睁只眼闭只眼地在一旁哇啦哇啦地哭,她忘记了一切痛苦。看着女儿,叶子欣慰地笑了,在面临死亡时刻,叶子毫不畏惧。

"还是我女儿聪明,一出世就知道睁只眼闭只眼,哪像我这么傻,事事都那么认真,到头来却只落得个自寻烦恼,自讨苦吃。"叶子看着女儿自嘲地想。

叶子的心跳微弱,手和脚都软了下去,顷刻间,叶子的周围围满了医生、护士,他们给她的鼻子插上氧气,在屁股两边不停地打针,手上、脚上都挂着吊针,输着血。从叶子晚上十一点进产房,医生一直忙活到天亮,叶子的阴道被缝了27针。

天亮后,叶子从产房被推了出来。医生在填表的时候才发现,为了抢救叶子,孩子出生的具体时间没有看,孩子的衣胞也忘了检查。

在产房外焦急地守候了一整个晚上的胡晓刚,当他听护士说叶子生的是一个女儿时,他唰的一下就蔫了。胡晓刚耷拉着脑袋在产房门前的长椅上一声不吭,直到护士喊八床的家属,给产妇准备点吃的的时候,胡晓刚才想起了要给叶子煮鸡蛋。

胡晓刚慢慢地从椅子上站了起来,他连看都没有看叶子一眼,回家对保姆交代了一下后,倒床就睡了。

四十五、产后悲情

失血让叶子的皮肤变得更加的洁白,她的身体也变得更加的虚弱,她经历了一场生与死的蜕变。

叶子被推出产房时没见到一个亲人。叶子想:莫非是因为自己生的是个女儿,他们都不高兴? 这时候,叶子想起了胡晓刚以前那么急切地希望自己生儿子的情景,心中竟忐忑不安起来。

一会儿,保姆送来了几个煮好的荷包蛋,叶子艰难地靠了起来。她接过鸡蛋问胡晓刚现在在哪里。保姆说:"他昨天在这里守了一个晚上,刚才让我煮几个鸡蛋送来,他已经睡了。"

他果然是自己猜想的那样,叶子端着碗的手不停地颤抖了起来。眼看就要把持不住自己手里的碗了,叶子索性将碗放在病床旁的床头柜上,自己的身子慢慢地向床上滑了下去。叶子的双眼无力地看着保姆,她似乎想对保姆说点什么,可是张开口却什么也没有说出来。

孩子生下来以后,叶子觉得肚子好饿,但当她被推出产房,面对眼前这一切残酷的现实时,却一点也吃不下去了。叶子勉强地吃了两个保姆喂给自己的鸡蛋,含着眼泪说:"丽萍,你回去给我妈打个电话,电话号码就在我们那个记账本的最后一页。"

叶子出嫁后过了两个春节,她只是第一年的春节回过一次娘家。当时,艾博雅想留叶子在家住一晚上,叶子也很想留下来陪陪艾博雅,可胡晓刚却死活都不同意。

吃完年夜饭,胡晓刚向艾博雅打了个招呼,拉着叶子就往外走。艾博雅想:这叶子嫁出去了,他们住得又不是很远,哪有不常常回一下娘家的? 艾博雅意识到胡晓刚还在嫉恨自己,便对胡晓刚说:"晓刚呀,我这个妈曾经阻拦过你们的婚姻,但那都是已经过去了的事,现在叶子既然已经嫁给了你,你这个女婿我也就认了。俗话说一个女婿半个儿,现在你已经是我的女婿了,我也就把你当作我自己的儿子来看待,你们现在住的地方离我这里也不算远,有时间你们就经常回来走动一下。现在明智也住校了,你们如果也不常回来一下,我一个人在家觉得好寂寞、好孤独。"

胡晓刚是一个十分狠心的人,他对艾博雅以前对自己婚事上的阻拦一直怀恨在心,因此他想利用不让叶子回家来报复艾博雅。看到艾博雅近乎在求自己,胡晓刚在心中暗暗得意。他心想当初你挖空心思来反对我们,现在居然也求起我来了。胡晓刚给了艾博雅一个阴险的笑,他回过头,牙齿间冷冷地迸出一句话说:"以后吧,您知道我们有个商店,过年也是要做生意的,叶子如果不在店里那怎么行?"胡晓刚说完,不由分说地拉着叶子就走了。

这一走就又是一年多,叶子再也没有回去过,倒是艾博雅去看过几次叶子。艾博雅每次去店里几乎都见不着胡晓刚,有时候偶尔碰上了,艾博雅也从来都没有听见他叫过自己一声妈。叶子的店里装了电话以后,艾博雅有时候也常常和叶子通个话。这次叶子生孩子,胡晓刚连信都不给艾博雅一个,要不是接到小保姆的电话,艾博雅都不知道叶子已经生了孩子。

听说叶子已经生了,艾博雅连是男是女都没有问,就火急火燎地赶了过来。她按保姆说的病房找了去,一看见叶子就说:"你怎么样? 这么大的事也不早点告诉我。"艾博雅在叶子的病床旁坐了下来,她问:"晓刚呢? 你婆婆来过没有?"

叶子总是息事宁人的,见艾博雅问起胡晓刚,她不想让艾博雅生气,便打圆场说:"她昨天守了一整个晚上,现在我让他回家睡觉去了。婆婆昨天也在这里待了一个下午,到晚上才回去。"

艾博雅一直坐到中午十二点钟都不见胡家有人来,也没有人给叶子送吃的。艾博雅似乎察觉到了这其中有什么缘故,便对叶子说:"他们是不是看你生的是女儿,所以生气不来看你。"

叶子的眼睛湿润了,但她还是强忍着没有让眼泪流出来。她说:"妈,不会的,他们或许在家里准备什么,晚一点会来的。"

"都这个时候了还不见一个人影,不行! 我得去看看!"艾博雅说着就站了起来,准备去找胡晓刚。

叶子怕艾博雅到店里去了会和胡晓刚吵闹,便阻止说:"妈,您不用去了,这楼下有个食堂,您先去买点饭吃。"

"我吃了你怎么办,总不能让你也吃食堂吧? 不行,我还是去看看。"艾博雅转身就走了。

胡晓刚的表妹没有见过艾博雅,她见有人到店里来,忙热情地接待着。艾博雅没有搭理这个女孩,她径直往里边走,边走边喊:"晓刚呢? 晓刚在哪里?"

听到艾博雅在喊胡晓刚,小保姆余丽萍赶紧迎了出来。她告诉艾博雅说:"叶子姐姐在对面医院里呢!"

"我已经去过了,晓刚呢? 他怎么不去照顾叶子?"

"他昨天守了一天一晚上,现在正在睡觉,您老先坐一会儿,我去叫他。"

"你先别叫,我问你,晓刚他妈来过没有? 中午你准备给叶子吃什么?"

老太婆上午来了一下,她一听说叶子生的是个女儿掉头就走了。余丽萍很清楚老太婆和胡晓刚的态度,她也不知道该怎样回答艾博雅,便答非所问地敷衍道:"我正在做饭,马上就给叶子姐姐送去。"

艾博雅想到厨房里看看余丽萍准备做什么给叶子吃,便直接到厨房去了。余丽萍说:"还有一个青菜,炒好了我马上就送去。"

艾博雅一看余丽萍做的饭菜跟平常没有两样。她说:"刚生孩子的人怎么就吃这些东西呢? 你给我去把晓刚叫起来,我要问他。"

余丽萍来这个店已经有八个月了,她长得俊秀,又聪明乖巧,胡晓刚对她早就已经有了心。胡晓刚虽然年轻,但他父亲的言传身教在他身上起到了潜移默化的作用,所以他也还算得上是一个情场上的好手。这个聪明伶俐,又没有见过世面的小保姆余丽萍,经不住胡晓刚花言巧语的诱惑,也自然而然地成为了他的猎物。避着叶子,他们俩常常眉来眼去。

见艾博雅要喊胡晓刚,余丽萍去轻轻地推开了他的房门。她轻脚轻手地走到胡晓刚的身边,拍了拍胡晓刚的肩膀说:"晓刚哥,快起来,叶子姐的妈妈来了。"

其实胡晓刚早就醒了,他想到叶子生的是个女孩心里非常郁闷。他小声对余丽萍说:"你就说我还没有睡醒。"

胡晓刚的话刚说完,艾博雅就一步跨了进来。她说:"我听到了。叶子生了孩子你不去照顾她,躺在家里竟连我都不见,你这到底是什么意思呀?现在十二点钟都过了,也没看见你们给叶子单独做点吃的,我到厨房去看了一下,难道在月子里还让她吃那些粗茶淡饭不成?就算是为了孩子吃奶,你们也不该这样对待她吧?现在医院里就她一个人,如果不是我来了,她连一个唤嘴的人都没有。叶子可是你亲眼看上的啊!你现在为什么要这样对待她呢?你是不是看她生了个女儿就这么冷落她?难道生男生女是她一个人的问题吗?"

"行行行,我起来好不好?"胡晓刚极不耐烦地坐了起来,他穿好上衣说,"我昨天……"

"你昨天守了她一天一晚上是不是?"艾博雅接过话来说,"早上看她生的是个女儿你就走了是不是?这女儿也是你胡晓刚的骨肉啊,你怎么能够这样对待她们娘俩呢?"

见老亲娘呼啦一下就戳穿了自己的老底,胡晓刚没有正面回答她,他说:"你们先出去一下,我马上起来。"

在艾博雅的提议下,小保姆煮了一点糯米稀饭,加点红糖让叶子吃,艾博雅自己到菜场买了一只鸡,教保姆怎么煨汤。

过了二十四小时护士才把叶子的女儿抱了进来,同房的一看到这个小女孩秀秀气气的,个个都夸她漂亮。"太像她妈妈了,一笑两个小酒窝。"同房的说。

叶子喂完女儿的奶,把她抱在怀里仔细地端详着。女儿似乎懂得了母亲期待的目光,她闭着眼睛甜甜地笑了,小脸上果然显现出了两个深深的酒窝,给了叶子一个满意的答案。

看到女儿秀气可爱的笑脸,叶子从脸上一直笑到了心里。她把嘴凑到女儿的小脸上,给了她第一个亲切的吻,深情地说:"我的秀秀女儿。"从此一家人就叫她秀秀。

叶子在医院住了七天,艾博雅每天都到医院来,但她一次都没有看到过胡晓刚和他的父母。艾博雅每次问叶子,叶子总是搪塞说他们刚走。

"哪有那么巧?我不管是早来还是晚来,他们总是刚刚走,难道他们是怕我躲着我不成。"艾博雅明显地看出了叶子是在给他们打掩护。

中午,小保姆送吃的来了,艾博雅问小保姆:"胡晓刚呢?我怎么天天都见不到他。"小保姆回答了一句话差一点把艾博雅给气背气。"他好几天都没有回来了,也没有来过一个电话,我们都不知道他去了哪里。"

"你们这到底是怎么了,胡晓刚和他家里人一个都看不到,就是因为生了女儿他们也不至于这样啊?"艾博雅十分不解。

"他们想要儿子。"叶子说了一句,止不住内心的悲痛,放声哭了起来。

叶子出院十天了,胡晓刚一直都没有归家。叶子让余丽萍给他打呼机,呼机打了不少,可他一次都不回。叶子想到胡晓刚过去对她那么好,现在就因为生了个女儿就如此的冷酷无情,她整日以泪洗面。

春玲是比叶子先结婚的,她的孩子都快一岁了。春玲几次抱着她儿子来看叶子,却总见叶子泪眼涟涟。胡晓刚的人品春玲是知道的,她以前也曾提醒过叶子,但当初痴迷于热恋中的叶子总是执迷不悟。现在叶子连孩子都有了,春玲又能再说什么呢?她现在只好劝叶子忍着点,告诉她在月子里哭多了会落下病根。

一天晚上,春玲和她爱人罗晓春在一家饭店里找到了胡晓刚,当时他正和瑶瑶在一块饮酒作乐。犹豫了半天,春玲还是过去了。春玲跟瑶瑶打了个招呼,对胡晓刚说:"你还是回去看看她们吧,你女儿长得真的很可爱。"

"多事!"瑶瑶狠狠地瞪了春玲一眼,起身就走了。

罗晓春见瑶瑶走了,他也走了过来。罗晓春坐下来与胡晓刚聊了将近一个小时,他们连扯带劝地把胡晓刚带回了家。

胡晓刚回家后,他连女儿看也不看一眼,一句话也不说,倒床就睡。

叶子喊了一声晓刚泪流满面。她说:"晓刚,我也没有做过什么对不起你的事,你现在为什么要这样对待我呢?"

胡晓刚本来就赌气睡在了叶子的另一头,他一翻身坐起来,眼神复杂地看了叶子一眼,他这眼神既有怜悯,又有轻视,只是没有了爱。他说:"我该怎么样对你?你说我应该怎么样对你?"

叶子将女儿搂在怀里凄凄切切地说:"我还在月子里啊晓刚,你就不能在家多待一会儿,就不能陪陪我?你怎么这么狠心呢?"叶子的泪水像断线的珠子一样掉在孩子的脸上,孩子就这么吮着她的泪水,而且笑了,全然不知这是一种悲伤。

听叶子说完,胡晓刚的双眸放出了寒冷的光。他突然神经质似的大笑起来说:"你不就是生了个女儿吗?还要我陪陪你,你都不知道我有多么的失望,你居然还要我陪你,你说就算我在家里,你会感到幸福吗?"也许是胡晓刚的惊叫声,孩子突然哇哇哇地哭了起来。

听胡晓刚的意思与自己结婚的目的只不过是为了给他生儿子,叶子气得将想说的话全部哽在了心里。她做梦都没有想到他们原来的感情竟是那么的脆弱,那么的不堪一击。

"你……你……你怎么会这样?"

"你什么你?"胡晓刚吼着说,"难道你就只满足于一个女儿?难道你就不想为我们胡家生个儿子?你知道我爸我妈期待的心情吗?他们连做梦都想要一个孙子。"

胡晓刚的吼声又一次惊哭了孩子,叶子将对孩子最有效的奶头放进了孩子的嘴里,哭着说:"胡晓刚,你也是读过书的人,你应该懂得,生男生女并不全是女人的原因,现在生了个女儿,你怎么能怪我呢?再说,女儿又有什么不好,现在这个社会,男孩、女孩不都一样吗?"

"不一样,不一样,就是不一样。"胡晓刚无比激动地说,"我们胡家就剩我们弟兄两个,我哥哥到现在都没有孩子,到医院一检查原来是我哥没有生育能力。现在两老的希望全都寄托在我一个人的身上,如今又只能生一胎,而我们生的却又是个女儿,你说这意味着什么?这意味着我们胡家真的要绝种了你知不知道?这你怎么能说是一样呢?"说完,胡晓刚一声仰天长叹,泪水模糊了他的双眼。

听到胡晓刚的这一番话,看到愁眉紧锁的丈夫,叶子心中像被打翻了五味瓶,此时的她似乎也迷蒙了。事情发展到如今这个地步,叶子搞不清到底是自己的错还是丈夫的错,不知道为什么,这使她心里充满了愧疚。

叶子调整了一下自己的情绪,她和颜悦色地对胡晓刚说:"晓刚,事已至此,你也该想开一点,这样下去,对你自己的身体也没有好处。"善良的叶子反倒安慰起胡晓刚来了。

"我不这样?我不这样我该怎么样呢?"胡晓刚将拳手捏得紧紧地说,

"每当我看到我爸我妈那种期待的目光我就像万箭穿胸。我妈常说的一句话是不孝有三,无后为大。我们现在生不出儿子,就意味着我们胡家要绝种了,而这个种就等于绝在了我的身上,你作为一个女人,丝毫都没有一点愧疚之心,你不觉得是你生不出儿子,反倒要我想开一点,你以为我会认为你这是好心?"

"我……"胡晓刚淡漠的语气,无情的内容,使叶子脆弱的心灵受到了极大的伤害,让叶子的思想陷入到了一个空旷、无助的境界。叶子真的没有想到当初爱自己爱得死去活来的胡晓刚如今会变成这样。叶子想起当初没有听她妈的话,答应陈涛,而且婉言谢绝了那么多追求者,就是为了找到一个真心爱自己的人。叶子满以为胡晓刚向她发誓下跪是真心爱她的,但她真的没有想到胡晓刚对她的爱竟然是那么的不堪一击。叶子完全迷失了方向,她有一种被爱情抛弃的感觉,她心里绝望,可对胡晓刚还是没有丝毫的恨意。叶子带着一种刚刚从梦中惊醒一样朦胧的眼神,默默看着胡晓刚。此时的叶子只感觉自己体内的液体在不停地流失,身体轻飘飘的。

胡晓刚躺下睡了,不一会儿就发出了均匀的鼾声。望着熟睡的女儿,叶子的眼泪又一次流了下来,此时此刻,她忽然觉得孩子也和自己一样的不幸,一样的可怜,她的泪水一次又一次地滑落在了女儿的脸上。

叶子也终于迷迷糊糊地进入了梦乡,她梦见自己是一片秋天的落叶,随着风毫无目的地四处飘荡。

胡晓刚从头天晚上回来到第二天走,他连看都没有看女儿一眼,而他这一走就走了将近半个月。

时光随着心情的变换而变换。人在愉悦的时候,会觉得时光如白驹过隙,但在沮丧的时候,却会觉得分分秒秒漫长难挨。叶子自从生了秀秀以后,秀秀就成了她在这个家庭里唯一的精神支柱。

拆线出院后,因为是大冷天,孩子要洗要换,保姆又不会做这些事情,再说叶子也不太放心,因此她拖着沉重而伤痛的身子,第二天就下了床。

孩子出世后的第十七天,叶子起来烧水,准备给孩子洗澡。提着一壶水,她的下身突然涌出来一滩东西,放下水壶,叶子往房里走,沿路却洒了一地的血。"我的肚子好痛。"

保姆听到叶子的呻吟声,连忙跑了过来,看到地上一滩滩的血,她吓了一跳。"姐,你这是怎么了?"保姆有些手足无措。

"快,快打电话给晓刚!"叶子有气无力地说。

"好好好,我这就打。"保姆迅速跑了出去。

胡晓刚过了一个时辰都没有回来,等到他回来时,叶子的脸色已经煞白。胡晓刚回来后,一看到满地的血感到十分厌恶。"快把地弄了。"他对着保姆吼了一声。

"好好好,我弄。"保姆看到满地的血她也感到恶心,所以她一直照顾叶子,没有去处理地上的血。

胡晓刚搀扶着叶子,把她送到医院去,医生处理了一下就让他们回家了。

到了第二十天,胡晓刚又是一晚上没有归家。叶子躺在床上,突然又一次大出血。叶子喊来了保姆,保姆看到比上一次更厉害,她吓得大惊失色。这一次保姆没有直接打电话给胡晓刚,她和胡晓刚的表妹一块把叶子送到了对面的妇产科医院。

秀秀出世后,也许是叶子没有得到好好的休息,被逢的 27 针伤口至今没有愈合。看到出院后第二次大出血,医生怀疑是子宫没有弄干净,因此要叶子刮宫。

扩宫器扩开了叶子的阴道,也扩开了她的伤口,她当时的感觉就比生孩子时还要痛。

叶子在医院住了几天,胡晓刚一直没有来看过她,艾博雅照常每天去陪伴叶子。这一次叶子出院,艾博雅没有让叶子回胡晓刚家,而是直接把她接到自己家里去了。

也许是拉吸器把秀秀拉出来的原因,秀秀的脑袋呈长形,而且偏向后面的一侧,典型地成了一个歪把浇桶(以前在水缸里舀水的一种容器)。这样下去孩子长大了该多难看?叶子想出一个办法,她用米做成一个小枕头袋,秀秀睡觉的时候,叶子趁秀秀还不会自己转头,就把米扒向两边,把她的头镶在中间。终于,功夫不负有心人,秀秀后来的头型比一般的孩子都要好看。

也许是因为秀秀出世的时候受了凉,她后来经常哮喘。看到秀秀这样,叶子是揪心的痛。她抱着她,看着她,眼泪止不住地流。我不能让孩子留下这个病根,因为这会使她痛苦一辈子,叶子想。叶子找到了一位医术高超的医生,在她的精心治疗下,秀秀终于摆脱了病魔。

叶子在艾博雅家待了一个星期,胡晓刚终于找上门来。他说:"那么大一个店,让两个外人招呼你也放心。"

女儿满月的这一天,在双方大人顾及颜面的压力下,胡晓刚在酒店包了两桌酒。这一天艾文宗和戚佩文来了,胡晓刚的爸爸妈妈和哥哥嫂嫂来了,艾博雅和明智来了,叶子的好朋友春玲也来了。吃酒的时候,胡晓刚一直阴沉着脸,他既没有理睬外公外婆,也没有理睬艾博雅和明智,就连女儿秀秀他都没有看一眼。那一天,胡晓刚拼命地喝酒,一杯接着一杯,酒精打乱了他正常的思绪,酒精催化了他的愤怒,在晚上睡觉的时候,他借着酒兴将叶子打了一顿。

从此以后,胡晓刚常常夜不归宿,偶尔回来,他看什么都觉得不顺眼,打叶子也成了他的家常便饭。

胡晓刚变了,胡晓刚彻底地变了,他变得越来越不讲道理,变得越来越肆无忌惮。在外面,胡晓刚除了不吸毒以外,抹牌、赌博、花天酒地玩女人他几乎无所不干。

女儿一个半月了,胡晓刚还没有打算给女儿取名字,他也从来都不抱一下女儿。头天晚上胡晓刚又是深夜才回来,早上趁胡晓刚还没有出门,叶子抱着女儿含着泪说:"晓刚,我们还是给女儿取个名字吧,她都快两个月了,还连个名字都没有。"

"你不是在叫她秀秀吗?这个名字挺好的。"胡晓刚敷衍说。

"那是我随便叫的,她至今还没有学名呢!名字没取好,户口都不能上。"叶子走到胡晓刚身旁,她指着女儿对胡晓刚说,"你看你女儿长得多么俊秀,所以我才叫她秀秀。"叶子想尽量拉近胡晓刚与女儿的距离。

胡晓刚看了女儿一眼,他把叶子往旁边一扒,说:"哎呀,我现在有事,别啰里吧嗦的。"

"哎!晓刚,这可是你的亲骨肉啊,你怎么这么不喜欢她呢?"叶子抱着女儿没防备胡晓刚这样扒她,她差一点没摔下去。

"走走走,别成天唠唠叨叨的,跟你妈一样,小市民。"

"是,我妈是小市民,我也是小市民,可你是什么,你知道你是什么吗?你以为你是大老板啊?你成天在外面不归家,家里如果没有我这个小市民,你胡晓刚到哪里去当老板?"叶子实在是气急了,她第一次鼓起勇气,像这样顶撞了胡晓刚。

"你,你搞邪了,你再说一句我打死你。"胡晓刚见叶子竟敢这样顶撞他,他怒不可遏。胡晓刚把手举得高高的,咬牙切齿地说,"你敢再说一句。"

看到胡晓刚这个凶相,叶子想起了她公公打婆婆的那个情节,今天的胡晓刚跟他的父亲简直没有两样。叶子没有吭声,她再吭声怕胡晓刚真的会动手,如果胡晓刚真的动了手,她怕他会误打到自己女儿的身上。

"算了算了,你去办你的事。"小保姆余丽萍过来了,她把胡晓刚拉出了房。

中午艾博雅来了,半个月没有见面,她看到叶子又瘦了许多,便心疼地说:"叶子,你怎么瘦得这么厉害,是不是有什么病,或是哪里不舒服?"

"没有啊,我好好的,一点病都没有。"叶子从来都不把胡晓刚对自己不好的事说给艾博雅听。

"晓刚呢,他怎么又不在家里?"艾博雅朝家里四处看了看问。

"哦,他今天有点急事要办,一早就出去了。"叶子为胡晓刚搪塞着说。

尽管叶子没有说什么,但艾博雅能看得出来叶子那心事重重的样子,她说:"叶子,你一定有什么事瞒着我,看你的面色这么不好,要不,你回我那里去,我好好地调养调养你。"

"妈,我真的没事,有事我会告诉您的,您就放心吧!您那里我就不去了,您看我有这个小店,我要是不在店里怎么能行?"叶子想了一下,扯开话题说,"哦,妈,还真有事,我秀秀至今还没有取名字呢,我给她想了一个名字,就不知道好不好。"

"哦,取的什么名字? 你说说看!"艾博雅接过秀秀抱在怀里说。

"胡秀丽,您看怎么样?"叶子两眼看着秀秀。

"晓刚的意思呢? 他喜欢这个名字吗?"艾博雅抬起头看着叶子问。

"他让我听听您的意见。"叶子撒谎说,"他认为这个名字还可以,就是要我听听您的意见,如果行的话,就可以给她上户口了。"

艾博雅仔细地看了看秀秀,赞成说:"我看这孩子长得俊秀美丽,这个名字挺好的,既然晓刚也没有异议,那就叫这个名字吧!"

224

四十六、聪慧秀丽

艾博雅的房子要拆迁艾博雅忙得不亦乐乎。指望叶子这一家是指望不上了,明智又在上大学,也不能耽搁他的学习。父亲已经79岁了,母亲也有71岁了,再怎么也不能打这样两位老人的主意。艾博雅一个人在家愁眉不展,现在的她又一次感受到了自己的孤苦伶仃。还好明智快要放假了,艾博雅自己在家把该打包的都打包了,她要等明智放假的时候帮她搬家,搬到开发商指定的一套两室一厅的房子里。

秀丽刚满月的时候,她的一双大大的眼睛就会滴溜溜地转,不到两个月,她的头就会随着物体的摆动而左右摆动了。从三个月起,她就很少尿湿裤子和床单,每当她要大小便的时候,就会噘起个小嘴,口里发出唔唔的声音,叶子只要一听到小秀丽发出这种声音,或是一看到她的这种表情,就知道她是要大小便了。

秀秀很安静,还不到四个月的时候,她就能够坐在叶子的身上安安静静地看电视。她六个月的时候,叶子就发现她特别喜欢听音乐,而且她只要一听到音乐,两只小手就会情不自禁地舞动起来。到了七个月,小秀丽的小手就会随着音乐的旋律很有节奏地打拍子了。

春玲听说小秀丽会打拍子,她简直不肯相信。她说:"才七八个月大的小孩,怎么可能会打拍子呢? 这完全是你这个当妈妈的自作多情。"

"好,我说了不算,那我们用事实来验证。"叶子说着就拿出了录音机,放进去一盘磁带,邓丽君的一首'小城故事'顿时响了起来。让春玲意想不到的是,小秀丽一听到歌声,两只小手果然随着音乐很有节奏地摆动了起来,而且每一个节拍都舞动得恰到好处。

"天才,天才。"春玲惊讶地抱过秀丽,拍着她的小屁股眉开眼笑地说,"这么小就有文艺细胞,真是个小天才。"

见秀丽这么聪明,叶子还没等她开口说话就唱着歌教了她许多舞蹈动作,小秀丽的记忆特别好,什么动作她一学就会,而且只要是叶子教过了的动作,她一听到这种音乐或有人唱起这首歌,她就会很完整地把她学过的动作舞动起来。

随着小秀丽智慧的飞跃发展,胡晓刚和叶子的公公婆婆也都开始喜欢起小秀丽来。小秀丽做周岁那天,胡晓刚请来了许多客人,当客人问小秀丽会不会说话时,叶子回答说她还不会。可是让人惊奇不已的是,叶子的话音还没有落地,小秀丽就清楚而响亮地叫了一声妈妈,弄得一屋子的客人都目瞪口呆,紧接着家里就响起了一片掌声和一片爽朗的笑声。

小秀丽一开口说话就一发不可收,很快她就能说出许多的话来,而且发音也很准确,丝毫没有婴幼儿的那种卷舌音。

见秀丽能说话了,而且记忆力也特别好,叶子就开始教她唱歌、念诗歌、数数字。让叶子感到欣慰的是,有很多诗歌,叶子只要教一遍小秀丽就记住了,而且能够准确地背诵下来,还不会轻易忘记。

四十七、贾宇突现

武汉的夏天就像一个大火炉,火红的太阳一大早就闪烁着金灿灿的光芒。温度计上的红线"腾"地一下蹿上来了,真让人猝不及防。也许是天气太热的原因,都十点多钟了,店里还没来一个顾客。

小保姆买菜去了,表妹在厨房里给秀丽蒸鸡蛋,小秀丽坐在一个有扶手的儿童椅上,叶子端来一个小凳面对秀丽坐着,在逗秀丽玩。落地电风扇在屋角悠悠地摇着头。

"姐,鸡蛋蒸好了。"表妹端来了为秀丽蒸的鸡蛋。

叶子接过蒸鸡蛋,表妹转身又到厨房去了。

看到鸡蛋,小秀丽好像等不及了,她伸出小手,指着叶子手中的碗说:"妈妈,蛋蛋,妈妈,我要吃蛋蛋。"

叶子看着心爱的女儿,满心的烦恼均已消除。她用手拨开搭在秀丽额前的头发,顺手摸摸她的脸笑着说:"是啊,我的乖秀秀吃蛋蛋,蛋蛋有营养,吃了可以长得又白又胖,越长越漂亮。"

小秀丽摆动着小手高兴地说:"秀秀吃蛋蛋,秀秀漂亮。"

叶子顺着碗口舀了一勺鸡蛋吹了吹,试试温度,递到秀丽嘴里。小秀丽吃着鸡蛋,小嘴巴发出细微的声响,叶子看着漂亮可爱的女儿,脸上写满了欣慰的笑容。

"对不起,打扰了!请来一盒红金龙。"叶子正聚精会神地喂秀丽吃鸡蛋,柜台外传来了一句标准的普通话。

叶子知道是顾客来了，忙放下手中的碗站了起来。她俯身从柜台里拿烟递给客人，但这人并不接烟，而是在用一种奇异的眼神端详自己，用奇异的眼神面对自己的人太多了，叶子早已司空见惯，她见怪不怪地、客气地对来者说："师傅，你要的烟。"

"你……冉？"

"然？先生。你还要什么？"叶子讨厌来者的这种眼神，但她还是装出什么也没有看见，用极无所谓的样子问。

来者好像没有听见叶子在说什么，他突然被眼前店主的容貌惊呆了。刹那间他产生了一种错觉，只觉得眼前的店主就是自己从来都不用想起，从来也不会忘记的前妻。

这人看上去三十岁左右，高瘦的身材，儒雅的气质，高高的鼻梁上架着一副金丝眼镜，镜片后面显现出一双极有灵气的双目，他脸上带着浅显的笑容，但人显得十分憔悴。

"冉……哦，对不起。"来者似乎察觉到了自己的失态，他忙改口说，"然后，再来一只打火机。"

"妈妈，蛋蛋。"小秀丽等得不耐烦了，她扶着椅子站了起来，拉着叶子的衣角吵着要吃鸡蛋。

"好，秀秀乖，妈妈做完生意马上就来喂你，乖秀秀听话。"叶子边说，边拿出了一个打火机。

听到她娘俩的对话，来者意识到是自己认错了人，他又说了句对不起，拿起烟和打火机，赶紧付了钱走人。

尴尬中，这人匆匆走出商店。点上烟，深深地吸了一口，脚步不觉又慢了下来，再次回头看了叶子一眼。然后往右一拐，走进一幢三层楼房的单元门，上了二楼。他打开门，走到书桌前，拉开抽屉，翻出了一张照片。

这是一张两人合影，男人是他自己，旁边的女人和叶子长得一模一样，上面写着：贾宇、冉燕，照片中间还画着一颗心。贾宇摩挲着照片，心想：怎么会有这么相像的两个人？可她们一个在北京，一个在武汉。

自从看见叶子，贾宇心里又一次燃起了思念的火花。冉燕曾经的一幕幕又一股脑儿地闪现在了他的眼前。贾宇躺在床上，静静地回忆着他和冉燕曾经的美好时光。

冉燕是贾宇的前妻,冉燕除了美貌之外,还非常有胆识,是一个让天下女子黯然失色的女性。贾宇性情儒雅、容貌俊美、才华出众,又会体贴人。他们俩生活在同一座城市,而且从高中到大学都是同班同学。贾宇十六岁那年他父亲去了美国,贾宇继续留在母亲的身边读高中。贾宇仪表堂堂,冉燕秀丽无比,他们双双都是班上出类拔萃的好学生。人世间有很多种美,然而贾宇最欣赏的就是那种内涵文气的美,而冉燕就有这样的气质。

第一次见到冉燕,那是在高中的开学典礼上。那一天,冉燕作为入校成绩第一名的优秀生被请上了台。冉燕那俊秀、腼腆、羞答答的样子,就像个透明的水晶人儿,给贾宇留下了非常好的印象,让他顷刻间就暗恋上了她。

其实贾宇在学校表现也十分优秀,每次考试,他们两个人总是交替拿着年级第一,被学校重点培养。一来二去,各种交集多起来,冉燕对贾宇也产生了好感。因此,他们俩相互学习,彼此敬慕。经过多年的接触,两个人终于迸发出了爱情的火花。

又一个情人节到了,花店里的玫瑰已经开始缺货,价格也由一元涨到了五元一朵。贾宇穿着浅灰色 V 领毛衣和一套蓝色西服,因为他的身材挺拔,再普通的服饰穿在他的身上也可以令他在人群中显得与众不同。

贾宇选了一束红玫瑰,经过精美包装后插在西服内的一个荷包里,然后买了一枚名贵的白金钻戒和一盒德芙巧克力。他要利用情人节这个美好的日子正式向冉燕求婚。

这个咖啡店的生意一向都很好,这一天又是情人节,所以这里的生意就更加地红火。为了能找到一个好一点、更温馨、更浪漫的环境,贾宇早早就来到了这里。他选了一个略微朝里、谁都干扰不了的理想位置,在那里静静地等待着冉燕的到来。不一会儿,一对对情侣相拥而至,咖啡店里很快就坐满了人。贾宇庆幸自己幸亏早来一步,否则,也许连门口人来人往的位置都找不到。

"宇,我迟到了吗?"贾宇正在看表,冉燕风一般地飘到了他的面前,她对着贾宇的耳朵小声地、调皮地说,"对,不,起。"

贾宇抬头看着冉燕,高兴地说:"你倒是没有迟到,只是我心急了一些。"说着,他眼睛朝四周瞟了一下:"你看这里有多少人?如果我不早点来恐怕连站的地方都没有了。”

冉燕进来的时候一眼就看到了贾宇，她并没有关注这里到底有多少人。经贾宇这么一提醒，果然座无虚席。冉燕把舌头伸了一下，笑着说：“真难为你了。”

“快坐吧！”贾宇用手指着对面的位置说，“我们俩还用得着这么客气？”

贾宇早已点好了冉燕喜欢的曼特宁咖啡和水果点心，他转过头对服务员说：“服务员，可以上水果点心了。”

冉燕脱下乳白色长呢大衣，将它挂在墙上的挂钉上，她轻轻地坐了下来，显得谦谦有礼。冉燕瞟了瞟四周的环境，看了看彩色的壁灯，她欣喜地对贾宇说：“你真会选座位，这里好浪漫、好温馨。”

“开玩笑，我是什么人啦？”贾宇毫不谦虚，“今天将会给我们俩留下一个永久的记忆。”

“除了情人节还有什么特殊的？”冉燕早已预料到了贾宇今天的安排，但她还是假作不知。

“我……”贾宇正准备说话，服务员送来了咖啡和水果点心。

贾宇向服务员道了一声谢，等服务员离开后，他从怀中取出一束玫瑰花递给冉燕。

冉燕高兴地接过玫瑰花，用鼻子嗅了嗅，然后含情脉脉地看着贾宇说：“嗯，真香。”

他们俩互相赠送了情人节的礼物，然后，贾宇将手伸进自己的西服口袋里，神秘地说：“燕，请闭上你的眼睛。”

“什么嘛？神神秘秘的。”冉燕完全意识到了贾宇为什么要她闭眼睛，但她还是假装地噘着个小嘴问。

“你把眼睛闭上就知道了。”贾宇笑嘻嘻地看着她。

冉燕笑着看了贾宇一眼，然后顺从地闭上了双眼。

“再把手拿出来。”

不一会儿，一只纤细的小手通过桌面，缓缓地向贾宇这边滑去。贾宇掏出了一个精美的小盒子，他慢慢打开小盒，小心翼翼地取出白金钻戒，然后轻轻地戴在冉燕左手的中指上。

冉燕感觉到手指上已经有了一个戒指，她想应该可以睁开眼了，便问：“可以睁眼了吗？”

贾宇说："我让你睁开你才能睁开。"说着，他双手捧起冉燕的手，将她送到自己的嘴边，第一次给了这只细嫩的手深深的一个吻，并笑着说："嗯，真香。"

贾宇的手温暖而有力，是支撑冉燕一生一世的精神慰藉。想到自己将会与贾宇幸福地生活在一起，冉燕激动得心扑通扑通剧烈地跳动，她的笑容就像早上刚刚升起的太阳那么火红。

"你真坏。"冉燕睁开眼睛，笑吟吟地扬起她那温婉端庄的脸，想慢慢收回自己的手。可贾宇紧紧地握着，就是不放。

他们俩深情地默默地对视着，至少有一分钟，彼此的眼睛里都充盈着难以言状的欣喜。

贾宇终于放开了冉燕的手，冉燕摸着自己手上的白金钻戒，像出水芙蓉般甜甜地一笑，说："真好看。"然后抬头望着贾宇，娇柔地说："谢谢你！"

"喜欢吗？"贾宇也笑了，他用含着火花的眼睛情意绵绵地注视着冉燕，久久地纠缠着她的视线。

"那当然。"冉燕甜滋滋地说，"只要是你给的我都喜欢。"

"那就是说你同意嫁给我了？我今天可是正式向你求婚呢！"贾宇无法压抑自己对冉燕的爱意，眼神热烈地看着她，眸子中闪动着无限的内容，通过这些内容喷射出爱情的火花，这火花带着炫目的光彩与灼人的温度。贾宇笑着，真情地小声说："燕，我爱你！"

听到贾宇那轻柔的一声我爱你，冉燕顿时感觉到贾宇身上的书卷气息正在向自己湍湍地流袭，心里好一阵愉悦，刹那间两颊绯红。冉燕羞涩地躲开贾宇的视线，她极不好意思地看了贾宇一眼。

冉燕太兴奋了，原来自己生命中最大的快乐就是要得到贾宇的爱？看到贾宇那动人的笑容，冉燕慢慢地低下了头，她爱不释手地抚摸着自己手上的戒指轻轻地点了点头，然后抬起头娇柔地看着贾宇的眼睛说："我也爱你。"

其实，女人最动人的并不是她的姿容，而是她那双会说话的眼睛。此时此刻，冉燕的每一个眼神都能恰到好处地撞击着贾宇的心，使贾宇整个人沉浸在甜蜜的意境里。贾宇的心被冉燕点燃的希望之火燃烧着，他端起杯子喝了一口咖啡，双眼温情地看着冉燕。

1991 年他们大学毕业。为了能和冉燕在一起,贾宇放弃了他父亲要他同母亲一块到美国去深造的机会,坚持同冉燕一道留在了北京,并且进了同一家国有大型企业。已经相处了七年,恋爱了五年之久的贾宇和冉燕,参加工作时两人的年龄加起来还不足四十五岁。两个人通过努力工作,在那还没有完全打破论资排辈的年代,贾宇就被破格提拔为技术科科长,冉燕也被提升为设备科副主任。不久,他们在单位开了证明,一同去领取了结婚证。

1993 年五一,贾宇远在美国的母亲赶了回来,与冉燕的养父母一道,为他们举办了一个隆重的婚礼。

时至黄昏,西边依稀有几片暗红色的火烧云,而东边则是一片暝色。忽然一片乌云飘来,遮住了月亮,星星也变得暗淡无光。

客人都已尽兴散去,贾宇搂着冉燕,冉燕娇小的身躯躺在贾宇的臂弯里,温顺如猫。

"燕,你真美。"贾宇发自内心地赞美着。

贾宇和冉燕是一对极有自制力的恋人。新婚之夜,他俩才第一次亲密接触。然而,让贾宇意想不到的是,他俩无论如何亲密,自己的有关部位都无法勃起。

"我完了。"贾宇默默地给自己下了一个定论,他忽然感到自己的世界末日来临。贾宇瘫软在床上,背过了身子。

"你怎么了?"刚刚结婚,冉燕对这种事还很懵懂。

"我……"贾宇转过身来,有点无助地搂住冉燕,说,"燕,我对不起你!是我……我……我不能做丈夫。"

暗淡的天色,低沉的空气,天空似乎要坍塌下来,夜幕把窗子抹得漆黑。

人世间,唯有情爱加性爱才算是最美满的姻缘。没有性爱会使人失去许多的乐趣,没有性爱会使夫妻生活失去应有的色彩,没有性爱会使婚姻失去它应有的价值。这也是男女任何一方都最不愿意接受的。

冉燕没有想到自己深爱了好几年的男人,居然不能给自己带来应有的欢欣。可是看到贾宇那痛苦的表情,冉燕又于心不忍。贾宇是个好人,他自己也不希望这样,而在这种时候,他最需要的是心灵的呵护、精神上的慰藉。冉燕想:如果找医生认真地治疗,他还是会有希望治好的。相恋多年,决不能为此事而刺激他、冷落他。

冉燕双手抚着贾宇的脸，抹着他脸上的泪水说："宇，没事的，我不在乎。只要我们是真心相爱，我什么都不在乎。"

冉燕原谅了自己，贾宇内心却埋藏着深深的痛。他每天晚上不是借口工作忙就是说要学习，总是等冉燕睡熟了以后他才轻轻地上床。

贾宇太爱冉燕了，他认为自己不能太自私，不能因为自己而毁掉冉燕的幸福，于是主动向她提出了离婚。

"为什么？宇！我们现在不是过得好好的吗？"冉燕百感交集，"我们一起去治疗，就算万一，万一治不好，只要我们两人真心相爱就足够了，我不在乎……宇，我爱你，我一天也离不开你。"

"燕，你怎么这么傻呢？"贾宇一把搂住冉燕，"我不能这么自私，不能让你承受这种痛苦。你听我的话好不好？离婚了我们照样还是好朋友。离开了我，你还可以找到新的幸福。"

"我不准你再说这样的话……我们现在这样挺好的，或者我们抱养一个孩子……你看我不也是我妈抱养的吗？我妈不也觉得她很幸福吗？宇，你别再说这样的话了好不好？"

冉燕越善解人意，贾宇越痛恨自己。

人世间总有许多说不清、道不明，也不能说清、无法道明的事。

为了报答妻子的不责之恩，为了给妻子带来欢乐，贾宇四处求医，也没少花钱，但始终无济于事。伤心之余，贾宇选择了逃避，他常常安排自己出差，尽量远离妻子。

长久逃避也终究不能解决问题，在贾宇的坚持下，两人终于离了婚。

四十八、离家出走

　　贾宇是个幸运儿,但他也是不幸的。就在他参加工作的第一年,他父亲因脑溢血,经抢救无效,不治身亡。贾宇结婚那一年,他母亲又因思念父亲积忧成疾,患了肝癌,一病不起。等她从美国回到贾宇身边时,她的肝癌已经到了晚期,尽管贾宇苦苦地恳求医生,不惜花重金,但他母亲的病已经进入膏肓,就是神仙也回天无力。

　　贾宇的母亲也走了,她到了一个遥远的、没有人烟的地方,给贾宇留下了两百多万元的资产和苦苦的思念。

　　贾宇带着沉痛的悲哀强行要求与冉燕离婚,针对这种情况,法院理所当然地判离。离婚后,冉燕要求和贾宇同住在一个屋子里,因为这套房单位是以他们两人的名义分的。贾宇表面上答应了,可他自己却暗暗做了一个决定。他背着冉燕在单位办了停薪留职,他要暂时离开这座城市,好让冉燕去寻求她自己的幸福。

　　临走的头天晚上,贾宇邀请冉燕到长久饭店吃饭,想到自己明天就要走了,茫茫人海,天各一方,贾宇不禁悲从中来。

　　冉燕并不知道贾宇已经办好了停薪留职,她也不知道贾宇将要离开这座城市,见贾宇有些伤感,冉燕也想到了他心中的痛。冉燕默默地看着贾宇,低声说:"宇,我们已经走到了这一步,这是大家都不情愿的,但希望你在这一段时间好好治病。希望你尽快把病治好,我等着你!离开了你我不会与任何人组成家庭。"

　　第二天,贾宇说自己想静静地休息一下,等冉燕上班后,他给冉燕留下了一百万元的存折和一封信。没有惊动任何人，偷偷地离开了这座只会让他触景生情的城市。贾宇知道冉燕不会去寻求新的生活，他知道她会等自己，但他在信中还是极力地劝她，要她千万不要等自己。

贾宇走了，他一步一回头、依依不舍地走了，至于他到底会去什么地方，冉燕一点也无法得知。

冉燕下班回来，她看了贾宇留给自己的信后伤心地哭了。一会儿，她似乎突然想起了什么，立即跑到大街上，想去追逐贾宇的影子。可是在茫茫的人海之中，贾宇早已消失得无影无踪。冉燕开始有些后悔，她后悔昨天没有多看他几眼，后悔今天不该去上班，后悔自己应该坚持不和他离婚，她恨自己无能没能留住贾宇。贾宇这一离别不知道他会去哪里，他这一走也不知道什么时候才有可能再次相聚？

站在大街上，冉燕久久回不过神来，当她发现有人在注视她时，她才意识到了自己的失态，便赶紧抹去自己脸上的泪水，漫无目的地在街上搜寻。

下雨了，冉燕默默地接受着雨水的洗涤，但雨水永远都无法洗去她心中的牵挂。雨水顺着冉燕的头脸往下滑落，谁也分不清那掉在地上梆梆响的到底是雨还是泪。冉燕抬起头，迎着雨水，凄凉地抽动着嘴角，继续毫无目的地行走。冉燕不知道这场雨到底该叫秋雨还是冬雨，反正她从头到脚都感到冰凉。

冉燕问了很多人，但没有人知道贾宇的去向，他就像一粒沙子，融入在了沙漠里，他就像冬天的雾气，弥散在了空气之中，无法寻觅。

在很长的一段日子里，冉燕的眼前总会浮现出那个无比亲切的笑容，她总觉得贾宇就在自己的身边，在用他那令人心醉的眼神看着自己。冉燕利用一切可用的时间行走在车站、码头、大街小巷，用心捕捉她那个曾经熟悉的身影。

从此，贾宇消失在了冉燕的视线和生活之中，他永远是冉燕心里最脆弱、最不能触摸的痛。冉燕的整个身心都被贾宇的影子占据、缠绵，他始终无法在冉燕的记忆中驱除。

父母也不在了，又失去了妻子，贾宇已经没有了牵绊。除了冉燕，贾宇再也不打算与任何人结婚。于是，贾宇决定到另一座城市去，他虽然有钱，但他还是想找一份适合自己的工作充实自己，他要一边工作，一边治病。

来到武汉后，贾宇一个人走在那幽静的林荫小道上，落叶在他的脚底下沙沙沙地呻吟，一脚脚地踩过去，它们伤痕累累。可有一种伤是没有痕迹的，那就是爱。

离开冉燕后，贾宇是怎样刻骨铭心地想着她，是怎样把路人看成是她，是怎样在午夜梦回时被自己的叹息惊醒，这只有贾宇自己知道。贾宇原本是决心陪伴冉燕走完人生的，但上帝却跟他开了一个不小的玩笑。"我到底做错了什么，上帝要这么惩罚我？"贾宇无数次地想着他与冉燕曾经的点点滴滴，回味着那因岁月匆匆而一晃而过的感情。为什么会是这样？贾宇无论如何都找不到答案。

多少个日日夜夜已经过去，贾宇的理智告诫自己，一切都已经过去。为了忘掉已经过去的一切，为了让曾经的过去不再永久地纠缠自己，贾宇买了不少的书和杂志，在寂寞的时候，他用这些文字打发自己，他要以此冲淡自己对冉燕的思念之情。然而，要想忘掉自己曾经刻骨铭心地爱过的人，谈何容易！

晚上难以入眠，贾宇只能用安眠药安抚自己。可曾经的过去已经成为了不争的事实，所有过去的一切，无论如何都无法在贾宇的大脑里挥之而去。

贾宇发展到吃安眠药都无效了，他只要一躺到床上，就会静静地想着以前的一幕一幕，就会努力地回忆他与冉燕一段一段的往事，就会在大脑里一笔一画地描绘冉燕的外貌、神情。贾宇明明知道过去的一幕一幕都已经过去，他明明知道过去了的一切都只不过是一个梦，但他还是不能自已。

走在这繁华的都市里，贾宇总希望冉燕突然在自己目所能及的地方出现，可多少次蓦然回首，却都只是一场空。

不久，贾宇在武汉一家私企找到了一份工作。这是一个保健品公司，他应聘的职位是营销员，给予的条件是试用三个月，三个月之内底薪两百元外加销售提成，到了第四个月就没有底薪了，只有提成。

从国有企业到私营企业，贾宇有诸多的不适应，老板整天唬着个脸，似乎看谁都不顺心。贾宇没有搞过营销，自然经验不足，再加上他人地生疏，以及保健品的售价太高，工作了一个月，贾宇只卖了一盒产品。老板不耐烦了，开支的这一天，老板让人把贾宇叫到了他的办公室，他毫不客气地对贾宇说："看你长得还像个人样子，可你工作怎么就这么没有长进呢？工作了一个月，一点业绩都没有，你要知道，在我这里是不可以混饭吃的。"见贾宇毫无表情地站在那里不吭声，老板更加生气了，他呼地一下站了起来，指着贾宇的鼻子说："我看你的派头还蛮足，实际上你就是个饭桶，这个月的工资我给你，下个月你要还是这样，你就自觉地给我滚蛋！"说完，他将钱往贾宇这边一丢，吼了一声："滚！"

贾宇历来都是在赞扬声中成长的，从来没有人对他如此无理。今天见老板这样对他，他感到无比的怨愤。贾宇把桌子上的钱朝老板那边一推，说："对不起，我无功不受禄，告辞。"说完头也不回地走了。

武汉的大街上人群熙熙攘攘、热闹非凡，但贾宇却感觉自己得了大病一场；蓝蓝的天上晴空万里、万里无云，但贾宇却感觉眼前是一片黑暗；天上的阳光灿烂辉煌，给大地带来了无限的温暖，但贾宇却感受到一片冰凉。

贾宇只身行走在一条林荫道上，此时的他深深地意识到自己所有的一切都已经成为了一个僵局。贾宇累了，他真的很累了，但他累的不仅仅是自身的体力，更重要的却是他那颗受伤的心灵。贾宇的眼前已经没有了任何与希望有关的闪亮，只有灰蒙蒙的一片凄凉。贾宇有钱，他怀中揣着一百多万，但他却感到自己生存艰难。

贾宇对自己完全丧失了信心，他再也没有心思去谋求工作。他想：我已经没有了父母，也没有了亲人，现在我虽然还有钱，但却失去了一切，我虽然还活着，但只不过是一具没有断气的僵尸。

一个寒战让贾宇的头脑突然清醒了过来，他还是那么儒雅，那么文静。

贾宇换了一副新的眼镜，金属边框反射出暖暖的光芒。贾宇再也不能忍受在孤独中被黑暗与寂寞长久陪伴的生活，不能忍受长久地被煎熬在失去冉燕的孤独与寂寞之中。贾宇知道冉燕除了自己不会再婚，他自己也忍受不住思念的煎熬。贾宇开始寻医问药，他决心要把自己的病治好，他要努力回到冉燕的身边。

贾宇终于放下脸面，开始四处寻找名医。他被一些吹得神乎其神的广告所迷惑，也被庸医骗去了不少的钱，但没有丝毫效果。

因为思念、寻找和渴求的无望，贾宇的脸越发地瘦了，现在在他的脸上是看不见泪水，但他的泪水足以淹没他的心田。

晚上贾宇做了一个生死绝唱的梦，他梦见冉燕陷入到了一个泥潭不能自拔，她千百次地呼喊着贾宇的名字，渴求贾宇救她。贾宇正准备去救冉燕,突然一只大手死死地抓住了他。冉燕声嘶力竭的哭喊震撼着贾宇的心,贾宇拼命地挣扎,挣扎出了满头满身的大汗才终于摆脱了那只大手,为了救冉燕,他向冉燕的方向猛力一跳,却跳入了一个无底深渊……

贾宇被噩梦吓醒,这个梦让他意识到,存在于这个世界上的并不只是他一个人,还有一个人在等待着他,因此他不能就这样过下去。他要尽快地治好自己的病,他要为冉燕而好好地活着,他要尽快地与冉燕团聚。

贾宇在武汉同济医院联系到一位老教授,他每周星期一都早早地起床去挂号,潜心地治疗自己的身心疾病。

贾宇租住的房子正好在叶子商店的隔壁,叶子太像冉燕了,这让贾宇每当看到叶子时就会想到自己的前妻,而每当他想起前妻又会不自觉地将叶子联系到一起。叶子不仅仅是外貌、举止像冉燕,甚至连她的智慧、贤良、纯朴都像冉燕,这不得不使贾宇感到惊奇。贾宇想:就是孪生姐妹也会有不同之处,但她怎么会跟冉燕如此的相似呢?出于对前妻的思念,也是出于自己的好奇,贾宇决定多接近叶子。于是,他买烟、买酒、买打火机、买衣服,只要是他需要的,只要是叶子家有的,他全都在叶子店里买。

由于贾宇举止文雅,知情知理,天长日久,叶子对他也产生了敬意。不久,贾宇突然察觉到自己常常把叶子当成了冉燕,而就是这种错觉使贾宇灵魂的深处升腾起了一种渴望,就是这种渴望使他更加地想早日回到冉燕的身边。从这时候起,贾宇见到叶子就觉得自己见到了冉燕,他发展到一天不看见叶子心中就好像失去了什么,哪怕是在远远地、只要能看叶子一眼,对他来说,似乎也是一种慰藉。

四十九、秀丽识字

贾宇是一个十分有理智的人，他虽然有把叶子当成冉燕的错觉，但他还是一直保持着极端的平静。

秀丽一岁半了，她对小人书特别好奇。贾宇为了多接近叶子，所以投其所好，给秀丽买了许多的小人书。当胡晓刚知道很多东西都是贾宇买的时，他十分反感。他质问叶子："他一个单身汉，凭什么对秀丽这么好？"他警告叶子说："我今天警告你，你以后少跟贾宇这样的人来往。"

叶子觉得贾宇是个文化人，为人也很正派，她很尊重他。而贾宇也是规规矩矩地来来去去，从来都没有一点不良的言行。叶子与贾宇之间本来就是极其正常的往来，她对胡晓刚的无理取闹只想用"无聊"两个字来形容。

"秀丽，你看这是什么？"贾宇拿一本图书指着图书上面画的告诉秀丽，"这是米，我们平常吃的饭就是用这些米做的。"然后他又指着一个米字告诉秀丽："这就是米字，我们刚才看到的那一堆米就是用这个字来表示。"接着，贾宇翻过一页，他指着书上画的一片田说："你看，这是一片田，我们吃的米都是在田里长出来的。"然后他又指着一个田字说："这就是田字，我们刚才看到的那片田就是用这个字来表示的。"贾宇一连教了秀丽五个字，秀丽当时就记下来了。

第二天，秀丽拿着贾宇头天教她认字的那本图书，她将贾宇教给她的五个字一字不错地念给叶子听。叶子太惊奇了，秀丽才刚过一岁半，而且贾宇才只教了一遍的五个字她居然全都记住了。见秀丽这么聪明，叶子感到万分的欣慰。从这时候起叶子就开始正式教秀丽认字。叶子买了许多小卡

239

片，她在每个小卡片上写上一个字，耐心地教秀丽认，秀丽也特别认真地学，而且很快就记住了。秀丽上路了，后来无论是在电视屏幕上还是在外面的一些门面招牌上，秀丽只要是看到了自己不认识的字她都要问，而且大人只要告诉她一遍她就会牢牢地记住。刚到两岁，秀丽就已经认识两千多个字了，从此以后，秀丽开始自己看小人书、报纸或字书。而且她一拿起这些书来，一看就是几个小时。

一天，春玲见秀丽拿着一本厚厚的365夜的字书在一本正经地看，她觉得不可思议。春玲开玩笑说："秀丽，书拿倒了。"

"就没有。"秀丽噘着个小嘴巴说。

春玲就不相信秀丽能认识字，她说："你说你的书没有拿倒，那你念一篇文章给阿姨听好不好？"

春玲在书里面随意选了一篇文章要秀丽念，秀丽拿到手上就念了起来。三千多字的一个故事，小秀丽只有三个字不认识。当春玲把这三个字告诉她后，回过头来再问她，这三个字她都已经记住了。春玲举起大拇指夸秀丽说："你三岁都还不到啊，就认识这么多的字，真是奇才、奇才。"

这一天，贾宇又给秀丽买来了小人书，叶子怕胡晓刚知道了会不高兴，她想要贾宇再不要给秀丽买了，但又不知道该怎样开口。其实贾宇每次买东西来叶子都要给他钱，而且每次都说要他不要再买了，但贾宇总是说："秀丽太可爱了，我真的很喜欢她。"

五十、一见钟情

　　瑶瑶、春玲、叶子三个人原来都是初中的同班同学,而且三个人都是班上学习成绩不错的好朋友。初中毕业后,三个人都同时考取了武汉的同一所重点高中。叶子和春玲被安排在高一(一班),瑶瑶却被分配到了高一(二班)。她们三个人虽然没有在一个班,但她们每天上学、放学都还是在一起,有时连课间的一小会儿时间她们都会碰碰面。

　　渐渐地,瑶瑶暗恋上了班上的一名男生,从此她们三个人在一起的时间就慢慢地少了起来。

　　到高二的时候,学校分文理科班,她们三个人又不约而同地报了文科班,于是,三个人又重新走到了一起。与以前不同的是,瑶瑶常常显得心不在焉,而且很少与叶子、春玲她们在一起了,她的性格也变得与叶子、春玲格格不入。瑶瑶见自己的学习成绩下降了,这时的她,不仅不反省自己为什么会这样,反而还嫉恨起叶子和春玲来。

　　瑶瑶太喜欢他们班的那个男生了,那个男生的一言一行、一举一动都会让她心动,但越是这样她越是不敢主动地去接近那个男生,而只是偷偷地拿眼睛去注视他,只要有他在的地方,瑶瑶哪怕是偷偷地看上一眼对她来说也是一种慰藉。瑶瑶喜欢那个男生的事被他们班许多同学发现了,也很快传到了那个男生的耳朵里。瑶瑶的单相思把那个男生吓了一跳,他开始疏远她,甚至于远远地躲着她,这使瑶瑶变得疯狂。最让瑶瑶接受不了的是,那个男生居然喜欢上了叶子,而且完全不理会自己的一片痴情。尽管叶子并没有与那个男生相恋的意思,但瑶瑶还是将叶子看成是自己的情敌,而且对叶子暗暗怀恨在心。

"我得不到的人她也休想得到。"瑶瑶扬言。于是,她在班上制造各种各样的舆论,想方设法地诋毁叶子。发现瑶瑶品质上有了问题,春玲对瑶瑶产生了看法,她多次找瑶瑶谈心,希望她维护她们三个人之间的友谊,可瑶瑶却嗤之以鼻。

高中毕业后,叶子考取了武汉大学,春玲考取了华中理工大学,瑶瑶却只是被武汉的一所自费学校录取。

她们三个人之中,春玲是最早结婚的,不久叶子也结了婚。叶子结婚的时候,她请了瑶瑶和自己的一个邻居做她的伴娘。就在叶子新婚的这一天,当着叶子的面,瑶瑶竟毫无遮掩地勾引胡晓刚,并不断地给胡晓刚眉目传情。

经人介绍,瑶瑶与一个叫郑军的恋爱了。郑军也是出生于一个经商的家庭,他爸爸和瑶瑶的爸爸关系不错,可瑶瑶并不喜欢郑军。瑶瑶是在她爸爸的高压下才同意和郑军谈恋爱的,因此她对郑军有一种极强的控制欲。郑军是爱瑶瑶的,他认为他们两家门当户对,还有就是瑶瑶的相貌超群。当郑军爱瑶瑶爱得天崩地裂的时候,他心甘情愿地成为了瑶瑶手上的一只被豢养的小鸟,或是被驯服的熊。在情爱中,人们常常渴望他人为了自己的自由而心甘情愿地奉上他(她)的自由,而郑军却是为了爱情居然愿意放弃自己的自由。他认为这种放弃是意味着自己对爱情的忠贞。

郑军的同学聚会要求每个人都带上自己的爱人或恋人,所以作为郑军的恋人、喜欢热闹的瑶瑶也理所当然地参加了。

郑军有一个同学叫鲍毅,鲍毅在一个国有企业搞技术工作,而且很善于言谈,说起话来一个小时可以不打哽。在餐桌上,鲍毅的一番高谈阔论深深地吸引了瑶瑶,他那口若悬河、幽默风趣的言谈使瑶瑶眼界大开。瑶瑶用眼睛向鲍毅投去了秋波似的光芒。

看看鲍毅,再看看郑军,瑶瑶暗暗地拿他们两个人做了一个对比。郑军言语不多,性格内向,他虽然对自己无限地好,但恋爱谈了这么长的时间,他竟然连一个"爱"字都不敢提。鲍毅就不同了,鲍毅能说会道,能言善辩,说起话来头头是道,而且幽默风趣。他们两个人的长相虽然不相上下,但气质各不相同。郑军白白嫩嫩,斯斯文文,典型一个没见过多少世面的白面书生,鲍毅高高大大,十分帅气,有很足的男子汉气派。与郑军比起来,鲍毅真的是太适合自己了。"这才是我期盼的对象。"瑶瑶暗暗在自己心里说。

鲍毅突然在瑶瑶的生活中出现,使瑶瑶片刻间就产生了一种想接近鲍毅的愿望。她明明知道自己已经有了郑军,而且鲍毅又是郑军的同学,自己这样做不太合适,但她还是没能管住自己。

"我怎么就瞎了眼,居然跟这样一个猪不啃的南瓜恋爱了这么长的时间?"瑶瑶在心里咒骂着。但瑶瑶心里又有些想不明白,鲍毅是这么优秀的一个人,他怎么就没有带他自己的恋人或是爱人来呢?难道他的恋人或者是爱人出国了,或是有什么重要的事情耽搁了,或是他很清高,一般的人他都看不上?瑶瑶自个儿琢磨着,她决定要找个机会一探究竟。

"鲍同学,你的女友怎么没来呢?"趁没人注意的时候,瑶瑶主动向鲍毅发动了进攻,"你这么优秀,你的女友一定也很不错吧?"

鲍毅早就听人说郑军的对象长得清秀靓丽。鲍毅一贯都瞧不起郑军,他想:像郑军那样的书呆子,傻不拉叽的,他居然还有那么好的艳福,能找一个不错的媳妇。今天见到瑶瑶,鲍毅见她果然谈吐大方、俊秀美丽,而且打扮也得体,跟郑军比起来,他们俩完全不属于一个类型。鲍毅正待找机会与瑶瑶聊聊,没想到瑶瑶竟然主动找到了自己,他暗中欣喜不已。

"哪里哪里,惭愧惭愧,我可没有郑军那么好的艳福,能够找到像你这样如花似玉的美女。"鲍毅有极强的应变能力,尽管他没有想到瑶瑶会主动来找他,尽管他对瑶瑶的提问毫无思想准备,但他还是能够对答如流。紧接着,鲍毅叹口气说,"唉!我可是光棍一条啊。"

鲍毅用讥诮的眼神瞅了瞅郑军,他真不甘心郑军居然能找到这么漂亮的女人。

鲍毅的一句话说得瑶瑶眉飞色舞,她的眼神顿时变得清幽柔和,语气也变得甜韵起来。瑶瑶向鲍毅投去一灼靓丽的光彩,柔声柔气地说:"只怕是你的条件太高了,人家高攀不上吧?"

"哎!三缺一,你们谁上?"易明在麻将桌上迫不及待地叫了起来。

鲍毅的眼睛在瑶瑶的脸上扫了一下,走到麻将桌旁对走过来的郑军说:"郑军,你快来上吧,我对麻将这个东西没有太大的兴趣。"

瑶瑶会心地笑了。平常,瑶瑶特别喜欢打麻将,但她坚决反对郑军玩。只要有这样的场合,瑶瑶就会毫不犹豫地上,而郑军只能是坐在瑶瑶的身旁观战。可今天不一样,今天瑶瑶一反常态地支持郑军玩,她说:"郑军你上吧,难得你们有一次同学聚会。"

也许是瑶瑶的控制,郑军玩麻将的嗜好几乎全没了,今天瑶瑶主动让他玩,他似乎还有一些不适应。在瑶瑶面前,郑军腼腆得像个女孩一样,他说:"不不,还是你玩吧?"

在众人面前,瑶瑶装出一副淑女的样子,她细声细气地对郑军说:"玩吧,看你同学都看着我们呢,你讲什么客气呀!"

郑军见瑶瑶在同学面前这么给自己面子,似乎有些受宠若惊,他高兴地看着瑶瑶说:"那,我就上了?"

瑶瑶努努嘴说:"快坐吧,人家等着呢!"

"快快快,哎呀,两个人还讲什么客气呀,谁上都一样。"同学们有些等不及了。

瑶瑶是一个个人意识非常强的人,她如果想干什么是无所顾忌的,与鲍毅的一面之交,她就鬼使神差般地看上了鲍毅。见郑军打麻将去了,她主动对鲍毅说:"我想出去转转,你想去吗?"

"当然。"鲍毅正在考虑怎样开口,见瑶瑶主动提出来出去转转,这正中鲍毅下怀,"一打起麻将来,满屋子就别想有一点好空气,我正在考虑怎么避开这个环境呢! 还是你聪明,出了这么好的一个主意。"

深冬,有太阳的日子实在太少,难得今天是一个大晴天。金黄的阳光照在他们身上,他们感到身上一片温暖,他们的心里也是暖洋洋的一片,整个空气中似乎都罩上了一层欢欣的色彩。

瑶瑶长得冷艳清丽,但在她喜欢的男人面前她也很善于展示自己温柔的一面。一路上,瑶瑶的举手投足透着清盈,将自己最精彩的一面毫不张扬地展现在了鲍毅的面前。

经过一番交流,他们这一对才貌相当、学历相等、品行相似的男女就在这一天相互交换了联系方式,并进行了频繁的约会。

如果说一开始只是好感,那么经过多次的交往,瑶瑶是真正地爱上了鲍毅,而且越是与他接触,她就越是离不开他,就越是发自内心地爱着他。鲍毅也已经感觉到了瑶瑶对自己的爱,但他没有想到她这么快就会这么实心实意地爱上了自己。鲍毅突然发现瑶瑶眼里的爱就要溢出来把自己给淹了,他心头猛地一震,因为他虽然也喜欢她,但并不十分爱她,不过,跟她这么一个如花似玉的女人在一起,他又感觉到自己很有面子,她的容貌压到了他以前谈过的好几个恋人。

从此,瑶瑶冷落了郑军,而与鲍毅处于热恋之中。

情人节的早上十点整,花店里准时送来了一束带着露水的鲜花,签收栏里写的是瑶瑶的名字。这是自己深爱着的人鲍毅送来的,看到这一束花,瑶瑶的心快乐得都要飞舞起来了。在旁人羡慕的目光中,瑶瑶尽情地猜想着今天晚上浪漫的一幕一幕。

"鲜花收到了吗?"十点零五分,鲍毅打来了电话,"喜欢吗?"

瑶瑶转头看了同事们一眼,对着话筒轻声说:"太喜欢了!"

下午,瑶瑶认真地化了一个精致的妆,她昨天在理发店把头发拉直了披在肩上,把额前的一绺头发用小花卡斜别在一旁,留了几根在眉眼之间。她上穿一件橘红色的毛线衣,下穿一条超短黑皮裙,配上一双黑色深筒皮靴,外套一件乳白色的长风衣,显得活泼而又美丽。

鲍毅准时来到了约会的地点,一坐下来,他就将一支瑶瑶最喜欢的品牌口红递给她。

"你怎么知道我喜欢这个牌子?这很贵的。"瑶瑶很佩服鲍毅的细心,她更羡慕他能在任何场合施展他自己的技能,而且收放自如。这是一种情商,这种情商并不是每一个人都能具备的。

"我如果不了解你能让你这么高兴吗?"说这句话的时候,鲍毅的眼神中闪烁着兴奋。

是啊,与郑军谈恋爱这么长的时间,自己的喜好郑军丝毫都不知晓,每次自己说到什么,他都表现出一种不知所措的样子,让人啼笑皆非,他哪里有鲍毅这份细心。想到这里,瑶瑶更觉得自己选择鲍毅是对的。

在酒吧里,瑶瑶当着鲍毅的面,将口红涂在自己丰盈的唇上,然后递给了鲍毅一个滋润的笑。

郑军坐在办公室里,在搅着早已冷却的咖啡出神。瑶瑶这段时间怎么了?每次跟她约会,她总是找些理由推脱,总说自己有事走不开身。郑军要到她家里去看望她的父母,瑶瑶更是坚决地反对。说什么你只要是到我家去了,我们俩的事就算结束了。搞得郑军再也不敢提到瑶瑶家里去的事。郑军给瑶瑶打了好几个电话,想趁情人节约瑶瑶出来聚一聚,可瑶瑶不是不接就是说自己特别忙,说让郑军等她的电话。在办公室里,郑军一刻不离地守在电话的旁边,他怕她打来了电话被他错过。

时间点点滴滴地流逝,漫长的一天就要过去了,可郑军却始终都没有得到瑶瑶的消息。郑军不断地告诫自己,这么重要的日子,她一定会出现的,也许她只是想给自己一个惊喜。于是郑军还是耐着性子等着,可一直等到下班的铃声响了,办公室里最后的一个人都走了,他还是没有接到瑶瑶的电话。郑军终于忍不住了,他打了瑶瑶的手机,可他自己的手机中却传来了冰冷的语音提示:您所拨打的电话已关机。

郑军的眼泪都要落下来了,他一个人走在回家的路上,看到一对对情侣手牵手相拥而行,他的心中感慨万千。在这样温馨的日子里,郑军的心却像严冬一般的寒冷。

人与人的缘分也可能就只有一次,失去了就再也不会回来。接下来的日子里,郑军是不断地给瑶瑶打电话,可瑶瑶每次接电话却总是冷冰冰的。

郑军越来越明显地感觉到了瑶瑶对自己的冷淡与刻意的躲避。在短短的数月间就由爱恋走向了失意,郑军痛苦的心情难以形容。

郑军开始经常一个人喝闷酒,喝得脑子里晕晕乎乎的,他要利用这种失意的方式,暂时忘却对瑶瑶的思念,但每到夜晚,一股难以名状的恐慌又会袭上郑军的心头,他不知道该如何打发这漫长的难眠之夜。无论是干什么,郑军心里总是会不由自主地去想,想瑶瑶以前的欢笑与自己今日的孤寂。终于有一天,郑军忍不住给瑶瑶打了电话,他开门见山地问瑶瑶为什么要躲着他。瑶瑶和鲍毅的事已经定下来了,她直言不讳地说:"郑军,我们分手吧!我和你在一块不合适。"郑军问为什么?瑶瑶说我们俩之间根本就没有共同的语言。

听到瑶瑶这冷酷无情的表态,郑军心里的支柱轰然一下就倒塌了,他良思已久的一个美丽的遐想也就随之幻灭。郑军做梦都没有想到瑶瑶会在他们恋爱了整整两年的时候,郑重其事地对自己说分手。

瑶瑶与鲍毅卿卿我我、甜甜蜜蜜。不到半年,他们两人便走到了一起。

婚后不久,双方的缺点都相继暴露了出来。鲍毅喜新厌旧,恢复了往日拈花若草的毛病,很快就与他们单位新调来的一位女大学生华晴眉来眼去,并常常以出差为名,带着这个姑娘在外面鬼混。瑶瑶虽然忘不了鲍毅,但她认为是鲍毅先负了自己，她也想用自己的行为来报复鲍毅。于是，这个水性杨花的女子很快就与胡晓刚打得火热，她认为自己之所以这样做，既报复了鲍毅，也报复了自己的情敌——叶子。

五十一、捉奸成双

又是晚上十一点了,鲍毅还没有回来,瑶瑶在床上翻来覆去睡不着。像这样的等待已经不是一次两次了,而这种漫长的等待对瑶瑶来说,简直就是一种煎熬。结婚的时间虽然不算太长,但瑶瑶经常是一个人在这座空荡荡的屋子里度过的。她一到了晚上就害怕,她觉得这一座屋子就像是一座活人的坟墓。在这种安静的夜晚,瑶瑶分明一次又一次地听到了自己心碎的声音。

鲍毅带着一身的酒气回来了,他脚也不洗,钻进被窝就睡,不一会儿,他的鼻孔里就响起了呼呼的鼾声。

这样的日子太频繁了,瑶瑶回想起这一切,她觉得这一切都像是那么的偶然,但却又是那么的必然。一步一步,她不由自主地身陷了迷雾。瑶瑶糊涂了,她不知道自己的下一步将会如何地走,因为这一切都不容她思考,不容她喘息。她没有甜蜜,没有温暖,也无法设想结局。

瑶瑶是一个不甘寂寞的女孩,她耐不住鲍毅常常出差不在家的寂寞,再加上她对叶子的嫉恨,便一直与花花公子胡晓刚明来暗往。再后来,只要是鲍毅出差晚上不回来,她就将胡晓刚约到她家去。

鲍毅是个聪明人,他早就发现了瑶瑶和胡晓刚的蛛丝马迹,但他不动声色。鲍毅现在跟他们单位的那个女大学生华晴已经打得火热,正想跟瑶瑶离婚,所以他想抓到瑶瑶和胡晓刚的证据,他要趁他们俩正打得火热的时候,来一个突然袭击。

鲍毅还是一如既往地做着他该做的事,暗地里观察着瑶瑶与胡晓刚的行踪。这一次,鲍毅没有对瑶瑶说他要出差,但他还是几个晚上都没有回来,瑶瑶给鲍毅打电话,他的电话总是关机状态。找不到鲍毅,瑶瑶就打电话到鲍毅的单位里,单位却告诉她说鲍毅已经出差了。瑶瑶再打听他们单位的那个女大学生华晴,人家说那个女大学生也和鲍毅一块出差了。瑶瑶很生气,她不知道鲍毅葫芦里到底是卖的什么药,但她也不知道鲍毅会什么时候突然冒出来,所以她也不敢要胡晓刚来家里过夜。

这一天,瑶瑶翻来覆去睡不着觉,她一会儿起来看电视,一会儿又躺下,躺下睡不着,又起来看电视,就这样反反复复地折腾,直到快天亮了她才昏昏入睡。正在瑶瑶睡得香甜的时候,鲍毅突然回来了。鲍毅并没有惊动瑶瑶,他一上床倒头就睡,不一会儿也呼呼地睡着了。

瑶瑶睡得很香,她连鲍毅什么时候回来的都不知道,等瑶瑶睁开眼睛的时候,天已经大亮了。瑶瑶起床走出卧室,却听见厨房里有响动,她竟然吓了一跳。

"亲爱的,你起来了?"鲍毅亲切地叫了一声亲爱的。

见是鲍毅在厨房里忙碌,瑶瑶面无表情地哼了一声。心想做贼心虚,你在外面做的那些勾当还以为哪个不知道,想用糖衣炮弹来轰炸我。瑶瑶拿自己的眼睛狠狠地剜了鲍毅一眼,她明明知道鲍毅在厨房里做事,不可能看到自己的这种眼神,但她还是需要发泄。瑶瑶想:你也太小瞧我了,我岂是你一顿美餐就可以粉碎得了的?今后干脆你找你的幸福,我找我的快乐,我们井水不犯河水。

"我们家大美人起来了,今天看我做什么好吃的给你吃?"鲍毅一副兴高采烈的样子。

"你什么时候回来的?我怎么不知道?"

"瞧你睡得那么香,白天一定很辛苦吧?"鲍毅一箭双雕地说。

"这么说你是很轻松啦?"瑶瑶也反唇相讥。

"我在外面出差谈什么轻松?"鲍毅煮好了饺子端出来说,"这是在山东买的,很有名的,你尝尝,看味道怎么样?"

这是鲍毅一贯的伎俩,他在外面玩女人玩得心花怒放,回家来再哄哄瑶瑶。瑶瑶心想:你的这点雕虫小技本夫人已经见多了,我才不吃这一套!瑶瑶连看都没有看一眼桌上的饺子,说:"你这么殷勤本夫人,本夫人享受不起。"

"你今天这是怎么了？说话这么阴阳怪气的。"鲍毅本来就知道瑶瑶和胡晓刚的事，他故意一如既往地对她，好让她不设防的时候抓现行。

"几天不归家，连招呼都不打一个，电话也不来一个，给你打手机还关机，你什么意思呀？"瑶瑶不满地说。

鲍毅出差是故意不告诉瑶瑶的，毕竟瑶瑶是他的老婆，他不想他不在家的时候他的老婆被别人放心大胆地玩弄。但鲍毅还是不露声色地说："我这次走得太急了，连手机的充电器都没有带，别说是你，就连单位都无法跟我联系。"

"那你总可以打个电话回来吧？"瑶瑶不高兴地说，"你连电话都不打一个回来，这又怎么解释呢？"

"来来来，趁热吃，我们不说这个了好不好？你吃了还要上班。"鲍毅夹起一个饺子放进瑶瑶的盘子里。

"瑶瑶，现在有一个紧急任务必须我亲自去，估计半个月才能回来，这段时间你可要好好地照顾自己哟。"一天，鲍毅突然对瑶瑶说，"我马上就要走了，所以赶紧对你说，免得你又怪我。"

听说鲍毅又要出差，瑶瑶心中一阵窃喜。这一段时间她都只是白天和胡晓刚鬼混一下，晚上完全不敢要胡晓刚上门。尽管这样，瑶瑶还是装出一副极不高兴的样子说："奇怪，我们恋爱的时候你从来都不出差，现在我们结婚了，你却总是安排自己出差，鬼晓得你是不是打着出差的幌子，跟那个小妖精鬼混？"说到这里，瑶瑶竟然挤出了几滴眼泪。她说："你别以为别人都是傻子，以为你在外面做了些什么事情别人都不会知道？"

鲍毅知道瑶瑶是言不由衷，他也装出不得已的神情安慰瑶瑶说："唉！我能做什么事呀，都怪我当了这个小小的芝麻官，让你也跟着守空房，以后我尽量不安排自己就是。"说完，他一把拥抱住瑶瑶，跟她做了一个亲热的举动。

鲍毅很长时间都没有这样亲热瑶瑶了，瑶瑶真有些受宠若惊。在鲍毅的怀里，瑶瑶竟然哭了，不是嘤嘤的，而是痛哭。

鲍毅与华晴在离厂比较远的一个大酒店里包了一间房，每天下了班他们俩就双双打的到酒店去鬼混。对鲍毅来说，这一次包房并不是他的目的，他的目的是要给瑶瑶和胡晓刚一个难堪,以达到他和瑶瑶离婚的目的。

瑶瑶以为鲍毅真的出差了,她把这个消息迫不及待地告诉了胡晓刚。瑶瑶为了报复鲍毅,为了报复叶子,也是为了满足自己,她每天晚上都不让胡晓刚回家,胡晓刚也大有乐不思蜀之感。

鲍毅离家的第五天,也就是星期五的晚上,鲍毅退了房,与华晴吃完夜宵,送华晴回宿舍后,他偷偷地回了家。

今夜,瑶瑶穿着一袭艳红的落地长裙,如一朵盛开的玫瑰在胡晓刚的面前飘来飘去。"喜欢我这样的装扮吗?"瑶瑶转了一个圈,裙子的大裙摆几乎占据了整个房间的空间。

"当然。"瑶瑶如同一朵妖艳的鲜花,如同一个吸人精髓的狐狸,带着一份令人无法抗拒的纠缠,吸引着胡晓刚的目光。男人看女人的心情,就如同女人看时装一样,心是花花的。但此时此刻,瑶瑶的艳丽却让胡晓刚把自己激情的烈焰燃烧得很旺很旺。

胡晓刚迫不及待地将瑶瑶搂在自己的怀里,疯狂的吻顷刻间就盘踞了她的双唇。一阵疯狂之后,瑶瑶温柔地从胡晓刚的怀里挣扎出来,她要去洗一个澡,她要净身与胡晓刚上床。

瑶瑶穿着大花短袖睡衣,带着无法抵制的浴后清新与娇媚,款款地从浴室走了出来,她裸露的臂膀和敞开的前胸衬托得她既性感又神秘。

胡晓刚仔细地端详了瑶瑶一阵子,一把将她抱到床上,立刻将自己的衣服脱了个精光。瑶瑶也脱去了自己的睡衣,三点式的内衣依旧贴在她的身上。他们就这样一直腻在床上,相拥相吻,谁也不言语,互相倾听着对方的心跳声,感受着对方那浓得化都化不开的绵绵爱意。

到了家门口,鲍毅没有就此上楼,他站在离家不远的一个角落里,静观着家里的动静。将近十二点钟,房里的灯终于灭了,鲍毅还是没有急于上楼。他的手颤抖着抽了一支烟,虽然他已决心与瑶瑶离婚,但别人这样肆无忌惮地玩弄自己的老婆还是让他心怀嫉恨。鲍毅轻手轻脚地上了楼,他在楼梯旁拿出了自己早已准备好的木棍和照相机,然后一点响声都没有地轻轻地打开了客厅的门。鲍毅轻脚轻手地走到房门口,他试着想从门缝里看看房里的动静,可他再怎么鼓大眼睛也只能看到里面漆黑一团,而里面还不时地响起嘟嘟的说话声和疯狂的笑声。

鲍毅将拿木棍的手放在背后，他轻轻地推开了房门。"这两个狗男女竟然胆大得连房门都没关。"鲍毅的一股怒气直往上蹿。

冷不防有人进来，瑶瑶和胡晓刚都吓了一跳，两人不约而同地相拥着坐了起来。

鲍毅突然拉亮了电灯，放眼一看，眼前的镜头竟让他怒火中烧。瑶瑶和胡晓刚被鲍毅的突然到来给吓傻了，他们原本就紧紧地抱着的两个人竟然忘了分手。直到鲍毅站在了他们的面前，他们两个人还赤裸裸地、紧紧地抱在一起。

鲍毅突然一声大吼："不准动。"瑶瑶和胡晓刚都睁着恐怖的眼睛看着鲍毅，吓得一动也不敢动。鲍毅一把掀开盖在他们身上的被子，拿着照相机就咔嚓一下，将他们两人赤裸的身子一下子拍了下来。

瑶瑶这时才猛然清醒了过来，她赶紧将被子拉到自己的身上，可怜巴巴地带着哭腔对鲍毅说："鲍毅，对不起！"

鲍毅的身子带着严重的颤抖，他虽然渴盼着捕捉这个镜头，但一旦这种镜头真的出现在自己的眼前，他还是忍无可忍。鲍毅强制着自己冷静下来，他看着瑶瑶说："没关系，这张照片我不会公布于世，我只是想给你爸妈看看，让他们知道他们养了一个多么不知羞耻的女儿。"

紧接着，鲍毅对胡晓刚怒吼一句："还不滚起来？"便把照相机小心翼翼地锁进了柜子里。放好相机后，见胡晓刚颤抖着已经穿好内衣内裤，这时五大三粗的鲍毅就像老鹰抓小鸡似的，将胡晓刚一把拎了起来，用木棍愤怒地将胡晓刚打了个鼻青脸肿。

鲍毅打累了，他气喘吁吁地吼道："还不跟老子滚！"

胡晓刚慌不择路地抱起外衣就跑，等他打开门的时候却发现原来是厕所。鲍毅反身又给了胡晓刚一脚，说："脓包。"

胡晓刚不敢久留，他打开门直跑到一楼才颤抖着穿好了自己的衣服。

鲍毅放下木棍来到床前，他揭开裹在瑶瑶身上的被子，抓起她的头发，噼里啪啦就是几巴掌，直打得瑶瑶晕头转向。然后，他紧紧地压在瑶瑶的身上，说："你不是就要这个吗？今天我就满足你，让你享受个够。"

鲍毅就这样纠缠了瑶瑶一整个晚上，他要用这种温柔的暴力折磨她，摧残她。

第二天，鲍毅要瑶瑶到她娘家去，他要把瑶瑶的丑事在她家里公开。瑶瑶抱住鲍毅伤心地哭,她说:"鲍毅,你做什么样的决定都可以,我求求你千万别让我爸妈知道。"

鲍毅一把推开瑶瑶,他愤怒地说:"你这个不要脸的臭东西,这样的事情你做都做出来了,还怕你的爸妈知道?"

"你不是也和我一样吗?你明明知道我爱的人是你,可你一点也不珍惜。是你对不起我在先,我这样做只是想报复你。只要你肯回头,我绝对不会再做任何对不起你的事。"瑶瑶哭着说。

鲍毅已经铁了心要和瑶瑶离婚,她用力扇了瑶瑶一巴掌,说:"我怎么啦?我做什么事你抓住了吗?你这个不要脸的东西,做了丑事还要狡辩,你以为我会原谅你?我怎么可能为了你戴一辈子的绿帽子呢?"

五十二、秉性难移

胡晓刚半夜三更回来了，他胡乱在厕所里洗了个脸，连灯都没有开就钻到床上睡了。

第二天早上叶子起来后，胡晓刚把小保姆叫进房里。看到胡晓刚被打得鼻青脸肿，余丽萍竟呜呜地哭了起来。直到这时，叶子才知道胡晓刚被人打了。

连续几天胡晓刚都没有起床，叶子知道胡晓刚是因为偷情被打，她也十分生气。叶子因为要照看秀丽，又要关注店面的生意，所以她让小保姆照顾胡晓刚。

胡晓刚是一个大众情人，小保姆和胡晓刚的事叶子也看得清清楚楚。叶子一方面是拿胡晓刚没有办法，一方面只要胡晓刚不出去，她对胡晓刚和小保姆的事也只好睁只眼闭只眼。

余丽萍全心全意地侍奉着胡晓刚，到后来他们竟然发展到当着叶子的面动手动脚起来。

胡晓刚的伤好了以后，他规规矩矩地在家里待了一段时间，瑶瑶也没有来找他。可胡晓刚哪里是闲得住的人，在家里，他与余丽萍的关系竟然更加地肆无忌惮起来。

一天，叶子带着秀丽出去买了点东西，回来时，只有表妹一个人在店里，自己的房门被紧关着。叶子心里马上就明白了，她把秀丽交给表妹，拿钥匙打开了房门，只见胡晓刚正搂着小保姆躺在床上。叶子气急了，她跑过去抓起小保姆就扇了她一个耳光，气愤地说："你这个不要脸的东西，平常我对你不错,你居然在我的眼皮底下欺负我。"

余丽萍伤心地哭了起来,胡晓刚下了床,昂首阔步地走了出去。

叶子泪流满面地对余丽萍说:"你这个傻丫头,你怎么会和我一样的傻? 像他这样没有人性的人,就算是他要了你,你看到他是怎么对我的,你就应该能够想到你的将来,现成的例子摆在这里,你居然还……"话没说完,叶子的眼泪就雨水般地直往下淌。

晚上,叶子一句话都不想说,她曲蜷着身子背对着胡晓刚,眼泪打湿了半边枕巾。

胡晓刚强行把叶子扳了过来让她面对着自己,然后就这么静静地看着她哭。看着看着,胡晓刚似乎突然发现了叶子那久违的美丽,他顾不得叶子的反对,便一把将叶子揽进了自己的怀里。

胡晓刚的怀抱仍然是那么的温暖,一种久违的幸福感让叶子放声大哭起来,直哭得抽噎不止。

"好了好了,我的小美人,别哭坏了身子。"胡晓刚用手抹着叶子的眼泪说,"你真傻,连个小保姆的醋你也吃? 你想想看,你这么漂亮,这么美丽,这么有修养,这么有气质,我怎么会舍弃你而去要一个小保姆呢?"

如果是原来,听到胡晓刚这么温柔的语言,叶子会感动不已,但经历了这么多的风风雨雨,叶子的心已经凉了,再温柔的语言也温暖不了叶子的心。叶子力图从胡晓刚的怀抱里挣扎出来,她说:"我对你这么忠实,你却成天在外面和一些女人鬼混,连我的同学你都不放过。现在你好不容易和瑶瑶断绝了关系,居然在我的眼皮底下跟小保姆……"叶子哭得说不下去了。

"嘿嘿,"胡晓刚嬉皮笑脸地说,"别说得那么难听好不好? 我是个男人,在外面有点这种事有什么好奇怪的? 再说,我跟别人只不过是玩玩而已,你是我的老婆,我对你才是真心的。"见叶子还在挣扎,他把叶子抱得更紧了,就是不让叶子挣脱出去。

"你,你知道我的感受吗? 你不在外面混就在屋里闹,还在我面前表白自己,你什么时候把我放在眼里了?"叶子泣不成声地说。

"看你哭的!"胡晓刚用手擦着叶子的泪说,"我怎么就不把你放在眼里了? 我每天不都是在搂着你睡觉吗?"说着就把嘴凑了过去,想吻叶子的脸。

"别!"叶子用手推开了胡晓刚的头,她说,"你这张嘴不知道吻了多少个女人?那个瑶瑶都被你吻得要离婚了,现在你又吻小保姆,我看到你这张嘴就想吐就恶心。"

"你,你他妈的别敬酒不吃吃罚酒!"一提起瑶瑶,胡晓刚火冒三丈,前不久鲍毅打他的情景又一次浮现在他的眼前。

叶子知道自己的语言击中了胡晓刚的要害,她知道他又该来神了,叶子不想再看到胡晓刚的假象了,她毫无畏惧地说:"这些丑事你做都做了,难道我连说都说不得?"

"你他妈的真是个贱货。"胡晓刚不愿意提的事情,叶子偏要提,这让胡晓刚忍无可忍,他反过身一把将叶子按倒在床上便拳打脚踢起来。

他们的打闹声惊醒了睡在旁边小床上的秀丽,秀丽哭着喊道:"爸爸,爸爸,你莫打妈妈。"

打完叶子,胡晓刚的余气还未消,见秀丽还在一个劲地哭,他抓起她就噼里啪啦地打了起来。叶子从床上跳了下来,她拼命地冲了过去,抢着抱起秀丽,娘两个抱头痛哭。

叶子在痛苦中踌躇的时间太久,现在她终于鼓足了勇气,用心来回首她与胡晓刚的那段难以言尽的过去。在娘家,叶子也曾有过不堪回首的经历,但她从来都没有像今天这样痛苦。与胡晓刚结婚以后,叶子曾多少次徒劳地搜寻着自己与胡晓刚恋爱时的那一段温馨的过去,曾多少次寻找过去的那些短暂的幸福,但她却又多少次从噩梦中惊醒。这几年的折磨确实让叶子心灰意冷,从来都认为家丑不可外扬的叶子,决心把这一切都告诉自己的好朋友春玲。她对春玲说:"我真的受够了,我真的好想离婚。"

春玲知道胡晓刚的秉性不好,但她一直以为这么优秀的叶子跟了他,他至少应该满意,她并不知道叶子居然还有这么多的痛苦。尽管她早就看出了他们间的很多问题,也知道胡晓刚与瑶瑶的蛛丝马迹,但她不知道胡晓刚还会像这样虐待叶子。春玲不好直接支持叶子离婚,于是她含蓄地对叶子说:"你权衡一下利弊,离婚与不离婚都得有各种思想准备。"

瑶瑶虽然也有一副漂亮的脸蛋,但瑶瑶那水性杨花的性格胡晓刚也是知道的。胡晓刚和瑶瑶在一起他压根就是闹着玩的,在他的家庭里他绝不能容忍水性杨花的女人。因此他从来都没有过想要娶瑶瑶的意思。瑶瑶现在离婚了,胡晓刚反倒还与瑶瑶联系少了,因为他怕瑶瑶缠着自己,他怕蚂蟥缠了鹭鸶的脚,想脱也不能脱。但恰巧在这个时候叶子提出来要离婚,胡晓刚怎么也不能答应。他想如果现在真跟叶子离了婚,那跟瑶瑶恐怕就真的是骑虎难下了。胡晓刚知道叶子离不开秀丽,因此他冷笑着对叶子说:"离婚?嘿!你想离婚?"他两眼瞪着叶子说:"离婚可以,不过,我得告诉你几点:一、你没有职业,离开了我你没有生存空间;二、我们如果离了婚,你休想再看秀丽一眼。"

"你不是不喜欢女儿吗?你父母不是不喜欢孙女吗?离了我你还可以去找个人给你生儿子呀,你为什么还要秀丽呢?难道你不想要儿子了?"叶子流着泪说。

"我将来要不要儿子是我的事,但秀丽我是绝对不会给你的。再说,你自己都没有一点生存能力,法院也不可能把秀丽判给你。"胡晓刚说,"三、这个商店是我爸妈的,你如果要离婚,你休想分得一分钱;四、你不是以为你很漂亮吗?不过,我会有办法让你找不着男人,我会让你那个恶魔似的妈和你那可爱的弟弟没有好下场。"

叶子终于哭出了声,而且哭得是那么的伤心,那么的动人。她说:"你不是不喜欢我吗?你不是有相好的吗?现在她也离婚了,我成全你们还不行吗?你为什么还一定要拖着个秀丽呢?"

"你成全我?笑话,只怕是你自己心中有人了吧?我看那个贾宇就对你没有安什么好心。"胡晓刚见贾宇经常来来去去他早就起了疑心,"我告诉你,我胡晓刚不是那种愿意去成全别人的人,所以我绝对不会成全你们,你要想嫁给贾宇,你就做梦去吧!我就算是和你离了婚,我也要让你的容貌难看到见不得人。"

胡晓刚竟然说出了这样的话,叶子气得恨不得口吐白沫。她气急败坏地说了一声:"你!"就再也说不下去了。

"你什么你?我前面说的几条你同意了我们就离婚。"

事情发展到这种地步,叶子陷入了绵长的沉思。离婚,胡晓刚给不给钱她无所谓,但她不能没有秀丽。秀丽是她唯一的精神寄托,秀丽就是她的命根,叶子无论如何也不能没有秀丽。叶子知道胡晓刚说的会有办法让自己找不到男人意味着什么,他是在威胁自己,他的意思是说他要破自己的相。因为胡晓刚以前也曾说过,他说他要让叶子将来不敢见人。胡晓刚说的第四条意思就更明显了,他是要把对叶子的报复转嫁到她妈妈和弟弟的身上。他曾经对叶子说他恨她妈已经恨入了骨髓。叶子妥协了,叶子害怕胡晓刚说到做到。叶子不能没有秀丽,叶子怕胡晓刚给自己毁容,叶子怕胡晓刚报复自己的母亲和弟弟,她只好委曲求全。

也许是因为瑶瑶的作风问题,也许是因为瑶瑶有受贿的行为,当行贿人东窗事发不久,瑶瑶也被她所在的单位除了名。

婚也离了,单位也没有了,瑶瑶整日以泪洗面。俗话说,爱得深才恨得深,没有爱也就没有了恨。瑶瑶至今还恨着鲍毅,她恨他恨得咬牙切齿,这说明她至今还深深地爱着鲍毅。离婚前瑶瑶之所以要偷情,一是瑶瑶离不开男人,二是因为鲍毅在外面玩女人,让她自己一个人在家里独守空房。瑶瑶是有极强的报复心的人,她与胡晓刚相好一来是她想让叶子尝尝她所爱的人被别人夺去的滋味,二来是她要让鲍毅也尝尝他女人跟别的男人混的滋味。可是她万万没有想到鲍毅会以这种方式与她离婚。鲍毅提出要和瑶瑶分手的时候,瑶瑶哭得死去活来。她说是你先对不起我,我是想报复你我才这样做的,她说其实我一点都不爱胡晓刚,而真正爱的还是你。她说我对你这么深情的爱难道你看不出来?

鲍毅说男人在外面有点那个事是常有的事,但女人在外面偷人就是伤风败俗。他问瑶瑶哪个男人愿意戴绿帽子?

瑶瑶在离婚协议书上死不签字,鲍毅起诉到了法院,而且他把那张见不得人的照片也亮了出来。事情已经发展到这种地步,法院认为他们关系确已破裂,无须做调解工作,就判了他们离婚。好的是瑶瑶至今还没有孩子,因此也少了一份牵挂。从法院出来,鲍毅没有丝毫的伤感,他甚至带有几分兴奋的表情说:"瑶瑶,这是你逼得我这样做的。"瑶瑶却哭得惊天动地。

见瑶瑶做出了这种事,瑶瑶的爸爸气得一塌糊涂。从来都没有用手指头弹过瑶瑶的他,这次把瑶瑶没头没脑地痛打了一顿。瑶瑶的妈妈护着瑶瑶,和瑶瑶抱头痛哭。

从此,在家无所事事的瑶瑶成天去找胡晓刚,她说:"胡晓刚,如果不是你我不会这样,现在我已经离婚了,我铁定要嫁给你。"胡晓刚说:"瑶瑶,你没有小孩你离婚没有牵连,可我已经有了秀秀,我俩结了婚秀秀怎么办?"瑶瑶说:"秀秀你可以交给叶子啊,这可不关我的事,反正我这一次是赖给你了,你如果不要我,我就死给你看,到时候自然有人找你。"瑶瑶说着说着就凄凄厉厉地哭了起来,她的眼泪顺腮滑落,不一会儿,衣服就湿了一大片。

望着瑶瑶那多愁善感的样子,胡晓刚似乎动了恻隐之心。他想起自己被鲍毅暴打的情景,想到瑶瑶也一定遭了不少的罪,心里不免有一点痛。瑶瑶现在的语言明显地减少了,而且以前那爱说爱笑、活泼开朗、大大咧咧的性格现在在她身上荡然无存。胡晓刚想到这里,他情不自禁地一把将瑶瑶紧紧地揽在怀里,用手一遍又一遍地摩挲着她的脸颊,他要把自己心中无比的愧疚转化为无限的爱意,尽情地传递给瑶瑶,希望自己的这些做法能够给她丝毫慰藉。

五十三、风波再起

六月的天就像孩儿的脸,说变就变。早上还是阳光灿烂,不一会儿便乌云密布。眼看大雨就要来临,贾宇哪里也不想去。他吃过午饭,到叶子店里买了一盒烟,稍坐了一会儿,便回了家。回家后,叶子那美丽的身段,那动人的容颜,那银铃般的笑声,那柔美的姿态在贾宇的大脑里无论如何也挥之不去。倒在床上,贾宇回想着自己与前妻那一段难以忘怀的过去,想起叶子和前妻是那么的相似,慢慢地进入了梦乡。

贾宇做了一个甜美的梦,在梦里,叶子已经变成了自己的前妻。妻子娇媚温顺,含情脉脉地望着自己,不时地发出一阵阵扣人心弦的笑声。见自己的妻子终于回到了自己的身边,贾宇高兴得近乎疯狂。在内心,他不断地告诫自己,一定要留在妻子的身边,再也不离开妻子了。看到妻子那高兴的神情,贾宇的脸上荡漾着幸福的涟漪。

正当贾宇高兴不已时,一阵吵闹叫骂声将他从梦中唤醒。贾宇一把将被单扯过头顶,想以此来隔离外来的噪音,想继续着他那甜蜜的梦。然而,楼下的吵闹声越来越大,这狂风暴雨般的吵闹竟彻底地打断了他的黄粱美梦。

穿好衣服,贾宇仍然回味着梦中的情景,当他想到自己居然把叶子当成了自己的前妻时,竟然情不自禁地笑出了声。咳!真是白日做梦。他喃喃自语着。

"妈,有什么话我们到家里去说好不好?你看这么多人都看着我们。"

这不是叶子的声音吗?怎么会是叶子呢?贾宇急于想看个究竟,便大步流星地奔到窗口，迫不及待地将头伸了出去。叶子，是叶子，贾宇清楚地看到，那个跟自己妻子一样美的美人，哭得泪人一般。

叶子的商店门口站满了人，将叶子和她妈紧紧地围在了正中。叶子双手抱住她妈的右臂，一个劲地劝她进屋里去。

叶子的妈用力甩开了叶子的双手，她说："人多怕什么？我就是要趁人多，让大家都听一听，看他胡晓刚到底是个什么东西？"

艾博雅的嗓门特别大，她一旦发起脾气来，十里八乡都能听到她的声音。这时只听到艾博雅对着大众说："你们看世界上哪有这样的女婿，姑娘嫁给了他就等于卖给了他，他想打就打，想骂就骂，一年四季都不让姑娘回一次娘家。"见有人窃窃私语，艾博雅回过头对叶子说："算起来你嫁到胡家已经有五个年头了，你说你一共回去过几次？"

"妈，这不是要做生意吗？我走不开呀！"叶子解释说。

"你莫为那个小砍头的辩解，你以为我不晓得，就是那个小砍头的不让你回去。我们两家要隔个十里八乡我也好想一点，你看你们离我就这么一点点远，就算是走路也不要半个小时，难道你就这么走不开？"

看到街坊那同情的眼神，艾博雅更是动了情，她竟然伤心地哭了起来。一会儿，她呜咽着对叶子说："叶子，你尺把长我把你拉扯大我容易吗？就算以前我的脾气不好，但我对你还是扒心扒肝的，只愁没有把心挖给你吃。现在你长大了，翅膀也硬了，你飞出来就不见我了。可是你晓得吗？你的妈我一天都忘不了你。叶子，你妈我也晓得你很难，不是你不想回去，是那个小砍头的不让你回去。可是我就想不明白，你说我们家怎么就会遇到这样的一个东西呢？叶子，你莫以为这仅仅只是你妈我的命苦，其实我晓得，最苦的还是我的叶子。"艾博雅的眼泪如泉水般地涌了出来。

叶子用手帮艾博雅擦着眼泪，她说："妈，你也别太难过了，以后我尽量抽时间回去看你。"

"看我？"艾博雅说，"结婚都五年了，你回去过几次？有两次我想留你住一个晚上，那个砍头的半夜三更都跑来把你拉回去，我拦都拦不住。"艾博雅擦了擦眼泪说："叶子，你在这里过的是什么日子你以为我不晓得？这么大个店交给你，他自己一天到晚都不归家，还时不时拿你出气，这样的人你怎么跟他过得下去呀？"说到这里，艾博雅不禁哭出了声。

艾博雅的伤心勾起了叶子深深的痛，叶子泣不成声地扑到了艾博雅的怀里。艾博雅双手捧起叶子的脸，泪流满面地看着她说："你的事我都晓得，你这样跟他下去绝没有什么好结果，我看你最好的选择就是和他离婚，你如果现在还不听我的话，我看你必定是死路一条。"

围观的人越来越多，叶子急得恨不得跳脚，眼看艾博雅还在不停地唠叨，叶子在一旁只是干着急。叶子太了解艾博雅了，她只要生气，想说的话她一定是要说完的，谁想在中途阻拦她都不成。但叶子还是不死心，她压低声音对艾博雅说："妈，我知道你心里委屈，有很多话想说，可你看外边这么多人，我们还是到屋里去说好不好？"

艾博雅是不怕别人围观的，见叶子这么胆小，她加大了嗓门说："人多怕什么？我就是想趁人多吐吐这口恶气，想让大家都听听，看天底下哪有这样的女婿。"

艾博雅再次扒开了叶子的手，她说："叶子，你就是因为胆小，什么事都怕别人晓得，什么事都遮遮藏藏，那个小砍头的就是掌握了你的这个弱点，所以他才肆无忌惮地欺负你。"艾博雅说："我真是想不明白，你到底是舍不得那个小砍头的什么？你舍不得他游手好闲整天整夜不归家？你舍不得他在外面拈花惹草玩女人？你舍不得他三更半夜下死手打你，把你打得体无完肤？你这样给他卖命、给他赚钱、给他抚养秀秀，他还这么狠心地虐待你，他在外面麻牌赌博、扯皮打架、花天酒地玩婊子，玩得不耐烦了回来还要拿你出气……"艾博雅越说话越多，她越说越来气。

"叶子的妈，算了，莫吵了，有话慢慢说。"隔壁爱管闲事的吴三婆解劝道，"每个家庭都有一本难念的经，要说总也说不完，我看您也有这大把年纪了，可别怄坏了身子。"

艾博雅见有人与自己搭腔，正好想把心里的话吐完，她用略带感激的目光看着吴三婆，说："您老不晓得，天底下都找不出像我们家里这样的女婿，我叶子跟着他不晓得受了几多罪。当初，他勾我叶子的时候我叶子还小，他用花言巧语把我叶子骗到手，我叶子一进他家的门他就变了脸。他逼着我叶子辞了职，强迫她在屋里做生意，我叶子一嫁过来就好比进了鬼门关，他要她一个人在店里做生意，他自己却在外面为所欲为，我的叶子在他这里他想打就打，想骂就骂，我叶子现在过的哪里是人过的日子？"说到这里，艾博雅的眼泪就像断了线的珠子。

艾博雅的一席话深深地触动了叶子的伤心之处，叶子想起自己来胡晓刚家后所遭遇的一切，禁不住泣不成声。

春玲见叶子的泪水止不住地往下淌，她的眼泪也喷薄而出。春玲拿出餐巾纸递给叶子，自己边擦着泪，边劝叶子说："叶子，快别哭……"春玲说不下去了，她挽着叶子就往屋里走。叶子没有动，她取出一张餐巾纸轻轻地蘸着眼中的泪水，抬起头看了看春玲，眼神中透出极大的无奈及悲哀。

"我们进去吧？"春玲挽着叶子的手说，"我们先进去，让吴三婆劝劝你妈。"她边说，边略带强意地将叶子拉进了屋。

"妈妈，妈妈，我要妈妈！"见到叶子，本来就哭得泪人般的秀丽在小保姆的身上拼命地往下奔。叶子抱起秀丽亲了亲她的小脸，眼泪又一次喷涌而出。叶子泣不成声地对春玲说："我妈要我离婚，可是我哪里舍得我的秀丽？"

秀丽伸出她的小手摸着叶子脸上的泪水，她抽泣着说："妈妈乖，妈妈莫，莫，莫哭……"

看到心爱的乖女儿，叶子的眼泪更像断了线的珠子。她将秀丽紧紧地搂在自己的怀里，将脸紧紧地贴在女儿的脸上。

"叮……"胡晓刚和瑶瑶正在卿卿我我的时候，门铃突然急切地响了起来。"是、是我。我是猴子。"胡晓刚的牌友猴子心急火燎地按着门铃。

"扫兴！"胡晓刚和瑶瑶正在兴头上，见猴子来捣乱，非常地不耐烦。他放下怀里的瑶瑶站了起来，整了整衣服，不慌不忙地去开门。

"快、快、快回去。"一见到胡晓刚，猴子就气喘吁吁地说。

胡晓刚见猴子那火急的神情，不知道家里到底发生了什么事？他也变得迫不及待起来。胡晓刚一把把猴子拉到一边，他焦急地问："快说，家里到底出了什么事？"

"你，你老亲娘来了，她在门口大吵大闹，说，说要叶子和你离婚。"猴子口吃着说。

一听原来是这么回事，胡晓刚心中的一块石头落了地。他想到一定是自己昨天晚上又打了叶子她妈不依，他不以为然地说："我还以为是什么大不了的事，原来是那个老东西啊！你他妈的真是少见多怪。"

胡晓刚望着瑶瑶丢了个媚眼，他说："我现在正在考虑和叶子离婚，她来闹这事，你说这不是成全我们吗？"

263

胡晓刚回过头看着猴子笑了笑,然后转过头望着瑶瑶说:"你看,你不正吵着要跟我结婚吗?现在机会来了。"紧接着他对猴子说:"你先去,我一会儿就来。"

猴子走后,胡晓刚随手关上了门,他走过来一把抱住瑶瑶说:"乖,听话,在家等我好消息。"然后咬着牙说:"看我去收拾她们。"

看胡晓刚真要和叶子离婚,瑶瑶暗暗地一阵欣喜。她娇态十足地噘着嘴对胡晓刚说:"你要再不跟她离婚我就真的再也不理你了。"

"知道,知道,我的宝贝。"胡晓刚吻了吻瑶瑶,跟她打了个再见的手势说,"等我的好消息。"

"都滚,都滚,都给老子滚!"人群中突然响起了胡晓刚的怒吼声。围观者的眼睛不约而同地、齐刷刷地朝着胡晓刚发音的方向扫去,"你们要看热闹都到新市场看去,莫在老子这里看笑话。"胡晓刚毫不客气地对着众人发脾气。

见胡晓刚回来,不少人都知趣地从四周散开,路中央只留下了艾博雅和吴三婆两个人。

艾博雅本以为今天不可能见到胡晓刚,因为她知道胡晓刚每天都在外边花天酒地不归家。她是看叶子在这里太委屈了,她今天来只是想造一番舆论,她想让叶子早一点逃离这个虎口。但没想到胡晓刚今天居然回来了。艾博雅对胡晓刚恨之入骨,现在见他回来了,她想你回来了也好。艾博雅把眼睛瞪得大大的看着胡晓刚,说:"你回来了正好,你这样虐待叶子,你们也该有一个了断了。"艾博雅指着胡晓刚的鼻子说:"叶子这么给你卖命,给你挣钱,你还动不动就打她。我今天一大早就听人说了,你昨天晚上又打她了。我刚才要看看叶子的伤叶子硬不让我看,我强行地扒开了她的衣服,我的天哪,她身上就没有一块好肉。"艾博雅气愤地说:"她是一个弱女子呀!你怎么就下得了这样的手?我的叶子这么纯洁,这么善良,她是哪一点不好?你说你到底是为了什么?你要这么残忍地待她,我看你胡晓刚简直就没有一点人性,简直就不是一个人!"

从谈恋爱艾博雅就干涉阻拦他们,胡晓刚对艾博雅早已恨得钻心,今天见艾博雅当着这么多人的面在门口胡闹,他火冒三丈。胡晓刚两眼恶狠狠地瞪着艾博雅,他说:"我打了她,你能把我怎么样?你不是想知道我到底是为什么要打她吗？今天我就老实地告诉你，那就是因为你，就是因为你我才打她。我们刚谈恋爱的时候你就横加阻拦，想方设法地破坏我们两个人的感情。外面想和我结婚的人多的是，其实我并不一定要和她结婚，我原本就没准备娶她的，但就是因为想报复你，所以我才决定要把她搞到手。现在我们已经成家了，你还想规规矩矩地当我的丈母娘，你还想我们经常去看你，你还想叶子在你家里过夜，和你团聚？你也不想想当初你是怎么样对待我的，你以为我成了你的女婿就会听你的话，就会满足你？你真是白日做梦。"胡晓刚看了大家一眼，他缓了口气接着说："你也不想想你是一个什么样的家庭？一个三番五次离婚的人，你还有资格教育你的子女？你今天来不就是要叶子跟我离婚的吗？我想这是你们家的传统。现在我已经报复你了，我现在也可以不需要叶子了，我正打算着要跟她离婚，你今天来了正好，就算你成全了我的好事。"胡晓刚摆着手说："你把她带走，你现在就把她带走，我再也不想看到你们了，你们都给我滚！"

艾博雅从来就没有喜欢过胡晓刚，她见到胡晓刚就好比是见到了一个八十岁的干儿子，没有一点热气。现在，眼前的胡晓刚不仅不尊重自己，反而还对自己如此无理，艾博雅更是气不打一处来。她气急败坏地骂道："你这个畜生，你这个挨千刀的，你这个小砍头的，你这个有娘养无娘教的，老子们前世欠你的，前世杀了你的头，你今生这样来向我们讨债，这样来报复我们？我叶子这么好的一个姑娘，你居然这么对她，你说你还有一点人性吗？"艾博雅略微思忖了一下，抬起头说："也好，你既然对叶子这么无所谓，那你们就尽早地把手续办了，免得她在这里碍你的眼睛，也好让你成天肆无忌惮地去玩婊子。"

"你说什么？你刚才说什么？你再说一句！"胡晓刚两个拳头捏得吱吱地响。他咬牙切齿地说，"我答应你，我成全你，我马上就和她离婚。这样你总该满意了吧？"说完，胡晓刚转过头气愤地嘀咕道："依老子的脾气连你都要打。"

"你说什么啊？你连老子都想打？"尽管胡晓刚说的声音不大，但还是被听力特好的艾博雅听到了。艾博雅怒气冲冲地对胡晓刚说，"你这个有娘养无娘教的东西，你竟敢说打老子？"艾博雅说着就一把拉住胡晓刚的衣领，她怒吼着说："你来打呀！你来打呀！我让你打，我就让你打！"艾博雅一头撞到胡晓刚的胸前，吼着说："你打呀！你怎么不打了？"

胡晓刚真的被激怒了,他抓住艾博雅的手,瞪着两眼说:"我连我的老子都打了,还不敢打你?"边说边照着艾博雅的胸前就是一拳。

艾博雅没想到胡晓刚真敢打她,她被这意外的一拳击倒在地。艾博雅顾不了疼痛,她一翻身就爬了起来,抓住胡晓刚就要和他拼命。艾博雅毕竟年龄大了,而且又是个女人,她哪里会是血气方刚的胡晓刚的对手。胡晓刚抓住艾博雅就像老鹰抓小鸡似的,艾博雅在他的手中动弹不得。

胡晓刚一声冷笑,他说:"你以为你的姑娘是一个什么金镶玉?你以为我胡晓刚离了她就塌了天?你今天只管把她带走,你看我胡晓刚怕不怕?我现在就明白地告诉你,只要你姑娘今天一走,马上就有一个人进来,负责要比你姑娘强一百倍。离婚,笑话,在外面等我胡晓刚的姑娘多得很,她们都排着长队,我想挑哪个就是哪个,你信不信?"

艾博雅逃出胡晓刚的手,她看到胡晓刚今天对自己的态度,就想象得到叶子平日是怎么被他欺负的。艾博雅伤心之极地哭着说:"我叶子怎么就瞎了眼,怎么就偏偏看上了你这个无皮无肉的东西。"艾博雅双手捂着胸,转过头对着店门说:"叶子,你听到了吗?他外面有一大排女人在等着他,他根本就不稀罕你,我看你还赖在这里有什么意思?"

"是的,怎么样?"胡晓刚指着艾博雅的鼻子尖说,"就是因为你这个老不死的东西,你的姑娘就是受你的牵连。"

艾博雅实在是忍无可忍了,她就像一头发怒的狮子一般,猛地向胡晓刚奔去。艾博雅再一次扯住了胡晓刚的衣领,她怒嚎到:"老子今天就和你拼了。"

"你放不放?你放不放?"胡晓刚抓住艾博雅的手大声吼道,"你再不放手我可真要你的命了!"

艾博雅这一辈子她怕过谁?她心想我一条老命换你一条小命值。艾博雅一双手像钳子一样紧紧地抓住胡晓刚的衣领。她说:"来呀,你要老子的命你就来呀,老子今天就是不放,看你今天到底有几个胆量?你要是不怕枪毙,老子今天这条命就交给你了。"

"你给老子滚。"随着胡晓刚歇斯底里的一声吼,艾博雅被他一把推倒在地。由于艾博雅的手紧抓着胡晓刚的衣领,胡晓刚的这一猛力使他的衣服发出吱的一声响,衣服撕破了一大块。顿时,胡晓刚胸前被文过的一条大青龙便生龙活虎般地展现在了人们的眼前。

胡晓刚恼羞成怒,他大声吼道:"叶子,叶子,你给老子滚出来。"他边吼边往店里冲。"你给老子滚出来,你们给老子一齐滚。"

胡晓刚在屋里换了件衣裳,他从叶子怀中夺下秀丽,一把扯住叶子的头发就往外拖。

"爸爸,爸爸,你莫,莫打妈妈……"秀丽哭着,拉着叶子不肯放手。

"滚!"胡晓刚大吼一声,小保姆连忙把秀丽抱了起来。

叶子的头顺着胡晓刚的手埋得低低的,她本能地将两只手伸向头顶,护着自己的头,两条腿顺着胡晓刚行走的方向快速地移动着,嘴里不停地发出哎哟哎哟的惨叫声。

春玲紧跟着他们往外跑,她想扯开他们却无法拢身。

艾博雅看到叶子这样的惨状,她捏紧拳头想去打胡晓刚,却被身高力大的吴三婆给拉住了。

贾宇在楼上实在是看不下去了,他咚咚咚地跑下了楼,想去劝一下胡晓刚。下楼后,贾宇又不敢贸然上前,因为胡晓刚早就对他有怀疑,而且胡晓刚还为他与叶子怄过气。

贾宇慢慢地冷静了下来,他知道胡晓刚在气头上是什么话都说得出来的,如果自己前去惹恼了他,叶子反而会遭受更大的侮辱,因此贾宇没有过去,他就像木桩一样停在了自己的家门口。

胡晓刚抓住叶子的头发生拉硬扯,叶子发出了凄厉的哭声。叶子的失声痛哭在大街上回响,穿透了来来往往的车水马龙的轰鸣声。

贾宇亲眼目睹了叶子最凄惨、被伤害的情景,心理上受到了极大的冲击。

"哎哟!"一声凄惨的哀号划破了长空,贾宇感觉这凄厉的哭喊声里包含了太多的内容,它就像一部没有任何画面、却又让人不忍看下去的悲剧情节。叶子的哭泣使他深深感受到了她的痛,她的这种痛又似乎蕴藏着她永恒的、永无尽头的凄凉与悲伤。

春玲和吴三婆还有一位不认识的男士强行地扯开了胡晓刚的手,叶子的头发被胡晓刚扯掉了一大把。春玲帮叶子理了理蓬乱的头发,好说歹说将叶子拉到了她的家。

猴子和胡晓刚的几个朋友好歹将胡晓刚劝进了屋,吴三婆扶起艾博雅好一阵劝。

艾博雅走了,艾博雅是哭着、擦着泪一个人走的,她走出30米以外的时候胡晓刚突然撵了出来,他朝着艾博雅走的方向大吼了一声:"滚!"

"哎!"贾宇长长地叹了一口气,他边上楼边默默地想:叶子这么好的一个姑娘,怎么就偏偏遇到了胡晓刚这样的一个人?

春玲搀着叶子经过一条小街来到了她家。这是一栋七层高的楼房,春玲一家三口就住在一单元四楼。两室一厅的房子,装修算不上华丽,家具也比较简单,但收拾得特别干净整齐。

"罗晓春和迪迪一块到他妈家里去了,我上午要加班,所以没有去,现在我正好没什么事,可以陪陪你。"春玲边说边让叶子坐下,她心疼地说,"看看,你的眼睛都肿了,我去打点水来你先洗洗脸,然后好好地休息一下。"

叶子不好意思地站了起来,她说:"别,别。"

"看你,我们都是多年的好朋友了,你还跟我讲什么客气。"春玲边说边往洗手间走去。

叶子站起来紧跟了进来,她说:"我就在洗手间里洗吧,别把房里弄脏了。"

"那好吧。"春玲打了一盆热水递给叶子,她说:"洗面奶和润肤露都在这里,你慢慢洗吧。"

叶子洗完脸走进客厅,春玲递给她一听已经打开,并插上了吸管的可口可乐,说:"这是刚从冰箱里拿出来的,快喝了吧,我看你刚才出了不少汗,先喝一点解解渴。"

叶子说了声谢谢,接过可口可乐喝了几口。她确实渴了,这一闹闹得她心力交瘁。叶子将剩下的可口可乐放在茶几上,睁着一双无神的眼睛看着春玲,她苦涩地咧了咧嘴,说:"真不好意思,给你添麻烦了。"

春玲笑了笑对叶子说:"你这是什么话?我们是这么多年的好朋友,早就情同手足,你对我还用得着这么客气?他们爷俩今天不会回来,你就住在我这里好了,安安心心地休息休息。一会儿你到床上去躺一下,我去买点菜,平常你总是忙得不得了,想请你都请不到,今天你就不要再讲什么客气了。"

叶子泪眼汪汪地看着春玲,她说:"谢谢你的好意,我想我还是回去看看,也不知道我妈走了没有,也不知道秀丽怎么样了?"

春玲看叶子的眼泪又要出来了,忙安慰她说:"没事的,我想你妈一定是走了,秀丽你就别担心了,那是他的女儿,他不会吃了她的。"见叶子还是不放心,春玲接着说:"要不我给你们家打个电话,我想一定是没事了。"说完,她就拨响了叶子家里的电话。

接电话的是小保姆,她说艾博雅已经走了,秀丽也睡着了,胡晓刚被几个朋友拉走了。

春玲说:"你看,我说没事吧,现在你该放心了吧?"

春玲起身把叶子扶进房里,她说:"你就安心休息吧,再别钻牛角尖了,我买点菜一会儿就回来。"说完,她强行把叶子扶到了床上。春玲说:"平常我管不了你,可今天你一定得听我的。"

春玲走的时候将门上的双保险锁了起来,她怕叶子忍不住跑回家去。

叶子躺在床上思来想去,她对家里还是放心不下。叶子爬起来理了理散乱的头发,拉了拉衣服,便去开门,准备回去看看。她扭动门锁,却怎么也打不开门。叶子意识到春玲将门锁上了,她只好无可奈何地上了床。

叶子确实累了。昨天晚上,胡晓刚喝得醉醺醺的回来,他无缘无故地将叶子痛打了一顿,弄得叶子一晚上都没有入眠。第二天早上,胡晓刚的酒醒了,他发现叶子的眼睛是红红的,脸上也有伤痕,就装出一副痛恨自己的样子,"扑通"一声跪在地上,请求叶子对自己原谅,并赌咒发誓保证自己今后决不会再犯。胡晓刚像这样的下跪已经不是一次两次了,他总是当时说得很好,但一醉了酒就什么都不记得了。

胡晓刚已经伤透了叶子的心,但叶子想到事已至此,也无可奈何。接着,胡晓刚要看叶子的伤,叶子说什么也不给他看。

胡晓刚说:"叶子,你放心吧!我再也不会了。"他说完就去扒叶子的衣裳。见叶子的身上到处都是青一块紫一块,胡晓刚突然扇了自己两个耳光。他大骂自己说:"我怎么会这样? 我真不是人!"

叶子是一个特别能够宽容人的人,虽然胡晓刚对她的伤害特别多,但一见到胡晓刚这样,她的心又软了,她说:"你经常这样无缘由地打我,你说我能承受得了吗?"说着,她的眼泪又润出了眼眶。

胡晓刚要叶子多休息一会儿,他说:"我昨天实在是喝多了,我不是故意的,真的请你原谅。"

中午,叶子想让表妹照看一下生意,自己去休息一会儿,但正当她安排好了一切准备上床时,可艾博雅又来了。所以她始终没有得到休息。

在春玲家,当叶子打不开门,再次躺到床上时,她可是真的不想动了。

叶子人是躺下了,但她的脑子却还在不停地运转。现在已经闹到了这种地步,她想自己与胡晓刚的缘分也许已经走到了尽头。当她回忆起自己与胡晓刚相识的前前后后时,不由得珠泪滚滚。

"叶子,醒了吗?"叶子正在回忆这多年以来她与胡晓刚的恩恩怨怨,春玲的叫声将她惊醒。原来春玲早就回来了,她以为叶子睡着了,所以没有惊动她,一个人轻手轻脚地到厨房做饭去了。春玲做完饭又轻手轻脚地来到叶子身旁,才知道叶子还在擦眼泪。春玲说:"你还在想什么呢?有些事情你就忘了它,不要总放在脑子里,这样对自己的身体没有什么好处。"

听到春玲的劝慰,叶子苦涩地咧了咧嘴,她坐起来说:"我在想下一步的路,我不知道我的下一步到底该怎么走?"

吃饭的时候,叶子端着碗一点都不想吃,她告诉了春玲一件事,连春玲都大吃一惊。

"什么,你不是你这个妈亲生的?"春玲反问了一句。

"可能。"叶子流着泪说,"这件事是我们隔壁的郝阿姨告诉我的。在我大学毕业那年,我妈不让我读大学,郝阿姨知道了非常生气,偷偷地告诉了我。她说能够考取武汉大学是多么的不容易啊,你妈竟然不让你去读,她说她要是你的亲娘就不会这样了。知道这件事后,我一个人坐在河边哭了好长时间。郝阿姨以为我想跳河,她坐在我的身旁一个劲地劝我,要不是郝阿姨,我也许真的……"叶子说不下去了,她神色惨淡地望着春玲,眼睛里闪现出晶莹的泪珠。

春玲想:难怪叶子小的时候她妈对她那么厉害,我们原以为她是重男轻女,想不到原来叶子不是她亲生的。见叶子有这么凄惨的经历,春玲更增加了对叶子的同情心。

在春玲的追问下,叶子向她大略地讲了一下自己的过去,但有许多话都无法说清,因为那里面包含着她过去的许多辛酸与仇恨。叶子的经历太多了,现在她虽然还只有二十来岁,但她早已有了一颗苍老的心。这么年轻就有这么苍老的心,人们是永远都无法理解的,那里面隐藏的泪水和无望,只有叶子自己慢慢地去化解、去吞食。

"你说的这件事胡晓刚知道吗?"春玲问。

"不知道。"叶子说,"他本来就恨我妈,如果我把这件事也告诉了他,不知道他还会做出一些什么样的事情来?"听到叶子的倾诉,看到叶子那满腔的愁怀,春玲受到了深深的感染,她的眼睛也开始变得潮湿,内心一阵阵的翻滚。多么纯洁善良的叶子啊!春玲怎么也想不通,叶子这么好的人,为什么就没有一个好的命运?"如果她亲娘在……"

春玲长长地叹了口气,两眼呆呆地看着叶子,半天都没有开口。此时此刻,她不知道该说些什么,她也不知道怎样才能让叶子释怀。

吃完晚饭,春玲偷偷地给胡晓刚打了个电话,她满以为胡晓刚接到电话会来接叶子的,可直到晚上十二点钟都不见胡晓刚的踪影。

五十四、痛彻心扉

春玲劝了叶子好多,要叶子想开点。第二天正好是星期天,吃完午饭,叶子好想看看秀丽,春玲便陪着叶子回了家。

"妈妈、妈妈……"一进门,秀丽就向叶子飞奔了过来,她说:"妈妈,你到哪里去了啊,秀丽好想妈妈。"一句话说得叶子眼泪直流。叶子怕秀丽看见自己流泪,她赶紧把秀丽抱在怀里,将自己的脸紧紧地贴在秀丽的脸上。

叶子偷偷地擦干了自己的眼泪,她说:"秀秀,妈妈去换件衣服就来抱你好不好?"秀丽高兴地答道:"好,妈妈换新衣裳。"

放下秀丽,叶子朝自己的房里走去。一推开房门,房间里展现的一幕让叶子傻愣了半天。等她回过神来,瑶瑶和胡晓刚都已穿好了衣裳。这时,叶子不知道是从哪里来的一股勇气,一贯温柔善良的她,奔向前照着瑶瑶的脸就是几个耳光,不偏不倚地打在瑶瑶的左右脸上。

瑶瑶是一个典型的泼辣货,她既然做了,就不会怕。瑶瑶没有哭,她摸着自己的脸对叶子说:"我反正已经离婚了,现在什么都不怕了。"说着,她反过手抓住叶子的头发就撕打了起来。

瑶瑶身材比叶子高大,性格也比叶子刚强,柔弱的叶子哪里会是她的对手。不一会儿,叶子就被她打得鼻子口里流血。眼观她们二人打架,明知道叶子会吃亏的胡晓刚站在一旁一动也不动。

叶子瞟了胡晓刚一眼,她多么期盼他来帮帮自己。可胡晓刚在那里一边抽烟,一边坐山观虎斗。叶子彻底地看出了胡晓刚的那一副冷血相,她想:他胡晓刚明知我吃了亏,还在那里稳坐钓鱼台,这哪里像是我的丈夫?于是,叶子边与瑶瑶厮打边喊道:"胡晓刚,你还是不是我的男人?"

瑶瑶与胡晓刚的事已经让天下人都知道了,所以她离婚后,便死缠着胡晓刚。在胡晓刚身上,瑶瑶花费了很多心血,软硬兼施,一定要胡晓刚娶她。胡晓刚已经被瑶瑶迷惑得神魂颠倒了,经过昨天的一闹,更增强了他归顺于瑶瑶的心。因此他心里哪里还会有叶子?见叶子这样问他,胡晓刚火上浇油说:"我不是你的男人,你想找谁就找谁去!"并喊道:"瑶瑶,打,照着她的嘴巴打,打死这个贱女人。"

听到胡晓刚如此冷酷无情,叶子肝肠寸断。她的脑子嗡的一声响,眼前一片空白,不一会儿便脚瘫手软,身子呼地一下向地下倒去。叶子彻底地崩溃了,她也彻底地明白了。胡晓刚的这一声吼,就像是晴空里一阵霹雳,把叶子劈成了肉酱。顿时,叶子的眼前一片漆黑,整个人,从头到脚都变得冰凉。叶子已经没有了还手之力,但瑶瑶并没有善罢甘休,她还在继续着她的拳脚。

见叶子半天没有出来,隐隐约约又听到了里面的打闹声,春玲赶紧跑了进去。她看见瑶瑶在打叶子,胡晓刚却坐在一旁,她感到有些不可思议。她说:"你们,你们这到底是唱的哪一出?"

春玲是个聪明人,她很快就想象到了叶子进来时的那一幕,对瑶瑶如此的无耻她深感愤怒。春玲用力拉开了瑶瑶,她边扶起叶子边气愤地对瑶瑶说:"你们也太过分了。"

春玲把叶子扶进洗手间,拿下毛巾要叶子洗洗脸,坚定地说:"叶子,离婚!"

春玲陪叶子来到店堂,叶子抱起秀丽就往外走。她们走了还不到十米远的时候,胡晓刚一个箭步冲了上来,他说:"秀秀留下。"边说边从叶子手中抢秀丽。

叶子双手紧紧地抱着秀丽,她说:"秀秀是我的女儿,我为什么不能带回去?"

春玲好言相劝说:"胡晓刚,你还是让她娘俩回去吧,等她休息两天再回来。"

"不行。"胡晓刚大声说着,一把将秀丽抢了过去。

"我要妈妈⋯⋯"秀丽哭着拼命地挣扎着。

"不准动,再动老子打死你!"胡晓刚威胁着。

"秀秀,妈妈要你。"叶子哭着,抢着要抱秀丽。

"妈妈……"秀丽拼命地往叶子这边奔。

胡晓刚左手把秀丽一夹,右手雨点般地拍打着秀丽的屁股,边打边往家里走。

叶子不要命地追了上去,她要抢自己的宝贝女儿。胡晓刚跑进房里把房门一关,叶子再怎么拍门他都不开。

春玲把叶子劝了出来,陪着叶子回到了艾博雅家。

艾博雅见叶子被打成这样蛮心疼的。她说:"你昨天跟我一块儿回来多好,也免得今天被那个小砍头的打。我就想不明白,那个小砍头就这样三天两头地打你,你怎么还不死心?"

"妈,秀秀,我舍不得秀秀呀!"叶子边说边哭出了声。

第二天一大早艾博雅就出门了,她说去买一点排骨,煨点汤调养一下叶子。艾博雅刚走了一会儿,胡晓刚提着水果点心来了。他见艾博雅不在家,心里头一阵窃喜。胡晓刚反手把大门关上,走到叶子面前,唰地一下就跪下了。他说:"叶子,对不起,是我不好,让你受了委屈。"说着就去拉叶子的手。

这是胡晓刚的惯用伎俩,结婚以来,他给叶子下跪不下十次。胡晓刚每次下跪他都是用花言巧语打动了叶子的心,使叶子一次又一次地原谅了他。但这一次叶子实在是太伤心了,她用力摆脱了胡晓刚的手,抬脚就走。

胡晓刚跪在地上还没有起来,他一双手紧紧地抱住了叶子的左腿,说:"我知道你恨我,我也知道你不会原谅我,可是你要为秀丽着想,你昨天晚上不在家,秀丽哭闹了一个晚上,我们谁都哄不住她。叶子,你也知道我的脾气不好,她把我闹烦了,我忍不住又把她打了一顿。她是我的女儿,其实我哪里想打她?打了过后我又好心疼。"

"你……你……你……"叶子气得话都说不出来了,她设想起秀丽昨晚挨打的情景,心里好痛,"胡晓刚,我看你只不过是一个披了人皮的狼,你自己说你哪里像个人?"

"是是是,我不是人,我不是人,我不是人。"胡晓刚边说边用手打自己的脸,"叶子,你恨我,你就打我,你也好消消气,我绝不还手。"

胡晓刚这样的行为太频繁了,这并不能让叶子感动。叶子极其平静地对胡晓刚说："胡晓刚,你用不着这样作践自己,也用不着给我下跪,我们之间已经没有了爱,所以也就没有了恨,我看我们还是离婚为好。至于钱的问题,我们好说好商量,但秀秀是个女孩子,你带着她也不方便,你就把她交给我。你胡晓刚不是想有个儿子吗?秀秀给我了,你今后找个人还可以给你生个儿子,我看这也是两全齐美的一件事。"

胡晓刚缓缓地站了起来,他拉住叶子的手轻声说："你真的不原谅我了吗?在我们家这几年,我也知道你受了不少委屈,这一切都怪我,都是我的不是,你如果现在还在恨我,你就打我出出气,只要你能够消气,你就拼命地打我也不还手。"胡晓刚边说边拉着叶子的手就往自己的脸上打,他边打边说："我浑蛋,我不是人。"

叶子用力抽回了自己的手,她说："你不需要这样,胡晓刚,你不要这样好不好,我们好说好散。"叶子口里是这么说,不知为什么,她的眼泪却情不自禁地掉了下来。

胡晓刚见叶子真的动了情,他趁机说："叶子,我们还是有感情的是不是,我们还是真心相爱的是不是,你应该了解我,我跟外人只不过是玩玩而已,只有对你我才是真心,你昨天不在家,我整整一个晚上都没有睡着,你知不知道我的内心还是那么地爱着你,直到你离开了我我才真正地意识到,我真的不能没有你,我也是真的离不开你。过去的一切都是我的错,我会改,我一定下定决心改,无论如何你也要原谅我这一次,仅一次而已。"说到这里,胡晓刚再也不吝啬他那珍贵的鳄鱼泪,竟无怨无悔地哭出了声。

俗话说:一日夫妻百日恩,百日夫妻似海深。结婚已经五年多了,他们也曾有过甜蜜的过去。再说,夫妻之间,相处了这么多年,相互之间哪有那么风平浪静的?平平淡淡,不吵不闹的夫妻未必就是好夫妻,那种毫无生气地在一起生活的夫妻也未必幸福。面对胡晓刚,叶子现在真正理解到了结婚容易离婚难这句话的含意。当两个人同时走上法庭的时候,当两个人手中各自捧着一本离婚证书的时候,那相当于什么?那就相当于在各人的身上剥掉了一层皮。叶子明白,叶子明白所有的一切,叶子明白所有的道理。

"叶子,答应我,回去好不好,我真的不能没有你。"胡晓刚可怜巴巴地继续乞求着。

叶子原本是真心爱着胡晓刚的,就是因为爱,所以她才原谅了他的许多次。当叶子真正体会到胡晓刚对自己并不好的时候,叶子还在尽量地让自己平静,但在某些时候,她心底的那块痛又会不自觉地在自己的心头泛滥,搅得自己不得安宁。

见胡晓刚又这么乞求自己,叶子的心又一次软了。直到现在叶子才算真正地明白了,原来自己对胡晓刚的爱一点都没有减少。因此她决定再原谅胡晓刚一次。

叶子又一次被胡晓刚的"真情"所感动,她给艾博雅留了一张便条,便跟着胡晓刚一块回了家。

叶子这一次随胡晓刚回来后,胡晓刚的表现让她彻底地清醒了。胡晓刚求她回来,并不是想真正地与她和好,而是因为秀丽离不开叶子,门店的经营也离不开叶子。叶子在胡晓刚家的延续只相当于胡晓刚请了一个不要工资的营业员,不要报酬的保姆,不要淫资的发泄工具,还有的就是可以做胡晓刚无所顾忌地打骂的出气筒。叶子回来后,胡晓刚比以前更加地变本加厉。

由于瑶瑶已经离了婚,胡晓刚常常几个晚上都不回来,一直在她那里鬼混。但他每次回到家来,又似乎总带有一肚子的气,叶子又少不了当一次他的出气筒。

叶子彻底地绝望了,她再次下定了决心,坚决与胡晓刚离婚。当叶子轻言细语地向胡晓刚提出友善离婚的时候,胡晓刚却像一头猛狮般地把叶子暴打了一顿。

叶子这一次真的回了娘家,她身上的伤痛让她在床上躺了整整半个月。胡晓刚再也没有来接叶子了,因为他已经有了瑶瑶,因为他如果再不离婚瑶瑶坚决不依。

离婚的时候,胡晓刚百万元以上的存款一分也没有给叶子,家里所有的财产他只同意给她一个洗衣机。因为叶子没有经济来源,法院也理所当然地把秀丽判给了胡晓刚。

其实胡晓刚并不想要秀丽,是因为他的父母不依。胡晓刚的父母早已有了一个安排,他们想把秀丽过继给他的大儿子,让胡晓刚再找女人的时候再给他们家生一个儿子。

叶子想要的秀丽被法院判给了胡晓刚,没有了秀丽,叶子什么也不在乎了,她除了自己的衣服以外,什么也没有拿,就这样净身出户。

胡晓刚离婚后,瑶瑶很快就接替了叶子的位置,主管起了门店的经营。但现状不同的是,秀丽到了爷爷奶奶家,店里又请了一个营业员,而且撤销了那个卖杂货的柜台。

五十五、思女心切

　　自从叶子的母亲到店里来大闹一场后,贾宇就意识到他们的婚姻不会长久。贾宇想起自己与冉燕的感情那么好也不得不离了婚,觉得叶子和冉燕的命运是那么的相近。他知道她们两个人的痛苦各不相同,但她们的命运终归是一样的。此时的贾宇更加地下定了决心,一定要尽快地治好自己的病,争取早日回到自己最心爱的人的身边。

　　得到叶子离婚的消息,贾宇一点也不觉得意外,因为这是他在三个月前就预料到的一个结局。贾宇是一个喜怒不形于色,城府很深的人。那次叶子娘来大闹一场后,他就明显地增加了与叶子接近的次数,他一方面是同情叶子,一方面是希望自己的举动能给叶子带来几分温馨。贾宇知道叶子迟早会与胡晓刚分手,他提前把叶子娘家的电话号码要到了手。

　　贾宇那温文尔雅、知书达理、文质彬彬的样子给叶子留下了极好的印象,他对叶子的安慰在叶子的身上也确实起到了作用。在那一段时间,叶子的眼泪是越来越少了,精神状态也渐渐地好了许多。

　　与胡晓刚离婚后,叶子萎靡不振。躺在床上,她茶水不进。叶子整天凭借着杂乱的记忆梳理着自己已经走过的岁月,她的脑海里塞满了对过去的回忆。叶子的这些回忆并不是井然有序的,而是反复重叠的片段和反复拼接而成的厄运。叶子怎么也想不明白,她的亲生父母为什么会抛弃自己?她的养母为什么会有让人难以接受的怪癖?她的前夫为什么会向自己打着爱自己爱得不能自拔的幌子,而百般地欺压、凌辱,甚至于背叛自己?她心

爱的女儿近在咫尺,为什么却如同天涯海角一般,不能相见?叶子反复梳理着她那难以梳理的思绪,她时而清醒,时而迷糊,时而想到要终结自己。

秋天的阳光总是在午后洒到床前,叶子静静地躺在床上,沐浴着这片金黄。现在的叶子害怕这秋后的阳光,透过秋的苍凉,增添着无缘由的悲伤。叶子曾经是多么地依恋这种阳光,但幸福总让她感觉来去匆忙。她现在已经轻得就像空气,轻盈地飘去了远方。

阳光下,叶子的手腕上有一道红线,红色的液体就像眼泪一样。她的手臂低垂床沿,她的眼睛闪着晶莹的泪光。叶子的表情是那么的宁静,她的灵魂和身躯再也无须那些美丽的辞藻来美化,她只要这样无争的幸福和安详。叶子觉得自己是一股清风,清新而无痕,她现在无牵无挂,也没有伤感和悲凉。失血让叶子的身体变得更加的洁白,原来她就是天使的化身,她已经变回了天使,经历了一场最美丽的蜕变。

看到叶子轻生的一幕艾博雅吓傻了,她认为叶子离开了这么坏的一个男人应该是一种解脱,她想不明白她为什么还居然想离开人世?艾博雅及时把叶子送到了医院,她想方设法地安慰叶子,还让叶子最最喜欢的弟弟明智做她的思想工作。

明智很聪明,他知道叶子离不开秀丽,所以他总拿秀丽来说事。他举出了许多孩子没有母爱的凄惨事例,说:"现在秀秀虽然不在你的身边,但她毕竟还有母爱,如果你万一有个三长两短,秀秀的将来就更加的凄惨了。"

艾博雅通知艾文宗、戚佩文来到了医院,她还通知了叶子最喜欢的陆旺达。戚佩文流着泪说:"我的乖宝贝,我和你爹爹都这么疼爱你,你怎么舍得我们?"

"是啊!虽然我们不是时刻在你身边,但我们的心都是连在一起的,你的痛也就是我们的痛,如果你就这样走了,你说我们……"陆旺达哽咽着说不下去了。

叶子终于被家里的亲人感动了,她说了一声对不起便哭出了声。

叶子第二天就出院了。出院后艾博雅买了好多好吃的东西,尽量地调理叶子的胃口,可叶子却什么也吃不下去。

离婚的第四天,叶子昏昏沉沉地爬了起来。"我的秀秀,我要看我的秀秀。"叶子自言自语地说。

叶子梳洗完毕,换上了一套整洁的衣服便去了胡晓刚的家。一进店,让叶子没有想到的是,瑶瑶居然已经堂堂正正地坐在了那里。

"这么快啊?"叶子自言自语。

"哟,是叶子来了啊!"看到叶子来了,瑶瑶蹭地一下站了起来。她扭动着她那并不算细,带着性感的腰身和屁股,阴阳怪气地问:"你是来看秀丽的呢,还是来看晓刚的呢?"

"无聊。"叶子瞟了瑶瑶一眼,径直向厨房走去。她想去问问小保姆,秀丽现在到底在哪里。

小保姆在厨房里洗菜,见叶子来了,她连忙放下手中的菜热情地接待叶子。"叶子姐来了,快,请坐。"

这时瑶瑶也赶了进来,她打断保姆的话说:"什么姐不姐的? 你少管闲事! 还不快点做饭去?"

小保姆泪眼汪汪地做饭去了,瑶瑶转过头来对叶子说:"你是来看晓刚的吧? 哟,真是不巧,他每天都在店里陪我,只是刚才远远地看到你来了他就走了,我看他好像是不太愿意见你。还有,我希望你今后不要再轻易到我们店里来了,这样会搞得我们夫妻关系不和的,会影响我们的夫妻感情。"

叶子不齿地看了瑶瑶一眼,她说:"瑶瑶,你听着,我叶子永远都不会看那个我不想要而被别人当宝贝的东西,我是来看秀丽的,所以你不必这么紧张,以免今后患上了神经官能症。"稍停了一会儿叶子接着说:"亏你还念过大学,我真有些想不明白,你堂堂一个大学生,怎么也会是这样的无耻。"

"呸! 都离婚了,已经被人家扫地出门了,还要死皮赖脸地找上门来,居然还敢说别人无耻,我看最无耻的就是你这种又想当婊子,又想立牌坊的人。"瑶瑶愤怒地看着叶子说,"我老实告诉你,上高中的时候我就开始讨厌你,就凭你长得一副俏模样,吸引了班上那么多的男同学。从那时候开始我就下定了决心,只要是你能得到的,我一定也要得到。你看现在怎么样? 晓刚不就已经成了我的人了吗?"她斜着眼睛看了叶子一眼,说:"就凭你那个家庭,你还敢跟我拼,哼!"

见瑶瑶这么不知廉耻,叶子真的觉得不可思议。她又说了一句无聊便转向了保姆:"你知道秀秀现在在哪里吗?"

保姆正准备回答叶子,瑶瑶抢先向保姆吼了一句:"干活!"然后面对叶子说:"今后你就不要打着看你女儿的旗号来勾引我的男人了,你以后如果

真想看你的那个宝贝秀丽,你就到他们家的那个老婆娘那里看去,少来我们这里套近乎。"说着恶狠狠地瞪了叶子一眼,便向店堂走去。

叶子气得眼泪直在眼眶里打转,但她强忍着硬是没让它往外流。

叶子好不容易跌跌撞撞地来到了胡晓刚父母的家,可他们家的门上却被一把锁紧锁着。叶子向他们对面的住户一打听,才知道他们带着秀丽住到胡玄德家去了。

叶子知道胡玄德买了一套三室两厅的房子,但地点在哪里她却不知道。叶子问对门的邻居,邻居也只知道是在武昌,也说不清具体的地址。后来叶子多次给胡晓刚打呼机,但总没有回音。有一次她好不容易回了机,而叶子听到的却是瑶瑶的声音。瑶瑶在电话中毫不客气地吼道:"我就知道你会通过呼机跟他藕断丝连的,叶子,我老实告诉你,这个呼机根本就不在他的手里,你以后再不要死皮赖脸地缠着他。"话一说完那边的电话就砰的一下挂断了。

离婚已经三个月了,叶子至今还没有见到女儿一面,每当她回想起自己与秀丽在一起的情景时,常常泪眼涟涟。

艾博雅在家里做饭心烦意乱,她想不通叶子为什么好不容易逃离了虎口,反而又把自己封闭起来了。叶子自从离婚以后,她成天把自己关在房里,艾博雅曾经好几次想找叶子聊一聊,想让叶子晓得自己对她完全是出于一片好心,想让叶子晓得离开了胡晓刚就等于是逃离了虎口,但叶子却总是爱理不理。叶子在家里一点事都不做艾博雅也没有意见,但她想不通叶子连吃饭都是软绵绵的,每次叫她出来吃饭,她总是象征性地吃一点点。叶子离婚至今才只有短短的三个月,可叶子却已经瘦得不像个人样了。

艾博雅知道叶子是在想秀秀,但她更认为她是离不开胡晓刚。艾博雅想不明白胡晓刚对叶子那么不好,叶子为什么对他还不死心。艾博雅想到自己把叶子抚养起来是多么的不容易,而且她对叶子总有那种难以割舍之情。叶子如今像这样茶不思饭不想,艾博雅也不晓得该怎样才好。看到叶子一天天地瘦了下来,艾博雅真的是非常心痛。她总想:都怪她不听话,她要是跟了那个陈涛,怎么会落得如此下场。

艾博雅为了叶子她煞费苦心,她认为陈涛真的是个好孩子,她似乎还想挽救叶子和陈涛的婚姻。艾博雅抱着试试看的心理去找了那个介绍人,介绍人说："你家叶子是我们看着长大的,的确是个好姑娘,陈涛是我们的邻居,也是我们看着长大的,也的确是一个蛮好的青年。我是听说陈涛对叶子很有好感我才想到牵这个线的,但哪晓得他们却是有缘无分。现在陈涛已经结婚了,他找的一个姑娘家庭也不错,而且女孩的长相还有一点跟叶子相似,他们都已经有一个儿子了。"一席话说得艾博雅心里就像打翻了五味瓶。

艾博雅想尽快地让叶子高兴起来,她唯一的思路就是想尽快地帮叶子找一个人。免得她心里老是惦记着那个砍头的,今天晚上,艾博雅已经约好了一个人,听说这个男孩今年已经 35 岁了,但至今还是未婚。还听说他是汉正街做生意的,资产已经超过了百万元。艾博雅想把事情办妥一点,她想把一切都了解清楚了再对叶子讲,免得到时候又招叶子的怨恨。

艾博雅把炒好的菜端到桌子上,她对着叶子的房门喊了一声叶子快来吃饭,自己便吃了起来。吃完饭,艾博雅匆匆忙忙地走了。

叶子端起碗想起自己三个月都没有见到女儿,一口饭都咽不下去。今天上午她还打电话找过胡晓刚,她明明听到他表妹喊:"哥哥,你的电话。"但电话还是瑶瑶接的。听到是叶子来的电话,瑶瑶阴阳怪气地说:"怎么啦!又想晓刚了?你早知道这样离不开他你就莫跟他离婚呀,我就想不明白胡晓刚他到底是哪点好,让你这样念念不忘。"接着,瑶瑶突然将声音降低了八度说:"叶子,我真诚地告诉你,胡晓刚他不是个什么好东西。"说完啪的一下电话就挂了。

"嘟嘟嘟……"突然,震耳欲聋的电话铃声将叶子从沉思中唤醒,她漫不经心地拿起话筒喂了一声。

"喂?是叶子吗?你就是叶子吗?"对方听出是叶子的声音显得十分兴奋。

"请问,你是……"猛地听到一个男人的声音,叶子怎么都想不起来他会是谁。

"叶子,你可真是贵人多忘事啊,才三个月不见,你就听不出我的声音了?"对方略带遗憾地说,"我是贾宇啊。"

"什么?你是贾宇吗?"听说是贾宇,叶子果然有几分惊喜。因为贾宇就住在胡晓刚的隔壁,她想必他一定会知道秀秀的一些信息。"你见过我女儿吗?她现在好吗?"叶子迫不及待地问。

"我知道你会问秀秀的,说实话,自从你走了以后,我也没有看到过她。不过……"贾宇稍微停了一会儿接着说,"我今天就是为秀秀的事找你的。"

听说是为了秀秀的事,叶子反倒吓了一跳!她的思绪突然乱了起来。她想:贾宇特意为了秀秀的事给自己打电话,难道是……叶子不敢往下想了,她焦急地问:"秀秀怎么啦?秀秀她到底怎么啦?你快说啊!"

贾宇见叶子这么着急,他深深地理解叶子此刻的心情,便忙安慰叶子说:"你别着急,秀秀她没事,我今天给你打电话,是因为胡晓刚让我跟你说,秀秀在家里吵着闹着要见你,他今天晚上准备把秀秀带来,让你们娘俩见见面。"

叶子想:既然胡晓刚要让女儿与我见面,为什么他自己不给我打电话,而要劳驾贾宇呢?叶子想不明白这里边到底出了什么问题。她随口说:"胡晓刚也是,他怎么不亲自给我打电话而要麻烦你呢?"

"我说你是见外了吧,这有什么麻烦不麻烦的?"贾宇说,"胡晓刚好像不想让瑶瑶知道这件事,所以让我给你打电话。再说,他是想让你们娘俩在我这里见面,所以让我告诉你。"贾宇这样说的确也有他的道理,这让叶子深信不疑。

能见到秀丽了,这是叶子梦寐以求的事,她也懒得计较到底该是谁给自己打电话了。叶子是相信贾宇的,她相信贾宇没有必要撒谎,她也相信贾宇的人品。叶子想,如果今天碰到了胡晓刚,自己一定要说服胡晓刚,让他把秀秀交给自己。她要让他知道,女儿是需要母爱的。叶子太爱女儿了,她要抓住这个时机,一定要争取女儿回到自己的身边。

叶子放下饭碗,离婚三个月来,她第一次将自己好好地收拾打扮了一番。叶子上身穿着一件她平时最喜爱的粉红色的羊绒衫,下穿一条黑呢长裙,外面套一件黑羊毛呢大衣。叶子一照镜子,觉得自己的面色太难看了,于是破天荒地、淡淡地施了一点脂粉,再对着镜子仔细地照了照,然后高兴地出了门。

五十六、雪上加霜

贾宇在巷子的路口等叶子。他身穿一套崭新的蓝色西装,雪白的衬衫外系着一条蓝底细花的领带,刚刚刮过脸,理过发,白白的肌肤加上他那双智慧的眼睛,使他显得更年轻、更有活力。

贾宇一见到光彩照人的叶子欣喜不已,他笑眯眯地迎上前去,极有礼貌地对叶子说了句:"你好!"

叶子走近贾宇,她轻声向贾宇说了声你好后接着问:"我女儿她来了吗?"

"先到我家坐坐吧。"贾宇说,"秀秀他们可能要等到吃完饭再来,胡晓刚说估计是八点钟。"叶子看了看手表,时间还不到七点。她想:这么早坐在贾宇家里多么尴尬?便对贾宇说:"既然他们还没有来,那我先去转转,到了时间我再来。"

"那何必呢?"贾宇说,"我们又不是不相识,何必搞得那么拘谨?我看你还是先在我家里坐坐,我也好长时间没有看到你了,我们随便聊聊,万一他们提前来了,你也可以早一点见到你女儿。"

其实叶子也没有心思去转,她只是觉得孤男寡女在一起不是太好,既然贾宇这么说了,那就先去坐一坐也无妨。

叶子已经好几个月都没有走这条曾经熟悉的路了,今天再次来到这里,她的心情极不平静。这里有那么多熟悉的面孔,这里有那么多双热情的眼睛,但今天叶子很害怕,她害怕见到他们,因为她不愿意接受别人对她的同情与怜悯。叶子将自己的大衣领翻了起来,用它临时遮挡住别人的视线。

她低着头,眼睛直视着地面,跟随着贾宇的身影前行。

那个街道很静,只有一两盏路灯慵懒地亮着,他们的脚步声在这寂静的夜里显得有些夸张,但是贾宇还是能听到叶子心跳的声音。

一路上,贾宇努力地想找一些话题,但他却不知道该从哪里说起。平时自以为才高八斗、学富五车的他,此时竟然找不着话题。贾宇不知道是自己的紧张感染了叶子,还是叶子的紧张感染了自己,他只觉得空气中弥漫着一种非常压抑的东西,就这么一个不太长的胡同,他竟然觉得走了一个世纪。

一路上,贾宇没有说一句话,而且一直与叶子保持着一米左右的距离。他们俩熟悉地来到了贾宇的门前,叶子斜着眼睛看了一眼自己曾经经营了五年的商店,她没有见到胡晓刚,也没有见到秀丽,只看见瑶瑶坐在里面,低着头在打毛线衣。瑶瑶的身后还有一个漂亮的女孩,她在挂面上挂着衣服。叶子没有惊动她们,她转过头,随着贾宇上了楼。

这是一套单元房,贾宇对面的一户人家经常出差,所以他家的房门总是猴子把门。走进贾宇的房,叶子突然眼前一亮,她想不到贾宇一个单身男子,竟能把家里收拾得有条有理,窗明几净。

贾宇虚掩着客厅的门,他很有礼貌地招呼叶子在书桌旁的椅子上坐下,然后拿出早已准备好的水果点心招待叶子。

贾宇把水果刀拿到厨房洗了洗,又拿桌上的餐巾纸擦了又擦,面对着叶子坐了下来。贾宇削了一个鸭梨递给叶子,叶子接到手里一看,这个梨削得还真有水平。薄薄的梨皮完整地包在梨子的外面,如果不是叶子亲眼看到贾宇削的,她还会以为这个梨还没有削皮呢。

叶子微笑着将梨看了又看,然后小心翼翼地剥去了梨皮。她看着贾宇赞扬道:"你削梨还真有专业水平。"

"哪里,哪里,"贾宇谦虚地说,"这一手我还是跟我前妻学的,我前妻心特别的细,做什么事情都是那么的有条有理。"

"你的前妻?"叶子一直都以为贾宇有家有室,只是出差来到这里,现在突然听到他说前妻,她感觉到有些惊奇"难道你们……"叶子打住了,她不知道自己该不该继续问下去。

"唉!说来话长。"贾宇用手将金边眼镜向上顶了顶,眼神中流露出在他的神态中极少见到过的那种凄凉。

不知为什么,贾宇忽然有了一种冲动,一种想要对叶子说出自己身世的冲动。他想:这种难言的苦闷在自己的心里憋了太久太久,现在如果能有一个人让你倾吐心声,这该是多么难得的事?贾宇觉得自己的身世太离奇,很不容易被人理解,而且他也不可能随便对任何人说。贾宇认为叶子是一个善解人意的人,现在她就近在眼前,趁胡晓刚还没有把秀丽带来,不妨把自己的心事告诉她,把一切都告诉她。贾宇忽然感到机不可失,于是,他决定向她倾诉一切,倾吐出心中所有的苦恼与秘密。

贾宇端起茶杯,揭开盖子慢吞吞地喝了一口茶,然后将嗓音压得低低地说:"我们俩是真心相爱的,在我们恋爱的时候,由于家庭传统的教育,也是为了我们之间相互尊重,我们双方始终都固守着各自的本分。直到结婚的这一天……"

贾宇向叶子讲述了自己结婚前后的一切,说到伤心处还热泪盈眶。

听贾宇讲述了他自己的切身经历,叶子竟然有些胆战心惊。他为什么要对我说这些?叶子突然有了一种不祥的感觉。叶子觉得贾宇完全没有必要对自己讲这么多,而且讲得这么的详细。莫非他……叶子不敢继续往下想了。

贾宇的脸色有些苍白,他那挺直而高耸的鼻梁使他的眼眶显得更加的深陷,在贾宇眼眶的底部,他那一双漆黑的大眼睛闪着灵光。

贾宇取下镜片在精心地擦着自己的眼镜,他的这种状况让人感到既心痛而又纠心。

墙上的挂钟敲响了八下,叶子立即从对贾宇的分析中跳了出来。她劝贾宇说:"有些事情想多了也没有什么用,我觉得你应该勇敢地面对现实,抓紧治好自己的病。其实你压根就不该与你妻子离婚,你们俩这么相爱,你却提出与她分手,而且你还偷偷地离走,你应该可以想象得到,你的妻子会多么地伤心。我想你的前妻现在一定在四处找你,我认为你还是应该回到她的身边,你一定要面对现实。"

贾宇没有再说什么,他默默地低着头,似乎还沉浸在他自己的回忆之中。

"我女儿怎么还没有来?"叶子想打断贾宇的沉思,她提醒说。

贾宇猛然猜测到了叶子此刻的心情,他调整了一下自己的情绪,缓缓地抬起头,十分抱歉地对叶子说:"叶子,我不该对你说这些,对不起。"

贾宇想放下这个话题,他顺手拿起一个橘子对叶子说:"你尝尝,这个橘子挺甜的。"

叶子接过橘子说了声谢谢,然后又将橘子放到了果盘里。

贾宇转过话题说:"叶子,我看你和胡晓刚还是有一定感情的,你们……"

"唉!我们的事一言难尽。"叶子说。

"可也是。"贾宇说,"感情上的事是很难说清的,比如我吧!"他长长地叹了口气接着说:"全是我的原因,所以我只好选择了离婚。其实,自从离婚以后,我没有一天不在想她,我也相信她一定无时无刻不在想念着我。"贾宇说的这些是实实在在的,也是发自他肺腑的,说着说着,他的眼睛又潮湿了起来。

"你们真不该离婚。"叶子真诚地说,"你应该坚持治疗,你们应该守住这一份真挚的感情。"

"……"

墙上的挂钟已经指到了八点半。"他们怎么还没有来?"叶子边问边站起了身,她急不可待地向窗口走去。

不等叶子走到窗口,贾宇也急步跟了过来。他把头伸出窗口看了看说:"他说好了八点钟来的,怎么还没有来呢?"

叶子也朝窗外看了看,商店门口风平浪静。叶子用带着疑惑的眼神看了贾宇一眼,问:"这是怎么一回事?"

"我也不知道啊?他分明和我说好了的,怎么会……"贾宇把自己的衣领整了整,对叶子说,"你别着急,我下去看看。"

叶子在窗口看到贾宇进了商店,不一会儿就一个人出来了。叶子焦急地等待着,她想尽快地知道这到底是怎么一回事。

贾宇终于上来了,叶子迫不及待地问:"秀秀在吗?"

贾宇垂头丧气地说:"不在,营业员说瑶瑶知道胡晓刚要去接秀秀,她也跟着一块去了。想必你今天是见不到秀秀了。"

听贾宇这样说,叶子的眼泪马上就流出来了。她呜咽着说:"我想见秀秀一面怎么就这么难呀?"

贾宇见叶子流泪自己心里也很难过,他说:"对不起,是我没有把事情办好,害得你这么伤心。"

"这怎么能怪你呢？既然秀秀来不了了，那我就回去了。"叶子擦着眼泪说。

"我觉得你还是应该等一等，说不定晚一点他们还会来的，胡晓刚说话应该算数才对。"贾宇真诚地说。

其实叶子也不死心，好不容易有了这样一个机会，她哪里愿意放弃？她说："只是怕影响你休息。"

"我？没事，没事，我真的没事。"贾宇说，"能跟你好好聊聊我还巴不得呢！如果你真是这样想，那你就再坐一会儿，我每天都睡得很晚，你千万别考虑我。"

贾宇真的是个好人。叶子想。

叶子又坐到原来的位置上，贾宇又拿起一个橘子说："来，吃一个，挺甜的。"

叶子心不在焉地剥着橘子，心里只想着秀秀，希望她能够突然出现在自己的眼前。

"叶子，你还记不记得我第一次见到你的情景，那一次我简直就不敢相信我自己的眼睛。"

见贾宇这样说，叶子不知道到底是怎么一回事，她两眼愕然地看着贾宇。

"你太像一个人了，如果你不相信我给张照片你看看，你自己说这照片上的人像不像你。"说着，贾宇从他西装口袋里的一个笔记本内拿出一张照片递给叶子，"自从离家以后，这张照片一直都带在我的身上。"

叶子接过照片，她的视线从贾宇的脸上转移到了照片上。"这不是我吗，你怎么？"叶子不自觉地看了贾宇一眼，见贾宇还是那么安静，再一看自己从来都没有穿过这样的衣服，她立即察觉到了是自己的失态。叶子连忙转过话题说，"嗨！这个人还真的有点像我。"

"她就是我的前妻。"贾宇说，"当我第一眼看见你的时候，我真的就把你当成了她，我差一点叫出声来。"

"难怪，"叶子停了一会儿，不好意思地说，"那一天，我还反感着你呢！直到后来我才知道你是一个好人。"

"是吗？"贾宇接过话题说，"你不知道，你不仅仅是相貌像她，就连你的内涵,你的智慧,你的善良,你的举手投足都像她,而且连你说话,笑的样子都像她。当时我简直就不敢相信这是事实。我还想,就是孪生姐妹也还有不相同的地方,你们两个人怎么就如此地相像呢?"说到这时,贾宇似乎有一些激动,他两眼直盯盯地看着叶子,直看得叶子不好意思地将头低了下去。

"也真太巧了,"叶子笑着说,"什么时候,如果我有幸见到了你的前妻,我一定要拜她为干姐妹。"

"唉!只怕是,再也见不着了。"说这句话的时候,贾宇好像是指叶子,也好像是指自己。

墙上的挂钟已经指到了九点十分。"他怎么……"叶子又一次站了起来。

贾宇也觉得很难理解。一定是瑶瑶!他想。

叶子正准备走,贾宇突然接到了一个电话。"是啊……她在……你说什么……瑶瑶……她怎么会这样呢?"

叶子一听就知道是胡晓刚打过来的,她说:"我跟他说。"

"哦,哦,叶子和你说。"贾宇把电话递给叶子。

叶子接过电话说:"是我……秀秀呢……你说什么……她怎么会这样呢……你原来也会怕一个人呀……我不管,你把秀秀给我……你哥哥住在哪……我去接她……"叶子的眼泪吧嗒吧嗒地掉了下来。

"叶子,你这个不要脸的,你还在勾引我的男人?"电话里传来了瑶瑶的声音。

"你……"

电话啪的一下就断了。

把手机还给贾宇,叶子突然向窗口走去。

"叶子,你不能……"贾宇跑过来一把抱住叶子说,"叶子,你不能这样。"

"我,我,我要找他们评理。"叶子哭着说。

"评理也要讲究方式呀!"贾宇起先以为叶子是要跳楼,经叶子这么一说贾宇才明白,叶子是想在窗口跟他们评理。他连忙放开叶子说,"你是一个很有思想的人,怎么现在就糊涂了呢?你在窗口这么一闹,你看看这影响?"

| 289

"我到底该怎么办呀?"叶子流着泪说,"我要秀秀。"

就在贾宇抱叶子的那一瞬间,叶子那柔软的身子深深地刺激了贾宇,他仿佛冉燕就在眼前。但贾宇马上意识到这并不是冉燕,便扶着叶子坐下来说:"先想想,慢慢来。"

眼看想见到自己心爱女儿的希望成为了泡影,叶子一阵天旋地转。刹那间,一种被愚弄的感觉强烈地刺痛着她的心,她的眼泪禁不住哗哗地流。

贾宇不知所措地守着叶子,他生怕叶子会做出什么不理智的事。

至少过了十分钟,叶子不哭了,她只是傻傻地坐在那里。

这不就是冉燕吗?冉燕在痛苦的时候也是这个样子。贾宇也傻了,他痴痴地看着叶子,然后突然一下,将叶子紧紧地抱在自己的怀里,语无伦次地说:"燕,我再不准你,不准你离开我……"

"你这是干什么?"叶子突然清醒了过来,她挣扎着,双眼死死地盯着贾宇。看到贾宇那痴痴呆呆的样子,叶子知道他一定又想起了冉燕,面对贾宇这样的好人,叶子没有咆哮,也没有强烈地反抗,她再次无声地哭了。叶子这一次的哭是一种同情的哭,是一种同病相怜的哭,她这无声的哭泣带有一种女性特有的温柔,这无声的哭泣更能让人感动。

贾宇仍然紧紧地抱住叶子,他生怕一松手她就会飞,口里还在不断地念叨着:"我不能,我不能,我不能再让你离开我……"

叶子马上止住了哭泣,她轻声说:"贾宇,你看清楚,我不是冉燕,我是叶子,你赶快放手,再不放手我就喊人了。"

"什么?你是?不不不,你就是我的燕,我决不能再让你离开我。"

"贾宇,你清醒一点好不好?你仔细地看看,我不是冉燕,我是叶子。"叶子猛力地挣扎着,"你再不放手我就真的要报警了。"

"报警?"一听说报警,贾宇猛然醒了过来,他慢慢地松开了双手,一屁股跌坐在床上。他垂头丧气地说,"叶子,请你原谅我的失态,我太激动了,我真的以为我的燕回来了。"

"你清楚了就好,我走了。"叶子反身去开门,门本来就虚掩着,叶子轻轻一拉就开了。叶子刚拉开门,突然发现瑶瑶冲了过来,她一股冲力让叶子本能地向后倒退了几步。

一上来,瑶瑶就像疯了一样,她抓住叶子的头发就生拉硬扯,然后一巴掌一巴掌地打在叶子的脸上和身上。这是叶子始料未及的,她没有丝毫的还手之力。紧接着,瑶瑶的五爪伸了过来,眼看就要伸到叶子的脸上,眼看叶子的脸上就会被抓五道血印,贾宇说时迟那时快,双手死死地捏住了瑶瑶伸过来的手。

"你是什么东西? 她和你睡觉了? 你这么卫护她?"瑶瑶口不择言地胡乱咬了起来。

"你,你怎么这么没有道理?"

"你有道理? 你有道理深更半夜的把一个女人关在房里?"

"你,你说话怎么乱咬?"贾宇生气地放开了瑶瑶的手。

"你这个不要脸的东西,离婚了还要勾引我的男人,还害得他打我,我今天就饶不了你。"瑶瑶把话头转向了叶子这一边,边说着边抓住她的头发就拼命地打起来。

叶子的手太善了,她只知道防护,而毫无反攻之力。

"你怎么能这样呢? 你这也太不像话了。"眼看着瑶瑶疯狂地拳击着叶子,贾宇再次上前想去抓瑶瑶的手,想分开她们,但瑶瑶的力气真大,她抓住叶子头发的手死也不放。口里还说:"像画,像画早就贴在墙上了。"

叶子终于支撑不住了,她无力地躺了下去,瑶瑶觉得还不解恨,她又在叶子的身上踢了几脚。当瑶瑶还想趴下去打叶子的时候,贾宇不顾一切地把瑶瑶拽开了。瑶瑶也累了,她瘫坐在椅子上,口里喘着粗气。正当贾宇准备去扶叶子起来的时候,胡晓刚突然冒了出来,他一看到这个场景,马上意识到瑶瑶又打了叶子,这一次他没有向着瑶瑶,而是跑上前去一把抓住瑶瑶的头发就往楼下拖。贾宇想去劝胡晓刚,可瑶瑶却已经被他连拖带滚地下到了一楼。

贾宇想到叶子还躺在地上,他也似乎有点恨瑶瑶,便上得楼来,把叶子扶到了床上。

叶子已经是动弹不得了,她摸着自己被瑶瑶打得火烧火燎的腮帮子,心里如同撕裂一般地痛。叶子轻轻地合上了她那双水雾般弥漫的大眼睛,晶莹的泪水通过她那纤长的睫毛向下滑落。叶子在伤感的时候也是这么的动人,仿佛出水芙蓉一般。

叶子的眼泪就这样肆无忌惮地、一个劲地往外流,她任凭贾宇替自己脱去了鞋子,又打水给自己擦脸,擦手,帮自己盖上被子,她自己一动也没有动。

贾宇坐在床前的一个板凳上，两眼看着叶子那痛苦的表情，他知道叶子心中的痛，他一时也不知道该说什么好。

见叶子疲惫得连眼睛也不想睁，贾宇意识到她的伤一定不轻，便说："叶子，你今天一定受伤不轻，我还是送你上医院吧？"

叶子无力地摇了摇头，两行热泪又一次顺着眼角流了下去。贾宇突然想起了什么，他起身拿起茶杯倒了半杯开水，估计不烫了以后，放了个吸管在杯子里，要叶子喝点水。叶子确实也是渴了，她一口气将半杯水喝了个精光。贾宇见状，又去倒了半杯水，叶子却轻轻地摇了摇头说："我该回去了。"

"你这个样子怎么走？"贾宇说，"还是到医院去吧？"

"我没事，只是有点累，休息一会儿就会好的。"

"那你就好好休息吧！把眼睛闭上，睡一会儿，我下去转转。"贾宇边说边起了身。

"这么晚你去哪里？还是我走吧！"叶子说着就准备起来，可她头刚抬起来，就一阵天旋地转。

贾宇想到叶子一定被打得不轻，他顾不得叶子的阻拦，便打了120。不一会儿120就来了，贾宇跟着汽车去了医院。

叶子的身体太虚弱了，她根本就经不起这么折腾。打了一夜的吊针叶子才回过神来。医生要她继续住院观察，贾宇也说钱不要她操心，可叶子说什么都不肯。

打吊针的时候，叶子昏睡了好一会儿，她醒来的时候，见贾宇还坐在自己的身旁，她非常感动地说："真的好谢谢你，难怪冉燕这么离不开你，你真是一个好人。"

"其实真正要感谢的人应该是你。离开冉燕后，我万念俱灰，但自从见到你的那一刻起，我似乎又有了活下去的勇气。"贾宇说，"说句不怕你见笑的话，因为你太像冉燕了，所以那时候我恨不得每天都要看看你，我只要看到了你就觉得冉燕还在我的身边，所以哪怕是在远远的地方，只要能看你一眼，我就觉得我应该好好地活着。"贾宇两眼紧盯着叶子，不好意思地说："叶子，你离婚已经三个月了，在这三个月里，你知道我有多么想见到你吗？上个月，我给你家打了电话，是你妈接的，她还不等我把话说完就把电话挂断了，今天我打电话，真怕又找不到你……"

自从贾宇搬到叶子商店隔壁两年多来,叶子一直对他有的只是敬重。叶子原本就对贾宇的印象不错,今天又见他把自己的故事毫无保留地讲给自己听,她也很感动。于是她对贾宇说:"你是一个好人,我一直都是把你当着一个大哥哥在看,我也非常敬重你,也许我真的像你说的那样我有某些地方像你的前妻,那只是因为我与你前妻有某些相似而已,但你千万不要把我当作你前妻的影子,你现在还是应该努力治好自己的病,尽早和你前妻团聚。"

贾宇突然从荷包里取出一沓百元钞票递给叶子,他说:"叶子,医院的钱我都已经付了,你离婚时胡晓刚什么也没有给你,你在家一定也很缺钱用,这三万元钱你先拿着,找个地方做点小本经营,自己好糊个口。"

贾宇这几句推心置腹的话似乎让叶子有所心动,她推开贾宇拿钱的手含着泪说:"这钱我不要,你自己好好照顾自己吧,有机会碰到了冉燕,我希望你们重归于好,我相信你们是会幸福的。"

"你真好!"贾宇把钱硬塞到了叶子的背包里,他说,"钱我不愁,我还有很多的钱,这辈子恐怕都花不完,我原本是有些灰心,但就是见到了你以后,我才又一次振作了起来,现在我的病基本上已经好了,听说上海有一个治疗这种病的专家,我还想到上海去试一试,火车票我都买好了,准备天亮就走,我是想在走之前成全你们母女见一面,也想把这点钱给你,但遗憾的是,还是没有如你的愿。"

"贾宇,你千万不要放弃治疗,你将来一定会幸福的,真的,你记住我说的话,你将来一定会幸福的。"叶子说。

"谢谢你,叶子,真的好感谢你。"

贾宇反复地盯着叶子看,他怎么看都觉得眼前的叶子太像冉燕了,他口里喃喃地说:"燕儿,是我不好,是我对不起你,其实我是真心爱你的,我一天都离不开你。"

听到贾宇的絮叨,叶子的心里又一次被贾宇对冉燕的真情所感动。叶子想:胡晓刚为什么不这样?我可是真心爱着他的呀!我对他那么真诚,那么无私,他却是那么的禽兽不如,那么的薄情寡义。如果胡晓刚也像贾宇这样,对我也是这么的真诚,我哪怕是吃千般的苦,受万般的罪,我也会始终如一地跟着他,我也会想方设法地治好他的病,我决不会让他离开我。可胡晓刚不是这样的,他明明知道我连工作都没有,他明明知道我离不开秀秀,他却狠心一分钱都不给我,连秀秀也不让我看一眼。叶子现在才真正地清醒了,其实胡晓刚一点都不爱自己,他当初娶自己只是他一时的精神渴求,他是要报复自己的妈才决定要把自己搞到手。是的,他胡晓刚并不爱我,他从来都没有爱过我。叶子越想越伤心,越想越悲痛。

"叶子,你怎么了?"看到叶子泪如泉涌,贾宇突然从迷蒙中惊醒,"对不起,叶子,你真的好像我的冉燕,请你原谅我好吗?真的请你原谅我,我没有伤害你的意思。"

"不是的,贾宇,不是因为你,而是我想起了我自己的过去。如果你不在意的话,希望你能够把你原来的地址和冉燕的电话告诉我,我真的好想看到你们美好的结局。"

"还是我与你联系吧!你家里的电话我也知道,什么时候我回去了,我会给你打电话。请你不要误会,我不是不相信你,我是想等我的病治好了,我要给冉燕一个惊喜。再说,我三年的停薪留职期也快到了,我一定会回到冉燕身边的。"

贾宇走的时候叶子的吊针还没有完,叶子说:"你放心的去吧!在医院里我不会有事的。"

突然,叶子想起还没给家里打一个电话,她知道艾博雅的脾气,如果叶子一晚上不回去,艾博雅肯定一晚上都难以入眠。现在天都已经亮了,身边又没有电话,叶子想,干脆回去了再对妈妈解释清楚。

五十七、煞费苦心

刘思发长相虽然只算一般,也只有小学文化,但艾博雅见他经商这么多年,谈吐也还算可以,再加上他虽然已经35岁了,但至今还没有结过婚。艾博雅想,叶子已经是结过婚离了婚的人,只要刘思发不嫌弃叶子的这一点,那就已经算不错了,何况他还是个百万元的老板。在与刘思发约见之前,艾博雅没有告诉叶子,她想让叶子无意识地接触一下刘思发,如果她感觉好就让他们早点结婚,也好让她对胡晓刚死心。

艾博雅住的地方离汉正街不远,她把刘思发带回家的时候,才只是晚上八点钟。一路上,艾博雅对刘思发说:"我们家叶子不仅仅是长得漂亮,而且也很能干,她的心地特别善良,今后如果你们有这个缘分,她一定是你的好帮手。"

"她喜欢交男朋友吗?"刘思发突然问。

艾博雅明白刘思发问这话是什么意思,她连忙说:"这点你大可放心,我女儿品德非常好,我从来都没有见她交过什么男朋友。你看,她在家里都待了好几个月了,哪里都没有去过,我还在担心她在家里会不会憋出什么病来呢!我总是劝她出去转转,散散心,她却总是说:妈,我知道的,您就别为我操心了,您自己要好好保重身体。她的为人非常好,是既懂事又知情知礼。"

走到门口,艾博雅拿钥匙正准备开门,门却吱的一声打开了。艾博雅以为是叶子开的门,正说了个叶字,一看是明智,忙高兴地改口说:"明智,你回来了?"

明智还没有看到后面有人，他问："妈，你们都到哪里去了？我回来家里一个人都没有。"

艾博雅听说家里没有人，她回头看了刘思发一眼，惊问道："你姐不在房里吗？"

"不在啊，我还以为你们是一块出去的呢！"

"你姐从来都不出去的，那她今天会去哪里呢？"艾博雅见刘思发尴尬地站在那里，忙向他介绍说，"这是我儿子，叫明智。"

刘思发哦了一声，还是站在门口一动不动。艾博雅见刘思发没有进来的意思，忙指着客厅里的沙发对刘思发说："快进来坐，请坐。"

刘思发进来了，艾博雅顺手关上了门，她转过头对明智说："这是你刘大哥。"

明智很有礼貌地对刘思发说了句你好，转身到厨房去倒了杯茶递给刘思发说："请喝茶。"

刘思发接过茶嘿嘿地笑了，他问："上大学了吧？"

"已经读大四了，今年毕业，现在正等待分配工作呢！"艾博雅知道明智不太出众，便接过话来。稍停了一会儿，她对明智说："你学习去吧，你刘大哥有我陪着呢！"

明智真感激他妈的善解人意，他对着刘思发笑了笑说："你先坐会儿！"便到自己的房间去了。

"唉，真不凑巧。"艾博雅不好意思地望着刘思发。

"没关系。"刘思发客气地说，"今晚我也没什么事，那就等等吧！"

艾博雅笑了笑，她解释道："我女儿在家好几个月了，她从来都没有出去过，今天她一定是遇到什么急事了。"

刘思发随地啐了一口唾沫，他问："会不会是她前夫……"

看到刘思发随地吐痰，艾博雅颇为反感。但她再回过头来一想，他们做生意的人，哪里还顾得了这些？这也许就是他们做生意人的习惯。艾博雅想到这里也就不细想了，她接过刘思发的话说："不会的，不会的，她自从离婚后，从来就没有跟她前夫联系过。"

该说的话基本上都说完了，这样的两个人干巴巴地坐在一起多少有些尴尬。在客厅里，艾博雅看着刘思发尴尬地笑笑，刘思发也看着艾博雅尴尬地笑笑，不时地扯一点"野棉花"。为了缓解这种尴尬的局面，艾博雅起身打开电视,问:"你平常都喜欢看什么样的节目?"刘思发不假思索地说:"我们生意人嘛,天天晚上九点钟才关门,关了门后吃顿饭,数数钱就睡觉了。哪里还有什么时间看电视呀? 不过……"刘思发稍微停了一会儿接着说:"偶尔晚上睡不着的时候也随便看看,碰到哪个节目就看哪个节目,也谈不上喜欢什么。"

　　时间一点一点地过得特别的慢,艾博雅左等右等也不见叶子回来。叶子会到哪里去呢? 艾博雅觉得有些奇怪,她走到房里小声对明智说:"你姐也真奇怪,平常要她出去她都不出去,今天正好有事她又不晓得到哪里去了,你看这是不是急死人。"

　　明智见艾博雅那焦急的样子,他似乎猜测到了什么,便问:"妈,你这是……"

　　艾博雅察觉到自己说漏了嘴,她连忙打断明智的话说:"不关你的事。"

　　明智问:"姐大概什么时候走的你知道吗?"

　　艾博雅说:"我走的时候她还在吃饭,要走也是吃了饭走的。"

　　一会儿,艾博雅又进来了,她问:"明智,你姐的电话本在哪里你晓不晓得?"

　　明智说:"妈,姐好不容易出去散散心,你就让她去嘛。"他又对着艾博雅的耳朵轻声说:"这人又不怎么样,你催姐回来干什么?"

　　艾博雅瞪了明智一眼,说:"你懂个屁。"转身就到自己的房里去了。

　　艾博雅在叶子的抽屉里翻了半天,在最里边找到了一个电话本,她想:叶子跟春玲关系最好,或许是春玲约她出去了。艾博雅急不可待地拨通了春玲家的电话,接电话的却是春玲的爱人。他说春玲出差到上海已经好几天了,明天才能回来。

　　等对方挂断了电话后,艾博雅愣住了,她想叶子不和春玲在一起,她又会去哪儿呢? 这时艾博雅突然想到了胡晓刚,她会不会是到胡晓刚那里去了呢? 艾博雅为了不引起刘思发的猜测,她对着空话筒说:"哦,她是和春玲在一块是吧,好,我晓得了,要她早一点回来,好,再见!"

　　放下电话,艾博雅对刘思发说:"真不好意思,我女儿跟她的一个女同学出去了,可能要晚一点回来。"艾博雅在对刘思发说这话的时候,她把那个"女"字的音说得特别的重,意思是说叶子不是刘思发想的那样,不是和前夫在一起,而是与她的女同学在一起。艾博雅说:"要不,我们再约个时间。"

刘思发这人平常很少说真话,所以他对艾博雅介绍的情况也半信半疑。他心想,艾博雅说她女儿从来都不出去,但以今天的情况来看,艾博雅显然是在撒谎。刘思发似乎想戳破艾博雅的谎言,便决定多等一会儿,他是想等见到叶子后再证实一下,看艾博雅说的话到底哪句是真,哪句是假?见艾博雅说重新约时间,刘思发咧嘴笑了一下,他说:"没有关系的,阿姨,她既然从来都不出去,我估计她今天也不会回得太晚,今晚反正我没事,那我就再等等吧。"

艾博雅再也没有话跟刘思发说了,她感到有些坐立不安。趁刘思发看电视看得正入神的时候,艾博雅到自己房里偷偷地给胡晓刚家打了个电话。电话是瑶瑶接的,当瑶瑶知道打电话的是叶子的妈妈时,刚才被胡晓刚暴打了一顿,正在怀疑胡晓刚是否跟叶子还在藕断丝连的她,没好气地说:"你想找胡晓刚?那就先问问你家叶子吧,鬼晓得胡晓刚被哪个不要脸的勾魂勾去了,我也没有看见胡晓刚的魂。"

听瑶瑶这样一说,艾博雅更坚信叶子是被胡晓刚给勾去了,她想起叶子这段时间瘦得这么厉害,她想她一定是还在思念着胡晓刚,这不,胡晓刚一个电话就把她给勾走了。

等到十一点钟,叶子还没有回来,刘思发极不高兴地对艾博雅说:"就这样吧,我该回去了。"说完起身就走。

艾博雅知道刘思发生气了,她疾步撵上刘思发说:"小刘,下一次……"

刘思发毫不客气地说:"对你姑娘的一切我都表示怀疑,对不起,没有下一次。"

艾博雅躺在床上翻来覆去睡不着,她左思右想,总觉得叶子一定是跟胡晓刚在一起。艾博雅怎么也想不明白,她胡晓刚到底是哪一点好,值得叶子这么爱他,她恨叶子是非不明,好歹不分。

墙上的时钟一点一点地敲,起码过了四点艾博雅才迷糊了一会儿。

明智六点钟起来的时候艾博雅就醒了,退休后,经常睡到十点钟才起床的她,今天却怎么也睡不安神。艾博雅起来给明智煮了一碗面条,她告诉明智叶子昨天一整晚上都没有回来。她说:"这个不争气的一定又是被胡晓

刚勾去了。"

明智是个明理的孩子,他听说姐姐是到胡晓刚那里去了,便劝艾博雅说:"妈,婚姻是姐自己的事,你就让她自己选择吧！这段时间,我看她也是够可怜的,你就别再难为她了。"

"你懂个屁！"艾博雅没好气地说,"胡晓刚对她是哪一点好,她跟着他完全是活受罪。"

五十八、幡然悔悟

离开医院后，叶子怀着对艾博雅的歉意，拖着疲惫的身子回了家。叶子想这个时候艾博雅一定还没有起来，为了不惊醒艾博雅，所以她没有敲门。叶子用钥匙轻轻地把门打开，当她一只脚刚踏进去，认定了叶子一晚上都跟胡晓刚在一起的艾博雅，不问青红皂白，看到叶子就破口大骂。她说："你这个贱东西，你怎么就这么没有恨心？胡晓刚都把你折磨成这样了，你还这么离不开他？你说那个小砍头的到底是哪一点好？他到底是哪一点值得你留恋？"艾博雅揪心地说："一个单身女人，整晚上都不归家，你既然那么离不开那个枪毙的你就不该离婚呀，到现在离了婚你们还藕断丝连，害得我给你瞎操心。从你和胡晓刚谈恋爱开始，我就好心劝你，说那个砍头的不是个什么好东西，你就是不听。到如今他把你折磨成这样，你还跟他缠缠绵绵，昨天我打电话过去，是那个臭不要脸的女人接的，是她说胡晓刚跟你在一起我才相信，要不，我怎么也不会相信他那么把你不当人，你还会和他在一起。"

叶子本来是想回来向艾博雅道歉的，但一回来就听到艾博雅叨叨这些，让叶子又回想起了昨天晚上那不堪的一幕，她的心又突然地烦乱起来。见艾博雅还在叨叨，叶子就径直地走到房里去，可艾博雅却撵到房里来叨叨。叶子实在受不了了，她不等艾博雅把话说完，就用双手捂住自己的耳朵说："不听，不听，不听，不听，我就不听。"

叶子的几个不听把艾博雅的话全部噎了回去，她想到自己一切都是为了叶子好，叶子居然还这么不领情，本来就一晚上都没有睡觉的艾博雅，脑袋几乎都被叶子的一些事给填满了，现在叶子还这么对待她，她越发地觉得自己委屈，于是她跑到叶子的跟前就给了叶子一个耳光。

见艾博雅又一次向自己动了手，多少年的委屈一下子涌上了叶子的心头，她突然泣不成声。从小到大，叶子一直都是逆来顺受，无论艾博雅怎么对她，她都是打不还手，骂不还口，但今天不行，今天她再也承受不了任何外来的攻击。叶子已经到了近乎丧失理智的程度，她哭着说："从小到大，你想打就打，想骂就骂，我完全成了你的出气筒，现在我都是快三十的人了，你还想随意地打骂我。"说完就撕心裂肺地哭了起来。

艾博雅历来都是得理不饶人，无理争三分的。今天分明就是叶子错了，她还敢顶嘴，这让艾博雅实在难以容忍。她跑上去拉着叶子，又扇了她一个巴掌，说："你真是邪乎了，你无缘无故的一晚上都不回来，你还有理。"

叶子摸着自己的脸，满面痛苦地看着艾博雅，她哭着说："你凭什么这样对我？我都已经是大人了，你凭什么还这样对我？"

叶子昨天一晚上都没有回来，害得自己好不容易给她找了一个对象也吹了，艾博雅本来就窝着一肚子的气，多少年来都没有再动手打叶子的艾博雅，再次向叶子动了手。她两手抓住叶子的双臂向墙上撞击着说："我叫你顶嘴……"

叶子本来就是晕晕乎乎的，经艾博雅这一拉一扯，她更是支持不住了。她说："这个屋里我没法待了。"一把将艾博雅推开，背起背包，打开门就夺门而出。

多少年来，那些对叶子无情的摧残，以及叶子难以忍受的屈辱，已经让叶子伤痕累累！叶子需要一个安静的地方，她需要慢慢地舔舐自己的伤口，否则，她不知道自己的伤口到底要到什么时候才能够愈合。叶子用身份证在一个旅社里登记了一个小单人房间，一关上门她就趴在床上呜呜呜地哭。痛哭了一阵以后，叶子感觉到心理上轻松了许多，便躺在床上，双眼木讷地看着天花板上的那盏灯，脑海里开始梳理那些混乱不堪的思绪。

叶子独卧旅社，静对孤灯，以前所发生的一幕幕流水般地浮现在眼前。叶子想了许多，她想到了自己悲凉的身世，想到了艾博雅二十几年来对自己的恩恩怨怨，想到了真心疼爱自己的陆旺达，想到了慈祥、仁厚、可亲可爱的外婆外公，想到了十分可爱的弟弟明智，想到了口是心非的胡晓刚，想到了乖巧伶俐的女儿,想到了不知羞耻的瑶瑶,想到了情同手足的春玲,还想到了在关键的时候劝慰和帮助自己的贾宇。

自己的思绪太乱了,叶子索性让自己的思绪信马由缰地飘逸起来,任由它时而近时而远地飘忽,飘忽到直到自己的胸口隐隐作痛。每到伤心至极,叶子就会想到死,她恨不得拿起刀片再次向自己的动脉血管划拉下去,想让自己深度地安眠。她觉得这样一直一直地长睡下去,可以睡到永远永远。但叶子不能,叶子还有许多的牵挂。外公外婆已经年迈苍苍,他们最喜欢叶子了,他们绝对不能承受失去叶子的打击;母亲虽然脾气有些怪异,但她对叶子还是百般疼爱的;父亲现在只身一人独守孤寂,叶子是他唯一的亲人,他绝对需要叶子的慰藉;弟弟明智是那么的聪明可爱,自己无论如何也不能离他而去;还有最最让叶子放心不下的就是她自己的女儿,如果她走了,孩子将来到哪里去寻找母爱?

叶子在床上不断地整理着自己的思绪,她在思考着自己的下一步路到底该如何地走。叶子慢慢地平静了下来,她没有哭泣,也不再流泪,只是用手轻抚着自己身上的伤痕,用心安抚着自己心灵深处的伤痛。

天已经黑得伸手不见五指,叶子不想吃饭,也没有开灯。由于头天晚上整晚上都没有睡觉,她渐渐地迷糊了起来,朦朦胧胧地闭上了眼睛。

睡了一个囫囵觉叶子就醒了,过往的画面又像慢镜头似的在她的脑海中游离,整整一个晚上,叶子翻来覆去,她看着窗外闪闪的星光和明亮的月亮,月光照在她的身上冰凉冰凉的,仿佛要把她照透一般。

叶子又迷糊了,等她再次醒来的时候,服务员什么时候送来的开水,什么时候打扫的卫生,叶子一点都不清楚。

叶子仍然情绪低落,两眼直直地望着清晨的窗外发愣。叶子想起床,可她还没有坐起来全身就钻心地痛。叶子又躺下了,她睁着眼睛看着窗外蓝蓝的天,白白的云。

叶子已经是 28 岁的人了,她经历了一次婚变,也长了一些见识,她不能再像以前那么幼稚,她要好好地看清自己当前的处境,她不想再受任何人的制约,她要自食其力,要善于自己安排自己。

叶子不想再和艾博雅住在一起了,她想自己去租一间房,然后找一份工作,等自己有了一定的经济基础后就把秀秀接到自己的身边来。想着想着,她又迷迷糊糊地睡着了。等叶子再次醒来的时候,眼前又是一片漆黑。

叶子已经两天都没有吃饭了,但她一点也不觉得饿。叶子没有起床也没有开灯,她闭着眼睛,继续整理着自己的思绪。

天亮了,叶子睁开眼睛的时候,见服务员正在打扫卫生。叶子笑了笑,对服务员说:"你早!"

服务员见叶子醒了,她关心地说:"我昨天接班的时候就看你在睡觉,你一定饿了吧。"

叶子说:"我不饿,只是太困了,所以就想好好地睡一觉。"

"那你好好休息吧。"服务员边说边轻轻地带上了门。

服务员走后,叶子又陷入了沉思,她突然想起了不知是在哪一本书里看到的几句话,她在心里默默地念着:这点痛苦算不了什么,不要难过要坚强,哄哄痛苦,让它暂时入眠;睁开你的眼睛,露出勇敢的光芒,不要哭泣要坚强,去一个地方,寻找给这痛苦疗伤的偏方,孤单给你力量……默念到这里,叶子的心里顿时豁亮起来,她的眼泪再一次从她的眼里毫无预兆地流了出来。这是思想转折的眼泪,这是显现光明的眼泪。

叶子在自己的笔记本中写道:我应该像小时候一样,有着灿烂的笑容,从妈妈的背后抱着妈妈撒娇;我应该像小时候一样,飞奔着跑到外公外婆面前,问外公外婆我有多么漂亮,逗外婆开心,逗外公欢笑;我应该像小时候一样,挽着爸爸的胳膊,抱着爸爸的腿,爸爸爸爸的连声地叫,然后天真地对妈妈说:妈妈妈妈,我爱你,也爱爸爸;我应该像小时候一样,让大家都看到我单纯灿烂的笑容,让大家一块开心,一块欢笑。记得我上小学的时候,每次考了第一,爸爸妈妈、外公外婆都会把幸福写在他们的脸上,都为我高兴,都为我自豪。现在我长大了,应该成熟了,但在大家面前演绎的却是无尽的苦涩,无尽的悲伤和烦恼,害得大家都为我心痛,都同我一块饱受煎熬。现在我应该醒悟了,我不能再这样下去,我要让我的所有亲人欢笑。

让艾博雅没有想到的是:叶子现在人大性大,艾博雅说的话她一点都不听。好端端的一个公安局长的儿子她不要,却偏偏要去跟那个小砍头的结婚。现在叶子好不容易跟那个小砍头的离了,她想再帮她找一个条件好的,人家好不容易来了,可她又跑到胡晓刚那里鬼混去了。艾博雅是越想越生气,越想越心烦,所以才出现了跟叶子大闹一场的局面。

艾博雅当天只是想叶子是一时不高兴跑出去了,想到她气消了就会回来的,可她一直等到第二天晚上连明智都回来了,叶子却还没有回来。当艾博雅把头天发生的一切都告诉了明智以后,明智说:"妈,我想说几句,不知道您愿不愿意听?"

艾博雅苦着个脸对明智说:"你又想教训你妈是不是? 今天我倒想听听你到底想跟你妈说什么?"

明智说:"妈,我马上大学毕业了,我想我在这个家里也该有点发言权了。我小的时候,您一直都对我很好,但您对姐姐却跟对我不一样。那时候,我常常为姐姐抱不平。现在人们的思想都解放了,我们家也就只有我们姐弟两人,我就不明白您为什么还会重男轻女? 现在姐姐已经是大人了,很多事情都应该让她自己做决定了,可您至今还想控制她,还想她什么都听您的……您为什么要这样,我真的是百思不得其解。"

听到明智的一番话,艾博雅的脸色由红转白,由白转青。她虽然感到儿子的话说重了一点,但她并没有觉得他说错了什么。艾博雅很欣慰自己有了一个这么明事理,又能说会道的儿子。

明智的这一番话终于将艾博雅从迷蒙中唤醒,这一番话真的勾起了艾博雅的反思。叶子真的是一个好女儿,从小到大,无论自己怎么对她,她却总是那么尊重自己。对明智,自己明显地是要好一些,但叶子从来都没有一点嫉妒他的意思,而且还总是以一个大姐姐的身份呵护着他,从来不为艾博雅喜欢弟弟而生气。叶子刚参加工作的那几年,她的工资不是给艾博雅买衣服,就是给明智买衣服、买文具,她自己却总舍不得随意花一分钱。这么好的女儿,我为什么还要这样对待她呢? 假如她是我亲生的女儿我也会这样吗? 艾博雅深深地自责着、反省着、忏悔着,两行热泪不知不觉地顺着眼角流了下来。

看见艾博雅流泪了,明智吓了一跳。他用手擦着艾博雅的眼泪说:"妈,是不是我的话太重了,让您接受不了?"

"不,不是的,明智,你说得很好,你姐姐是个好人,是妈不好,是妈太偏心了,妈对不起你的姐姐。"说着说着,她竟然抽泣了起来。

"妈,您想通了就好,您也不要太难过了,现在我们找姐姐要紧。"

"对,该找你姐姐了。"艾博雅说着就去找电话本。

　　叶子离家已经三天了,她到底到哪里去了呢? 艾博雅和明智打遍了所有该打的电话,找遍了所有该找的人,但都不知道叶子的下落。艾博雅真的害怕了,难道她真的想不开? 她真的会出什么事?

五十九、感受亲情

叶子起床了,她洗了个澡,穿好衣裳,到服务台结了账,背起背包就出了旅社。

吃完早餐后,叶子通过房屋中介所很快就找到了一套一室一厅的房子。这套房子的地点在武昌司门口,月租金 100 元,里面有一张床和一个大衣柜。叶子买了一点生活必需品放好后,便回了娘家。

"姐,你回来了?"看到叶子回来了,明智惊喜不已。他用略带责备的口气对叶子说,"姐,你到哪里去了? 也不跟妈打个电话,看你把妈急的,她昨晚哭了一宿,生怕你出了什么事。妈还不断地责备自己,说是她自己不好,说她亏待了你。"

叶子看到明智在家十分高兴,她只顾和明智说话,竟忘记了正在苦苦地寻找着自己的妈。经明智一提醒,叶子忙用眼睛四处搜寻着问:"妈,咱妈呢?"

明智见叶子对妈一点也不记恨,他笑着说:"妈找你去了,她说她在外边走走,看能不能碰到你,这不,都出去两个小时了,还没有回来。"

叶子听说艾博雅亲自去找自己了,真的有些过意不去。自己毕竟是吸着艾博雅的奶长大的,艾博雅也曾真心地疼爱过自己,自己与艾博雅之间总有些难以割舍之情。以前,艾博雅打骂完叶子,反过来总向叶子赔不是。叶子想:现在自己都已经是大人了,还有什么想不明白的呢? 叶子急着问明智说:"明智,快说,我妈是朝哪个方向走的。"

"她只说……"明智话还没有说完,外面就响起了用钥匙开门的声音。

"一定是妈回来了。"明智说。

叶子急忙前去打开了门，一看到艾博雅她就亲切地叫了声妈。

"叶子!"艾博雅叫了一声叶子就哭了起来。她略带责怪的口气说："你这几天都到哪里去了，也不打个电话回来，把人都急死了。"

"妈，对不起。"叶子说了声对不起也泪流满面，"妈，是我不好，让您操心了。"

"好了好了，莫哭了，回来了就好!"艾博雅用手擦了擦自己的眼睛，转头对明智说，"快给派出所打个电话，就说你姐已经回来了。"

明智答应了一声就打电话去了，艾博雅拉着叶子看了看，说了声又瘦了，便泣不成声。叶子见艾博雅这么动情十分感动，她又喊了一声"妈"便抱着艾博雅痛哭了起来。

艾博雅抽泣着说："都怪妈不好，让你受了那么多的委屈，是妈对不住你。"

"妈，你快别这么说，是我不孝，总惹你生气。"

"不是的，叶子。"艾博雅说，"是妈有偏见，所以让你受了那么多的委屈。这几天你失踪了，妈才真正地感觉到，在妈的心中，你跟明智一样的重要。叶子，妈真的不能没有你。"边说着，她竟哭出了声。

"妈，是我不好，今后我再也不惹你生气了。"叶子说着，娘俩又抱头痛哭了起来。

明智打完电话出来，见妈妈和姐姐抱头痛哭，他在一旁也流起泪来。

不一会儿，春玲打电话来了，紧接着陆旺达也打来了电话。艾博雅说："他们都在四处找你，一会儿就打个电话来问问，看你回来了没有，就连胡晓刚都打来了好几个电话。"

正说着，电话铃又响了，明智接了电话后按住传话筒说："又是胡晓刚打来的。"

听说是胡晓刚打的电话，叶子立即跑了过去，她拿起电话就迫不及待地问："秀秀她好吗?"当叶子听胡晓刚说秀秀还在他哥哥家时，她非常生气，叶子说："胡晓刚，你记住，秀秀是你的女儿，也是我的女儿，你要知道，你如果想把她送人，你必须要征得我的同意，你没有权力自作主张，你没有权利私自把秀秀送人! 胡晓刚，你不觉得你也太狠心了吗? 都三个多月了，你连面都不让我们娘俩见，你知不知道我的心中是什么感受? 我现在正准备找工作,等我有了收入后,我一定要把秀秀接到我的身边来。你知不知道秀秀是需要母爱的？你知不知道母爱是谁也代替不了的?"

"只要你回来了就好,我会让你看到秀秀的,电话里面说不清,我们以后再聊好吧!"胡晓刚和颜悦色地说。

艾博雅用瘦肉煮了一碗面条,里面还打了几个荷包蛋。她把碗放到桌子上对叶子说:"快把面吃了,看你几天就瘦成这样。"说着,眼睛又红了。

"姐,我还没来得及告诉你,我已经有工作了。"明智高兴地对叶子说。

听说明智已经找到了工作,叶子也惊喜不已,她高兴地说:"你还没毕业呢,怎么就能找到工作呢?"

明智说:"大学生都是大四就开始分配工作,我分配的单位是电信局,一毕业我就可以去上班了。"

"太好了,到那里好好地干,争取做出点成绩来。"叶子兴奋地说。

"我知道的,姐。"

吃晚饭的时候,大家的心态都平和了许多,一家人高高兴兴地谈笑风生,趁这个时候,叶子说出了自己的安排。

艾博雅听叶子说要到外面去住,她认为叶子还在生她的气。她说:"叶子,以前是妈对不住你,让你受了不少的委屈,今后妈不会了,你还是住在家里吧?"

"是啊,姐,家里这么宽,你何必要住在外边呢?"明智也劝叶子。

叶子知道他们一定是误会了,她看着明智咧嘴笑了笑,表示自己理解他的好意,然后对艾博雅说:"妈,我已经是成过家的人了,也该是自己安排自己的时候了,您就别为我操心了。"

艾博雅的眼睛都红了,她说:"家里这么大的房子空着,你一人却要住在外边,你说我怎么放心得下呀?"说到这里,她的眼泪再也控制不住了。

叶子见艾博雅哭了,她也伤心起来。她说:"妈,您别惦记着我,您自己保重身体要紧,我这么大个人了,也该过自己的生活了,我会照顾好自己的。"

艾博雅擦了擦自己的眼泪,表现出无奈的神情说:"那你常回家来看看,有什么难处就跟我们说,千万不要一个人憋在心里。"

看到艾博雅对自己这么真诚,叶子感动得热泪盈眶。她说:"妈,我知道的,我会常回家来看望您的。"

一大早胡晓刚就来了电话,他问叶子说:"你什么时候有时间,我把秀秀带来。"

听见自己真的能见到秀秀了,叶子激动不已。她忙说:"我今天就在妈这里,你现在能来吗?"

"好,我马上就来。"胡晓刚似乎也很激动,"我现在就去接秀秀。"

艾博雅去买了好几个秀秀爱吃的菜,叶子收拾完屋子后就帮艾博雅一起做起饭来。

"妈,妈,我来了。"

刚十一点钟秀丽就来了,还没到门口就听见秀丽在一个劲地喊妈妈。叶子赶紧把门打开,只见胡晓刚提着一大包东西,拉着秀丽愣在了门口。

一见到叶子,秀丽拼命地往叶子身上扑,叶子抱起秀丽开心地笑了,但眼泪却止不住哗哗地往下流。

秀丽见妈妈哭她也哭了,她用自己的小手擦着叶子的泪水说:"妈妈不哭。"

"嗯,妈妈不哭。"叶子说,"妈妈是看到了秀秀高兴,妈妈不哭。"

"好啊,只要妈妈,家家都不要了。"艾博雅笑着从厨房里走了出来。

秀丽看到艾博雅似乎有些陌生,毕竟她们之间见面不多。叶子忙指着艾博雅对秀丽说:"快喊家家呀!"

"家家。"秀丽甜甜地喊了一声家家,大家都笑了起来。

"晓刚,快坐。"都只顾着跟秀丽闹,竟忘了一直站在一旁的胡晓刚。艾博雅忙招呼他坐,"中午就在这里吃饭。"

胡晓刚把手上的一大包东西放在桌子上说了句谢谢妈,眼睛还愣在那里看着叶子。

"带秀秀来就行了,你还买这么多东西干什么?"艾博雅客气地说。

"没有什么,来看看您老。"胡晓刚腼腆地笑了笑说,"一点营养品。"眼睛又转到了叶子身上。

艾博雅到厨房做饭去了,胡晓刚与叶子面对面地坐了下来。秀丽在屋子里跑来跑去,屋里增添了许多生气。

胡晓刚有些不好意思地喝了一口叶子递给自己的茶,眼睛还愣在那里看着叶子,口里情不自禁地说了声对不起。

"秀秀,快来,让妈妈抱抱。"叶子没有理会胡晓刚,她起身抱起秀秀,复又坐了下来。

"叶子,你,你怎么瘦成这样?"胡晓刚还是两眼不眨地看着她。

"这还用问吗? 你再不让我看秀秀我连死的心都有。"叶子看着秀秀,眼睛又红了。

"那天我真的是准备把秀秀带给你看的,她死死地跟着我,硬不让我到我哥家里去,我气急了,把她狠狠地打了一顿,直到今天她还不能起床。"胡晓刚讨好地说。

听胡晓刚说打瑶瑶还说得津津有味,叶子马上就想起了自己被打的情景,她相信胡晓刚是下得了手的,便说:"你跟我说这些是什么意思? 你是想告诉我说你是打老婆的高手?"

胡晓刚知道叶子说这话的意思,他说:"叶子,对不起,我现在真的很后悔,直到现在我才真正地意识到是我错了,当时,你是多么好的一个人,我却要那么对待你。"胡晓刚停了一会儿接着诚恳地说:"叶子,真的对不起。"

"你现在说这些话你觉得还有必要吗? 以前的一切都已经过去了,我也不愿意再想它了,所以你也不必再自责,你现在来了就是客,今后你可以常来,但只是别忘了带上秀秀。"叶子的语气显然很硬。

这一天,他们相对坐着,胡晓刚说了好多的话。胡晓刚说他真的是鬼迷心窍,说现在有了比较才有鉴别,说他妈现在对瑶瑶恨之入骨,说她也后悔当初不该对叶子那样,说她现在很希望叶子回去。胡晓刚说:"我和瑶瑶只是同居关系,并没有领结婚证,只要你能够再给我一次机会,我一定⋯⋯"

"晚了,一切都晚了。"叶子不等胡晓刚说完就把话接了过来,"婚姻是人生中的一件大事,并非儿戏,我们都是这么大的人了,也应该已经成熟了,不能再像以前那样幼稚了。"

见叶子这么说,胡晓刚无言以对,他默默地低下了头。

吃饭的时候,他们达成了一个协议,就是叶子随时都可以去看秀丽。只要叶子有时间,也可以把秀丽带过来住几天,而且秀丽决定不送给他哥哥了。

再次能够见到秀丽了,叶子满心欢喜,她一有空就到胡晓刚妈家去看秀丽,还经常买些东西给老人家吃。胡晓刚的妈对叶子也好了起来,她甚至劝叶子再回她家去。

"他已经有了瑶瑶,那怎么可能。"叶子说。

秀丽非常聪明,也很会讨人喜欢。她每次一到艾博雅那里就家家、家家地叫个不停,叫得艾博雅心花怒放。

艾博雅太喜欢秀丽了,只要秀丽来,艾博雅就会买好多好吃的东西给秀丽吃,而且心疼肉疼地把她捧在自己的手掌心里。明智对秀丽的好那就更不用说了。

住进出租房后,叶子常常把秀丽接来住上几天,她每星期也至少去看一次艾博雅和明智,而且常常买一些东西送去。

她们的关系也就这样一天比一天地好了起来。

六十、思念之痛

　　冉燕独自一人坐在空荡荡的房间里，房间到处都遗留着属于两个人的温馨，依然残留着贾宇的气息。这原本是两个人的空间，如今却只落得冉燕一人孤身待在这个两人的世界里，如此的冷清，如此的静寂。天已经黑了，路灯拖着疲惫的身躯无精打采地垂在电线杆上，在冉燕晕晕乎乎的眼中泛着暗黄色的光，冉燕呆呆地望着窗外的天空，用眼泪拍打着这寂静的夜。

　　好长一段时间，冉燕是茶不思，饭不想，夜不成眠，整日以泪洗面。冉燕明显地瘦了，她日思夜想，将自己的理智揉搓得七零八落，使自己的理智全都变成了碎片。

　　冉燕开始恨自己，恨自己太无情无义。贾宇是那么的优秀，对自己是那么的真诚。冉燕恨自己不该答应与贾宇离婚。

　　冉燕的养父母见冉燕如此的状态，他们住到了冉燕的家里。他们细心地照料着冉燕，不断地安慰着冉燕，生怕冉燕有什么闪失。

　　"妈，我当初是不答应和他离婚的，看他那么坚决，我以为他只是想暂时分开一下，我是想让他有一个空间安排自己，有一定的时间给自己治病，可我万万没有想到，他会一声不吱就离开了这里，而且就这样消失得无影无踪。"

　　冉燕与贾宇的事冉燕从来都没有告诉过她的养父母，现在事已至此，冉燕才轻描淡写地对养母说了一点他们分手的原因。冉燕自责地说："贾宇对我真的是万般的好，可我却这么没有良心，害得他现在一个人在外面漂泊。"冉燕流着泪说："妈，这一切都怪我。"冉燕边说着边伤心地哭了起来。

　　冉母含着泪,拿餐巾纸给冉燕擦着泪。她说:"燕儿,你也别太过自责了,一个人一生总会有一些难以跨越的坎,只要这个坎跨过去了,前面就会是一马平川。我相信贾宇是一个有智慧的孩子,他经过一段时间的冷静思考后,他会醒悟过来的,我也相信贾宇不会忘记你,他将来一定会以一个完美的精神状态来面对你。"

　　"妈,我想去找贾宇。"冉燕对冉母说:"他在外面一定很苦。"

　　"燕儿,我也曾经想过去找他,可中国这么大,他又一点方向都没有,你说我们该到哪儿去找呢?"冉母看着女儿心疼地说:"有机会我们再打听打听,稍微有一点线索我们都不放弃,你先好好地保养好自己的身体,别让他回来了又再为你操心。"

　　"妈……"冉燕又哭了起来。

　　淡淡的月光从窗外射了进来,在冉燕的身后拉出了一条长长的影子,似乎比冉燕还要孤寂。

　　冉燕躺在床上不停地回忆着与贾宇认识后的一幕又一幕。冉燕时而开心地笑,笑得光辉灿烂,时而又痛苦地哭,哭得泣不成声。在晕晕乎乎中,贾宇轻轻地步入了冉燕的梦幻之中,他把冉燕紧紧地搂在怀里,双眼目不转睛地、温柔地看着她。夜静静的,窗外是一片善解人意的星空,深邃幽静中也包含着甜蜜。还有那个半圆的月亮,显得灰蒙蒙的,她心里似乎储藏着什么烦恼,也许和冉燕一样,在思念着一个什么人。然而,冉燕已经没有思念了,因为她已经就躺在了自己思念的人的怀中。突然,一只大手伸了过来,一把抓住贾宇就飞上了天,冉燕拼命地追了过去,她哭着,朝着天上大声地呼喊着,贾宇,我的贾宇……

　　冉燕的养父母看到冉燕这个样子心疼万分,他们不惜重金请了一位心理医生,在冉燕面前说是自己的好友。每逢星期天,一家人就和心理医生在一起,陪着冉燕聊天、散心。在心理医生的开导下,冉燕开朗了许多,她也学会了如何面对现实。

　　冉燕和贾宇是深深相爱着的一对,他们的距离就好比是一根牢固的风筝长线,纵然风筝与人之间相隔甚远,但这根线仍会把他们两人紧紧地系在一起,系着他们的执着与思念。

　　冉燕终于想清楚了,她把已经的过去当作是美好的回忆,她索性放纵自己,甜甜地回嚼着自己和贾宇在一起时的每一个细节。这样的回忆就像是一个无法被岁月整除的奇妙数字,它总会有一些余味遗留下来,就算是剪不断理还乱的离愁,也还有一番甜甜的滋味滋润着他们的心灵。

　　冉燕在不间断的思念中度过了一年,一年已经过去了,但还是没有贾宇的丝毫信息。于是,冉燕决定用自己的年休假去寻找贾宇。在父亲的支持和母亲的陪同下,冉燕怀着几分的期盼,踏上了寻找贾宇的路。

　　冉燕在心里默默地祈祷,希望贾宇能平安地回到自己的身边。

六十一、破格重用

叶子不想就这样待在家里,她要找一份工作,等自己有经济能力了就和胡晓刚商量,把秀丽接到自己的身边来。

叶子是朱总亲自面试的。叶子填完表后,排在二十几个人的后面等着面试。突然,一位男士来到叶子的面前,他极有礼貌地说:"你好,我是本公司办公室主任,姓胡,请你跟我来。"

叶子愣了一下,她心想:他叫我会有什么事呢?前面还有这么多人都等着面试,怎么说也不该轮到我啊?

胡主任是一个很精细的人,他马上就明白叶子在想什么,便说:"我们老总亲自面试你,请吧。"

听说老总亲自面试自己,叶子突然紧张起来,她忐忑不安地跟在胡主任后面,思考着,不知道老总会提出哪些问题。

胡主任直接把叶子带到了总裁办公室,他向叶子介绍说:"这是我们的朱总裁。"

"您好!"叶子礼貌地向朱总欠了欠身。

"坐,坐!"朱总指着老板桌前的一个单人沙发,也客气地点了点头,微笑着对叶子说,"请坐!"

叶子拘谨地坐了下来,立刻就有一位打扮得花枝招展、容貌俊秀的大姑娘递给了她一杯水,并自我介绍说:"你好,我是朱总的秘书,姓金,金玉梅。"那嗓音轻轻的、甜甜的、柔柔的,那样醇美、那样圆润,简直就似夜莺在唱歌。

叶子站起来用双手接过水杯说了声谢谢。但就在她接水杯的时候，却见金玉梅的两只眼睛正敌视着自己，那种眼神带有几分警告的意思，这让叶子突感不寒而栗。

"好了，没你事了，出去吧！"朱总平静地、温和地对金玉梅说。

金玉梅回过头瞥了朱总一眼，她噘着个嘴巴，屁股一扭一扭地走了出去。

朱总已经是50岁的人了，但他那一边倒的发型，吹得闪亮闪亮的头发，入时的着装和他那堂堂正正、精神焕发的容貌，显得既气派，又年轻。

朱总微笑着看着金玉梅出了门，眼睛瞅在桌子上，看了看叶子填的表，又抬头看了看叶子，笑容满面地说："真漂亮，你的字跟你的人一样漂亮。"

见朱总用带着温和的微笑在表扬自己，叶子不好意思地低下了头。

朱总与叶子交流了大约半个小时，他尽可能地了解叶子的工作、学习及家庭情况，当他知道叶子现在已经离婚时，他的眉宇之间明显地显露出了一种不可抑制的笑容。最后，朱总点了点头说："行，你被录取了，明天直接到办公室找胡主任报到。"

第二天，胡主任再次把叶子带到了朱总的办公室，朱总正言正色地看着叶子说："小陆啊，我们现在招聘的对象是大学毕业生，但……"朱总说了一个但字便打住了，双眼紧盯着叶子，看她有什么反应。

听朱总这么一说，叶子心里突然一紧。她心想：招聘简章上是写的大专以上文化程度，但后面又写了如有实际经验者，可适当放宽。叶子就是想到自己已经当了好几年的会计，已经积攒了一定的工作经验，所以才大着胆子来应聘的，现在听朱总这么一说，她的心中又没有底了。但叶子还是解释说："我已经做了五年的会计工作，而且也考了会计师证，我相信我还是能够做好会计工作的。"

"你还是很有自信的，我就是喜欢像你这样的性格。那就这样吧！你现在就不要考虑当会计了，我看你的字写得非常漂亮，你就干脆当我的秘书。"

听朱总说让自己当他的秘书，叶子一下子愣住了。她想：朱总不是已经有个秘书了吗？怎么还要一个秘书呢？叶子也曾听说过现在的老板找私人秘书的一些绯闻，她想起昨天金秘书那一双敌视的眼神，她似乎明白了什么。想到这里，叶子抬头对朱总说："朱总，谢谢您的抬爱！不过，我当秘书

316

可能不太合适,因为我只做过会计工作。再说,我也不会电脑……"

"你看你看,刚来就不服从分配了!"朱总拿起细瓷茶杯,揭开盖子呷了一口茶,眼睛瞅着叶子严肃地说,"我们这里是有试用期的,你先试试,实在不行我们再根据情况调换工作。行了,我马上还有一个会议,你去找胡主任,他会指导你的工作的,你就按他的要求工作就行,去吧!"朱总显然是生气了。

看到朱总在生气,叶子立刻意识到是自己过分了,好不容易找到一份工作,哪有跟老总讨价还价的?叶子站了起来,满面通红地向老总欠了欠身,说了声对不起。叶子转身出了办公室,顺从地去了胡主任那里。

总裁秘书办公地点就设在朱总办公室的左侧,一张大桌子上摆放着一台电脑和一台打印机。胡主任向叶子交代了她的工作职责后对她说:"你没事的时候就敲敲电脑,练练指法,不会的地方我会随时来教你。"

叶子从来都没有当过秘书,现在突然做这样的工作,她感到有些不适应。为了尽早地学会电脑,为了尽快地适应这份工作,叶子每天都小心翼翼地做着自己该做的事。在待人接物方面,她也显得特别的小心谨慎,一有空,她就在电脑上练习指法,胡主任也经常来指导指导。

叶子是一个极其聪明的人,不到一个月,她的指法就练得滚瓜烂熟,而且也学会了电脑的一些基本编程。

朱总知道了叶子这么聪明能干非常满意,第一个月就发给了她一千二百元的工资。招聘简章上写的试用期工资六百,单位给她发这么高的工资,真是大大地出乎叶子的意料。

叶子终于又可以自己挣钱养活自己了,她的心里感到了一种前所未有的轻松和愉悦,把钱放进自己的包里,她差点儿把歌哼出声来。

自从叶子上班,她就再也没有见到过金玉梅。叶子有些纳闷,她不也是朱总的秘书吗?怎么就不来上班呢?有一天,叶子偷偷地问胡主任金玉梅哪里去了,胡主任毫不客气地说:"不该你知道的事你最好不要问。"一句话说得叶子的脸红了半天。

开支的第二天金玉梅来了,她眼睛里含着泪水,面容在日光下显得苍白。金玉梅没有像上次那样穿戴得那么华丽,而且脸上也没有施脂粉。她扭动着屁股怒气冲冲地走到叶子的跟前,一双又红又肿的眼睛直视着叶子。对她说:"小陆,我劝你清醒一点,可千万别像我。"话刚说完,不知是阳光的刺激还是悲痛的力量,她眼里唰地一下就流出了泪。

叶子搞不清楚金玉梅为什么会突然对自己说这些话,她两眼莫名其妙地看着金玉梅。叶子认为自己在这里工作非常正常,朱总也从来都没有借什么理由来打扰过自己。叶子用带着疑惑不解的眼神看着金玉梅说:"你的意思是?"

正在这时胡主任走了进来,他对金玉梅说:"金秘书,朱总等你半天了,他说你出差很辛苦,要给你接风洗尘,现在正等着你去用餐呢!"说完他就用手做了个请的动作:"请吧!"

金玉梅用手擦了擦眼泪,她对着胡主任苦涩地笑了一下,说:"刚才来的时候,眼睛中进了一粒沙子。"

胡主任是个聪明人,他知道金玉梅是在搪塞自己,连忙接过话说:"是啊,这种时候风沙很大,外出办什么事可都得特别小心才是。"

金玉梅回头看了一眼叶子,顺从地跟着胡主任走了。他们走后,叶子思考了半天,她怎么也想不明白,金玉梅对胡主任为什么这么畏惧。叶子似乎察觉到了老总、胡主任、金玉梅之间有什么不可告人的秘密。但老总和胡主任的为人都很正常,她怎么也找不出他们三人之间为什么会这么微妙的原因。

星期天,叶子给艾博雅买了一件中长款羽绒服,给明智买了一个他早就想要的照相机,给陆旺达买了一件羊绒衫,给秀丽买了一个大洋娃娃,还给外公外婆买了一些吃的东西。叶子自从嫁给胡晓刚,胡晓刚总是连娘家都不让她回,所以她就更谈不上给艾博雅和弟弟买什么东西了。现在叶子自己挣钱了,她将第一个月的工资全部都用在了外公外婆、艾博雅、陆旺达、明智和秀丽的身上,这让艾博雅十分感动。

拿着叶子给自己买的羽绒服,艾博雅的眼泪都快出来了。她买了几个好菜,要留叶子在家里住一个晚上。她说:"叶子,你今晚不走好吗? 妈有话要跟你们说。"

六十二、身世揭谜

晚饭后,艾博雅从一个紧锁着的、叶子从来都没有见她打开过的木箱里拿出一个用红布包着的包裹放到桌上,她让叶子和明智都坐下,对他们讲了一个故事。这个故事就是陆旺达捡叶子的全部过程。

艾博雅边讲,她的泪水边随着故事情节的起伏而起伏。叶子满月的头两天,因为突发心脏病,经抢救无效,不治身亡。第一个孩子出世不久就去世了,这给艾博雅和陆旺达带来了无比的悲痛。

深夜两点钟,鹅毛大雪纷纷扬扬。陆旺达搀扶着艾博雅从医院回到家中,因为是深夜,艾博雅一整晚上都在无声地痛哭。在哭诉中,艾博雅把孩子的死因全都归结在陆旺达身上,她说就是因为陆旺达经常惹她生气,所以才害得孩子还在娘怀里就染上了心脏病。陆旺达不想让艾博雅过于伤心,他把一切过错都承担了下来,想以此来宽慰艾博雅受伤的心。

雪还在纷纷扬扬地下着,清晨,陆旺达早早就出了门。陆旺达想买一点东西给昨天一天滴水都未进的艾博雅吃。

当陆旺达走到一个商店的不远处时,隐隐约约听到了一个婴儿的哭声。陆旺达以为这是因为自己丢了孩子后产生的幻觉,他闭了闭眼,摇了摇头,继续向前走。

婴儿的哭声越来越近,而且听起来是越来越清晰。这时候陆旺达才意识到,真的是有婴儿在哭泣。陆旺达循着哭声走去,发现一个未开门的商店门口有一个大纸箱,孩子的哭声就是从这个纸箱里传出来的。陆旺达想:这冰天雪地的,是谁把这么小的一个孩子扔在这里呢?这不是冻坏了孩子吗?

他走近前一看,盖得严严实实的一个小包被上面有一张大红纸,大红纸上赫然写着"请您收养"四个大字。

见到这个孩子,陆旺达想起自己刚刚去世的女儿不禁悲从中来。他揭开孩子脸上盖着的一层面纱,小心翼翼地把孩子抱了起来,搂在自己的怀里。他用他的脸紧紧地贴在孩子冰凉的小脸上,想起自己的女儿,泪流满面。

在温暖的怀抱中,孩子已经停止了哭泣,她的两只小眼睛滴溜溜地转着,似乎在寻找着她的亲人。"多么可怜的孩子啊!"陆旺达喃喃自语。

陆旺达擦掉自己滴在孩子脸上的泪水,给了孩子一个深深的吻,然后将纸箱内的衣物装进了纸箱内原有的一个大包里。陆旺达解开自己的外衣,把孩子整个地捂在自己的怀里,并用自己的头遮挡着有可能飘落到孩子脸上的雪花。然后背起大包,踩踏着地上已经积得厚厚的雪,一步一步地走向回家的路上。

陆旺达把孩子抱走了,这一切都被躲在不远处的孩子的亲娘看得清清楚楚。看到陆旺达刚才对孩子的一举一动,孩子的亲娘深信这是一个好人。她哭着、流着泪,放心地、一步一回头地走了,她准备永久去陪着她永眠的丈夫。

陆旺达回到家里,见艾博雅还躺在床上捂着被子在哭。他抱着孩子走到艾博雅的跟前,揭开艾博雅捂在头上的被子说:"小雅,快别哭了,小心哭坏了身子。"

陆旺达放下背包,对艾博雅说:"小雅,我,我,我刚才……"

艾博雅转过头来,只见陆旺达手中抱着一个孩子,她一下愣住了。艾博雅忽然觉得是自己产生了幻觉,她哭着说:"旺达,我这是怎么啦?我怎么就觉得你抱着我们的孩子呢?我是在做梦吗?"

陆旺达也流泪了,他说:"小雅,没有,不是你产生了幻觉,我是真的抱着一个孩子。"陆旺达用手摸了摸孩子的脸,心疼地说:"也不知是谁家丢的孩子,冰天雪地的,我看她太可怜了,所以就把她抱回来了。这也是一个小生命呀!你现在正好还有奶,就用你的奶喂养她,这不也救了一条命吗?"陆旺达看着这个可怜的孩子说:"小雅,我们就把她收留下来吧,就只当是我们亲生的孩子。"

艾博雅已经是泣不成声了,她坐起来,接过陆旺达手中的孩子,用嘴去亲着孩子的小脸,泪流不止。

闻到奶香,孩子的小嘴四处搜寻,闭着眼睛在艾博雅的胸前擦来擦去。看到这个可怜的孩子,艾博雅心里一酸,眼泪又不自觉地流了出来。

艾博雅拢起衣服,将自己的奶头塞进了孩子的嘴里,孩子有滋有味地吮吸了起来,艾博雅看着这个可怜的孩子,想起自己的女儿,她又悲痛地哭了起来。

陆旺达本想到汉正街美真餐馆去买一碗排骨粉给艾博雅吃的,没想到碰见了这件事,所以什么也没有买成,便煮了几个鸡蛋递给艾博雅说:"我是准备出去买点东西给你吃的,正好碰到这个可怜的孩子,你现在就将就吃一点,我一会儿去买几斤排骨,煨点汤给你喝。"

艾博雅放下已经吃饱、睡熟了的孩子,端着碗,她却一点儿也吃不下去。看到艾博雅这么悲伤,陆旺达心痛地说:"小雅,吃一点吧,就算是为了这个孩子。"

趁艾博雅在吃鸡蛋的时候,陆旺达小心地打开了孩子随身的这个包,他开始清理这个包裹。陆旺达只知道抱孩子的时候,这个包裹是沉沉的,他想一定是孩子穿的衣物。但打开包裹一看,却让陆旺达目瞪口呆。原来,这包裹里面除了一封信和孩子的衣物外,还有几件金银首饰和厚厚的一沓钱。

看到这些财物,陆旺达感到十分意外,他自言自语说:"看起来这孩子的家境应该不错,但他们为什么又要抛弃这个可怜的孩子呢?"

陆旺达想到一切原因有可能都在这封信里,便迫不及待地拆开了里面的一封信。信一打开,一排娟秀的字迹顿时展现在了陆旺达的眼前。陆旺达对艾博雅念道:"谢谢您收养了我的孩子!我的孩子是一对双胞胎,分别被两家收养。孩子们出世前,她们的爸爸因车祸不幸身亡,我们是青梅竹马的一对,这辈子我绝对不能没有他,我原本是想随他而去的,只是为了孩子,我才活到了今天。"信中写道:"我的两个孩子是一对孪生姐妹,她们出生于1969年11月29日凌晨,这一个是晚十分钟出世的,她出生的时间是12点30分,后天就是她们俩的满月。现在,孩子离我的视线不远,我会目睹着最善良的人收养我的孩子。感谢您收养了我的孩子,这笔钱是他爸爸去世后的抚恤金,我已分放在两个孩子的包包里,请您收下,今后作为孩子的抚养费。"信中说:"请您千万不要找我,因为,当您打开这封信的时候,我就已经……"念到这里,陆旺达的喉头就像被一块什么东西堵住,既吞不进,又吐不出。

陆旺达再也念不下去了，因为他已经意识到了孩子亲娘的结局。信的最后一句是："我同她们的爸爸一块去了，谢谢您收养了我的孩子，我将在来世报答您！"

陆旺达把信递给艾博雅，他低下头亲了亲熟睡着的孩子的脸，呜咽着说了一句："可怜的孩子！"便发疯似的向他抱孩子的那个方向跑去。在那周围，陆旺达一连转了好几圈，但他始终没有看到那个他认为可疑的人……

回到家，陆旺达对艾博雅说："这孩子她妈肯定……"他实在是无法说下去了。

过了一会儿，陆旺达对艾博雅说："这孩子跟我们家玉叶是同一天生的，正好我们还没有来得及将孩子的事告诉他人，这孩子实在是太可怜了，我们就当她是我们亲生的孩子吧，我们一定要善待她。"

艾博雅低下头，望着已经熟睡的孩子，眼泪唰唰唰地往下流。她心情沉重地看着陆旺达，对着他轻轻地点了点头。

心态稍稍平静一点后，陆旺达夫妇看了看孩子娘留下的首饰，数了数孩子娘留下的钱。首饰是一条金项链、一只金手镯和一个银项圈。她留下的钱有整有零。陆旺达数了数，共计六万六千多元。"这就是她失去丈夫的抚恤金，也有他们自己剩余的钱。"陆旺达自言自语地说。

女儿去世后，还没来得及告诉亲友就捡回了一个孩子，这孩子的长相跟叶子相差不多，而且她的出生日期与叶子完全吻合，这对陆旺达夫妇来说，无疑是一个奇迹。为了能让孩子健康地成长，捡孩子的这件事他们并没有向任何人声张，包括他们的父母。他们想让这个孩子彻底地取代自己的亲生孩子，因此她的名字也自然而然地叫了陆玉叶。

小玉叶吃着艾博雅的奶一天一个样，让他们俩感到惊奇的是，孩子的长相居然很像艾博雅，出奇的漂亮。

艾博雅和陆旺达都对小玉叶很好，他们全心全意地照顾着她，精心地呵护着她，使小玉叶度过了一段幸福而快乐的婴幼儿时光。特别是陆旺达，他简直视小玉叶为掌上明珠。

其实，这件事叶子早在十年前就知道了，就是隔壁的郝阿姨亲口告诉她的。郝阿姨说是她亲眼看见叶子的爸爸把一个孩子抱回了家,后来,她却发现她们家只有这一个孩子,所以郝阿姨也说不清叶子到底是不是艾博雅的亲生孩子。知道这件事后,叶子一直都没有把这件事情说穿,她除了将此事告诉过她最要好的朋友春玲外,对任何人都没有提起过。叶子想:亲生父母抛弃自己,必定有他们的不得已而为之,养父母既然已经收养了自己,也有他们养育自己的恩情,何况自己是吃着养母的奶长大的。

听艾博雅讲完自己的身世,看到亲生母亲留下的遗嘱和遗物,尽管早已预料到自己的身世,但当真正揭开这个谜的一刹那,叶子还是满心震惊,她还没有听完艾博雅的故事就已经哭成了泪人。明智想起姐姐的身世原来是这么的曲折,他喊了一声亲姐姐,便抱着叶子稀里哗啦地哭得惊天动地。

艾博雅流着泪解开了那个红布包,里面的金银首饰和一个存折全部展现在了叶子和明智的眼前。艾博雅对叶子说:"这是你妈留下的所有的东西,我丝毫未动,现在你已经成人了,我把它全部交给你。"

见艾博雅要把亲娘的这些遗物交给自己,叶子说什么都不肯收。她说:"妈,我是吃着您的奶长大的,您就是我的亲妈!你抚养我这么多年,所花费的心血是用金钱难以弥补的,这些东西您就留着,将来好好补养一下自己的身子,也算是我对您尽的一点孝心。"叶子说着就双腿跪在艾博雅的跟前,扑在艾博雅的腿上痛哭了起来。

艾博雅流着泪摸着叶子的头,哽咽着说:"叶子,我的儿,以前是妈的脾气不好,让你受了不少的委屈,我对不起你死去的亲娘,也辜负了她的嘱托。"她双手扶起叶子说:"叶子,你快起来,我不是你称职的妈,我不值得你给我下跪。"说着,她放声大哭了起来。

"妈,您快别这样说!"叶子想起艾博雅曾经对自己许多的好,想起她为了自己和胡晓刚大吵大闹,想起她为了自己能够得到幸福而操心给自己找对象,想起自己在月子里对自己的照顾,想起自己离婚后百般地安慰自己,泣不成声。她说:"妈,我是吃着您的奶长大的,要不是您,我早就被冻死、饿死了。我成长以来,您为我付出了那么多的心血,操了那么多的心,是我不好,是我没有听您的话,我如果听了您的,我就不会像今天这样。妈,您千万再不要责怪自己了,您就是我的亲妈!"说到这里,叶子又一次向艾博雅跪了下去。

听到叶子的肺腑之言,艾博雅心里只觉得一阵阵地痛,她更加地感到惭愧，泪珠儿也不停地向下滚。艾博雅站起身扶起叶子哭着说："叶子，快别说了，是妈对不起你！"

叶子扶着艾博雅让她坐下，她似乎突然想起了什么，哭着说："妈，让我爸爸回来好吗？以前我爸爸经常到家家那里和学校去看我，我工作以后他还常常到单位去看我，我也经常去看我爸爸，现在奶奶也不在了，爸爸一个人住在那里真的好可怜。我和爸爸在一起的时候，爸爸经常提到您，他说您只是脾气不太好，说您的心地特别善良，说您是一个好人，他让我听您的话，要我好好地孝敬您。"

听到叶子的一席话，艾博雅心绪沉郁地看着叶子，她说："你爸爸以前多次来这里找你，都被我赶走了。那时候我对他只有恨，我跟他说我已经把你送人了，要他死了这个心。当时，当他听我说把你送人了的时候，他就像发了疯一样，说你是他的女儿，问我凭什么要把他的女儿送人？他还扯着我的衣服大吼着要我把他的女儿还给他，他就差一点把我给吃了。后来他又偷偷地来过好几次，确实没有看到你后，他才没有来了。我后来才知道他到家家那里和学校去看你。"艾博雅痛苦地流着泪说："其实，我心里还是爱着你爸爸的，就是因为爱，所以才有恨。现在回想起来，你爸爸真的是个好人，是天底下难得的好人，他……"艾博雅哭着说："叶子，妈不怕你们笑话，我真的好后悔，我不晓得我那个时候的脾气为什么那么怪，就是我这个怪脾气，害得我……"艾博雅真的说不下去了，哭了好一会儿她才说："差一点，差一点众叛亲离。"她说："叶子，我的好女儿，是妈对不住你们的爸爸，对不住你们……"

"妈，不是的，不是的，您千万不要这么想。"

艾博雅把叶子拉到自己的身边坐下，她用手抹着叶子的泪说："想不到你爸爸一直都没有再婚。"

叶子似乎明白了艾博雅的意思，她说："妈，那我们把爸爸接回来好不好？"

明智也擦着泪说："妈，我和姐姐一块去把陆爸爸接回来。"

艾博雅睁着泪眼望着明智，她问："明智，你也是这么想的吗？"

明智连连点着头说："是的是的，妈，陆爸爸能对姐姐这么好，他一定也会对我好的，你就让我们去把他接回来吧！"

听明智也这么说，艾博雅的面部表情立刻开朗起来。她说："你陆爸爸看到了你也会高兴的,只怕是他恨死我了。"

"妈,他恨您才是好事呢! 您不是说没有爱就没有恨吗? 这说明陆爸爸还深爱着您呢!"明智说着这个话,天真地笑了。

六十三、破镜重圆

　　明智的爸爸早在十年前就死了,他是一次工伤事故死的。明小全在医院抢救的时候,明智去见了他最后一面,当时艾博雅也去了。面对着在死亡线上徘徊的人,艾博雅的爱恨情仇荡然无存,要说有的,那只是对他的同情和怜悯。看到明小全那受伤的凄惨情景,艾博雅还大哭了一场。

　　陆旺达的母亲是前年去世的。他母亲去世后,陆望达无比悲痛。一年以来,他每天除了上班就待在家里,哪里也不走动。还是叶子心疼爸爸,早已是千疮百孔的她,在陆旺达面前隐去悲哀,强打出一副笑颜宽慰他的心。直到去年,五十四岁的陆旺达被单位"一刀切"了,他更加地闷闷不乐。

　　早在十几年前就有人劝陆旺达再找一个老伴,她母亲为此也流了不少的泪,但陆旺达说什么都不肯。陆旺达心中一直都在想着叶子,他知道叶子的婚姻不幸,也知道叶子失踪了几天。为了寻找叶子,他跑遍了车站码头和他自认为该找的地方。直到叶子安全地回来了,他这颗心才算放了下来。可仅仅几天的时间,陆旺达的头发就白了许多。

　　陆旺达一个人还是住在他原来的那个屋子里,他原本比较白皙的脸上却增添了几分晦暗,布上了一层黑雾。他的额头上也爬上了好多皱纹。

　　叶子和明智来到陆望达的家,眼见着两鬓斑白的陆望达,叶子珠泪滚滚。她叫了一声爸,便跪倒在陆望达的跟前。

　　陆望达看到叶子这么悲痛,不知道发生了什么事情,他带着一种莫名的眼神看着叶子,说:"叶子,你这是怎么了? 前天你送羊绒衫来的时候还兴高采烈的,今天你这是怎么了,快起来,有话慢慢说。"

"爸!"叶子叫了一声爸就噎住了,不由得哭出了声。她抬头看着陆旺达说,"爸,我现在才清楚地知道我真的是被您从冰天雪地里捡回来的,要不是您我早就被冻死、饿死了。爸,是您救了我,您就是我的再生父亲,您比我亲爸还要亲!"

当陆望达听叶子说她已经知道了她自己的身世的时候,他浑浊的眼里开始有了浑浊的泪,不一会儿便老泪纵横。

陆旺达把叶子扶了起来,让她坐在自己的身边,双手搂在她的肩上,亲切地对她说:"孩子,你是吸着你妈的奶长大的,只差她十月怀胎。而且,我们从来都没有认为你是捡来的,一直都从心里把你看成是我们的亲生女儿。再说,你亲爸亲妈他们已经……"陆旺达再也说不下去了,他已经泣不成声。

"爸!"叶子再次扑到陆旺达的肩上,她紧紧地抱着陆旺达,抽噎着说,"爸,我知道了,我一切都知道了,他们都已经不……不在了,您……您就是我的亲……亲爸爸,我就是您的亲……亲女儿。爸,我知道您,您一直都心疼我,一直都对我很……很好,您比亲爸爸还……还要亲。"

看到姐姐和陆爸这么动情,明智也在一旁暗暗落泪。

"孩子,快别哭了,明智是第一次到我这里来,我去买点菜,你们今天就在我这里吃饭。"

"姐,你跟陆爸爸说呀!"明智擦了把眼泪,他生怕叶子忘了今天来的主要目的。

叶子望着明智点了点头,她转过脸对陆旺达说:"爸,我们今天来是想和你商量一件事,我们想请您回去。"

"回去? 你是说?"

"是啊,我们跟妈已经说好了,我今天和明智一起来,就是来跟您商量这件事的。"

"你们?"陆望达清楚地知道了两个孩子今天的来意,他的眼神中显现出了几分犹豫、也有几分惊喜。他看了看明智,禁不住又老泪纵横起来。

"爸,明智也主张请您回去。"叶子说,"他就怕您有什么顾虑,所以特地和我一块来的。爸,您就答应了吧? 妈还在家里等着我们的消息呢!"

见姐姐已经把话说开了,明智连忙接着说:"陆爸,您老就回去吧! 我早就没有爸爸了,我会把您当成我的亲爸爸一样,我会好好地孝敬您的。再说,您不知道我妈现在有多么的后悔,她总是对我说,您才是这个世界上真正的好人。"

听明智也这么说,陆望达真的好感动。他说:"其实,你妈也是个好人,她只是有点小脾气,她的心地是非常善良的。"

"爸,这么说,你是答应回去了?"叶子高兴地抢着说,"我妈现在可是一点脾气都没有了,她还老挂着你、念着你呢!"

大年三十,艾博雅已经准备好了年夜饭,她一直催促着叶子和明智,要他们快去把陆望达接过来,让他在家里一块吃一顿年夜饭。

叶子和明智已经走了半个小时了,艾博雅估计他们就要回来了,便站在门口定格地朝着一个方向看。

终于,她看见他了,二十几年来,还是叶子住院和叶子离家时她看过他一眼。那时候,看到可怜的叶子,她只知道伤心和悲痛,根本就没有心思去观察他。今天,虽然还在远远的地方,但她看清楚了,他的背略为有点弯曲,人还是那么瘦弱,瘦弱得几近弱不禁风。叶子和明智走在陆旺达的两旁,他们的手上都不知提着什么。三个人的身影慢慢地与艾博雅接近,看着他们三个人走到自己的面前,艾博雅目光凝滞地注视着陆旺达,脸上带着一抹红晕,发自内心地挤出一个灿烂的笑容。

陆旺达老远就看见艾博雅站在门口,他的目光由远到近,一直注视着她。走到艾博雅的跟前,他的眼睛倏然一亮。她似乎已经老了许多,但看得出来,她的身子骨还算硬朗。她漂亮的脸上虽然也添了几丝柔和的皱纹,但这些皱纹不仅没有使她的脸变得难看,反而更觉得她温柔、慈善。

叶子和明智把东西提进去了,他们两人还站在客厅里。血色的残阳照在他们的身上,两个人都显得金光闪闪。

"坐,坐!"艾博雅像个主人一样地招呼陆旺达坐,她自己也跟着坐了下来。两位老人四目相对,老泪纵横。他们似乎在演绎着一曲失散后又重逢、喜极而泣的动人情景。

陆旺达还是那么的高大,艾博雅痴痴地望着他,灯光照亮了她眼中晶莹的泪花。艾博雅终于忍不住了,她竟然抽抽噎噎地哭了起来。直到这时艾博雅才清楚地意识到,自己对陆旺达的爱一点都没有减少。

"老了!"艾博雅擦着眼泪说。

"你也是。"陆旺达也说。

"我们都老了!"两人同时说,并同时擦着泪。

看到两位老人这么动情,叶子的眼睛也红了。

叶子和明智端来了两杯茶,明智递给陆旺达说:"爸爸喝茶。"

听明智也叫自己爸爸,陆旺达接水的双手惊喜得颤抖了起来。明智把杯子放到茶几上对陆旺达说:"爸,您就安心地住下吧,有了您,我们这个家才真正像一个家。"

"好,好,我这是老年得福啊!"陆旺达笑眯眯地看着明智。

"妈,您也喝茶。"叶子也递给了艾博雅一杯茶。

"这孩子,妈又不是客人,怎么还给我倒茶?"

"爸爸妈妈都在这里,我们如果只给爸爸倒茶,妈您不生气呀?"叶子开玩笑说。

"这孩子!"艾博雅看着叶子,脸上已经笑开了花。

"爸,妈,你们慢慢聊吧,我和明智到厨房去把菜热一下,一会儿就吃年夜饭。"说完,他们俩就一块到厨房去了。

艾博雅和陆旺达轻言细语地聊着,一提起往事,他们不禁感慨万分,眼睛也忍不住都红了起来。

叶子和明智开始把菜一盘一盘地往桌上摆,不一会儿,十几个菜就全部上了桌。

明智帮忙摆好了碗筷,拿来了一瓶上等红葡萄酒,给每个人斟上了一杯。说:"多少年来,我们家一直都空缺着一个席位,今天陆爸来了,我们家也算是圆圆满满了,大家都端起杯子,我们以红葡萄酒来庆贺我们全家人的团聚。"

听明智这么一说,叶子突然想起了秀丽,心里不觉一酸,眼泪就流出来了。

细心的陆旺达知道叶子在想什么,他说:"我们把秀秀也接过来吧?"

叶子说:"我是想把她接过来,可她奶奶说年夜饭她一定要在他们那里吃,让我明天再去接她。"

"姐,我明天和你一块去接秀秀。"明智说。

"好!"叶子很快就察觉到了自己的失态,她举起酒杯说,"今天全家人团聚,我太高兴了,来,祝爸爸妈妈百年好合,干杯!"

"干杯!"艾博雅也举起了杯子,但她的眼泪却止不住地流了下来。

大年初一,艾博雅、陆旺达,还有叶子、明智、秀丽一家人去看望艾文宗、戚佩文。两位老人看到陆旺达也来了,喜不自禁。当他们听说陆旺达和艾博雅准备复婚时,他们更是高兴得不得了。

过完年,叶子和明智催促着两位老人去领了结婚证。陆望达住了进来,叶子退掉了租住的房子,搬进了陆望达的老屋。这里离娘家的房子很近,他们来来往往也方便了许多,也热闹了许多。

六十四、世事难料

　　叶子基本上熟悉了自己该做的工作,第二个月,她的工资就加到了一千五。以前,叶子对朱总总有些提防,她常听到一些关于当秘书的跟老板在一起鬼混的事例,她生怕朱总也会这样,所以在朱总面前叶子总显得小心谨慎。

　　几个月过去了,朱总的表现却大大出乎叶子的意料,他对叶子的所有言行都和对一般同事一样,极其的正常。叶子开始对自己自嘲起来,自己都是个结过婚的黄脸婆了,人家如果有那种动机,他一定会去找一个黄花闺女,至于金玉梅对自己为什么那么敌视,为什么要说那一番话,叶子却一直都想不明白。谈年龄,金玉梅跟自己差不多,谈容貌,两个人也不相上下,叶子就想不明白金玉梅的表情为什么会那么痛苦,而当胡主任来了的时候,金玉梅却又像演戏一样,不断地向胡主任解释。叶子总感觉他们之间的关系有许多微妙之处,但至于他们到底为什么会这样,这一切在叶子的心中都是一个谜。

　　自从第一个月开支的时候看到过金玉梅,叶子就再也没有见到金玉梅了,在胡主任那里,叶子再也不敢问自己不该问的事。然而,有一天胡主任却主动地对叶子说了一件事。他说:"我们公司在全国各地都有分公司,你们要做好思想准备,每个人都有随时下去的可能,金玉梅现在不就是调到下面去了吗?"说到这里,胡主任突然紧闭其口。

　　叶子很希望胡主任继续说下去,她想知道金玉梅现在究竟在哪里?但胡主任却说你忙吧,我还有其他的事,便走了。

这次到北京参加药品供销订货会的总共有四个人,朱总、叶子和供、销部的两个经理,在五星级宾馆里,朱总一个人住一间房,叶子住一个单人间,两位经理同住一个双人间。

来北京两三天了,叶子和朱总一直保持着一定的距离,两位经理也很少和叶子聊天。第四天,在开完会回房的路上,朱总走到叶子身边突然命令到:"小陆,晚上你到我房间来一下,我有事要与你商量。"那口气不容置疑。

叶子不知道朱总找自己到底会有什么事,她也不知道两位经理是否也会去。吃完饭洗完澡,叶子敲了敲两位经理的房门,想问他们去不去,可敲了半天也没有人开门。叶子以为他们先去了,便径直地去了朱总的房间。

"请进。"听到轻轻的敲门声,朱总知道是叶子来了。

叶子进房后,她没有看到两个经理,便把门虚掩着。

"朱总,您找我有事吗?"见朱总连头都没有抬,也没有看她一眼,叶子便没有进去,只是站在房门口问。

"来来来,把门关上,坐下来谈。"朱总抬起头看了叶子一眼,他见门还是虚掩着,便亲自走过去把门关上,然后热情地招呼叶子在双人沙发上坐下。

朱总走到叶子身旁挨着叶子坐了下来,他关心地问:"小陆呀,最近工作怎么样?有什么困难吗?"

叶子见朱总挨着自己坐,有些不自在,便不太好意思地低着头说:"谢谢朱总的关心,我现在工作程序基本上都掌握了,暂时没有发现什么困难。"

"那就好,有什么困难你就告诉我,我来替你解决。"

"谢谢朱总!"叶子拘谨地应答着。

"你现在已经工作三个多月了吧,和同事们关系相处得怎么样?"朱总关心地问。

"挺好的,大家都对我不错。"

"不错,不错,我听小胡说你的工作进度超过了许多人,他说以前工作了几年的人都赶不上你,我很欣慰呀,那天面试的人坐了一排,我一眼就看中了你,哈哈,我老朱还算有眼力吧!"朱总说着,就用手拍了一下叶子的手。

叶子不好意思地转头看了朱总一眼，将两只手稍微挪动了一下。她不好意思变换双手位置，仍然将双手放在自己的大腿上，然后正坐了起来，她的神经也跟着紧张了起来。

见叶子这种举动，朱总拍了一下叶子的肩膀，笑着站了起来。他若有所思地走动了几步，然后重新坐在了叶子的身旁。

"给你的这份工资你满意吗？钱不够就尽管说，只要你表现好，我还会给你加工资的。"朱总两眼直瞅着叶子，边说边从荷包里掏出了一沓百元大钞。

叶子与钱打了这么多年的交道，她一看就知道，这一沓钱绝对不少于一万元。

朱总一手拿着钱，一手抓起叶子的手，将一沓钱塞到叶子的手上，说："拿着，需要的时候我这里还有。"

"您这是？"叶子有了一种不祥的预兆，她没有接钱，也来不及想什么，只是紧握着自己的双手，吓得直往沙发的一侧退，口里说道，"不不不，朱总，我无功不受碌。"

"唉，小陆，怎么能说你无功呢？你能这么踏踏实实地为我工作，我们公司能创造出这么好的效益，也少不了你的一份功劳嘛，别讲客气了，快拿着！"朱总扳开叶子的手，用带着命令的口气说，"你再不拿我可就要生气了。"

叶子慢慢地松开了自己的手，但她警觉地意识到将会有不好的事情要发生。叶子猛然站了起来，她把钱往桌子上一放说："朱总，这钱我不能要，您要是没有什么事我就先走了。"边说边往房门口走。

"坐下！"朱总威严地吼了一声，这一声吼深深地震慑住了叶子。叶子慢慢地走了回来，她低着头，坐在了她原来坐的位置上。

朱总似乎真的动了气，他十分严肃地说："一点规矩都不懂，我老总找你，你能够说走就走啊？"

叶子的脸呼啦一下就红到了耳根。她没有抬头，眼泪却润满了眼眶，随时都有滑落下来的可能。

朱总见叶子软了下来，他拿起叶子的手抚摸着说："小陆啊，你也老大不小的了，怎么就还像个孩子呢？"见叶子没有反抗的表现，朱总进而捏揉着她的手说："好白好嫩的小手，跟你的脸蛋一样漂亮。"说着，就将叶子的手举到他自己的嘴边，轻轻地吻了一下。

叶子吓了一跳，她就像所有正常的女人一样，没能忍住，一下子从沙发上弹了起来。叶子想用力抽出自己的手，说："朱总，你……"

朱总紧握着叶子的手向下一扎，说："坐下。"

叶子拗不过朱总，顺势坐了下来，她用迷茫的眼神打量着朱总。

朱总似乎真的生气了，他两眼狠狠地盯着叶子，说："你把我当老虎呀！"

叶子慢慢地低下了头，她默默地看着自己那只失去自由的手，心里思量着朱总下一步的计划，盘算着自己该怎样才能摆脱这个困境。

朱总以为叶子已经顺从了，他暗自高兴。说："小陆，那么多人应聘，我为什么选择了你难道你还不明白吗？你知不知道像你现在的这个位置有多少人向往？"朱总见叶子还是没有什么反应，接着说："我这个人也很怪，像那种轻浮女子，再漂亮我也不喜欢，你看那金玉梅……"朱总说到这里顿时打住了。

听朱总提到金玉梅，叶子抬起头直瞅着朱总，很希望他继续说下去，可朱总却说："算了，不谈她。"

朱总继续温柔地捏揉着叶子的手，看着叶子说："你和她不一样，她是胡经理推荐上来的，你却是我亲自看上的，只要你听话，绝不会是她那样的下场。"

"下场？"叶子重复着这两个字，她问："什么下场？"

"她死了。"朱总轻松地说，"自从你来了后，她就郁郁寡欢，班也不肯来上，前几天听人说她投河自尽了。"

"投河自尽。"叶子用疑惑的眼神望着朱总，不解地问，"为什么？她为什么会投河自尽？"

"唉！心眼小呗！算了算了，不说了，我们不谈她了。"朱总放下叶子的手站了起来，来来回回地踱了几个方步，然后坐下来对叶子说，"来，我们转移一个话题。"

朱总双手放在自己的膝盖上，两眼温柔地看着叶子，说："小陆，你知道我有多么喜欢你吗？自从第一眼看到你，我就喜欢上了你，特别是与你交谈以后，我就进一步意识到，你才真正是我想要寻找的那一种人。当然，喜欢我的人，连十八岁的大姑娘都有，但我为什么就偏偏看上了你呢？那是因为你除了有一副倾国倾城的容貌外，还有一种非凡的气质，而且成熟，稳重。不像有些长相不错，但轻飘浮躁的女子。你看那个金玉梅，天天在我面前扭来扭去，要不是胡经理……唉！不说了，不说了。"

朱总端起茶杯润了一下嗓子，突然话锋一转，说："你就不同，通过这几个月的观察，进一步证实，你陆玉叶我没有看错。你不仅能成为我事业上的帮手，还可以……"朱总话没说完，就一把将叶子搂进了自己的怀里，接着说："你不是已经离婚了吗？现在社会这么开放，你也该跟上潮流了。"

见朱总竟然对自己这么无理，叶子猛地一下从朱总的怀里挣脱了出来，她不假思索地、扬手就给了朱总一个耳光，紧接着就向房门口奔去。

叶子伸手去开门，但她一时慌乱，竟忘了拧已经被反锁的门闩。朱总发怒了，他从沙发上呼地一下跳了起来，双手抓住叶子就往床上扔。他说："什么样的女人我没见过，但像你这样的女人我还真少见。"

叶子在床上翻过身，呼啦一下就坐了起来，她双眼怒视着朱总。

朱总毫不在乎叶子的反应，他走到茶机旁拿起一支烟，点燃后，慢悠悠地抽了起来。

叶子边下床边流着泪对朱总说："朱总，我一直都认为你是一个好老总，我一直都很敬重您，这次您就放过我好不好？"

"放过你？"朱总慢条斯理地说，"怎么谈得上放过你呢？我根本就没有把你怎么样呀？对女人，我向来都是采取自觉自愿，好多女人找上门，送给我我还不要呢！只是，像你这样的女人我还真是少见。遗憾的是，我培养了这么长时间的情绪，今天竟然被你一扫而光，实在是太让我扫兴了。不过，陆玉叶你听着，你今天居然敢对我动手，这一点你是一定要付出代价的！"说到这里，朱总把烟头狠狠地往烟缸里一压，说："没事了，你滚出去吧！"

朱总当老板以来，数不尽玩了多少女人，但他还从来都没有碰到过像叶子这样软硬不吃的。凭他这一个总公司里总裁的身份，凭他的金钱，凭他的魅力，只要是他看上的女子，哪怕是十八岁的黄花闺女，都会心甘情愿地顺从他，像叶子这样的女子确实有些与众不同。不过，朱总看上的就是她的与众不同之处，否则，他怎么会放着那一大排等着他、缠着他、讨好她的女人，而和她这样一个结过婚又离过婚的大龄女人玩呢？但让朱总感到气愤的是，就她这么一个残花败柳，她居然还敢打自己。

叶子伤心地流着泪从朱总的房间里跑了出来,她一回到自己的房间,扒在床上就痛哭了起来。

第二天,朱总的身边有了一个打扮得金光银俏的女人,她小鸟依人一般,娇滴滴地依偎在朱总的身边,吃饭的时候,不时地将菜往朱总口里喂。朱总笑呵呵地边吃着边说:"嗯,好,好!"两个经理对朱总的行为似乎已司空见惯,他们不时地说一些趣话,逗朱总开心。

会一直开了八天,朱总就像没有发生过任何事情一样,极其正常地面对一切。叶子也一如既往地做着她自己该做的事。但叶子在自己心里已经拿好了主意,等到拿了工资她就提出辞职。

回到单位的第二天,胡经理突然把叶子叫了去,他十分严肃地对她说:"陆玉叶你怎么搞的,听说你出差的这几天表现非常不好,我们一直都觉得你工作不错,一直都很信任你,但到关键的时候你对工作的态度怎么就变了呢? 我们昨天开会讨论过,像你这样的工作情绪很不适应这个部门的工作,因此,决定让你接受一段时间的考验。正好前面的一个清洁工被辞退了,你先负责几个厕所的清扫,打扫整个办公区间的卫生,根据你的工作表现,我们再考虑安排你其他的工作。"

看到胡经理这么严肃的工作态度,想起金玉梅当时对胡经理的畏惧,叶子终于明白了金玉梅为什么会在胡经理面前谨小慎微。

叶子突然觉得自己要崩溃了,眼泪忍不住簌簌地往下落。她哭着跑回了办公室,流着泪把自己的东西清理了一下,拿起自己的东西就准备出办公室。这时,朱总看着叶子面带微笑说:"陆玉叶,好好干!"

叶子跑出办公室,跑下楼,跑出公司,她的眼泪如高山瀑布,止不住地往下放。叶子跑到离公司大约30米处,一个男孩突然撞到她的身上,她手上的东西被洒落一地。叶子看了那男孩一眼,是她从来都没有见过的。叶子以为他是无意撞到了自己,没有追究他。但正当她准备俯身去捡自己的东西的时候,那男孩突然照着她的脸上就是两巴掌,口里说:"我让你偷人!"打完就扬长而去。

叶子被外力猛地一下击倒在地,男孩说什么她一点也没有听清。周围的人见男孩说出了这样的话,都以为他们是夫妻,便说:"人家是两口子闹气。"

　　叶子的脸马上鼓了起来,嘴角也流出了鲜红的血。坐在地上,叶子怎么也想不明白,这个素不相识的男孩为什么会对自己下手这么狠?

　　天空依然是晴空万里,大地依然是阳光灿烂,叶子手里抱着东西,眼泪一直不干。叶子太可怜了,她还不到三十岁就承受了如此之多常人难以承受的事,她哪里能够感受到阳光的那种轻盈和温暖。回到家里,叶子一个人捂着被子大哭了一场。

六十五、风光丽娜

贾宇给的三万元钱叶子一分未动地存了起来,尽管她知道贾宇是真心地想帮助自己,但她还是觉得自己不能够无缘无故地接受人家的钱。那天在医院里她实在是不能动,否则这个钱不可能让贾宇塞进自己的包里。叶子一直期盼着能有机会再与贾宇碰面,她要把这笔钱一分不少地还给他。

以前叶子只怀疑过自己不是艾博雅亲生的,但她并不知道自己还有一个孪生姐姐。现在,自从叶子知道了自己还有一个孪生姐姐以后,她又多了一个愿望,这个愿望就是要找到自己的孪生姐姐。叶子想到贾宇说他的前妻与自己是如此的相似,而且她的父母也只是她的养父母,她真希望自己能够早一点见到冉燕,她想兴许冉燕就是自己的孪生姐姐。

叶子离开朱总的公司已经一个月了,她至今还没有找到一份工作。一天,叶子正在街上漫无目的地闲逛,突然听见了一个既陌生而又熟悉的声音。叶子循声望去,原来是她初中的同学李丽娜。

李丽娜打扮得非常洋气,她黑色皮领褂内衬着一件粉红色的羊绒钻领衫,下穿一条黑色的牛皮超短裙,脚上的一双黑色深筒皮靴一直延伸到膝盖。李丽娜一头长长的金红色的头发被高高地盘了起来,一卷金光闪闪的卷发恰到好处地摆在她那好看的额前,那被文过的眉毛像一对孪生的毛毛虫,好看地搁在她脸部两边的眉骨上,一对长长的假睫毛粘在她那被纹过眼线的眼眶里,高高地向上翘着,她的嘴上也被文了血红的嘴唇。

李丽娜高高的鼻梁,大大的眼睛,白里透红的面庞,血红而小巧的嘴巴,加上她那身时髦的装束,给人一种艳丽得已经超脱了凡尘,超然世外的感觉。李丽娜属于那种打扮得艳俗不堪却能让男人欲火焚心的女子。

李丽娜的性格活泼、开朗,她非常爱笑,一笑起来就嘎嘎嘎地没个完,听起来就像是一串串的银铃声。她的两个酒窝也十分动人。上初中的时候李丽娜就喜欢叽叽喳喳,因此同学们还给她取了一个外号叫"小麻雀"。

见到叶子,李丽娜旧时的习惯一点也没有变,她叫了一声陆玉叶就嘎嘎嘎地笑了起来。

叶子望着李丽娜略微愣了一下,她说:"你……你是李丽娜?"

李丽娜噘着个嘴巴装着不高兴,她说:"我一眼就认出了你,亏你还想得起我。"说完又嘎嘎嘎地笑了起来。

李丽娜将叶子上下打量了一番,她说:"看来陆玉叶你混得不怎么样。"

"平平地过呗,哪能都有那么好的运气?"叶子微笑着说。

"我们找个地方坐一下吧,多年不见,我好想你们。"李丽娜开始套起近乎来。

初中毕业到现在已经十几年了,现在见到老同学,叶子也感觉特别亲切。她说:"那好吧,反正我也没事,我们就在一块聊一聊。"

两个人来到汉江路一个咖啡店里,她们找了一个僻静的位子坐了下来。

"你喜欢喝什么?"李丽娜热情地问。

"随便。"叶子对自己喜欢喝什么毫无研究。

"那就来杯咖啡吧!"李丽娜爽快地说。

服务员很快就送来了咖啡和李丽娜要的点心,伴随着优雅的轻音乐,她们便边吃边聊了起来。

李丽娜首先问了叶子的一些情况,叶子轻描淡写地说了一下。李丽娜接着介绍自己的情况说:"初中毕业那一年,我妈因车祸死了,我家家哭得死去活来。通过这一次家家的哭诉我才知道我家家原来这么命苦。我家家出生还不到两岁我老家家就病死了,家家六岁的时候被她继母把她卖到一个有钱的人家当丫鬟,从此后我家家就过上了非人的生活。她好不容易熬到了十六岁,东家又把她卖给一个五十多岁的老头做媳妇。这个老头喜欢喝酒,喝完酒就打人,我家家常常被他打得体无完肤。我家家实在受不了了,偷偷地跑了出来,后来被他们抓回去后又毒打我家家,而且把我家家转卖给了一个年龄更大的老头。我家家去了两年那个老头就死了,他们说我家家是丧门星,把我家家许配给了一个长工,就是我的外公,她跟了我外公后才过上了一个正常人的生活,这才有了我的妈。但想不到我妈出世不久,我外公就病死了,剩下我家家和我妈孤儿寡母艰难度日。她说现在我妈妈又这样,丢下我……家家哭得说不下去了,她把我紧紧地揽在怀里。以前我从来都没有听家家说过她的身世,想不到家家的命是这么的苦。"

"我妈死后还不到两年,我爸就给我找了一个后妈。后妈很坏,她对她自己带来的女儿心疼肉疼,而对我却总是横挑鼻子竖挑眼,还常常挑拨我爸打我。在我十八岁那年,后妈和她女儿合计着陷害我,他们偷了我爸的一百元钱放进我的钱包里,却硬说是我偷了我爸的钱。我不服,便将我所有的东西都拿出来要他们搜,后妈气冲冲地走过来说:'偷了就偷了,偷了就要承认。'我说什么偷不偷的? 我没有拿就是没有拿,你们为什么一定要赖我? 后妈说:'你不承认我们就搜,如果我们在你那里搜出来了怎么办?'我说:'反正我没有拿,你要搜就搜,不过,你如果搜不出来怎么办?'听我这样说话后妈气得像个猪,她拿起我的东西就搜了起来。不一会儿,后妈果然从我钱包里拿出了一百元钱,她说:'你真是不见棺材不落泪呀,这是你亲眼看到我从你钱包里搜出来的,你说这不是你偷的是谁偷的,偷了钱你还敢抵赖。'看见后妈果然从我钱包里搜出了钱,我当时目瞪口呆。我想我钱包里怎么会有一百元钱呢? 一会儿我就明白了,她们是想栽赃陷害我。看到我爸用那种眼光看着我,我大声地哭着喊着说:我没有拿钱,是她们想陷害我。后妈听了我说的话顿时怒气冲天,她说:'你当了小偷还不认账,反说是别人诬陷你,你真的是不可救药了。'接着她对着我爸大声吼道:'这是个什么家呀,这家里今后还能放一点东西吗? 这是家贼难防啊!'说着就大哭大闹起来。后妈这一闹我爸也烦了,他恶狠狠地吼着我问:'你说,这钱是不是你偷的?'后妈一听我爸这样问话,她气得大声喊道:'你这是什么意思呀? 这钱明摆着就在她的钱包里,你还要这样问,你这不是在滋长她的恶习吗? 你的意思是不是说我们在诬陷她? 如果这钱是在我女儿的钱包里你也会这么问吗? 你原来是这样分楚河汉界的呀?'接着她大哭着说:'这日子该怎么过下去呀……'我爸见她这么一闹,就再也分不清东南西北了,一怒之下,他抓起我就打。我哭着喊着:我的亲妈呀,我冤枉啊! 我爸看我哭得厉害,他放下木板眼里含着泪说:'你,你,你叫我怎么办呀?'"

说到这里,李丽娜伤心地哭了起来。她说:"那一天晚上趁他们都睡了,我爬起床就跑了。我走到六渡桥的时候碰到了一个发廊的女老板,她说她弟弟在广州的一家酒店里当老板,现在正在招武汉的员工,她让我到她弟弟那里去试试。我说我没有路费,她说没关系,她们有人带我去。当时我真的不想留在武汉了,所以就随他们去了广州。"说到这里,李丽娜端起咖啡喝了一口,轻轻地叹了一口气。

"就是你现在说的这个酒店吗?"叶子问。

"是的。"李丽娜说,"我去了以后,酒店的那个老板,就是我现在的老公要我陪客,我死活都不肯,他们看我不肯干就打我,我就偷偷地跑,我刚跑不远,哪晓得还是被他们抓回去了。"李丽娜说:"就在那天晚上,老板强奸了我。接下来,他们又要我接客,我以死抗争,店老板见我是个烈性子,他也怕真的闹出事来,便没有再强迫我了。再后来……"李丽娜望着叶子笑了笑说:"他真的喜欢上了我,当他提出要与我结婚的时候,我说,除非你再不做违法的事,正正当当地做酒店的生意。他答应了,我就跟他结婚了。"

"再后来呢?"叶子紧追不舍。

"再后来我们就规规矩矩地做起酒店的生意来了。"李丽娜说,"我这次到武汉来就是招工的,我老公说外地的人太复杂了,我们店里专招武汉人。"

"你们什么职位需要人呢?"叶子问。

"主要是服务员,另外是厨师、配菜员。管理员也要。"说到这里,李丽娜看着叶子笑了笑,她说,"你现在不是也没有工作吗? 到我那里去吧,老同学,我不会亏待你的,等你熟悉一段时间以后,就帮我搞搞管理。"

叶子想起自己的女儿,她说:"我女儿在这里,我经常要接她回来,现在我可不想走远。"

李丽娜毫不勉强地说:"也是,没有离开过家的人,一下子去这么远,肯定得考虑考虑。这样,我给你一张名片,你什么时候想去了,随时都可以与我联系。"说完她就递给叶子一张名片,名片上醒目地标着她的职称:"副总经理。"

六十六、经商受挫

　　叶子想找一份适合自己的工作,她转了好几天也没有转出个名堂。叶子也曾到过省市劳务市场,还到过私人职介所,但不是因为她的文化程度不够,就是嫌她的年龄过大。很多单位对年龄的要求都是在 25 岁或者 28 岁以下,像她这样的文化,像她这样的年龄,想找一份比较理想一点的工作,实在太难。叶子转来转去转到了汉正街,当她看见有的人就只拿着几件衣服站在那里卖时,叶子也动了心。她想:我现在也没有什么事干,还不如先买几件衣服在这里试试,说不定还真能挣点钱。

　　叶子在汉正街中心商城三楼花 80 元钱批发了十件 T 恤衫,她一手拿出一件 T 恤衫,另一手提着另外的九件衣服站在那里,有人来了她就喊一声:"T 恤衫。"

　　叶子原想每件 T 恤衫卖十五元钱,可她站了一天都无人问津。第二天叶子主动将价格降到了十二元,但又站了一天,还是一件都没有卖出去。第三天叶子好不容易卖了一件,还被别人还价到十元钱。T 恤衫再也没有人买了,叶子心想只要有人要,八元钱照本也卖。

　　有一位顾客同意八元钱买一件 T 恤衫,他挑了半天正准备付钱时,突然几个市场管理员站到了叶子的面前。"有执照吗?"一位管理员死死地抓住叶子手上所有的衣服,明知故问。

　　叶子见他们要抢衣服,她的眼泪都快出来了。叶子求他们说:"我是才来的,就只买了这几件衣服,我再不卖了就是。"叶子边说边把衣服紧紧地抓着不放。

"抓住就是死的,放了就是活的。"管理员说,"我逮到谁谁都说是才来的,你们都骗谁呀? 前两天我就看到你了,我们一来你就跑了,逮到了你就说是才来的,谁跟你们捉迷藏呀?"说完他将头一扬,对其他的几个市场管理员说:"收!"

站在一旁的几个管理员一拥而上,将叶子的九件 T 恤衫一件不剩地全拿走了。叶子亲眼看到他们将衣服扔进了一辆装满他们战利品的敞篷车里,叶子哭了,在那晴空万里、万里无云的大好天气里,叶子的眼里却有着下不完的雨。

"姑娘,还是找一个摊点规规矩矩地做生意吧,免得担惊受怕。"见叶子哭得可怜,一位好心的老大娘指着东边向叶子推荐说,"我看汉正街那头有座商城刚建起来,五月一号开业,你不妨到那边去看看,新开业的商城租金都不会太高的。"

叶子擦着眼泪感激地看了大娘一眼,她抽泣着说:"谢谢您!"

叶子向着大娘指的方向慢慢走去,她的心情也渐渐地平静了下来。

商城的门口贴着一幅告示,上面写着招商广告词。这是一座大商城,十二个门面的门全都敞开着,里面近二百个摊位通透明亮。一会儿,一位姓高的小姐来接待了叶子。"请问,是来租摊位的吗?"

"我先看看。"叶子显得比较谨慎,"不知道这里的生意能不能做得起来。"

"嗨! 这你还愁?"高女士说,"我们这里是汉正街的中心地带,你还愁生意做不起来?"高女士拿来一张画了不少红旗的表给叶子看,"你看,我们才公布了两天,就已经有一百多个摊位定下来了,我劝你还是早一点定下来,否则别人把好摊位都要了,你再定就迟了。"

叶子指着四周的十二个门面问:"到时候这些门面全部都会打开吗?"

"那当然。"高女士毫不犹豫地说,"你们要效益我们也要效益啊,这些门不打开顾客怎么进来呢?"停了一会儿,她见叶子还在半信半疑,便说:"到时候我们商场统一管理,每一个门面都只能靠边摆货,中间全部留出路来通行。"

叶子知道,汉正街的生意做起来了还是很可观的,她想:如果这个商场真正是四通八达的话,应该是不愁钱赚。于是,她选了一个紧挨着门面的摊位。

高女士在这个摊位上画了一面红旗,她说:"三天之内你一定要来交钱,如果这三天见不到你,这摊位我们就会把它给别人了。"

出商城后叶子想:摊位是定下来了,但货源怎么来?叶子找了几个熟人商量了一下,其中一人热情地说:"我有个朋友就在你们商城对面,我跟他说说,让他给你提供货源。"

叶子高兴极了,她马上与这位熟人一同去找到了这位老板,老板看了看叶子说:"行,到时候我供给你货源,全部低于批发价给你。"

叶子原本不想动用贾宇的那三万元钱,她想:如果有朝一日能碰到贾宇,她一定要把这钱全都还给他。但眼下要想做生意又需要钱,叶子不得不想到了这笔钱。叶子决定把这笔钱先借用一下,等到自己赚钱了后再将三万元钱凑齐了存起来。

摊位的月租金是七百元,这个数字对于汉正街来说是一个小得不能再小的数字,但条件是一次付一年的。叶子一次性付清了全年的租金,又进了两万元的货,便只等着五月一号开业。

开业这一天,商城的门口挂满了彩球、彩旗和宣传广告。一个大班子乐队在那里吹吹打打热闹非凡。那一天,四周的门面全都大打开,因为叶子的摊位紧挨着门面,十分醒目。那一天,艾博雅和陆望达都来了,明智也来帮了好几个小时的忙。

商城内顾客川流不息,叶子的生意也红红火火。正当叶子一家人忙得不亦乐乎的时候,一个摄像机的镜头对准了叶子。一位女记者举着话筒问叶子说:"你今天生意做得怎么样?"叶子喜笑颜开地说:"不错,不错。"记者问:"你有信心长期做下去吗?"叶子笑着说:"当然有,这么好的地点,这么好的环境,这么好的生意,我当然要坚持做下去。"

叶子卖的产品主要是肥皂、牙膏等一些小商品,利都很薄。但利虽然小,批发起来也很可观。这个要一箱,那个要两箱,一天下来,总共卖了三千八百多元钱,叶子算了一算,光纯利润就有两百多。这一天叶子好高兴,她从心底里感激那位给她指道的老大娘。

商城规定下午五点钟关门,关门后,叶子对陆旺达和艾博雅说:"爸,妈,你们先回去,我和明智一块去买点菜,今天我们就好好地庆贺庆贺。"

晚上,叶子和她爸妈还有弟弟一快高高兴兴地吃了一顿晚饭。

第二天，叶子从她摊位前的门面进去，可门面的老板却用一条长条凳把后面过道拦了起来，叶子以为他们是无意中放错了地方，想顺手将长条凳搬开。可当叶子正准备搬时，忽然听到了一声："别动。"叶子转过头一看，见是这个门面的老板，她笑了笑说："凳子放在这里顾客走多不方便呀。"

见叶子在笑，老板也咧着嘴笑了。他说："实话告诉你吧，这门面是我们买下来的，商城只要求我们开通三天，过了三天你再看吧，所有的门面后面的防盗门都会关起来。"

"不会吧？"叶子说，"物业的高女士说过，所有的门面都是物业统一管理的，全部都得开通，如果你们把后面的这一道门关上了，那顾客怎么进去呢？"

"是啊！"老板说，"他们全都是骗你们的，我们合同上写得明明白白，这门面卖给我们了，他们就无权管理了，就开这三天我们还是顾全大局呢！有的人就连这三天都不肯开，不信你到那边去看看，他们今天就没有开后边的门了。"

叶子不知道这个老板说的话是真是假，她走过去一看，有的门面果然没有打开后面的那一道防盗门。

过了第三天，当街的一排门面全都把通道封了起来，两百多个摊位，只有前后两个大门出出进进，里面显得很昏暗。

自从通道堵死后，商城内就很难见到一个顾客，摊主们在里面有的看书，有的打升级，还有的筑"长城"，整个商城几乎变成了一个娱乐场所。叶子没事就常常把女儿带来，和她一块看书，给她讲故事，每天中午的饭都是艾博雅或陆望达送来。

"你们他妈的都是骗子。"一群摊主把商场办公室围了个水泄不通，他们强烈地要求商场退还租金、赔偿损失。

商场的李主任解释说："事前我们向门面的老板都提出了要求，只有把通道全打开，才能把生意做活，但那些门面大多都是还建的，还给他们了就成了他们的，我们再怎么要求他们也不听。为这事我们官司都打到法院里去了，可你们说怎么样？人家赢了。现在事情已经发展到这个地步，我们又有什么办法呢？"说到这里，李主任深深地叹了一口气说："我们也没有办法，只能是对你们说声对不起了。"

见李主任这么说，摊主们就不愿意了。他们说："既然是这样，你们当初为什么要给我们承诺呢？你们说所有的门面都属于商城统一管理，说我们这座商城将来是四通八达，所有门面的摊位都只能两边摆，中间全部都是通道，你们这不是明明白白地在骗我们吗？"

"咦！这件事我们没有承诺过呀！"李主任说，"你们听谁承诺过就找谁，我可从来都没有说过这话。"

大伙一听就知道商场在耍赖，他们说："高女士不就是代表你们商场吗？她为什么要这样承诺呢？"

"高女士？"李主任说，"你们可不能见她现在已经不在这里了，就说是她说的哟！我们从来都没有这样说过，她怎么会这样说呢？再说，现在什么事情都是要凭证据的，你们说她说了，你们能拿出证据来吗？"

刹那间大家都傻眼了，合同里没有，也没有人录音，这证据从何而来呢？这时有个摊主气愤地说："要你们小高来对质呀！"

李主任说："只要你们能拿出证据来，那就是我们的错，你们没有证据，对质又有什么用呢？你们说她说了，她说她没有说，你们说那算什么，就是到法院，我看也没有办法。"

摊主们都无可奈何了，商城里很快就形成了一个门面转让风，靠大门的摊位很快就转出去了，但里面的摊位却无人问津。

叶子的摊位成了死角，她的转让牌挂了好长的时间都没人过问，叶子每天在这里只是白白地浪费时间和精力。叶子也曾经想过不继续做了，但就这样不做那几千元的摊位费丢了不说，还有那一万六千多元的货也不好处理。叶子左思右想，最后她想出了一个万不得已的办法，那就是退货。

叶子的货源来自他们商城对面的董老板，因为他们距离很近，所以董老板对商城的情况了如指掌。董老板预料到叶子的生意做不下去，他也预料到了叶子一定会找他退货。

过了一个多月，叶子的货总共只卖了四千多，在没有办法的情况下，她只好硬着头皮去找了董老板。

叶子找董老板找了三次，每次不等叶子开口他便说："啊，是小陆啊，我这几天实在太忙，有什么事我们以后再说吧？"说完他就忙他的去了，根本就不理睬叶子。

有一天,叶子正在看书,突然听见有人叫她。叶子抬头一看,她高兴地说:"啊,是董经理。"

"小陆,你没生我的气吧?"董老板笑眯眯地看着叶子。

"怎么会呢?"叶子赶忙站了起来,她把自己坐的板凳拿到董老板面前说,"董经理,请坐。"

"坐我就不坐了,"董老板说,"小陆啊,这几天我实在是太忙了,所以你每次找我我也没接待你,这样吧,今天就算了,明天我请你吃饭,向你赔个不是。"

"董经理,您这样说我就无地自容了。本来就是我给您添麻烦,怎么还能让您请我吃饭呢?"她想了一想说,"这样吧,明天就算我请您。"

"你看看,这不见外了吧!谁请不都一样?那就这样定了,明晚六点我们在长久门口见,不见不散。"董经理说。

叶子六点钟准时到了长久饭店,董老板从里面笑眯眯地迎了出来,显然他是提前来了。董老板把叶子带到三楼的一个包间里,服务员很快就送来了一些颇为名贵的酒菜。董老板笑着对叶子说:"吃个便饭。"

叶子看到一桌的好菜,她想:这没有一千八百准拿不下来,便不好意思地说:"您也太客气了。"

饭桌上,叶子对自己想说的话难以启齿,董老板也不问她找自己有什么事,只是不停地劝叶子吃菜。

"董经理。"吃到一半的时候,叶子终于开口了,她说,"真不好意思,我们商……"

"哎!来来来,吃吃吃,不就是退货吗?小菜一碟,来来来,我们先吃,吃饱了再说。"

吃完饭,董老板通知服务员收拾了碗盘,便移到电视机对面的长沙发上坐了下来。董老板打开电视,然后用力拍了拍他右边的沙发说:"小陆,来,坐。"

叶子顺从地走了过去,她在间隔董老板约五十厘米的地方坐了下来。

见叶子离他这么远,董老板脸上略显不快,但他马上就装出无所谓的样子问:"说,你找我有什么事?是想退货吗?"

叶子也学会了恭维人,她讨好地说:"董经理,您真是善解人意。"

见董老板笑着在看电视,叶子稍微提高了一点音量:"真的很对不起,这里的生意实在是难得做不下去了,都一个多月了,只卖了四千多块钱的货,我想您要是同意的话,这生意我就不做了,这个货您就扣一点手续费,现在只能是麻烦您了。"

"麻烦这两个字就不要说了。"董老板还是看着电视说,"你不就一万多块钱的货吗?我这个人讲究的就是情意二字,从来就没有把钱当钱。"说到这里,他扭头看了叶子一眼,接着说:"只要你有情,我就有意,你看,就今天这一顿饭就是一千多块钱,我怎么还会要你的什么手续费呢?"

听董老板这样一说,叶子已经心知肚明。她心想:难怪妈总是说要我小心外面的男人,果然就没有一个好东西。但叶子表面上还是装成个什么都不懂的样子,说:"董经理,我知道您是一个豪爽人,那就谢谢您了。"

"呵呵。"董经理突然发出一声冷笑,"你谢我,你拿什么谢我呀!你就这样谢我啊?"他一边说一边向叶子的身边靠近,直至把叶子逼到了沙发的尽头。

为了躲避董老板的纠缠,叶子呼啦一下想站起来,董老板连忙一把抱住叶子,他几乎哀求着说:"我老婆中风好几年了,我们一直都没有性生活,你反正也已经离婚了,你就满足我这一次,你的那些货我收回来,我还加倍地付给你钱。我就求求你了!"

叶子挣扎着,她毫不留情地对他说:"不可能!请你自重!"

董老板不死心,他紧紧地抱着叶子不放,苦苦地向她表白道:"我就是喜欢你才答应把货退了的,你不就是一万多块钱的货吗?我给你两万块钱成不成?再说,你我都是已经结过婚的人了,还有什么不好意思的?"说着就拿嘴巴去吻她。

"你再不放手我就要叫人了!"叶子拼命地挣扎了出来,"你给我听着,我就是不退货也不会跟你这条色狼鬼混!"

叶子怒气冲冲地打开门走了。董老板瘫坐在沙发上,嘴里骂道:"一个离了婚的还这么傲气!"

叶子又守了一个多月,货物几乎原封未动。到了三个月的时候,叶子把摊位以每个月四百五十元的价位转让了出去,把将近一万六千元钱的货以一万三千元转给了别人。

六十七、秀丽失踪

树上残留的几片黄叶在风中不停地颤抖,它们似乎在担心自己随时被风吞没的危险,在诉说自己内心难以诉尽的委屈。

叶子在大街上漫无目的地逛着,一路上,她的大脑就如同这残叶一般,在担心着自己的生存前景。叶子想方设法地想挣钱,目的是为了自己有了经济能力可以把女儿接到自己的身边,可谁知事到如今自己苦吃了不少不说,反倒还亏了不少,这下一步的路到底该怎么走叶子心里毫无主意。

叶子正在懊恼自己的无能,却隐隐约约听见有人在叫她,这叫声由远而近,就仿佛大江中缥缈的船鸣。叶子以为这是自己的幻觉,她继续向前飘荡,但声音却越来越近。叶子回头一看,原来是胡晓刚的邻居刘婧在叫自己。

"叶子,这么长的时间都没有看见你,你还好吧?"刘婧问。

"唉!我有什么好不好的,到现在连一份工作都没有,我都不知道我自己该怎样生存下去了,我总不能长期靠我妈来养活我吧?"叶子丧气地说。

如果是在以前,叶子绝不会随意向别人吐露自己的心声,何况这是胡晓刚的邻居。可今天不知道为什么,她竟一反常态地与一位不常打交道的人啰唆了这么多,当叶子意识到自己说失了口时,但话已经说出去了。

刘婧是一个大大咧咧的人,她根本就没有观察到叶子思想上的细微变化。她心直口快地对叶子说:"叶子,你不知道,自从瑶瑶到胡晓刚这里来了以后,他们差不多三天一吵,五天一闹,有时候连瑶瑶的弟弟都来整治胡晓刚。我看那个瑶瑶也太厉害了,她现在把胡晓刚治得服服帖帖的,胡晓刚现在每天都待在家里，他哪里也不敢去。我看哪，他也是活该，自作自受。"

其实，叶子早就知道这些情况。因为胡晓刚经常给她打电话，总说他对不起叶子，说他真的很后悔，还说瑶瑶不是个东西。胡晓刚说的这一类话叶子都听腻了，她心想：早知今日，何必当初呢？

刘婧还在继续着这些闲话，叶子也不便打断她，她只是不吭声。

这几天因为找工作，叶子好几天都没有去看秀丽，现在有一个单位通知她过几天去上班，所以叶子想趁还没有上班这几天把秀丽接回来玩。

叶子简单地收拾打扮了一下就来到了胡晓刚的父母家，她还没进门就听到里面有叽叽喳喳的声音。叶子不知道都是谁在这里，也不知道他们在讨论什么问题。叶子轻轻地敲了敲门，门立刻就打开了，开门的却是叶子从来都没有见过面的一位陌生人。叶子愣了一下，以为是自己走错了门，但里面的一切摆设又都是那么的熟悉。

"请问你找谁？"陌生人很有礼貌地问道。

"哦！请问我妈在家吗？"叶子说。

"你妈？你是？"陌生人很快就意识到了来者的身份。他惊问道，"你就是叶子？"

"是啊，我是叶子，我是来看我妈和秀秀的。"叶子解释说。

"哦，叶子，那你快请进吧。"陌生人连忙说。

客厅里一个人都没有，叶子随着陌生人来到了房里，只见秀丽的奶奶坐在床上，背靠着床挡头，房中间站了好几个人。除了胡晓刚和他的哥哥嫂嫂外，其他的人叶子一个都不认识。

叶子看到婆婆的两只眼睛又红又肿，感到有些惊奇。她不知道婆婆是病了，还是家里发生了什么事？连忙问："妈，您怎么啦？"

婆婆见叶子来了，她叫了一声叶子眼泪就唰唰唰地流了下来，房里所有的人一听到老人家叫叶子，大家都把脸转向了叶子，而且投来了一种异样的眼神。叶子被大家的这种表情弄得一头的雾水，她不知所措地看着大家，不知道这里到底发生了什么事？叶子突然想起来找自己的女儿，她拿眼睛在婆婆的房间里四处搜寻，就唯独没有自己女儿的踪影。叶子感觉到有些奇怪，怎么家里人都在，就没有自己的女儿呢？难道是有谁带她出去玩了？

叶子走到婆婆床前，见婆婆的眼泪还在止不住地往下掉，便问道："妈，您到底怎么了？"

"叶子，是妈对不住你。"奶奶拉着叶子的手更加地伤心了。

听婆婆这样说，叶子马上就意识到婆婆的眼泪与秀秀有关，她立刻就有了一种不祥的预兆，便迫不及待地问："妈，你说什么呀？妈，是不是秀秀她，我怎么没有看见秀秀？"见婆婆哭得噎住了，叶子把眼睛睁得大大的，转过头来看着胡晓刚。

"叶子，秀秀她……"胡晓刚把话说了一半就止住了。

"秀秀她怎么了？你快说啊，秀秀她到底怎么了？"叶子一下子奔到胡晓刚的身边，她双眼紧盯着胡晓刚，着急地问。

"秀秀他……"胡晓刚的眼睛也红了，泪水满满地装进了两个眼眶。"秀秀她……"胡晓刚再也说不出话来了，还是那个陌生人向叶子讲了秀丽失踪的前前后后。

原来，奶奶带着秀丽逛江汉路步行街，突然见一个戴着金丝眼镜，斯斯文文的中年人递给她一个椭圆形的东西，说："太婆，您老年龄大，您一定知道这是不是麝香，谢谢您帮我识别一下。"

奶奶看着这个中年人，还没有反应过来是怎么回事，这人就已经将这支药举到了奶奶的鼻子下面，奶奶闻了闻说："嗯，好香。"接着问："你刚才说这是什么，你是说这是麝香？这我可不清楚……"话还没说完，奶奶就觉得自己头有点不对劲，她定了定神，说："我不晓得。"

"啊，那就谢谢您了！"那人边说边收回了药，将它放进了一个玻璃瓶里。

奶奶突然迷糊了，她觉得周围的一切都很模糊，等她醒过来的时候，却发现秀丽不在自己的身边。奶奶大声喊："秀秀……秀秀……秀秀……"可奶奶喊破了喉咙也见不到秀丽的踪影。

"秀秀，你在哪儿呢？我的儿，你快答应奶奶啊，你在哪儿呢？"奶奶边哭边喊边找，但她始终没有找到秀丽。

奶奶找到一个商店门口，一位买衣服的女士见她在哭，便说："我刚才在那边看见您了，您刚才和那个男的说话的时候，一个中年女人给您小孩嘴里塞了点什么就把她抱走了，我当时还以为你们是一家人呢？"

秀丽的奶奶曾经听说过类似骗人的事，但她听说的那些大多都是骗钱，或者是金银首饰。奶奶害怕上当受骗，她一个人上街从来都不带太多的钱，也不带什么金银首饰,可她万万没有想到这样的事还是发生在了她的身上,竟然把她像命根一样的孙女给抱走了。

听完这位女士的话,奶奶大喊了一声"哎呀,我的天哪",便昏死了过去。接到群众的报警,110把奶奶送到了医院,那时候天已经渐渐地黑了下来。胡晓刚接到医院的电话,他和哥哥一道把奶奶接回了家。

"妈,您怎么这么不清醒呀?"胡晓刚埋怨说,"这样的事电视里面也有报道,您怎么还会上当受骗呢?"

"我该死,我老糊涂,我该死,秀秀我的儿,你快回来呀,是奶奶我害了你呀!"奶奶哭得死去活来。

陌生人的一席话还没有说完,他刚说到"等她醒过来的时候,却发现秀丽不在自己的身边"的时候,叶子顿时虚汗直冒,浑身无力,一下子站立不稳,就啪的一下瘫坐在了地上。叶子的脑袋实在是没有办法一下子承受这么多的打击,她的心在钻心地痛,这种痛深入到了她的四肢百骸。叶子突然虚脱了,她说了一个秀字便昏死了过去。

见叶子昏倒了,几个人立即围了上来。他们把叶子抱到秀秀的床上,然后有的喂水,有的掐人中,折腾了好一会儿叶子才苏醒过来。叶子睁开眼的第一句话就是"我的秀秀她在哪儿,我要我秀秀……"说完,叶子就傻呆呆地躺在床上,她竟然没有一滴眼泪。

"叶子,你哭啊,你哭出来,千万别这样,你要相信我们,我们一定会想办法找到秀秀的。"胡晓刚流着泪劝着叶子。

"什么? 你说什么? 秀秀她……"叶子显然迷糊了,刚才陌生人给她讲的情况她似乎一点都没记住。叶子把一双眼睛睁得大大的,死死地盯着胡晓刚问,"你说秀秀她怎么啦?"

"叶子,你可别吓唬我们啊? 刚才王大哥给你讲的事你一点都不记得了吗?"胡晓刚坐在叶子的身边说,"前几天,奶奶带秀秀到江汉路去……"

"秀秀……"叶子好像清醒过来了,她哭着喊着,"秀秀,我的秀秀……"

"我们已经找了好几天了,还报了警。"胡晓刚说。

"你们为什么不告诉我,你们为什么不早点告诉我?"叶子一翻身坐了起来。她哭着说,"我要去找,我要去找秀秀……"她边失声痛哭,边站起来就往房门口奔。

"叶子,你先冷静一下。"开门的那个王大哥说,"他们没有早告诉你是因为怕你着急,这几天他们一直都在外面找,他们已经跑遍了武汉三镇的大街小巷,跑遍了所有的派出所、收容所,他们知道你疼秀秀,他们是怕你承受不了这样的打击,他们想找到了以后再让你知道,所以才没有早告诉你,你可千万不要埋怨他们,他们也不情愿事情弄得这样,你现在还得要好好地保重自己的身体,可别让找到了秀秀,你的身体却垮了。"

"秀秀,妈妈没有你可怎么活呀⋯⋯"叶子大喊了一声秀秀,就又晕了过去。

这一次,他们无论是掐人中还是灌水,叶子都没有醒过来。胡晓刚知道情况不妙,他连忙张罗着把叶子送到了医院。

胡晓刚在医院守了一整个晚上叶子都没有醒过来。这一夜,胡晓刚对叶子说了好多的话,他的言谈中有对自己的谴责,也有深深的忏悔,尽管叶子一点都听不到,他还是一个劲地说。

天亮了叶子才醒了过来,但此时的她已经完全失去了记忆。叶子慢慢地睁开了眼睛,只见眼前一片模糊,她似乎还不知道到底发生了什么。

胡晓刚见叶子醒了过来,忙对她说:"叶子,你醒了?"

"我,我这是怎么了,这是哪里?"叶子的眼睛四处张望着。

"这是医院,叶子,你昨天昏过去了,所以就把你送到医院来了。"胡晓刚抚摸着叶子的手轻声说。

叶子抽回了自己的手,她说:"我昏过去了,我为什么要昏过去,你是?"叶子已经不认识胡晓刚了,她感到眼前的一切都是那么的陌生,都是那么的莫名其妙。

"叶子,你怎么了?"胡晓刚说,"叶子,都是我不好,是我对不住你,可你也不能这样啊,你要放坚强一点,听见了没有。"

"叶子,叶子,我的叶子,你怎么了,叶子。"艾博雅接到电话和陆旺达、明智一块赶了过来。明智不断喊着姐姐说:"姐姐,你这是怎么了,你可要坚强一些啊!我们会努力帮你找回秀秀的,我们一定要帮你找回秀秀,你千万不要着急,你的身体要紧,你一定要安心地养好身子。"

"你们都是谁啊,你们为什么要哭。"叶子用奇异的眼神看着他们。叶子经受了太多的波折,她承受了常人难以承受的太多打击,现在秀丽是她最大的精神支柱,是她勇敢活下去的最大力量,可连她也没了,叶子是彻底地崩溃了。

"叶子,你莫吓妈啊,你这是怎么啦,难道你连妈都不认得了,我的叶子。"艾博雅伤心地哭着说,"我的好叶子,以前是妈对不住你,可现在妈已经明白了,妈彻底地明白了,妈会弥补你的,但你要坚强起来啊,你一定要挺住,我的叶子。"

周围的人都哭了起来,陆旺达也哭得泣不成声,连护士也在一旁擦着眼泪。这时医生进来了,艾博雅忙不迭地问:"医生,我女儿她怎么了,我女儿她还会清醒过来吗?"

"大家先回去吧,病人主要是受了太大的刺激,这是她一时的失忆,经过我们的精心治疗她会好起来的,请大家放心,现在这里留一个人在她身边就行了,其他的人都可以先回去,人太多了反而对病人不利。"

"我留下来!"突然有三个人不约而同地说出了这一句话。也许是惊讶,他们你看看我,我看看你。略停了一会儿,明智说:"还是我留下来吧,妈回去准备一点吃的,哥哥你已经守了一整晚上了,你就回去好好休息,我正好今天没事,还是我留下来陪陪姐姐。"

在医生的精心治疗下,叶子渐渐地清醒了过来,但她的思维还是非常混乱,她的心也显得虚无缥缈。此时的叶子,她就像一只断了线的风筝,毫无目的、毫无方向地在天空中飘,没有定位,也不知道回程。直到这个时候,叶子才真正地体会到了什么叫作绝望,什么叫作无可奈何,什么叫作不知所措,什么叫作万念俱灰;直到这个时候,叶子才知道自己是多么的脆弱,多么的无能,多么的微不足道,多么的不堪一击。一直以来,叶子总不能理解,为什么那么多的人在面临各种困难和挫折或无奈时,会选择自杀?现在她理解了,因为,她现在也有了自杀的念头。

六十八、悔不当初

俗话说:家花没有野花香,野花没有家花长。胡晓刚原本就是喜欢叶子的,但自从见了瑶瑶以后,由于瑶瑶善于撒娇献媚,很快就打动了一贯善于情场,喜好拈花惹草的胡晓刚。当初,胡晓刚曾经意识到瑶瑶并不适合自己,他也知道叶子是那么的纯洁、善良。如果不是自己和瑶瑶在一起的那件事被鲍毅抓住了把柄,如果不是瑶瑶和鲍毅离了婚硬缠着自己,如果不是叶子的娘在自己的门面前大吵大闹? 胡晓刚是了解叶子的,他知道自己再怎么打叶子骂叶子,再怎么对叶子不好,叶子也不会提出来和自己离婚。而他自己再怎么和瑶瑶好也不愿意和瑶瑶结婚。但事情的发展总是那么的蹊跷,总是那么的不以人的意志为转移,自己不希望得到的后果还是成为了结果,胡晓刚因此懊恼不已。

胡晓刚和瑶瑶鬼使神差地各自离了婚,然后他们俩又鬼使神差地组合到了一起,当他们真正地走到了一起以后,经过一段时间的摩擦和碰撞,双方原有的一点点优点和好感全都荡然无存。直到现在他们才真正地发现,双方并不合适。胡晓刚和瑶瑶各自将自己的前任婚姻做反复的比较,两个人同时都有些悔意,因此造成了三天两头经常打闹的闹剧。

瑶瑶出生于有钱人的家庭,她在家里一直是被娇生惯养的,所以什么事情她都必须要占个先字。和胡晓刚在一起以后,面对于专横跋扈的胡晓刚,瑶瑶没有丝毫的畏惧。有一次,胡晓刚无法忍受瑶瑶的妄自尊大,将她像打叶子一样暴打了一顿。但让胡晓刚没有想到的是,瑶瑶并不似叶子。叶子很脆弱,为人温柔,一贯能够忍辱负重。可从来都没有挨过打的瑶瑶,她哪里能像叶子那样受这种气？瑶瑶的伤养得差不多了的时候,她通过她的弟弟搞来了一帮人,把胡晓刚打了个半死。事后,他弟弟还要胡晓刚跪在瑶瑶的面前,让他向瑶瑶赔礼道歉,并保证今后不管怎么样都要对瑶瑶好。

俗话说得好:一行服一行,扁担服笺筐。一贯称王称霸,自称阎王老子都不怕的胡晓刚,在瑶瑶的弟弟带来的一帮人面前掉尽了底子。他跪在瑶瑶的面前说尽了好话,一句话不对头就会招来意想不到的袭击。胡晓刚真正地屈服了,他后来不得不在瑶瑶的面前服服帖帖。

胡晓刚昨天照顾了叶子一整晚上,但他回来不敢对瑶瑶讲自己照顾了叶子,只说是:"我妈病了,所以……"

"所以你照顾你妈去了是不是?"其实瑶瑶昨晚就到胡晓刚的父母家去了,她听说胡晓刚在医院里照顾叶子气不打一处来。瑶瑶抢过胡晓刚的话头说,"我看你真的不是个东西,一天到晚就靠撒谎过日子。"

胡晓刚心里憋着一肚子的气,只是不敢在瑶瑶的面前发泄,他忍气吞声地说:"我女儿丢了你是知道的,难道我亲生的女儿丢了我能够坐视不管吗?"

"你别拿你的女儿做幌子。"瑶瑶毫无人情味地说,"一个姑娘伢丢了就丢了,说不定哪家条件好的把她弄去了,她还享受去了呢! 一个丫头片子就让你这么失魂落魄,可你什么时候把我放到过你的心里? 你不要以为你做了什么事别人都不知道,你今天给我老实交代,你昨天晚上到底去了哪里? 你如果不跟我说清楚,我今天绝对不会依你。"

见瑶瑶这么咄咄逼人,胡晓刚虽然很生气,但他把气憋在心里,无论如何都不敢发泄。这时候的胡晓刚只是在自己的心里深深地忏悔,叶子是那么的温柔、善良,对自己又是那么的痴情、那么的忠实,当初自己悔不该那么样地对待叶子,也后悔自己不该和叶子离婚,而和瑶瑶走到了一起。

瑶瑶见胡晓刚一声不吱十分生气,她跑过去抓住胡晓刚吼道:"你说,你说,你说,我今天要你说清楚。"

胡晓刚用力扳开了瑶瑶的手,他说:"瑶瑶,你有点良心好不好? 我女儿丢了你不闻不问,现在还这么咄咄逼人。"

瑶瑶气急败坏地说:"你在我面前不老实,说谎话,还要说我咄咄逼人。现在我只想问你,你为什么在我面前不说实话,要撒谎?"

胡晓刚意识到瑶瑶已经知道了他昨天晚上的事,他实话告诉她说:"叶子昨天才知道秀秀被丢了的事,她一听说秀丽丢了就晕过去了,昨天一整晚上都没有醒过来,医生说要一个人陪伴,我就留下来了,现在我都实话告诉你了,你总该有一点同情心了吧?"

胡晓刚不说实话瑶瑶还认为他是怕她,现在胡晓刚把实话说了,她的气反而更大了。瑶瑶一步迈到胡晓刚的跟前,指着胡晓刚的鼻子尖说:"我就晓得你们藕断丝连,今天是我逼着你,你才说了实话,平日里鬼晓得你们是么样黏糊的?"瑶瑶得理不饶人地说:"你既然这么舍不得她,这么离不开她,你就不该和她离婚,你就不该又来害我。你知不知道我是为什么离婚?如果不是因为你我会离婚吗?你想一想鲍毅,他是哪一点不如你?你害我离了婚你又跟叶子黏黏糊糊,这样的日子你让我怎么过下去呀?"说着说着,瑶瑶竟伤心地哭了起来。

此时的胡晓刚心烦意乱,自己的女儿丢了,她不仅不同情,反而还说那种没有人性的话,胡晓刚觉得这种人真的是不可理喻。自从瑶瑶的弟弟带人来打了自己一顿以后,胡晓刚的性格改变了许多,兴许就是那一顿打将他打醒了吧?他的脾气也比以前好了许多。再后来他们家只要是发生吵闹,都是瑶瑶先动手,这一次也不例外。

瑶瑶见自己哭了半天胡晓刚也不来哄哄自己,她气得跑过去就给了胡晓刚两个耳光。

"你怎么又打人呢?"胡晓刚冷不防挨了瑶瑶两记耳光心里很不是滋味。但胡晓刚没有还手,他摸着自己的脸平静地对瑶瑶说,"瑶瑶,现在该是我们反思的时候了,以前我们年轻,都比较容易冲动,遇事也不想想后果,结果让我们之间造成了一些不必要的伤害。现在,我们都已经是三十岁的人了,我们不能还像个孩子一样,凭着自己的兴趣或性情想怎么样就怎么样。现在我们也该过上正常人的生活了,我看,我们还是好好地聊聊,各自想想我们的将来,如果你认为跟我在一起并不幸福,你也可以谈谈你自己的想法,我认为我们没有必要三天两头地吵吵闹闹。"

听到胡晓刚的一席话,瑶瑶突然止住了哭泣,她抬起头对胡晓刚说:"你什么意思呀?你是想和我分手是不是?昨天一晚上你们又谈好了,你们又想到一起去了是不是?"瑶瑶接着又哭了起来,她说:"胡晓刚你这个没有良心的东西,你以前害得我和鲍毅离了婚,现在又想抛弃我,我走了你们两个人又可以走到一起,可是胡晓刚你有没有为我想过啊?离开了你我就是孤家寡人了，我今后的日子怎么过呀？"

说到这里瑶瑶擦了把眼泪，她接着说："不过胡晓刚我告诉你，你现在想和叶子复婚，我绝对不会成全你，今天我就老实地对你说，她叶子一天不死，我就一天不会和你分手，你要想我成全你，你就做梦去吧。"

胡晓刚再也无话可说了，他自己酿下的苦果他只好自己吞食。

过了几天叶子完全恢复了记忆，当她再次得知秀丽丢失的原因时，她痛不欲生。

叶子这一辈子活得很辛苦，以前她是为别人而活的，而现在她却是为秀丽而活的。现在秀丽也丢了，叶子似乎完全丧失了活下去的信心。白天，叶子发疯似的找秀丽，晚上，她依然是夜不成眠。叶子开始积攒安眠药，她想把安眠药积攒起来，到时候一次性地吞服下去。叶子差不多天天都到不同的医院和药店去买安眠药，她买到了安眠药以后从来都不吃，她全都细心地把它们收了起来。

自从秀丽丢了以后，艾博雅就要叶子回家来住，但叶子执意不肯。艾博雅记挂着叶子，常常和明智分头去看她。这一天下午吃完饭，明智又去了叶子那里，可他敲了半天的门，里面一点动静都没有。明智扒到窗口透过路灯微弱的光一看，隐隐约约看到有人躺在床上。明智知道那一定是叶子，便继续敲着门说："姐，我来了，你开开门呀。"明智又等了半天，里面还是没有声响。明智似乎预感到了情况不妙，他找邻居借来一把扳手将门撬开，拉开电灯一看，叶子面色苍白，就像死了一样。明智立即打电话120到急救中心，经过抢救，叶子才脱离了生命危险。叶子一醒过来就哭了，她大声说："你们为什么要救我？你们应该让我去死。"

在医院里，叶子不吃不喝继续绝食，医生只好用打点滴来维持她的生命。胡晓刚来了，胡晓刚的爸爸妈妈也来了，胡晓刚的哥哥嫂嫂也来了；艾博雅来了，陆旺达来了，明智也来了，就连年过八十的外公和外婆都来了；春玲来了，春玲的丈夫罗晓春来了，连多年不见的老同学也来了。

一缕阳光像血一样照在叶子的身上，很清楚地显现出她那悲壮的轮廓。大家不约而同地哭了，哭得是那么的悲凉、那么的凄惨。一阵悲情之后，大家都悉心地劝慰着叶子，医院还专门为叶子请来了心理医生。他们让叶子知道，只要她活着，就还有希望见到秀丽。

出院时,艾博雅和明智强行把叶子接到了家里。在家里,艾博雅精心地调理着叶子的饮食,百般地安慰她。明智也将自己已经上班的好消息告诉了叶子。春玲对叶子说:"叶子,你看你傻不傻,你怎么就会想到走那条路呢? 你知不知道你如果死了会有多少人因为你而自责? 秀秀现在不就是下落不明吗? 但她应该还是活着的是不是? 只要有一线希望,我们就会努力去寻找,派出所也在想方设法地破案。到时候如果秀秀找到了,而你又不在,你说那秀秀不就没有妈了吗? 我们知道,你以前一直都是为别人而活着的,现在你怎么就不想为秀秀而活着了呢? 你知不知道你这样做是一种不负责任的态度? 你只想到你就这样轻轻松松地走了,可你为活着的人想过了没有? 如果你真的走了,其他的人会是一个什么样的状况? 秀秀到时候找到了,她又到哪里去看妈妈?"一席话说得叶子潸然泪下。

六十九、招聘骗术

叶子的心慢慢地平静了下来,她已经是死过两次的人了,对一些事情似乎看淡了许多。贾宇留下的三万元钱因上次经商亏了将近一万,现在还剩下两万多,叶子把它全部存了定期。叶子决定再也不动这笔钱了。她想找一份工作,想挣了钱以后把贾宇的这笔钱补齐。

艾博雅和陆旺达都要叶子住在家里和大家一块生活,叶子坚决不肯。她说:"我都是 30 岁的人了,哪还能让您们养活。"

一天,武昌一个公共汽车站旁边的一个木杆上挂着一个木牌,上面醒目地用油漆写着"招聘"两个大字,叶子按木牌上的地址找到了这家中介所。

这是一个平房,一进门就是一个大办公室,办公室的左边一字形摆了几张半新半旧的办公桌,每个办公桌后都坐着一个工作人员,办公室的右边绕墙摆了一排长条凳,长条凳上坐满了人。走过大办公室,里面还有一个经理室,一位年约 40 岁的中年人坐在那里。

叶子一进门,整个屋子里人的目光都齐刷刷地看着她,此时展现在大家眼前的是一位清纯、美丽、穿着整齐、颇有气质的年轻女士。

"请问您是来招工的还是来请保姆的?"看到叶子进来,第一张办公桌后的一位年轻姑娘立即站了起来"我们这里来找工作的人随您挑。"

听小姑娘这样说,叶子的脸刹那间就红到了耳根。叶子低着头,站在姑娘面前把嗓音压得低低地说:"对不起,我是来找工作的。"

小姑娘把眼睛睁得大大的看了叶子半天,她的音量一点都没有变地对叶子说:"哦,你原来是找工作的? 我还以为……"说到这里小姑娘甜甜地笑了。

看到四周那奇异的眼神,叶子真感到无地自容。

"华经理,这位女士是来找工作的。"这姑娘对着经理室大叫了一声就坐下去了。

"啊!好。请她进来。"华经理立即应答着。

这姑娘又站了起来,她对叶子做了个手势说:"请。"

叶子随小姑娘来到了华经理的办公室,华经理客气地做了个手势说:"请坐。"

叶子在华经理对面的一把椅子上坐了下来,她不好意思地看了华经理一眼。

"你先填个表吧。"华经理拿出一张表来。

看完叶子填的表华经理说:"不错不错,人长得漂亮,字也写得秀气。"一句话说得叶子的脸又红了起来。

"你的运气还真不错。"华经理说,"今天正好有一个公司的老板要请一个业务员,如果你同意的话,我马上就给他打电话。"

这真是天上掉下来的好事,叶子没有想到到中介所来找工作竟是如此的顺利。叶子马上回答华经理说:"嗯,那谢谢您!"

见叶子答应了,华经理马上拿出一本收据说:"先交五十元的中介费。"

既然到中介所来,叶子早有思想准备。她看到找工作这么顺利,生怕错过了机会,立即从钱包里掏出五十元钱交给了华经理。

华经理给叶子开了一张收据,他接着打了一个电话,然后对叶子说:"老板两点钟到,你下午两点钟来,如果这一次成不了,我们还可以继续帮你找工作。"

叶子高兴极了,她没想到中介所也会这么负责任。叶子连说了几声谢谢高高兴兴地出来了。现在离下午两点钟还有三个小时,叶子没有回去。她在外面随便转了转,到一个小吃店买了一点吃的,吃完饭后才只有一点半钟,叶子怕耽误事,她提前来到了中介所。

因为老板还没有来,叶子便在大办公室的长条凳上坐了下来。一点四十五分,华经理说的那位老板来了。叶子忙起身准备打招呼时,华经理立即制止了她。

华经理把那位老板请进了他的办公室,叶子坐在外面看他们俩看得清清楚楚,只是听不见他们说话的声音。叶子想不明白自己的钱都交了,老板来了华经理为什么还不让自己见面。叶子的两眼紧紧地盯着办公室里,这时只见华经理用嘴向叶子坐的方向噜了一下,老板掉过头看了看叶子,然后拿出百元大钞给了华经理。

华经理收了钱写了一个东西递给老板,然后对叶子招了一下手让叶子进去。"这就是来招工的老板。"华经理对叶子介绍说。

叶子极有礼貌地向老板说了句:"您好!"老板也很有礼貌地回敬了一句。

华经理说:"这样,你们现在都已经认识了,剩下的事你们自己谈。"说完他就起了身。

老板年约 30 出头,身材不高,皮肤黑黑的,穿一身退了色的蓝色西服,一双布满灰尘的旧皮鞋一看就知道饱经风霜。

"我们出去谈。"老板起身把叶子带出了中介所。

一路上两个人都没有说话。叶子想:这老板还挺艰苦朴素的,没有一点老板的架子。不一会儿他们来到了一个小旅社。这是一个非常简陋的两层楼私人旅社,"老板"住在一楼一个不足八平方米的房间里。房里有两个凳子,一张条桌上摆满了煤油炉、碗、茶具等。进门的右边是一个单人床,床上堆满了衣服和杂志,左边堆满了货物,整个房间显得杂乱无章。老板客气地招呼叶子在一个方凳上坐下,然后用一个积满了茶垢的茶杯给叶子倒了茶,他拿出一盒最便宜的红双喜的烟,抽出一支递给叶子说:"请抽烟。"

"谢谢,我不会。"叶子摆了摆手。

老板将拿烟的手缩了回去把烟含在自己的嘴上,然后从口袋里掏出一盒火柴取出一根"吱"的一下点着了。老板坐在床边边抽烟边望着叶子问:"你跑过销售?"

叶子一时没领会过来。她说:"销售,哦,我做过服装生意。"

"这样吧,"老板边说边递给叶子一张名片,"看你要多少,我便宜卖给你,你要得越多价格就越便宜。"

"什么? 你说什么?"叶子一下子蒙了,"你不是要招业务员吗? 怎么要我买你的货呢?"

"什么,什么,你说什么?"老板吃惊地从床边站了起来,"华经理说你正在跑药材,还说你要买人参,所以推荐我卖给你。"

"这个老狐狸。"叶子在心里骂了一句。她说:"实在对不起,华经理说你们单位正在招工,让我来你们单位应聘,没想到他是在骗我们。"

"真是个狐狸。"老板脱口而出。

这时候叶子才仔细地看了一下老板递给她的名片,原来他名字的旁边清楚地标着"业务员"三个字。

第二天,华经理正在门口与几个人谈"业务",叶子刚叫了一声华经理,他就忙打断了叶子说:"对不起,请你到办公室稍等一会儿。"很明显,华经理已预料到了叶子的来意。

叶子在外面的大办公室等了一会儿,华经理一进来就把叶子叫到了他的办公室。一坐下来华经理就说:"这样吧,三个月内我们可以给你介绍三次工作,现在有一家外地的杂志社在武汉成立了一个分社,要招一批编辑,这是一个正规的大单位,你可以去试试,我们与杂志社的总部联系过,他们的确在武汉招聘员工,武汉的报纸还刊登了他们的招聘广告。"华经理拿张纸边写着字边说:"我看你的字写得挺好,你一定适合他们的工作。"说完在这张纸上盖了一个公章。

既然华经理说到这种地步,又写了介绍信,叶子想这一次应该是真的,就怕自己的条件不符合他们的要求。

叶子抱着试试看的心理,按照华经理写好的地址找到了这家杂志社武汉分社。这个办公地址在武昌的一个写字楼里,1101 的房门口有一个很醒目的招牌,上面写着××杂志社武汉分社。叶子一进门就有一位漂亮的小姑娘热情地接待她。"请问你是来应聘的吧?"

"对,请问王主任在吗?"叶子礼貌地问。

"你们有约吗?"小姑娘睁大眼睛看着叶子。

"是中介所的华经理让我来的,这有介绍信。"叶子把介绍信递给这位小姑娘。

"请稍等。"小姑娘说着就进了办公室。一会儿小姑娘出来了,她对叶子客气地说了声:"请。"

王中淮年约 30 岁,身材较高,皮肤很白,他眼睛不算太大,但显得炯炯有神。

"这是我们王主任。"漂亮的小姑娘介绍说。

"你好! 我是来应聘的。"叶子说。

"你好!"王主任彬彬有礼地回应了一句,他从上到下将叶子打量了一番,然后指着办公桌前的一把椅子轻声说了一句"请坐",同时递给叶子一张名片。

王主任身穿一套高档西服、系一条细花领带,说话轻言细语,给人的印象是一位颇有才华和气质的文人。叶子礼貌地说了一声谢谢便轻轻地坐了下来。

"是华经理介绍你来的?"王中淮看着介绍信问。

"是的。"叶子简单地回答着,她等待着王主任的提问。

"请你先填张表。"王中淮递给叶子一张表。

叶子很快就填好了表,王中淮看了看叶子填的表说:"不错,字写得真漂亮,怎么没念大学呢?"

"我考取了武大,因为……"叶子不知道该怎样解释自己没读大学的原因。

"我明白了。"王中淮显得颇为善解人意,"做我们这个工作文凭固然重要,但主要还是注重能力,我看你挺不错的,应该能胜任我们的工作。"

叶子抿着嘴微微地笑了一下,说:"能力谈不上,但我会努力的。"

叶子想到自己才高中毕业,她不知道这里能否适合自己,便问:"请问你们招聘的职位是?"

"哦!华经理没对你说呀,我们主要是招编辑。"

编辑这个名称对叶子来说并不陌生,她问:"你看我……我才高中毕业?"

"我们是招大学毕业生,但我看你的字写得不错,而且我们主要看的是能力,你可以试试。"接着,王中淮从抽屉里拿出一打杂志社的红头文件对叶子做了一一讲解,然后从办公桌左前角的一摞杂志中拿了一本杂志递给叶子说,"你先看看,这就是我们社里的杂志。"

叶子一看就知道这是一个正规的杂志社,她问:"我能拿回家去看看吗?"

"这是送给你的,不过,请你交五十元押金。"王中淮没等叶子说什么他就接着解释说,"这押金是要退的,试用一个月以后押金全退给你们。"

叶子很顺从地交了五十元钱的押金,王中淮给她开了一个收据说:"就这样,你回家等通知吧!回去好好看看我们的杂志,下次来给我们提提你的看法。"

王中淮的表情给了叶子一个信号,看样子自己被录取的可能性比较大。叶子没有回到她自己的那个屋里,她直接到她妈家去了,因为她留下的联系方式是她妈家的电话。

叶子很快就接到了录取电话,并让她第二天就去上班。艾博雅不放心地嘱咐叶子说:"叶子,可得小心啊,别又让别人算计了。"

"妈,我知道的,这个杂志社是真的,我想他们这么大的杂志社应该不会骗人吧?"叶子说。

"是真的就好。"艾博雅叹了口气说,"一朝被蛇咬,十年怕井绳哪。"

叶子以为所有被录取的人员都会全部集中,领导会开个会交代一下工作什么的,但让叶子感到意外的是,除了叶子外,没有其他的新员工来这里。

看到王主任叶子问了声好。王主任说:"你先试用一个月,在试用期间不用坐班,每人必须征订 15 份以上全年杂志。杂志每册二十元,全年两百四十元。"

一提到钱叶子就有些紧张,她想不明白,既然是招编辑,为什么还要去征订杂志? 这可是要收别人钱的呀!

王中淮是个聪明人,他很快就看出了叶子思想上的疑虑。他说:"小陆,我给你一个电话,你如果遇到了什么难以解决的问题可以直接给海南总社的吴主任打电话,或者给总编打电话,总编的电话杂志上就有。"

接过王中淮给的电话,叶子似乎对他们又增添了几分信任,为了慎重起见,叶子还是给海南的吴主任打了电话。吴主任很清楚地告诉叶子,王中淮等三人是他们社里派去的。

叶子把自己应聘的事告诉了春玲,春玲提议说:"他们这样的杂志社到我们省里来办分社肯定会通过省经贸厅,你最好到省经贸厅去打听一下。"

听春玲这样说,叶子果然到了省经贸厅。叶子问了省经贸厅的一位副厅长,副厅长马上就说:"我们经贸厅的原厅长调到那个省经贸厅去了,你说的这个杂志就是他们办的。"连省经贸厅的副厅长都说是真的,这下叶子就彻底地放心了,于是她大胆地工作了起来。

不到半个月,叶子就征订了 15 份杂志,完成了王中淮对她的要求。当叶子将 3600 元征订费交给王中淮时,王中淮会心地笑了。这一天王中淮等三人请叶子到一个中等餐厅吃了一顿饭。在饭桌上,王中淮说我们省要召开一个椰子节会议,参会人员每人交一千多元钱,满五个人可免一个人的费用,他安排叶子到外地去联系参会的人员。

第二天,叶子拿着介绍信就到了汉阳县。这一次叶子没有收他们的钱,让他们去之前自己去交钱。三天后,当叶子带着联系好了的十几个人的信息来向王中淮汇报时,一进写字楼,那里的阵势让叶子大吃一惊。写字楼一楼的四周布满了公安人员,观看的人都被拦在了警戒线外。叶子不知道发生了什么事情,她急着要去向王中淮汇报工作,就准备上电梯,但被警方拦住了。

原来叶子等人果然被骗了。

杂志社为了扩大征订工作,需要部分人深入全国各地,由于王中淮风度翩翩,且聪明能干,杂志社决定派他驻湖北展开征订工作,并给他派了一个副手。他们来到湖北后,当时湖北最贵的杂志售价也不过五元钱,他们的杂志定价二十元在湖北显然是天价,所以要想发展征订工作十分困难。

王中淮一开始并不知道湖北的工作这么难做,到湖北后他才感觉到在这里要想把工作开展起来实在是太难。无奈之下,王中淮动起了歪点子。王中淮找到他的一个朋友商量,这个朋友出主意说:"你这个杂志这么贵在湖北我看你一本都难得卖出去,你要想赢得订户,除非以免费广告的形势打动用户的心。"

"高!"王中淮十分赞赏他的这位朋友,"姜还是老的辣。"于是王中淮策划了一个颇为吸引人的广告宣传单,并私刻杂志社的公章,以这种形式征订杂志。

王中淮他们收到了一大笔征订费,但杂志一份也没有寄出去。湖北省各地的订户没有拿到杂志都找杂志社咨询,王中淮见势不妙,于是采取了三十六计走为上的计划。走之前他们将所有的应聘人员都支使到外地去,然后实施逃跑方案。

叶子是在他们发案后的第二天早上来的,当她听到这一切时顿时就傻了眼。

事发后,叶子首先找到了华经理,她想他是中介所负责的应该承担责任,华经理见叶子来了热情地接待了她。华经理说:"我知道你为什么找我,不用说了,连公安局都没有办法,我能有什么办法?"一句话将叶子推得远远的。华经理说:"这事只有你自己写信到杂志社要求索赔,我现在该做的,只是继续帮你找工作。"

叶子的心都要碎了,她不知道命运为什么总跟自己过不去。叶子开始埋怨上天,她认为上天对她实在不公。她想:既然老天爷给了我生命,为什么又不给我一条延缓生命的通道呢?叶子的眼中已经没有了眼泪,但她心中的血正在流失。

叶子很快以书面的形势将王中淮的骗局告知了她征订的所有用户,这些用户都是因为相信叶子才付了钱的,现在叶子突然来一封信说这是骗局大家纷纷找叶子退钱。有一个单位的财务科长竟然对叶子说:"钱我们是亲手交给你的,你说的那个什么王中淮我们连见都没见过,谁知道你说的是真的还是假的。"他毫不客气地说:"你说你是被别人骗了,我看你就是一个骗子。"

叶子傻了,她眼睛直愣愣地望着这位财务科长,头却像炸雷一样轰鸣。叶子原本不想发财,她只是想找一份工作自食其力。没想到工作没有找到倒落下了一个骗子的名声。此时的叶子只觉得四周的眼睛都在盯着自己,大家都在此起彼伏地骂自己是骗子,叶子不知道自己该怎样离开这里,只希望有个地洞能够钻下去。

叶子给杂志社写了信,杂志社说:"我们也是受害者。"他们让叶子把王中淮收钱的收据寄去,他们好寄杂志。但有两个单位说不要杂志,一定要退钱。叶子害怕落下一个骗子的名声,只好自己退给了他们 1440 元钱,并像祥林嫂似的向他们解释:"我不是骗子,真的,我不是骗子。"好在杂志社看到了这两个单位的收款收据后,把 1440 元的现金寄给了叶子。

七十、险落陷阱

离婚几年来,秀丽丢了,工作也没找到,叶子真的近乎绝望。她原来所理解的那些什么做人的道理,什么个人的尊严,她现在觉得那都只能算个屁。

现在叶子日思夜想的就是秀丽,她连做梦都希望秀丽能从天而降。为了秀丽,叶子决定坚强地活下去,但她不知道到底哪条路才能让自己继续生存。想来想去,叶子最后想到了李丽娜,也许只有那里能够找到自己可靠的饭碗。

在电话中,李丽娜说他们那里正需要人,要叶子尽快地去。在李丽娜的动员下,叶子毫不犹豫地去了广州。她想:或许在广州还能找到我的女儿。

在广州这个让叶子曾经向往而又陌生的城市里,叶子有了一种深深的流离感,而这种流离感能让叶子在行走的时候从容不迫。

这是一座中等餐厅,除了八个包房外,就是一个约一百平方米的大厅。大厅布置得十分豪华,灯红酒绿,艳丽无比。包房里就更加的温馨别致。

叶子到达的第二天,李丽娜来到叶子的卧室说:"陆玉叶,你初来乍到,什么都不熟悉,还是先实习一段时间,等你一切都熟悉了以后我们会考虑给你安排一个职务。"

叶子心想:餐馆自己从来都没有经营过,再说自己来只是想找一个生存的空间,根本就没有想到过要担任什么职务。她说:"我来了收盘子、洗碗、擦桌子、扫地都行,不需要担任什么职务,该怎么安排你就安排吧!我没有选择。"

外

李丽娜拍着叶子的肩膀说:"嗨,我们哪能够委屈你呀,你长得这么漂亮,让你去做那些事连顾客都会骂我。"

叶子自卑地说:"唉! 我都人老珠黄了,还谈什么漂亮不漂亮? 找一份工作,能生存下去我就满足了。"

"你就别那么说了,你这个人不打扮都很漂亮,我看你要是一打扮起来呀,那简直就是一朵花,你忘了你在学校的时候就是我们学校有名的校花吗? 你现在在我们这里,要做的第一件事情就是要学会打扮自己。"

叶子在餐馆里先熟悉了两天,李丽娜什么都不要她做,可叶子就是闲不住。叶子不停地帮忙收碗、擦桌子、扫地。她看到店里除了厨师、服务员、迎宾小姐以外,还有十来个漂亮的姑娘,她们个个都穿着妖艳的服装,搽脂抹粉,打扮得花枝招展。她们的工作就是陪顾客吃饭、唱歌、聊天。李丽娜对叶子说:"这个工作挺快活的,既吃了玩了,别人还要给她们小费,只要她们有本事让别人从钱包里把钱掏出来,所有的小费都是她们自己的,我只收'盘子'钱。我们这里的小姐都发了,她们每个月都有上万元的收入,有的搞得好的甚至有好几万。"

听李丽娜这么说,叶子惨淡地笑了笑,因为她压根就没有想过李丽娜会让她做这样的工作。李丽娜见叶子这样的神情,她笑着说:"要不你也试试,过一段时间我还准备让你领班呢!"

"我? 不不不!"叶子急不可待地说,"我可不懂这个,我洗碗、扫地都可以,你可千万别安排我做这种事。"叶子一口气说完了这些,可得到的却是李丽娜的一声冷笑。

第三天,叶子在老板的高压下,不得不已地学起坐台来。李丽娜亲自给叶子化了妆,本来就漂亮无比的叶子,经李丽娜那精心一打扮,简直就年轻了十岁。叶子同其他的小姐妹们一同坐在一起,其他的小姐妹都叽叽喳喳,嬉笑打闹,好不快活。唯有叶子总是不好意思地低着头,坐在一旁不声不响。

有些事情往往就是这么蹊跷,在叶子坐台的第一天,她这个年龄最大,傻呆呆地坐在一旁不吭不哈的人,却出奇意外地被别人第一个选中。顾客的这一选择使其他的小姐妹目瞪口呆。

这是两位男士,一位看起来风度翩翩,一位打扮得十分得体。叶子不愿意做三陪,她说什么都不肯到他们的包房里去。老板生气了,他对两个男青年说:"把她拉到那个房里去。"

叶子知道老板指的那个房是干什么的,昨天晚上有一个小姑娘被拖进去了,今天她就乖乖地坐了台子。叶子想我是李丽娜的朋友他们都这样,她想这老板就算看在李丽娜的分上也不该。叶子害怕进那个房,她用乞求的目光看着李丽娜,李丽娜走到叶子身边轻声对叶子说:"什么样的人我一看就知道,这两个人不是那种歪五打六的,你放心,你进去最多也就是陪他们说说话。"

叶子不得已地进去了,这两位男士客气地让叶子坐了下来。这个房间不大,柔和的灯光照在装饰得十分美丽的房间里,给人一种特别温馨的感觉。李丽娜在外面打开了房间的音响,优雅的轻音乐在房间里轻轻回荡,使这个房间又增添了些许的浪漫。

男士点了几种贵得出奇的水果饮料和点心,然后一个劲地要叶子吃。第一次融入这样的场合,叶子是一点也吃不下去,那位风度翩翩的男士将板凳向叶子这边挪了挪,问叶子:"你刚来这里?"

叶子微微地笑了笑,极不自然地嗯了一声。她知道男人们都喜欢小姐们和他们说说笑笑,因为他们总是显得无比的干渴。但叶子并不想满足他们。

这位男士似乎很理解叶子,他并没有想亲近叶子的举动。男士开始跟叶子扯起了闲话,叶子却像个机器人似的一问一答,而每次的回答都略带着忧伤和难言的苦衷。男士突然笑了,他说:"也难怪,你刚来,肯定不适应。"

聊了将近两个小时,三人的谈话一直都是在一问一答中进行。临走前,男士丢给叶子三百元钱,然后说:"回见!"

往后的几天,差不多都是叶子捷足先登,其他的小姐似乎有些愤愤不平。在包房里,有时候客人会摸摸叶子的手,将她搂一搂,抱一抱,叶子尽管内心很反感,但她既然到这里来了,也就豁出去了,只要不范大忌,她尽量能忍则忍。有时候客人约请她出去,说给她很多很多的钱,但全都被叶子坚定地回绝了,叶子的本性促使她不可能太离谱。

叶子工作了十天就已经有了好几千元的收入。这笔钱对其他的人来说,无疑不是一种诱惑? 但叶子拿着这笔钱,心里却只想哭。她想:想做一点正经事赚钱那么难,这歪门邪道的却来得如此的容易,她想不通这到底是怎么了,她也想不通这到底该怨谁怪谁?

到了第十一天,第一天来的那个风度翩翩的男士来了。他今天谁也没带,就只他一个人。这一天,他同叶子谈了很长的时间,他说他的单位在武汉,他是出差才来到这里。他说他从来都没有找过什么三陪四陪,他是看叶子一个人腼腆地坐在那里,想必是迫不得已才干这种事,因此想和她聊聊。他说小陆你一看就是一个本分人,你千万不要继续做这种事,他说做人都有一个原则,离开了做人的原则,活着也等于是一具僵尸。这一天他们谈得很晚,走之前他递给了叶子一张名片,他说有什么困难你可以找我。叶子看了名片才知道他叫金泽中,是武汉某局的副局长。

第二天金泽中又来了,他见叶子还在这里,他又找她谈了几个小时。金泽中比叶子大十岁,皮肤稍黑,长得高高大大的,说起话来音量很低,语气很柔和,但分量很重。叶子与他几次交谈后,深深地被他的语言所震撼。

"我为什么要找你谈?"金泽中说,"我们局里也有不少的青年,有个别走了歪路,我痛心啊!我希望所有的青年人都能够振作起来,走一条正确的人生道路,但我没有能力,我没有能力让所有的青年人都听我的,我只能在我力所能及的情况下帮帮他们。这次出差我碰到了你,说亲切一点是缘分,说严肃一点我是在救人。"接着,金泽中用锐利的目光看着叶子说:"小陆,我明天就回去了,还是这话,我劝你抱着根本走,有什么困难随时找我,只要我能做到,我会尽力帮助你的。"说完,他扔下了两千元钱,用不容置疑的口气说:"买张火车票,赶紧回去。"说完就走了。

金泽中来得太是时候了,他的到来就像是连阴天之后的太阳,照在叶子的心里暖融融的。叶子来不及思索,她也根本就不想思索,她终于做出了新的选择,决定堂堂正正地做人。

第二天,叶子向李丽娜说准备回去,李丽娜说什么都不同意。叶子说我真的不适合做这样的事,我也希望你收敛一些,千万别闹出事来。

如果是别的小姐想走李丽娜一定会采取行动,但她和叶子毕竟同学一场,经再三劝说无果的情况下,李丽娜还是放了叶子。

七十一、姐妹巧遇

　　叶子收拾好行李就离开了李丽娜的酒店,她买了当晚回武汉的火车票,看时间还早,准备给艾博雅、陆旺达以及明智、外公外婆买一点东西,刚出火车站,叶子看到了一个人突然惊呆了,那个人看到了叶子也傻呆呆地站在那里。

　　她们四目相对,至少有一分钟,两人不约而同地问:"你是……"两人又同时停顿了。最后,还是叶子先开了口。她说:"请问你认识贾宇吗?"

　　"贾宇?你知道贾宇?"对方急不可待地问,"你知道他在哪里?"

　　"难道你就是冉燕?"叶子欣喜地问。

　　"你怎么知道我的名字?你一定是见到贾宇了,你一定知道他在哪里?"冉燕被这突如其来的喜讯惊呆了,她的眼泪情不自禁地流了下来。

　　叶子的眼睛也红了,她说:"贾宇在我们那里住过,但是他已经……"

　　"他怎么啦?你说他已经怎么啦?"冉燕焦急万分。

　　"我们还是找个地方慢慢谈吧!"叶子说,"还有几个小时我就要上火车了,我今天晚上就回武汉。"

　　"武汉?你是武汉人?你是说贾宇去过武汉?"冉燕急着问。

　　"是的。"叶子边回答边往前走。

　　她们来到了一个小酒吧,叶子点了两杯饮料,她们两个人便聊了起来。

　　原来冉燕听人说好像在广州看到过贾宇,她便利用年休假来到了广州,可在广州转悠了十天也没有找到贾宇。冉燕正在焦急万分的时候,突然遇见了叶子。

冉燕也看到了她母亲留下的遗书,她也知道她还有一个妹妹,但她就是无法知道妹妹到底会在哪里。今天突然碰到叶子,冉燕惊呆了,她也在猜想着面前的这个人,难道她就是自己的妹妹? 两个人把话一说穿,顿时就抱头痛哭。

叶子要冉燕到武汉去住几天,冉燕说她的假期只有几天了,不过她还是想去见见贾宇。

冉燕买了一张站台票随叶子一同上了车,上车后她补了一张票和叶子一块到了武汉。

早上七点多钟,叶子拎着包还在下火车就听见明智在喊自己。明智接过叶子手中的包包,看见叶子身后还有一个和叶子长得一模一样的人。明智说了声姐你看,叶子和冉燕同时笑了起来。这时陆旺达也过来了,叶子喊了一声爸,转头对冉燕说:“这是我爸,这是我弟弟。”她又转过头来对陆旺达他们两介绍说:“她就是我的亲姐姐,叫冉燕。”

“亲姐姐?”明智重复了一句,好像突然想起了什么,“就是你那个孪生姐姐? 难怪你们长得这么像。”

陆旺达一看到她们俩就明白了是怎么回事,经叶子这么一说,他就过去接冉燕的包,问:“你也住在武汉?”

冉燕没让陆旺达拿自己的包,她羞答答地说:“我在北京,是碰到叶子和她一块来的。”

“那好那好,就在我们家多住几天。”陆旺达高兴地说。

“谢谢伯伯,我过几天还要上班。”冉燕说。

“我妈还好吧?”叶子没有看见艾博雅,有些担心地问。

“妈听爸说你今天回来,她一早起来就去买菜去了,说要给你接风洗尘。”明智抢着回答。

陆旺达叫了一辆的士,不到半个小时他们就到了家。

“叶子,你回来了?”艾博雅一眼就看到了叶子,她见叶子只去了十一天就回来了,想必那个单位又是假的,便说,“再莫四处奔波了,家里又不缺你吃的,把自己搞得这么辛苦。”

“妈,这是冉燕,是我的亲姐姐。”叶子回头把站在一旁的冉燕拉了过来。

“你看看我,只顾和你说话,眼睛就没瞄别处,来来来,让我看看,你们是怎么找到了的?"艾博雅拉着冉燕的手左看右看,"不愧是一个模子刻出来的,真像,你们要是头发和衣服一样,只怕我还真认不出来了。"

"快让她们歇一会儿吧,昨晚在火车上颠簸了一个晚上。"陆旺达提醒说。

"哦!是是是,你看我只顾得啰唆,你们快坐一下,我煨的汤还在炉子上,我去添来。"艾博雅边说就边往厨房里走。

"妈,还是我来吧。"叶子说着也跟了进去。

吃完早餐,冉燕随叶子走到房里。冉燕小声问:"贾宇住在哪里?"

叶子知道冉燕此刻的心情,她说:"不远,他说他准备到上海去一趟的,不知道现在回来了没有。我已经好长时间都没有看到他了,不知道他现在到底怎么样,一会儿我带你去看看。"

叶子把带回的东西略微收拾了一下就和冉燕出去了。她们来到贾宇住的地方,只见房里坐的是房东。房东说:"贾宇那天给我打了个电话,说他再不来了,他把钱放在抽屉里,我一看,还多出了好几百。"

冉燕一听说又不知道贾宇的下落了,她的眼泪一下子就涌出来了。

冉燕在武汉住了两天,也和叶子一块找了两天,她们始终没有见到贾宇。冉燕要回去上班了,叶子安慰她说:"贾宇不会有事的,以后我也帮着找,我们一定能找到他。"

冉燕给叶子留下了自己的联系方式,她走之前,艾博雅和叶子买了好多东西送给她,他们全家人一直把她送到了机场。

七十二、人间真情

叶子送走了冉燕后就给金泽中打了个电话,金泽中高兴地约见了她。金泽中说:"你回来了就好,一个女人做什么事不好,那种地方不是一个正常人待的。"

叶子难为情地把头低得低低的,她说:"我是被她骗去的。"

"正因为你是被人骗了我才想救你,你回来就好了。"金泽中看叶子眼中润出了泪水,他转过话题说,"我知道你回来以后想找个正当的工作不容易,你不是有过经商的经验吗?正好我们小卖部的王师傅要退休了,你就去接替她,好好干。"

叶子高兴极了,她千恩万谢地接下了这个小卖部的工作。

小卖部设在局机关食堂附近,店门朝大马路开着,离办公楼只一墙之隔。小卖部整个店铺约四十平方米,连叶子共四个员工,主要经营的对象是局大楼的职工,同时也对外开放。店经理是一位年近五十的男士,姓尹,他专门上白班。有一位女士姓钱,今年 28 岁,长得胖乎乎的,叶子与她早、中班对倒,还有一位老师傅是男的,专门值夜班守店。

叶子本来就搞过经营,在这个小商店里,没有几天的时间她就适应了,尹经理对她的工作十分满意。

"小陆,你干得怎么样?"尹经理下班后,叶子一个人在店里,她正在整理货物的时候,背后突然传来了一个熟悉的声音。

"金局长!"见是金泽中来了,叶子惊喜地叫了一声。

"怎么样？听说你干得不错,有没有什么困难？还是那句话,有困难就找我。"

"谢谢金局长,我没有什么困难,谢谢您的关照。"叶子客气地说。

"嗯,好！谢这个字就不用说了。"金泽中说,"小陆啊,目前你的工资只能和其他人一样,第一年六百,第二年加到八百,这是人事处开支,是搞不得特殊的,今后有什么困难就对我说,在这里好好干,只要你不犯错误,你自己不提出来辞职,就没人会让你走。"

"嗯,我知道,我会好好干的。"叶子不好意思地低着头轻声说。

"行,那我走了,家里还等着我呢？"金泽中说完就上了那辆早在马路旁等着他的小车。

工作了几个月,金泽中也常到叶子这里站站,说上几句话,关照几句就走。局长能够这么对待自己,叶子感到十分温暖,干起工作来也信心更足了。

店里的销售额不断提高,每个月除了工资外,叶子还能拿到两至三百元的奖金。叶子已经非常满足了,她除了生活必需外,从不乱花一分钱,她要把这些钱存起来,争取存满三万元,等碰到贾宇时她就一齐还给他。叶子很希望早一点找到贾宇,他觉得贾宇这个人很好,何况还是自己的姐夫。叶子觉得贾宇有某些地方和金局长有一点相似,她相信贾宇如果工作起来他一定也和金局长一样,是一个非常有能力的人。

这天是"十一",叶子刚要下早班就接到了一个电话,电话那边传来了金泽中的声音:"是小陆吗？快下班了吧？"

"啊,是……"叶子一看尹经理站在旁边,她金局长三个字没有说出口,她是怕别人说她走上层路线。

"哦,我知道了,是老尹在旁边吧？"金局长非常敏感,"你不用说话,我说你听就行,今天我请你吃饭,我已经订好了座,你下班后就到武汉饭店三楼金丝鸟雅厅等我,不见不散。"说完,不容叶子再说什么,金泽中就把电话挂断了。

叶子下班后,她用凉水洗了把脸,理了理头发,换下工作服就去了武汉饭店。叶子不知道金泽中今天为什么会约自己来,她也不知道他还有没有约其他的人。在雅厅里,叶子心神不宁地坐在这里胡思乱想,难道金局长他也会……叶子不敢再想下去了,她打开雅厅里的电视,边看边等着金泽中。

　　叶子等了大约半个小时金泽中才来。叶子见金泽中来了,她连忙站起来,极有礼貌地喊了一声金局长。

　　"坐坐坐。"金局长客气地做了个手势让叶子坐下来,然后自己坐在了叶子的对面。

　　叶子见金泽中似乎没有什么不良的企图,她开始后悔自己不该胡思乱想,不该好歹不分。

　　"今天我找你没有别的事。"金泽中说,"只是想请你吃顿饭,因为今天是我的生日。"

　　"今天?"叶子说,"金局长您好有福气啊,十月一日是国庆节,全国人民都在为您庆贺生日呢!"见金泽中笑了,叶子接着说:"您打电话的时候我还在想,今天不是金局长休息吗? 怎么还在这里上班呢? 现在我知道了,您原来是在您家里给我打的电话。"说完,叶子不好意思地笑了笑问:"怎么想到请我呢? 您……"

　　金泽中知道叶子问这话的意思,他接过去说:"我爱人出差好几天了,她把儿子也带去了,我一个人在家里没有什么意思,所以就想起了请你,你觉得这样不合适吗?"

　　"不不不。"叶子连忙解释说,"您在最有纪念的日子里请我,我高兴都来不及,怎么还能说不合适呢?"

　　正在这时服务员敲了敲门,金泽中说了声请进。

　　金泽中点的几个菜是叶子连见都没有见过的,尽管服务员都报了菜名,但因为厅内有轻音乐,加上服务小姐的声音太小,叶子一点也没有听清。叶子的确饿了,桌子上的每一种菜都显得极其的诱人。服务小姐打开了一瓶啤酒,她给叶子和金泽中各斟了一杯。金泽中举起杯子:"小陆,我今天没有要白酒,就用啤酒表示一下,也不知道你喜不喜欢? 来,你也喝一点。"

　　以前叶子从来不喝酒,一开始她是不敢喝,怕喝醉了,后来连她自己都感到吃惊,她居然能喝半斤白酒都不醉。能喝酒这话叶子当然不能对金泽中讲,她只是说:"局长,我不会喝酒,不过今天是您的生日,再怎么着我也要陪陪您。"叶子端起酒杯站起来,和金局长碰了一下杯,说:"祝您生日快乐!"便举杯一饮而尽。

　　金泽中只是喝了一大口,他看着叶子笑了笑说:"嘿,你还真行啊!"然后面向服务小姐说:"小姐,斟酒。"

　　叶子见服务小姐走过来了,她忙对金局长说:"金局长,我只是听别人说先干为敬,所以为了表示对您的尊重我就先喝了,你千万别以为我能喝酒。"

　　服务小姐很为难地举着酒瓶看着金泽中,金泽中说:"先斟满吧,再慢慢喝。"

　　对于金泽中,叶子总有一种敬畏之心。她认为金泽中是一个优秀的男人,他睿智、练达,既有企业家的风范,又有一个成熟男子应有的细腻。正因为如此,叶子才与他保持着这样的联系,她也更清楚自己应该站的位置,这一天他们边吃边聊,谈得非常投机。

　　接下来,他们俩经常相邀吃饭,而每次吃饭的时候他们只是聊聊,从来都没有发生过不该发生的事情。渐渐地,他们相互有了更深层的了解,叶子将自己所遭遇的一切都告诉了金泽中,金泽中也向叶子介绍了自己家庭的情况。

七十三、迟到的爱

金泽中是湖北孝感人,18 岁参军后逐渐提升为团级干部,35 岁转业到这个局当人事处处长,38 岁提升为副局级干部。金泽中的妻子是武汉人,叫贺贤萍,其父亲是金泽中部队里的首长。由于金泽中为人正派,且又聪明能干,贺首长将女儿贺贤萍许配给了金泽中。

贺贤萍比金泽中大两岁,在婚姻上因为高不成低不就,一直拖到 28 岁还没有结婚。听父亲介绍金泽中的情况时,贺贤萍老大的不愿意。她说我选来选去最后还是选了一个乡下人,这岂不让人笑话。

贺首长反复做女儿的工作。他说你都 28 岁了,能遇到像小金这样的人就很不错了,你再挑下去恐怕连小金这样的人都碰不着。

金泽中当时 26 岁,听人提到首长女儿这件事,金泽中也不太愿意。他想:宁可男大一旬也不可女大一岁,她这一下就大我两岁,自己总觉得不太合适。

介绍人说:"小金呀,你的思想怎么还这么保守呢,你没听人说女大三抱金砖吗? 只要两个人情投意合,我看年龄应该不是问题。"

在介绍人的撮合下,金泽中和贺贤萍见了面,碍着首长的面子,金泽中也不好意思撕破这张脸。因此他们就这样勉勉强强地组合了一个家庭。

结婚后金泽中才知道,贺贤萍的性格非常挑剔,而且她动不动就说金泽中是什么乡下人,说他怎么地不讲卫生,还说他就是看到了她爸爸的地位才选择了她。

金泽中真的受不了,他曾经几次都想到了离婚,但碍着首长的面子又说不出口,最后他选择了离开部队。

叶子深深地感受到了金泽中心中的痛,她不知道用什么样的语言才能让金泽中释然。为了让金泽中品味到人间还有真情在,叶子开始主动接近他。渐渐地,他们的关系发生了微妙的变化。长时间的倾诉使两颗心越靠越近。在叶子的心目中,金泽中是一个闪光的男人,她认为他已经成为了她生命中一盏永不熄灭的灯。但叶子很清楚,以金泽中的条件,他可以找到许多比自己好百倍千倍的女人,她不断地提醒自己,万万不可以接受他的感情。

"我妻子要跟她姐夫好,要和我离婚。"在叶子的住房里,金泽中与叶子相对而坐,他极其平静地对叶子说出了这么一个不可思议的消息。

"什么? 你说什么?"叶子惊得呼地一下弹了起来。

"其实我早就有预感,我早就预料到他们会有这么一天。"金泽中还是那么的平静,"我妻子一直都看不起我,是因为我出生于农村。她认为我的任何习惯都是那么的邋遢,她认为我提职完全是沾了她父亲的光。她姐夫是武汉人,而且家里很有钱,她姐姐去世后,他俩总在眉目传情。他们的这些举动我早就看在眼里,但我们谁也不愿意戳破这一层纸。现在他们终于耐不住了,她果然要和我离婚了。"

金泽中在以平静的表象掩饰着他内心的悲愤,但叶子早就看到了他的脸因为伤痛而变了形。

"现在我接到了法院的传票,让我明天上午九点钟到法院去。"金泽中接着说。

"你怎么想?"叶子也平静了下来,她坐下来问。

叶子并没有因为金泽中的妻子提出了离婚而感到丝毫的欣喜,因为她已经从金泽中的脸上读出了他内心的丝丝隐痛。

"这能让我怎么想? 我们的婚姻早已名存实亡,现在我唯一的要求只是想留住我的儿子。"金泽中说话时语气柔和而平静,但叶子已经看见了他眼中的泪花。

叶子站起身轻轻地走到金泽中的身旁,她用温柔的目光抚摸着金泽中伤得变了形的脸。叶子现在对自己的每一言行都特别小心,在她看来,哪怕是极其微不足道的举动都有可能伤及金泽中那饱经创伤的心。

金泽中也站了起来,他与叶子四目相视,就这样对视了许久许久。

金泽中离婚了,儿子判给了他,从此,他们爷俩相依为命。

2000 年八月的一个星期天,金泽中请叶子吃饭。这一天天气酷热难忍,叶子上穿一件薄薄的短袖衬衣,下穿一条超短裙,就这样她还感觉自己热得透不过气来。

吃饭的时候,金泽中说叶子住的地方没有空调,他让叶子到酒店里去消暑,并送给了她一个手机,要她有什么事情随时与他联系。

在饭桌上,他们俩谈得特别投机,兴头上,金泽中捏着叶子的手说:"小陆,你知道我为什么要帮你吗?那是因为我觉得你特别清纯、善良,我认为像你这样的姑娘不应该在那种场所出现,所以我决心把你救出来。我每次请你吃饭都是在我最高兴或者最烦恼的时候,或者是我最想念你的时候。但是请你相信,我对你绝对没有不良用心。我只是想,我高兴的时候让你与我共同分享,我烦恼的时候只要看见了你我就会觉得心情好了许多。在我每次想你的时候我就一定要见到你,否则我晚上就会失眠。"

稍停了一会儿,金泽中接着说:"小陆,请原谅我,我不该对你说这些,但这些话在我的心中已经憋了好长的时间了,我今天只想一吐为快。小陆,你不会怪我吧?你会不会觉得我这人很坏?你是不是认为我乘人之危?"说到这里他双目紧盯着叶子。

叶子看了金泽中一眼腼腆地笑了笑,她没有立即回答金泽中,随即低下了头。她是在考虑自己到底该如何来回答这个问题。其实叶子心里也很矛盾,在她第一次见到金泽中的时候,她就产生过一种不同寻常的感觉,金泽中那种成熟男性的气概深深地吸引着叶子,金泽中的一番苦口良言更让叶子感动不已。叶子有一种感觉,好像金泽中是她认识的所有男人中第一个值得她信赖的人。在与金泽中接触的这一年多时间里,叶子只要是同金泽中在一起就感到比较轻松,而且也会快乐。有时候叶子渴望见到金泽中,但她从来不主动与他联系,叶子认为金泽中的确是一个好人,也是一个极其正派的人,每当自己与金泽中在一起的时候,不知什么原因,内心总有一种不明原因的愉悦。叶子自己内心的这种愉悦她从来都没有表现出来,而是将它深深地掩藏在自己的心底。叶子每次面对金泽中,她总是耐心地聆听金泽中说话,她觉得他的每一句话都极其深入人心。

叶子自从认识金泽中以来,金泽中从来都没有摸过叶子,两个人甚至连握手都只有她到单位去报到那天的一次,今天金泽中捏着叶子的手,叶子的心里痒痒的,她恨不得一下子扑进他的怀里。但叶子是一个很理智的人,她要用理智来克制自己,因此她没有这样做。不过,今天如果金泽中主动的话,她想她自己是不会拒绝的。

金泽中见叶子半天不说话,他以为是自己说错了话或者是自己的举动不当引起了叶子的不高兴。他看着叶子思索了一会儿,便轻轻地放回了叶子的手。

叶子慢慢地抬起了头,她的脸上透出了那种女性特有的安详与温柔,叶子含情脉脉地看着金泽中,她的眼神中闪现出期待的火花。金泽中看出了叶子的那种脉脉含情,他高兴得连眼睛都说起话来。

晚上,金泽中把叶子送回家,金泽中也跟了进去。叶子从来不喝茶叶,家里也没有什么饮料,她只是给金泽中倒了一杯白开水。

叶子坐在靠箱子一边的床边,金泽中坐在那唯一的一个方凳上,他们相对闲聊着。

“这里也太简陋了。”金泽中说,“我明天帮你买一些家具来。”

“别别别!”叶子连忙说,“我只是在这里临时住住,不需要什么家具,东西太多了搬起家来反倒还不方便。”

看到叶子这么纯朴,金泽中打内心里爱上了她。过了一会儿,金泽中走到叶子的跟前,他认真地看着叶子,犹豫着是否轻轻地摸摸她的脸。过了几分钟,金泽中终于壮着胆子在叶子的脸上摸了一下,只是轻轻的一下,他自己就感到头晕心跳。朦胧中,金泽中意识到自己似乎有些过界了,他尴尬地站在叶子的身旁,面对着这么纯朴而善良的叶子,内心感到一阵愧疚。我不能玷污她的清白,金泽中暗暗地想。金泽中退了两步,慢慢又回到了他坐的凳子上。

叶子的脸红了,那是一种好看的红,红得是那么的妩媚,那么的动人。叶子知道自己已经深深地爱上了眼前的这个男人,他将永远在自己的生命中,抹也抹不去。

金泽中不敢再坐下去了,他担心再坐下去会做出什么出格的事来。

这一晚叶子一直没有睡着,她只要一闭上眼睛就全是金泽中的影子。

叶子再一次痴迷进入情网之中,她一天不听到金泽中的声音就有些魂不守舍。金泽中也掌握了叶子的作息时间,他差不多每天都要给叶子打一至两个甚至更多的电话,而且在方便的时候就到叶子的住地来。不过金泽中每次来都只是坐一坐,聊一聊,或者出去吃个夜宵,两个人从来都没有做过越轨的事。

金泽中平生第一次爱上了一个深爱着自己的人,他没想到真正的爱情竟有这么大的威力,竟然能把人的心海搅起如此的惊涛骇浪。金泽中不想再等待了,他做出了一个决定,那就是正式向叶子求婚。

在酒店里,叶子捧着金泽中送给自己的鲜花,她握住金泽中的手,轻声地问了一句:"你真的爱我吗?"

"爱!"金泽中一把将叶子紧紧地拥入自己的怀抱,亲切地说:"你是我这一辈子第一次、也是最后一次爱的人。"说完,他们俩就这样相拥着、对视着。

刹那间,叶子觉得所有的压力都消失了,精神上感到了无比的轻松。叶子突然觉得周围的一切都变得那么的美好,她有生以来第一次体会到了什么是真正的爱情,她的呼吸如秋风一般呼呼地起落。

金泽中是第一次与叶子零距离接触,他感到她的身体是那么的丰润,她整个人散发出的是一种女性的热量,青春的活力。金泽中爱怜地摸了摸叶子的脸颊,他真正感受到了这么激情浓浓的爱恋使自己的周身都在幸福地痛。和叶子在一起太轻松了,因为她对自己没有太多要求,金泽中决心用一生去守护叶子。

我什么时候请你的家人聚一聚,我要当着他们的面正式向你求婚。

七十四、如幻如梦

冉燕和叶子分手后一直保持着联系。春节前,叶子接到了冉燕的一个电话,说她春节的时候要来武汉看叶子,并说会告诉她一个好消息。

"你说的好消息能够提前告诉我吗?"叶子迫不及待地说,"让我早一点知道,别让我等得那么久,我会胡乱猜想的。"

"那你就猜猜吧!我已经买好了机票,和另一个人一块来。"冉燕卖关子说。

"是真的吗?"听冉燕这样一说,叶子已猜到了八九分,她高兴而又激动地说,"你是说你和贾宇一起来?"

"还算你聪明。"冉燕在电话那边笑了起来。

"你是怎么找到他的?"叶子急着问。

"看你急的,过几天我们就来了,到时候我会详细地告诉你的,在电话里哪里说得清。"

"那好吧。"叶子问清了冉燕乘飞机的时间说,"到时候我去接你们。"

大年初三,叶子准时去了机场,当她看到冉燕和贾宇的时候,她的眼泪哗哗哗地流了下来。叶子的这眼泪不仅仅是期盼,里面还包含着许多许多复杂的内容。

冉燕看到叶子哭她也哭了,贾宇站在那里尴尬地看着她们两人哭,自己的眼睛也红了,他深深地知道,她们两人哭的内容各不相同。

艾博雅从来都没有看到过贾宇,见冉燕的女婿这么体面她感慨万千。她说:"你们两个人是同一个娘生的,而且是同年同月同日还同时辰,长相也一样,命运却是这么的不相同。"艾博雅说到这里看了叶子一眼,她含着泪说:"冉燕遇到了一个好妈,可我的叶子遇到我也算是她的不幸。"说到这里她用手擦起了眼泪。

"妈,您千万不要这么说,您这样说会让我无地自容的。不是您的奶水把我养大,现在这个世上哪里还会有我。"叶子递给艾博雅一张餐巾纸说,"妈,我的个人问题没有处理好是怪我没有听您的话,当初我要是听了您的,也不至于像今天这样,您就不要自责了。"

看到叶子这么大度艾博雅更加地伤心了。陆旺达走过来对艾博雅说:"你就别再叹息什么了,事情已经到了这个地步,再悔也没有用,我们现在只能向前看,大过年的,叶子的姐姐、姐夫又刚来我们家,我们要高高兴兴才好。"

"是的是的,你看我这个人就这么没有出息,来来来,都来坐,都来坐,我们今年热热闹闹地过个年。"艾博雅擦干了自己的眼泪说,"叶子,你给他们倒茶,陪他们聊聊,我到厨房去了。"陆旺达也说要他们先坐一会儿,他也跟着艾博雅去了厨房。

冉燕和贾宇坐了下来,叶子给他们一人倒了一杯咖啡也坐了下来。叶子看冉燕在喝咖啡,贾宇却坐在那里一动不动。她看着贾宇说:"我们又不是初次见面,你用不着讲客气。"

贾宇看了叶子一眼笑了,他说:"是啊!这个世界看起来很大,但在我们面前却显得这么的小。一个在天南,一个在地北,我们却能够很幸运地碰到一起。"

冉燕放下咖啡,她看着叶子说:"我们又是一年多都没有见面了,你现在过得怎么样?"

叶子望着冉燕笑了笑,说:"我的事情先放下,我想先听听你们的故事。"

"就让他说吧!"冉燕看着贾宇开心地笑着说,"你自己说你离开武汉后到了哪里?"

"我还是出去转转吧!"贾宇不好意思地说,"你们姐俩聊。"他说着就站了起来。

"那也好。"冉燕说,"你在这里我们姐俩说话也不方便,不过,你也不必出去,你昨晚一晚都没有睡觉,我看你还是先去休息一下。"

叶子听冉燕这么说连忙站了起来,她说:"你先到明智的床上休息一下,一会儿吃饭我们再叫你。"

贾宇听话地点了点头,跟着叶子到明智房里去了。

不一会儿叶子就出来了,她挨着冉燕坐下,两姐妹亲切地聊了起来。

原来,贾宇离开武汉后到了上海,在那里他找到了一个资深医生,决心要治好自己的病。在这个医生的心理辅导和药物调节下,贾宇的身体渐渐地好转了起来,经过一段时间的治疗,他的病终于彻底地治愈了,从此贾宇决心振作起来,于是他决定回去见冉燕。

正当贾宇准备过几天就回北京的时候,碰到了一个到上海出差的好朋友,当他得知冉燕在四处寻找他时,他把自己关在房间里痛哭了一场。

朋友离开贾宇就偷偷地给冉燕打了个电话,冉燕接到电话的当天就请了假,坐飞机来到了上海。朋友把冉燕带到贾宇住的地方就走了,冉燕敲开了贾宇的门,两人一见面就抱头痛哭。冉燕用她那无力的小手捶打着贾宇的肩膀说:"你你你,你怎么这么狠心……"

贾宇到医生那里开了一些药,准备和冉燕一同回北京,因为他三年的停薪留职期也快到了,他们俩一回去也就理所当然地复了婚。

"他一听我说来武汉可高兴啦!他说:'我曾经试想过叶子也许就是你的亲妹妹,但我看她有妈妈,而且她的长相还有点像她妈,再说她还有弟弟,而且又是武汉人,我想事情也不可能有这么凑巧,所以我又不敢朝这方面想了。我真的做梦都没有想到,叶子果然就是你的亲妹妹。'他还说:'你好不容易找到了自己的亲妹妹,就应该多多地联系,你什么时候去武汉我陪你去,叶子是个好姑娘,我也想去看看她,何况我还是他的姐夫。'他说这些话说得不好意思,连他自己都笑起来了,你说多贴心呀!"

"姐,燕姐。"叶子和冉燕正说着话明智回来了,他的身后还跟着一个大姑娘,明智转头对姑娘说,"快叫我姐和冉燕姐。"

"姐,冉燕姐。"姑娘甜甜地叫了一声,两个姐姐的脸上都笑开了花。明智向两个姐姐介绍说:"她是我的同学,叫刘小玲。"

"小玲,快来坐。"叶子指着一个板凳让刘小玲坐,然后回过头笑着对明智说,"这么好的事都不早点告诉你姐,我还差一点准备给你介绍对象呢!"说完就咯咯咯地笑了起来。

明智很少看到叶子这么开心,他也笑着开玩笑说:"姐,什么时候我也给你介绍一个。"明智说完,一屋子的人都跟着笑了起来。

"你这个鬼东西,竟敢拿你姐开玩笑,看我不打你!"叶子做了一个打人的姿势。

"好了好了,该吃饭了。"艾博雅端了一盘菜走了出来。

冉燕到房里去把贾宇叫了出来,明智和刘小玲都亲切地叫了一声姐夫。

吃完晚饭,叶子趁冉燕洗澡的时候,她把一个存折递给贾宇说:"这是你的三万元钱,全在这里,利息我就不给你了。"

贾宇立即推开了叶子的手,他说:"你千万不要这样,我们都是一家人了,你就不必再客气了。"

叶子说:"这个存折你还是收下,现在我不愁钱花,今后我有需要钱的时候你再帮我,那时候我们就是亲戚情分。"

等冉燕洗完澡,贾宇把存折递给冉燕,冉燕说:"看你,给小妹的钱你还拿回来,好意思吗?"

"原来你知道呀!"叶子笑着说,"我还怕你不知道,我还说偷偷地还给他。"

"他是看你没有工作,又看你在你前夫面前受了那么多的委屈,他是想诚心地帮帮你,何况现在我们知道了我们是亲姐妹,这钱你就更不必还了。"

这些话贾宇都向冉燕说得这么清楚,想必他们的爱情是无可挑剔,叶子用钦佩的目光看着他们,她在内心里祝愿他们终身幸福。

七十五、丽娜再现

叶子无时无刻不在思念秀丽,只是在与金泽中在一起时才会暂时转移一下自己的思绪。全国各地的有关机构、媒体,叶子已经记不清到底发出了多少封信,但一直都没有音讯。有一天,叶子突然接到了派出所的一个电话,让她到派出所去一趟,说是有一个女孩让她辨认一下。叶子一听说秀丽有了线索,便高高兴兴地去了派出所。在派出所的办公室里,叶子看见了五个年龄不等的孩子,其中四个都是男孩,只有一个是女孩。派出所的民警让她认一认,看这个女孩是不是她的女儿。叶子仔细看了看,但她感到非常陌生。叶子失望地摇了摇头说:"不是。"

警官说:"你仔细看看,都好几年了,孩子是不是有什么变化。"

叶子想起来了,秀丽的大腿右侧有一个浅黑色的印记,她脱开小女孩的裤子一看,再次失望地摇了摇头。尽管这样,叶子还是不死心,她随手在桌子上拿了一张报纸要小女孩认,小女孩却只认识几个字。"不是的。"叶子眼里含着泪说,"我女儿屁股右侧有一块指头大的浅黑色的印记,而且她还会认识好多的字,我女儿长得很漂亮,这女孩的长相也不像我的女儿。"说到这里,叶子伤心地抽泣了起来。

艾博雅好多天都没有看到叶子了,这一天,她算计着叶子是上早班,便煨了一点汤,晚上同明智一道给叶子送了去。艾博雅敲了敲门,叶子很快就把门打开了,艾博雅一进去,见有一个陌生男人坐在那里。

见艾博雅和弟弟进来,叶子连忙介绍说:"这就是我对你们说的金局长。"

其实叶子早就向艾博雅提到过金泽中,但她只是说金泽中的为人很好,而且对她也很关照,至于他们之间的一些暧昧之事,叶子还没有告诉他们。

见叶子家来了客人,金泽中连忙站了起来,听到叶子介绍说是她的妈妈和弟弟后,他立即迎了上去说:"阿姨好,我叫金泽中。"接着跟明智握了握手说:"您好!"

艾博雅上下左右地打量了金泽中一番,然后客气地说:"叶子跟我提到过你,谢谢你对她的关照。"随即自己也坐了下来。

他们几个人十分尴尬地聊了一会儿话,金泽中说有点事就先走了。

送走金泽中,艾博雅反手将门关上,迫不及待地对叶子说:"叶子,你要小心啦,现在外面的坏人多得很,你莫又上了别人的当。"

叶子说:"妈,他真的是个好人,他不会骗我的,您就别为我操心了。"

"你呀,就是个实心眼,总是把别人看得那么好,你也不想想,他堂堂一个大局长,为什么会对你这么好,还不是想占你的便宜!再说,现在这样的例子也不算少,只怕到时候你连这份工作都做不成了。"艾博雅无不担心。

叶子知道艾博雅为她担心是为她好,她感激地说:"妈,谢谢您的提醒!不过我已经经历了这么多的事,我现在看问题应该是成熟一些了,是真心还是假心,我应该还是能看得出来的。"叶子接着转过头笑着对明智说:"明智,女朋友谈好了没有,准备什么时候办喜事呀?姐可等不及了。"

明智看着叶子笑道:"姐,你操什么心呀,现在还没到时候呢,你要相信功到自然成这句话,现在还没成熟,我怎么定日子啊!"稍停了一会儿明智对着叶子的耳朵神秘地说:"姐,小玲和我说好了,等你过生日的那一天,我们给你一个惊喜。"

叶子好几年都没有给自己过生日了,经明智这么一提,叶子才想起来,再过几天就是自己 32 岁的生日。这时候她又想起了秀丽,她说:"是啊,下个月也是秀丽七岁的生日,还不知道她上学了没有,也不知道她现在到底怎么样。"说到这里叶子的眼睛又红了。

"姐,你别难过,秀丽不会有事的。她说不定到了哪一个好人家,别人会对她好的。再说了,秀丽这么聪明,到谁家人家都会喜欢她,何况派出所现在还在帮我们查,兴许哪一天她会突然出现在我们面前,你就别老挂着她了,保重好你自己的身体要紧。"

　　明智也是非常喜欢秀丽的,每次秀丽叫舅舅时,那个甜甜的样子,明智别提有多么高兴。秀丽在的时候,明智总是把秀丽抱起来,不停地亲她的小脸,亲得秀丽把他的脸使劲地往外推,小嘴里还说:"舅舅口臭。"总是惹得明智哈哈大笑。现在明智嘴里劝着姐姐,其实他自己的眼睛也红了。

　　艾博雅站在一旁擦了擦眼泪,她说:"叶子,你别总想着这些事,这样对自己也没有什么好处,你要注意自己的身体,说不定哪一天秀丽突然回来了,你不是还要照顾她吗?"

　　听艾博雅这样说,叶子轻轻地摇了摇头,又哭了起来。她说:"都好几年了,谁知道她是不是还活着?"

　　明智抑制着自己的情绪劝叶子说:"姐,你千万不要这么想,现在她没有消息说不定还是好消息呢!我们现在不知道她在哪里,但不等于我们没有希望找到她,你说是不是?"

　　"哎,叶子,我差一点忘了。"艾博雅怕叶子伤心过度,她故意扯开话题说,"有一个叫什么丽娜的来过电话,她说她已经回武汉了,她让我告诉你,要你给她打个电话,这是她的联系方式。"

　　叶子接过纸条一看,知道是李丽娜,她说:"我上次到广州就是在她们酒店做事,我看她们那里有些歪门邪道就回来了,临回来前我还推心置腹地和她聊了半天,要她们收手,正正经经地搞经营,现在不知道她们的情况怎么样?"

　　艾博雅说:"这样的人还会怎么样? 一个个年纪轻轻的不做正经事,把整个社会风气都搞乱了。"艾博雅说着就深深地叹了口气。

　　"妈,其实李丽娜也很命苦,她十五岁的时候她妈妈就遇到车祸死了,她妈死后,她爸爸找了个后妈,后妈对她很不好她才到广州去。其实她也是被别人骗去的。她妈死后,她外婆把他们家的身世哭诉了出来,原来她外婆两岁就死了妈妈,六岁被继母卖给了有钱人家当丫鬟,后来……"叶子看了看时间,已经到九点半了。便说:"妈,时间不早了,你们快回去休息吧,明智明天还要上班呢!"

　　"不急,你刚才说她外婆的事,我想听听,她外婆有姐姐吗?"艾博雅问。

　　"这我倒没问。"叶子说。

　　"那,她外婆现在在哪里?"艾博雅似乎有些迫不及待。

　　"这个我也没问。"叶子说,"妈,您先回去休息吧,改天我约丽娜和您见

见,有什么问题您亲自问她好了。"

"嗯,那好吧,你也早点休息。"艾博雅和明智回去了。

送走艾博雅和明智,叶子立即用金泽中送给自己的手机给李丽娜打了个电话,没料想李丽娜一接到叶子的电话就哭了起来。

"你怎么哭了? 李丽娜,你怎么啦?"叶子问。

"我……"李丽娜刚说个我字又哭了起来。

"你现在在哪里? 快告诉我。"叶子不知道李丽娜到底为什么哭,她焦急地问。

"我在大兴路。"李丽娜继续哭着说。

大兴路离叶子家不算太远,叶子很快就赶了过去。

两人一见面,李丽娜一眼就认出了叶子,可叶子却半天都认不出李丽娜。她半信半疑地问:"你就是?"

"是我,陆玉叶,我就是李丽娜呀。"李丽娜没有化妆,齐肩的头发散乱地披在肩上,一件半旧的黑呢子大衣紧紧地把她包裹着。在白炽灯的灯光下,李丽娜的面色显得非常苍白,她两眼泪汪汪,双手抱着肩,不知道是怕冷还是怎么的,一直都在颤抖。

"你这是怎么啦,你怎么会成这个样子?"叶子不知道李丽娜到底发生了什么事。

"我想找你借点钱,我现在急需要钱。"

"借钱? 你要钱做什么?"叶子问。

"我求求你,陆玉叶,你先别问,你先把钱借给我,我明天再跟你说。"李丽娜有些迫不及待。

"你要多少?"叶子问。

"两百块,有吗?"李丽娜颤抖得更厉害了。

叶子将身上的钱全都掏了出来,总共才一百八十三块。李丽娜不等叶子说什么,她一把将钱抢了过去说:"就这些吧,明天我跟你联系。"边说边急不可待地走了。

李丽娜的出现让叶子暂且忘记了秀丽,她想起当初李丽娜那么风光,成天嘻嘻哈哈说说笑笑,就像一只快乐的小鸟。她不明白才一年多的时间,李丽娜怎么就会变得这么憔悴、这么邋遢。

第二天晚上,叶子再次接到了李丽娜给她打的一个电话,她让叶子到她的租住屋去。

在大兴路进去不远的一个小巷里,李丽娜就住在一个平房里。这是一个十分陈旧而且简陋的老房子,李丽娜住的是一间不足八平方米的小房,里面除了一个单人床,一个木箱,一个方凳,加上一些洗漱用品,其他的什么都没有,床的靠墙处零散地堆放着一些东西,有衣服,有书,还有用塑料袋包着的不知道是什么。李丽娜让叶子在床边坐下,她还没开口就哭了起来。叶子问她到底发生了什么会成为现在这个样子,李丽娜哭着讲述了叶子走后店里所发生的一切。

原来李丽娜与酒店的老板并没有办理结婚手续,他们俩只是姘居在一起。因为店老板吸毒,所以李丽娜也渐渐地染上了毒瘾。由于当时店里的收入颇丰,所以支付他们两人的毒资没有问题。可店老板不仅仅是一个吸毒鬼、酒鬼、赌棍,他更是一个色鬼。自从店老板把李丽娜搞到手后,李丽娜一直严格地控制着他,所以店老板稍稍有了一点收敛。

有一次李丽娜回武汉有事,店老板趁李丽娜不在,把店里刚招来的一个漂亮的黄花闺女以老板的身份哄骗到他的卧室里。店老板对这个女孩想实施强奸,但他没有想到这个女孩是一个烈性女子,她坚决不从。在拉拉扯扯中,女孩拿起花瓶将老板的头打破,老板一气之下拿刀子将女孩捅死了。事发时,店老板也昏死了过去,警方将他送往医院抢救,并将他关押了起来。李丽娜回广州后,看到店门被贴了封条,她一下就傻了眼。正在她犯傻的时候,早已布控在那里的警察将她也抓了起来。在派出所,因李丽娜毒瘾发作,派出所又将她送到戒毒所强制戒毒。李丽娜从戒毒所出来一切都没有了,店里所有的资产都赔给了小女孩的亲属。李丽娜拿着自己的衣服凑了点盘缠回了武汉,回来后,她继母坚决不让她进门,为此她爸爸还和继母打了一架。后来,她想到外婆那里去,她爸爸说外婆现在身体本来就不好,她如果知道你现在这种情况,你还不把她气死。为了暂时安抚好女儿,她爸爸偷偷给了李丽娜几百块钱,帮她找了这样一间房子,李丽娜就这样住了下来。后来李丽娜想到自己没有收入,就干脆不吸毒了。可她一见到吸毒的朋友,却又怎么也控制不了自己。于是她将自己所有的衣物都兑换了毒品。

现在李丽娜已经是山穷水尽了,但她毒瘾一旦发作就不能自已,她只好以卖身供自己吸毒。不久,那些供她吸毒的人有的被抓起来了,有的躲起来不见了踪影,直到这时她才想到了叶子。

听到李丽娜讲述她自己的一切,叶子感到十分痛心。她生气地说:"你昨天找我借钱是不是吸毒去了? 我如果知道你借钱是为了吸毒,我无论如何也不会借给你的。我现在告诉你,今后你要想找我借钱,免谈。"

李丽娜一副可怜巴巴的样子望着叶子,一会儿又打起哈欠来。看到她那副可怜相,叶子又自责起来。她想自己的话是不是说得太重了,忙改口说:"李丽娜呀,不是我说你,人要振作起来,要走一条正常人的道路,要堂堂正正地做一个人。吸毒是一件坏事谁都知道,既危害自己,又危害社会。"

叶子看到李丽娜像一个可怜虫一样蜷缩在那里,她苦口婆心地说:"以前的事你都把它当一个教训,从现在开始,你一定要振作起来,要下定决心把毒瘾戒掉,争取找一个正当的职业,好好地过日子。"

李丽娜本来还想找叶子借钱,见叶子已经说到了这种地步,她实在难以开口。

七十六、姐妹相认

叶子想起艾博雅还有事情要问李丽娜，便约李丽娜去艾博雅家。

第二天戚佩文也来到了艾博雅家，她是听艾博雅讲李丽娜的身世来的，她想知道李丽娜的外婆到底是不是他们千百回寻觅的妹妹。

"我外婆叫戚丫头。"李丽娜说。

"戚丫头？"戚佩文想到自己的妹妹叫戚佩英，她似乎有些失望。

"是的，我外婆叫戚丫头。"李丽娜重复了一句。

听李丽娜说她外婆叫戚丫头时，戚佩文想："难道她不是我们寻找了多年的妹妹？我爹找我妹妹找得好辛苦啊！"但戚佩文又想："继母把妹妹带出去不就是让她做丫头的吗？难道是他们给她改的名字？"戚佩文还是有些不甘心，她想不管怎样先见见李丽娜的外婆再说，便迫不及待地问："你外婆现在住在哪里？我们可以去见见她吗？"

李丽娜听戚佩文说要去见外婆，感到有些莫名其妙。难道她们想把我吸毒的事告诉外婆？李丽娜疑惑地问："您要去见我外婆？为什么呀？"

戚佩文听说了李丽娜外婆的情况后，除了她的名字外，其他的年龄、母亲去世的时间、被继母所骗的情况，都与自己家的实际情况相符，戚佩文几乎就断定，李丽娜的外婆很有可能就是自己的亲妹妹。她对李丽娜说："我有一个失散多年的妹妹，听你说的情况跟我的妹妹比较相符，所以我想去见见她。"

听戚佩文这样说李丽娜就放心了，于是他们约好了见面时间。

六十七年都没有见到自己的亲妹妹了，这次有了这个消息，戚佩文说什么也不会放弃。整整一个晚上,戚佩文一直都在回忆自己和妹妹相处和最终分手的情景,她不知道妹妹这一辈子到底是怎么过来的,她想她一定受了不少的委屈吃了不少的苦。

天还不亮戚佩文就起了床,她催促艾文宗和她一块去,他们要到李丽娜的外婆家去与那个戚丫头相见。

李丽娜外婆家并不遥远,她们拐了几个弯就到了她家。

这是一套不算太大的两层楼房子,房子的一楼有一个公用厨房,厨房旁边有一个小天井,天井里有一个自来水管,这一切都是公用的。

一楼一共住了三户人家,李丽娜的外婆就住在一楼的一间不足十平方米的房子里,另外两家分别住了一对什么都看不见的瞎眼夫妻和一对六旬老人。

李丽娜今天对自己稍微做了一点修饰,她怕外婆看到她那狼狈不堪的样子。叶子上班去了,艾博雅陪着他们一起来了。

李丽娜的外婆正在天井洗衣服,李丽娜把来的一行人安排坐下后就去找外婆。李丽娜从天井把外婆扶到房间去,她对外婆说有人要见她。

外婆随着李丽娜来到了房间,戚佩文赶紧迎了上去。戚佩英比戚佩文小三岁,但看起来比戚佩文大三岁都不止。

"你是佩英吗?你怎么这么憔悴?"戚佩英虽然很苍老,但戚佩文还是一眼就认出来了。

"你是?"戚佩文是冲着戚佩英来的,所以她一眼就认出了戚佩英,但戚佩英却不知道是怎么回事。

"你怎么晓得我叫戚佩英?从六岁到现在,我一直都没有用这个名字。"

"我是佩文呀!"

"你是佩文?你是姐姐?"戚佩英听说是戚佩文,她揉了揉眼睛说,"你是姐姐?我的眼睛不行了,那年被那个死老头子打的,差一点就打瞎了。姐姐,你怎么晓得我在这里呀?姐姐,我好想你们啊?"戚佩英说着就哭了起来。不一会儿,两姐妹抱头痛哭。

两个人回忆了小时候的一些情节,她们记忆犹新。通过交流,她们终于确认了相互的身份,原来戚丫头就是戚佩英,她们确实是失散多年的亲姐妹。

"你怎么会叫戚丫头？难怪我们到处都找不到你，这么多年你到底是怎么过来的啊？"戚佩文流着泪问。

"姐姐，一言难尽啊！"戚佩英招呼大家都坐下，她流着泪讲述了继母把她带出去的全部经历。

原来戚佩英被继母带走后直接去了广州，她把戚佩英卖给了一个姓梅的人家，继母拿到钱后就走了，从那以后戚佩英再也没有见到过继母。六岁的戚佩英来到梅家当丫头，后来一屋人都叫她丫头。

小小的戚佩英在这个家什么事都做，稍微有哪一点没有做好他们就打，从此后戚佩英就过上了非人的生活。好不容易熬到了 16 岁，东家又把她卖给了一个 50 多岁的老头做三房。这个老头爱喝酒，喝完酒就打人，戚佩英和二房常常被老头打得体无完肤。后来戚佩英实在受不了了，她和二房商量着偷偷地逃跑，最后还是被他们抓回去了，回去后老头把她们两个人分别关到两个房间痛打了一顿，三天都不给她们吃饭。二房受不了了，她供出了是戚佩英的主意，于是他们再次把戚佩英打了一顿后便把她卖给了另一个年龄更大的老头。戚佩英在这个老头家不到两年老头就死了，他们家里人都说戚佩英是丧门星，把她给了他们家的一个长工做媳妇。

长工带着戚佩英回到了农村，他家境虽然贫困，但对戚佩英很好，戚佩英也算是过上了正常人的生活。戚佩英跟长工不久他们就有了一个女儿，但不幸的是，女儿出世不久长工就病死了，剩下戚佩英和女儿孤儿寡母艰难度日。

"现在我女儿又这样，丢下我 15 岁的外孙女……"戚佩英哭得说不下去了，她把丽娜紧紧地揽在怀里说："我苦命的外孙女。"

"她妈妈死后不到两年，她爸爸就给她找了这个后妈。当后妈的对我外孙女怎么样我不说你们也清楚。我真的没有想到我们婆孙三代都这么命苦。"说到这里，戚佩英和李丽娜都伤心地哭了起来。戚佩文也哭得泪人似的。艾文宗和艾博雅都在一旁不停地擦眼泪。

"妹妹，你晓得爹找你找得多么辛苦吗？爹到临死的时候还在叫你的名字。"戚佩文说到这里两姐妹又抱头痛哭起来。

"姐姐，我没有读过书，到现在一字不识，我想找你们，又说不清屋里的地址，我走的时候还小，那时候也没有出过远门，等我回到武汉后，武汉的一切都变了,我也想爹和太,我也想你,但是我真的不晓得在哪里才能找到你们。"戚佩英说着又哭了起来。

"好了好了,你们今天姐妹重逢应该高兴才是,过去的事慢慢说。"艾文宗扒了一下艾博雅,让她去搀扶一下戚佩英,他自己扶着戚佩文一块出了门。

陆旺达在家里已经准备好了饭菜,只等着他们回来。戚佩英来到艾博雅家又哭了。她说:"我的女儿如果在也和小雅差不多大,我苦命的女儿都走了十几年了。"

"小姨您别哭了,您回来了就好,现在我们就是一家人,我们以后都会孝敬您的。"艾博雅说。

叶子下班回来了,明智也带着女友回来了,戚佩英看着戚佩文这一家人颇有感慨,她说:"还是我姐姐好福气。"

第二天,戚佩文带着戚佩英一起去了她们父亲的坟上,艾文宗、艾博雅、陆旺达、李丽娜、叶子和明智都去了。戚佩英看到戚和卿的坟叫了一声爹哭得死去活来,戚佩文和全家人都哭得稀里哗啦。

七十七、双喜临门

2001 年 11 月的一个星期五,这天叶子上早班。叶子刚上班不久就接到了明智的一个电话,要她下班后回家吃饭。可不一会儿叶子又接到了金泽中的电话,说要请他们全家到会宾楼聚一聚。叶子好说歹说才说通了艾博雅。

艾博雅全家和艾文宗老两口,还有戚佩英、李丽娜、明智的女朋友一同来到了会宾楼。会宾楼的一个小雅厅布置得富丽堂皇、温馨而又雅致,一个大圆桌的中央摆放着一大捧鲜艳的百合花。

金泽中点了一桌上等的好菜,他刚斟满酒和饮料,服务小姐就送来了一束鲜花和一个大蛋糕。金泽中亲自将鲜花献给叶子,说:"祝你生日快乐!今天当着爹爹家家、姨家家、叔叔阿姨和弟弟妹妹们的面,我正式向你求婚。"

叶子只知道金泽中今天给叶子过生日,她没想到他今天会向自己求婚,因此她毫无准备。叶子接过鲜花说了声谢谢,她的脸上也绽放出了鲜花般的笑容。紧接着,金泽中送给了叶子一枚钻戒。

艾博雅送给了叶子一个大红包,说:"这是我和你爸爸的一点心意。"刘小玲代表明智送给了叶子一个精致的礼盒。

戚佩英只知道艾博雅今天要请她和李丽娜吃饭,她也不知道到底有什么原因,现在看到大家都送叶子的礼物,想想自己也没有准备,有些不好意思,她说:"叶子,今天这么好的事我也不晓得,看我这个姨家家……"

叶子不等戚佩英说完就抢着说:"姨家家,您千万不要这么说,我家家好不容易找到了您,这就是我们家天大的喜事,今天我们一家人能够在一起是多么的难得。再说,您老这么大的年纪了,又没有经济收入,现在是我们应该孝敬您的时候,您千万不要有什么其他的想法。"

"是啊,你现在一个人住在那里我还不放心,我和文中商量了,想把你接到我们那里去,我们三个老人在一起,互相也有个照应。"戚佩文说。

"还有,丽娜你住到我那里去,我们也好做个伴。"叶子接着说。

"姐!"丽娜叫了一声姐眼泪都流出来了,她说,"姐姐这么艰难都走出来了,我今后一定要向姐姐学习,好好地找一份工作,要自食其力。"

"这就对了。"叶子说。

"好了好了,今天是叶子的生日,也是小金和叶子订婚的日子,大家都高高兴兴的。"陆旺达说。

"爸,还有件好事呢!"明智牵着刘小玲的手说,"我不是说在姐的生日这一天给姐一个惊喜吗? 我们俩也决定趁姐过生日的大喜日子正式订婚。"

"啊? 那太好了!"叶子和金泽中不约而同地说出了这句话。叶子接着说:"你看看,你事先也不告诉我一声,我也没有丝毫的准备,现在我只能是借花献佛了,我把我爸妈送给我的红包转送给小玲,至于小弟你吗,那就等你结婚的时候我再补吧!"一句话说得满屋子的人都笑了起来。

金泽中安排大家都坐下,整整围了一桌。叶子看到满满的一桌人就是没有自己的女儿,她的眼泪又涌出了眼眶。下个月就是秀丽的生日,但她不知道秀丽现在到底在哪里。

"姐,你怎么了?"明智知道叶子一定又想起秀丽了,但她还是问了一句。

"噢,没什么。"叶子突然清醒了过来,她不愿意让大家都陷入到悲伤之中,忙掩饰说,"我这是高兴呢,姨家家和丽娜妹妹都回来了,我和弟弟今天又订婚,这真是双喜临门啊!"

七十八、母女相见

叶子的工资长到八百以后就再也没有动了。都过了几年了,秀丽也该九岁了,叶子牵挂秀丽的心总也断不了,她连做梦都希望秀丽能突然出现在自己的面前。

一天,叶子还没下班就接到了派出所的电话,说让她去认女儿,并说这孩子大腿右侧有一个浅黑色的印记。

听到派出所的介绍,叶子心想,既然这么多特征都相似,说不定这一次是真的。工作几年来,叶子第一次向单位请了假。

来到派出所,叶子一眼就见到了胡晓刚,她急忙问:"你见到秀丽了吗?"

胡晓刚摇摇头说:"没有,他们说等你来了后一块去一个地方。"

派出所的小车在一个比较偏僻的医院门口停了下来,叶子心里顿时一惊,她问警官车子怎么会开到医院里来,是不是孩子出了什么事?

警官说:"你别太紧张,孩子只是患了病,你先进去认认,看是不是你的孩子。"

叶子和胡晓刚随警官来到了一个隔离病房,他们穿上了消毒衣,手也用药水洗了洗,戴上口罩,然后和警官一块走到了孩子的身边。警官指着床上一个面色苍白的小姑娘说:"你们看她是不是你们的女儿?"

秀丽三岁多就丢了,从三岁多到九岁有很大的变化,但叶子还是一眼就认出了她。叶子走到床头,她一把将孩子搂到自己的怀里,哭着说:"秀秀,我的宝贝,你这是怎么啦?"

"你别抱她。"医生赶快阻拦说，"孩子身体很弱，不能再受其他的病菌感染。"

叶子立即把孩子放在了病床上，眼泪直往外涌。

孩子木讷地看着进来的人，尽管她已经知道来者是来认自己的，但她已经见了好几个人了，她也不知道现在来的人是不是自己的亲生父母。

"看看她的右大腿。"为了慎重起见，警察提醒叶子。

医生扒开了孩子的右大腿，胡晓刚也凑了过去。叶子和胡晓刚异口同声地说："是的，是我们的秀丽。"说着胡晓刚也流出了眼泪。

"我们已经进行了血液比对，应该不会有问题的。"警察说。

"我要我爸爸妈妈。"小女孩虽然早已有思想准备，但看到眼前的两个人她还是很模糊，于是有气无力地说，"医生阿姨，我要爸爸妈妈。"

"你别紧张，他们一会儿就来。"医生安慰孩子说。

"她这是怎么了?"叶子看了看警官又看了看医生，她说，"请你们告诉我，我女儿到底怎么了?"

　

原来，两个人贩子麻醉了秀丽的奶奶后，将秀丽抱走了。他们打听到应城有一对结婚了六年都没孩子的夫妇迫切地想要一个孩子，便说这个孩子是他们自己的，因为超生养不活，所以想将她送人。这对夫妇见孩子长得漂亮，便收留了她，并给了人贩子三千元的抚养费。

秀丽刚开始在这个家里很不习惯，她整天哭闹，要自己的爸爸妈妈。这对夫妇以为那人贩子就是孩子的亲生父母，见孩子哭得可怜，曾经想把孩子还给他们。可他们找了好长的时间也没有找到这对夫妇。

领养秀丽的这对夫妇心地特别善良，他们百般地呵护着秀丽。到后来秀丽适应了他们家的环境以后，为了给孩子心理安慰，他们没有改掉她原来的名字，只是在秀丽的前面加上了一个吴字。因为这位先生姓吴，所以叫她吴秀丽。

时间一天一天地过去，秀丽也渐渐地长大了。随着时间的推移，她与这对夫妇已经产生了浓厚的感情，而且这对夫妇按秀丽说的出生年月日给她报了户口。

因为秀丽能认识很多的字，因此她还不到六岁的时候就上了学。秀丽现在已经是四年级的学生了。秀丽的学习成绩在班上一直名列前茅，而且还一直担任着班长的职务。可就在前不久,秀丽突然一直高烧不退;他们夫妇找了不少医生也吃了不少的药,都不见效,于是他们把秀丽送到了这家医院。当他们得知秀丽得了很严重的白血病后,夫妇俩哭得死去活来。

正在这时,人贩子东窗事发,因为秀丽不是他们直接在家里骗走的,所以他们直接指到了秀丽的养父母家。公安人员找到医院后,这对夫妇又如晴天霹雳。叶子他们到来的时候,公安人员因为怕秀丽一时接受不了,要这对夫妇暂避一下,公安人员首先就给秀丽做了思想工作,对她讲了她的亲生父母就要来的情况。秀丽听了,她流着泪非常懂事地点了点头。但当面对现实的时候,秀丽还是吵着要她的养父母。

医生把秀丽的亲生父母和养父母都请到了办公室,向他们公布了秀丽的病情,并申明本医院没有能力治孩子的这种病。为了不耽误孩子,希望他们转院到武汉或更有条件的医院去。

秀丽的养父吴祖贵自己开办了一个印刷厂,养母孙慧芳也在这个厂里任会计。当他们听说秀丽已经到了非常危急的时候,吴祖贵十分焦急地说:"虽然我们不是秀丽的亲生父母,但秀丽在我们身边长这么大,我们之间已经有了很深厚的感情。现在不管孩子将来的归属在哪里,哪怕她认了你们马上就要回到你们的身边,但给孩子治病是最重要的。现在我们其他的什么都不用谈,只是齐心协力地把孩子的病治好,只要能治好她的病,我哪怕是倾家荡产都心甘情愿,现在我们什么都不要说了,为了救命,赶快转院。"

"我女儿果真碰到了好人,谢谢你们对我女儿这么好。"叶子哭着,她内心对这对夫妇产生了深深的敬意。

秀丽当晚就转到了武汉协和医院,吴祖贵背着叶子一次就为秀丽交了二十万元的住院费,他含着眼泪对医生说:"你们无论如何都要救救我们的女儿,花再多的钱我们都在所不惜。"

"这钱可不能让你们出,你们把她抚养这么大,而且对她这么好,我们已经是感激不尽了,现在我们还有这个能力给孩子治病,你们就让我们也尽一点心吧。"胡晓刚把二十万元现金交给这对夫妇,他说:"这钱你们一定得收下,其他的费用你们也别管了,将来秀丽出院后还需要调养,到时候还有需要钱的时候。"

接下来的事就是换骨髓,经过骨髓配对,只有叶子的能行。为了女儿,叶子请了一次长假,直到秀丽的病彻底治好了叶子才上班了。

接下来两对爸爸妈妈四个人轮换着照顾秀丽,秀丽也渐渐与叶子和胡晓刚建立了感情,经过他们的引导、提醒,秀丽隐隐约约地记起了小时候在爸爸妈妈身边的一些事。在秀丽心目中,他们五个人几乎成了一个不可分割的整体。

秀丽的病治好了,下一步就涉及到她到底跟谁的问题。胡晓刚想要,叶子想要,秀丽的养父母也离不开她,最后的选择只能是征求秀丽的意见。秀丽始终喊着养父母是爸爸、妈妈,而对叶子和胡晓刚她只是喊叶子妈妈,胡晓刚爸爸。秀丽的亲疏观让叶子觉得有些心酸,但她为秀丽能碰到这么好的养父母也为她高兴,在征求秀丽意见的时候,秀丽说:"叶子妈妈,胡晓刚爸爸,我舍不得我们班上的同学,我想还是先到我爸爸妈妈那边去,等我小学毕业了再到武汉来上初中,那时候再回到你们的身边好吗?"停了一会儿秀丽接着说:"不过,我有时间就要我爸爸妈妈带我来看你们,你们要是想我了你们也可以去看我,我看就这样定了。"她不由分说地说。

不管怎么说,秀丽毕竟有了下落,而且她遇上了这么好的养父母,叶子总归是一块石头落了地,为了尊重孩子的选择,她流着泪跟秀丽分了手。

七十九、花好月圆

胡晓刚回家后,瑶瑶和他大闹了一场,然后两个人还是分了手。胡晓刚和瑶瑶原本就没有领结婚证,瑶瑶敲了胡晓刚一笔钱,背着自己的衣物灰溜溜地走了。事后,胡晓刚多次找到叶子,想与叶子重归于好,胡晓刚的妈妈也把叶子请到自己的家中,想让叶子重新回到胡晓刚的身边,但叶子的心中已经有了人了,这个人在她心目中的位置远远地超过了胡晓刚。

半年后的一个秋天,叶子和金泽中行走在办理结婚登记的路上,金灿灿的阳光洒在他们的肩上,他们从内心感到温暖。阳光洒满大地,遍地的落叶闪现出金灿灿的光芒,一阵秋风吹来,树上的叶子终于离开了母亲的怀抱,在空中翩翩起舞,地上的落叶又飞了起来,它们窜来窜去,汇集成了各式各样美丽的图案。如悠悠的远山,如明亮的夜空,如浩瀚的大海,如雨后的彩虹,如盛开的鲜花,它们美得无与伦比。